四部合戦状本平家物語全釈

灌頂巻

早川厚一・佐伯真一・生形貴重 校注

和泉書院

はしがき

我々三名は、一九八四年以来、共同作業として「四部合戦状本平家物語評釈」を発表してきた。当初は試行的注釈のつもりで『名古屋学院大学論集』に連載させていただき、途中から私家版として刊行してきたが、一九九六年に巻五後半を刊行した段階で、ようやく試行の段階を終えたものと判断し、『四部合戦状本平家物語全釈』として、新たに刊行を始めるものである。従来、「評釈」を巻五まで刊行してきた経緯により、本書は巻六から刊行を始め、巻十二・灌頂巻まで刊行後、改めて巻一から五までを刊行し、索引・解説を付す予定である。「評釈」への御支援に心から感謝すると共に、新たな出発への一層の御声援を乞う次第である(なお、四部合戦状本は、巻二・巻八が欠巻である)。

なお、「評釈」には、三名各々の個人責任による「考察」の欄を設けていたが、本書ではそれを廃止した。「評釈」を刊行してきた間に、四部合戦状本に対する三名の意見が基本線で一致を見るようになり、統一見解のみによって注釈をまとめることが可能となったためである。同時に、「評釈」にはなかった「原文」欄を設け、四部合戦状本の本文を明確に提示することとした。

二〇〇〇年一月

早川厚一
佐伯真一
生形貴重

「四部合戦状本平家物語評釈」一覧

（一）（巻一）『名古屋学院大学論集（人文・自然科学篇）』二〇巻二号、一九八四年一月
（二）（巻一）同　右　二一巻一号、一九八四年五月
（三）（巻一）同　右　二一巻二号、一九八五年一月
（四）（巻三）同　右　二二巻一号、一九八五年五月
（五）（巻三）　私　家　版　一九八五年一二月
（六）（巻三）同　右　一九八六年六月
（七）（巻四）同　右　一九八七年一二月
（八）（巻五前半）同　右　一九九一年九月
（九）（巻五後半）同　右　一九九六年一二月

目次

灌頂巻

凡例

本書は、【原文】【釈文】【校異・訓読】【注解】の四部分から成る。以下、各々について凡例を記した後、【校異・訓読】と【注解】に共通する略号の一覧を掲げる。

【原文】

(一)底本とした慶応義塾図書館(現・三田メディアセンター)蔵本の本文を翻刻した。この点は、野村本による巻四を除き同様である。

(二)字体は、一部の異体字を除き、現在通行のものに改めた。片仮名の合字などについても同様である。但し、四部本や真名本『曽我物語』などに特有の異体字については、そのまま残すように努めた。

(三)底本及び四部本諸伝本には目次・章段名は無いが、便宜上、私意により本文を区切り、他諸本に倣った章段名を付した。左記汲古書院刊本の目次は大いに参考とさせていただいたが、区切りや章段名が一致しない場合もある。

(四)底本の影印本(斯道文庫編・松本隆信解題、汲古書院一九六七・3)の頁数を、新たな頁に移る最初の字の右側に、「▽一右」といった形で示した。

(五)底本の一部にある改行・一字下げなどはそのまま生かした。

(六)底本にある傍書・補入は〔　〕に入れ、割注は〈　〉に入れて示した。

(七)底本の振り仮名・送り仮名は片仮名、ヲコト点は平仮名で示した。なお、底本には全体に訓点(送り仮名・返り点)がある他、部分的(巻一・二・三・五及び巻六の一部)にヲコト点が付されている。底本のヲコト点については、前掲汲古書院刊本・別冊のヲコト点付き箇所一覧表を参照されたい。

（八）底本にある音読符・訓読符は、訓読に際して特に必要と思われる場合を除き、原則として省略した。

【釈文】

（一）右記の原文を、訓読文（仮名交じり文）に書き下した。本来は漢文体である書状の類も、すべて書き下した。

（二）訓読に当たっては、底本以外に、昭和女子大本・書陵部本を参照した。この点は、静嘉堂本・京大本が存する巻一、野村本による巻四を除き、同様である。

（三）底本には一部に改行があるが、釈文では底本の改行に関わりなく、内容によって段落分けし、改行した。但し、各巻頭などの一字下げ部分については、釈文もその形によった。

（四）誤字・宛字と思われるものや、仮名遣いや文法などの面で現在の基準に合わない字については、正しいと思われる字を当て、その下に底本の用字を（　）内に入れて示した。

（例）〔底本〕「入内此」→〔釈文〕「入内の比（此）」
〔底本〕「聞ヘシ」　→〔釈文〕「聞こえ**（へ）し**」

（五）助詞・助動詞にあたる漢字、「自・従（より）」、「乍（ながら）」、「可（べし）」「被（る・らる）」、「之（の）」、「乎（か）」、「如（ごとし）」、「也（なり）」などは、平仮名に改めた。

（六）訓読に当たっては、底本などにある訓点を生かすように努めたが、それによるだけでは必ずしも完全な書き下し文にはならない上、訓点の中には誤りと見られるものもあるため、それによらずに私意に書き下した場合もある。そこで、底本に存する訓点による訓と校訂者の読解による訓とを区別するために、底本に存する訓点（送り仮名・振り仮名・ヲコト点）に従って付けた送り仮名などはゴチックで示した。それ以外の仮名は、校訂者の判断で付したものである。

（例）〔底本〕「帝王《の》少《ク》御在《には》」→〔釈文〕「帝王**の**少**く**御在す**には**」

（七）右のゴチック部分について、助動詞にあたる漢字「可」「被」「不」等、及び訓点中の「玉・下（たまふ）」等については、次のように処置した。

1、いずれも、振り仮名が付いている場合は、その振り仮名に従ってゴチックにした。

（例）〔底本〕「不《ヌ》レ参」→〔釈文〕「参ら**ぬ**」

2、振り仮名・送り仮名が付いていない場合は、「可」「玉・下（たまふ）」「被（らる）」等については、語幹のみゴチックとした。固定的な語幹の無い「被（る）」「不」等は、ゴチックにしなかった。

（例）〔底本〕「可レ参《玉》」→〔釈文〕「参り**たまふべし**」

〔底本〕「不レ参」→〔釈文〕「参らず」（「参らぬ」「参らざりけり」等とも訓める）

〔底本〕「被レ遷」→〔釈文〕「遷さる」（「遷されて」「遷さるる」等とも訓める）

3、振り仮名はないが、送り仮名または送り仮名に当たるヲコト点がある場合は、その訓点によって確定できる訓をゴチックとした。

（例）〔底本〕「不《リケリ》レ参」→〔釈文〕「参ら**ざりけり**」

〔底本〕「被《て》レ遷」→〔釈文〕「遷さ**れて**」

（八）振り仮名は、底本にあるもの（ヲコト点を含む）を片仮名、私意によるものを平仮名で示した。この点、原文の欄における平仮名（ヲコト点を示す）とは意味が異なるので、注意されたい。なお、片仮名の振り仮名については底本の形のままとし、濁点を付さなかった。

（九）送り仮名は現在の一般的基準に従い、底本にないものも多く送った。

（一〇）底本にある傍書・補入は〔　〕に入れ、割注は〈　〉に入れて示した。
（一一）底本に明らかな脱落がある場合、推定される脱字を私意に補い、《　》に入れて示した。
（一二）反復記号（おどり字）は、基本的に原文のままとしたが、書き下しにより原文と文字の順序が異なる関係で、通常の文字に置換した場合がある。
（一三）原文の頁数及び校異番号については、原文に対応する箇所に注記した。

【校異・訓読】

（一）四部本諸伝本内の校異、及び訓読上の問題点を扱う。
（二）巻一・四を除く諸巻では、昭和女子大本（略号〈昭〉）と書陵部本（略号〈書〉）との異同を記した。但し、昭和女子大本との異同は、訓点の問題も含めてできるだけ摘記したが、書陵部本については、巻十二・灌頂巻を除いて訓点が無く、誤りも多いので、参考となる可能性のある箇所に限って異同を掲げた。また、書陵部本の灌頂巻には仮名が多く、仮名に関わる校異も多くとった。しかし、同本の仮名「キ」と「ヘ」は、区別しがたい。校異をとる意味がないため、初例となる「六道語り（①語りの発端）」の【校異・訓読】9のみ例として示し、以下は省略した。
（三）訓読上、問題のある点については、右記諸本間に相違点が無くとも項目を立てた場合がある。
（四）音読符・訓読符については、訓読上、特に問題のある場合に限って示した。
（五）校異番号は、原文・釈文に共通で対応する。

【注解】

(一)四部本の読解上の問題について、いわゆる語釈の範囲を超えて注記・解説を記した。既成の注釈に記されている事柄には敢えて触れず、新たな問題点の発掘に努めた。

(二)項目は、釈文の一部を示す形で立項した。

(三)四部本以外の『平家物語』諸本との異同はここで扱う。但し、異同を網羅しようとしたものではない。

(四)古典作品や記録などの文献の引用に際しては、本文に句読点・訓点などを私意に加えた。なお、原文に割注がある場合は、〈 〉内に入れて示した。

(五)研究文献の引用に際しては、原則として文中には論文著者名を記すのみで、各章段末に【引用研究文献】の欄を設け、著者五十音順で列挙した。発行年月は、西暦により「一九九〇・5」(一九九〇年5月)のように示す。同一章段内に同一著者の論文を複数引く場合には、引用順に「早川厚一①②」等のように番号を付し、区別した。但し、左記のように略号を設定したものは掲げていない。

〈略号〉

【注解】及び【校異・訓読】欄では、左記の諸書については略号を以て示した。

○『平家物語』諸本…左記の諸本については略号を用い、各々の刊本により頁数または丁数を示した。

〈闘〉……源平闘諍録。『内閣文庫蔵・源平闘諍録』(和泉書院一九八〇)影印。

〈延〉……延慶本。『延慶本平家物語(一～六)』(汲古書院一九八二～一九八三)影印。

〈長〉……長門本。『岡山大学本平家物語二十巻(一～五)』(福武書店一九七五～一九七七)翻刻。

〈盛〉……源平盛衰記。『源平盛衰記慶長古活字版(一～六)』(勉誠社一九七七～一九七八)影印。

〈大〉……大島本。北川忠彦・西浦甲佐子「〈天理図書館蔵〉大島本平家物語巻十二(翻刻)」(ビブリア七九号、一九八二・10)

〈南〉……南都本。『南都本・南都異本平家物語(上・下)』(汲古書院一九七二)影印。

〈南異〉…南都異本。『南都本・南都異本平家物語(上・下)』(汲古書院一九七二)影印。

〈屋〉……屋代本。『屋代本平家物語(貴重古典籍叢刊)』(角川書店一九六六)影印。

〈覚〉……覚一本。『平家物語(上・下)』(新日本古典文学大系)』(岩波書店一九九一〜一九九三)翻刻。

〈中〉……中院本。『校訂中院本平家物語(上・下)』(三弥井書店二〇一〇〜二〇一一)翻刻。

○御伽草子『大原御幸』(小原御幸)の引用

御伽草子『大原御幸』(小原御幸)には、『平家物語』本文の一種と見られるものが存する(村上學「「大原御幸」をめぐるひとつの読み　続―『閑居友』から語り本への変質まで―」『中世宗教文学の構造と表現―佛と神の文学―』三弥井書店二〇〇六・4指摘)。従って、『平家物語』諸本と比較して引用する。略号と本文は左記の通り。

〈国会〉…国会図書館本『大原御幸』…岡田三津子「資料紹介　国会図書館蔵『大原御幸』」(軍記と語り物二五号、一九八九・3)

〈山崎〉…山崎孝氏蔵『小原御幸』…木村千鶴子・久保田淳「新資料紹介　小原御幸(翻刻)」(国文学解釈と教材の研究一九七七・1)

〈藤井〉…藤井隆氏蔵『大原御幸』(『室町時代物語大成・三』所収。前半欠。「大原御幸(⑤女院登場)」該当部から残存)

○『厳島神社蔵平家物語断簡』の引用

「大原御幸(④女院の庵室)」該当部本文として、『厳島神社蔵平家物語断簡』が現存するので、『平家物語』諸本と比較して引用する。略号と本文は左記の通り。

〈厳島断簡〉…横井孝「厳島神社蔵平家物語断簡　影印と略解題」（『延慶本平家物語考証・四』新典社一九九七・6）

○辞書・参考書・注釈書その他

〈日国大〉………『日本国語大辞典第二版』（小学館二〇〇〇～二〇〇二）
〈吉田地名〉……吉田東伍『大日本地名辞書』（冨山房）
〈角川地名〉……『日本地名大辞典』（角川書店）
〈平凡社地名〉…『日本歴史地名大系』（平凡社）
〈姓氏〉…………太田亮『姓氏家系大辞典』（角川書店）
〈名義抄〉………『類聚名義抄』（観智院本。風間書房一九五四～一九五五）
〈尊卑〉…………『尊卑分脈』（国史大系）
〈補任〉…………『公卿補任』（国史大系）
〈略解〉…………御橋悳言『平家物語略解』（宝文館一九二九）
〈評講〉…………佐々木八郎『平家物語評講（上・下）』（明治書院一九六三）
〈全注釈〉………冨倉徳次郎『平家物語全注釈（上・中・下一・下二）』（角川書店一九六六～一九六八）
〈集成〉…………水原一『平家物語（上・中・下）（日本古典集成）』（新潮社一九七九～一九八一）
〈高山釈文〉……高山利弘『訓読四部合戦状本平家物語』（有精堂一九九五）
〈延全注釈〉……延慶本注釈の会『延慶本平家物語全注釈（第一本〈巻一〉～第六末〈巻十二〉、別巻）』（汲古書院二〇〇五～二〇二一）

なお、これらの諸書の他にも、多くの研究を参考とさせていただいた。特に、松本隆信氏による右記汲古書院刊本別冊附録、服部幸造氏「釈文四部合戦状本平家物語ノート(一～七)」(『名古屋大学軍記物語研究会会報』3・4号、改称『軍記研究ノート』5～9号、一九七四～一九八〇)、村上學氏「四部合戦状本平家物語訓例索引稿(一・二)」(『静岡女子短大研究紀要』14・15号、一九六八～一九六九)は、釈文の作成や基本的な読解及び章段区分などについて、大いに参考とさせていただいた。この場を借りて、厚く感謝申し上げる。

〈その他〉

○『宝物集』の引用

四部本灌頂巻では、『宝物集』の引用が非常に多い。『宝物集』の引用は、基本的に第二種七巻本に属する吉川本(岩波新大系『宝物集・閑居友・比良山古人霊託』)によるが、必要に応じて他諸本も参照し、左記の底本によって引用した。

九冊本…吉田幸一・小泉弘共編『宝物集　九冊本』(古典文庫二五八、一九六九・1)
光長寺本巻一…小泉弘編『宝物集　中世古写本三種』(古典文庫二八三、一九七一・1)
本能寺本巻三…小泉弘編『宝物集　中世古写本三種』(古典文庫二八三、一九七一・1)
最明寺本巻四…小泉弘編『宝物集　中世古写本三種』(古典文庫二八三、一九七一・1)
身延抜書本(久遠寺本)…瓜生等勝編著『身延山本宝物集と研究』(未刊国文資料刊行会一九七三・10)
身延零本…黒田彰編著『身延文庫蔵宝物集中巻』(和泉書院一九八四・5)
片仮名三巻本…山田昭全・大場朗・森晴彦編『宝物集』(おうふう一九九五・4)
二巻本…梁瀬一雄『校合二巻本宝物集―碧冲洞叢書第三輯―』(私家版一九六一・1)
一巻本…月本直子・月本雅幸編『宮内庁書陵部蔵本宝物集総索引』(汲古書院一九九三・10)

大原入

【原文】

▽二五九左
平家灌頂巻一通　付[1]十二巻裏書

抑建礼門院奉連二位殿入《セ下》海《ヘ》東夷奉《ツ》、取揚有《ケレ》御上洛心憂《カリシ》[2]波上船内御住居《モ》[3]今不《ヌ》[4]有成御事了都《ヘ》[5]帰上《セ下》[6]

後東山吉田辺云[7]《二イケル》中納言律師慶恵[8]《一ト》奈良法師《ノ》住荒渡朽房七月九日大地震築地《モ》[9]皆崩庭面《モ》[10]▽二六〇右痛荒了晩行秋孤独《ニ》[11]

家[12]〔最〕度被思食心細《クソ》[13]付《シ》斯都《ミ》[14]間近《シ》聞食《シツ》、物憂事葉《ミ》[15]行[16]還《カウ》人付《モ》[17]物騒《キ》露御命待風程何籠《ヤ》深山奥《ヘモ》[18]常被《ケレ》[19]思

食今何事《モ》替了世習《ナレ》无是《ヘ》申人《モ》自申哀《レ》枯草便《モ》了誰可奉育不思食寄程信隆卿北方隆房卿北方此両人計《ソ》忍《ツ》、

▽二六〇左
被哀申程被召仕女房縁尋出御栖申《セ》[20]喜《ツ》[21]、渡御駕隆房卿為沙汰被進《セ》九月末事[22]立入《セ下》小塩山麓大原山奥《ヘ》道了《モ》御

讚四方木葉色々山景《ナレ》[23]日既暮《ケレ》野寺入相鐘声《モ》物[24]《ス》幽《ク》悲鹿音虫声[25]《モ》々妙[26]《レ》々弱《リ》行有様何《レモ》々催思莫不令傷[27]《マ》心是

立入《セ下》程地形幽閑洞云▽二六一右《ラ》寂光院有寺旧岩根色落来水音[28]《マモ》最有故《ヘ》様[29]《マ》緑蘿垣紅葉庭書絵筆《モ》難及秋憂《ヘ》[30]旅悲取集心

地《シ》浦伝島伝《セシ》時[31]《モ》差賀是《ク》无《リシ》物[32]《ソ》被思[33]食《サ》

【釈文】

▽二五九左
平家灌頂巻一通　付[1]十二巻裏書

抑も建礼門院は、二位殿に連《つづ》き奉りて海へ入らせたまへども、東夷取り揚げ奉りつつ、御上洛有りければ、[2]心憂かりし波の上、船の内の御[3]住居《すまひ》も、今は有らぬ[4]御事に成り了てしかば、[5]都へ帰り[6]上らせたまひて後、東山の吉田の辺なる中納言律師[8]慶恵と[7]云ひ(い)ける奈良法師の住み荒らしたる朽ち房に渡らせたまふ。七月九日の大地震に[9]築地も皆崩れ、[10]庭の面も▽二六〇右痛く荒れ了てぬ。晩《く》れ行く秋の[11]孤独《さびしさ》に、[12]家〈最〉度[13]心細くぞ思し食されける。斯かるに付けても、[14]都にも間近くして物憂き[15]事の葉をも聞こし食しつつ、[16]行き還《カ》ふ(う)人の[17]物騒がしきに付けても、露の御命の風を待たん程、何かなる深山の[18]奥へも籠らばやと、常に思し食さ[19]れけれども、今は何事も替り了てぬる世の習ひなれば、「是へ」と申す人も无く、自ら哀れと申す草の便りも枯れ了てて、誰育《はぐく》み奉るべしとも思し食し寄らざりける程に、信隆卿の北の方、隆房卿の北の方、此の両人ばかりぞ、忍びつつ哀れみ▽二六〇左申されける程に、召し仕はるる女房の縁にて「御[20]栖を尋ね出だしたり」と[21]申せば、喜びつつ渡らせたまふ。御駕《のりもの》は隆房卿ぞ沙汰為《し》進らせらる。

九月の[22]末の事なるに、小塩山の麓、大原山の奥へぞ立ち入らせたまふ。道了《みちすがら》も四方《よも》の木の葉の色々を御覽ずるに、山景《かげ》なればにや[23]日も既に暮れければ、野寺の入相の鐘の声も物[24]幽《スご》く悲しきに、鹿の音、虫の[25]声々も[26]妙々《たへだへ》に弱り行く有様、何づれも何づれも思ひを催し、心を[27]傷ましめざるは莫し。是くて立ち入らせたまふ程に、地形▽二六一右幽閑の洞《ラ》に寂光院と云ふ寺有り。旧《ふ》りにける岩根の色、落ち来る水の[28]音までも、最《いと》故《へ》有る[29]様《さマ》なり。緑蘿の垣、紅葉の庭、絵に書くとも筆も及び難し。秋の憂へ、[30]旅の悲しみを取り集めたる心地して、浦伝ひ島伝ひせし[31]時も、差賀《さすが》に是《か》くは无かりし[32]ものをとぞ[33]思し食されける。

【校異・訓読】 1〈書〉「下二巻」。2〈書〉「心憂」。3〈書〉「住居シ」。4〈書〉「不シ」。5〈昭〉「都」。6〈昭・書〉「上セト」。

7〈書〉「云《イケレ》二」。8〈昭〉「慶恵一」。9〈書〉「築地シ」。10〈書〉「庭面シ」。11〈昭・書〉「孤独サ」。12〈底・昭〉「家」の右下に「最」と記す。〈書〉は本行に「最」。13〈書〉「心細シテ」。14〈書〉「都モ」。15〈昭〉「事葉モ」、〈書〉「事葉シ」。16〈書〉「行還」。17〈書〉「物騒」。18〈書〉「奥モ」。19〈書〉「被ケレ二思食一」。20〈書〉「住」。21〈書〉「申」。22〈書〉「未」。23〈昭・書〉「日モ」。24〈昭〉「幽《ハ》ク」、〈書〉「幽」。25〈書〉「声シ」。26〈底・昭・書〉「妙」の訓「レ」にも似るが難読。〈底〉は「ユ」にも見える。〈書〉は「妙也」か。本来は「タヘダヘ」の捨て仮名「ヘ」か。27〈書〉「傷セ」。28〈書〉「音マシ」。29〈書〉「様」。30〈書〉「旅ノ」。31〈書〉「時」。32〈書〉「物ヲ」。33〈昭〉「思食」、〈書〉「思食シ」。

【注解】 **〇平家灌頂巻一通**　内題（巻首題）。尾題に「平家灌頂巻一通」（三〇六右）とあり、巻首題と一致する。灌頂巻を立てる〈覚〉や〈長〉などの『平家物語』諸伝本では、書物の具体的な形態としては灌頂巻を独立した冊とはせず、最終冊（第十二冊や第二十巻）の後半に灌頂巻を収めるものが多い。しかし、〈四〉の場合、灌頂巻を巻十二とは別冊とし、外題（題簽）には〈底〉「平家物語〈灌頂巻　附第十二巻裏書〉」（二五九右）とある。〈昭〉の題簽は「〈四部合戦状本〉平家物語〈灌頂巻一通／付十二巻裏書〉」。〈書〉の題簽は「平家物語〈真字〉八」とあるが、これは灌頂巻を欠巻の巻八と誤って題簽を貼ったもの。　**〇付十二巻裏書**　前項に見たように、〈底〉の題簽には「附第十二巻裏書」とあり、「第十二巻」とは、巻十二のみを指すように見える。しかし、〈底・昭〉巻首題は「十二巻」で、「第」は無い。〈書〉巻首題は【校異・訓読】1に見たように「付下二巻裏書」とするが、「下二巻」は「十二巻」の誤写と見られ、やはり「第」は無い。〈昭〉は題簽も「十二巻裏書」で、巻首題と一致する（前項注解参照）。要するに、〈底〉題簽のみに見られる「第十二巻」は誤った形である可能性が高く、単に「十二巻」とあるのが本来だろう。その「十二巻」とは、巻一から巻十二までを指すと見て良いだろう（高橋伸幸①・一四頁）。では、十二巻全体に対する「裏書」とは何か。高橋貞一は、この「十二巻裏書」に当たるものが『平家打聞』であるとする（四二二頁）。その理由について詳細には記さないが、高橋伸幸②が推測するように、一般に「裏書」といえば、巻子本の紙背に記した注釈の類を指すのが普通であることから、〈四〉の巻一から巻十二までの語句の注解を記す『平家打聞』を「十二巻裏書」と考えたのであろう。しかし、高橋貞一も判断に迷ったように、『平家打聞』巻一の巻頭記事に、「漢王莽者、如裏書」とあり、『平家打聞』自身が、同書とは別に「裏書」が存在することを示している（信太周・二〇頁、高橋伸幸②・一二頁）。そもそも『平家打聞』のような〈四〉本文の注解を内容とする作品は、〈四〉本文が成立した後、その注解として成立したと考えるのが穏当であり、〈四〉と同時に成立したとは考えがたい。また、高橋伸幸①は、〈四〉の巻一から巻十二まで、いずれの巻においても、内題と尾題とが一致しているのに対して、灌頂巻のみは、尾題が「平家灌頂巻一通」とのみあって、「付十二巻裏書」を欠くことからも、灌頂巻即裏書説の可能性を疑問視する。つまり「付」とあることから、「十二巻裏書」が、「灌頂巻」の後に添附されていたものと考えられるとする（一四頁）。そして、その添附された「十二巻裏書」としては、〈四〉の闕を補う関係にあり、同じ真字表記で記される『平家族伝抄』こそ、〈四〉の裏書に該当するのではないかとする（一六〜一七頁）。しかし、今井正之助は、〈四〉との密接な関係は認めながらも、『平家族伝抄』は〈四〉に学んだ後人の手になるものである可能性を指摘する（四七頁）。また、山下宏明は、『今昔物語集』が、例えば「巻二十　本朝付仏法」とするが、それは、「その巻二十が本朝部で、しかもその仏法部であることを示すものと読むべきであることから、「付」の位置に疑問が残るが、〈四〉の冒頭の記述を「平家灌頂巻一通はすなわち十二巻の裏書である」と読むことも全く不可能とは思えないとする（五〇〇頁）。このように、「十二巻裏書」とは何を指すのか、いまだ決定的な結論を得るには至っていないが、『平家族伝抄』のより詳細な分析と共に判断されるべきであろう。さらに以上のことと併せて、『平家打聞』や『平家族伝抄』が、灌頂巻の注解や灌頂巻に関する記事を欠くのはなぜなのかについても当然考究されるべき問題であろう。　**〇抑も建礼門院は、二位殿に連き奉りて海へ入らせたまへども、…**　以下、本段の内容は、十二巻本で示せば、巻十一から巻十二まで（以下、本巻と呼ぶ）の内容と基本的に共通する。このように灌頂巻と本巻の記事が重複するのは、〈長・盛〉にも共通する特徴であり、基本的な重複関係を表示すれば、次の様になる。なお、〈延〉の対応記事を参考までに添える。また、〈盛〉の巻四十八は灌頂巻とは記されないが、内容的には灌頂巻にあたるので、灌頂巻と呼ぶこととする。

	〈四〉本巻	灌頂巻	〈長〉本巻	灌頂巻	〈盛〉本巻	巻四十八	〈延〉
①吉田入	巻十一197右1	259左2	巻十八5-118	204	巻四十四6-229	453	巻十一55ウ
②女院出家	巻十一202左1	×	巻十八5-122	204	巻四十四6-246	455	巻十一59ウ
③宗盛等の死の報	×	×	巻十九5-151	207	巻四十五6-317	458	巻十二84オ
④野河入	×	×	×	206	×	×	×
⑤地震後の吉田	巻十二212左2	259左6	巻十九5-154	206	巻四十五6-318	459	巻十二5オ
⑥秋の憂愁	巻十二214右3	260右1	巻十九5-155	206	巻四十五6-318	460	巻十二5ウ
⑦大原入	巻十二217左2	260左1	×	207	巻四十六6-340	461	巻十二9ウ

本巻・灌頂巻の重複の様態は、以下の注解に具体的に記すが、〈四・長・盛〉各様であり、いずれかが原型となったというよりは、各本が各々独自に編集を行ったものであるといえよう。大きな特徴は、〈四〉は灌頂巻で②女院出家を欠くこと、〈長〉は本巻から⑦大原入の記事を外したこと（〈四〉も本巻の大原入はごく簡略）、〈盛〉は総てを重複させていることといえよう。建礼門院入水の場面は、巻十一「壇浦合戦（④先帝入水）」に見られるが、諸本共に、母の二位殿に続いて、建礼門院は入水したとする。〈四〉「女院も後れ奉らじと連きて入らせ御在しけるを」（本全釈巻十一―二六三頁）。〈延〉「女院ハ御焼石ト御硯箱トヲ左右ノ御袖ニ入サセ給テ」（巻十一―三七オ～三七ウ）。なお、〈延・覚〉の、大原御幸時の建礼門院の回想の中では、入水は語られず、入水しなかったようにも読める。本全釈巻十一「壇浦合戦（④先帝入水）」の注解「女院も後れ奉らじと連きて入らせ御在しけるを」（二七三頁）参照。灌頂巻を入水場面の

回想から始めるのは、〈四〉のみ。〈長・盛・覚〉については、次々項「心憂かりし波の上…」注解参照。**〇東夷取り揚げ奉りつつ**　入水した建礼門院を取り上げたのは、〈四〉では「渡辺源次馬允」。諸本の状況については、本全釈の注解「渡辺源次馬允」（巻十一―二七三頁）参照。厳密に言えば摂津渡辺党の武士であり、東国武士ではないが、〈盛〉も女院を引き上げた渡辺昵について、その後の振舞を「夷ナレ共情アリ」（6―一六三頁）とする。中世の「東夷」「夷」が、武士階層を指す卑称的な言葉ともなっていたことについては、佐伯真一（三七五頁）の指摘がある。**〇御上洛有りければ**　建礼門院の西海からの入洛は、『玉葉』によれば、元暦二年（一一八五）四月二十七日のこと（同年四月二十六日条）。**〇心憂かりし波の上、船の内の御住居も、今は有らぬ御事に成り了てしかば**　〈長〉の灌頂巻は、「元暦二年四月十六日、平家は物うかりし浪の上、船の中の御すまひ、あらぬことに成はてゝ、いけ取ども今日すでに都へ帰入べきよし聞しほどに」（5―二〇三頁）と始まる。元暦二年四月十六日の平家の生捕入洛記事から始まるが、傍線部は〈四〉の本文に一致。〈盛〉の灌頂巻は、「建礼門院ト申ハ、平家太政入道清盛ノ御娘、高倉院后、安徳天皇ノ御母儀ニ御坐キ。悪徒ニ引レテ都ヲ出テ、三年ノ間西海ニ落下ラセ給テ、船中浪ノ上ニ漂給シ程ニ、元暦元年三月二十四日ニ、長門国門司関、壇浦ニテ源氏ノタメニ被攻ツヽ、或命ヲ白刃ノサキニ失、或ハ沈二身於蒼海底一ツヽ、上下悉亡給シ時、建礼門院モ、先帝ト同海中ニ入オハシケルヲ、渡辺党ニ源兵衛尉昵ガ子ニ、源五馬允番ト云者奉二取上一タリケレバ」（6―四五三頁）と始まる。波線部は、入水場面の回想から始める〈四〉に近似する。〈四・長〉に見る傍線部の近似文は、〈盛〉の灌頂巻では、「ウカリシ波ノ上舟ノ中ノ御スマヰ、今ハ恋シク思召ル、」（6―四五四頁）と見られる。〈覚〉の灌頂巻は、「建礼門院《ケンレイモンヰン》は、東《ヒンガシ》　山の麓《フモト》、吉田の辺《ヘン》なる所にぞ、立入らせ給ひける」（下―三八九頁）と、前表①吉田入から始まる。なお、巻十一の「建礼門院吉田入」には、諸本いずれにも「今こそ憂かりし波の上、船の内の御住居《ヰ》も恋《イ》しくこそ思し食されけれ」（〈四〉一九七左）とある。当該部の注解参照（巻十一―四四七頁）。「今は有らぬ御事に」とは、巻十一の本文との呼応を考えれば、あの辛かった船上での生活も、今は（眼前にはなく）

過ぎ去ったこととして回想されるばかりである、過去の思い出として懐かしく思われることさえある、といった意か。〈延〉「サテモ女院ハ西国ノ浪上、船中ノ御スマヒ跡ナキ御事ニナリハテサセマシ〳〵シカバ」（巻十一―五五ウ）。

○都へ帰り上らせたまひて後、東山の吉田の辺なる中納言律師慶恵と云ひける奈良法師の住み荒らしたる朽ち房に渡らせたまふ　前表①吉田入の記事。当該記事については、本全釈の注解「東山の麓、吉田の辺なる所へぞ立ち入らせたまひける」（巻十一―四四二頁）参照。「東山の吉田の辺」は、〈四〉の巻十一や、諸本が記すように、「東山ノ麓、吉田ノ辺」（〈延〉巻十一―五五ウ）が良い。慶恵については、本全釈の注解「中納言法橋慶恵とて奈良法師の坊なりけり」（巻十一―四四四頁）参照。なお、国会図書館本『大原御幸』（以下〈国会〉と略称。凡例参照）は、「ひがし山よしだのさとのほとりに、中納言のほつけう、きやうえんと申、ばうなりけるをしつらひて、ゆうなる御すまゐにてわたらせ給ひけるが」（八八頁）とする。また、山崎孝蔵『小原御幸』（以下〈山崎〉と略称。凡例参照）は、「にようゐんは、ひがし山のふもと吉田のほとりに立よらせ給ひけり。中納言のほつけうけいくわいと申けるほうしのぼうあり。久しくすみあらしたる事なれば、のきにはいろ〳〵にほへども、あるじとたのむ人もなし」（一八二頁）として、荒廃ぶりを詳しく描いている。

○七月九日の大地震に築地も皆崩れ、庭の面も痛く荒れ了てぬ　元暦二年（一一八五）七月九日の大地震については、本全釈の注解「同じき九日の午の剋ばかりに、大地震動し良久しく湩《ゆ》りければ、怖しと申すも愚かなり」（巻十二―七頁）参照。〈四〉の灌頂巻では、大地震のため築地が崩れ、庭の面も荒れ果てたことを記すのみだが、巻十二には、「建礼門院、吉田には、九日の地震に築地も崩れ、荒れたる屋共なれば傾き損じて、最度住ませたまふべき様にも見えず」（本全釈一九頁）とある。住むべき住居を失ったことが、女院の大原入りの理由の一つでもあろうから、傍線部までの本文があるべきであろう。〈長〉も灌頂巻に、「七月九日、地震おびたゝしくして、あれたるやどもたをれふし、ついぢもくづれてをゝひもなく、門は破て扉もなし」（5―二〇六頁）、〈盛〉も、灌頂巻相当の巻四十八に、「吉田ニハ、去文治元年九月九日ノ大地震ニ、築地モ崩、荒タル屋共モイトゞ傾破テ、スマセ給ベキ御有様ニモ見エサセ給ハズ」（四五九～四六〇頁）とあり、本巻部の巻四十五にも、ほぼ同文が載る（6―三一八～三一九頁）。〈覚〉の灌頂巻も傍線部は同様（下―三九二頁）。〈延〉も、巻十二「三　建礼門院、吉田ニ御坐事」に、「建礼門院ハ吉田ニ渡ラセ給ケルガ、九日ノ地振ニ築地モ崩レ、荒タル宿モ傾テ、人住セ可給御有様ニモミヘズ」（五オ）と同様に記す。〈国会〉も、「おなじとし九月廿日、大ぢしんに、ついぢ、ばうなどもくづれ、いしやうもあれはてゝ、いとゞあはれなる御すまゐにぞなり給ひける」（八八頁）と同様だが、〈山崎〉は大地震の記事を記さない。なお、〈長〉は、六月二十一日に、吉田のほとりにある野河の御所に移って、そこで地震に遭ったとするが（5―二〇六頁。前表④野河入）、本巻では、「女院は、吉田にもかりに立入らせ給とおぼしゝかども、五月も立、六月も半ばすぎぬと、けふまでもながらへさせ給ふべくもおぼしめされざりしかども、御命はかぎりありければ、明ぬくれぬとすぎさせ給けり」（5―一五一～一五二頁）とあるように、野河入の記事はなく、建礼門院は吉田から動いていないと読めよう。なお、〈長・盛・覚〉は、灌頂巻相当部に、五月一日の前表②女院出家記事と③宗盛等の死の報の記事とを記す。その点、〈四〉灌頂巻は、前表②女院出家③宗盛等の死の報の記事を欠いており、住居の荒廃を中心とした描写になっている。〈四〉も本巻では、③宗盛等の死の報の記事は欠くが、巻十一に②女院出家記事を記すように（本全釈四八八頁）、②女院出家記事はあるべき記事であろう。灌頂巻では、女院が身を寄せた吉田の朽ち坊の荒廃ぶりを記すのだが、さらにその荒廃を決定的なものにしたとして七月九日の大地震が記されることにより、その間に本来は記されるべき②女院出家記事は忘れ去られたとも考えられようか。　**○晩れ行く秋の孤独に、最度心細くぞ思し食されける**　前表⑥秋の憂愁。「孤独」は、付訓「サ」にみるように、「さびしさ」と読む。巻十一「孤独《サヒシサ》」（二〇四右）。〈四〉は、本巻の巻十二にも、「尽きせぬ御物思ひに、秋の哀れさへ打ち副ふる悲しみも最度忍び難し。夜の長く成る任に、御寐覚め勝ちにて明かし兼ねさせたまふ」（本全釈三六頁）とある。当該部の注解参照。〈底・昭〉の「家度」は「最度《いとど》」の誤り。校異12に見るように、傍書の「最」が良い。　**○斯かるに付けても、都にも間近くして物憂き事の葉をも聞こし食しつ**

つ　女院が大原入りするきっかけとなる場面の本文だが、本巻では、巻十二の「建礼門院御歎き」が該当しよう。

A建礼門院は、都も尚鎮まるまじき様聞こし食せば、「今少し深ふ昇き籠らばや」と思し食されけれども、然るべき便も無し（〈四〉巻十二―二二四右）。

B斯かるに付けても、都にも間近くして物憂き事の葉をも聞こし食しつつ（〈四〉灌頂巻―二六〇右）

巻十二本文の傍線部をAとし、灌頂巻本文の波線部をBとして、〈長・盛・覚〉と対照すると、次の様になる。

〈長〉本巻（巻十九）…（A）源二位より判官を討とはかるよしきこえけり。都のきせん上下、又いかなる事のあらんずらんと、こゝかしこにさゝやきあへりければ、建礼門院きこしめして、さては尚鎮かなるまじきにこそ、すこしふかくかきこもらばやとおぼしめしけれども、さるべきたよりもなくて（5―一五五頁）

灌頂巻（巻二十）…（A＋B）又世間もいまだしづまらずなどきこしめすに都近て愁の言端聞食し、走馬のいばゆるをもものさはがしく心うくおぼしめすおりふし、宗盛親子ともにいけどられて、都へいらせ給たりしが、関東へくだらせ給ふと聞召ければいとゞ心うくて、さりとも奥のかたへぞくだされ給はむずらんと、心すこしとりのべさせ給ける禰《ほど》に、六月廿一日近江国にてつゐにきられ給て、京中をわたさるなどきこしめしける御心の中、をしはかられてあはれなり（5―二〇六〜二〇七頁）

〈盛〉本巻（巻四十五）…（B）ヤ、在テ、此人々（関東へ上った宗盛親子や重衡）帰上ト聞召シカバ、甲斐ナキ命計ハ助カリヌルニヤト思召ケルコソ愚ニ思侍レ、露ノ命消ヤラデ、懸ウキ事ヲ聞コソ責ノ罪ノ報ナレ。都近カリケルバカリ心ウカリケル事ハアラジ。折ニフレ時ニ随テ驚耳心ヲ迷スモ、サスガ生ル身ハ口惜事モ多カリケリ（6―三一八頁）

灌頂巻相当部（巻四十八）…（A）都モ尚静ナルマジキ様ニ聞召ケレバ、今少カキ籠バヤトゾ思召ケル。何事モ替果ヌル憂世ナレバ、イカニト中人モナシ（〈盛〉6―四六〇頁）

〈覚〉本巻（巻十二）…該当記事なし。

灌頂巻…（B）此御すまゐも都猶ちかくて、玉ぼこの道ゆき人のひと目もしげくて、露の御命《ヲンイノチ》、風を待《マタ》ん程は、うき事聞かぬふかき山の奥のおくへも入なばやとはおぼしけれども、さるべきたよりもましまさず（下―三九三頁。波線部はBの変形と見て良かろうか）。

以上、〈四・長・盛・覚〉の当該本文を比較してみると、〈四・長・盛〉に見るように、巻十二と灌頂巻相当部の表現は微妙に食い違っている。その中で、〈長〉の灌頂巻相当部では、AとBとを組み合わせているようにも見える。〈覚〉が、本巻に類似記事を見せないのは、重複を避けた改変とみることができよう。

次に〈延〉は、灌頂巻を持たないが、AとBの類似表現を次の様に記す。

〈延〉巻十一…（B）都近テカ様ノ事キヽ給ニ付テハ、御物思弥ヨ怠ル時ナシ。露命風ヲ待ム程モ、深山ノ奥ニモ入ナバヤト被思食召ケレドモ、サルベキ便モ無リケリ（〈延〉巻十一―八四オ）

巻十二…（A）其比女院ハ都モ猶閑ナルマジキ由聞食テ、イカナルベシトモ思召シワカズ、尽セヌ御物思ニ秋ノ哀ヲ打副テ、夜モ漸長成ケレバ（〈延〉巻十二―九ウ）

〈延〉の巻十一Bに見る「カ様ノ事」とは、その前に記される宗盛父子最期や重衡最期の記事を指す。また、巻十二Aに見る「猶閑ナルマジキ由」とは、その前に記される生け捕られた時忠親子の処遇記事を指すように読めるが、必ずしも明確ではない。恐らくは、〈延〉的形態が、灌頂巻特立に際して、本巻と灌頂の巻にそれぞれ分けて取り込まれたと考えられよう。なお、〈四・延・長・盛〉に見るA「都も尚鎮まるまじき様」が具体的に何を指すと考えられるかについては、本全釈巻十二において、「〈四〉巻十二（本段）や〈長〉巻十九のような形で頼朝義経不和の記事を受けていた」可能性を指摘した（注解「建礼門院は、都も尚鎮まるまじき様聞こし食せば…」。巻十二―三七頁）。また、B「都にも間近くして物憂き事の葉をも聞こし食しつつ」については、渥美かをるが、〈覚〉の「うき事」を引いて論じるように、何を指すか不明であり、かと言って「時忠被流」の後に引く〈屋〉のように、時忠との別離を指すことと読む場合、この事が女院にとって居所を変えなければならない程せっぱ詰まった「憂事」であったかは疑問として、ここは、〈延・長〉のように、宗盛親子や重衡の死を受ける形が本来であろうとする（一六四〜一六七頁）。このように本来は別々のものを指していたのだが、灌頂巻特立に際して、本巻と灌頂巻とで、女院がさらに奥なる所へ籠もりたいという理由を示す本文として取り込まれたと考えられよう。ちなみに、〈山崎〉は、宗盛の首が大路を渡され、梟首されたことを「今一しほにおぼしめし、ふししづませ給ふもあはれなり」として、「うき事をきかせざらんやまのおくへもがな」（一八四頁）と思ったとする。

〇行き還ふ人の物騒がしきに付けても、露の御命の風を待たん程、何かなる深山の奥へも籠らばやと、常に思し食されけれども　〈四〉に近似する主要な本文を示せば、次の様になろう。

〈延〉「都近テカ様ノ事キヽ給ニ付テハ、御物思弥ヨ怠ル時ナシ。露命風ヲ待ム程モ、深山ノ奥ニモ入ナバヤト被思食召ケレドモ、サルベキ便モ無リケリ」（巻十一―八四オ）

〈長〉「かゝりければ、いよ〳〵ふかき山の奥にも、とぢこもらばやと思召けれども、これへと申人もなく（5―二〇七頁）

〈盛〉「都近カリケルバカリ、心ウカリケル事ハアラジ。折ニフレ時ニ随テ驚耳心ヲ迷スモ、サスガ生ル身ハ口惜事モ多カリケリ。露ノ命風ヲ待ン程モ、深山ノ奥ノ奥ニ思入バヤト思召ケレ共、去べキ便ナクテ過サセ給ケルニ（巻四十五。6―三二八頁）

〈盛〉「都ニ近クテ懸事ヲ聞召ニ付テモ、尽セヌ御歎ハ休ラセ給ハズ、露ノ命風ヲ待程モ、深山ノ奥ノ奥ニモ籠入バヤト思召ケレ共、去べキ便モナシ」（巻四十八。6―四五九頁）

〈南〉「建礼門院ハ此御スマイモ都近シテ、玉鉾ノ道行キ人目モ繁ケレバ、露ノ御命ノ風ヲ待ン程、浮事聞ヌ深ク山ノ奥野ノ末マデモ入バヤト思召レケレ共」（九六一頁。〈中〉もほぼ同文）

〈屋〉「建礼門院ハ秋ノ暮マデ吉田ノ御坊《ハウ》ニ渡ラセ給ケルガ、コヽハ猶都近フテ、玉鉾《ホコ》ノ道行人ノ人目モ滋《シゲ》シ、露ノ御命風ヲ待ン程、憂《ウキ》事ノ聞ヘザラン何ナラム山ノ奥《ヲク》ヘモ入ラバヤトハ思シ食シケレ共」（八七八頁）

〈覚〉「此御すまゐも都猶ちかくて、玉ぼこの道ゆき人のひと目もしげくて、露の御命《ヲンイノチ》、風を待《マタ》ん程は、うき事聞かぬふかき山の奥のおくへも入なばやとはおぼしけれども」（下―三九三頁）

「行き還ふ人の物騒がしきに付けても」とは、波線部に見るように、都に近い吉田近辺では、人の往来も激しく、耳にすることも多いため、露命の尽きるまではもっと山深い所に身を隠したいと思っての意。〈四〉に全く一致する本文は見当たらない。二重傍線部を〈延・長・盛〉が欠く点は注意されるものの、読み本系の中では〈延〉が一番近い。○**今は何事も替り了てぬる世の習ひなれば、「是へ」と申す人も无く、自ら哀れと申す草の便りも枯れ了てて、誰育み奉るべしとも思し食し寄らざりける程に** 〈四〉に近似する本文を示せば次の様になる。

〈長〉「いよ〳〵ふかき山の奥にもとぢこもらばやと思召けれども、『これへ』と申人もなく、さるべき便もなかりければ、思食たつかたもなくて」（5―二〇七頁）

〈盛〉「何事モ替果ヌル憂世ナレバ、『イカニ』ト申人モナシ。自哀ヲカケ訪申ケル草ノ便モ枯ハテヽ、可奉誰育トモ不思召ケルニ」（6―四六〇頁）

〈屋〉「昔ニハ替リ終《ハテ》タル浮世《ウキ》ナレバ、奉レリ懸レケ情《ナサケ》ヲ是ヘト申サルヽ人モ不レ坐《ス》」（八七二頁）

〈覚〉「何事もかはりはてぬるうき世なれば、をのづからなさけをかけ奉るべき草のゆかりもかれはてて、誰はぐゝみ奉るべしとも見え給はず」（下―三九二頁）

〈長・盛・屋・覚〉の中では、〈盛・覚〉に近似するが、〈覚〉に波線部が見られないことからは、〈盛〉に最も近似するといえよう。当該句の意は、「今は何もかもが変わってしまったこの世の習いと言うことで、『こちらへ』と申す人もなく、どうしているのかとたまにはあった便りもなくなって、誰がお世話申し上げるとも思いよらずにいらっしゃったところ」。　**○信隆卿の北の方、隆房卿の北の方、此の両人ばかりぞ、忍びつつ哀れみ申されける程に**　建礼門院の姉妹が、帰洛後の建礼門院の世話をしたという記事には、〈四・延・長・盛・大・覚〉では、次の二つがある。①②は本段冒頭の表に用いた記号。

・藤原信隆の室と藤原隆房の室が、帰洛後の女院の世話をしていたとする記事…〈四①・盛②・覚①〉（〈四①〉二六〇右、〈盛②〉6—四六〇頁、〈覚①〉下—三九二頁）。

・女院が寂光院に移る際に、隆房の室が、輿の手配をしたとする記事…〈四②・延・長・盛①・盛③・大・覚②〉（〈四②〉二六〇左、〈長〉5—二〇七頁、〈盛①〉6—三四一頁、〈盛③〉6—四六一頁、〈大〉九六～九七頁、〈覚②〉下—三九三頁）。〈延〉「御輿共ハ冷泉ノ大納言隆房卿ノ北方ゾ沙汰シ被進ケル」（巻十二—一〇オ）。

また、〈南・屋・中〉は、隆房の北の方と信隆（信高）の女房が輿を手配したとする（〈南〉九六一～九六二頁、〈屋〉八七九頁、〈中〉下—三〇八頁）。〈屋〉「冷泉《レンセイノ》大納言隆房ノ北方、七条ノ修理ノ大夫信隆ノ女房ノ許《モト》ニテ、御乗《ノリ》物ナドモ沙《サ》汰《タ》シ奉給ケリ」（八七九頁）。以上を一覧すれば、次の様になる。諸本の内、ゴシック体は、輿の手配に関わる記事。

	信隆室	隆房室
〈四①〉	○	○
〈四②〉	×	○
〈延〉	×	○
〈長〉	×	○
〈盛①〉	×	○
〈盛②〉	○	○
〈盛③〉	×	○
〈大〉	×	○
〈南・屋・中〉	○	○
〈覚①〉	○	○
〈覚②〉	×	○

以上を整理すれば、次の様になる。信隆室と隆房室を女院の日常的な援助者として記すのが、〈四①・盛②・覚①〉。さらに、〈覚②〉によれば、その内の隆房室が輿の手配をしたことになる。また、〈延・長・大〉では、隆房室が、〈南・屋〉では、信隆室と隆房室が輿の手配をしたことになる。〈延〉には、隆房の北の方の輿の手配記事に続いて、A「大方モ常ニハコマヤカニ被訪申ケレバ」（巻十二—一〇オ）とあり、〈盛〉にも隆房の北の方がB「大方モ常ハ訪申サ

レケレバ」（6―四六一頁）とあるように、隆房の北の方が女院の日常的な援助者として描かれていることが分かる。ただ〈盛〉は、隆房室が、輿の手配をしたとして、本巻の〈盛①〉と灌頂巻の〈盛③〉とを呼応させるが、〈盛②〉では、信隆室と隆房室とが女院の日常的な援助者でもあったとする。ただ厳密に読めば、〈盛②〉の本文と、その後のBの本文とは重複気味であり、やや噛み合わない点があろう。恐らくは、〈延・長・大〉に見るように、隆房室を輿の手配をした者として描くのが当初の形ではなかろうか（但し、〈長・大〉は、Aの本文を記さない）。なお、信隆は、清盛の女婿となり、子に信清や、後鳥羽院や後高倉院の母后となった七条院殖子がいる。本全釈巻十一の注解「七条侍従信清の御友に候せらる」（四一四～四一五頁）参照。また、藤原隆房の父隆季は、徳子立后の折には中宮大夫に就いているように、平家に縁の深い家である。角田文衛は、建礼門院帰洛の際には、隆房の配慮によって、彼の八条堀河堂（八条大路南・堀河大路東）に渡御した可能性が高いとする（五〇六頁）。　**○召し仕はるる女房の縁にて「御栖を尋ね出だしたり」と申せば、喜びつつ渡らせたまふ**　巻十二「建礼門院大原入御」に、「候ひぬる女房の縁にて、『尋ね出だしてけり』と申せば、喜びて渡らせ御在しけり」（二一七左）とあるように、女院に祗候していたある女房の縁、ないしは進言によって大原入りしたとする。巻十二の注解「候ひぬる女房の縁にて」（六二一頁）参照。なお、〈国会〉は、大納言典侍の下女の夫が大原の里の者であったが、女院の歎きを聞き、妻女に寂光院のことを知らせたとする（九〇頁）。また、〈山崎〉では、女院に侍る尼女房達が「をはらのおくにこそ、世をすて人のすみかは侍れば」（一八四頁）と伝えたとする。　**○御駕は隆房卿ぞ沙汰為進らせらる**　諸本に見るように、「隆房卿」は、「隆房卿の北の方」が良い。なお、〈国会〉は、「御こしかきは、のぶさだのきやうのきたのかたより、御りきしや六人さしぐしてまいらせられけり」（九〇頁）とし、〈山崎〉は、「たかふさのきやうのかた《ママ》は御あねにてわたらせ給へば、をんな車二りやう奉りければ、御ぐそくどもあま女ばうたちとりのせて出させ給ひけり」（一八四頁）とする。「駕」は「のりもの」と読む。〈名義抄〉「駕　ノリ物」（僧中一〇九）。前々項の注解参照。　**○九月の末の事なるに、小塩山の麓、大原山の奥へぞ立ち**

入らせたまふ　巻十二「建礼門院、大原の奥寂光院と云ふ処へ在しけり」（本全釈巻十二―六二頁）とある。〈南・覚〉「文治元年長月の末」（〈覚〉下―三九三頁）。その他の諸本については、当該注解を参照（同―六一～六二頁）。〈国会〉は、「八月二日のあかつき」（九〇頁）、〈山崎〉は、「長月のすゑ」（一八四頁）とする。灌頂巻は、大原御幸から物語の現在時点として語り始めるため、大原入りの当該記事から詳細な記事が始まる。小塩山は、次々段にも、寂光院への経路の地名として記されるが、「勝持寺《しようじ》西方約一・八キロにあり、標高六四一メートル。大原野《おおはらの》・金蔵寺《こんぞう》・外畑《とのはた》から登る。東西二峰からなるが、西峰は大原山ともいい、山頂は淳和天皇陵とされている（〈平凡社地名・京都市〉（一一三三頁）。なお、同じく「寂光院」の項（〈平凡社地名・京都市〉八九頁）によれば、東の麓に寂光院を抱える翠黛山の別名を小塩山と言う。「大原山の奥」は、次々段の「西の山の脚、北の谷の奥」に相当しよう。なお、建礼門院が大原にいたことは、『建礼門院右京大夫集』により確認できる。「女院、大原におはしますとばかりは聞きまゐらすれど、さるべき人に知られでは、まゐるべきやうもなかりしを、深き心をしるべにて、わりなくてたづねまゐるに」（新潮日本古典集成、一二〇頁）。　**○道了も四方の木の葉の色々を御讃ずるに**　以下の傍線部に見るように、当該箇所は〈南〉に近い。〈南〉「道スガラ四方ノ木末ノ色々ナルヲ御覧ズル程ニ」（九六二頁）、〈屋〉「四方《ヨモ》ノ梢ノ色々成ルニ御覧ジテ」（八七九頁）、〈中〉「よもの木ずゑの色〳〵なるを御らんじて」（下―三〇八頁）、〈盛〉「遥々ト分入セ給ニ、四方ノ梢ノ色衰ヘタルヲ御覧ズルニ付テモ」（6―四六一～四六二頁）。なお、和歌には、「四方の木の葉の色」「四方の梢の色」の両様の表現が見られる。〈山崎〉に、「小原のおくにわけ入せ給ふみちすがら、よもの木ずゑもいろ〳〵なるを御らんずるに」（一八四頁）とある。　**○山景なればにや日も既に暮れければ、野寺の入相の鐘の声も物幽く悲しきに、鹿の音、虫の声々も妙々に弱り行く有様、何づれも何づれも思ひを催し、心を傷ましめざるは莫し**　〈四〉本文に近似する主要な諸本を次に引く。

〈延〉日モ既ニ暮カヽル野寺ノ鐘ノ入合ノ音スゴク、イツシカ御心スゴク聞召。……折シモ空カキ曇リ打時雨レ、木々

ノ木葉モ乱レツヽ、妻叫鹿ノ音信レテ、虫ノ声々ヨハリニケリ（巻十二—一〇ウ）

〈長〉山影なればにや、日も既暮ぬと、野寺の鐘の声すごく、草葉の露に御袖しほれて虫の音までも心ぐるしげなり（5—二〇七頁）

〈盛〉山陰ナレバニヤ、日モ既暮懸ヌ。何トナク御心細思召ニ、野寺ノ鐘ノ入相ノ音スゴク、草葉ノ露ニソボヌレサセ給ヘリ。……イツシカ空掻陰ウチ霘レツヽ、嵐列シテ木葉猥カハシ。鹿音時々音信テ、虫ノ怨モ絶々弱レリ（6—四六二頁）

〈南〉山影ナレバヤ、日モ既ニ暮カヽル。野寺ノ鐘モ入合ノ声スゴク、分ル草葉ノ露シゲミ、イトヾ御袖ゾヌレマサル。嵐ハゲシク木葉ミダレニシ、空カキ曇ル。イツシカ打時雨ル。鹿ノ音カスカニ音信テ、虫ノ恨ミモ絶々ナリ（九六二頁）

〈屋〉山陰ナレバニヤ、日モ早《ハヤ》ク暮ニケリ。野寺ノ鐘ノ入逢《アイ》ノ声スゴク、イツシカ空書《ラ》クモリ打時雨《レ》ツヽ、嵐猛《ハケ》シク木ノ葉猥《ミタリカハ》シク、鹿ノ音幽《カスカ》ニ音信テ、虫ノ声々絶《タヘ》々也（八七九～八八〇頁）

〈中〉山風なればにや、日もすでに暮にけり。野寺のかねの入あひのこゑすごく、そらかきくもり、いつしかうち時雨、木の葉みだりがはし。鹿のねかすかに音づれて、虫のこゑ〳〵たえ〳〵なり（下—三〇八頁）

〈山崎〉「山かげなれば日もすでに暮かゝり、野寺のかねのこゑすごく、わくる草葉の露しげし。いとゞ御袖こそぬれまさる。嵐はげしきそらかきくもり、いつしかうちしぐれつゝ、しかのこゑ時〳〵をとづれて、むしのねもたえ〴〵によはるもあはれなり」（一八四頁）

傍線部は〈四〉にほぼ一致する本文、波線部は、〈四〉になく、〈山崎〉に一致する本文である。これによれば、全く一致する本文はないが、〈四〉にも〈山崎〉にも近似するのは〈南〉である。なお、「幽」を「カスカ」と読む訓例は〈四〉にも多く見られるが、「スゴシ」の訓例はこの一例のみ。　**〇是くて立ち入らせたまふ程に、地形幽閑の洞に寂光院と云**

ふ寺有り　当該本文に比較的近似するのは〈盛〉。〈盛〉「角テ分入セ給へバ、地形幽閑ノ洞ノ内、西ノ山ノ麓、北山ノ谷ノ奥ニ、寂光院ト云御堂アリ」（6—四六二頁）。「幽閑」は物静かな様子。「常《とこ》しなへに人事を抛《なげう》てゝ世の煩《わずら》ひを忘れ、常に幽閑を栖《すみか》として寂黙《じゃくもく》を心とし給ふ」（続日本の絵巻10『弘法大師行状絵詞』上—一〇八頁）。**○旧りにける岩根の色、落ち来る水の音までも、最故有る様なり**　〈延・覚〉にも近似する本文が見られるが、〈盛〉の本巻部と灌頂巻に見る本文が近く、その中でも灌頂巻本文に近い。

〈延〉苔深クムス岩ノ色、落タギリタル水ノ音、指ガユエビ由アリテゾ御覧ゼラレケル（巻十二—五四オ）

〈覚〉ふりにける岩のたえ間より、落ちくる水の音さへ、ゆへびよしある所也（下—三九六頁）

〈盛〉古ニケル石ノ色、落来水ノ音（巻四十六。6—三四一頁）

〈盛〉古ニケル石ノ色、落クル水ノ音モ由アル躰也（巻四十八。6—四六二頁）

○緑蘿の垣、紅葉の庭、絵に書くとも筆も及び難し　前項に続く。近似本文は多くの諸本に見られるが、前項との関連からは、〈盛〉の灌頂巻本文との近似を重視すべきか。

〈延〉緑蘿ノ垣、翠黛ノ山、絵ニ書トモ筆モ及ブベクモ不見ケリ（巻十二—五四オ）

〈長〉緑蘿の垣、紅葉の山、絵に書とも筆も及がたし（5—二一二頁）

〈屋〉翠黛《スヒタイ》ノ色、紅葉ノ山、絵《エ》ニ書ク共筆モ難シ及ヒ（八八〇頁）

〈覚〉緑蘿《リヨクラ》の墻《カキ》、翠黛《スイタイ》の山、画《ヱ》にかくとも筆も及びがたし（下—三九六頁）

〈中〉りよくらのかき、もみぢの山、ゑにかくとも、筆もをよびがたし（下—三〇八頁）

〈盛〉緑蘿窓ヲ閉、紅葉道ヲ埋リ。絵ニ書共筆モ及難ケレバ（巻四十六。6—三四一～三四二頁）

〈盛〉緑蘿ノ墻、紅葉ノ山、絵ニ書トモ筆モ及難（巻四十八。6—四六二頁）

「緑蘿の垣」は、蔦の絡まる垣根の近景の様子で、「翠黛の山」「紅葉の山」は、その背後の遠景と考えられるから（新大系下―三九六頁の脚注一六参照）、〈四〉の「紅葉の庭」は、改変と考えられよう。**〇秋の憂へ、旅の悲しみを取り集めたる心地して、浦伝ひ島伝ひせし時も、差賀に是くは无かりしものをとぞ思し食されける**〈盛〉に近似本文が見られる。「秋ノ悲秋ノ哀ヲサヘ取集タル御心スゴサニ、古歌ヲ思召出ツヽ、奥山ニ紅葉フミ分啼鹿ノコエ聞時ゾ秋ハ悲シキ　ロズサマセ給ケルニ付テモ、浦伝島伝セシカ共、サスガ是程ハナカリシ物ヲト思召テ、責ノ御事ト覚テ哀ナル」（6―四六二～四六三頁）。〈四〉の「旅の悲しみ」とは、西海流浪中の悲哀と対比するのであろうが、これまでの記述では、大原山の秋の光景における「物幽く悲しき」様、秋の光景の中で、目にし耳にした「思ひを催し、心を傷」ましむ情景が重ねて描かれていたことからすれば、〈盛〉のように「秋ノ悲秋ノ哀」とするのが自然か。

【引用研究文献】

＊渥美かをる「平家物語灌頂巻成立考」（愛知県立女子大学紀要八輯、一九五七・12。『日本文学研究資料叢書・平家物語』有精堂出版一九六九・12再録。引用は後者による）

＊今井正之助「平家族伝抄と四部合戦状本平家物語」（中世文学二九号、一九八四・5）

＊佐伯真一「夷狄観念の受容―『平家物語』を中心に―」（『和漢比較文学叢書一五・軍記と漢文学』汲古書院一九九三・4。『平家物語遡源』若草書房一九九六・9再録。引用は後者による）

＊信太周「『平家打聞』覚え書き―四部合戦状本平家物語裏書説をめぐって―」（大妻国文五号、一九七四・3）

＊高橋貞一「四部合戦状本と平家打聞」（仏教大学人文学論集四号、一九七〇・9。『続平家物語諸本の研究』思文閣出版一九七八・9再録。引用は後者による）

＊高橋伸幸①「『四部合戦状本平家物語』の「裏書」―「刀後聞」と「平家族伝抄」―」（日本文学論究二九号、一九七〇・11）

＊高橋伸幸②「『神道集』本文筆録年次に関する問題―『平家打聞』との関係を廻つて―」（神道大系『神道集』月報、神道大系編纂会一九八八・2）

＊角田文衛「建礼門院の後半生」(日本歴史三〇六号、一九七三・11。『王朝の明暗』東京堂出版一九七七・3再録。引用は後者による)
＊山下宏明「『平家物語』の生成―「抜書」ということ」(名古屋大学文学部研究論集二八号、一九八二・3。『平家物語の生成』明治書院一九八四・1再録。引用は後者による)

大原御幸(①出発)

【原文】

斯《シ》程後白河法皇[1]此女院思食出《セ下ツ、》幽閑《シ》御住居被思食御心苦由訪進《セハヤ》常[2]被《ケレ》[3]思食世憚思食裏《セ下ツ、》▽二六一左鎌[4]《キ、》倉聞過《セ下》
程今[5]年《シ》暮《レ》成[6]文治二年新年歳立返《レ》余寒尚劇谷氷《モ》不打解峯白雪《モ》未有霞《ツ、》四方山辺《モ》早花色最不見《ヘ》百囀鶯《モ》籬
内[7]音信《レ》物哀《レ》[8]比《レ》法皇可然召集《メ》近臣達有仰建礼門院御《シマ》大原奥何有様《ソ》成御幸奉《ヤ》見思何又有御同宿事何可有
▽二六二右被《ケレ》仰近臣達被申此女院御清盛入道御娘頼朝返聞候事《モ》何可《ル》候々御憚可《コソ》然候《セ》人々被申合現《モ》[9]耶被《ケ》思食御
同宿由被思食留《ラ》[10]爾《ヌ》不可[11]《ナラ》[12]有御幸過春《モ》成《ケレ》夏《モ》過賀茂祭《モ》卯月廿三日補陀落寺《ヘ》可成御幸有御披露法皇籠夜出《セ》
御在忍御幸《ケレ》▽二六二左篭輿旧懸《セ》下簾被召御共公卿後徳大寺内大臣左大将実定卿花山院大納言兼雅卿三条大納言実房
卿土御門大納言通親卿[13]按擦大納言保通卿左兵衛督隆房卿堀河大納言道資卿花亭中納言公氏卿梅津三位盛資卿

▽二六三右岡屋三位資親卿殿上人柳原左馬頭重雅朝臣伏見左大弁重弘朝臣吉田右大弁親季朝臣左兵衛佐時景朝臣北面河内守長実石河判官代義兼聞[14]ヘシ已上十七人ノ

【釈文】

斯かりし程に、後白河法皇[1]、此の女院の幽閑なりし御住居《すまひ》を思し食し出でさせたまひつつ、御心苦しき由を思し食さるれば、訪ひ進らせばやと常[2]は思し食されけれ[3]ども、世に憚り、鎌倉の▽二六一左聞[4]キこえを思し食し裹《つつ》ませたまひつつ、過ぐさせたまふ程に、今年[5]シも暮れて、文治二年にも成りぬ[6]。新年《あらたま》の歳《とし》立ち返れども、余寒尚劇しく、谷の氷も打ち解けず、峯の白雪も未だ有り。四方《よも》の山辺も霞みつつ、早花《さうくわ》の色は最《いと》見え（へ）ねども、百囀《ひやくてん》の鶯も籬の内に音信《おとづ》[7]れ、物哀れなる比[8]なりしかば、法皇、然るべき近臣達を召し集めて仰せ有りけるは、「建礼門院の御します大原の奥は、何かなる有様ぞ。御幸成して見奉らばやと思ふは何《い》かに。又御同宿《どうじゆく》の事有らんは何かが有るべき」と仰せ▽二六二右られければ、近臣達の申されけるは、「此の女院は清盛入道の御娘にて御します。頼朝の返り聞き候はん事も何かが候ふべかるらん。御憚り候ふが然るべくこそ候へ」と人々申し合はれけるに、現[9]にもとや思し食されけん、御同宿の由は思し食し留[10]まらせられけり。

爾ても有るべき[11]ならぬ御幸[12]なれば、春も過ぎ、夏にも成りければ、賀茂の祭も過ぎたる卯月廿三日、「補陀落寺へ御幸成るべし」と御披露有りて、法皇夜を籠めて出でさせ御在す。忍びの御幸▽二六二左なりければ、籧輿《あじろごし》に旧き下簾を懸けさせて召されけり。御共の公卿には、後徳大寺内大臣左大将実定卿、花山院大納言兼雅卿、三条大納言実房卿、土御門大納言通親卿、按察[13]大納言保通卿、左兵衛督隆房卿、堀河大納言道資卿、花亭中納言公氏卿、梅津三位盛資卿、▽二六三右岡屋三位資親卿、殿上人には柳原左馬頭重雅朝臣、伏見左大弁重弘朝臣、吉田右大弁親季朝臣、左兵衛佐時景朝臣、北面には河内守長実、石河判官代義兼、已上十七人とぞ（の）聞[14]こえ（へ）し。

【校異・訓読】1〈底・昭・書〉「皇」字、傍記補入。2〈書〉「当」。3〈書〉「被」。4〈昭〉「聞《キヘ》」、〈書〉「聞ヘ」。5〈昭・書〉「今年モ」。6〈書〉「成《ナル》」。7〈書〉「音信シ」。8〈書〉「比シ」。9〈書〉「現レ」。10〈昭・書〉「留タラ」。〈昭〉の送り仮名「夕」は難読。11〈昭〉「可フ」。12〈昭・書〉「御幸ナレ」。13〈書〉「按察」。14〈書〉「聞シ」。

【注解】○斯かりし程に、後白河法皇、此の女院の幽閑なりし御住居を思し食し出でさせたまひつつ　後白河法皇は、女院の物静かな様子のお住まいのことを思い出されながらの意となる。しかし、「思し食し出でさせたまひつつ」は、〈長〉「女院先帝にをくれまいらせ給て、うき世をそむき、真の道にいらせ給つゝ、かすかなる御栖居にて、行すまさせ給よし法皇聞食して、まかぢき《ぢかき》ほどにもすませまいらせばやと、常はおぼしめしけれ共」（5―二一一頁）、〈盛〉「後白川法皇女院ノ幽ナル御有様ヲ聞召テ、御心苦思召ケレバ、一御所ニモ住セ給ハヾヤト思召ケレ共」（6―四六五頁）に見るように、「聞食テ」か、〈屋〉「法皇ハ女院ノ大原ノ閑居ノ御栖居《スマイ》ヲ御覧《ン》ゼマホシク思食テ」（九三八頁。〈南・覚・中〉も近似）の「御覧ぜまほしく思食て」とあるのが良いだろう。「住居」は、「スマヒ」と読む。〈屋〉「御住居《スマヒ》」（二〇二頁）。〈覚〉では「文治二年の春の比」に、法皇が「建礼門院大原の閑居《カンキヨ》の御すまゐ御覧ぜまほしうおぼしめされけれ共」（下―三九五頁）とあるが、〈四〉の場合、後白河法皇は、文治元年のうちから物寂しい住まいをする女院のことが気掛かりで、女院のもとを訪問したいと思っていた意になる。後掲「今年も暮れて、文治二年にも成りぬ」注解参照。〈四〉ではこの後に、女院との「同宿」の思いが記されることから、これは単なる同情からの発意ではないように読める。後掲「又御同宿の事有らんは…」注解参照。　**○御心苦しき由を思し食さるれば、訪ひ進らせばやと常は思し食されけれども**　〈延・長・盛・大〉及び〈山崎〉に近似本文あり。〈延〉「法皇ハ女院ノ未ダ都ニ渡セ給ケル時モ、御心苦事ニ思食レケレドモ」（巻十二―一一ウ）。法皇は、女院の都落ち以前から、女院のことを気掛かりにお思いになっていたとする。〈延〉の場合、都にいらっしゃる時からとするように、女院への単なる同情心からの思いではなく、水原一①が指摘するように、男女関係の思いから女院を「心苦しく」思っていたと読む可能性はあろう（三九〇頁）。〈長・盛〉は前項注解に引いた本文の波線部に見るように、法皇は、〈長〉では間近い辺りに、〈盛〉では同じ御所に女院と住みたいとの思いを持っていたとする。佐伯真一は、「盛衰記の場合、単に自分の御所で女院を保護したいという意味にも解釈でき、長門本ではむしろそうした意味にとる方が穏当かもしれない」（五一頁）とする。次項注解参照。〈大〉「後白河法皇、女院のかすかなる御すまいも御心くるしくて、とぶらひ申さばやとつねはおぼしめされけれ共」（九七頁）。〈四〉に近似するが、この後に同宿の件を持ち出さない点が異なる。なお、〈国会〉は、「女ゐんの御ありさま、身《ミ》をきまいらせばやと、おぼしめされけれども」（九一頁）とし、〈山崎〉は、「ごしら川のほうわう、この女院のかすかなる御すまひを御心ぐるしくおぼしめして、あさましや、おなじ御所にもすまばやと、つねには思しめしけれども」（一八五頁）とする。〈山崎〉では、法皇が同宿の思いを持っていたことになる。

〇世に憚り、鎌倉の聞こえを思し食し裏ませたまひつつ、過ぐさせたまふ程に　〈四〉では、この後に、近臣達が法皇に諫言したとして、同様な表現が繰り返される。この後の注解「現にもとや思し食されけん、御同宿の由は思し食し留まらせられけり」参照。当該記事を、〈南・屋・覚・中〉は欠く。近似本文を記すのは、〈延・長・盛・大〉。〈延〉「『鎌倉ノ源二位ノ聞思ハン事モ悪ク候ナム』ト人申サレケル間、サテノミゾ過サセ給ケル」（巻十二―一一ウ）、〈長〉「近習の人々、『源二位のもれきかむことあしく候』なんど各申されければ、思召わづらひつゝむなしく月日を送せ給けり」（5―一一一頁）。〈延・長〉は、「世に憚り」に該当する語を欠く。〈長〉の場合は、近習の人々（〈延〉の「人」に該当）が、「源二位のもれきかむことあしく候」と諫めたと読むのであろう。〈盛・大〉は次のとおり。〈盛〉「其比九条殿摂政ニテ御坐、近衛殿御籠居也。イツシカ引替タル代ニ成テ、都ノ人ノ心様々也。又十郎蔵人行家、九郎大夫判官義経等、都ヲ出タリトイヘ共生死未定、人ノ口モツヽマシク、鎌倉源二位ノ漏聞ン事憚アリト思召テ、過サセ給程ニ」（6―四六五頁）、

〈大〉「人のくちもはゞかりおぼしめしてすぐさせ給ほどに」（九七頁）。〈大〉は、人の噂を憚ったとするのみで、頼朝への聞こえを憚ったとは記さない。〈盛〉は、傍線部が〈四・延・長〉に近似するが、さらに波線部を記す点が異なる。波線部を含めて、日下力は、「院は女院を都に連れ戻し『一つ御所』での同居をと考えたものの、世が変わり人心も不安定で、十郎蔵人行家や義経が行方不明な中では、『人の口もつつましく、鎌倉源二位の漏聞ん事、憚ありと思召て』、あきらめていたとある。流動的政情下での反鎌倉と取られかねない軽率な行動を慎んだことを言おうとしたものである」と読む。〈盛〉の読解としては当然で誰にも異論のないものだろうが、問題は、法皇の行動が何故「反鎌倉と取られかねない軽率な行動」となり得るのかということだろう。国母であった女院を保護し、生存を保障すること自体は、さして波紋を呼ぶ行為ではあるまい。女院と「一御所」で同居することは、そうした範囲を超える行動として問題視されているわけである。それでも法皇は、結局思いとどまったとはいえ、できれば女院と同居したかった。そこには、女院に対する格別の思いがあると読めるのではないか。また、〈盛〉波線部に続く「人ノ口モツ、マシク」や、〈四〉の「世に憚り」は、鎌倉への配慮とは別の問題を含み得るのではないか。そうした読解の問題は、鎌倉の聞こえを気にしたと記す〈四・延・長・盛〉及び次に見る〈国会・山崎〉や、鎌倉への配慮を記さない〈大〉など、諸本全体を視野に入れつつ考えられねばならない。〈国会〉は、「九でう殿せつしやうときこえければ、このゑ殿は、もんこをとぢて、ひきこもらせ給ふよし、きこえければ、みやこの人のくちもさまざまなり、又、くはんとうのげんじ、よりともに、きこえんこともおんびんならずと、おぼしめししのびつゝ」（九一頁）と〈盛〉に近似する本文を記す。〈山崎〉は、「よの人のみるめもつゝましく、又かまくらのげん二ゐどののおもはん事もほひなく思しめして、むなしく過させ給ふほどに」（一八五頁）とするが、兼実の摂政就任に伴う近衛殿（基通）籠居の問題についても、この後、大原御幸が遅れた理由として記しており（一八五頁）、これも〈盛〉に比較的近いといえよう。　**〇今年も暮れて、文治二年にも成りぬ**　後白河法皇が建礼門院のことを考えているうちに文治二年になったとする。同様に記すのは、〈延・長・

盛・大〉。その中で、〈四〉に近似するのは、〈延・大〉。〈延〉「サアル程ニ文治二年ニモ成ヌ」（巻十二―五一ウ）、〈大〉「秋もすぎ冬も暮ぬ、文治二年にもなりぬ」（九七頁）。〈山崎〉は、〈大〉に近似する。一方、〈南・屋・覚・中〉は、「文治二年ノ春比、御幸ト聞ヘサセ給シガ」（〈屋〉九三八頁）と、文治二年（一一八六）の春の頃に、後白河法皇は寂光院に御幸と噂されたとする。

○新年の歳立ち返れども、余寒尚劇しく、谷の氷も打ち解けず、峯の白雪も未だ有り

文治二年と年は改まったものの、余寒猶激しく、谷の氷も溶けず、峰の白雪もまだ溶けずにあるという、①一月から二月にかけての描写で、次項に見る三月の描写に続く。〈南・屋・覚・中〉は、「きさらぎ・やよひの程は、風はげしく、②余寒もいまだ尽きせず、③峰の白雪消やらで、④谷のつらゝもうちとけず」（〈覚〉下―三九五頁）と、二月から三月にかけての情景として記す。〈盛〉は、「二月上旬比、大原山ノ奥ヘ御幸ナラバヤト思召ケレ共、余寒猶冽シテ、去年ノ白雪消遣ズ、谷ノツラヽモ打解ネバ、思召トヾマラセ給ニ、春モ過夏ニモ成ニケリ」（6―四六五～四六六頁）と、二月上旬に、法皇は大原への御幸をお考えになったが、余りもの寒さに躊躇う内に、春も過ぎ夏になったとする。本文の構成要素①～④の総てを記すのは、〈長・覚〉。〈四〉のように、①を欠き、②③④と記すのは、他に〈盛・南・屋・中〉。①④を欠き、②③と記すのが、〈延〉。「正月余寒猶ハゲシクテ、残雪モ未ルニ消ヘ、二月モスギ、三月モ漸ク晩ニケリ」（巻十二―五一ウ）。④を欠き、①②③と記すのが、〈大〉。「正二月ノ程は夜かんもいまだつきず、風もはげしくて雪も峯《ミネ》に消やらず、おぼしめしとゞまりて、三月の末にもをよび、春もむなしく暮はてゝ」（九七頁）。〈国会〉は、「そのうへ、こぞの雪もみねにきえやらず、たにのつらゝもいまだうちとけねば、御心ならずむなしく日かずをつもらせ給ふ程に、春もすでにくれ、なつにもやう〳〵なりにけり」（九一頁）と、①②を欠き、③④と記す。〈山崎〉は、「正月の比なれば、よかんもいまだすぎずして、風もはげしく、み山の雪もきえずして、谷のつららもとけやらで、いとさびしきおりからなれば」（一八五頁）と、①～④の総てを記す。「新年歳」は「あらたまのとし」と読む。〈四〉「新《アラ》年歳」（巻六―二二九左）。「氷」の表記、〈長〉同、〈盛・南・屋・覚・中〉「つらゝ」。

○四方の山辺も霞みつつ、

早花の色は最見えねども、百囀の鶯も籬の内に音信れ、物哀れなる比なりしかば、法皇、然るべき近臣達を召し集めて仰せ有りけるは　〈四〉の独自本文。四方の山辺も霞み、早咲きの桜の花の色は全く見えないけれど、多くの囀る鶯も籬の内に訪れる、もの哀れな早春の情景を描く。他本は、早春の内に後白河法皇が、御幸について近臣と語り合ったとは記さない。例えば、〈長〉「…やよひの中ばに成にけり。南面の桜さきて梢ことなるあさみどり、もえ出る千景《草》の色までもおりしりがほにいとやさし。春をとゞむるに春とゞまらず。春帰て人寂莫たり。何事に付ても日々に御行ゐは聞食たくて、今日や明日やと御心にすゝめ共、かきねや春をへだつらん、夏来にけりとしらるゝは、そともにさける卯花、あふひをかざすまつりも過しかば」（5―二一一頁）と、春の描写を連ねながら、結局春には行けず、夏になってしまったと記すが、本文は〈四〉に全く重ならない。同様に本文は重ならないが、〈屋・覚・中〉もまた、文治二年の春の頃に大原御幸をしようとしたとする点は重なる。〈覚〉「かゝりし程に、文治二年の春の比、法皇、建礼門院大原の閑居《カンキヨ》の御すまゐ御覧ぜまほしうおぼしめされけれ共」（下―三九五頁）。〈四〉の場合は、本段冒頭に見たように、法皇は文治元年のうちから女院のことが気になっていたとあったが、その後、この後に記される大原御幸ないし女院との同宿の思いが早春のうちに萌していたことを強調する叙述となる。なお、櫻井陽子は、〈覚〉では、大原御幸が夏の御幸であるにも関わらず、晩春の光景を強く印象づける描写がされる理由として、三月下旬の候は平家一族が滅亡した「元暦二年三月二十四日」から一年を経た、「まさに一周忌を迎える時期にあたる」（一二五頁）ためとする。「早花」は、早咲きの花の意。『文華秀麗集』「菊浦早花霜下発」（菊浦《きくほ》の早花《さうくわ》霜下《さうか》に発《ひら》き）（旧大系二三四頁）。「最（いと）」は、全くの意。『方丈記』「又、治承四年ミナ月ノ比、ニハカニ都遷リ侍キ。イト思ヒノ外也シ事ナリ」（新大系七頁）。「百囀」は、「鳥などがさまざまにさえずること」（〈日国大〉）の意。『本朝文粋』巻一「春之色、秋之光。花漠々、月蒼々。鶯百囀、雁一行」（前中書王。新大系一三五頁）。

○建礼門院の御します大原の奥は、何かなる有様ぞ。御幸成して見奉らばやと思ふは何かに　後白河法皇が近臣に相談した言葉。前半は「建礼門院大原の奥に何かなる有様にてぞ御しまさん」とも読めよう。法皇が御幸などの是非について人々の意見を聞いたとするのは、〈四〉の他には〈延・長〉。また、〈盛・大〉も法皇が人聞きないし頼朝への聞こえを気にしたとする。前掲「世に憚り、鎌倉の聞こえを…」注解参照。〈南・屋・覚・中〉は該当記事なし。

〇又御同宿の事有らんは何かが有るべき　前項に続く法皇の言葉。法皇が女院との同宿を考えていたとする内容に近似する本文は、本段冒頭の注解にも見たように、〈長〉「まかぢき《ぢかき》ほどにもすませまいらせばやと、常はおぼしめしけれ共」（5―二一一頁）、〈盛〉「一御所ニモ住セ給ハヾヤト思召ケレ共」（6―四六五頁）に見られるが、いずれも周囲が頼朝への聞こえを気にしたので実現しなかったとある。その〈長・盛〉の読みについては、前掲「世に憚り、鎌倉の聞こえを…」注解参照。但し、〈長・盛〉は「同宿」の語は用いていない。「同宿」は、「同じ宿や家に泊まりあわせること。同じ家、建物に住むこと」（〈日国大〉）。武久堅①は、「同宿」について、『平家物語』には「同じ寺院で、修行を共にする事」の意味以外の用例は無いので、男女関係をいうとは理解しがたいとするが、疑問。〈延〉の用例で、大納言典侍が「姉ノ大夫三位ノ局ニ同宿シテ、日野ト云処ニオワシケルガ」（巻十一―六三ウ）というのは、寺院でも修行でもない。また、男女が同宿して修行を共にすることは考えにくいし、僧坊で僧が「同宿」する関係をいう例は多いが、それがしばしば性愛を伴っていることはいうまでもない。〈四〉のこの例の場合、「建礼門院のいる大原の様子を見たい」という言葉に続くので、法皇は大原で女院と同宿することを考えたように読める。水原一①は、「当初法皇が御幸を思い立ったのは、建礼門院と同宿せんとしてであった」（一二五頁）と読み、佐伯真一は「法皇は大原へ行って女院と「同宿」したいと言った」（五一頁）と読む。しかし、〈長・盛〉が、女院を自分の御所やそれに近いところに住まわせたいと考えたと描くのは、御幸とは別に、女院を大原から都に引き取り、法皇の御所またはその近くに住まわせようとした意であろう。〈長・盛〉に引き寄せて読むならば、〈四〉の場合も、大原御幸とは切り離して、女院を都に引き取ることを「同宿」と言ったと読む可能性もあろうか。その場合は、「大原に御幸するか、あるいは女院を都に引き取るか」、二つの可能性を近臣に諮ったことになる。ただ、いずれも女院との「同宿」を考えたことに違いはない。いずれにせよ、法皇と女院との「同宿」の問題は、この後の女院の六道語りにおける畜生道の問題と深く関わることになろう（「六道語り④畜生道」参照）。畜生道に関わる姦淫の問題は、「同宿」の思いを持つ後白河法皇とも無関係ではあるまい。なお、〈屋〉「法皇モ其ノ後ヨリハ常ニ御訪《ヒ》有リケルトカヤ」（九五二頁）のように、大原御幸から還御の後、法皇の女院への「御訪」があったとする本文もある。〈屋〉と同様の本文は、〈南〉（一〇二七頁）、〈中〉（下—三四六頁）や、百二十句本（斯道本七七〇頁、〈集成〉下—三八〇頁）などにも見られる。原田敦史は、これを隆房北の方や信隆北の方からの援助と同様に、「法皇も支援の手をさしのべるようになった」（二二六頁）ととらえる。この「御訪」という言葉も、〈長・盛〉を参考とすれば、女院を法皇の近くに住まわせた上で訪問したと読む余地もあるかもしれないが、〈屋〉などにおける文脈としては、原田の言うように単なる支援と読むのが穏当か。だとすれば、〈四〉の「同宿」の読解とは切り離して考えることになろう。

○近臣達の申されけるは、「此の女院は清盛入道の御娘にて御します。頼朝の返り聞き候はん事も何かが候ふべかるらん。御憚り候ふが然るべくこそ候へ」と人々申し合はれけるに　先に、「世に憚り、鎌倉の聞こえを思し食し裏ませたまひつつ過ぐさせたまふ程に」とあり、重複気味ではある。先には、御幸を憚る法皇の思いとして記されていた。ここでは、具体的に何を憚るように進言したかは記されないが、次項によれば同宿を思いとどまるように進言したようである。類似本文は、他に〈延・長・盛・大〉にも見られる。一部は冒頭の注解にも記したが、再度記すことにする。〈延〉は、法皇は、女院がいまだ都にいらっしゃった時から気懸かりにお思いになっていたとする。しかし、「鎌倉ノ源二位ノ聞思ハン事モ悪ク候ナム」（巻十二—一一ウ）と人が申したため、大原の御幸は無かったとして、「建礼門院小原へ移給事」を締め括る。それに対して、〈長・盛・大〉は、〈四〉と同様に、大原御幸記事の冒頭に記す。〈長〉「女院先帝にをくれまいらせさせ給て、うき世をそむき真の道にいらせ給つゝ、かすかなる御栖居にて行すまさせ給よし法皇聞食して、まかぢき《ぢかき》ほどにもすませまいらせばやと常はおぼしめしけれ共、近習の人々、源二位のもれきかむことあしく候なんと各申されければ、思召わづらひつゝむなしく月日を送せ給けり」（5―一二一頁）。法皇は、女院を都に移し、自分の御所に近い所に住まわせたいと常にお思いになっていたけれど、近習の人々が、頼朝がこのことを漏れ聞いたならば良くないと申したので実行できないでいたとする。平家の中枢にいた女院を法皇がお世話することを、頼朝が良くは思わないであろうとするのである。〈盛〉「後白川法皇、女院ノ幽ナル御有様ヲ聞召テ、御心苦思召ケレバ、一御所ニモ住セ給ハヾヤト思召ケレ共、……人ノ口モツヽマシク、鎌倉源二位ノ漏聞ン事憚アリト思召テ、過サセ給程ニ」（6―四六五頁）。この〈盛〉の読みについては、前掲注解「世に憚り、鎌倉の聞こえを…」参照。〈大〉「後白河法皇、女院のかすかなる御すまいも御心ぐるしくて、とぶらひ申さばやとつねはおぼしめされけれ共、人のくちもはゞかりおぼしめしてすぐさせ給ほどに」（九七頁）。頼朝への聞こえを欠く。〈国会〉は、「みやこの人のくちもさま〴〵なり。又、くはんとうのげんじよりともにきこえんこともおんびんならずとおぼしめししのびつゝ」（九一頁）、〈山崎〉「よの人のみるめもつゝましく、又かまくらのげん二ゐどののおもはん事もほひなく思しめして、むなしく過させ給ふほどに」（一八五頁）と、同様に記す。　**○現にもとや思し食されけん、御同宿の由は思し食し留まらせられけり**　近臣達の諫言を法皇はなるほどと思われたのか、女院との同宿のことは諦めになられたの意。御幸に対する近臣の意見は記されないが、「御幸だけなら良いが、その延長上の同宿までは良くない」というものであったか、あるいは「御幸は良いが、都に引き取っての同宿は良くない」というものであったと読める。〈四〉では、冒頭部分に、「世に憚り、鎌倉の聞こえを思し食し裹ませたまひつつ、過ぐさせたまふ程に」とある。これによれば、法皇は、世間を憚り、頼朝への聞こえを憚ったために、大原御幸の思いを一旦中断なさったのだが、その判断に近臣の諫言があったのかについては記さない。しかし、法皇の女院との同宿の発言に対して、頼朝への聞こえを憚るべきと近臣等は諫めたとする。法皇の大原御幸の思いに対しても、女院との同宿の発言に対しても、頼朝の聞こえを憚ることを二度にわたって記すのは、重複の感があり、〈四〉のこうした文章構成に原態を見ることは困難と言えよう。　**○爾**

ても有るべきならぬ御幸なれば、春も過ぎ、夏にも成りければ　「爾ても有るべきならぬ御幸なれば」は、他本になし。当該句を直前の「御同宿の由は思し食し留まらせられけり」に続くものと見て、「爾ても有るべきならぬ御幸なり」と文を切り、ここまでで段落を区切る訓みもあるが、掲出の読みに従いたい。（法皇は女院との同宿の思いは諦められたが、かといって）そのまま諦めてしまうことのできない御幸なので（夏になって適切な時期が来たところで出発した）の意。「春も過ぎ、夏にも成りければ」の近似文は、〈盛・南・屋・覚・中〉にも見られる。〈国会〉にも近似文有り（九一頁）。

〇賀茂の祭も過ぎたる卯月廿三日、「補陀落寺へ御幸成るべし」と御披露有りて、法皇夜を籠めて出でさせ御在す　賀茂の祭は、〈大・屋〉同、北祭（〈盛・覚〉。〈延〉は「小祭」と誤る）、葵祭（〈長〉「あふひをかざすまつり」5―二一一頁）とも言う。四月の中の酉の日に行われた。文治二年の賀茂祭は、四月十四日（『玉葉』同日条等）。御幸のあった日を、文治二年（一一八六）四月二十三日のこととするのが、〈四・盛〉〈山崎〉。〈延〉「卯月ノ半」（巻十二―五一ウ）、〈南・中〉「卯月廿日比」（〈南〉一〇一二頁）、日付不記は、〈長・大・屋・覚〉〈国会〉。これまで大原御幸の史実性については不明であったが、承元四年（一二一〇）に成立した陰陽道家の勘申記『陰陽博士安倍孝重勘進記』の「御物詣例〈仏事〉後白河院」項に、次のようにある勘申例が、猪瀬千尋により紹介された（六八頁）。「文治二年四月二十三日庚午、〈狼藉〉、参御江文寺幷補陀洛寺、大原来迎院等」。但し、「大原来迎院等」とはあるが、寂光院とは記されていない。この点について猪瀬千尋は、寂光院の実態は不詳であり、現段階では『陰陽博士安倍孝重勘進記』の「大原来迎院等」に寂光院が含まれていたと見るのが穏当と考える（七六頁）とする。『閑居友』は、「文治二年ノ春」（新大系四三七頁）とする点が異なり、注意される。補陀落寺への御幸は、『陰陽博士安倍孝重勘進記』によっても確認でき、同時に江文寺へも御幸があったことが分かる。補陀落寺への御幸を記すのは、他に〈延・長・盛・南・屋・覚・中〉〈国会〉。〈延〉「法皇ハ『煙立思ナラネド人シレズワビテハ富士ノネヲノミゾナクト朝夕詠ジケル、清原深養父ガ建タリシ、補陀落寺ヲガマセ給ベシ』ト披露シテ」（巻十二―五一ウ）と記し、この後に続く供奉した人名の列挙の後に、さらに詳細な補陀落寺の模様が記される。水原一②は、諸本では途中補陀落寺に詣でたと触れる程度だが、〈延〉のみは六道絵・地獄絵の記述を含む詳しい記事を設けており、忍びの御幸が「補陀落寺ヲガマセ給ベシ』ト披露シテ」なされたというのは、「単に途中の通過地として触れる諸本に較べて如何にも実情況を言い得ていると思われる。補陀落寺にも一つの力点を置く延慶本の形が古形で、他本の整理が行なわれたものであろう」（三九八頁）とする。〈南・屋・中〉は、日吉の社へと披露があって、補陀落寺等の叡覧があったとする。〈南〉「大原通リニ日吉ノ社ヘト披露アリテ、彼深養父ガ補陀洛寺小野皇大后宮ノ御旧跡ヲ叡覧アリテ」（一〇一二～一〇一三頁）。補陀落寺については、次段の冒頭の注解に記す。また、〈延〉の補陀落寺関連記事については、〈延全注釈〉（三七四～三七八頁）に詳しい。夜の内に出発したとする点、〈延・長・盛・大・覚〉〈山崎〉同。**○忍びの御幸なりければ**『平家物語』諸本は、いずれも「忍びの御幸」として描く（〈国会・山崎〉は不記）。しかし、猪瀬千尋によれば、文治二年三月から四月にかけて、様々な形で治承、寿永の内乱における追善儀礼が行われていて、同年四月二十三日の大原御幸についても、後白河院による法華経読誦などの御自行をともなう、「無縁孤独」「悪業重罪」の人々への追善がなされていたことが推定されるという（六八～七〇頁）。また、文治二年の大原御幸においては、建礼門院が関与する形での亡卒追善が企図されていたことが推定されるという（七一頁）。以上からすれば、この御幸は、実際には必ずしも「忍びの御幸」ではなかったかもしれない。『平家物語』がこの御幸を「忍びの御幸」とするのは、後白河法皇の女院への思いに関わって、人の口や頼朝への聞こえを気にせねばならなかったという設定によるものと考える可能性もあろうか。但し、この点については、『閑居友』も「夜おこめて、忍びの御幸ありけり」（新大系四三七頁）とする点も考慮する必要がある。この『閑居友』の本文に近似するのが、〈延〉「夜ヲ籠テ寂光院ヘ忍ノ御幸アリ」（巻十二―五一ウ）である。『閑居友』は『平家物語』諸本と類似するが、とりわけ〈延〉との深い関係が想定できる。『閑居友』に建礼門院の記事が見えることについては、早く近世の山岡浚明『類聚名物考』巻二六九（明治版5―七三二頁）の指摘があるが、近代には、後藤丹治（一四一～一四三頁）が『平家物語』の『閑居友』依拠説を述べ、その後も麻原美子（五三一～五三八頁）・武久堅②（二三五～二三七頁、二四三～二四四頁）などが詳しく論じている。特に武久堅②は『閑居友』と〈延〉との多くの近似箇所を指摘する。一方、冨倉徳次郎（七〇頁）・永井義憲（一八七頁）・水原一①（一一八頁）・村上學（六四～六五頁）などは、『閑居友』の話末に記される「かの院の御あたりの事を記せる文」に、『閑居友』と『平家物語』がそれぞれ依拠したと考える。以下、『閑居友』に類似する文言は諸本に散見されるので、必要に応じて引用する。　**○籧輿に旧き下簾を懸けさせて召されけり**　「籧輿」は、網代輿（あじろごし）であろう。「網代輿」とするのは、他に〈延・盛・大〉。〈山崎〉は、「あじろの御車に御こうなつて」（一八五頁）。〈延〉「アジロ輿ニ裏簾懸タリ」（巻十二―五二オ）。忍びの御幸故に、網代輿で、下簾を懸けていたとするのであろう。『増鏡』「鳳輦にはあらぬ網代輿のあやしきにぞたてまつれる」（旧大系四五三頁）。〈長〉「ふりたる御車に下簾をかけて奉る」（5―二一一頁）。次節の注解「法皇御輿より出御有りて、御入堂有り」参照。　**○御共の公卿には、後徳大寺内大臣左大将実定卿…**　以下、御幸に供奉した公卿等の諸本異同を記し、村上學の考証（七五～七七頁）、〈延全注釈〉（巻一二―三七〇～三七四頁）を参照しつつ注解を加える。「忍びの御幸」とはしながら、諸本は多数の供奉の人物を記す。その点は、〈国会・山崎〉も同様。『閑居友』は、供奉の者達の名を記さない。なお、〈南・屋・覚・中〉は、いずれも「供奉《グブ》の人々、徳大寺・花山院《ノ》・土御門以下公卿《クギヤウ》六人、殿上人八人、北面少々候《サブラヒ》けり」（〈覚〉下―三九五頁。〈屋〉は傍線部を欠く）と簡略な記事。表では、〈覚〉で代表させる。故に、表では、〈四・延・長・盛・大・覚〉と〈国会・山崎〉に掲出される人名を掲げた。また、村上學掲載の表に倣い、史実に合致するかしないかを、○×で示し、判断しがたい人物には△を付した。

	史実	〈四〉	〈延〉	〈長〉	〈盛〉	〈大〉	〈覚〉	〈国会〉	〈山崎〉
①	×		当関白殿			当関白殿			たうくはんぱく殿
②	×		閑院太政大臣						
③	×		徳大寺左大臣						左大臣
④	○	後徳大寺内大臣左大将実定	後徳大寺左大将実定	後徳大寺右大臣公能御子内大臣実定	後徳大寺左大将実定	徳大寺の左大将実定	徳大寺	とく大じのさ大しやうさねさだ	
⑤	×			右大臣実隆					
⑥	×		右大将実能						
⑦	△	花山院大納言兼雅	花山院大納言兼雅	当関白花山院太政大臣忠雅御子大納言兼雅	花山院大納言兼雅	花山院左大臣たゞまさ	花山院	くわざんのゐんの大なごんたゞまさ	くわざんのゐん
⑧	○	三条大納言実房							
⑨	△	按察大納言保通	按察大納言泰通	侍従大納言成通御子宰相泰通	按察大納言泰通				
⑩	×		山井大納言実雅	三条内大臣公教御子大納言実雅				山の井の大なごんさねよし	
⑪	△	左兵衛督隆房	冷泉大納言隆房		冷泉大納言隆房	冷泉大納言たゞみち		れいぜんの大なごんたかつな	
⑫	×		侍従大納言成通		侍従大納言成通				
⑬	×		桂大納言雅頼		桂大納言雅頼				
⑭	△	堀河大納言通資	堀川大納言通亮		堀河中納言通亮				ほり川の中なごん
⑮	×	花亭中納言公氏	花園中納言公氏		花園中納言公氏	花園大納言きんうぢ			花ぞのの大納言

番号	人数	十七人（十六人）	不記（二十四人）	不記（八人＋X）	十八人	不記（五人＋X）	不記（十四人＋X）	不記（二十三人）	不記（二十三人＋X）
⑯	×								ももぞのの中なごん
⑰	△	土御門大納言通親	土御門宰相通親	土御門内大臣雅通御子宰相中将通親			土御門	つちみかどのさいしやうみちちか	
⑱	×			閑院大将					かんゐんのたいしやう
⑲	×	梅津三位盛資	梅津三位中将盛方		梅少路三位中将盛方				むめつぼのさんゐの中将
⑳	×		唐橋三位		唐橋三位綱屋				からはしの三位
㉑	×	岡屋三位資親	岡ノ屋源三位佐親		源三位資親				
㉒	○			吉田中納言					
㉓	×	柳原左馬頭重雅	柳原左馬頭重雅		柳原左馬頭重雅			やなぎはらのさまのかみふんしげ	やなぎはらのむまのぜう
㉔	×	吉田右大弁親季	吉田右大弁親季		吉田右大弁親季			よしださせうべんかねつね	よしだの左大臣
㉕	×							九条さへもんのすけもろずみ	
㉖	×	伏見左大弁重弘	伏見左大弁重広		伏見左大弁重弘				ふしみのう大じん
㉗	×	左兵衛佐時景	右兵衛佐時景		右兵衛佐時景				このゑのすけときかげ
㉘	×	河内守長実	川内守長実		河内守長実				かわちのかみのぶなり
㉙	△	石河判官代義兼	石川判官代		石河判官				かはのはんぐはん
㉚	×		高倉左衛門尉		高倉左衛門尉				たかくらのさへもんよりひで

①当関白殿。〈延・大〉〈山崎〉。⑦〈長〉「当関白花山院大政大臣忠雅」に付された「当関白」は当該記事に関わるか。忠雅は関白になっていない。但し、文治二年には、現任のあるいは前関白はいない。関白職は、この後、建久二年（一一九一）に兼実が就任。兼実は、文治二年三月十二日に任摂政。**②閑院太政大臣**。〈延〉。⑱閑院大将とは別人物だろう。文治二年に、太政大臣または前太政大臣はいない。太政大臣は、治承三年（一一七九）十一月十三日から文治五年（一一八九）十二月十日まで空席。また、「閑院太政大臣」と称する人物は前後の時代にも不明。**③徳大寺左大臣**。〈延〉〈山崎〉。〈山崎〉「左大臣」。文治二年時の左大臣は経宗だが、「徳大寺」に合致しない。徳大寺で大臣に昇った一人に公能がいるが、最高位は右大臣で、応保元年（一一六一）に死んでいて該当しない。但し、〈延〉は、「故近衛院ノ后太皇后宮卜申ハ、左大臣公能公御娘」（巻一―四二ウ）と「左大臣」と誤る記事がある。〈延〉の①から③の記事は、〈補任〉等に照らし合わせてみても明らかにおかしいが、「忍びの御幸」とはしながらも虚構を交えて、現任の関白・太政大臣・左大臣が随行したと描こうとしているようである。そして、そうした傾向は、①〜③の人物を欠くが、他の諸本においても多くの公家が随行したとする点に窺える。**④後徳大寺内大臣左大将実定**。〈四・延・長・盛・大・覚〉〈国会〉。文治二年時、実定は、内大臣左大将。十月二十九日に右大臣に転じている。右大臣公能の子。⑥に右大将実能が続くことからすれば、実定の場合、左大将であることが重要で、左大将・右大将も随行したと記すのであろう。〈四〉では、この後、寂光院の中に入った法皇が、女院の庵室の場所を尋ねた際、実定が北面の長実と義兼に探すように命じたとする。**⑤右大臣実隆**。〈長〉。文治二年当時、右大臣は、三月十二日に摂政になった兼実が兼ねていた。〈補任〉を見ても、右大臣になった実隆は見当たらない。**⑥右大将実能**。〈延〉。文治二年時の右大将は、藤原良通。十月二十九日任内大臣。実能は、③で考察した公能の父。保元二年（一一五七）没。実能が右大将であったのは、保延五年（一一三九）から仁平四年（一一五四）まで。〈延〉は、③④⑥で徳大寺三代の名を適宜引用したと考えられる。④実定の項参照。**⑦花山院大納言兼雅**。〈四・延・長・盛〉。〈大〉〈国会〉「忠雅」、〈覚〉〈山崎〉「花山院」。兼雅は、寿永三

年（一一八四）十二月三十日に辞権大納言。故に、文治二年の時点では、正二位前権大納言。兼雅は〈長〉が記すように、忠雅の子。忠雅は、嘉応二年（一一七〇）六月六日に辞太政大臣。兼雅も散位だが、忠雅は天治元年（一一二四）生まれの老齢で、随行者としては、子の兼雅が相応しい。〈長〉に付された「当関白」については、①の注解参照。以下、〈延〉では、⑭通亮まで、大納言である者達の名が並ぶ。**⑧三条大納言実房**。〈四〉。三条実房は、文治二年当時正二位大納言。藤原公教の三男。故実典礼に通暁していた公卿。⑩〈長〉の「実雅」は、「実房」の誤りか。当該注解参照。**⑨按察大納言保通**。〈四・延・長・盛〉。名の表記は、〈延・長・盛〉「泰通」が正しい。文治二年当時従三位参議。建久十年（一一九九）六月二十二日任権大納言、建仁二年（一二〇二）遷任按察使。父は参議藤原為通。藤原泰通は後白河院の俗の御読経衆（清水眞澄・二一五頁）。**⑩山井大納言実雅**。〈延・長〉。〈国会〉「さねよし」。文治二年当時、大納言実雅は見当たらない。〈補任〉で藤原実雅の初出は貞応元年（一二二二）。一条能保の三男。建久七年（一一九六）生まれであり、該当しない。「山井大納言」と号した人物としては、藤原道頼（九七一～九九五）、藤原信家（一〇一九～一〇六一）がいるが、いずれも該当しない。〈長〉の三条内大臣公教の子とされる実雅は、公教の子の実房の誤りか。とすれば、⑧と⑩〈長〉「実雅」は同一人物を指すことになる。**⑪左兵衛督隆房**。〈四・延・盛・大〉〈国会〉。〈延・盛〉「冷泉大納言」、〈大〉「冷泉大納言たゞみち」、〈国会〉「れいぜんの大なごんたかつな」。隆房は、文治二年当時従三位参議右兵衛督。十二月十五日に転左兵衛督。元久元年（一二〇四）三月六日任権大納言。女院の庇護者でもあった。⑫**侍従大納言成通**。〈延・盛〉。藤原成通は、久安五年（一一四九）七月二十八日任権大納言。平治元年（一一五九）十月十五日出家（六十三歳）。侍従大納言であったのは、久安五年（一一四九）七月二十八日から保元元年（一一五六）九月十七日に侍従を辞すまで。応保二年（一一六二）頃没か（『平安時代史事典』）。随行公卿にはふさわしくない。**⑬桂大納言雅頼**。〈延・盛〉。源雅頼（源雅兼の子）を指すとすれば、文治二年当時前権中納言で「桂大納言」の名には該当しない。桂大納言と呼ばれた人物としては、藤原光頼がいるが、承安三年（一一七三）没で、やはり該当しない。**⑭堀河大納言**

通資。〈四・延・盛〉〈山崎〉。但し〈延〉「通亮」、〈盛〉「中納言通亮」、〈山崎〉「ほり川の中なごん」。源通資ならば、⑰通親の弟。文治二年当時参議左中将。任権中納言は文治六年（一一九〇）七月十七日、任権大納言は正治元年（一一九九）六月二十二日。堀川大納言と呼ばれた徴証はない。文治二年当時堀川大納言と呼ばれた者としては源定房と藤原忠親がいる。**⑮花亭中納言公氏**。〈四・延・盛・大〉〈山崎〉。〈延・盛〉「花園中納言」、〈大〉〈山崎〉「花園大納言」。藤原公氏（号三条）とすれば、⑧実房の子だが、建暦元年（一二一一）十月二日、任参議、承久二年（一二二〇）正月二十二日任権中納言。但し、花亭・花園の呼称は確認できない。当該期に、花園中納言は見当たらない。**⑯ももぞのの中なごん**。〈山崎〉。未詳。当該期に、桃園中納言は見当たらない。**⑰土御門大納言通親**。〈四・延・長・覚〉〈国会〉。〈延〉〈国会〉「宰相」、〈長〉「宰相中将」。源通親は、久我内大臣雅通の子。文治二年当時は権中納言。権大納言任官は、建久六年（一一九五）十一月十日。通親の任参議は、治承四年（一一八〇）正月二十八日、同日還任左中将。**⑱閑院大将**。〈長〉〈山崎〉。〈山崎〉は、「たうくはんぱく殿、くわざんのゐん、もゝぞのの中なごん、左大臣、かんゐんのたいしやう、花ぞのの大納言」（一八五頁）と記していることからすれば、②閑院太政大臣と同人と解している可能性もあるが、〈長〉は、「三条内大臣公教御子大納言実雅、土御門内大臣雅通御子宰相中将通親、閑院大将、吉田中納言などぞ候ける」（二一一〜二一二頁）と名寄の末尾に記していることからも、別人物と解しているのであろう。該当人物未詳。**⑲梅津三位盛資**。〈四・延・盛〉〈山崎〉。〈延〉「梅津三位中将盛方」、〈盛〉「梅少路三位中将盛方」、〈山崎〉「むめつぼのさんゐの中将」。盛資・盛方共に当該人物未詳。**⑳唐橋三位**。〈延・盛〉〈山崎〉。〈盛〉「唐橋三位綱屋」。〈盛〉については、㉑「岡屋三位資親」参照。「唐橋の中将」と呼ばれ、参議左近衛中将、寛喜二年（一二三〇）没の源通資（兄が源通親）の三男雅清がいるが関連未詳。〈延〉は、大納言→中納言→参議に続いて、⑲盛方⑳唐橋三位㉑佐親と三位の公卿を続ける。**㉑岡屋三位資親**。〈四・延・盛〉。〈延〉「岡ノ屋源三位佐親」、〈盛〉「源三位資親」。〈盛〉は、⑳「唐橋三位綱屋」に続くが、「綱屋」は、「岡屋」（「岡」は糸偏の脱落）の誤りの可能性が大きい。佐親・資親は未詳。**㉒吉田中納言。**〈長〉。藤原経房を指そう。文治二年時には権中納言。諸本が、当時摂政であった兼実や権中納言経房を随行公卿の名寄に欠くのは、彼等が親幕府派の者達であったためとも考えられる。以上が、随行公卿。**㉓柳原左馬頭重雅。**〈延・長・盛〉〈国会・山崎〉。〈国会〉「やなぎはらのさまのかみふんしげ」、〈山崎〉「やなぎはらのむまのぜう」。いずれも未詳。以下、〈長・大〉は、殿上人が少々供奉したことは記すが、殿上人と北面の者達の名は記さない。**㉔吉田右大弁親季。**〈四・延・盛〉〈国会・山崎〉。〈国会〉「よしださせうべんかねつね」、〈山崎〉「よしだの左大臣」。いずれも該当人物未詳。〈四・延・盛〉は、右大弁・左大弁と弁官の名を記す。**㉕九条さへもんのすけもろずみ。**〈国会〉。文治二年時の左衛門佐は、藤原公清。「もろずみ」未詳。**㉖伏見左大弁重弘。**〈四・延・盛〉〈山崎〉。〈山崎〉「ふしみのう大じん」。「重弘(広)」未詳。文治二年時の左大弁は、藤原兼光。**㉗左兵衛佐時景。**〈四・延・盛〉〈山崎〉。〈延・盛〉の官職は、「右兵衛佐」。〈山崎〉「このゑのすけときかげ」。いずれも未詳。**㉘河内守長実。**〈四・延・盛〉。〈山崎〉「かわちのかみのぶなり」。文治二年時の河内守は、〈補任〉承元四年項によれば、藤原清長(参議左大弁定長の子)。「北面には」とする点は、〈延・盛〉同、〈山崎〉なし。〈四・延・盛〉では、以下は北面の者だが、『後白河院北面歴名』では、いずれも該当の人名が見当たらない。次節では、北面の長実と義兼が、女院の庵室を探し出す役回りを演じている。**㉙石河判官代義兼。**〈四・延・盛〉〈山崎〉。〈延・盛〉は「石河判官代」のみで名不記。〈山崎〉「かはのはんぐはん」は「いし」の脱落か。石河判官代義兼は、河内源氏源義基の子。義基は早く治承四年(一一八〇)年末から同五年年頭に討たれたようであり、〈四〉巻六では、その際、義兼も生け捕られたとする。注解「同じき子息石河判官代義兼」(本全釈巻六―五六～五七頁)参照。川合康によれば、石川判官代義兼は、九条家の侍で(『玉葉』文治二年十月七日条)、行家から離れた後、頼朝と結びつき御家人化していったものとする。〈延〉では、義兼は、壇浦合戦後、義経と共に内侍所と神璽を都へ護送したとされるので(巻十一―四六ウ)、ここでの随従も全くあり得ないこととは言えない。しかし、ここでは、〈延・盛〉〈山崎〉が名を記さないように、そもそも「石川判官代」を義兼と同定して良いかも問題である。義兼は『後白河院北面歴名』にも名が見えず、実際に北面の武士だったという根拠もない。大原御幸に随行したかどうかは不明。㉚**高倉左衛門尉。**〈延・盛〉〈山崎〉。〈山崎〉「たかくらのさへもんよりひで」。いずれも未詳。**○已上十七人とぞ聞こえし**　供奉した者達の実数を記すのは、〈四・盛〉。但し、〈四〉の「十七人」は、「十六人」の誤り。諸本ごとの、公卿・殿上人・北面の者達のそれぞれの数を記すと次のとおり。殿上人と北面の者達の場合、単に「殿上人」などとあるのみで、実数が記されない場合がある。その場合は、それぞれXで示した。括弧の中は、公卿・殿上人・北面の者達の順。〈四〉十六人（十人＋四人＋二人）、〈延〉二十四人（十七人＋四人＋三人）、〈長〉八人＋X（八人＋X＋X）、〈盛〉十八人（十一人＋四人＋三人）、〈大〉五人＋X（「殿上人せう〳〵」として、北面の者達の供奉は不記）、〈覚〉十四人＋X（六人＋八人＋X）、〈国会〉二十三人（五人＋六人＋十二人）、〈山崎〉二十三人＋X（十四人＋九人＋X）。「忍びの御幸」とはするものの、多くの公卿・殿上人・北面の者達の供奉を記すのが基本的な形。〈延〉が最も典型的だが、かなりの虚構を交えながら、公卿では関白を初めとして太政大臣・左大臣・左大将・右大将・大納言・中納言・三位の者達の供奉を記し、殿上人では、左馬頭・左大弁・右兵衛佐が続き、北面の武士を数名記す。その数の違いからも明らかだが、公卿の大半が供奉したと記すのが基本型で、〈延〉以外の諸本でもそうした傾向が指摘できよう。だが、『閑居友』の場合、供奉した者達の人名を列挙せずに「しのびの御幸」と記すので、多人数を引き連れた御幸という印象は薄い。『平家物語』のこの部分が、『閑居友』またはそれと同源の資料によって書かれているのだとすれば、「しのびの御幸」という言葉そのものは引き継ぎながらも、史実に基づかない人名列挙によって、多人数を引き連れた御幸という叙述を創出したものといえよう。

【引用研究文献】

＊麻原美子「『閑居友』と『平家物語』—典拠説をめぐって—」（日本女子大学紀要〔文学部〕一九号、一九七〇・3。『平家物語世界の創成』勉誠出版二〇一四・2再録。引用は後者による）

＊猪瀬千尋「文治二年大原御幸と平家物語」（中世文学六一号、二〇一六・6）
＊川合康「河内国金剛寺の寺辺領形成とその政治的諸関係―鎌倉幕府成立期の畿内在地寺院をめぐる寺僧・武士・女院女房―」（ヒストリア一二六号、一九九〇）
＊日下力「書評　佐伯真一著『建礼門院という悲劇』」（国文学研究一六〇集、二〇一〇・3）
＊後藤丹治『戦記物語の研究』前篇第二「初期の平曲を論じて灌頂巻研究に及ぶ」（筑波書店一九三六・1）
＊佐伯真一『建礼門院という悲劇』（角川学芸出版二〇〇九・6）
＊櫻井陽子「覚一本平家物語の表現形成―灌頂巻「大原御幸」の自然描写を中心に―」（中世文学三五号、一九九〇・6。『平家物語の形成と受容』汲古書院二〇〇一・2再録。引用は後者による）
＊清水眞澄「慈円の軌跡―九条家における仏法興隆をめぐって―」（聖徳大学言語文化研究所論叢一四号、二〇〇七・2）
＊武久堅①『平家物語への羅針盤』（関西学院大学出版会二〇二二・9）
＊武久堅②「壇ノ浦合戦後の女院物語の生成―『閑居友』と延慶本平家物語の関係・再検討―」（『軍記物語の窓　第一集』和泉書院一九九七・12。『平家物語発生考』おうふう一九九九・5再録。引用は後者による）
＊冨倉徳次郎『平家物語研究』（角川書店一九六四・11）
＊永井義憲「『閑居友』の作者及び素材について」（大正大学研究紀要四〇輯、一九五五・1。『日本仏教文学研究・一』豊島書房一九六六・10再録。引用は後者による）
＊原田敦史「屋代本『平家物語』〈大原御幸〉の生成」（千明守編『平家物語の多角的研究―屋代本を拠点として―』ひつじ書房二〇一一・11。『平家物語の表現世界―諸本の生成と流動―』花鳥社二〇二二・12再録。引用は後者による）
＊水原一①「平家物語六道の形成―特に日蔵説話との交渉について―」（解釈一九六〇・6。『延慶本平家物語論考』加藤中道館一九七九・6加筆再録。引用は後者による）
＊水原一②「建礼門院説話の考察」（『延慶本平家物語論考』加藤中道館一九七九・6）

＊村上學「「大原御幸」をめぐるひとつの読み　続　—『閑居友』から語り本への変質まで—」（『中世宗教文学の構造と表現—佛と神の文学—』三弥井書店二〇〇六・4）

大原御幸（②寂光院へ）

【原文】

立入《セ下》山道了《モ》[1]必《モ》非《ネ》秋揷《レツ》、草葉露袂《モ》[2]袖《モ》揷《ル》計細谷河水音峯嵐孤[3]独《サ》▽二六三左莫不催哀清原深養父拝《マセ下ツ》[4]、補陀落寺則自其小塩山脚山超大原奥世[5]新里寂光院《ヘ》成御幸比卯月廿日余事《ナレ》分過《セ下ヘ》夏草茂深[6]末无旧苔払人《モ》絶《ヘ》人跡哀《サモ》且《ト》被思食知池汀《ミキハ》[7]有叡讚中島藤懸松岸款冬岩躑躅不《ヌ》[8]云色《コソ》无《ケレ》和利青葉交遅《ソ》桜自《モ》▽二六四右初花珍《シク》山郭公初音《モ》待顔君御幸今[9]日《ソ》始音信《ル》、西山脚北谷奥有一宇草堂即[10]寂光院是法皇自御輿有出御有御入堂暫渡《セ》[11]仏前御在閑為《セ下ツ》[12]、御念誦爾《モ》女院御庵室何《レ》有《ケレ》[13]仰実定卿承《ラセ下》[14]之北面下臈仰長実義兼等尋進《サセ》[15]御在程北[16]面麓有一▽二六四左宇草庵即女院御庵室是後山前小沢幼笋小笋戦《ク》風青嵐叫枢緑苔閇窓不《ヌ》立代《テ》身習浮節滋《キ》竹柱都方言[17]伝《マ》間遠結柵垣《マセカキ》正木葛来人希[18]《レ》住居長実義兼見之思《ツ》[19]、哀奏申《ケレ》奉《ル》始法皇公[20]卿殿[21]上人《モ》出《セ下》[22]御堂庭若草分過《キ》[23]入《ラセ下》女院御[24]庵室《ヘ》▽二六五右垣　若槿《タア》蚑懸軒葱交萱[25]《レ》草生茂庭蓬深《シ》成鳥伏床瓢箪屢空草滋《ニシ》[26]顔淵巷[27]《ニ》可謂《ヌ》[28]萱軒半竹簀子紫[29]編戸《モ》哀藜[30]藋《フ》深《ク》[31]鏁雨湿原憲枢可謂《ツ》

【釈文】

山に立ち入らせたまへば、道了《すがら》も、[1]必ずしも秋には非ねども、草葉の露に挿《しを》れつつ、[2]袂も袖も挿《しぼ》るばかりなり。細谷河の水の音、峯の嵐も[3]孤独《さびしサ》に、▽二六三左哀れを催さざるは莫し。清原深養父が補陀落寺を[4]拝ませたまひつつ、則《やが》て其れより小塩山の脚《ふもと》の山を超え、大原の奥、[5]世析（新）の里寂光院へと御幸成る。比は卯月廿日余りの事なれば、夏草の茂《しげみ》深が末を[6]分け過ぎさせたまへども、旧苔払ふ人も无し。人跡絶え（へ）たる哀れさも、且つはと思し食し知られけり。池の[7]汀《ミキハ》を叡讜有れば、中島の藤、松に懸かりて、岸の款冬《やまぶき》、岩躑躅《いはつつじ》の、[8]云はぬ色こそ和利无《わりな》けれ。青葉交じりの遅《ソ》桜、▽二六四右初花よりも珍しく、山郭公の初音も、君の御幸を待ち顔に、[9]今日ぞ始めて音信《おとづ》るる。西の山の脚《ふもと》、北の谷の奥に、一宇の草堂有り。[10]即ち寂光院是なり。法皇御輿より出御有りて、御入堂有り。暫く仏前に[11]渡らせ御在し、閑かに御念誦為[12]させたまひつつ、「爾ても女院の御庵室は何《い》づれならん」と仰せ有り[13]ければ、実定卿之を[14]承らせたまひて、北面の下﨟、長実・義兼等に仰せて、御在す程を尋ね進[15]らせさせたまふ。

[16]北の山（面）の麓に▽二六四左一宇の草庵有り。即ち女院の御庵室是なり。後は山、前は小沢、幼笋《いざさを》小笋《ざさ》に戦《そよ》ぐ風、青嵐枢《とぼそ》に叫びて、緑苔窓を閇《と》づ。代に立たぬ身の習ひとて、浮き節滋《しげ》き竹柱、都の方の[17]言伝《ことづて》は、間《マ》遠に結へる柵垣《マセカキ》や、正木の葛、来る人[18]希《まレ》なる住居《すまひ》なり。長実・義兼之を見て哀れに[19]思ひつつ奏し申しければ、法皇を始め奉り（る）、[20]公卿・[21]殿上人も御堂を[22]出でさせたまひけり。庭の若草を[23]分け過ぎて、女院の[24]御庵室へ▽二六五右入らせたまふ。垣には若槿《つタアさがほは》　蚑ひ懸かり、軒には葱《しのぶ》　交じりの[25]萱《わすレぐさ》　草生ひ茂り、庭には蓬深くして、鳥の伏床《ふしど》と成りにけり。瓢簞　屢《しばしば》　空し、草顔淵が巷[27]に[26]滋《しげ》しとも[28]謂ひぬべし。萱の軒半、竹の簀子、柴（紫）[29]の編戸も哀れなり。

蓼蘿[30]《フ》深く鏁[31]せり、雨原憲が枢を湿《うるほ》すとも謂ひつべし。

【校異・訓読】1〈書〉「必」。2〈書〉「袂」。3〈書〉「孤独」。4〈書〉「拝■《セ下ッ、》」。■難読。5〈昭〉「世析里」、〈書〉「世断里」。6〈書〉「末」。7〈昭〉「汀《ミハ》」、〈書〉「汀《ミレハ》」。8〈書〉「言」。9〈書〉「今日《ノ》」。10〈書〉「寂光陰」。11〈書〉「渡」。12〈昭〉「為《セ下ッ》」、〈書〉「為《セッ下、》」。13〈書〉「有《ケル》」。14〈書〉「承」。15〈書〉「承」。16〈昭・書〉「北山」。17〈昭・書〉「言伝」。〈底〉の「マ」は「伝」に付されているが、本来は次行の「間」に付されたものだろう。18〈書〉「希」。19〈書〉「思《フ》」。20〈書〉「云卿」。21〈書〉「殿上人《ニ》」。22〈書〉「出《シム》」。23〈書〉「過」。24〈書〉「御庵室」。25〈昭・書〉「萱草」。26〈昭・書〉「滋《シ》」。27〈昭〉「巷」、〈書〉「巷《ニ》」。28〈書〉「謂」。29〈底・昭・書〉「紫」。30〈昭〉「蓼蘿《モフ》」、〈書〉「蓼蘿」。31〈書〉「鏁《レ》」。

【注解】○山に立ち入らせたまへば、道了も、必ずしも秋には非ねども、草葉の露に捶れつつ、袂も袖も捶るばかりなり　近似本文を記すのは、傍線部に見るように〈延・盛〉〈国会〉。その中でも、〈延〉により近い。〈延〉「其ヨリヲシヲノ山ヲ越テ、小原奥へ御幸ナル。別入山ノ道スガラ、秋ノ比ニモアラネドモ、草葉ノ露ニ袖ヌレテ、シボラヌ袂ゾナカリケル」(巻十二―五三オ)、〈盛〉「小塩山ノフモトナル寂光院ヘゾ御幸ナル。分入山ノ道スガラ、秋ノ比ニハアラネ共、夏草ノシゲミガ末ヲタドリ入ラセ給ニモ、露ニシホル、御衣ノ袖、膚ヲ徹嵐ノ音、冷クゾ思召」(6―四六七頁)。〈延・盛〉の傍線部は、波線部に見るように、寂光院へ至る途中の描写(〈国会〉も同様)。その点、〈四〉は、この後に補陀落寺詣でが記されるので、その途中の描写となり、設定が異なる。補陀落寺は今はなく、その旧地は明らかではなかったが、梶川敏夫により、現左京区静市静原町のクダラコージ山付近と確認された。その遺跡の東南側は金毘羅山(海抜五七二メートル)から翠黛《すいたい》山(海抜五七七メートル)の山稜が迫り、遺跡の東端から見た南方は、遥か谷間の向こうに静原の里を眺望できる景勝の地で(四一頁)、寺跡から寂光院までは直線でわずか一キロ半の地である(四五頁)。〈四〉に見るように、山中の道伝いに補陀落寺へと言う設定よりも、〈延・盛〉のように、小原(大原)への道伝いの光景とするのがふさわしいであろう。〈屋〉が「大原通リ、日吉ノ御幸ト御披露有テ、清《キヨ》原ノ深養父《フカヤブ》ガ造《ツクリ》タリシ補陀落寺、小野ノ皇大后宮ノ旧跡叡覧《エイン》アテ、其《レ》ヨリ御車ヲ留メ、御輿《コシ》ニゾ被《レ》召ケル」（九三八～九三九頁）とし、〈覚〉が「鞍馬《クラマ》どをりの御幸なれば、彼清原《カノキヨハラ》の深養父《フカヤブ》が補堕落寺《フダラクジ》、小野の皇太后《コ》宮《クウ》の旧跡《キウセキ》を叡覧《エイラン》あって、それより御輿《ヲンコシ》にめされけり」（下―三九五頁）と、御車から御輿に乗り換えたとするのも、そうした地理的状況を踏まえた描写である可能性があろう。なお、「露」が秋の景物とされることはいうまでもないが、「秋」と「草葉の露」の語の双方を含む歌としては、たとえば『金葉和歌集』二度本・秋・一七七、顕仲卿女「もろともに草葉の露のおきゐずはひとりや見まし秋の夜の月」などがある。　**〇細谷河の水の音、峯の嵐も孤独に、哀れを催さざるは莫し**　比較的類似する本文としては、〈延〉「峯ノ嵐吹スサビ、谷ノ水ノ石間ヲクヾル音、イヅレモ御心スゴカラズト云事ナシ」（巻十二―五三オ）。〈盛〉「細谷川ノ水、岩間ヲ過ル音スゴク」（6―四六七頁）はやや離れる。細谷川も、峰の嵐も、山深く立ち入った様子を言うのであろう。「細谷河」は地名ではなく、「我こひはほそ谷河のまろ木ばしふみかへされてぬるゝ袖かな」〈覚〉巻九。下―一九〇頁）などと同様、山中の細い谷川の意。「峯の嵐も孤独に」とは、例えば『玉葉和歌集』巻第十六雑歌二二〇八番、大納言経信「山里の夕ぐれがたのさびしさをみねのあらしのおどろかすかな」（新編国歌大観）の感興に近いものがあろう。「孤独」の読み「さびしさ」は、冒頭の章段「大原入」にも見える。　**〇清原深養父が補陀落寺を拝ませたまひつつ、則て其れより小塩山の脚の山を超え、大原の奥、世粁の里寂光院へと御幸成る**　〈延・長・盛・大・南・屋・覚・中〉は、いずれも補陀落寺御幸を記す。〈山崎〉は、「かねてひろうありける事なれば、をうゐのふかやぶ心をとゞめて、ふだうゐんへ入せ給ふ」（一八六頁）とするが、傍線部は、「ふだらくゐん」（「ら」→「う」、「く」の脱落）の誤りか。一方、〈国会〉は、「ふだらくじへと御ひろうあつて、じやつくはうゐんへぞいらせ給ふ」（九一頁）として、実際に補陀落寺御幸があったとは記さない。また、『閑居友』は補陀落寺について全く触れない。なお、〈延・盛〉では寂光院に至る山中の光景とする描写を、〈四〉が補陀落寺に至るまでの描写としていることの問題点については、冒頭の注解を参照のこと。前節「大原御幸(①出発)」の「賀茂の祭も過ぎたる卯月廿三日、『補陀落寺へ御幸成るべし』と御披露有りて」の注解に記したように、『陰陽博士安倍孝重勘進記』によれば、実際に寂光院への御幸の前に補陀落寺に詣でていたと見られる。梶川敏夫(四三頁)が指摘するように、『門葉記』巻一三四(大正図像部一二―三二三)が、「歌人慶運〈西塔北谷増長坊〉云」として記すところによれば、補陀落寺はかつて清原深養父が住した所で、当所を「養父里」「藪里」と書くが、多くは養父の字であるとする。そして補陀落寺の八講参勤の折、棟木に年月日並びに清原深養父が造したとする書き付けがあったという。なお、慶運は、永仁年間(一二九三〜一二九九)〜応安二年(一三六九)六月存命。青蓮院法印浄弁の子で、和歌四天王の一人。　**○則て其れより小塩山の脚の山を超え、大原の奥、世析の里寂光院へと御幸成る**　諸本は次の様に記す。〈延〉「其ヨリヲシヲノ山ヲ越テ、小原奥へ御幸ナル」(巻十二―五三オ)、〈長〉「おしほの山のふもとせれうの里、大原の別所寂光院へぞ御幸なる」(5―二一二頁)、〈盛〉「女院ノ住セタマヒケル芹生里、大原ヤ小塩山ノフモトナル寂光院ヘゾ御幸ナル」(6―四六七頁)、〈大〉「女院のすませ給《フ》せれうの里、をしおの山のふもとの」(九七頁)、〈南・中〉「芹生《セリウ》ノ里ノ細道モ、サコソハ御トコロセク被思召ケメ」(〈南〉一〇一三頁)、〈屋〉「セレウノ里ノ細道《ホソ》モ、難クレ忘ヤ思《シ》食《シ》ケム」(九三九頁)、〈山崎〉「それより山ごえに、女院のすませ給ふ、をしほの山のふもとなる小原のゝ御しよ、じやつくはうゐんへぞいらせたまふ」(一八六頁)。「世析」は「せりょう」、即ち「芹生」(現京都市左京区大原草生町)。「小塩山」は、京都市西京区大原野の山ではなく、現左京区大原にある金毘羅山の北にある小塩山(翠黛山)を指す(〈平凡社地名・京都市〉八九・九一頁)。この小塩山は、梶川敏夫が記す地図からも明らかなように、補陀落寺に近く、後白河一行は、補陀落寺から小塩山(翠黛山)の麓を越えて、芹生の里(左京区大原草生町)の寂光院に御幸したのであろう。〈名義抄〉「脚　フモト」(仏中一三二)。　**○比は卯月廿日余りの事なれば、夏草の茂深が末を分け過ぎさせたまへども、旧苔払ふ人も無し**　「卯月廿日余り」の事とするが、前節「大原御幸(①出発)」の「賀茂の祭も過ぎたる卯月廿三日、『補陀落寺へ御幸成るべし』

と…」の注解に記すように、〈四・盛〉〈山崎〉は、史実と考えられる四月二十三日のこととしていた。〈四〉の当該本文は、寂光院に至るまでの様子を描いたものであろう。〈長〉も「比は卯月の中ばの事なれば、夏草のしげみがすゑをわけいらせ給ふ。道すがら旧苔はらふ人もなし」（5―二一二頁）とあるが、同様に読めよう。これに対して、同様に近似本文を記す〈延〉は、次の様に記す。「比ハ卯月半ノ事ナレバ、夏草ノシゲミガ末ヲ別過ギ、旧苔可払一人モ無」（巻十二―五三ウ～五四オ）。〈延〉は、先にA「卯月ノ半ニモ成ヌレバ」（巻十二―五一ウ）とあったことと対応する。また、〈長〉はAの本文は欠くものの、〈延〉と同様に記すのは、「卯月半ノ事」とする形が古態である事を示すか。〈延〉の本文は、寂光院に到着してから女院の庵室に至る途中の描写と読めるが、〈延全注釈〉は、以下に見る諸本では寂光院までの道行とする本文であることを指摘、「「茂みが末を分け」といった表現は、道行の方が適当か」（巻十二―三八七頁）とする。〈盛〉「分入山ノ道スガラ、秋ノ比ニハアラネ共、夏草ノシゲミガ末ヲタドリ入ラセ給ニモ」（6―四六七頁）、〈南・中〉「始タル御幸ナレバ、御覧ジ馴《ナレ》タル方モナシ。旧苔払フモノナク」（〈南〉一〇一三頁）、〈覚〉「比は卯月廿日余《アマリ》の事なれば、夏草のしげみが末を分入らせ給ふに」（下―三九五～三九六頁）は、いずれも寂光院までの道行の描写。〈国会〉「時はう月ちうじゆんのころなれば、なつくさしげみかすかにわけすぎさせ給ひけり」（九一頁）も道行の描写。なお、「茂深（しげみ）」の表記、妙本寺本『曽我物語』に、「深茂《シケミ》か野辺」（四八7）、「夏の草茂深《（シゲミ）》を」（一四八2）として見られる。

○人跡絶えたる哀れさも、且つはと思し食し知られけり　〈延・覚〉「人跡絶タル程モ、思知レテ哀也」（〈延〉巻十二―五四オ）、〈長〉「人跡絶たる程を、且は思やらせ給ふもあはれなり」（5―二一二頁）、〈盛〉「人跡遥ニ絶ハテ、、蕭然トシテ音モセズ」（6―四七〇頁）、〈南〉「人跡絶タル程モカツ〳〵思召知レケリ」（一〇一三頁）。〈延・覚〉の意は、人の通うことの無い様子も思い知られて哀れである意。〈長〉は、人の通うことの無い様子を、一方では思いを馳せられるのも哀れである意。〈南〉は、人の通うことの無い様子も、先ずは思い知りなされたの意。〈四〉は、〈長・南〉に近似するが、人の通うことのない哀れさも、一方では思い知りなされたの意か。　**○池の汀を叡讃有れば、中島の藤、松に懸かりて、岸の款冬、岩躑躅の、云はぬ色こそ和利无けれ。青葉交じりの遅桜、初花よりも珍しく、山郭公の初音も、君の御幸を待ち顔に、今日ぞ始めて音信る**　諸本は、いずれも寂光院周辺の光景として記す。〈四〉の本文を、次の様に分ける。「①池の汀を叡讃有れば、②中島の藤、松に懸かりて、③岸の款冬、岩躑躅の、云はぬ色こそ和利无けれ。④青葉交じりの遅桜、初花よりも珍しく、⑤山郭公の初音も、君の御幸を待ち顔に、今日ぞ始めて音信る」。諸本は以下に記すように、〈四〉に一致するものはないが、比較的近似するものは〈長〉。次に、諸本の本文を見る。

〈延〉②松ニ懸レル藤並、木末ニ一房残レル花、⑤君ノ御幸ヲ待進ラセケルカト覚テ哀也（巻十二―五三ウ）

寂光院に到着してから、女院の庵室に到る途中の描写。次の〈長〉も同様。

〈長〉①池のみぎはを叡覧あれば、②中島の松にかゝれる藤、岸のあおやぎいとみだれ、わかむらさきにさける花、八重立霞の絶間より、⑤初音ゆかしき郭公、をりしりがほに音信つゝ、おほあらきの森の下景《草》しげりあひ、⑤今日の御幸を待がほに④青葉まじりの遅桜、風にしられぬ山陰は、梢に残てかすかなり（5―二一二頁）

〈盛〉露ヲ含メル③岸ノ款冬、玉ヲ貫カト誤タル。④青葉マジリノ遅桜、梢ノ花モ散残、若紫ノ②藤花、墻根ノ松ニ懸レルモ、春ノ遺ヲ惜メトヤ、⑤君ノ御幸ヲ待良也（6―四六八～四六九頁）

寂光院、女院の庵室周辺の描写。次項注解参照。部分的引用によって再構成された本文と言えよう。なお、〈盛〉の「露ヲ含メル岸ノ款冬、玉ヲ貫カト誤タル」は、〈南〉「岸ノ青柳露ヲ含ミテ、玉ヲツラヌク歟ト疑ハレ」（一〇一三～一〇一四頁）の方が良かろう。

〈大〉女院のすませ給《フ》せれうの里、をしおの山のふもとの、④青葉まじりのをそ桜、木末にちりのこる、③きしのやまぶきさきみだれ、いはぬ色をあらはして、⑤けふの御幸をまちかほなり（九七頁）

寂光院周辺の描写。〈大〉も〈盛〉と同様に、部分的引用によって再構成された本文であろう。〈山崎〉はほぼ同文。

「あおばまじりのをそざくら、きしの山ぶきさきみだれ、いはぬいろをばあらはせども、ほうわうの御かうまちがほなり」（一八六頁）。「いはぬ色」は山吹との関連で歌に詠まれることが多く、『新古今和歌集』雑上・一四八一、円融院の歌「九重にあらで八重さく山吹のいはぬ色をば知る人もなし」などが早い例であろう。染め色の「山吹」は梔子の実で染めたことから、「梔子色」を「口無し色」に掛け、「いはぬ色」としたもの。〈四〉の「岩躑躅の、云はぬ色こそ」は、『古今和歌集』恋一・四九五、読み人知らずの歌「思いづるときはの山の岩つゝじ言はねばこそあれ恋しき物を」に見るように、同音によって「言はねど」「言はねば」「言はでや」等を導く例が多い。

〈南・屋・中〉②中島ノ松懸《カ》レル藤浪、梢ノ花ノ残《ノコ》レルニ、⑤山郭公ノ一声モ今日ノ御幸ヲ待顔《カヲ》也。深《ミ》山隠《カクレ》ノ習《ナラヒ》ナレバ、④青葉ニ交《マシ》ル遅《ヲソ》桜、初花ヨリモ珍《メヅラ》シク（〈屋〉九四〇頁）

〈覚〉②中島の松にかゝれる藤なみの、うら紫にさける色、④青葉まじりの遅桜《ヲソザクラ》、初花よりもめづらしく、③岸《キシ》のやまぶき咲みだれ、八重たつ雲のたえまより、⑤山《ヤマ》郭公の一声も、君の御幸《ユキ》をまちがほなり（下―三九六頁）

〈南・屋・覚・中〉はいずれも、寂光院周辺の描写。④の一節は、『金葉和歌集』夏・九五、藤原盛房の歌「夏山の青葉まじりの遅桜はつはなよりもめづらしきかな」による。〈長・盛・大〉は、二句・三句を引くのみだが、〈四・南・屋・覚・中〉は、さらに四句・五句を続けて引く形。「初花」は、春初めて咲く花の意。「中島の藤、松に懸かりて…」については、〈全注釈〉下二―一八四頁が注意するように、島津久基（二二四～二二五頁）が指摘した『狭衣物語』の次の一文との類似が注意される。「御前の木立、何となく青み渡れる中に、中島の藤は、「松にとのみも」思はず咲きかゝりて、山ほとゝぎす待顔なるに、池の汀の八重山吹は」（旧大系二九頁）。〈四・長・南・屋・覚・中〉に、傍線部との近似関係が指摘できよう。

○西の山の脚、北の谷の奥に、一宇の草堂有り。即ち寂光院是なり　近似本文は〈延・長・大・覚〉にある。「西の山の脚」は、〈長・覚〉同。〈延・大〉は「西ノ山際ニ」（〈延〉巻十二―五三ウ）。「北の谷の奥に」は、ここでは、〈四〉の独自本文だが、〈盛〉では、「大原入」相当部（巻四十六＝6―三四一頁。巻四十八＝6—四六二頁)にある。〈四〉はここでは女院の庵室にふれない。本段に先立つ「大原入」該当部では、以下に見るように、多くの諸本が、女院の庵室は寂光院の「傍」にあるとしていた(但し、一部の諸本では位置関係が不明)。

「大原入」該当部

〈四〉「同じき廿八日、建礼門院、大原の奥寂光院と云ふ処へ在しけり。候ひぬる女房の縁《ゆかり》にて、『尋ね出だしてけり』と申せば、喜びて渡らせ御在しけり」(本全釈巻十二—六一頁)。寂光院と庵室の位置関係は不明。

〈延〉「草野谷ノ東西ノ山ノ麓北ノ奥ニ、御堂ホノカニ見タリ。傍ニアヤシゲナル坊モアリ」(巻十二—一〇ウ)。「アヤシゲナル坊」が女院の庵室だろう。庵室は「御堂」即ち寂光院の「傍」にあるとする。

〈長〉「西の山のふもとにふりたる草の庵あり」(5—二〇七〜二〇八頁)とあるのが、女院の庵室だろう。寂光院との位置関係は不明だが、「西の山のふもと」を本段と対照すれば、それ程離れていないことになろう。

〈盛〉巻四十六には「西山ノ麓北谷奥ニ、寂光院ト云堂アリ。其傍ニ怪ゲナル有庵室、年ヘニケリト覚テ痛荒タリ」(6—三四一頁)、巻四十八には「西ノ山ノ麓、北山ノ谷ノ奥ニ、寂光院ト云御堂アリ。怪気ナル坊モアリ。年経ニケリト覚テ…」(6—四六二頁)とある。前者の記事により、女院の庵室は寂光院の傍らにあることになる。

〈大〉「同廿七日、大原の奥瀬《クセ》料《レウ》の里寂光院へぞ入せ給ける。(中略)是又あさましげなる庵室なりければ…」(九七頁)。この「庵室」が女院の庵室だろうが、位置関係は不明。

〈南・屋・覚・中〉「さて寂光院《ジヤックハウヰン》のかたはらに、方丈《ホウヂヤウ》なる御《ゴ》庵室《アンジツ》をむすんで、一間《マ》をば御寝所《ギヨシンジヨ》にしつらひ」(〈覚〉下—三九四頁。〈南〉九六三頁、〈屋〉八八〇頁、〈中〉下—三〇九頁も同様)。「方丈なる御庵室」が女院の庵室であり、寂光院の傍らにあったとしている。

〈国会〉「にし山のおく、きた山のふもとなり。(中略)御だうののきに、ひきつゞきて、ほうぢやうなるあんじつをむすびて…」(九〇頁)は、寂光院が西山の奥、北山の麓で、その御堂の隣に女院の庵室を結んだとする。

〈山崎〉「西の山のふもと、北の谷のおくに、じやつくはうゐんといふさうしやうあり。またあやしげなるぼう有」（一八四頁）は、寂光院の近くの怪しげな坊が女院の庵室と読めよう。

以上、「大原入」では、〈延・盛・南・屋・覚・中〉及び〈国会・山崎〉が、寂光院の傍らないし近くに女院の庵室があったと読める。〈長〉もこれに近い。〈四・大〉は不明。

本段該当部　次に、本段の記事ではどのように記しているのか検証しよう。

〈延〉「彼寺ノ有様ヲ御覧ズルニ、西ノ山際ニ一ノ草堂アリ。即寂光院是也。北ノ山際ニ一ノ庵室アリ。女院御棲ニヤト被御覧ニ」（巻十二―五三ウ）。寂光院は西の山際、女院の庵室は北の山際に位置するとする。どの程度離れているのか分かりづらい。

〈長〉「西の山のふもとに一宇の草堂あり。則寂光院是なり」（5―二一二頁）の後に、「北の山の奥に一の景《草》庵あり。即女院のすませ給御庵室なり」（5―二一三頁）と続く。西の山際の寂光院に対して、北の山際の女院の庵室という描写は〈四・延〉に同じだが、〈長〉では各々の地から見る景観が詳細に記されるため、両地には相応の距離があるように読めよう。

〈盛〉「御堂ノ後ニ、蓬ノ軒ヲ並テ、怪ゲナル柴ノ庵二三有ケルヲ、女院ノ御庵室ト聞召バ…」（6―四六九頁）。「御堂」即ち寂光院の後に、柴の庵＝女院の庵室があるとする。「大原入」と対応し、寂光院の傍らにある庵室がより具体的に描かれる。

〈大〉「西の山ぎはに一の草堂あり。すなはち寂光院是也。北の山ぎはに一の草庵あり。則女院のすませ給《フ》御あんじちなるべし」（九七頁）。先の〈延〉とほぼ同文。位置関係は分かりづらい。

〈南・屋・中〉「寂光院ハ古フ造《ツクリ》成セル山水木立有レ由様《シマ》ノ御堂也」（〈屋〉九三九頁）に続いて荒廃した様が記され、女院の庵室の様子も、「女院ノ御庵室ヲ御覧《ン》ズレバ、桓《カキ》ニハ蔦槿《ツタアサカヲ》ハヒ懸《カヽ》リ」（九四〇頁）と、荒廃した様子が記される。位置関係は特に記さない。

〈覚〉では、寂光院の景観や、法皇の寂光院を詠んだ歌に続いて、「女院の御庵室《アンジツ》を御らんずれば、軒《ノキ》には蔦槿《ツタアサガホ》はひかゝり」（下―三九六頁）と記す。後半部は〈南・屋・中〉に似る。

〈国会〉「にしの山ぎはに、いちうのさうだうあり。じやつくわうゐんこれなり。みだうののきに、ひきつゞきて、ほうぢやうなるあんじつあり」（九二頁）は、「大原入」と一致して、寂光院の隣に女院の庵室を結んだとする。

〈山崎〉「にしの山のふもとにさうだうあり。すなはちじやつくはうゐんこれなり。又北の谷のおくにひとつのさうあんあり。これは女院のすませ給ふ所なり」（一八六頁）。寂光院は西の山の麓、女院の庵室は北の谷の奥として、「大原入」記事とは異なる。

以上、要するに、〈延・長〉の本段では、寂光院は西の山際、女院の庵室は北の山際と記すため、「大原入」と必ずしも対応せず、寂光院と庵室の位置関係がわかりにくい。〈四〉は本項では庵室にふれないが、この後、「北の山（面）の麓に一宇の草庵有り。即ち女院の御庵室是なり」とするので、〈延・長〉と同様となる。該当部注解参照。さらに〈山崎〉も、西山の麓と北谷の奥と記して、「大原入」とは一致せず、〈四・延・長〉に近いと言えよう。一方、〈南・屋・覚・中〉は、女院の庵室を「北の山際」とする表現を欠くため、庵室を寂光院の傍らとする「大原入」と矛盾しない。〈盛〉及び〈国会〉は、「大原入」でも本段でも、寂光院の傍らに庵室があると明確に描く。　**○法皇御輿より出御有りて、御入堂有り**　〈延・盛・大〉も同様。前節に「忍びの御幸なりければ、簷輿に旧き下簾を懸けさせて召されけり」（〈四〉）とあった。〈長〉は、御幸に際して、「ふりたる御車に下簾をかけて奉る」（5―二一一頁）とし、途中で輿に乗り換えたとはしない。〈南・屋・覚・中〉は、「補陀落寺・小野皇大后宮ノ旧跡叡覧《エイラン》アテ、其《レ》ヨリ御車ヲ留メ、御輿《コシ》ニゾ被レ召ケル」（〈屋〉九三九頁）とする。　**○暫く仏前に渡らせ御在し、閑かに御念誦為させたまひつつ**　法皇は、寂光院の中に入り、仏前に参り、念誦を唱えたとする。〈四〉の独自本文。諸本は、寂光院の概観、辺りの光景は描くが、法皇の入堂は描かない。但し、〈長〉は、次の様に、寂光点の寂れた内部の様子を描く。「野寺に僧なくして護摩の道場すたれ、香花をそなへざれば本尊仏像かうさびたり」（5―二一二頁）。　**〇「爾ても女院の御庵室は何づれならん」と仰せ有りければ、実定卿之を承らせたまひて、北面の下﨟、長実・義兼等に仰せて、御在す程を尋ね進らせさせたまふ**　法皇が、女院の庵室がどこにあるかと尋ねたところ、北面の長実と義兼が女院の居場所を探したとするのは、〈四〉の独自本文だが、〈盛〉に「女院ノ御庵室ト聞召バ、哀ナル御棲カナト有叡覧。以二北面下﨟一、『人ヤアル』ト尋サセ給へ共、寂寞ノ柴ノ樞ナレバ、無人声トシテ答人モナシ」（6―四六九頁）とあるのは、関連本文と見ることができよう。大原御幸の供奉者の中で、実定のみが諸本を通じて目立つ活動を見せている事に着目する水原一は、〈四〉の当該場面でも、供奉者の中で特に実定が法皇の直接の相談相手のごとき立場にある事に注目する（四〇二頁）。なお、この後に、「公卿・殿上人も御堂を出でさせたまひけり」とあることからすれば、当該場面は、寂光院の中でのことなる。法皇は、寂光院に入る際に女院の庵室を見ていないことになる。長実・義兼は、前節の御幸に供奉する者達の名寄に、「北面には河内守長実、石河判官代義兼」とあった。　**〇北の山の麓に一宇の草庵有り。即ち女院の御室是なり**　寂光院と女院の庵室との位置関係の問題については、先の注解「西の山の脚、北の谷の奥に、一宇の草堂有り。即ち寂光院是なり」参照。〈四〉を含め、〈延・大〉「北ノ山際ニ」（〈延〉巻十二―五三ウ）、〈長〉「北の山の奥に」（5―二一三頁）、〈山崎〉「北の谷のおくに」（一八六頁）と、いずれも西の山際（麓）にあった寂光院と対照させて記す。〈四〉は、「大原入」の記事が簡略なため、寂光院と女院の庵室との位置関係が不明だが、前項の注解に見るように、法皇も供の者達も、寂光院に入るに当たって、女院の庵室を目にしていない様子である。この後、寂光院を出た法皇等が、「庭の若草を分け過ぎて、女院の御庵室へ入らせたまふ」とあることからすれば、女院の庵室は、寂光院の「傍ら」とは考えがたく、やや離れた地にあると考えられようか。　**〇後は山、前は小沢、幼笋小笋に戦ぐ風、青嵐枢に叫びて、緑苔窓を閇づ**　当該句に近似するのは、〈南・屋・覚・中〉と〈盛〉。但し、〈南・屋・覚・中〉は、

〈四〉ではこの後に引く庵室の荒廃した様子を先に記し、当該句を後に記す。〈覚〉を次に引き、〈南・屋・中〉の相違部分は〔 〕の中に記す。「うしろは山、前は野辺、いざゝをざゝに風さはぎ〔〈南・中〉「ソヨギ」〕」（下―三九七頁）。〈盛〉「其程ニ彼方此方タヽズマセ給テ御覧ズレバ、イザヽ小竹ニ風ソヨギ、後ハ岸前ハ野沢、山月窓ニ臨デハ閨ノ灯ヲ挑、松風軒ヲ通テ草庵ノ枢ヲ開ク」（6―四七三頁）。傍線部が〈四〉に一致する本文。「⿱竹少」の用字について、小島瓔禮は、『和名抄』では「篠」をササと訓んでおり、「笹」も「⿱竹少」も国字で、「篠」をシノと固定するために工夫された文字であろうとし、「⿱竹少」は『神道集』や『曽我物語』を特色づける用法のように説かれている」として、その仮説に乗る形で論を展開する（二一頁）。「青嵐枢に叫びて、緑苔窓を閇づ」は、風が庵室の扉を吹き鳴らし、緑の苔が窓を埋め尽くしている様。典拠未詳。その前の「いざゝをざゝに風さはぎ」の「風」に引かれて記されるのだろうが、本来はこの後「御庵室に入らせたまふ」以下の、庵室の荒廃した様子を記す部分にこそ相応しいと言えよう。

〇代に立たぬ身の習ひとて、浮き節滋き竹柱、都の方の言伝は、間遠に結へる柵垣や、正木の葛、来る人希なる住居なり　〈覚〉「世にたゝぬ身のならひとて、うきふししげき竹柱《ハシラ》、都の方のことづては、まどをにゆへる〔〈南〉「見ル」、〈屋〉「編《アメ》ル」〕ませがきや、わづかに事とふ物とては、峰に木づたふ猿のこゑ、しづがつま木のをの音、これらが音《イン》信《シン》ならでは、正木のかづら青つゞら、くる人まれなる所也」（下―三九七頁）。〈盛〉「世ニタヽヌ身ノ習トテ、憂節シゲキ竹柱、都ノ方ノ言伝ハ、間遠ニカコフ竹垣ヤ、僅ニ伴ナフ者トテハ、賤ガ妻木ノ斧ノ音、正木ノ葛青累葛、長山遥ニ連テ、来人稀ナル里ナレバ」（6―四七三頁）。傍線部が〈四〉に一致する本文。〈四〉は、〈盛・南・屋・覚・中〉に見る波線部を欠くが、波線部の近似文は〈延・長・大〉にも見える。〈延〉「僅ニ言問物トテハ、巴峡ノ猿ノ一叫、妻木コル鍑《をの》ノ音計也」（巻十二―八三頁）。このように諸本に見えるものであり、〈四〉が略述したものか。「代に立たぬ」は、〈盛・南・屋・覚・中〉の「世に立たぬ」が良い。世を捨てた身の常としての意。「戦《そよ》ぐ」の訓は、黒川本『色葉字類抄』（中一八オ）にあり。「浮き節滋き竹柱」は、〈延〉にも横笛説話で、「憂節繁キ竹柱」（巻十―三六オ）と見える。

辛いことの多く、節の多い竹の柱の意を懸けたもの。縁語や懸詞が鏤められている。籬垣《ませがき》は「竹や木などで作った低く目のあらい垣」（〈日国大〉）の意。その目の粗い籬垣のように、都からの便りは間遠になりの意。「正木の葛、来る…」は、正木の葛が蔓性の植物で、「繰る」（たぐる）ことから、「来る」の枕詞のように用いられたもの。『後拾遺和歌集』雑四・一〇五二、民部卿経信「旅寝する宿はみ山にとぢられてまさきのかづらくる人もなし」。**〇長実・義兼之を見て哀れに思ひつつ奏し申しければ、法皇を始め奉り、公卿・殿上人も御堂を出でさせたまひけり**　〈四〉の独自本文。先に、法皇は、北面の長実と義兼に命じて、女院の居場所を探させていた。探し当てた彼等が報告したところ、法皇を始めとして公卿・殿上人等も寂光院から退出し、この後、女院の庵室を訪れることになる。**〇庭の若草を分け過ぎて、女院の御庵室へ入らせたまふ**　女院の居場所を聞いた法皇は、早速庵室に立ち入ったとする。そして、その後に、蔦や朝顔が生い茂る室外の景観描写が続く。**〇垣には若槿蚑ひ懸かり、軒には葱交じりの萱草生ひ茂り、庭には蓬深くして、鳥の伏床と成りにけり**　「若」は、付訓「タ」や〈長・大・南・屋・覚・中〉により「つた」と訓んだが、中世古辞書に「若」の訓に「つた」は見られない。「蔦」の誤りか。〈名義抄〉「槿　アサカホ」（仏下本一〇九）、「蚑　ハフ」（僧下二六）。本項は語り本にも一部近似文が見られるが、〈延・長・大〉がより近い。〈四〉の本文を、次の様に二分割すると、〈延・長・大・南・屋・覚・中〉〈国会・山崎〉は次の様になる。

〈四〉①垣には若槿蚑ひ懸かり、②軒には葱交じりの萱草生ひ茂り、庭には蓬深くして、鳥の伏床と成りにけり

〈延〉①庭ニハ②忍交リノ萱草生シゲリテ、鳥ノ伏トゾ見ヘケル（巻十二―五四オ）

〈長〉①垣には蔦あさがほはひかゝり、②軒には朽葉ふかくして、しのぶまじりの忘草、やどは葎のしげりつゝ、鳥のふしどにことならず（5―二一三頁）

〈大〉①垣にはつたあさがほはいかゝり、軒にはくちばしげくして、②しのぶまじりのわすれ草、庭はよもぎふしげりつゝ、鳥のふしど丶なりにけり（九七頁）

〈南・屋・中〉墻①ニハ蔦槿ハイカヽリ(〈南〉一〇一四頁)
〈覚〉①軒《ノキ》には蔦槿はひかゝり、②信夫《シノブ》まじりの忘草(下―三九六頁)
〈国会〉①?かきにこけむして、②しのぶまじりのわすれ草、にわには、ゑもぎしげりて、とりのふしどゝなりにけり(九二頁)
〈山崎〉かきたまふはつらく(誤リアルカ)、①あさがほはひかゝり、②のきにはしのぶまじりのわすれぐさしげり(一八六頁)

①は〈延〉なし。〈国会〉も微妙。②「葱交じりの萱草」は「しのぶまじりのわすれぐさ」で、諸本にあり。「葱」(しのぶ)は「しのぶ」または「しのぶぐさ」。「しのぶ」は「シダ類ウラボシ科の落葉多年草。本州以西の山地の樹上や岩上に着生する」(〈日国大〉)「しのぶ」①項)だが、「のきしのぶ」の古名でもあり、後者は、歌語として、動詞「忍ぶ」あるいは「偲ぶ」と掛詞にして、恋や懐旧の歌に用いられる(〈日国大〉)「しのぶ」②項)。「萱草」(わすれぐさ)は、ユリ科の宿根草で、『万葉集』以来、「恋忘草」の意で詠まれる(片桐洋一・四六六頁)。「しのぶ」と「わすれぐさ」とは、本来は別の草だが、平安時代から混同された。〈日国大〉「しのぶぐさ」項の「語誌」によれば、次の通り。

「偲ぶ」と「忘る」が対義語であるところから、「あるやむごとなき人の御局より、忘れ草を忍ぶ草とやいふとて、いださせ給へりければ」(伊勢物語―一〇〇)や「和泉式部集―上」の贈答歌の詞書の「人のもとにわすれ草しのふくさつつみてやるとて」のように、「忍ぶ草」は「忘れ草」とは別物とされていたが、これが③の挙例「大和」(傍線部は『大和物語』一六二段―引用者)では一草二名と誤解され、混同がはじまった。そのため、「平家―灌頂・大原御幸」の「信夫(しのぶ)まじりの忘草」のような修辞も可能になった。

なお、〈長・大〉の②には、波線部が見られる。ここは、全体が七五調で記される点では、〈長・大〉の形が本来の形に近いか。〈四〉は、七五調の形を崩している。

○瓢箪屢空し、草顔淵が巷に滋しとも謂ひぬべし。萱の軒半、竹の簀

子、柴の編戸も哀れなり。藜藿深く鏁せり、雨原憲が枢を湿すとも謂ひつべし　諸本及び〈国会・山崎〉同様。女院の庵室の荒廃ぶりを譬えるのに、『本朝文粋』巻六、橘直幹「請レ被下特蒙二天恩一兼中任民部大輔闕上状」の「瓢簞屢空、草滋二顔淵之巷一、藜藿深鎖、雨湿二原憲之枢一者也」（新大系二一二頁）を用いたもの。この句は『和漢朗詠集』巻下「草」にも載る。もとは自らの不遇を訴えた句で、瓢簞に入るわずかばかりの飲食にも事欠いた顔淵の家に草が生い茂るのと同じである、あかざに覆い尽くされた原憲のあばら屋は雨がその戸を湿らしているのと同じであるの意。顔淵（顔回）と原憲は孔子の門弟で、清貧で知られた。この句は、唱導文にも使われた。「ムクラノ門荒テ顔淵《カンエン》カ巷タニ同シクハニフノ小屋疎ニシテ原憲カ室ニ似タリ」（湛睿説草「道瑜法橋開母盲目事」。納冨常天翻刻四八二頁）。これは、道瑜の母の貧しさを顔淵・原憲に譬えたもの。

【引用研究文献】
＊梶川敏夫「京都静原の補陀落寺跡―平安時代創建の山岳寺院跡―」（古代文化四二巻三号、一九九〇・3）
＊片桐洋一『歌枕歌ことば辞典増訂版』（笠間書院一九九九・6）
＊小島瓔禮「神道集と曽我物語との関係」（国文学ペン一巻一号、一九六四・1。『中世唱導文学の研究』泰流社一九八七・7再録。引用は後者による）
＊島津久基「小督と大原御幸―平語余録―」（国語と国文学三巻一〇号、一九二六・10）
＊納冨常天『金沢文庫蔵　国宝称名寺聖教湛睿説草研究と翻刻』勉誠出版二〇一八・6）。
＊水原一「建礼門院説話の考察」（『延慶本平家物語論考』加藤中道館一九七九・6）

大原御幸③阿波の内侍

【原文】

法皇御覧《シ》[1]女院御庵室女院不渡《下》[2]不見其外人《モ》[3]心[4]細幽体人住无気色《モ》[5]呼何怪思食候人《ヤ》々々《ヤ》[6]被《ケレ》[7]仰[8]▽二六五左度々敢申勅答

无[9]人《モ》有良久怪気尼一人差出侍被申女院何《ヘ》[10]有《ケレ》御尋此上山《ヘ》候花摘入《セ》御在《シ》申《ケレ》阿那心憂《ヤ》爾可[11]奉花擲[12]不《スヤ》[13]奉

人《モ》付手《ラ》自《ラ》擲《下》[14]可闕《ク》[15]御事有《ケレ》仰尼申誰摘可進侍昔於九重内百敷[16]上被仰国母春[17]南殿花盛終日詠暮《シ》[18]夏清涼殿冷▽二六六右

泉暮日秋詠雲上月冬右近馬場雪思食《シ》[19]面白呴[20]呼《マセ下》四季月日明暮《下シ》先世戒善戒行薄渡《セ下ケ》[21]今城《下ヌ》[22]斯御身而過去

因果経文

欲知過去因　見其現在果　欲知未来果　見其現在因

被説加様思食知《ラセ下》[23]先世業《ス》[24]報後生宿業[25]兼勤[26]修《シ下ハ》▽二六六左捨身行事何可[27]侍御憚其上有在人々皆別了是《ク》[28]引籠浅猿山里柴

庵行渡《下ン》[29]験高山花《モ》[30]自《ラ》[31]取深谷水《モ》[32]手《ラ》[33]結朝夕備仏御前不行《セ下》争成仏道可御在申《ケレ》細々法皇聞食不似気色有心有

申[34]中《ヒ》々《ヒ》愚《ヒ》下《ヒ》不《ヒ》見《ヒ》者哉哀被思食此尼有様申中々愚下不《ル》▽二六七右見分絹布類云綴差物着上破紙絹着浅猿気斯有様申加様

事思食《シ》不思儀何者有《ケレ》御尋尼打泣小雨々々且《レ》[35]物《モ》不申何々度々有《ケレ》勅定尼泣々申付申上候方々憚多侍《ヘ》是一

年平治逆乱時被《レ》[36]失悪右衛門督信頼候《シ》小納言入道貞▽二六七左憲娘申弁局侍《シ》後申《セシ》阿波内侍此尼事侍申《ケレ》法皇被聞食爾

理信西孫子小讃取寄セ過去因果経[37]ニ文モ申耶弥哀思食咽セ下ツ、御涙龍顔見セ下所《トコ》搆[38]カマソ申彼尼紀二位孫子申紀二位法皇御乳母而是御乳母子娘差モ御身近被[39]シ召仕人忽悲ケレ御讃シ忘コソ

【釈文】

法皇、女院の御庵室を御讃[1]**じ**けれども、女院は渡[2]らせ**たま**はず。其の外の人[3]**も**見えず。心[4]細く幽《かす》かなる体にて、人の住みたる気色[5]**も**无し。呼《こ》は何かにと怪しく思し食し、「人[6]**や**候ふ、人**や**候ふ」と度[8]▽二六五左々仰せ[7]**られけれ**ども、敢へて勅答申す人[9]**も**无し。良《やや》久しく有りて、怪し気なる尼一人差し出でて、「侍ふ」と申さる。「女院は何[10]づれ**へ**」と御尋ね有り**けれ**ば、「此の上の山**へ**花摘みに入らせ御在**し**候ふ」と申し**けれ**ば、「阿那心憂**や**。爾ては花を摑《つ》[12]みて奉る**べ**き[11]人**も**付き奉ら**ず**[13]**や**。手づから自**ら**摑[14]ませ**たま**はずは、御事や闕[15]**く**べき」と仰せ有り**けれ**ば、尼申しけるは、「誰か摘みて進らせ侍る**べ**き。昔は九重の内、百敷[16]の上にて国母と仰がれ、春[17]は南殿の花の盛りを終日詠め暮[18]**らし**、夏は▽二六六右清涼殿の冷たき泉に日を暮らし、秋は雲上の月を詠め、冬は右近の馬場の雪を面白く思し食[19]**し**て呴呼《なぐさ》[20]**ませたま**ひ、四季の月日を明かし暮らし**たま**ひ**し**に、先世に戒善戒行薄く渡[21]ら**せたま**ひ**け**れば、今は斯かる御身に成[22](城)らせ**たま**ひ**ぬ**。而れば過去因果経の文には、

欲知過去因　見其現在果　欲知未来果　見其現在因

と説かれたり。加様に先世の業報[24]をも後生の宿業[25]をも思し食し知[23]**らせたま**ひて、兼ねて捨▽二六六左身の行を勤修[26]**したまは**ん事、何の御憚りか侍る**べ**[27]き。其の上、有りと在る人々に皆別れ了《は》てぬ。是[28]**く**浅猿《あさま》しき山里の柴の庵に引き籠り、行ひ渡[29]らせ**たま**は**ん**験《しるし》に、高き山の花[30]**も**自[31]**ら**取り、深き谷の水[32]**も**手[33]づか**ら**結び、朝夕仏の御前に備へ行は**せたま**はずは、争か成仏の道御在す**べ**き」と細々申し**けれ**ば、法皇聞こし食して、気色にも似ず、

心有りて申[34]す者かなと、哀れに思し食されけり。

此の尼の有様、申すも中々愚かなり。下には▽二六七右絹布の類も見え分かざる綴《つづ》れ差しと云ふ物を着、上には破れたる紙絹《かみぎぬ》を着て、浅猿《あさま》し気なり。斯かる有様にて加様の事を申す不思議さよと思し食して、「何かなる者ぞ」と御尋ね有りければ、尼小雨小雨《さめざめ》と打ち泣きて、且[35]しは物も申さず。「何かに何かに」と度々勅定有りければ、尼泣く泣く申しけるは、「申し上げ候ふに付けても方々憚り多く侍へども、是は一年平治の逆乱の時、悪右衛門督信頼に失はれ[36]候ひし少(小)納言入道▽二六七左貞憲が娘、弁の局と申し侍ひしが、後には阿波の内侍と申せしは、此の尼の事にて侍ふ」と申しければ、法皇聞こし食されて、爾《さ》ても理や。信西の孫子なれば、小讒《こざか》しくも過去因果経[37]の文も取り寄せ申すやと、弥《いよい》よ哀れに思し食し、御涙に咽ばせたまひつつ、龍顔所《トコロ》攜[38]くまでぞ見えさせたまふ。彼の尼と申すは、紀二位が孫子なり。紀二位と申すは法皇の御乳母なり。而れば是は御乳母子の娘にて、差しも御身近く召し仕はれし[39]人なるに、忽ちに御讒じ忘れけるこそ悲しけれ。

【校異・訓読】 1〈書〉「讒」。2〈書〉「渡」。3〈書〉「人」。4〈書〉「心モ」。5〈昭〉「元」。6〈書〉「々」。7〈書〉「被」。8〈書〉「渡度」。9〈書〉「人」。10〈昭〉「何」、〈書〉「何レヘ」。11〈書〉「花」。12〈底・昭・書〉「[illegible]」。「摑」の異体字と見た。13〈書〉「不ャ」。14〈書〉「摑」。15〈昭・書〉「闕ケ」。16〈書〉「数」。17〈書〉「奉」。18〈昭〉「暮」。19〈昭〉「食」。20〈書〉「呴呼マセト」。21〈書〉「渡セ下テ」。22〈底・昭・書〉「城」。23〈書〉「知ラセ」。24〈書〉「業」。25「業」は〈底・昭〉では傍書補入だが、〈書〉では本文行に記す。26〈底・昭〉「勤」を行末に小書き。〈書〉通常表記。27「可」は〈底・昭〉では傍書補入だが、〈書〉では本文行に記す。28〈書〉「是」。29〈書〉「渡」。30〈書〉「花」。31〈書〉「自」。32〈書〉「氷」。33〈書〉「自」。34〈底・昭・書〉「申」と「者哉」との間に、「中々愚下不見」の六字見せ消ち。次行の「中々愚下不ル見」の目移りによる誤入。35〈昭・書〉「且シ」。36〈書〉「被」。37〈書〉「経」。38〈昭〉「構《カニソ》」、〈書〉「構《エコソ》」。39〈昭・書〉「被レ」。

【注解】〇法皇、女院の御庵室を御讃じけれども、女院は渡らせたまはず。其の外の人も見えず　前節では、①法皇達は、「女院の御庵室へ入らせたまふ」とあった。但し、その後には、「垣には……」「軒には……」「庭には……」とあるように、庵室の外観が記されるのみであり、庵室の中ではなく、敷地の中に入ったという意味であろう。本段では、法皇は庵室を御覧になったが、女院の姿はなく、その他の人の姿もなかったとする。その後、②呼び出しに応じて現れ出た阿波の内侍との問答が記され、次節の冒頭では、③「法皇御庵室の内を見廻らせたまへば、一間は御寝所と覚えて」とあるように、庵室に入って内側をじっくりと見たとする形。故に、本段の「女院の御庵室を御讃じけれども」とは、庵室の内側をじっくりと見たのではなく、女院や他の人々の姿を探したという意味となる。その結果、阿波の内侍との問答に至る。このように①庵室外側の様子（前節）→②阿波の内侍との問答→③庵室内側の様子（次節）と記す点、〈盛・南・屋・覚・中〉同。これに対して、①③②と記すのが、〈延・長・大〉〈国会・山崎〉。〈延・長・大〉〈国会・山崎〉の場合は、案内を請う前に、庵室の外側に続けて内側の様子を見たことになる。なお、『閑居友』は、①を欠くが②③の順序。　**〇心細く幽かなる体にて、人の住みたる気色も无し**　「心細く幽かなる体にて」とは、前節の「瓢簞屢空し、草顔淵が巷に滋しとも謂ひぬべし」にも見るように、女院の庵室の荒廃した様子を言うのであろう。「人の住みたる気色も无し」に近似した本文は、他に〈延・大〉〈国会〉に見られる。〈延〉「人可住一トモ不見一ケレドモ、『人ヤ有』ト御尋有ケレバ」（巻十二―五七ウ）、〈大〉「じやくまくの柴の戸をたゝけども、無人《ムニン》じやうとてをともせず、庭の小草もみるゝかに、軒のしのぶも生茂り、まことに人すみたる気色も見えざりければ、法皇仰ありけるは、『北おもてに人や候』と御尋ありけれども」（九九頁）、〈国会〉「しかるに、まことにかすかにして、人すミたるけしきも見えざりけれバ、『人やある〳〵』と御たづねあれバ」（九三頁）。　**〇呼は何かにと怪しく思し食し、**

「人や候ふ、人や候ふ」と度々仰せられけれども、敢へて勅答申す人も无し　これはどうしたことかと法皇は不思議にお思いになり、誰かいないかと何度も仰せになったけれども、返事を申す人は誰もいなかったの意。〈延・長・盛・大・南・屋・覚・中〉、〈国会・山崎〉もほぼ同。但し、声を掛けたのは、〈盛〉が「以北面下臈、『人ヤアル』ト尋サセ給ヘ共」（6―四六九頁）と記すように、北面の下臈を介してであった。〈大〉「北おもてに、『人や候』と御尋ありけれども」（九九頁）の傍線部は、「北面に」とあるのが本来の本文であろうし、〈山崎〉「ほくめんのけかうにて、『人や有』と御たづねありけるに」（一八八頁）の傍線部は、「下臈」の誤りと考えられる。**○良久しく有りて、怪し気なる尼一人差し出でて、「侍ふ」と申さる**　この尼は、この後に明かされるように、阿波内侍のこと。〈四〉は「怪し気なる尼」とするが、近似表現を見せるのが、〈盛〉「賤尼」（6―四七〇頁）、「色黒シテ疲衰タル老尼」（6―四七一頁。「老尼」との表現も見せる）、〈大〉「やせをとろへて見なれぬさまなるあま」（九九頁）、「色あをくやせおとろへたるあま」（一〇〇頁）。これに対して、〈延・長・南・屋・覚・中〉〈国会・山崎〉は、「老タル尼」（〈延〉五七ウ）とする。『閑居友』は、阿波内侍のこととはしないが、「いとあやしげなる尼の、年老いたるありけるに」（新大系四三七頁）とする。『閑居友』はこの文で「老」と「あやしげ」の二つを記しており、「あやしげ」なさまは、この後、『平家物語』諸本に描かれる。「老」の要素も多くの諸本に描かれるが、〈四・大〉は欠く。なお、〈延〉は、「年モ僅ニ廿八九ノ者也」（巻十二―五九オ。〈延〉の独自本文）とする。そのようにまだ「老い」とは言い難く、以前見知っている阿波内侍を、後白河院が気付かなかった理由として、「殊ニ御身近ク奉被召仕シカバ、幾年セヲ経トモ争カ御覧ジワスルベキナレドモ、有シニモアラズ替ハテタリケレバ、御ラムジワスレケルモ理也」（巻十二―五九オ）とする。余りの変わりように、後白河院は、阿波の内侍とも気付かなかったとする。「年老いた」ように見えたのも、「有シニモアラズ替ハテタ」ためと考えられよう。「阿波内侍」については、この後の注解参照。**○「女院は何づれへ」と御尋ね有りければ、「此の上の山へ花摘みに入らせ御在し候ふ」と申しければ**　『閑居友』「『女院はいづくにおはしますぞ』

と問はせ給ひければ、『この上の山に、花摘みに入らせ給ひぬ』と答ゑけり」（新大系四三七頁）。〈延・長・盛・大・南・屋・覚・中〉〈国会・山崎〉もほぼ同。但し、「この上の山」を、〈延・大・屋〉は「此後ノ山」（〈延〉五八オ）とする。なお、「花つみ」とは、風流事ではなく、〈延〉が叡山の堂衆を「夏衆トテ、仏ニ花ヲ献リシ輩也」（巻三―三〇ウ）と描くように、下層の者のしわざとされていた。それは、渡辺貞麿が指摘するように、「山林抖擻的な危険をともなう捨身行」（二二六頁）であり、「ここに言う花とは仏に奉《ママ》げる樒《しきみ》のことであり、それを摘みに行くのは夏《げ》衆（花《げ》衆）としての行でなければならない。この夏衆は、比叡山においては、一夏九旬の間、深山にわけ入っては樒をとり、それを仏に供花する堂衆と称せられる下級の苦行者のことであった」（同）。**○「阿那心憂や。爾ては花を摑みて奉るべき人も付き奉らずや。手づから自ら摑ませたまはずは、御事や闕くべき」と仰せ有りければ**　『閑居友』「いとあはれに聞こし召して、『いかでか、世を捨つといひながら、みづからは』と聞こゑさせ給へば』」（新大系四三七頁）。『閑居友』に比較的近似するのは、〈延・長〉。〈延〉「法皇アキレサセ給ヘル御気色ニテ、哀ニ被思食ツヽ、『昔ヨリ世ヲ捨ルタメシ多ケレドモ、御花ナリトモ争カ自ラハ摘セ給ベキ。サレバ花摘テ可奉人ダニモ付奉ヌカ』ト被仰テ、御涙グマセ給ケレバ」（巻十二―五八オ）、〈長〉「法皇あはれにおぼしめし、世をのがれさせ給と云ながら、手づからみづからつませ給ずは御事やかく《ある》べきと仰ありければ」（5―二二五頁）。前項にも見たように、女院自らが花摘みをするのは、そのような苦役をする下臈がここにはいないからでしょうかと尋ねたのである。なお、〈延〉には、波線部に見るように、草庵を尋ねた後白河法皇の涙する姿が目に付くが、その理由について、大津雄一は、「女院の物語は、安徳帝と平家一門の鎮魂の物語である。そこでは平家の人々の罪が浄化され救済される。それと同時に、王権も浄化され、そしてそれとなく称揚されているのである。後白河法皇の懺悔の涙は、そのために必要なのである」（二一三頁）と解する。**○尼申しけるは、「誰か摘みて進らせ侍るべき。昔は九重の内、百敷の上にて国母と仰がれ**　尼が申したことには、一体誰が樒を進上致しましょうか。昔は都の内、宮中では国母と仰がれて…の意。尼の言葉はこの後見るように諸本記すが、当該本文は、〈四〉にのみ見られる。　**〇春は南殿の花の盛りを終日詠め暮らし、夏は清涼殿の冷たき泉に日を暮らし、秋は雲上の月を詠め、冬は右近の馬場の雪を面白く思し食して呴呼ませたまひ、四季の月日を明かし暮らしたまひしに**　前項に続き、女院は、昔は春夏秋冬、四季を愛で楽しい日々をお過ごしであったがとして記す。近似文は、他に〈延・長〉にも見られるが、〈四〉とは異なり、いずれも女院の庵室内の描写に関わる本文に続く。次に〈延〉（巻十二―五七オ～五七ウ）の本文を引用し、〈四〉に該当する箇所に傍線を付した。また、該当する〈長〉本文の一部を（　）に入れて示し、〈四〉に一致する本文には波線を付した。これによれば、〈長〉の本文が〈四〉により近い。

昔ハ四季ニ随ヒ折ニ触レテ、春ハ南殿ノ桜ヲ御心ニカケサセ給テ

　古ノナラノ都ノ八重ザクラ今日九重ニ移ツルカナ

夏ハ清涼ノ台ニ昇テ（夏は清涼殿の冷きに御遊ありて）、夜ノ端《あぢきな》キ事ヲ残シ、冷《すさまじ》キ御遊アリツヽ、

　打シメリ菖蒲ゾ薫ル時鳥鳴ヤ五月ノ雨ノ夕晩

秋ハ九重ノ月ヲ（秋はこゝのへの中に雲ゐの月を）夜終《よもすがら》御覧ジテ

　久方ノ月ノ桂モ秋ハナヲ紅葉スレバヤテリマサレラン

冬ハ右近馬場フ《（ヲか）》白雪ニ嘯テ（冬は右近馬場の雪を面白と御らんじて）、先サク花カト悦バセ給テ

　待人モ今ハ来ラバイカヾセムフマヽク惜キ庭ノシラユキ

〈盛①〉は、四首の和歌のみをほぼ同文で引く（6―四七八頁。但し四首目は上の句が全く異なる）。但し和歌以外の本文は、この後の「女院六道」の一節に、次のように引かれる。〈盛②〉は、「大内山ノ花ノ春ハ、南殿ノ桜ニ心ヲ澄シテ日ノ長事ヲ忘、清涼殿ノ秋ノ夜ハ、雲井ノ月ニ思ヲ懸テ夜ノ明ナン事ヲ歎、冬ハ右近馬場ニフル雪ヲ、先笑花カト悦、夏ハ木陰涼キ暁ニ、初郭公ノ音モウレシ、玄冬素雪ノ寒朝ナレ共、衣ヲ重テ嵐ヲ防、九夏三伏ノ熱夕ニハ、泉ニ

向テ納涼ス」（5―四九七頁）。傍線部は、〈四〉に近似する本文）。〈盛①〉は、〈延・長〉的形態から和歌のみを抜き出したものだろうし、〈盛②〉は、〈延・長〉的形態のものから和歌を取り除いて改変された本文であろう。一方、〈四〉の場合は、その〈延・長〉的本文から和歌を抜き取り、建礼門院が、今の境遇とは異なり、四季の折々に優雅な日々を過ごした生活を描くために取り込んだものと見なせよう。　**○先世に戒善戒行薄く渡らせたまひければ、今は斯かる御身に成らせたまひぬ**　近似文は、〈延・盛〉〈国会〉に見られる。『閑居友』にも、「前の世にかゝる御行なひのなかりける故にこそ、かゝる憂き目を御覧ずる事にて侍らめ」（新大系四三八頁）と見られる。〈延〉「前世ニ戒善戒行薄クオワシケルニヤ、今カヽル御身ニナラセ給ヘリ」（巻十二―五八ウ）、〈盛〉「過去ノ戒善修福ノ功ニヨテ、忝天下ノ国母ト成セ給タレ共、先ノ世ニ加様ノ懇ノ御勤ノ候ハザリケレバコソ、今カヽル憂目ヲモ御覧ゼラレ候ヘ」（6―四七〇～四七一頁）、〈国会〉「ぜんせに、かいぜんかいぎやうましまさぬにより、此たび、かゝる御身とならせ給へバ」（九四頁）。〈四〉に最も近いのは〈延〉。意味は、〈盛〉が分かり易く記すように、前世における戒善（戒を保った善根）・戒行（戒律を守って修行すること）が薄かったせいで、今はこのような不遇な境遇にいらっしゃるの意。『言泉集』「女人逆修尺」「依先世之戒善一感今生之福禄ヲ一」（『安居院唱導集上巻』一八五頁）。　**○而れば過去因果経の文には、欲知過去因　見其現在果　欲知未来果　見其現在因　と説かれたり**　この経文を記すのは、〈四・延・長・盛・大・覚〉〈国会・山崎〉。出典については、「過去因果経」とする〈四・大〉〈山崎〉の他、〈延〉〈国会〉は「心地観経」、〈長・覚〉は「因果経」とする。〈盛〉は出典不記、〈南・屋・中〉『閑居友』はこの句を引用しない。『過去因果経』（因果経）・『心地観経』いずれにもこの経文の記載はない。『日本霊異記』上巻第一八に、「善悪因果経に云はく「過去の因を知らむと欲《おも》はば、其の現在の果を見よ。未来の報を知らむと欲はば、其の現在の業を見よ」」（新大系三二頁）とほぼ同文が見られるが、この引用文は『善悪因果経』には見えず、類似句が、『法苑珠林』巻五六「経言。欲知過去因。当看現在果。欲知未来果。当観現在因」（大正五三―七一三a。巻七四、大正同八四三aにもほぼ同句あり）や、『諸経要集』

巻六「経言。欲知過去因。当看現在果。欲知未来果。当観現在因」（大正五四―五三c。巻一四、大正同一二九cにもほぼ同句あり）と見える。小林真由美は、こうした経典名の揺れは、典拠を確定できないために起こったかとし（二四頁）、『日本霊異記』との関係についても、ほかに因果を冠する何らかの出典となる経典の存在があった可能性よりも、『平家物語』が直接または間接的に受容した可能性のほうが高いのではないかとする（二五頁）。なお、日蓮『開目抄』には「心地観経云」として引用されており（旧大系『親鸞集・日蓮集』四〇一頁）、旧大系頭注二三は『諸経要集』所見を指摘する。また、『当麻曼荼羅疏』巻三六（『浄土宗全書一三』―六四〇頁）や『孝養集』巻上（『続浄土宗全書一五』二〇頁）には「因果経」の句として引かれる。　**○加様に先世の業報をも後生の宿業をも思し食し知らせたまひて、兼ねて捨身の行を勤修したまはん事、何の御憚りか侍るべき**　〈延〉「然バ来生之宿業ヲ兼テ悟リ給テ、捨身ノ行ヲ修テ御スニコソ。サレバナニカ御痛候べキ』ト申ス」（巻十二―五八ウ）と近似本文を記すが、より近いのが〈南・屋・中〉。〈屋〉「前世ノ宿習ヲモ後世ノ宿業ヲモ覚《サト》ラセ給テ、捨身ノ行ヲ修《シュ》シ坐《マシ》マサンハ、何ノ御《ン》憚《ハヽカリ》カ候べキ』トゾ申ケル」（九四二頁。傍線部、〈南〉「思召サトラセ給テ」〈一〇一六頁〉、〈中〉「おぼしめしさとらせ給て」〈下―三四〇頁〉）。「先世の業報、後生の宿業を思い悟らせなさって、前もって捨身の行をお勤めになることに、何の憚りがありましょうか」とする。〈覚〉は「捨身《シャシン》の行《ギャウ》に、なじかは御身をおしませ給ふべき」（下―三九七頁）とやや離れる。〈長〉「欲知未来果、見其現在の因なれば、昔の蘭麝の匂にかへ、谷の水をむすび、峰の花をおり、難行苦行を修し、捨身の行をなし給はゞ、九品往生の蓮御疑あるべからず」（4―二一六頁）は、〈四〉等の表現とは大きく離れるが、共に前世の業を知り、来世の往生を願って、現世に捨身の行をなさっているのだとする表現とに大きな違いはない。

○其の上、有りと在る人々に皆別れ了てぬ　安徳天皇を始め、平家の主だった多くの人々と死に別れたことを言う。〈四〉の独自本文。　**○是く浅猿しき山里の柴の庵に引き籠り、行ひ渡らせたまはん験に、高き山の花も自ら取り、深き谷の水も手づから結び、朝夕仏の御前に備へ行はせたまはずは、争か成仏の道御在すべき」と細々申しければ**

〈四〉の独自異文。谷の水をも女院自らが汲んでいたことは、これまでの本文にはなかった。〈盛〉にも、尼の言葉の中に、「花ヲ摘水ヲアグル御事、イツモ御自也。ナジカハ賤ガ態トモ可被思召」（6―四七一頁）とあるが、そうした記載はやはりその前にはなかった。〈延〉では、この場面の前に、法皇の視点から女院の庵室を描いて、「北ノ山際ニアカダナツラレタリ。樒入タル花ノカタミ、霰玉散閼伽ノ折敷ニ被懸副タリ」（巻十二―五六ウ）とあった。女院が花を自ら摘んでいたのであれば、閼伽の水も自ら汲むことは当然想像されることではある。　**○法皇聞こし食して、気色にも似ず、心有りて申す者かなと、哀れに思し食されけり**　〈四〉では、この尼は、「恠し気なる尼」と書かれてあった。その尼に対する法皇の感懐を記す諸本の内、近似本文を記すのは、〈延〉「ケシキ事ガラニモ似ズ、有由者ノ詞哉ト被思食テ」（巻十二―五八ウ～五九オ）。〈大〉「法皇きこしめして、よにさか〳〵しきなる尼かなとおぼしめしければ」（九九頁）、〈国会〉「ことはりとおぼしめされて」（九四頁）は異なるが、この後、尼のみすぼらしい様子の描写の後に類似の記述がある（後掲注解「斯かる有様にて加様の事を申す不思議さよ…」項参照）。　**○下には絹布の類も見え分かざる綴れ差しと云ふ物を着、上には破れたる紙絹を着て、浅猿し気なり**　諸本は尼の衣装を次のように記す。なお、『閑居友』には該当記事は見られない。

〈延〉下ニハ垢付ヨゴレタル小袖ニ、上ニハ紙絹ト云物ヲゾ着タリケル（巻十二―五八ウ）

〈長〉したには四手などの様なるきぬに、上には墨染の衣をぞきたりける（5―二一六頁）

〈盛〉紙衣ノ上ニ、濃墨染ノ衣ヲゾ著タリケル（6―四七一頁）

〈大〉はだにはきぬにもあらずぬのにもあらず、しでなんどのやうなる物のおそろしげなる物、こき墨染の衣をぞきたりける（一〇〇頁）

〈南〉麻ノ衣ノ世ニウタテゲナルヲゾ着タリケル（一〇一七頁）

〈屋〉身ニ着《キ》タル物ハ、絹《ケン》布ノ類《タクヒ》トモ不見ヘ分カ浅猿《アサマシ》ゲ成ル作法也（九四二～九四三頁）

〈覚〉きぬ・布《ヌノ》のわきも見えぬ物を、むすびあつめてぞ着たりける（下―三九八頁）
〈中〉あさの衣の、よにうたてげなるをぞきたりける（下―三四〇頁）
〈国会〉したには、しでのやうなるかみのふすまに、うへには、きぬともかみともあらぬ物をむすびあつめて、はつかにはだえをかくすばかりなり（九四頁）
〈山崎〉したにはあかつきたるかみのきぬをきて、うへにはぬいのたぐひにあらぬものをつづりあつめてぞきたりける（一八八頁）

〈四〉の本文は、下着の描写としては〈大・屋・覚〉に近似し、上着の描写としては、〈延〉に近似する。「綴《つづ》れ差し」は、「綴り」の意で、「布帛の断片を継ぎ合わせて仕立てた衣。みすぼらしいもののたとえ。転じて、僧衣のことをもいう」（『角川古語大辞典』）。絹とも布とも見分けがたいものを継ぎ合わせた物を着ていた意。「紙絹」は「紙衣」の意で、「紙をもみほぐして作った着物。主として僧侶が用いる」（『角川古語大辞典』）。『発心集』「其の姿、布のつづり、紙衣なんどの、云ふはかりなくゆゆしげに破れはらめきたるを、いくらともなく着ふくれて」（〈集成〉七六頁）。佐伯真一は、貧窮の極致の姿をしているものの、口を開けばまことに達者な説法をするこの尼は、説話の構造としては、女院の分身たる機能を負っているといってよく、「この老尼は、いわば卒都婆小町の先輩格でもある。阿波内侍によって端緒を開かれた、そうした物語の軌道に乗って、女院は六道語りを繰り広げる」と読む（一一五頁）。**○斯かる有様にて加様の事を申す不思議さよと思し食して、「何かなる者ぞ」と御尋ね有りければ、尼小雨小雨と打ち泣きて、且しは物も申さず**　『閑居友』にも「御供の人々も、『姿よりはあはれなる物いひかな』といひしろひ、また、院もあはれにおぼし召したり」（四三八頁）と記すように、みすぼらしい姿に似合わず弁舌達者な様子を言う。『平家物語』諸本も〈国会・山崎〉もほぼ同様に記す。〈延〉「『ケシキ事ガラニモ似ズ、有由ㇾ者ノ詞哉』ト被思食ㇾテ、『己レハイカナル者ゾ』ト有仰ㇾケレバ、尼サメ〴〵ト打泣テ、問ニツラサノ涙セキアヘザリケレバ、暫物モ申サズ」（巻十二

―五八ウ～五九オ）。なお、『閑居友』では、法皇が尼の素姓を尋ねる場面はない。

〇尼泣く泣く申しけるは、「申し上げ候ふに付けても方々憚り多く侍へども　〈四〉では、尼の返答の中で、「候ふ」と「侍り」とが混淆して使用されている。「憚り多く侍へども」の場合、送り仮名「へ」が記されているため「さぶらへども」と読むのであろうが、他の「申し侍しが」「尼の事にて侍」については、「さぶらひしが」「さぶらふ」とも「侍りしが」「侍る」とも両様に読めよう。取り敢えず、「憚り多く侍へども」に合わせて、後者の読みに統一したが、「候ふ」と「侍り」と混淆して使用されている可能性もあろう。『平家物語』諸本の中では、〈延・長・盛・大・屋・覚〉と〈国会〉は「候ふ」、〈山崎〉は「侍り」で記されている。〈延〉「加様ニ申ニ付テハヾカリ候ヘドモ、一年平治ノ逆乱之時、悪右衛門督信頼ニ失ワレニシ少納言入道子ニ、弁入道貞憲ト申シ者候シ娘ニ、阿波弁内侍ト申候シハ、尼ガ事ニテ候」（巻十二―五九オ）、〈山崎〉「かやうに申侍りけるにつけても、はばかりおほくはんべれども、あまりにせんじのおもく侍れば申なり。これは一とせ平じのげきらんの御時、あくゑもんのかみのぶよりにねたまれてうしなはれし、せうなごん入道しんぜいがむすめに、あわのないしと申し侍りしは、あまが事にて侍なり」（一八八頁）。

〇是は一年平治の逆乱の時、悪右衛門督信頼に失はれ候ひし少納言入道貞憲が娘、弁の局と申し侍ひしが、後には阿波の内侍と申せしは、此の尼の事にて侍ふ」と申しければ　「少納言入道貞憲が娘、弁の局」は、〈延〉「少納言入道子ニ弁入道貞憲ト申シ者候シ娘ニ阿波弁内侍」（巻十二―五九オ）。〈長〉も〈延〉にほぼ同。〈盛〉「少納言入道信西ガ孫、弁入道貞憲娘ニ阿波内侍」（6―四七二頁）。これらは、信西―貞憲―阿波内侍という系譜を記す。〈四〉は、「少納言入道」即ち貞憲と読めるが、「少納言入道」は信西。〈延・長・盛〉との対照からも、また、〈四〉がこの後に「信西の孫子なれば」とも記すように、〈四〉は「少納言入道が子（または孫）、弁入道貞憲が娘」の傍線部が誤脱したものと考えられる。一方、〈大・南・屋・覚・中〉〈山崎〉は、阿波内侍を信西の娘とするが、〈延・長・盛〉に見るように、貞憲の娘とするのがよいだろう。木村真美子①は、尊経閣文庫所蔵『諸家系図』に、貞憲に女子が記載され、「弁局、建礼門院女房」の注記があることを指摘した(一〇八頁)。権右中弁藤原貞憲は、信西の二男、母は近江守高階重仲の女、保安四年(一一二三)の誕生か(新大系『平治物語』人物一覧四二二頁)。平治の乱に縁座して解官されたが、流罪はされず出家した(『弁官補任』平治元年条「十二月十日、解官、依父信西縁坐也、其後出家、依有兵死聞、不処流罪」)。なお、角田文衛は、貞憲が大原に残した坊が寂光院であり、阿波内侍は父の遺した坊を女院に勧めたと想定する(五一三頁)。なお、〈四〉には、「阿波の内侍と申せしは」のように、「申せし」型の用法がいくつか見られる(早川厚一)。例えば灌頂巻には、この後にも、「申せしかども」「申せしかば」「計らひ申せしかば」のように見られるが、これらが「申ししかば(ども)」の誤りでないことは確かである。この「申せし」型の接続形式を検討した森野宗明によれば(村井宏栄氏のご教示による)、早い用例としては『宝物集』(「申せし時」)に見られ(九頁)、「申せし」型は、軍記物や『宝物集』にわずかに例がある他は、無住、日蓮といった地方出身の僧侶の文章に目立つという(一一頁)。このように、下級貴族や庶民層、特に地方のそれ―日蓮、無住の線からは、一応東国で生じ展開した可能性が想定できるとする(一一頁)。また、奥野真起子はさらに詳細な調査を続け、「…せし・…せしか」型は、文献上概ね鎌倉中、後期以降に見られ、その先駆的使用者は日蓮だとし、日蓮と同時代の人で且つ同じ「坂東法師」である無住の作品―沙石集、雑談集、妻鏡等―からは「…しし・…ししか」型のみ検出され、「…せし・…せしか」型は発見されなかったものの、島田勇雄①②の言う「坂東法師語」の特徴の一つの表れであると試考出来るのかもしれないとする(一二頁)。このように考えることができるとすれば、東国で最終的に成立した可能性が指摘される〈四〉においても、東国由来の可能性が指摘される「申せし」型の用法が見られるのは十分あり得ることになろう。　**〇法皇聞こし食されて、爾ても理や。信西の孫子なれば、小讒しくも過去因果経の文も取り寄せ申すやと、弥よ哀れに思し食し、御涙に咽ばせたまひつつ、龍顔所搆くまでぞ見えさせたまふ**　〈四〉の独自本文。法皇は目の前の尼が阿波の内侍であることを知り、信西の孫であるならば、先に過去因果経の文を引用して話したのももっともなことだと哀れにお思いになったとする。「小讒し(こざかし)」は、

『神道集』にも共通する訓例。「所搆」は訓例不明だが、「ところせし」と読んだ。落涙を「ところせし」と表現する例として、法皇と対面した女院を描く〈延〉「御衣ノ袖ヨリ漏出ル御涙、ヨソノ袖マデモ所セク程《(ママ)》也」（巻十二―六一オ）などがある。底本の付訓「カマソ」は「カマフ」の誤りか。但し「所かまふ」と読んでも意味は通じない。○**彼の尼と申すは、紀二位が孫子なり。紀二位と申すは法皇の御乳母なり。而れば是は御乳母子の娘にて、差しも御身近く召し仕はれし人なるに、忽ちに御覧じ忘れけるこそ悲しけれ**　阿波の内侍を信西の妻紀二位の孫とするのは、〈四・延・長・盛〉。〈大・南・屋・覚・中〉〈国会・山崎〉は、紀二位の娘とする。紀二位（紀伊二位）朝子は、紀伊守藤原兼永の娘、信西の妻であり、「後白河院の乳母であることで、信西の生前には、その政治生命を保障する重要な存在であった」（木村真美子②一九九頁）。一方、信西の子貞憲の母は、前々項注解に記すように、近江守高階重仲の女。『平家物語』諸本が、重仲の女の名を出さず、母を紀二位とし、さらに後出諸本においては、阿波の内侍を紀二位の孫ではなく子とするのは、乳母として御身近く召し使われた紀二位の娘の面差しを、後白河法皇が忘れるはずはないのに、余りの風貌の変わりように気づきえなかったことを強調するための改変と考えられようか。〈延〉「法皇驚思召テ、サテハ此尼ハ紀伊二位ガ孫ゴサムナレ。彼ノ二位ト申ハ法皇御乳母也。サレバ殊ニ御身近ク奉被召仕シカバ、幾年セヲ経トモ争カ御覧ジワスルベキナレドモ、有シニモアラズ替ハテタリケレバ、御ラムジワスレケルモ理也。年モ僅ニ廿八九ノ者也」（巻十二―五九オ）。傍線部は、〈延〉の独自本文だが、阿波の内侍は年も二十八、九の者であったとする。この前には、阿波の内侍は「老タル尼」（巻十二―五七ウ）と自称しているが、それは法皇の目にもそのように映るほどの変わりようで、法皇は名乗られるまで気付かなかったとするのである。

【引用研究文献】

＊大津雄一「後白河法皇の涙―建礼門院の物語をめぐって―」（日本文学一九九八・5。『軍記と王権のイデオロギー』翰林書房二〇〇五・3再録。引用は後者による）

＊奥野真起子・小池清治「助動詞「し・しか」がサ行四段活用動詞に続く時の接続形式の変化について―「…せし・…せしか」形の使用開始時期はいつ頃か―」（外国文学（宇都宮大学外国文学研究会編）五五号、二〇〇六・3）
＊木村真美子①「少納言入道信西の孫女たち―阿波内侍を中心として―」（史論五四集、二〇〇一・3）
＊木村真美子②「少納言入道信西の室、紀伊二位朝子」（大隅和雄編『仏法の文化史』吉川弘文館二〇〇三・1）
＊小林真由美「『善悪因果経』管見―『東大寺諷誦文稿』『日本霊異記』『平家物語』など―」（成城国文学三四号、二〇一八・3）
＊佐伯真一「女院の三つの語り―建礼門院説話論―」（『古文学の流域』新典社一九九六・4）
＊島田勇雄①「口語資料としての日蓮聖人御遺文から―『ごとし』について―」（立正大学文学部論叢一号、一九五三・11）
＊島田勇雄②「口語資料としての日蓮聖人遺文から―『き』について―」（国文論叢三号、一九五四・11）
＊角田文衛「建礼門院の後半生」（日本歴史三〇六号、一九七三・11。『王朝の明暗』東京堂出版一九七七・3再録。引用は後者による）
＊早川厚一「三つの軍記物語の全釈を試みて―その課題と展望―」（軍記と語り物六〇号、二〇二四・3）
＊森野宗明「鎌倉時代の敬語二題―「御」の形容詞直接用法と「申せし」型接続形式と―」（金沢大学教養部論集人文科学篇一巻、一九六四・2）
＊渡辺貞麿「無常感―平家物語の心―」（大谷大学研究年報一九号、一九六七・2。『平家物語の思想』法蔵館一九八九・3再録。引用は後者による）

大原御幸（④女院の庵室）

【原文】

▽二六八右1法皇見廻《ラセ》御庵室内一間覚2御寝3所敷馴《ラレ》畳上引返御敷皮被置復覚夜御衾被懸紙御絹是御讚4御涙又進《ミ》5一間覚《シク》持仏堂三尺立像本尊御6身《ヒ》御身《ヒ》御在泥仏来迎弥陀三尊奉《セ下》7立東向仏前被置浄土三部経中《モ》観無量寿経覚《シク》読《ハシ》懸被置半▽二六八左巻計巻御仏左懸絵像普賢其前八軸妙文廿八品副尺被置又右方奉《下》8懸善導和尚御影其前被置九帖御書疏御棚往生要集往生講式其外御心响呼《メ》計《ヤ》浄土発心双紙共引散被置引9替空燃物10薫不断香煙《ソ》11法皇哀思食打12詠《セ下》▽二六九右蒐破霧焼不断香枢落月挑13常住捨14《ノ》北山岸高《サ》被釣三尺計閼伽棚至《ニ》閼伽桶閼伽杓閼15伽折敷16覚《ヘシ》有間貪17《ノ》檶花柄花篗乍且18《ッ》見《ヘ》哀御障子諸経要文共書世19〔色〕紙被押20《サ》

若有重業障　無生浄土因　乗弥陀願力　必生安楽国

▽二六九左極重悪人　無他方便　唯称念仏　得生極楽

衆罪如霜露　恵21日能消除　是故応至心　懺悔六情根

一切業障海　皆従妄想生　若欲懺悔者　端坐思実相

此等文共被書中22《モ》諸行無常是生滅法生滅々已23寂滅為楽文《コソ》哀24《ナレ》一切行皆是無常々々虎声近《ケレ》耳世路趁25《リ》雪山鳥

鳴▽二七〇右日々夜々出《ヌレ》栖忘《レヌ》羊歩〔近〕[26]付親先立子々先立親離妻夫後男妻命如水泡老少不定世浮《ア》藪春花被誘暮嵐夕部
出秋月《モ》隠《ヌ》宵雲片山景柴庵荒宿住居[27]《モ》哀[28]《ソ》被御覧又参河入道寂照法師於清涼山麓竹林寺被書詠[29]《下》詩

▽二七〇左
草庵無[30]《シ》人扶[31]《ラレ》病起[32]《キ》　香炉有火向西眠
笙歌遥聞[33]《ユ》孤雲上　聖衆来迎落日前
雲《ノ》上《ニ》遥《ニ》楽《ノ》音[34]《ナナリ》人《ヤ》聞《ツル》空耳《カ》抑

又大和絵師障子

思《キヤ》深山《ノ》奥《ニ》スマイ《シテ》雲井《ノ》月[35]《ノ》余所《ニ》見《ン》トハ

御覧此等付[36]《モ》御心莫不澄昔研玉台住[37]《シ》錦▽二七一右帳内被纒綾羅錦繍明《シ》暮《セ下シ》御覧御目物源氏小衣《サコロモ》狂言奇[38]語双紙共触御身
物薫陸沈麝香触御耳物経論聖教声[39]《ミ》又御傍何物《ソ》本朝琵琶玄上牧馬井天元[40]名琴謂橋木絵大螺小螺細小螺秋風塩
竈師子丸和琴井上鈴鹿朽目河霧▽二七一左斧院宇多笛大水龍小水龍青葉帯垂元[41]鵝形鶴通天々雲形鴛通天剣坏切硯露契汎
朴被[42]《ケレ》置此等《コソ》又御衣棹為始紅葉御衣尽色々被《モ》懸今柴引結庵内露気御住居渡[43]《セ下》御有様申中々愚〔成〕[44]者必衰
理実悲[45]《ク》被思食出也

▽二七二右
朝在紅顔誇世路　夕為白骨朽邦[46]原

云詩《モ》被書付被候御友後徳大寺左大将実定卿古詩是詠《シ》其柱傍

古《ハ》月喩《シ》君《ナレハ》其無[47]光深山辺《ノ》里

被書付

【釈文】

▽二六八右法皇御庵室の内を見[1]廻らせたまへば、一間は御寝[3]所と[2]覚えて、敷き馴らしたる畳の上に御敷皮を引き返して置かれけり。復夜《また》の御衾と覚えて、紙の御絹を懸けられけり。是を御[4]覧じては、御涙又[5]進みけり。一間は持仏堂と覚しくて、三尺の立像の本尊の、[6]御身は泥仏、来迎の弥陀三尊に御在すを、東向きに立て[7]奉らせたまふ。仏前には浄土三部経を置かれたり。中にも観無量寿経を読《あそ》ばし懸けたりと覚しくて、▽二六八左半巻ばかり巻きて置かれけり。御仏の左には絵像の普賢を懸け、其の前には八軸の妙文に廿八品の尺を副《そ》へて置かれたり。又右の方には善導和尚の御影を懸け[8]奉りたまひ、其の前には九帖の御書疏も置かれたり。御棚には往生要集・往生講式、其の外、御心咰呼《なぐさ》めばかりにや、浄土発心の双紙共、引き散らしてぞ[9]置かれける。[10]空燃物《そらだきもの》に引き替へて、不断の香の[11]煙ぞ薫じける。法皇哀れに思し食して、「▽二六九右甍（薨）破れては霧不断の香を焼《た》き、枢《とぼそ》落ちては月常住の灯（[14]捨）を[13]挑ぐ」と、打ち[12]詠めさせたまふ。

北の山の岸には高さ三尺ばかりの閼伽棚《あかだな》を釣られて、閼伽の桶・閼伽の杓・[15]閼伽の折敷《おしき》に至るまで、有間《あらま》[17]貧《ほ》しくぞ[16]覚え（へ）し。櫁《しきみ》の花柄《はながら》、花篗《はなかご》、[18]且つは哀れに見え（へ）ながら、御障子には諸経の要文《えうもん》共を[19]色（世）紙に書きて[20]押されたり。

若有重業障《ごふしやう》　無生浄土因　乗弥陀願力　必生安楽国
▽二六九左極重悪人　無他方便　唯称念仏　得生極楽
衆罪如霜露　[21]恵日《ゑにち》能消除　是故応至心　懺悔六情根
一切業障海　皆従妄想生　若欲懺悔者　端坐思実相

此等の文共を書かれたる中にも[22]、「諸行無常、是生滅法、生滅滅已(巳)[23]、寂滅為楽」の文こそ哀[24]れなれ。一切の行は皆是無常なり。無常の虎の声は耳に近けれども、世路に趨(趍)[25]り、雪山の鳥は▽二七〇右日々夜々に鳴けども、栖を出でぬれば忘れぬ。羊の歩み近付[26]きて、親に先立つ子、子に先立つ親、妻に離るる夫、男に後るる妻、命は水の泡のごとくして、老少不定の世なり。浮薮《アださ》く春の花は暮《ゆふべ》の嵐に誘はれ、夕部《ゆふべ》に出づる秋の月も宵の雲に隠れぬ。片山景《かげ》の柴の庵、荒れたる宿の住居《すまひ》[27]も[28]哀れにぞ御覧ぜらる。

又、参河入道寂照法師の、清涼山の麓竹林寺に於て詠[29]じたまへる詩を書かれたり。

▽二七〇左草庵に人無[30]くして、病[31]に扶けられて起[32]き、香炉に火有りて、西に向かひて眠る。

笙歌遥かに聞[33]こゆ孤雲の上、聖衆来迎す落日の前

雲の上に遥かに楽の音[34]す(な)なり人や聞きつる空耳か抑《そも》

又、大和絵師の障子に

思ひきや深山の奥にすまいして雲井の月[35]を(の)余所《よそ》に見んとは

此等を御覧ずるに付[36]けても、御心澄まずといふこと莫し。昔は玉の台を研《みが》き、▽二七一右錦の帳の内に住[37]して、綾羅錦繍に纏はれて明かし暮らさせたまひしかば、御目に御覧ずる物とては、源氏・小衣《サコロモ》、狂言綺[38](奇)語の双紙共、御身に触るる物とては、薫陸《くんろく》・沈麝《ちんじや》の香なりしに、御耳に触るる物とては、経論・聖教の声[39]のみなり。又御傍らには何物ぞ。本朝の琵琶には、玄上・牧馬・井天・无(元)[40]名、琴には謂橋《ゐけう》・木絵《もくえ》・大螺・小螺鈿(細)・小螺・秋風・塩竈・師子丸、和琴には井上・鈴鹿・朽目《くちめ》・河霧・▽二七一左斧院・宇多、笛には大水龍・小水龍・青葉、帯は垂无《たりなし》[41](元)・鵝形・鶴通天《つるつうてん》・天雲形・鴛通天《おしつうてん》、剣には坏切《つぼきり》、硯には露・契汎朴、此等こそ置か

れけれ[42]。又御衣《おんぞ》の棹には紅葉の御衣を始めと為て、色々を尽くして懸けられしに、今は柴を引き結びたる庵の内の、露気《つゆけ》き御住居に渡ら[43]せたまふ御有様、申すも中々愚かなり。

盛(成)[44]者必衰の理、実に悲[45]しく思し食し出ださるるなり。

▽二七二右
朝在紅顔誇世路　夕為白骨朽郊(邦)[46]原

と云ふ詩も書き付けられたり。御供(友)に候はれける後徳大寺左大将実定卿、古詩を是く詠じて其の柱の傍らに、

古は月に喩へし君なれば其の光[47]無き深山辺の里

と書き付けられけり。

【校異・訓読】 1〈昭・書〉「廻《ラレ》」。2〈昭・書〉「覚《ヘ》」。3〈底・昭〉「寝」の異体字の右に字体の異なる「寝」を傍書。〈書〉「寝」。4〈書〉「御涙御讃」(「御涙」と「御讃」の順序が逆)。5〈昭〉「進」。6〈底・昭〉「御身」の下に「御身」を重複して書き、下の「御身」を見せ消ち。〈書〉は「御身」を一つ書いてそれを見せ消ちにするので、「御身」を欠くことになる。7〈書〉「奉《セト》」。8〈書〉「奉」。9〈書〉「置」を欠く。10〈書〉「空撚物」。11〈底〉は「煙《リ》」にも見える。〈昭・書〉「煙《ッ》」。12〈書〉「詠《セヨ》」。13〈書〉「桃」。14〈昭〉「捨《ッ》」、〈書〉「捨」。15〈書〉は「閼伽」を欠き、単に「折敷」とする。16〈底〉「覚《ヘシ》」の「ヘシ」は位置がやや高く、上の「敷」の送り仮名のようにも見える。〈昭〉「覚《ヘシ》」、〈書〉「覚《シ》」。17〈昭・書〉「貪《ッ》」。18〈書〉「旦」。19〈底・昭〉「世」の右上に「色」と傍書。〈書〉は「世」がなく「色」のみ。20〈昭・書〉「押《セサ》」。21〈書〉「悪」。22〈書〉「中《シ》」。23〈昭・書〉「已」。24〈昭〉「哀《ナヒ》」。25〈書〉「超《リ》」。26〈底・昭〉「近」傍書補入。〈書〉通常表記。27〈書〉「居《シ》」。28〈書〉「哀《ク》」。29〈書〉「詠」。30〈書〉「無」。31〈書〉「扶レ病」。32〈書〉「起」。33〈書〉「聞」。34〈昭・書〉「音《スナリ》」。35〈昭・書〉「月《ヲ》」。36〈書〉「付《天》」。37〈書〉「住《ン》」。38〈書〉

「綺」。39〈昭〉「声」、〈書〉「声モ」。40〈底・書〉「元名」、〈昭〉「各名」。41〈昭〉「无」。42〈書〉「被」。43〈書〉「渡セ」。44〈底〉「成」は右に傍書補入。〈昭〉は「成」を右に、「盛」を左に傍書補入。〈書〉「盛」通常表記。45〈書〉「悲ミ」。46〈底・昭・書〉「邦」。47〈昭・書〉「無レキ光リ」。

【注解】○法皇御庵室の内を見廻らせたまへば、一間は御寝所と覚えて、敷き馴らしたる畳の上に御敷皮を引き返して置かれけり　本節該当部には、『厳島神社蔵平家物語断簡』が現存する。一四世紀初頭の書写と見られる『平家物語』断簡三葉で、現存諸本では〈延〉に最も近い。以下、〈厳島断簡〉として引用する（凡例参照）。さて、前節冒頭の注解に見たように、〈四〉は、法皇と阿波の内侍との対面の後に、庵室内の様子を記すが、同様の構成を取るのは、〈盛・南・屋・覚・中〉及び『閑居友』（但し「阿波の内侍」とは記さず、「尼」と記す）。これに対して、庵室内の様子を記した後に、法皇と阿波の内侍との対面を記すのが、〈延・長・大〉〈国会・山崎〉。また、〈四〉は、寝所を見た後に、仏所を見たとするが、他の『平家物語』諸本や〈厳島断簡〉〈国会・山崎〉及び『閑居友』は、仏所を見た後に寝所を見たとする。『閑居友』「御住居を御覧じまはしければ、一間には、阿弥陀の三尊立て参らせて、花・香いといみじく供へさせ給へり。一間には、臥させ給所と見えて、あやしげなる御衣、紙の衣などあり」（四三八頁）、〈四〉に近似するのは、〈延・長・盛〉。〈延〉「敷ナラサレタルタヽミノ上ニ、敷皮引返テ被置タリ」（巻十二―五六ウ～五七オ）、〈長〉「御寝所とおぼしくて、あやしげなる竹の簀子に敷ならしたるたゝみを敷、下にはわらびのほとろをおり敷て、ふりたる敷皮引返てをかれたる」（5―二一四頁）、〈盛〉「御寝所ト覚エテ、蕨ノホトロヲ折敷テ、鹿ノフセヰノ床ヲ争ヘリ」（6―四七八～四七九頁）。〈大〉「夜るのすみかとおぼしくて、わらびのほとろをりしきて、ふりたる御しとねもいとあはれなり」（九八頁）。〈長・盛・大〉の傍線部は、次の『方丈記』に見るように、蕨の長く伸びた穂を敷いて寝床としたもの。『方丈記』「東ノキハニ蕨《ワラビ》ノホトロヲ敷《シ》キテ、夜《ヨル》ノ床《ユカ》トス」（新大系二〇頁）。以上を勘案するに、〈四〉本文の後半部は、敷き古した畳の上に御敷皮を返して置いてあったの意か。　**○復夜の御衾と覚えて、紙**

の御絹を懸けられけり　〈延〉「御棹ニ被懸タリケル物トテハ、白小袖ノアヤシゲナルニ、アサノ御衣ニ紙ノ帯計也」（巻十二―五六ウ）、〈盛〉「夜ノ御衾ト覚シクテ、白御小袖ノ怪ゲナルニ、麻ノ衣、紙ノ御衾取具シテ、竹ノ棹ニ被懸タリ」（6―四七九頁）。〈長・大・南・屋・中〉も、〈長〉「御さほにかけられたる物とては、あさの衣に紙のふすまをかけぐせられたり」（5―二一四頁）のように、麻の衣と紙の衾を挙げる。〈厳島断簡〉「御しんじよとおぼしくて御さをにかけられたるものとては、かみの御ふすまにあさのころもばかり」（二〇六頁。本文はここで一度切れる）。『閑居友』「一間には、臥させ給所と見えて、あやしげなる御衣、紙の衣などあり」（新大系四三八頁）。「紙の衾」とは、厚手の和紙で作った粗末な夜具を言う。〈延〉の「紙ノ帯」は不審だが、「紙の御絹」「紙の御衾」「紙の御衣」は同じものを指すのであろう。それが竹の棹に懸けられていたのである。　**○一間は持仏堂と覚しくて、三尺の立像の本尊の**　〈延〉「一間ヲバ仏所ニシツラヒテ、三尺ノ立像ノ御身ハ泥仏来迎之三尊東向ニ奉安置奉備花香ヲ」（巻十二―五五オ）、〈長〉「三尺ばかりの御身泥の来迎の三尊、東向におはします。仏の左には普賢の絵像をかけ奉り、前には八軸の妙文をかれたり」（5―二一三頁）、〈盛〉「僅ニ方丈ナル御庵室ヲ、一間ハ仏所ニ修テ、身泥仏ノ三尺ノ弥陀ノ三尊、東向ニ被立タリ。来迎ノ儀式ト覚タリ」（6―四七四頁）、〈大〉「持仏堂には三尺の立《リウ》ざう、御しんでい仏にておはします、来迎の三尊ひがしむきにたてられたり」（九八頁）、〈南〉「御庵室ノ在様ヲ叡覧アレバ、弥陀ノ三尊東向ニ立奉リテ、来迎ノ儀式厳重也」（一〇一七頁）、〈屋・中〉「御障子《シヤウシ》ヲ開《アケ》テ御覧《ラン》ズレバ、来迎《カウ》三尊東向《シムキ》ニ御坐ス」（〈屋〉九四三頁）、〈覚〉「御庵室《ヲンアンジツ》に入らせ給ひて、障子《シヤウジ》を引あけて御覧ずれば、一間《マ》には来迎《ライカウ》の三尊《ゾン》おはします。中尊《ソン》の御《ミ》手《テ》には五色《シキ》の糸《イト》をかけられたり。左には普賢《フゲン》の画《ヱ》像《ザウ》、右には善導和尚《ゼンダウクハシヤウ》」（下―三九八頁）、〈厳島断簡〉「うちのかたを御らんぜられければ、ひとまをバぶつそにしつらひて、三じやくのりうざうのでいぶつの御しん、らいがうの三ぞんひんがしむきにたてたてまつり」、〈国会〉「御身でいぶつのらひがうの三ぞんをすへたてまつりて」（九二頁）、〈山崎〉「ぢぶつだうには三じやくのりうざう、御しんでいぶつにておはします。らいがうのあみだの三ぞん、ひがしむきにたてまいらせたり」（一八六頁）。三尺の阿弥陀如来立像、〈延・長・盛・大〉〈厳島断簡〉〈山崎〉同。阿弥陀の立像は来迎の姿を現すとされる。伊東史朗によれば、「阿弥陀・来迎印・三尺・立像という四種の図像の組み合わせは、わが国では円仁の造像をもってその濫觴とすることができる」（二〇七頁）が、鎌倉時代以後、爆発的に流行した。立像は、さらに「はるか浄土から往生者を迎える」歩行姿へと展開し、「快慶が数多くつくった三尺阿弥陀像の中に片足踏み出しの像が少なくない」（二〇九頁）という。なお、大原三千院阿弥陀堂には阿弥陀三尊像で来迎の動きをあらわした彫像が幾体も残されている（須藤弘敏・九四頁）。**○御身は泥仏、来迎の弥陀三尊に御在すを、東向きに立て奉らせたまふ**　「御身は泥仏」は、「御身泥仏《おんしんでいぶつ》」とも読める。〈延・大〉〈厳島断簡〉〈国会〉「泥仏」、〈長・盛・大〉〈山崎〉「（御）身泥仏」（以上、本文は前項注解参照）。「泥仏」は「金箔をはった仏像。金泥の仏像」、「身泥仏」は「香泥でつくった仏の塑像」（いずれも『例文仏教語大辞典』）。弥陀三尊は、阿弥陀・観音・勢至。東向きに安置されていたとするのは、〈四・延・長・盛・大・南・屋・中〉〈厳島断簡〉〈山崎〉。阿弥陀如来は西方浄土から出現するため東向きに据えられた。**○仏前には浄土三部経を置かれたり**　〈延・長・盛・大・南・中〉〈厳島断簡〉〈国会・山崎〉同。〈屋〉なし。仮名本『曽我物語』巻十二の描く虎の庵室は、この前後『平家物語』に似る。「阿弥陀の三尊を東むきにかけたてまつり、浄土の三部経、往生要集、八軸の一乗妙典も、机の上におかれたり」（旧大系四一七頁）。浄土三部経は、『無量寿経』・『観無量寿経』・『阿弥陀経』。**○中にも観無量寿経を読ばし懸けたりと覚しくて、半巻ばかり巻きて置かれけり**　〈延・盛・南・中〉同。〈長・大〉〈厳島断簡〉〈国会・山崎〉は、浄土の三部経を読み止して、半巻ばかり巻かれてあったとする。〈長〉「机には浄土の三部経、毎日の御所作とおぼしくて、あそばしさして、半巻ばかりにまかれたり」（5―二一三頁）。『閑居友』「机には、経読みさしてあむめり」（新大系四三八頁）。「読《あそ》ばし」の訓、巻三―六七オに既出。**○御仏の左には絵像の普賢を懸け、其の前には八軸の妙文に廿八品の尺を副へて置かれたり**　〈延〉ほぼ同。〈長・盛・大〉〈国会・山崎〉は、「廿八品の尺を副へて置かれたり」を欠く。〈南・屋・覚・中〉

は、改変あり。〈屋〉「中尊ノ御手《ミテ》ニハ五色ノ糸《イト》ヲ被レ懸《カケ》タリ。普賢ノ絵像・善道和尚ノ御影《エイ》ナンドモ坐シケリ。御前ノ机《ツクヘ》ニハ八軸ノ妙文・九帖《テウ》御袈裟ヲ被レ置タリ」（九四三～九四四頁）、〈覚〉「中尊《ゾン》の御手《ミテ》には五色《シキ》の糸《イト》をかけられたり。左には普賢《フゲン》の画像《ヱザウ》、右には善導和尚《ゼンダウクハシヤウ》」（下―三九八頁）。普賢の絵像では、普賢菩薩が白象に乗り、結伽趺坐して合掌する姿で描かれる。普賢菩薩は『法華経』にも登場し、女性の信仰を集めた。なお、渡辺貞麿は、建礼門院の普賢への信仰は、「法華経信仰に基くもの、あるいは法華経信仰のためのもの」とする（二四一頁）。「八軸の妙文」は、法華経八巻を指す。〈延〉「廿八品ノ惣尺」は、『法華経』二十八品全体の注釈の意であろう（〈延全注釈〉巻十二―四〇二頁）。〈厳島断簡〉「棚には……二十八ぽんのしやくなんどもをかれたり」（二〇八頁）。〈四〉は、『法華経』にその注釈を添えて置いてあった意。　**〇又右の方には善導和尚の御影を懸け奉りたまひ、其の前には九帖の御書疏も置かれたり**　〈延・盛〉〈厳島断簡〉〈国会〉同。〈長・大〉は「九帖の御書疏」を欠く。〈南・屋・覚・中〉〈山崎〉小異。〈覚〉「右には善導和尚《ゼンダウクハシヤウ》、幷に先帝の御影《ゴエイ》をかけ、八軸《ヂク》ノ妙文《モン》、九帖《デウ》の御書《ゴシヨ》もをかれたり」（下―三九八～三九九頁）。〈屋〉は前項参照。善導は道綽から『観無量寿経』を授かり、その後師事している。善導の著『観無量寿経疏』は、源信を始め法然や親鸞などの浄土思想形成に多大な影響を及ぼした（『岩波仏教辞典』）。「九帖の御書疏」は、善導の著『観無量寿経疏』四巻、『法事讃』二巻、『観念法門』一巻、『往生礼讃』一巻、『般舟讃』一巻の五部九巻を指す。なお、福井康順によれば、その内の一書『般舟讃』が建保五年（一二一七）に証空によって仁和寺の経蔵から見出され、それが開版されたのは貞永元年（一二三二）だから、「九帖の御書疏」と記す灌頂巻が書かれたのは、貞永元年以前には遡りえないことが明らかとなった（五四四頁）。　**〇御棚には往生要集・往生講式**　『往生要集』を記すのは、他に〈延・盛・大〉〈厳島断簡〉〈国会・山崎〉。〈延〉「往生要集已下ノ諸経ノ要文被置タリ」（巻十二―五五オ）。『往生講式』を記すのは、他に〈厳島断簡〉「わうじやうかうのしき」（二〇八頁）。『往生講式』は、永観の著。「講式の白眉とも言うべきもので、中世に至って圧倒的な流行をみせた」（山田昭全①―一一五頁）。　**〇其の外、御心呴呼めばかりにや、**

浄土発心の双紙共、引き散らしてぞ置かれける　関連する可能性のある他本本文として、〈延〉「浄土ノ法文トオボシクテ、御双紙アマタ被取散タリ」（巻十二―五六オ～五六ウ）、〈長〉「傍なる御棚には浄土の御書共をかれたり。又時々御なぐさみとおぼえて御双紙どもとりちらされたり」（5―二一三頁）、〈大〉「観念法門、往生要集、発心集なんどのやうをおかれたり」（九八頁）が挙げられよう。このうち〈延・大〉は「心なぐさめ」とはしていない。一方、〈長〉の傍線部は、〈四〉の「浄土発心の双紙共」と同様のものを指す可能性もあろうが、〈延〉「又御勤ノ隙ノ御心ナグサメトオボシクテ、古今・万葉、其外狂言綺語ノ類被取散タリ」（巻十二―五五ウ）に近いものを想定するとも考えられよう。〈盛・大〉〈厳島断簡〉〈国会・山崎〉も〈延〉に近く、傍線部「古今・万葉」は、〈盛〉「古今・万葉・源氏・狭衣」（6―四七五頁）。後掲注解「御目に御覧ずる物とては、源氏・小衣、狂言綺語の双紙共」参照。〈大〉が記す「発心集」は、鴨長明の『発心集』だと考えると時代が合わないが、発心譚、物語の類が想定できようか。〈四〉ではそれを心の慰めとしていたとする点が注意されよう。なお、水原一（三九七頁）は、〈四〉の「浄土発心の双紙共」に類する記述として、『閑居友』の「さうしには経のようもんなどかゝれたり」をも挙げるが、『閑居友』の「さうし」は、「双紙」ではなく「障子」（新大系四三八頁）と解すべきであろう。　**○空燃物に引き替へて、不断の香の煙ぞ薫じける**　「空燃物《そらだきもの》」は、「来客のときなどに、どこからともなく匂ってくるようにたく香」（〈日国大〉）。昔の生活で焚いていた薫き物と異なり、今では不断香（「間断なく仏前などに香をたき続けること。不断の香」）の香が香っていたとする。香りによってかつての生活と現在の庵室を対比する文は、後にも見られる（後掲注解「御身に触るる物とては、薫陸・沈麝の香なりしに」参照）。本項に該当する位置の描写は〈延・長・盛・大〉〈厳島断簡〉〈国会・山崎〉にも見られるが、〈南・屋・覚・中〉では、庵室描写の最後に、全体をまとめてかつての生活と対比する位置に用いられる。〈南〉「昔ノ蘭麝ノ匂ヲ引替テソラダキ物ニカホルハ、不断ノ香ノ煙也」（一〇一九頁）。　**○法皇哀れに思し食して、「甍破れては霧不断の香を焼き、枢落ちては月常住の灯を挑ぐ」と、打ち詠めさせたまふ**　〈長・盛・南・屋・覚〉では、寂光院自体の描写の最初にこの句を置く。〈覚〉「ふるう作りなせる前水《センズイ》・木立《コダチ》、よしあるさまの所なり。「甍《イラカ》やぶれては、霧《キリ》不断《ダン》の香《カウ》をたき、樞《トボソ》落ちては、月常《ジヤウ》住《ヂウ》の灯《トモシビ》をかゝぐ」とも、かやうの所をや申べき」（下―三九六頁）。〈延・大〉〈国会・山崎〉なし。出典未詳。類句は、『説経才学抄』四十七「逆修善根事」に、「柴ノ甍破テ空月挑灯一ヲ、草戸《アミト》無シテ扃《トサシ》一、峯ノ嵐自開ク」と見える（『真福寺善本叢刊・三』五七〇頁。出家者の粗末な庵を描いたもの）。唱導に用いられた類型句だった可能性もあろうか。また、『太平記』巻二「南都北嶺行幸事」の「甍《イラカヤブレ》破テハ霧《キリフ》不断《ダン》ノ香《カウ》ヲ焼《タキ》、扉《トボソオチ》落テハ月常《ジヤウヂユ》住ノ灯《トモシビ》ヲ挑《カカ》グ」（旧大系一―五九頁）は、比叡山行幸前の大講堂の荒廃ぶりを描くものだが、同句。『平家物語』の影響を受けている可能性もあろう。屋根瓦が破れ霧が流れ入り不断の香を焚いているようである。扉も朽ち月の光がさしこみ、まるで常夜灯を掲げているようだの意。この句は、〈長・盛・南・屋・覚〉のように、後白河法皇が訪れた寂光院の荒廃した情景描写として引かれるのが自然だろう。〈四〉は前項の「不断香」に引かれてこの句を後白河法皇が詠じたように読めるが、それでは荒廃を描く句の性格にそぐわない。**○北の山の岸には高さ三尺ばかりの閼伽棚を釣られて、閼伽の桶・閼伽の杓・閼伽の折敷に至るまで、有間貪しくぞ覚えし。樒の花柄、花簍、且つは哀れに見えながら**　近似本文を記すのは、〈延・盛・大〉〈厳島断簡〉〈国会・山崎〉。挿入位置は、〈四〉とは異なり、いずれも女院の寝所描写の前。〈四〉の改変と考えられよう。〈四〉は「北の山の岸」（北の山の切り立った所）とするが、「北の山際」（〈延・大〉〈山崎〉）の誤りか。閼伽棚（仏に供える水や花などを載せる棚）を三尺とするのは、〈盛・大〉〈厳島断簡〉〈国会〉。〈厳島断簡〉「きたやまのそばに三じやくのあかだなをこしらゐて、しきみいれたるはながつみあられたまちるあかのをしきにかけそへられたり」（二〇六頁）。杓はひしゃくのこと。「樒《しきみ》」は、樒、仏前に供える。「花柄」は、はながら、「仏前に供えた花。または供えるために採った花で、不用になって捨てるもの」（〈日国大〉）の前者の意。「花簍《はなかご》」は花籠の意で、「花筐《はながたみ》」（花がつみ）に同。京大本『塵芥』上―六三ウ「簍《カゴ》 籠《同》」（臨川書店版影印―一三〇頁）。**○御障子には諸経の要文共を色紙に書きて押されたり**　諸経の要文（経典中の大事な文句）を色紙に書いて障子に貼り付けたとする。〈長・盛・南・覚・中〉〈国会〉も同様。〈屋〉は〈覚〉に近い形だが、「障子ニハ」を欠く。一方、『閑居友』「障子には、経の要文ども書かれたり」（新大系四三八頁）は、障子に直接書いてあったように読め、〈山崎〉「御しやうじに…かゝれたり」（一八七頁）などとあるのも同様。〈延〉は、本項該当部には「障子ニハ諸経要文様々ノ詩哥ナムド被書散タリ」（巻十二―五五ウ）とあり、その後、経の要文や「笙歌遥聞孤雲上」の詩句を列挙した後には、「加様ノ詩要文共ヲ四季紙形ニ書テ被押タリ」（五六オ）とする（「四季紙形」は「色紙形」だろう）。〈大〉も、「御しやうじにかくぞあそばしたる」（九八頁）とした後、経の要文と詩を引いて「…とあそばして、しきしがたにをされたり」（同前）とある。〈厳島断簡〉（二〇五頁）は、〈延〉の後者に該当するが、前者の該当部は現存しない。色紙に書いて貼ったか、障子に直接書いたかを厳密に区別する必要はないだろう。さて、「諸経の要文」として、〈四〉は、次項以下に五句を記す。諸本では、〈延〉六句が最も多く、〈長〉四句、〈盛〉〈厳島断簡〉〈国会・山崎〉三句、〈大〉二句、〈南・中〉一句、〈屋・覚〉なし。最も多く掲げる〈延〉では次の通り。

①諸行無常　是生滅法　生滅々已　寂滅為楽（五五ウ5）
②極重悪人　無他方便　唯称弥陀　得生極楽（五六オ2）
③謗法闡提　廻心皆往　十悪五逆　罪滅得生（五六オ3）
④一切業障海　皆従妄想生　若欲懺悔者　端坐思実相（五六オ4）
⑤若有重業障　無生浄土因　乗弥陀願力　必生安楽国（五六オ5）
⑥法身体遍諸衆生　客塵煩悩為覆蔵　不知我身有如来　流転生死無出期（五六オ6）

この他に、〈四〉独自の一句がある。

⑦衆罪如霜露　恵日能消除　是故応至心　懺悔六情根

この番号をもとに諸本の所収状況を一覧しておく。順序は諸本における掲載順。＊は句の一部を欠く。

本	順
四	⑤②⑦④①
延	①②③④⑤⑥
長	④⑤②⑥
盛	④①⑤
大	④②
南	⑤
屋	ー
覚	ー
中	⑤
厳島	④*⑤⑥
国会	④*⑤⑥
山崎	④*⑤②

○若有重業障　無生浄土因　乗弥陀願力　必生安楽国　前項に見た番号⑤。他に〈延・長・盛・南・中〉〈厳島断簡〉〈国会・山崎〉所見。〈国会〉「にやくうぢうごつしやう（若有重業障）、むしやうじやうどいんぜうみだぐわんりき（無生浄土因乗弥陀願力）、たんざしじつさう（端坐思実相）、によしやうあんらくこく（必生安楽国）」（九三頁。（　）内は私意に補った）。傍線部は④の一部が取り込まれたもの。〈山崎〉「にやくうぢうごうしやう（若有重業障）むしやうじやうどこく（無生浄土国）じやうみだぐはんりき（乗弥陀願力）」（一八七頁。（　）内は私意に補った）。四句目を欠く。訓読すれば、「若《も》し重き業障有りて、浄土に生ずる因無くとも、弥陀の願力に乗ずれば、必ず安楽国に生ぜん」となる。『宝物集』吉川本巻七は、⑤②を対にして引く（新大系三三八頁）。九冊本第九冊（四三六頁）同。二巻本巻下（八七頁）同様。身延抜書本・片仮名三巻本・一巻本なし。武久堅（七一頁）・今井正之助（一九頁）は、『宝物集』依拠と見る。漢訳仏典には見えないが、偽経『観世音菩薩浄土本縁経』（浄土本縁経）の末尾近くに見える偈の一部である。「善哉両足尊　能利娑婆界　証明真実法　慈悲施一切　若有重業障　無生浄土因　乗弥陀願力　必生安楽国　若人造多罪　応堕地獄中　纔聞弥陀名　猛火為清涼（以下略）」（『新纂卍大日本続蔵経・一』二六二c）。日本では浄土信仰に関わって盛んに用いられたようである。『発心集』巻六―十三、『拾遺黒谷上人語灯録』（大正八三―二六三a）、『観心略要集』（鈴木学術財団版『大日本仏教全書・三九』五七頁）、『摧邪興正集』末（『浄土宗全書』八―六五二頁）、『大経直談要註記』巻二（『浄土宗全書』一三―一二七頁）、『当麻曼荼羅疏』巻三五（『浄土宗全書』一三―六三二頁）、『孝養集』巻下

（『続浄土宗全書』一五―六〇頁）等に見える。典拠として、『観心略要集』は「浄土論云」、『摧邪興正集』は「往生浄土本縁経云」と記す。なお、『浄土本縁経』は『大乗荘厳宝王経』に因んで作られた偽経とされるが、『宝物集』や『平家物語』に見える早離・速離譚の原拠とされ、後には『月日の本地』を産むなど広く読まれた（徳田和夫九～一一頁）。最近では、中野顕正が、『当麻曼荼羅疏』巻七の分析を端緒として、継子譚としての中将姫説話が『浄土本縁経』の翻案として作られたと論じている。

○極重悪人　無他方便　唯称念仏　得生極楽　前掲番号②。他に〈延・長・大〉〈山崎〉所見。但し、第三句「唯称念仏」は、〈山崎〉同、〈延・長・大〉「唯称弥陀」。訓読すれば、「極重の悪人は他の方便無し。唯念仏を称ふれば極楽に生ずるを得ん」となる。この句は、『往生要集』巻下・大文第八に「観経云、極重悪人無他方便、唯称念仏、得生極楽」（思想大系『源信』三八七頁）とあり、思想大系二五一頁頭注は、『観無量寿経』下々品（大正一二―三四六ａ）の取意によるものとする。また、永観『三時念仏観門式』に、「極重悪人　無他方便　唯称弥陀　定生極楽」（山田昭全②翻刻・一九九頁。傍線部は〈四〉と相違）とある。『宝物集』は前項注解に見たように、⑤と対にして引いており、第三句は「唯称弥陀」とする（九冊本・二巻本も同）。武久堅（七一頁）・今井正之助（一九頁）は、『宝物集』依拠と見る。その他、多くの書に見える。第三句の異同に注意しつつ、目についたものをいくつか引いておく。『選択伝弘決疑鈔』巻四「唯称念仏」（大正八三―八六ｂ）。『黒谷上人語灯録』巻二「唯称弥陀」（大正八三―一二四ｂ。巻三にも同句あり）。『竹林鈔』「唯称弥陀」（大正八三―四六八ｃ～四六九ａ）。『器朴論』巻下「唯称弥陀」（大正八四―二七ｂ）。『往生礼賛私記見聞』巻上「唯称弥陀」（『浄土宗全書』四―九七頁）。『漢語灯録』巻二「唯称弥陀」（『浄土宗全書』九―三五三頁）。『浄土宗要集』（西宗要）巻五「唯称念仏」（『浄土宗全書』一〇―二三七頁）。

○衆罪如霜露　恵日能消除　是故応至心　懺悔六情根　前掲番号⑦。訓読は「衆罪霜露のごとく、恵日能く消除す。是の至心に六情根を懺悔すべし」。〈四〉独自だが、実は次項④と一連の偈。『宝物集』吉川本巻六に「悪業の雲霧は厚けれども、懺悔の風ふけば、法性の空はれぬ。煩悩の霜露はしげけれども、懺悔の恵日出ぬれば消うせぬ。このこゝろを普賢経に説て云く」として、〈四〉とは逆に④⑦の順に引用する（新大系二五八頁）。九冊本第七冊（三三二頁）、身延抜書本第六分（一四〇頁）、片仮名三巻本巻下（一五九頁）、二巻本巻下（七四頁）同様。一巻本なし。出典は、『宝物集』が指摘するように、『仏説観普賢菩薩行法経』「一切業障海皆従妄想生　若欲懺悔者　端坐念実相　衆罪如霜露慧日能消除　是故応至心懺悔六情根」（大正九―三九三b）。この八句の偈を『宝物集』はそのまま引くわけだが、〈四〉は後半四句を本項、前半四句を次項として引いているわけである。今井正之助（二一〇頁）は、『宝物集』依拠と見る。〈四〉が本項と次項の順序を逆にした理由は不明だが、〈延・長・盛〉〈厳島断簡〉〈国会・山崎〉にも共通する次項④を引いた後、本項⑦を付け加えた結果、こうなったと考えられようか。新大系『宝物集』脚注では、全八句の意として、「海のごとくに無量な一切の罪業は、すべて妄想から生ずる。もしこれを懺悔しようとするなら、正座して実相に思念をこらせ。真相を悟った時、太陽が霜露を消滅させるように、すべての罪障をことごとく消除するであろう。かるが故に心をこめて六情根を懺悔すべきである」とし、「観普賢菩薩行法経の偈は諸書に引用されるが、八句まとまっている例は少ない。往生講式は懺悔業障を述べた第二段でこの八句の偈を伽陀として掲げる。これが宝物集の典拠であろう。八句まとまってあるのは他に観心略要集があげられる」（二五八頁）とする。八句まとまった引用は、永観『往生講式』（大正八一―八四b）の他にも、例えば『法苑珠林』（大正五三―九一八a）に見られるが、大局的には正しい指摘というべきだろう。但し、『観心略要集』（鈴木学術財団版『大日本仏教全書・三九』五三頁）は本項該当句のみ。本項該当句のみの引用は、他に『浄土宗要集』（西宗要）巻五（『浄土宗全書・一〇』二三七頁）や『孝養集』巻中（『浄土宗全書・一五』三九頁）等にも見られる。〈四〉のように本項と次項を逆の順序で引く例は未詳。なお、恵日《えにち》は、「仏語。悟りの智慧が一切の煩悩や罪障を除く働きを、太陽にたとえたもの」（〈日国大〉）の意。　**○一切業障海　皆従妄想生　若欲懺悔者　端坐思実相**　前掲番号④。〈延・長・盛・大〉〈厳島断簡〉〈国会・山崎〉同様。〈厳島断簡〉は三句目以下を欠き、〈国会〉は四句目が⑤の三句目と四句目の間に挿入され、〈山崎〉

は四句目を欠く。訓読は「一切業障の海、皆妄想より生ず。若し懺悔せんとすれば、端坐して実相を思へ」。典拠や『宝物集』所見については前項注解参照。武久堅(七一頁)・今井正之助(一九頁)は、『宝物集』依拠と見る。「端坐思実相」は、〈延・長・盛・大〉〈国会〉も同じだが、前項注解に引いた『普賢経』や『法苑珠林』は傍線部「念」。『宝物集』諸本や『往生講式』は「思」(『宝物集』二巻本「たんざしじつさう」)。　**○此等の文共を書かれたる中にも、「諸行無常、是生滅法、生滅滅已、寂滅為楽」の文こそ哀れなれ。一切の行は皆是無常なり**　前掲番号①。この句を引くのは、他に〈延・盛〉。〈延〉「障子ニハ諸経要文、様々ノ詩歌ナムド被書散タリ。『諸行無常是生滅法生滅々已寂滅為楽』ノ四句ノ文、一切ノ行ハ是皆無常也。無常ノ虎声ハ耳ニ近トモ、世路ノ趍ニ不聞へ。雪山ノ鳥ハ夜々鳴ドモ、栖ヲ出ヌレバ亡レヌ。羊ノ歩ミ近付テ、親ニ先立子、々ニ先立親、妻ニ別ル丶男、夫ニ後ル丶妻、命ハ水ノ沫、老少不定ノ世也。朝ノ花ハタノ風ニサソワレ、宵ノ朗月ハ暁ノ雲ニ隠レヌ。山陰ノ柴ノ庵、御スマヒオボシメシシラレテ、人シレズ御涙セキアヘサセ給ワズ」(五五ウ～五六オ。続いて前掲番号②～⑥の句が続く。〈盛〉は④の句と、その解説文に続く)。〈四〉の場合も、障子に書かれた諸経の要文の内の一つと考えられる。なお、〈厳島断簡〉は、〈延〉の掲出本文のうち傍線部は共通して記すが、以下は欠き、④～⑥を続ける。笠栄治は、〈延〉について、波線部は法皇の感懐であり、「親ニ先立子…老少不定ノ世也」は無常の説明で、且つ「諸行無常…寂滅為楽」の具体的な表現でもあり、「御涙セキアヘサセ給ワズ」から次の②「極重悪人」や③「一切業障海」等の経文へ続けるのは無理だと考える(二〇頁)。また、渥美かをるも「全く同感である」(一五頁)として、笠の論を援用し、〈延〉が〈四〉の影響を受けて加筆した可能性を指摘する(一七頁)。簡略な本文を古態と考えた四部本古態説が流行した時期の議論であり、現在では〈四〉が〈延〉に影響を与えたと判断することはできないが、〈厳島断簡〉が、〈延〉の掲出本文を省略したと即断しえないことも確かであろう。なお、「諸行無常、是生滅法…」は、雪山童子が得たいわゆる「雪山偈」。『大般涅槃経』巻一三(大正一二―六九二a)をはじめ、多くの書に見える。日本では、『平家物語』巻一冒頭についてはいうまでもないが、色葉歌の注釈などにも関わって広く知られた（黒田彰）。『宝物集』吉川本巻二（新大系五六頁）にも見え、九冊本第二冊（七二頁）、身延抜書本第二分（三〇頁）、片仮名三巻本巻上（四五頁）、一巻本（六オ）、二巻本巻上（二六頁）同様。今井正之助（一九頁）は、『宝物集』依拠と見る。　**〇無常の虎の声は耳に近けれども、世路に趨り**　以下、無常の譬喩が続く。近似文は〈延・盛〉に見られるが、その他諸本にはなし。〈延〉「無常ノ虎声ハ耳ニ近トモ、世路ノ趍ニ不聞ヘ」（巻十二―五五ウ）、〈盛〉「無常ノ虎ノ声ハ、朝々暮々耳ニ近ケ共、世路ノ趍リニ聞エズ」（6―四七六頁）の傍線部や、次項に見る「忘れぬ」からも、〈四〉には「聞こえず」が脱落している。「無常の虎」は、「無常の定めが人の命を奪い去ることを、人を食い殺す虎にたとえた語」（『角川古語大辞典』）。「歌占」「無常の虎の声肝に銘じ、雪《セツ》山の鳥鳴いて、思ひをいたましむ」（旧大系『謡曲集』上―四〇〇頁）。「世路に趍り」は、『雑談集』「世路《セイロ》ヲワシリ」（中世の文学一四五頁）とも読める。「趍　ワシル」（〈名義抄〉仏上六七）。無常の恐ろしさを示す虎の声は耳近くに聞こえるはずなのに、世俗のことにあくせくするばかりでの意。　**〇雪山の鳥は日々夜々に鳴けども、栖を出でぬれば忘れぬ**　〈延〉同。〈盛〉「雪山ノ鳥ノ音ハ、日々夜々ニ今日不知死ト鳴共、棲ヲ出テ忘レヌ」（6―四七六頁）。『説経才学抄』「雪山鳥偈云、今日不知死コトヲ、明日不知死、何故ゾ造作シテ栖ヲ、安ニ隠セム無常ノ身ヲ」（真福寺善本叢刊3、五七四頁）。出典を「涅槃経」とする伝も見られるが確認できず、「雪山鳥経」（『俚言集覧』）や「雪山鳥偈」は不明。おそらく、院政期頃の日本で作られた譬喩か。雪山の鳥は夜はその寒さに堪えられず巣を作ろうと妻に言うが、朝になると暖かさに気が緩み巣作りを忘れてしまう意。本全釈巻十「観賢僧正勅使に立ち給ふ事（②維盛の心中）」の注解「維盛が身は、雪山の鳥の鳴くらん様に…」（二三七〜二三九頁）参照。　**〇羊の歩み近付きて、親に先立つ子、子に先立つ親、妻に離るる夫、男に後るる妻、命は水の泡のごとくして、老少不定の世なり**　〈延〉同。〈盛〉「冥途ノ使身ニ競、屠所羊ノ足早シテ、親ニ先立子、々ニ先立親、妻ニ別ル丶夫、々ニ後ル丶妻、形ハ芭蕉ノ風ニ破ル丶ガ如ク、命ハ水ノ泡、波ニ随テ消ヌ、万法皆シカナレバ、諸行無常ト置レタリ」（6―四七六〜四七七頁）。傍線部が〈盛〉の独自異文。「屠所の羊」

は、『大般涅槃経』巻三四「如二囚趣レ市歩歩近レ死。如下牽二牛羊一詣中於屠所上」（大正一二―八三七b。巻三八、大正一二―五八九cも同句）、あるいは、『摩訶摩耶経』巻上「譬如三旃陀羅　駆レ牛就二屠所一、歩歩近二死地一　人命疾於レ是」（大正一二―七c）などによる。「屠所の羊の歩み」は、「屠所にひかれてゆく羊のように、力ないのろのろとした歩み。刻々死地に近づくことのたとえ」（〈日国大〉）。「親に先立つ子、子に先立つ親、妻に離るる夫、男に後るる妻」は、「生者必滅」「老少不定」に関わる一文。『宝物集』吉川本巻三に「老少不定の境なれば、親にをくれ、子にをくれ、妻にさき立、（夫ニサキダチ、）主にわかれ、師にわかるゝ人、おほく侍るめり」（新大系一二一頁）とあり、九冊本第三冊（一五五頁）、本能寺本（七九頁）、身延抜書本第三分（七四～七五頁）、片仮名三巻本巻中（七八頁）、二巻本巻上（四四頁）同様、一巻本（一三オ）小異。〈四・延〉はこれによるかもしれないが、一般的な語句なので断定しにくい。『金玉要集』「生者必滅之習ナレバ、少モ死、老モ死、老少不定ノ境ナレバ、師ニモ別、親ニモ別ル」（『磯馴帖村雨篇』一八八頁）。

○浮藪く春の花は暮の嵐に誘はれ、夕部に出づる秋の月も宵の雲に隠れぬ　近似文は、〈延〉「朝ノ花ハ夕ノ風ニサソワレ、宵ノ朗月ハ暁ノ雲ニ隠レヌ」（巻十二―五五ウ）。〈盛〉なし。当該文も、「諸行無常…」に関わる一文。関連記事は、巻七「主上都落」の「推し量るべし、無常は春の花、風に随ひて散り、有待は暮の月、雲に伴ひて隠れ、誰か見し、栄花は春の夜の夢のごとくなることを」に見られた。関連注解参照（二四八頁）。「浮藪《アださ》く」の訓、「四部合戦状本平家物語訓例索引稿」（村上學。凡例参照）による。『字鏡集　寛元本』「藪　ハナサク、ハナ」（一二三五）。〈名義抄〉「暮　ユフヘ」（僧上二）。〈四〉の場合は、「春の花」に対して「秋の月」、「暮の嵐」に対して「宵の雲」を配するのに対し、〈延〉は「朝ノ花」に対して「宵ノ朗月」、「夕ノ風」に対して「暁ノ雲」が配され、対句としてより完成した姿を示している。

○片山景の柴の庵、荒れたる宿の住居も哀れにぞ御覧ぜらる　近似文は、〈延〉「山陰ノ柴ノ庵御スマヒオボシメシシラレテ、人シレズ御涙セキアヘサセ給ワズ」（巻十二―五五ウ～五六オ）。〈四・延〉いずれも、女院の庵室を見た法皇の感懐として記される。

○又、参河入道寂照法師の、清涼山の麓竹林寺

に於て詠じたまへる詩を書かれたり　寂照（寂昭とも）、俗名は大江定基、寂心（慶滋保胤）に従って出家、長保五年（一〇〇三）渡宋し、そのまま杭州で没している。清涼山は、中国山西省にあり、五台山とも言う。清涼山にいる時に詠んだとするのが、〈延・長・大・南・屋・覚・中〉〈厳島断簡〉〈国会・山崎〉、清涼山の麓竹林寺で詠んだとするのが、〈四・盛〉。〈盛〉〈国会〉は、寂照終焉の時に詠んだとする。次項注解参照。**〇草庵に人無くして、病に扶けられて起き、香炉に火有りて、西に向かひて眠る**　この詩を載せるのは、他に〈延・長・盛・大〉〈厳島断簡〉。次項・次々項目と併せ、当該部分を、①「草庵に人無くして、病に扶けられて起き、香炉に火有りて、西に向かひて眠る」、②「笙歌遥かに聞こゆ孤雲の上、聖衆来迎す落日の前」、③「雲の上に遥かに楽の音すなり人や聞きつる空耳か抑」と分けて、諸本の所収状況を示せば、次のようになる。

①②③を記す…〈四・延・盛〉（但し、〈延〉は①②を②①の順に記し、③は切り離して他の和歌と共に記す）。

①②を記す……〈長・大〉〈厳島断簡〉（但し、〈厳島断簡〉は①②を②①の順に記す）。

②のみ記す……〈南・屋・覚・中〉〈国会・山崎〉。

なお、〈南・中〉では、この詩の後に、「一生如レ夢　誰期二百年之栄一ヲ　万事ハ皆空也　争成二常住之思一ム」〈南〉一〇一八頁）を載せる。この①②③のどれかを載せる資料を示せば、次のものがある。

①……『新撰朗詠集』下・僧・五七一（『新撰朗詠集全注釈』三―三七〇頁）

①②…『宝物集』吉川本巻七（新大系三二〇頁）。九冊本第八冊（四一一頁）同。身延抜書本・片仮名三巻本・一巻本・二巻本なし。

『三国伝記』（三弥井中世の文学・下―二五〇頁）

②……『十訓抄』一〇・四九（新編全集四三八頁）

謡曲「実盛」（旧大系『謡曲集』上―二六六頁）

②③…『続本朝往生伝』三三話（日本思想大系『往生伝・法華験記』二四八～二四九頁）
『今鏡』むかしがたり第九「まことの道」（全訳注・下―四四五頁）
『発心集』巻二―四（古典集成『方丈記・発心集』九九頁）

③……『袋草紙』上巻「時に臨める歌」（新大系一六四頁）

本項①は、『新撰朗詠集』に、作者を「保胤」（慶滋保胤）とする。『新撰朗詠集全注釈・三』は、『続本朝往生伝』『十訓抄』の②（次項注解参照）などにふれつつ、「作者及び詩の体裁（詩題が「臨終詩か「失題」なのか、七言絶句か否か等）はよく分からない」（三七二頁）とする。詩句「草庵」は『新撰朗詠集』『三国伝記』「茅屋」、『宝物集』「荒屋」。〈四〉「病に扶けられて起き」は「病を扶けて起き」とあるべきだろう。この部分は、〈延〉「扶病臥」（巻十二―五六オ）、〈長〉「助病起」（5―二一四頁）、〈盛〉「扶杖立」（6―四七六頁）など、異同が多い。『新撰朗詠集』『三国伝記』は「扶病起」で、〈四〉に近い。「誰もいないあばら屋で、ただ一人病気をいたわりつつ起き、香炉で香をたいては西に向かって眠る」（新大系『宝物集』三一九～三二〇頁脚注三）。　**○笙歌遥かに聞こゆ孤雲の上、聖衆来迎す落日の前**　「笙歌」は「笙に合わせて歌をうたうこと。また、その歌。せいか」（〈日国大〉「しょうか」項）。『新撰朗詠集全注釈』（三―三七二頁）は、『白氏文集』巻六四・三一〇九「笙歌縹渺虚空裏　風月依俙夢想間」（『新撰朗詠集』懐旧・六九三）に拠っていると指摘する。但し、ここでは白詩とは異なり、聖衆来迎の音楽をいう。「はるかな孤雲のかなたから笙の音がきこえ、落日を背にしつつ極楽の聖衆たちが私を迎えにやってくる」（新大系『宝物集』三二〇頁脚注四）。『続本朝往生伝』は、この詩を「一絶の詩を作れり。その一句に曰く」として載せる。しかし、思想大系補注「一絶の詩」は、「一首の絶句の詩。但しこの詩句は絶句の体ではない」（四四三頁）と指摘する。また、『十訓抄』は、「ただし、この詩、保胤作れりといふ。たづぬべし」（四三八頁）とする。前項注解に見た①句と共に、慶滋保胤作の可能性があるか、あるいはそうした説があったようである。〈四・長・盛・大〉や『宝物集』『三国伝記』は①②

を寂照の一つの詩として扱うように見えるが、①②が本来、寂照によって一つの詩として作られたかどうかは不明（前項注解参照）。　**○雲の上に遥かに楽の音すなり人や聞きつる空耳か抑**　第二句「遥かに」は、〈延〉「風二」（ほのかに）、〈盛〉「ホノカニ」だが、他書は「はるかに」とするものが多い。第三句〈延・盛〉「人ニ問バヤ」（〈延〉）、『袋草紙』「人にとはばや」。第四句、『続本朝往生伝』『袋草紙』「虚耳かもし」、『今鏡』「ひが聞きかもし」、『発心集』「ひが耳かもし」。前項の「笙歌」と同様、聖衆来迎の音楽が聞こえ、自分の耳だけが聞いているのかと疑った意。

○又、大和絵師の障子に　「大和絵師」は、〈延・長〉「大和絵」が良い。〈延〉は「大和絵被書タル紙屛風ニ、女院ノ御手トオボシクテ、古キ歌共ヲ被書タリ」（巻十二―五六ウ）、〈長〉「大和絵書たる紙屛風をたて、女院の御手にてかくぞあそばされける」（5―二一四頁）。他諸本は「大和絵」云々なし。「大和絵」は「日本の風景・事物を描いた絵。中国の風景などを描いた唐絵と区別していう。平安中期に成立、室町時代に至り土佐派の伝統を形成した」（〈日国大〉）。　**○思ひきや深山の奥にすまいして雲井の月を余所に見んとは**　〈延・長・盛・覚〉〈厳島断簡〉も記す。〈延・長・盛〉〈厳島断簡〉は「女院ノ御手トオボシクテ古キ哥共」（〈延〉巻十二―五六ウ）のように、女院の筆とするが、〈覚〉は「女院の御製とおぼしくて」（下―三九九頁）とする。水原一は、「この歌は『金葉集』『今鏡』に見える忠盛の「思ひきや雲井の月をよそに見て心の闇に迷うべしとは」の翻案かと思われるが詩情は全く別である」とし、むしろ『平家物語』の開幕の「二代后」に「思きやうき身ながらにめぐり来て同じ雲井の月を見むとは」と「雲井の月」の述懐がある事、この大宮の後日談に「月見」がある事、そして建礼門院の閑居述懐にこの歌がある事を指摘し、このように「二代后」「月見」「大原御幸」という、「物語の文面では何ら合理的な連絡関係のない三話が、平家物語の首・尾と中程とに位置してすべて后妃の悲劇としての意味でつながり合い、その共通因子が「月」の比喩であるという事は見のがせないと思う」（四〇三～四〇四頁）とする。なお、諸本は、この後、女院の御歌・女院の御手・古歌・四季の歌（〈盛〉）として、以下の歌を記す。（〈延〉では前々項「雲の上に…」歌もこの間に記す）。

①乾間モナキ墨染ノ体カナコハタラチメノ袖ノシヅクカ……〈延・長・盛・大・中〉〈厳島断簡〉〈国会・山崎〉
②消方ノ香ノ煙ノイツマデト立廻ルベキ此世ナラネバ…………〈延・盛〉
③古ノナラノ都ノ八重ザクラ今日九重ニ移ツルカナ…………〈延・長・盛〉
④打シメリ菖蒲ゾ薫ル時鳥鳴ヤ五月ノ雨ノ夕焼…………〈延・長・盛〉
⑤久方ノ月ノ桂モ秋ハナヲ紅葉スレバヤテリマサレラン…………〈延・長・盛〉
⑥待人モ今ハ来ラバイカヾセムフマヽク惜キ庭ノシラユキ……〈延・長・盛〉

このうち、①「乾間モ…」歌は、〈延・中〉〈厳島断簡〉は女院の手跡とするが、〈長・盛・大〉〈国会・山崎〉は、〈長〉「女院御歌とおぼしくて」（5―二一四頁）のように、女院の歌と読める。また、②「消方ノ…」歌は、〈延〉は女院の手跡で古い歌共とするが、〈延全注釈〉が指摘するように、寂蓮の歌（『夫木和歌抄』雑一・七九七〇）。近い時代の歌を古歌としていることになる。 **○此等を御讃ずるに付けても、御心澄まずといふこと莫し** 往事とは異なる女院の身の回りの様子を目の当たりにした、後白河法皇の心情を記す。以下、〈四・延・長・盛〉では、往事の生活が具体的に記される。一方、〈大・覚〉〈国会・山崎〉は、〈覚〉「さしも本朝《ホンテウ》・漢土《カンド》のたへなるたぐひ数《カズ》を尽して、綾羅《レウラ》錦繍《キンシウ》の粧《ヨソホイ》も、さながら夢《ユメ》になりにけり」（下―三九九頁）のように簡略。〈南・屋・中〉は、薫物と香の対比を記すのみ。『閑居友』は、「何となく昔の御あたり近き御宝物どもにはたとしへなきを、あはれに悲しくおぼさる」（新大系四三八頁）と簡単にふれている。 **○昔は玉の台を研き、錦の帳の内に住して、綾羅錦繍に纏はれて明かし暮らさせたまひしかば** 〈盛〉「昔ハ玉台ヲ瑩、錦帳ノ中ニ漢宮入内ノ后トシテ明シ暮シ給ツヽ、……綾羅錦繍ノ御衣色々袖ヲ調テ」（6―四七九頁）。巻十一の「建礼門院吉田入」には、他本にも近似文が見られる。〈四〉「昔磨《カ》キ玉台被《ナレ》テソ纏《マツ》錦ノ帳明シ晩サセ御在シ玉シニ（昔は玉の台を磨き、錦の帳に纏はれてぞ明かし晩らさせ御在したまひしに」（一九七右。本全釈巻十一―四四一頁参照）。かつて女院が経験した宮中での華やかなりし生活を回想して言う。 **○御目に御讃ずる物とては、**

源氏・小衣、狂言綺語の双紙共　かつての生活の回想として、「源氏・狭衣」の類にふれるのは〈四〉独自。〈四〉は、先に「御棚には往生要集・往生講式、其の外、御心呴呼めばかりにや、浄土発心の双紙共、引き散らしてぞ置かれける」とあったように、現在の女院の身の回りにあるものは総て仏教関連の書物だが、女院が宮中にいた時には、身の回りには源氏物語や狭衣物語などの狂言綺語の類ばかりがあったとする。この記述は、「六道語り（②天・人・修羅）」の天上道の記述において、「翫ぶ物とては和漢両朝の秘書なり」としているのと同様の内容にあたるか（該当部注解参照）。一方、〈延・盛・大〉〈厳島断簡〉〈国会・山崎〉では、現在の庵室にも物語類があるとしていた（前掲注解「其の外、御心呴呼めばかりにや、浄土発心の双紙共、引き散らしてぞ置かれける」参照）。〈延〉「御勤ノ隙ノ御心ナグサメトオボシクテ、古今万葉、其外狂言綺語ノ類、被取散タリ」（巻十二—五五ウ）、〈長〉「又時々御なぐさみとおぼえて御双紙どもとりちらされたり」（5—二二三頁）とし、〈盛〉「時々ノ御心慰ニヤ、古今、万葉、源氏、狭衣、其外ノ狂言綺語ノ物語、多取散サレテ、折々ノ御手ズサミ、昔ノ御遺ト覚テ哀也」（6—四七五頁）、〈大〉「又とき〴〵の御心なぐさめとおぼしくて、古今、万葉集、其外狂言綺語の物がたりとりちらされたり」（九八頁）、〈厳島断簡〉「御こころなぐさめとおぼしくて、こきんまんゑうそのほかのきやうげんきぎよのあやまりをとりちらかされたり」（二〇九頁）、〈国会〉「又御心なぐさめんためとおぼえて、古今・万葉のたぐひ、とりちらしをかれたり」（九三頁）、〈山崎〉「又御心なぐさめとおぼしくて、こきん、まむえう、いせものがたり、そのほかきやうげんきゞよの物がたり、あまたとりそへをかれたり」（一八七頁）。このように庵の中に仏書と文芸書が共存する例が『方丈記』に見られることは、〈全注釈〉（下二—一九二頁）に指摘されている。一方、〈南・屋・覚・中〉にはそうした叙述はなく、例えば〈覚〉で示せば、後白河法皇が庵室に入り目にしたものは、来迎の三尊、八軸の妙文、九帖の御書、障子に書かれた諸経の要文等であった。そこには狂言綺語の双紙等はなく、総てが女院の信仰の世界に関わるものであった。心慰めの双紙すら置かない女院の姿を描く〈四〉の本文は、〈南・屋・覚・中〉と軌を一にしていると言えよう。　**○御身**

に触るる物とては、薫陸・沈麝の香なりしに　前掲注解「空燃物に引き替へて、不断の香の煙ぞ薫じける」に見たように、先にもかつての薫き物と現在の不断香が対比されていた。ここでもう一度かつての香りにふれるのが、〈四〉や〈延〉「古へハ漢宮裏内ノ后御歌ナドノ境節ニ付ツヽ、本朝漢土ノ妙ナル宝物、其外色々ノ御衣共匂ヲ調テ、沈麝ヲ薫ジ給シ御有様ゾカシ』ト、各見給ニモ哀也」（巻十二―五七オ）、及び〈国会〉。〈南・屋・覚・中〉では、本項に該当する位置に次のような一文が見られる。〈屋〉「昔《シ》ノ蘭麝《ランシヤ》ノ匂《ニヲイ》ニ引替《キカヘ》タル香煙《ノ》ゾ心細《ホソ》キ」（九四四頁）。そのいずれかで「蘭麝」や「沈麝」にふれる諸本が多い。「蘭麝」は「蘭草（フジバカマ）と麝香（じゃこう）の香り。また、よい香り」、「沈麝」（沈麝香）は「沈香と麝香」（〈日国大〉）。〈四〉の「薫陸《くんろく》」は、「松、杉の樹脂が、地中に埋もれ固まってできた化石。琥珀に似るが、琥珀酸を含まない。粉末にして薫香とする」（〈日国大〉）。　**○御耳に触るる物とては、経論・聖教の声のみなり**　〈四〉の独自本文。今では、御耳に聞こえるものは、経論や聖教を読む声ばかりであるの意。**○又御傍らには何物ぞ。本朝の琵琶には、玄上・牧馬・井天・无名**　以下、女院が宮中で生活していた頃に、常に身の回りにあった宝物、楽器や帯・剣・硯等の物尽くし記事である。〈名義抄〉「信」に「カタミ」（法上四八）の訓あり。関連記事を記すのは、〈延・長〉。〈延〉「御信ニハ玄象・無名ト云琵琶」（巻十二―五七ウ。「御信」は「おんかたみ」と読む。〈大〉「御出家の御戒の布施に、先帝の御衣《キヨイ》を印西《セイ》上人に奉られけるを、御信《カタミ》とや思食ける御衣の片袖を解をかれたりけるを」（九六頁）。〈長〉は四季の歌に続けて、「傍には玄上、すゞか、あおばの曲を聞召て」（5―二一五頁）。以下の楽器も同様だが、〈四〉が最も詳細に記す。名物を列挙することで、かつての生活の豪華さを描こうとしたものか。まず琵琶。琵琶の名物を列挙する諸書の記事を見る。

・『枕草子』「無名といふ琵琶」「御前にさぶらふ物は、御琴も御笛も、皆めづらしき名つきてぞある。玄上、牧馬、井手、渭橋、無名など」（新大系一二一頁）。
・『江談抄』三―五六「琵琶　玄象、牧馬、井手、渭橋〈為尭〉、木絵《モクヱ》、元興寺、小琵琶、無名」（新大系五〇四頁）

・『夜鶴庭訓抄』「井天《キデ》。渭橋〈已上宇治殿〉。玄上〈大内〉。牧馬〈斎院〉。下濃《スソゴ》〈内大臣殿〉。元興寺〈大内〉。両道。小比巴。木絵。无名〈蟬丸比巴也〉。以上皆紫檀也」（群書一九―二一〇～二一一頁）、

・『教訓抄』巻八「逸物者、玄上。〈又玄象、玄上宰相比巴也。牧馬。井手。小琵琶。渭橋。〈又為尭。〉木絵。下濃。元興寺。斎院。無名、蟬丸比琶也」（日本思想大系『古代中世芸術論』一五六頁）・

・『二中歴』第十三名物歴「琵琶　玄上〈一云玄象〉牧馬　木絵　渭橋〈一云為尭〉小琵琶　井手　元興寺　無名」（尊経閣善本影印集成三―一三三頁）

・『十訓抄』十―七十「琵琶の名物は、玄象、牧馬、井手、渭橋、木絵、元興寺、小琵琶、無名これらなり」（新編全集四七〇頁）

・『拾芥抄』上・楽器部第三十五「玄上　牧馬　井手　渭橋　良道　元興寺　木絵　小琵琶　末濃　無名　已上称二之十名物一歟」（割注略。故実叢書三一九頁）

・『説経才学抄』十七「琵琶事　……　玄象　牧馬　井手　渭橋《キケウ》　良道　下濃《スソコ》　木絵　元興寺　小琵琶　無名」（真福寺善本叢刊第三巻五〇二頁）

・『糸竹口伝』「琵琶宝物　玄象。牧馬。渭橋。無名也」（群書一九―二四五頁）

・『枝葉抄』「琵琶　玄《ケン》上〈或作玄象〉牧馬《ホクハ》　井手《キテ》　渭橋《キケウ》　木絵《モクエ》　小琵琶　斎院　川霧《カワキリ》　宇陀法師」（醍醐寺叢書　研究篇一〇六頁）。

・『音律具類抄』（群書一九―四六六頁）は『拾芥抄』に同。

以上によれば、〈四〉の「井天」は、「井手」のこと。「无名」（無名）は底本「元名」を訂した。以下、各々の琵琶について簡単にふれる。**玄上**は、『百練抄』の寿永二年（一一八三）七月二十五日条に、都落ちの際、平家が玄上・鈴鹿等を運び去ったものの、八月五日条には、路頭で見つかったとある。本全釈巻七―二四二～二四三頁参照。**牧馬**。〈盛〉

「撥面ノ絵ニハ、夏山ノ碧ノ空ニ、有明ノ月出タル様ヲ書タレバ、青山共名付タリ。譬バ撥面ニ牧ノ馬ト書タレバ、彼琵琶ヲ牧馬ト如云也」（4―四二八頁）とあるが、『糸竹口伝』に「牧馬ハ。槽ニ四角アル馬ノ形ヲ木絵ニ彫入タリ。延喜帝ノ御物也。玄象ヨリマサリテナルトナン。或人撥面ノ絵ニ牧ノ馬ヲ書タリト云。僻事也」（群書一九―二四六頁）とある。『説経才学抄』「牧馬《ハ》延喜《ノ》御宝物也。コウニ三寸許ナル馬《ノ》形ヲ木絵《ニ》ヱリ入タル也。玄上《ニ》スリマサリテ鳴トゾ」（真福寺善本叢刊第三巻五〇三頁）。**井手**。『説経才学抄』「井手《ハ》延喜ノ御孫愛ノ宮ノ比巴也。伝ハリテ平等院《ノ》御経蔵《ニ》有リ。又云、延喜《ノ》孫《ニテ》十五ノ宮ノ子、愛ノ宮ト申人比巴也」（真福寺善本叢刊第三巻五〇四頁）。『江談抄』も同様（新大系五〇五頁）。**無名（无名）**。『江談抄』「無名ト云高名琵琶ヲ上東門院ハ宝物ニテ令持給之間ニ、済政三位ノ三条亭令御坐之間、焼亡ニ焼了云々」（新大系五〇五頁）、『糸竹口伝』に「無名ハ。モト蝉丸ノ比巴也。上東門院ヘマイラセタリケルガ。長雅三位アヅカリテ三条ノ家ニオキタル時焼失シケリ」（群書一九―二四六頁）とある。『拾芥抄』にも類似記事あり。　**〇琴には謂橋・木絵・大螺・小螺鈿・小螺・秋風・塩竈・師子丸**　他本では〈延〉「秋風螺鈿ト云瑟」（巻十二―五七ウ）が該当しよう。「琴」は、ここでは「箏の琴」のこと。次に箏の琴の名物を挙げる諸書。

・『江談抄』三―六六「箏　大螺鈿、小々々、秋風」（新大系五〇六頁）
・『教訓抄』巻八「逸物者　大螺鈿。小螺鈿。秋風。塩竈」（日本思想大系『古代中世芸術論』一五八頁）
・『二中歴』第十三名物歴「箏　秋風　大螺鈿　小螺鈿」（尊経閣善本影印集成三―一三三頁）
・『拾芥抄』上・楽器部第三十五「箏　秋風　秋野　大螺鈿　小螺鈿　師子形　小師子　臥《伏イ》見　虫磨　白箏　大穴
塩竈　鬼丸　神智作　古上（右）　葦鶴《タツ》　輪台　青海波　花《ケ》文　蟬清、無名二張」（割注略。故実叢書二二―一〇頁）
・『説経才学抄』十七「箏琴　大螺佃《ヲ、ラムテム》　小螺佃《コラム》　秋風　塩釜」（真福寺善本叢刊第三巻五〇六頁）
・『糸竹口伝』「箏名物。大螺鈿。小螺鈿。秋風。塩竈也」（群書一九―二四六頁）
・『枝葉抄』「箏〈略〉　大螺鈿《ヲホラテム》　小螺鈿　秋風　塩竈《シホカマ》」（醍醐寺叢書　研究篇一〇五～一〇六頁）。

「謂橋」「木絵」は、前項で、琵琶の名物として『枕草子』『江談抄』等々に見えていた。琵琶の名が琴に紛れ込んだものと考えられる。**謂橋**。渭橋が正しい。『拾芥抄』「渭橋〈三条式部卿琵琶。一名為尭〉」（故実叢書三一九頁）、『糸竹口伝』「渭橋ハ。唐ノ渭水ノ橋ニテツクレリ。肩三寸計リ或者キリテ盗タルヨシ云伝ラレタリ。アサマシク云ガヒナキコト也。後ニ肩ヤブレト号ス。撥面ニ唐人ノ床ニ居テ白扇持タルヲ書タリトゾ」（群書一九―二四六頁）。**木絵**。『江談抄』「木絵琵琶又在殿下」（新大系五〇五頁）。**大螺**。「鈿」が略されたか。『拾芥抄』「大螺鈿〈天暦御箏〉」（故実叢書三二〇頁）。**小螺鈿**。『江談抄』「小螺鈿高倉宮琵琶也」（新大系五〇五頁）、『拾芥抄』「小螺鈿〈天暦御箏〉」（故実叢書三二〇頁）。**小螺**。不明、小螺鈿が重複して記されたか。**秋風**。『拾芥抄』「秋風〈延喜聖主御箏也、崩御之後籠二山陵一〉」（故実叢書三二〇頁）、『説経才学抄』「秋風《ハ》延喜御門《ノ》御宝物也。御門隠御座ケル時、御陵《ニ》勝タル管絃具《ノ》共《ヲ》被籠ケルニ、其一《ニテ》被埋一ケリ。博雅ノ三位調《ソシラヘ》テ入《レ》ケル。未《タ》御悩《ノ》時、我《カ》絶ラム時《ハ》必《ス》楽《シテ》聞セヨト被仰ケレバ、各用意《シテ》心待《マチ》ケレド、俄《ニ》重《ク》成ラセ給ケレバ、楽マデノ沙汰《モ》無クテ止《ニ》ケリ。ヱ、リ給心ノタケク御座ケレバ、タヤスク人モ寄リヨラデ、御臨終《ニハ》見ヘマイヲスル《マ、》人無《モ》カリケリ。福（富）家入道殿ノ被仰ケル」（真福寺善本叢刊第三巻五〇六頁～五〇七頁）。**塩竈**。塩釜とも記す。『枕草子』は、和琴の名として記す。次項参照。詳伝未詳。**師子丸**。『拾芥抄』「師子形〈本名師子丸、小野宮殿改レ之〉」（故実叢書三二〇頁）、『説経才学抄』「師子丸ト云ハ小野宮殿《ノ》琴也。彼琴《ノ》一代《ヲ》隔ツ、鳴ルト云伝タリ。一代《ハ》不鳴也、実目《ニ》出タクカザリテシトヾメニハ金入《レ》タリ」（真福寺善本叢刊第三巻五〇六頁～五〇七頁）。

○和琴には井上・鈴鹿・朽目・河霧・斧院・宇多　和琴を記すのは〈四〉のみ。次に和琴の名物を挙げる諸書。

・『枕草子』「無名といふ琵琶」「和琴なども、朽目、塩竈、二貫などぞきこゆる」（新大系一二一頁）

・『江談抄』三―六四「和琴　井上、鈴鹿、朽目、河霧、斉院、宇多法師」（新大系五〇六頁）

・『二中歴』第十三名物歴「和琴　井上　鈴鹿　朽目　河霧　宇陀法師　斉院」（尊経閣善本影印集成三―一三三頁）

・『拾芥抄』上・楽器部第三十五「和琴　宇多法師　大嘗会所《ノ》琴　河霧　宇多　朽目　鵄尾琴《トバノヲ》　二張無名　松風　大

面　朝倉　五絃　七絃　新造　鈴鹿　仁和寺御贖物琴　無名」（割注略。故実叢書三一一頁）

・『説経才学抄』十七「和琴事長五尺絃六　井上《サノウヘ》　鈴鹿《スヽカ》　朽目《クチメ》　河霧《カハキリ》　斎院《サイヰム》　宇《ウ》多《タ》法師也。和琴《ヲハ》アヅマ琴ト云也、日本琴也」（真福寺善本叢刊第三巻五〇七頁）

・『糸竹口伝』「和琴宝物ノ事。　鈴鹿。河霧。宇多法師也」（群書一九―二五四頁）

・『音律具類抄』「和琴　宇多法師。大嘗会所琴。河霧。宇多。朽目。鵄尾琴」（割注略。群書一九―四六五～四六六頁）

井上。来歴等未詳。**鈴鹿**。前掲注解「又御傍らには何物ぞ…」の「玄上」項及び本全釈巻七―二四二～二四三頁参照。『江談抄』「和琴ハ鈴鹿。是ハ累代帝王渡物也」（新大系五〇六頁）、『説経才学抄』「鈴鹿蔵人《ハ》藤（頭）ノ国親油《カ》ヲカケテ後ハ不鳴ケルガ、今鳴出タリ」（真福寺善本叢刊第三巻五〇七頁）。**朽目**。『拾芥抄』「朽目《クチメ》〈入二菀褐袋一〉」（故実叢書三一一頁）。**河霧**。『江談抄』「河霧故上東門院ニ渡テ令持給之時、故大臣殿任右大臣令初参給引出物ニ被献。仍在殿下。宇多法師寛平法皇御和琴也。御遊之時、先御多良之ト召云々」（新大系五〇六頁）、『楽家録』「此器〈神楽所用和琴〉有下名二河霧一官物上。而毎度雖レ被レ用レ之、万治四年焼失、因今所レ用官物新器也」。**斧院**。〈底・昭・書〉いずれも「斎」「斉」とも読みがたく、「斧」と読んだが、「斉院」が良い。**宇多**。『拾芥抄』「宇多法師〈寛平法皇貴重余有二此名一〉」（故実叢書三一一頁）。「宇多（宇陀）法師」の名を挙げる書は多いが、『拾芥抄』や『音律具類抄』は、それとは別に「宇多」を挙げる。未詳。　**〇笛には大水龍・小水龍・青葉**　〈延〉「青葉釘打ト云笛」（巻十二―五七ウ）、〈長〉「昔ハ……あおばの曲を聞召て」（5―二一五頁）。次に笛の名物を挙げる諸書。

・『枕草子』「無名といふ琵琶」「水竜、小水竜、宇陀の法師、釘打、葉二」（新大系一一二頁）

・『江談抄』三―四八「大水竜、小水竜、青竹、葉二、柯亭、讃岐、中管、釘打、庭筠《クキン》」（新大系五〇三頁）

・『教訓抄』巻八「逸物者、大水竜、小水竜、青竹、葉二、柯亭、穴貫、讃岐、中管、釘打、庭筠、アマノタキサシ、シタチ丸」（日本思想大系『古代中世芸術論』一五五頁）

・『十訓抄』十―二十「笛の最物には、青葉、葉二、大水龍、小水龍、頭焼、雲太丸、これらなり。名によりて、おのおの由緒ありといへども、長ければ略す」（新編日本古典文学全集四一〇頁）

・『二中歴』第十三名物歴「大《オホ》水龍　小《コ》水龍　葉二　青竹　柯亭　讃岐　中管　釘打　庭筠　蚶絵」（尊経閣善本影印集成三―一三二頁）

・『拾芥抄』上・楽器部第三十五「笛　大水龍　小水龍　葉二　柯亭《カテイ》　穴貴《アナタウト》　海人焼残《アマノタキサシ》　讃岐　中管　庭筠《タケ》　釘打《クギウチ》　富士丸《フシ》　音丸　内裏丸《（宴イ）》　蚰逃《ジャニガシ》　重代丸　青竹　小枝《サ》　蟬折　大穴　平礼《ヘイレイ》　拍子合　神咒寺　赤疵丸《アザマロ》」（割注略。故実叢書三―一九頁）、

・『説経才学抄』十七「横笛事　笛《ヲハ》　龍琴《ト》云、馬融水《カ》中《ニ》龍鳴音《ク》聞《テ》作レル也。大水龍《ヲ、スイリヨウ》（第四）　小水龍《コスイリヨウ》（第五）　青竹《アヲタケ》（第二）　葉二《ハフタツ》（天下第一）　河亭《カテイ》（平）（第三）　讃岐　中管《ナカツ、》　釘打《クキウチ》　庭筠《テイクヰム》　良道《リヤウタウ》　下濃《スソコ》　穴貴等　成武　大丸」（真福寺善本叢刊第三巻四九八頁）

・『糸竹口伝』「笛之宝物之事　大水龍。小水龍。青竹。葉二。柯亭也」（群書一九―二四四頁）

・『榻鴫暁筆』巻十八―二「吾朝の名笛には青葉二、大水竜、小水竜、頭焼、雲太丸これなり。名により各由緒有とかや」（中世の文学三七〇頁）

・『枝葉抄』「笛　大《オホ》水竜　小《コ》水竜　青竹《アヲタケ》　葉二《ハフタツ》　中管　柯亭〈唐所名〉　讃岐　釘打《クキウチ》　庭筠〈方院〉　原云、青葉《アヲハ》　蟬折《セミヲレ》　焼止《タキザシ》等又中古以来之名物歟」（醍醐寺叢書　研究篇一〇一～一〇二頁）

・『夜鶴庭訓抄』（群書一九―二二三頁）は『江談抄』に同。『音律具類抄』（群書一九―四六七～四六八頁）は『拾芥抄』に同。

大水龍、小水龍。『説経才学抄』「大水龍小水龍天暦《ハ》御《ノ》門《ノ》御宝物也。昔唐《ノ》商人三人合《セテ》力一《ヲ》買取《テ》海《ヲ》渡《リケル》程《ニ》、途中《ニテ》船留《リテ》云何《ニモ》ハタラカザリケレバ、商人共憂歎《テ》海神《ニ》祈《テ》云、若《シ》此《ノ》笛ヲホシトヲボスカ、サラバ此ヲ奉リテ身《ヲ》助ケムト云テ、海《ニ》指入

タリケレバ、赤《ク》大《ナル》口《ヲ》海《ノ》底ヨリ指出《シテ》、笛ヲクワヘテ引入《ニ》ケリ。其後船如本行《テ》本国《ヘ》無事一付《ニ》ケリ。年《ヲ》経《テ》又渡海シテ、商ナヒテ金千両《ヲ》得テ唐《ヘ》帰《ル》トテ、其ノ笛入《シ》程《ニテ》、試《ココロミニ》海神《ニ》祈《テ》云、若此金宝《ヲ》トヲボサバ、有《シ》笛《ヲ》返《シテ》給此《ヲ》奉ラムト云ケレバ、暫《ク》アリテ有《シ》笛浮《キ》出タリ。悦《テ》此《ヲ》取《テ》金《ヲ》入《ルニ》、如前一赤口《ヲ》指出《シテ》飲《テ》引入《レニケリ》　。唐人此笛《ヲ》返得《テ》我国《ヘ》付《ク》。其時ノ御門金二千両《ヲ》給ハセテ笛《ヲ》召《テ》ケリ。今《ハ》伝ハリテ平等院ノ御経蔵《ニ》アリト云ヘリ。此大水龍《ヲバ》冷泉院ノ物狂《ク》御座□時、刀《ニテ》ウタノモトヲ削ラセ給タリケレバ、墨竹《トニテ》其跡《ニ》フセタリトゾ、富家殿ノ被仰ケル也」（真福寺善本叢刊第三巻四九八～四九九頁）。**青葉**。〈延・長〉にも青葉の名が見える。また、早いものでは、『十訓抄』にも見られるが、佐谷眞木人は、現存する『十訓抄』諸本には「青葉二」とするものがあり、この表現は、『江談抄』や『教訓抄』等に見るように、「青竹・葉二」という表現の「竹」の字が書写の過程で脱落し、意味が通らなくなったものと推定する（四六～四七頁）。しかし、〈延全注釈〉（巻十二―四一四頁）が指摘するように、『続教訓抄』には「青葉《アヲハ》〈或ハ葉二同管云々〉」（日本古典全集下―四九七頁）等という説や『枝葉抄』にも見られることからすれば、名笛青葉の名は、敦盛の持つ笛の名（世阿弥作の能「敦盛」）としても広まっていったと考えられる。佐谷は、恐らく南北朝期頃を境として、敦盛の所持していた笛の名は「小枝」から「青葉」へと変わっていったとする（四七頁）。

○帯は垂无・鵜形・鶴通天・天雲形・鴛通天　〈延〉「唐草落花形ト云ヲビ」（巻十二―五七ウ）。次に帯の名物を挙げる諸書。

・『江談抄』三―六九「帯　唐雁、落花形、垂無、鵜形、雲形、鶴通天、鴦通天。帯ハ唐雁、落花形。共在御堂宝蔵」（新大系五〇六頁）

・『二中歴』第十三名物歴「帯　垂無　唐狩〈一云雁〉　落花形　鵜形　鶴通天　鴛通天」（尊経閣善本影印集成三―一三三頁）

垂无。垂無に同じ。来歴等未詳。**鵜形**。『殿暦』「帯〈鵜形、有平等院宝蔵〉」（嘉承二年〔一一〇七〕四月二十六日条）。**鶴通天**。『左経記』「東宮鶴通天御存日被献畢、同鵜形依遺言今日献之」（長元元年〔一〇二八〕四月八日条）。**天雲形**。

『江談抄』に見る「雲形」の誤りか。『大鏡』「雲形といふ高名の御帯は、三条院にこそはたてまつらせたまへるかこのうらに、「春宮にたてまつる」と、かたなのさきにて、自筆にかゝせたまへるなり。このごろは、一品宮にとこそうけたまはれ」（旧大系一七二～一七三頁）。**鴛通天**。『殿暦』「帯〈件帯御堂鴛通天〉」（長治二年（一一〇五）四月十五日条）、『中右記』「鴛鴦通天〈御堂御帯〉」（嘉承二年（一一〇七）十二月九日条）、『殿暦』「帯〈御堂オシ〉通文〔天〕」（天仁二年（一一〇九）十一月二十一日条。「鴛通天」の意だろう）、『兵範記』「巡方〈鴛通天、中殿下云々〉」（仁安二年（一一六七）四月三十日条）。　**○剣には坏切**　女院のかつての華やかな身辺を飾るものとしては、「劔〈剣〉」と字体が近似する「釵」がふさわしいとも考えられるが、〈四・延〉とも、明らかに「剣」であり、これまでの検討からも宝物尽くし記事との関連が深いと考えられる『江談抄』に、「剣　壺切」（新大系五〇六頁）とあることからも、ここは「剣」と読むのが正しい。なお、古辞書には、「坏」に「つぼ」の訓は見当たらないが、〈四〉や妙本寺本『曽我物語』には、「坏」を「つぼ」と読む例が多出する（小坏・藤坏・御坏）ことからも、「坏切」を「つぼきり」と読むことは確かである。『二中歴』「剣　壺切〈宇治大相国仰云延久四年壬七月三日先一条院内裏焼亡之時鈴鹿宇陀法師焼失云々〉」（尊経閣善本影印集成三―一三三頁）。諸記録に記されるように、壺切は東宮の守り刀であり、例えば『続古事談』によれば、もともとは藤原基経の太刀であったのだが、醍醐天皇が皇太子の時に献上なさってから、代々の皇太子のお守りになったという。『江談抄』三―七二によれば、壺切は焼亡したかとするが（新大系一〇二頁）、『続古事談』巻一―三話は、より詳細に二条内裏の火事で焼失したとする（新大系六〇五頁）。しかし、『百練抄』康平二年（一〇五九）正月八日条によれば、一条院の焼亡の折のこととする。果たしてこの時焼失したのか、或いは『続古事談』が伝えるように「みばかりのこりたりけるに、つか・さやをつくりてぐせられたるなり」（同前）と、かろうじて外形を保ったものなのかは不明だが、もしそのように解して、安徳天皇の立太子に際して、壺切が身辺にあったと解することは可能であろうか。　**○硯には露・契汎朴、此等こそ置かれけれ**　〈延〉「露池ト云硯」（巻十二―五七ウ）。『江談抄』三―七三「硯　露。鶏冠木」（新大系五〇七頁）、『二中歴』「硯　露」（尊経閣善本影印集成三―一三四頁）。〈四〉の「契汎朴」は、「鶏冠木《かへで》」を音読みにして漢字を宛てたのであろう。　**〇又御衣の棹には紅葉の御衣を始めと為て、色々を尽くして懸けられしに**　〈延〉「其外紅紫両色ノ色々ノ御衣共ヲ、数ヲ尽テ被懸」（巻十二―五七ウ）、〈長〉「紅葉色々の御衣、数を尽してかけられたり」（5―二一五頁）。ここは、〈四・長〉の「紅葉」ではなく、禁色を意味する「紅紫」とあるのが良い。「紅紫」が禁色を意味することは、次の例からも明らか。『島原文庫本和歌知顕集』「此きさきは、いまだにようごにも、きさきにもなり給はぬさきに、やがて色もゆるされ給ひける也。たとへば紅紫二色をゆるされたまひけるなり」（片桐洋一・二六七頁）。なお、〈底・昭〉は、「御衣棹」に訓読符を付す。　**〇今は柴を引き結びたる庵の内の、露気き御住居に渡らせたまふ御有様、申すも中々愚かなり**　「露気き」は「つゆけき」であろう。「つゆけし」は「露にぬれて湿っぽい。露が多く置いている。つゆっぽい。和歌などの修辞法で、多く「涙がちであるさま」の意を含めていう」（〈日国大〉）。〈盛〉「御耳ニ触物トテハ、詩歌管絃ノ音ヲノミ聞召シニ、今ハ柴曳結庵中、ゲニ消易露ノ御スマイ、盛者必衰ノ理、眼ノ前ニアラハ也ト、思召継サセ給ニモ」（6―四七九頁）は、露のようにはかないの意。　**〇盛者必衰の理、実に悲しく思し食し出ださるるなり**　先にも障子に書かれた諸経の要文と共に書かれた「諸行無常……」の文とも響き合う。このように昔とはうって変わった有様を見ての法皇の感懐は、〈延〉等にも「コハ浅猿キ御住居カナト被思召テ、無由モ此御有様ヲ奉見ツル物哉ト、忍カネサセ給ヘル御気色也」（巻十二―五七ウ）と見られる。　**〇朝在紅顔誇世路　夕為白骨朽郊原　と云ふ詩も書き付けられたり**　〈四〉は、この詩を柱に書き付けてあったとする点独自で、作者は不記。次項に見るように、この古詩を詠ずるのが同行者の実定。〈延〉は、「昔、実之・能隆トテ二人ノ大将アリケルガ、実之ガ　Ⓐ朝有紅顔誇世路、暮成白骨朽郊原　Ⓑ年々歳々花相似、歳々年々人不同　ト詠ジケムモ、誠ニ猿事ヤラムト覚ヘテ」（巻十二―五四ウ）とする。実之がⒶⒷの詩を詠じたとするが、『和漢朗詠集』「無常」によれば、Ⓐの作者は義孝少将、Ⓑの作者は宋之問。実之（未詳）がⒶⒷを作詩して詠じたとは解しえず、古詩を朗詠したと解するのであろう。〈長〉は、「中にも実隆卿の申付られけるぞおりふしあはれなる」として、ⒶⒷの詩を引用し、「……と詠られけるも折に随てあはれなり」（5―二一七頁）とするが、この場合は法皇の同行者右大臣実隆が古詩を朗詠したと解するのであろう。なお、水原一は、〈長〉の「実隆」は〈延〉の「実之・能隆」に影響されたもので、〈延〉の「実之」は疑問だが、「能隆」はⒷの作者の「義孝」に当たるとする（四〇一頁）。これに対し、〈盛〉は、感極まった徳大寺実定が、「古詩ヲ　Ⓐ朝有紅顔誇世路　夕為白骨朽郊原　ト詠ジ給テ」（6―四九〇～四九一頁）と、実定がⒶの詩を朗詠したとする。〈大〉は、「さねまさの大将」（九九頁）がⒶの詩を詠じたとする。同行者の一人なのだろうが、名寄（九七頁）には記されていない。〈厳島断簡〉は、「むかしさねさだ・よしたかとて二人の大しやうありけなる」として、ⒶⒷの詩を引き、「とゐいじけんもことはりとおぼしめされけり」（二〇七頁）とする点、〈延〉に近似するが、詩を二人が詠じたと解するか。〈国会〉は、「又さねさだの大しやうと申ける人のおはしけるが」として、Ⓐの詩を「ゐいじけるもことはりなりとぞおぼしめしける」（九三頁）と〈厳島断簡〉に近似するが、詠じたのは「さねさだ（実定か）の大しやう」とする点異なり、その点では、〈四〉に近似する。また、〈山崎〉は、「かねまさのきやうはなさけある人にて」として、「かねまさのきやう（兼雅か）」がⒶの詩を朗詠したとする。　**〇御供に候はれける後徳大寺左大将実定卿、古詩を是く詠じて其の柱の傍らに、　古は月に喩へし君なれば其の光無き深山辺の里　と書き付けられけり**　前項に見た古詩を詠じた実定が、「古は月に喩へし君なれど……」の歌を詠んだとする。実定の詠とするのは、〈延・盛・南・覚・中〉同様。この歌を、〈延・覚〉は、法皇一行の帰り際の位置に置く（〈延〉巻十二―七七オ、〈覚〉下―四〇七頁）。これに対して、女院の登場の直前に置くのが、〈四・南・中〉。〈盛〉は、女院の六道巡りの前に置く。〈山崎・藤井〉は、女院崩御後、寂光院の柱に現れた虫食歌として、作品全体の末尾に記す（〈藤井〉は藤井隆氏蔵『大原御幸』。凡例参照）。〈長・大・国会〉はこの歌を記さない。歌句、〈延〉は第二・三句「クマナキ月ト思シニ」。〈盛・南・覚・中〉は第三句「君なれど」（〈覚〉下―四〇七頁）。第四句は、〈延〉「光リヲトロう」、〈盛〉「光失ナフ」（6―四九一頁）。〈四〉の第三句は、歌意からしても、〈盛・南・覚・中〉の「君なれど」が良い。なお、建礼門院右京大夫が承安四年（一一七四）に、高倉天皇が徳子の御所に赴いたのを見て詠んだ歌が、「雲のうへにかかる月日のひかり見る身の契りさへうれしとぞ思ふ」（『建礼門院右京大夫集』。古典集成一〇頁）であった。

【引用研究文献】

＊渥美かをる「延慶本平家物語と厳島神社蔵平家物語の断簡」（かがみ四号、一九六一・7）
＊伊東史朗「久美浜本願寺阿弥陀如来立像について―三尺阿弥陀像への視点―」（学叢一六号、一九九四・3。『平安時代彫刻史の研究』名古屋大学出版会二〇〇〇・4再録。引用は後者による）
＊今井正之助「平家物語と宝物集―四部合戦状本・延慶本を中心に―」（長崎大学教育学部人文科学研究報告三四号、一九八五・3）
＊片桐洋一『島原文庫本和歌知顕集』（『伊勢物語の研究・資料篇』明治書院一九六九・1）
＊黒田彰「祇園精舎覚書―注釈、唱導、説話集―」（愛知県立大学文学部論集（国文学科編）三八号、一九九〇・2。『中世説話の文学史的環境　続』和泉書院一九九五・4）
＊佐谷眞木人「謡曲『敦盛』『経盛』『生田敦盛』」（『平家物語から浄瑠璃へ―敦盛説話の変容』慶應義塾大学出版会二〇〇二・10）
＊須藤弘敏『絵は語る3　高野山阿弥陀聖衆来迎図―夢見る力』（平凡社一九九四・5）
＊武久堅「『宝物集』と延慶本『平家物語』―身延山久遠寺本系祖本依拠について―」（人文論究二五巻一号、一九七五・6）
＊徳田和夫「『月日の本地』の典拠小考」（神道大系月報八六、一九九三・9）
＊中野顕正「中将姫継子譚の初期形態」（中世文学六八号、二〇二三・6）
＊福井康順「平家物語「灌頂巻」の佛教史的性格」（『干潟博士古稀記念論文集』九州大学文学部印度哲学史研究室内干潟博

士古稀記念会一九六四・6）
＊水原一「建礼門院説話の考察」（『延慶本平家物語論考』加藤中道館一九七九・6）
＊山田昭全①「講式と中世文学」（国文学解釈と鑑賞五一巻六号、一九八六・6。『山田昭全著作集・一　講会の文学』おうふう二〇一二・1再録。引用は後者による）
＊山田昭全②「永観作『三時念仏観門式』をめぐって―解説並びに翻刻―」（『仏教文化の展開』山喜房一九九四・11。『山田昭全著作集・一　講会の文学』おうふう二〇一二・1再録。引用は後者による）
＊笠栄治「厳島神社蔵平家物語断簡をめぐって」（糸高文林五号、一九五七・2）
＊渡辺貞麿「無常感―平家物語の心―」（大谷大学研究年報一九号、一九六七・2。『平家物語の思想』法蔵館一九八九・3再録。引用は後者による）

大原御幸（⑤女院登場）

【原文】

而程自上山細道深里[1]染衣着尼人伝木根歩岩間捶露下[2]ヘ降一人爪木蕨▽二七二左折具持一人樒折具躑躅花々篗懸臂[3]法皇誰恠思食成近御讃シ花篗懸下臂渡下女院爪木持蕨折副大官[4]大[5]政大臣伊通卿御孫子鳥飼中納言伊実卿御娘安徳天皇御乳母五条大納言邦綱卿養子申大納言内侍御本三位中将▽二七三右北方先留守尼与今爪木尼女院自后宮渡セ下時不シ離

進御身入[6]セ下ニ実道付進御契程哀ナレ十念柴枢期摂取光明[7]一念窓前待聖衆来迎コソ成ケレ思外御幸捨世身乍云奉見ヘ此有様事モ心憂悲[8]イ不入セ下御庵室ヘモ不レ帰セ下山中ヘモ立煩セ御在只此思食ケレ消モ失ヤ不ネ霜雪ナラ▽二七三左其モ不叶且ク傍立踉ヒ御在ケレ爾[9]シモ可有不御事ナラ押御涙入セ下花筐樒躑躅ナンモ差置セ下ツ、閼伽棚其後与法皇有ケレ御対面只鳴叫下御気色互[10]被仰出無事モ有良久法皇仰渡斯ル御有様御在努々不承爾モ誰言問進セ候有御尋信隆卿北方計コソ是[11]ク侍ヘ昔彼人可被哀▽二七四右育マル懸[12]不思寄侍[13]ヒテ申セ下モ哀又自六条摂政方不候ヌ申旨助[14]ヤ有ケレ御尋女院未自下其許モト無[15]兎角御詞モ

【釈文】

而る程に、上の山の細道より、深き墨[1](里)染めの衣着たる尼人、木の根を伝ひて岩間を歩み、露に挿《しほ》れて下[2]へ降りたり。一人は爪木に蕨▽二七二左折り具して持てり。一人は樒に躑躅の花折り具したる花筐《はなかご》[3]を臂に懸けたり。法皇、誰かと怪しく思し食し、近く成りて御覧じければ、花筐を臂に懸けたまひけるは女院にて渡らせたまひけり。爪木に蕨折り副へて持ちたるは、大宮(官)[4]太(大)[5]政大臣伊通卿の御孫子、鳥飼中納言伊実卿の御娘、安徳天皇の御乳母、五条大納言邦綱卿の養子、大納言内侍と申して、本三位中将の北▽二七三右の方にて御す。先の留守の尼と今の爪木の尼とは、女院の后宮にて渡らせたまひし時より、御身を離れ進らせずして、実の道に入[6]らせたまふにも付き進らせたりける御契りの程こそ哀れなれ。十念の柴の枢《とぼそ》には摂取の光明を期《ご》[7]し、一念の窓の前には聖衆《シヤウジユ》の来迎をこそ待ちつるに、思ひの外に御幸成りければ、世を捨てたる身とは云ひながら、此の有様を見え(へ)奉る事も心憂く悲しければ[8]、御庵室へも入らせたまはず、山の中へも帰らせたまはず、立ち煩はせ御在す。只此にて消えも失せばやと思し食しけれども、霜雪▽二七三左ならねば其れも叶はず。且く傍らに立ち踉《やすら》ひて御在しけれども、爾《さ》[9]てしも有るべき御事ならねば、御涙を押さへて入らせたまふ。花筐《はながたみ》・樒・躑

躅なんども閼伽棚に差し置かせたまひつつ、其の後、法皇と御対面有りけれども、只鳴叫《あき》れたまふ御気色にて、[10]互ひに仰せ出ださるる事も無し。

　良久しく有りて、法皇仰せけるは、「斯かる御有様にて渡らせ御在すとは、努々《ゆめゆめ》承らず。爾《さ》ても誰かは言問ひ進らせ候ふ」と御尋ね有りければ、「信隆卿の北の方ばかりこそ[11]是く侍へ。昔は彼の人に哀れみ育まる▽二七四右べしとは、[12]懸けても思ひ寄らず[13]侍ひて」と申させたまふも哀れなり。又、「六条の摂政の方よりは申す旨は候はぬ[14]にや」と御尋ね有りければ、女院、「未だ其の許《モト》よりは」とて、[15]兎角の御詞も無かりけり。

【校異・訓読】1〈昭・書〉「墨」。2〈書〉「下」。3〈書〉「壁」。4〈昭・書〉「宮」。5〈底・昭・書〉「大」。6〈書〉「入セ下」。7〈書〉「先」。8〈昭〉「悲ク」。9〈昭・書〉「爾シテ」。10〈底・昭・書〉「牙」に近い字体だが、「互」の異体字と見た。11〈書〉「是」。12〈昭・書〉「懸モ」。13〈書〉「侍ヒラ」。14〈底〉は「助ャ」の「助」の右半分に斜線が入る。訓読未詳。〈昭・書〉「戝ャ」。「戝」は「財」の異体字。15〈昭・書〉「菟」。「菟」は「兎」の異体字。

【注解】○而る程に、上の山の細道より、深き墨染めの衣着たる尼人、木の根を伝ひて岩間を歩み、露に挿れて下へ降りたり　先に「大原御幸②寂光院へ」には「後は山、前は小沢」（二六四左）、「大原御幸③阿波内侍」には「此の上の山へ花摘みに入らせ御在し候ふ」（二六五左）とあった。花摘みに行っていた女院は、その山から戻って来たのである。『閑居友』「山の上より、尼二人下りたりけり」（新大系四三八頁）。背後の山から、女院と大納言佐が細道を伝って下りてくる描写は、諸本に共通して見える。「深き墨染めの衣」の「深き」の読み、古辞書に「深き」の読みとして「こき」は見当たらないが、『平家物語』諸本や〈国会・山崎〉はいずれも「こき」とする。また「尼人」は、他本いずれも「尼二人」で、〈四〉は、「二」が脱落している可能性があろう。「木の根を伝ひて」の読みは、〈長・盛・南・屋・中〉によった。〈長〉「良久あて、後の山よりこき墨染の衣き給へる居（尼）二人、木の根を伝てをりくだる」（5―二一七頁）。「露に捶れて」を記すのは、〈国会〉。〈国会〉「さるほどに、うへの山より、こきすみぞめのころもきたるあま二人、なに心もなくすゞのしたみちわけて、露にしほれておりくだる」（九四頁）。**〇一人は爪木に蕨折り具して持てり。一人は樒に躑躅の花折り具したる花籆を臂に懸けたり**　先頭の一人は、この後に記されるように大納言内侍（典侍）、その後に女院が続いて上の山より下りてきたとする。このような順序で記すのは、〈盛・大〉〈国会・山崎〉。〈盛〉「一人ノ尼ハ、妻木ニ蕨折副テ、胸ニ拘テ前ニアリ。一人ノ尼ハ、樒・躑躅・藤花入タル花筥肱懸テ後ニアリ」（6―四八〇頁）。これに対して、逆の順序で記すのが、〈延・長・屋・覚・中〉。〈延〉「何ナル者ナル覧ト御覧ゼラレケルニ、一人ハ樒ニ槝ジ藤ノ花摘入タル花籠ヒヂニ懸タリ。是ゾ女院ニ渡セ給ケル。一人ハ妻木ニ蕨折具シテ持タリ。是ハ大宮大政大臣伊通卿御子息、鳥飼中納言伊実娘、先帝御乳母、大納言典侍ト云人也」（巻十二―五九ウ）。『閑居友』は、「一人は花籠を持ち、一人は爪木を拾い持ちたり」（新大系四三八頁）と、女院・大納言典侍の順。なお、女院が花籠に入れていた花として、〈延・長・盛・大・南・屋・中〉〈国会・山崎〉は、樒と躑躅の他に、藤の花を記す。四月中半の光景としてはふさわしいと言えよう。『閑居友』は「一人は花籠を持ち」（新大系四三八頁）と、花籠に入っていた花の名は記さない。「花籆」は、前節の注解「北の山の岸には高さ三尺ばかりの閼伽棚を…」に見たように、京大本『塵芥』上―六三ウ「籆《カゴ》　籠《同》」（臨川書店版影印―一三〇頁）により、「はなかご」と訓む。「花筺《はながたみ》」（〈四〉本文では後出）とは同義語。花を持つ女院の姿に、『玉造小町壮衰書』の「左臂懸破筐、右手提壊笠」（岩波文庫三〇頁）と描かれる老女の姿を連想する論としては、水原一（一六〇頁）・久保田淳（五頁）・岡田三津子（三九七～三九八頁）・横井孝（一一六頁）がある。それを踏まえて、佐伯真一①（二〇一～二〇四頁）は、建礼門院説話に『古今集』注釈書に見える小町説話との類似を指摘、佐伯真一②は、建礼門院と小町の類似を「転落の人生ゆえに聖女であるとされた存在」（一五三頁）ととらえ、さらに光明皇后や和泉式部にも共通する「中世の説話の型」（一八七頁）を見る。同様の方向性を示す論として、濱中修（一三三～一三四頁）がある。**〇法皇、誰かと怪しく思し食し、**

近く成りて御覧じければ　〈盛〉に近似本文が見られる。〈盛〉「法皇恠思召、御メガレモセズ御覧ズレバ」（6―四八〇頁）。前項に見るように、初めは誰と分からなかったが、近づいてからよく見ると女院と大納言典侍であったとする。〈延・長〉は、二人の描写と同時に、それぞれが女院と大納言典侍であったことを記す。特に迷うことなく二人の正体が明らかになったように読める。〈南・屋〉もこれに近い。これに対して、〈覚〉は、法皇が阿波内侍に、「あれは何ものぞ」（下―三九九頁）と尋ね、その説明により正体が判明したとする。また、〈国会〉は、「御るすのあま申ける、あれ御らん候はぬやらん」（九四頁）として、阿波内侍が法皇に説明する形で、〈覚〉に近似する形態。〈四・盛〉の場合、法皇は初めは分からなかったが、よく見ると大納言典侍と女院と分かったと読め、女院の落魄が印象づけられているが、〈覚〉などでは、女院の落魄の印象はさらに強いといえようか。なお、『閑居友』は、「やう〳〵近づき給を見れば、花籠持ちたるは女院にてものし給ひけり」（新大系四三八～四三九頁）と〈四〉に近似する。**○花筺を臂に懸けたまひけるは女院にて渡らせたまひけり**　二人の尼の内、先に女院を記すのが、〈四・延・長・南・屋・覚・中〉。その内、〈長・屋〉は、女院が先頭に立って山を下っていたとするから、法皇が先に目にした女院を初めに紹介するのであろう。〈長〉「前に立給へるは、しきみ、つゝじ、藤の花入たる花がたみ、ひぢにかけたまへり。建礼門院是なり」（5―二一七頁）、〈屋〉「前ニ立《キ》タルハ、樒《シキニ》、躑躅《ツヽシ》、藤ノ花入タル花篅《カタミ》肘《ヒチ》ニ懸ケタリ」（九四五頁）。〈延・南・覚・中〉は、女院が「前に立」とは記さないが、同様に解するのであろうか。その点、〈四〉は、初めに「一人は爪木に蕨折り具して持てり」と記していることからすれば、先頭に立って山を下っていたのは、大納言典侍であったと考えられる。しかし、その正体を明かすのに女院を先に記すのは、法皇の目が自然と女院に向いたと解するか、あるいは法皇はほぼ同時に見分けたが、地の文の説明として女院を先に記したか。これに対して、大納言典侍を記した後に女院を記すのが、〈盛・大〉〈国会・山崎〉。この内、〈盛〉は、女院は、大納言典侍の後に立って下っていたとする。〈盛〉「一人ノ尼ハ、妻木ニ蕨折副テ、胸ニ拘テ前ニアリ。一人ノ尼ハ、樒、躑躅、藤花入タル花筥、肱懸テ後ニアリ」（6―四八〇頁）。

〈盛〉に倣って読めば、〈大〉〈国会・山崎〉の場合も、女院は大納言典侍に続いて下って来たと読めようか。〈四・盛〉は、これまでかなり近接した描き方をしていたが、この場合も、〈四〉は、〈盛〉と同様に、女院は、大納言典侍に続いて山を下っていたのだが、その正体を記すのに、〈四〉では女院、〈盛〉の場合は大納言典侍を先に記しているわけである。　**○爪木に蕨折り副へて持ちたるは、大宮太政大臣伊通卿の御孫子、鳥飼中納言伊実卿の御娘、安徳天皇の御乳母、五条大納言邦綱卿の養子、大納言内侍と申して、本三位中将の北の方にて御す**　文章を次のように分ける。①爪木に蕨折り副へて持ちたるは、②大宮太政大臣伊通卿の御孫子、③鳥飼中納言伊実卿の御娘、④安徳天皇の御乳母、⑤五条大納言邦綱卿の養子、⑥大納言内侍と申して、⑦本三位中将の北の方にて御す。それぞれを、以下解説する。①**爪木に蕨折り副へて持ちたるは**。総ての諸本が記す。『閑居友』は「一人は爪木を拾い持ちたり」（新大系四三八頁）と爪木のみを記す。その点は〈南〉〈山崎〉も同様。他は〈四〉と同様。爪木は薪にする小枝。蕨は食用のためとも、前段の冒頭の注解に引用した〈長・盛・大〉に見るように、蕨のほとろ（ほどろ）を敷いて、寝床とするためのものとも考えられようか。②**大宮太政大臣伊通卿の御孫子**。当該記事を記すのは、〈四・延・長・盛・大・屋〉〈国会・山崎〉。〈四〉「御孫子」は、〈延・長〉は子とする。伊通の子伊実の意。〈盛・大・屋〉〈国会・山崎〉は孫とする。伊通の孫が大納言典侍の意として使用。太政大臣伊通は、権大納言宗通の子。〈尊卑〉「伊通　号九条太相国又号大宮」（1―二六九頁）。子に、為通・伊実・近衛院后九条院呈子がいる。③**鳥飼中納言伊実卿の御娘**。当該記事を記すのは、〈四・延・長・盛・大・屋・覚〉〈山崎〉。〈国会〉は、「とりかいのちうなごんのぶさだのむすめ」（九四頁）と誤る。伊実の母は按察使藤原顕隆女。正三位権中納言。〈尊卑〉に伊実の娘は記されないが、〈延・長・盛〉に、伊実には、厳島内侍腹の姫君に仕えた大宮殿がいたとする。〈延〉「女房ノ中ニ鳥飼大納言伊実娘オワシケリ。大宮殿トゾ申ケル」（巻六―二五ウ）。しかし、大納言典侍は、〈全注釈〉（下二―一四頁）が記すように、伊実の娘ではなく邦綱の娘とするのが正しい。〈尊卑〉（2―五四頁）は、邦綱の子に「輔子〈三位中将平重衡室安徳天皇御乳母号大納言典侍〉」「綱子〈建礼門院御乳母〉」。これによれば、輔子が該当する。『吉記』寿永元年八月十四日条には、「皇后理御髪〈典侍藤原綱子、御乳母、重衡卿室、故邦綱卿女、奉仕之〉」とあるが、『山槐記』治承四年三月九日条に、「輔子〈号大納言局、（坊時号五条）御乳母也、蔵人頭重衡朝臣妻、前大納言邦綱卿三女〉」とあり、やはり輔子とするのが良いか。なお、諸本の「大原御幸」以外の記事では正しく邦綱娘とあるが、「大原御幸」の当該記事では、多くの諸本では伊実の娘としていて矛盾しているという問題については、本全釈巻十一「重衡北の方の事」の注解「本三位中将の北の方は、五条前大納言邦綱入道の御娘」（五〇八～五〇九頁）参照。④**安徳天皇の御乳母**。当該記事を記すのは、〈四・延・盛・大・南・覚・中〉。〈山崎〉は、「せんていの御めのとご」（一〇一頁）と誤る。③の注解参照。⑤**五条大納言邦綱卿の養子**。邦綱の養子とするのは、〈四・盛・覚〉〈国会〉だが誤りで、〈大〉「五条大納言国綱の卿の子」（一〇一頁）が正しい。本全釈巻十一「重衡北の方の事」の注解「本三位中将の北の方は、五条前大納言邦綱入道の御娘」（五〇八～五〇九頁）参照。⑥**大納言内侍と申して**。諸本の表記は次のとおり。「大納言典侍」、〈延〉（巻十二―五九ウ）・〈盛〉（6―四八一頁）、「大納言の助（佐・すけ）」、〈南〉（一〇二〇頁）・〈覚〉（下―四〇〇頁）・〈中〉（下―三四二頁）・〈国会〉（九五頁）、「大納言のつぼね（局）」、〈大〉（一〇一頁）・〈屋〉（九四五頁）・〈山崎〉（一八九頁）。「大納言典侍」が正しい。〈四〉では六箇所に見られる「大納言内侍」の表記は、〈四〉巻九―七二左に見られる「大納言内侍佐」の「佐」が脱落した形、乃至は略述された形であろう（本全釈巻九―四三〇頁の注解「本三位中将の北の方は、五条大納言邦綱入道の御娘、先帝の御乳母、大納言内侍佐と申しき」参照）。⑦**本三位中将の北の方にて御す**。当該記事を記すのは、〈四・盛・大〉〈国会・山崎〉。③の注解参照。　〇**先の留守の尼と今の爪木の尼とは、女院の后宮にて渡らせたまひし時より、御身を離れ進らせせずして、実の道に入らせたまふにも付き進らせたりける御契りの程こそ哀れなれ**　近似文が、〈盛〉に見られる。〈盛〉「御留守ニ置レタルハ、弁入道貞憲ノ娘、阿波内侍ト申モ、大納言典侍殿ト申モ、女院ノ后ノ宮ニテ渡ラセ給シ御時ヨリ、ツカノマモ御身ヲ離レ進セザリシ人共ノ、実ノ道ニ入セ給マデモ付進セタリケル。

先世ノ御契ノ程、哀トゾ思召ケル」（6―四八一頁）。「留守の尼」は、阿波の内侍、「今の爪木の尼」は、大納言典侍。建礼門院の任中宮は、承安二年（一一七二）のこと、それ以来阿波内侍と大納言典侍は女院のお側にいて仕えていたとする。　**○十念の柴の枢には摂取の光明を期し、一念の窓の前には聖衆の来迎をこそ待ちつるに**　「十念の柴の枢には……」に対して「一念の窓の前には……」と対句形式で記すのが、〈四・延・長・大〉〈国会・山崎・藤井〉〈藤井〉は藤井隆氏蔵『大原御幸』。これ以前は欠脱、ここから現存。凡例参照）。一方、「一念の窓の前には……」を先に、「十念の柴の枢には……」を後に記すのが、〈屋・覚〉。〈覚〉「一念の窓《マド》の前には、摂取《セッシュ》の光明《クハウミヤウ》を期《ゴ》し、十念の柴《シバ》の枢《トボソ》には、聖衆《シャウジュ》の来迎《ライカウ》をこそ待《マチ》つるに」（下―四〇〇頁）。〈盛・南・中〉は、〈盛〉「寂寞之柴ノ枢ニハ、偏ニ摂取ノ光明ヲ待チ、十念之窓ノ前ニハ、専聖衆ノ来迎ヲコソ期シツルニ」（6―四八二頁）のように、別の対句を用いる。〈覚〉の脚注の口語訳を参照すれば、十度念仏を唱えては、この柴の庵の戸口に極楽浄土に迎えとって下さる御仏の光明が窓にさすことを期待し、一度念仏を唱えては、多くの御仏が浄土に迎えとりに来て下さることを待っていましたのにの意（四〇〇頁）。　**○思ひの外に御幸成りければ、世を捨てたる身とは云ひながら、此の有様を見え奉る事も心憂く悲しければ、御庵室へも入らせたまはず、山の中へも帰らせたまはず、立ち煩はせ御在す**　〈四・延・長・盛・大〉では、女院は、法皇の思いがけない御幸に驚き、立ち煩ったもののしばらくして自ら庵室に戻ったと読める。一方、〈南・屋・覚・中〉は、女院が立ち煩っていたところ、阿波の内侍が参って、女院から花籠を受け取り、法皇との対面を勧めたため、女院は庵室に入ったとする。〈屋〉「思ヒノ外ニ法皇ノ御幸成リタル口惜シサヨ。サコソ世ヲ捨ル身ト成タリ共、此ノ有様ニテ見ヘ進セン事心憂《ロウ》ク悲クテ、只消ヘモ終テバヤトゾ被二レ思食一サケル。宵々毎《ヨイヨイコト》ノ閼伽《アカ》ノ水、掬《ムス》ブ袂《タモト》モシヲル丶ニ、暁起《ツキヲキ》ノ袖ノ上《ヘ》、山路ノ露モ滋《シケ》クシテ、涳《シヲ》リヤカネサセ給ヒケン、山へモ立帰ラセ給ハズ、御庵室へモ入リ給ハズ遥《ハルカ》ニヤスラハセ給処ニ、内侍《シ》ノ尼参リテ、御花形見《カタミ》ヲ給テ是程ニ厭《イト》二ヒ浮《キ》世一ヲ入二リ菩提ノ道一ニ給上ハ、何ノ御憚《ハヽカリ》カ候ベキ。早々《ハヤハヤ》御見参《ン》有テ、法王ヲ還《クワン》御成シ進セサセ坐々ト申ケレバ、女院ゲニモトヤ思食《メ》サレケン、泣々御前ニ進セ給フ」（九四五～九四六頁）。村上學は、当該箇所について、次のように解する。「屋代本の阿波の内侍の言葉は延慶本のモチーフを継承しつつ、それを女院の主体的な決意としない。女院は高貴な女性にふさわしく主体性を表に出さない。だがその代弁者内侍尼をしてあからさまに法皇を寂光院なる閉鎖世界への闖入者と規定させている。覚一本も表現はやや穏やかだが基本的には同じである」（一三頁）。なお、〈屋〉に付した傍線部は、〈四〉に近似する点、注意される。また、〈国会・山崎・藤井〉は、立ち煩う女院の姿を見た法皇が供の人々を退けたところ、女院は庵室に戻ったとする。〈山崎〉「おもひのほかにほうわう御かうなりける事よとおぼしめしけるに、御むねうちさはがせ給ひて、山へもかへらせ給はず、御あんじつへもいらせたまはず、たちわづらはせたまふ御けしきをほうわう御らんじて、具ぶの人々をのけさせたまひけり。そのとき女院、御袖をかほにおほはせたまひて、なく〳〵あんじつへいらせ給ふ」（一八九頁）。『閑居友』は、当該部を次のように記す。「おの〳〵涙を流して、あきれあひ給へり。さて、傍の間より入らせ給ひて、御袖かき合はせて、向ひ参らせておはしましけり」（四三九頁）。**〇只此にて消えも失せばやと思し食しけれども、霜雪ならねば其れも叶はず。且く傍らに立ち跪ひて御在しけれども、爾てしも有るべき御事ならねば、御涙を押さへて入らせたまふ**　「霜雪ならねば……」は、〈延・長・盛・大〉に見られるが、〈長・盛・大〉が近似する。〈長〉「胸うちさはがせ給て消もうせばやとおぼしめせども、霜雪ならねばそれもかなはせ給はず、立かくれさせ給事もやとおぼしめせども、霧霞ならではさるべき御事なかりければ、漸あゆみくだらせ給」（5―一一八頁）。傍線部がほぼ一致する。波線部は、同文ではないが、〈盛・大〉には見られない。〈四〉の、傍らに身を隠そうとする女院の様子は、波線部とほぼ同意と言えよう。なお〈延〉は、〈四〉には見られない次の記事を記す。〈延〉「折節山時鳥ノ一声、松ノ木末ニ音信ケレバ、女院カクゾ思召シツヾケケル　イザ、ラバ涙クラベム時鳥我モ尽セヌ憂ネヲゾナク」（巻十二―六〇オ）。この歌は、〈長〉では灌頂巻冒頭の女院出家の条に（5―一〇五頁）、〈南・屋・覚・中〉では大原御幸説話末尾、御幸の一行を見送る条に引かれる（〈南〉一〇二七頁、〈屋〉九五二頁、〈覚〉下―四〇七頁、〈中〉下―三四六頁)。　**〇花筐・樒・躑躅なんども閼伽棚に差し置かせたまひつつ**　〈長・大〉〈山崎・藤井〉に近似文が見られる。〈長〉「あかの棚に花がたみをかせ給て」(5―二一八頁)、〈大〉〈山崎・藤井〉「花がたみはあかだなにをかせ給て」(〈大〉一〇一頁)。閼伽棚については、前節に、「北の山の岸には高さ三尺ばかりの閼伽棚を釣られて、閼伽の桶・閼伽の杓・閼伽の折敷に至るまで、有間貪しくぞ覚えし」とあった。　**〇其の後、法皇と御対面有りけれども、只嗚叫れたまふ御気色にて、互ひに仰せ出ださるる事も無し**　対面後も暫くは、法皇も女院も一言も発することがなかったとするのは、〈延・長・南・屋・中〉〈国会〉同。〈延〉「法皇モ女院モ御涙ニ咽バセ給テ、互ニ一詞モ不被仰出《サ》」(巻十二―六〇ウ)。これに対して、言葉を少し交わした後に、その後暫くは言葉を発することはなかったとするのが、〈盛・大〉〈山崎・藤井〉。〈盛〉「法皇ノ御前ニ参セ給ツヽ、何ニカク遥々ノ山ノ奥、浅増敷草ノ庵へ御幸ナラセ給候コソ覚共オボエ候ハネド、被仰モ敢サセ給ハズ、御涙ヲハラ〳〵ト流サセ給ヘバ、法皇ハ、其後御向後ノ覚束ナサニ、参タリト計ニテ、御袖ヲ龍顔ニ押当サセ給テ、御涙ニゾ咽バセ給。暫ハ互ニ御詞モ不出給」(6―四八三頁)。そうした沈黙は記さず、まず法皇が言葉を発し、それに対して女院が応えたとするのが、〈覚〉(下―四〇一頁)。　**〇良久しく有りて、法皇仰せけるは、「斯かる御有様にて渡らせ御在すとは、努々承らず。爾ても誰かは言問ひ進らせ候ふ」と御尋ね有りければ**　法皇と女院の対話の開始を、最も詳しく描く〈延〉では、まず、①法皇は泣く泣く「サテモコハ浅猿キ御スマヒカナ」(巻十二―六〇ウ)と嘆き、②女院の暮らしを天人五衰に喩える。③供奉の人々も涙したとする。④法皇は、人間道の苦しみに言及する。⑤法皇は、今までの無沙汰について恨んでいらっしゃるだろうと問い、女院は恨んではいないと応える。⑥そこで法皇は、誰から音信があるのかと問う。この番号を用いれば、〈四〉本項は①と⑥に当たる。諸本の構成は次の通り。〈長〉…①④⑥。〈覚〉…②⑥。〈国会〉…①②④⑥。以上の諸本は、まず法皇から口を開いたとして、⑥の問いを端緒として問答を展開させるわけだが、それに対して、女院の方から口を開いたとするのが〈盛・大〉〈山崎・藤井〉。〈盛〉は、「女院御涙ノ隙ヨリ、年比日比ウラメシク思召ケル御事共ヲ崩シ立テ申サセ給ケルハ」（6―四八四頁）と、女院の方から口を開いたとして、法皇への詳細な恨み言を記す。これは女院が自己の人生を振り返る語りだが、六道語りとは別の「恨み言の語り」と呼ぶべきもの。〈四〉では六道語りの後に配される。「女院の回想の語り（①恨み言の語り）」参照。〈盛〉では「恨み言の語り」が詳細で、語り終わった女院が泣き崩れた後、法皇の②の言葉（6―四八九頁）や⑥の問い（6―四九〇頁）などがあって、ようやく六道語りに入ってゆく。〈大〉も初めに恨み言を記すが、簡略で、法皇が都落ちの際身を隠したことを恨むのみ。その後〈盛〉と同じく②⑥と続き、六道語りに移る。〈山崎・藤井〉は、まず女院が、「いかにしてかゝるいぶせき山のおくへは、御かうならせはんべるやらん。夢とこそおぼえはんべれ」と問い、法皇は「そのゝちあまりにおぼつかなさのあまりにまいりて候」と答えて、問答が始まる（〈山崎〉一八九頁）。その後、法皇の①②の言葉があるが、⑥はなく、六道語りに入ってゆく。なお、『閑居友』では、法皇が「いかに事にふれて便りなき御事も侍らんかし」と気遣うと、女院が「何かは便りなくもわびしくも侍べき。いみじき善知識にこそ侍れ。常に思ひ出で侍れば、涙も止まらず」（新大系四三九頁）と答えて、都落以降の回想に移ってゆく。法皇の問いかけに応じて語りが展開される形ではあるが、問いかけの内容は、『平家物語』諸本とはあまり似ていない。　**○「信隆卿の北の方ばかりこそ是く侍へ。昔は彼の人に哀れみ育まるべしとは、懸けても思ひ寄らず侍ひて」と申させたまふも哀れなり**　七条修理大夫信隆の北の方が女院の世話をしていたとする点、〈延・長〉同。信隆と冷泉大納言隆房の北の方が世話をしていたとするのは、〈盛・南・屋・覚・中〉。〈盛〉「信隆々房ノ北方ノ計トシテコソ角テモ候へ」（6―四九〇頁）。また、〈大〉「信方の卿のはからひにてこそかくても候へ」（一〇一頁）、〈国会〉「のぶさだのきやうのきたのかたより、つねはをとづれなど候なり」（九五頁）。〈大〉〈国会〉の「信方」「のぶさだ」は、「信隆」の誤りだろう。また、〈大〉は「北の方」を欠く点も疑問。信隆は治承三年（一一七九）十月に没しているため、「信隆の卿の北の方のはからひ」と二箇所訂するのが妥当。〈山崎・藤井〉は該当記事なし（前項注解参照）。さて、当該記事は、「大原入」（〈四〉では灌頂巻冒頭）に見た記事との照応関係が問題となる。

例えば〈四〉の場合、「大原入」には「信隆卿の北の方、隆房卿の北の方、此の両人ばかりぞ、忍びつつ哀れみ申されける」（二六〇右）とあったが、本項とは整合しない。他本の様相を概観しておく（〈大〉は大原入に該当記事を記さない）。

	本段	大原入	
〈四〉	信隆北方	信隆北方・隆房北方（二六〇右）	不整合
〈延〉	信隆北方	隆房北方・お付きの女房（巻十二―一〇オ）	不整合
〈長〉	信隆北方	隆房北方・伺候の女房（5―二〇七～二〇九頁）	不整合
〈盛〉	信隆北方・隆房北方	信隆北方・隆房北方（6―四六〇頁）	整合
〈大〉	信方	不記	
〈南〉	信隆北方・隆房北方	信高北方・隆房北方（九六一～九六二頁）	整合
〈屋〉	信隆北方・隆房北方	信隆北方・隆房北方（八七九頁）	整合
〈覚〉	信隆北方・隆房北方	信隆北方・隆房北方（下―三九二頁）	整合
〈中〉	信隆北方・隆房北方	信隆北方・隆房北方（下―三〇八頁）	整合
〈国会〉	のぶさだ北方	のぶさだ北方（八九頁）	整合

なお、〈延〉の「大原入り」記事は、「御輿共ハ冷泉ノ大納言隆房卿ノ北方ゾ沙汰シ被進ケル。是ハ女院ノ御妹ニテマシ〳〵ケレバナリ。大方モ常ニハコマヤカニ被訪申ケレバ、イトウシト思召シ、此人々ノハグ、ミニテ、ウキ世ニアルベシトコソ不寄思召シカトテ、女院御涙ヲ流サセ給ケリ」（巻十二―一〇オ）とあり、傍線部によれば、隆房の北の方は、輿の世話ばかりではなく、日常生活のことについても世話をしていたとする。また、囲みにした「此人々」とは、この隆房の北の方と、その前に記される寂光院への移徙を進言した「付進セタリケル尼女房」（巻十二

—九ウ）を指すと考えて良かろう。しかし、二重傍線部は、当該本文「昔は彼の人に哀れみ育まるべしとは、懸けても思ひ寄らず侍ひて」と申させたまふも哀れなり」にほぼ合致し、注意される。〈長〉も、「大原入り」記事では、「さぶらひ給ふ女房のゆかりにて、『大原のおく寂光院と申候所こそしづかに候へと、尋出して候へ』と申ければ、『其方様は本意なり』と思食たゝせ給ふ。右衛門尉隆房卿の北方より、御与《（輿）》などは沙汰しまいらせられにけり。忍たる女房車二両まいらさせ給けり」（5—二〇七頁）とある他、「女院は隆房卿の北のかたのはからひにて柴の庵むすびつゝ、わたしまいらせらる」（5—二〇九頁）と、前者では女院に仕える女房の世話で、女院は寂光院に居を移したとし、その際の輿の世話は隆房の北の方がしたとする。また後者では、女院は隆房の北の方の計らいで庵に居を移したとしていて、〈延〉と同様に混乱が見られる。　**○又、「六条の摂政の方よりは申す旨は候はぬにや」と御尋ね有りければ、女院、「未だ其の許よりは」とて、兎角の御詞も無かりけり**　〈延・長・盛・大〉〈国会〉ほぼ同。〈南・屋・覚・中〉〈山崎・藤井〉なし。〈延〉「『六条ノ摂政ノ方ヨリハ申旨ハ候ハヌニヤ』ト申サセ給ヘバ、『夫モ今ハ絶間ガチニコソ』ト被仰テ、法皇モ女院モ供奉ノ人々モ、袂ヲシボリテゾ渡ラセ給ケル」（巻十二—六一ウ〜六二オ）、〈国会〉「『六でうのせつしやうのきたのかたより申むねも候はぬやらん』とおほせありければ、『そのかみまでは、そのぎも候はず』とて、なみだをながさせ給へば」（九五頁）。六条の摂政は、藤原基実を指すが、基実は、仁安元年（一一六六）七月二十六日に没している。その北の方で、清盛の娘の白川殿盛子も、治承三年（一一七九）六月十七日に没している。なお、〈延・長・盛・松〉（〈松〉は松雲本）の巻十一該当部の「判官八島へ遣ス京ノ使縛付事」（〈延〉）には、義経に呼び止められた京より下るかと思われる下種男は、「何ナル人ノ御許ヨリゾ」と誰何されると、「六条摂政殿ノ北政所ノ御文ニテ、屋島ニ渡セ給大臣殿へ申サセ給ベキ事候テ、進セサセ給御使ニテ候也」（〈延〉巻十一—一三オ）と応えたとする。この北政所も基実の室盛子を指すかと思われるが、先にも記したように、盛子は既に病没している。基実の子基通室完子は平家と同行していて該当しない。本全釈巻十一「勝浦合戦」の注解「何と云ふ文にて有るぞ」（七五〜七六頁）

参照。盛子の死は大きな事件だったはずだが、『平家物語』諸本はそれを記していない。右のような記事から見れば、『平家物語』諸本、とりわけ〈盛〉の場合、盛子が生存しているという前提で語っている可能性が考えられようか。

【引用研究文献】

＊岡田三津子「謡曲《大原御幸》の女院像」（『説話論集　二』清文堂出版一九九二・4。『源平盛衰記の基礎的研究』和泉書院二〇〇五・2再録。引用は後者による）

＊久保田淳「作品研究「大原御幸」―花筐、そして六道―」（観世一九八二・5）

＊佐伯真一①「建礼門院説話続論―中世の女性説話として―」（『軍記物語の窓　第一集』和泉書院一九九七・12）

＊佐伯真一②『建礼門院という悲劇』（角川学芸出版二〇〇九・6）

＊濱中修「中世の小町像―乞食と菩薩―」（国文学解釈と鑑賞一九九六・5。『室町物語論攷』新典社一九九六・4再録。引用は後者による）

＊水原一「建礼門院の侍尼」（解釈一九六一・11。『平家物語の形成』加藤中道館一九七一・5再録。引用は後者による）

＊村上學「「大原御幸」をめぐる一つの読み―『閑居友』の視座から―」（大谷学報八二巻二号、二〇〇三・3。『中世宗教文学の構造と表現―佛と神の文学―』三弥井書店二〇〇六・4再録。引用は後者による）

＊横井孝「女人哀話考―小宰相と建礼門院と―」（あなたが読む平家物語2『平家物語　説話と語り』有精堂出版一九九四・1）

六道語り（①語りの発端）

【原文】

法皇被[1]仰自西国帰上《セ下》後偏有御学文由承候実乎今加様捨《セ下》世欣《ハセ》[2]後生御在日《ナレ》何事非可思食連《セ下》今生事《モ》
[3]後世事候思食定御事《ソ》承細々候耶被《ケレ》▽二七四左仰女院且[4]無御返事《モ》在遥押《ヘツ》、御涙申《セ下》学[5]文《ケン》申《セ》侍《ヘ》片腹痛事見斯憂目侍《シ》
悲《サ》為《シ》何《モ》今度離生死事《ヤ》候少々尋[6]集侍可[7]惜《シ》命不候朝夕歎《ク》之無事寝[8]《モ》寤《モ》難[9]《キ》忘[10]先帝御面影心終《リ》不乱先吠《ナケカハシキ》
候極楽浄土後《レ》此人々侍《シ》事歎中喜其故遁五障三従身忽▽二七五右烈釈尊遺弟忝《モ》汚《ツ》、比丘尼名憑他力本願称名三時懺悔
六根一切欣九品浄刹是偏非《ヤ》一門別離故而是可然▽二七五左覚善知識哉候今度於出離生死事候思定此身乍住人界経廻六
道思侍[11]新《ヒ》[12]弥厭離穢土[13]《ヒ》住《ヒ》人《ヒ》界欣求浄土志《シ》随日弥成深候[14]申《サセ下ヘ》法皇被仰抑為穢土衆生六道経廻一生内被仰候《コソ》
最難得意覚不審候昔登天入《シ》地[15]云《モ》四人梵士未見六道帰入日為《シ》術申昌連者《モ》難知六道申但唐朝玄[16]弉三蔵夢内
見《下ヘ》六[17]道又我朝金峯山日蔵上人象王権現御力見六道▽二七六右云事伝承《ル》為《シ》女人御身御讃《シ》六道御在事何可《キ》《へ》有被《ケレ》仰

【釈文】

法皇仰せ[1]**ら**れけるは、「西国**より**帰り上ら**せたま**ひて後、偏《ひと》へに御学文有る由承り候ふは、実《まこと》に**や**。今は
加様に世を捨てさ**せたま**ひ、後生を欣《ねが》[2]**はせ**御在す日**なれ**ば、何事か思し食し連《つづ》けさ**せたま**ふべきには非ねど

も、今生の事も[3]後世の事も思し食し定め御す事ぞ候はん。細々承り候はばや」▽二七四左と仰せられければ、女院[4]且《しばら》く御返事も無かりけるが、遥かに在りて御涙を押さへつつ申させたまひけるは、「[5]学文《がくもン》と申せば片腹痛き事に侍《べ》れども、斯かる憂き目を見侍りし悲しさに、何《い》かにも為《シ》て今度生死を離るる事や候はんと、少々[6]尋ね集め侍る。[7]惜しかるべき命にても候はねば、朝夕《あさなゆふな》之を歎く事も無し。[8]寝ても寤《さ》めても[10]忘れ[9]難きは先帝の御面影、心の終はりの乱れぬ先に咲《ナケ》かはしきは、極楽浄土にて候ふ。此の人々に後れ侍りし事、歎きの中の喜びなり。其の故は、五障三従の身を遁れ、▽二七五右忽ちに釈尊の遺弟に列《つら》(烈)なり、忝くも比丘尼の名を汚しつつ、他力本願の称名を憑みて、三時に六根の一切を懺悔し、九品の浄刹を欣《ねが》ふ。是偏へに一門別離の故に非ずや。而れば是は然るべき善知識かなと覚え候ふ。今度生死を出離せん事に於ては思ひ定め候ひぬ。此の身は人界に住みながら六道を経廻ると思ひ侍[11]れば、[12]弥《いよいよ》厭離穢土[13]・欣求浄土の志《こころざシ》こそ、日に随ひて弥《いよいよ》▽二七五左深く成り候[14]へ」と申させたまへば、法皇仰せられけるは、「抑《そもそ》も穢土の衆生と為《し》て、六道を一生の内に経廻りたりと仰せられ候ふこそ、最意得難《いとこころえがた》く、不審《おぼつかな》く覚え候へ。昔天に登り地[15]に入りしと云ひし(も)四人の梵士も、未だ六道を見ず。入る日を帰す術を為《せ》し昌連と申す者も、六道を知り難しと申す。但し、唐朝の玄[16]弉三蔵こそ夢の内に六道を見たまへ。[17]又、我が朝には、金峯山の日蔵上人は象王権現の御力にて▽二七六右六道を見たりと云ふ事を伝へ承る。女人の御身と為《シ》て六道を御覧じ御在す事、何《い》かが有るべき」と仰せられければ、

【校異・訓読】 1〈書〉「被ㇾ」。2〈昭〉「欣」。3〈書〉「後　生」。4〈書〉「旦」。5〈底・昭・書〉「学文《ケン》」。6〈底・昭〉「尋侍」の間に「集」を補入。〈書〉「尋集」と通常表記で、「侍」無し。7〈書〉「惜」。8〈底・昭〉「寝《モ》」と補入、〈書〉通常表記。9〈書〉「難ヘ」。但し、〈書〉の「へ」と「キ」は区別し難いことが多く、校異をとる意味がないので、

以下、同様の校異は省略する。10〈書〉「忌」。11〈昭〉「侍ヘ」。12〈底・昭〉「新」の右に「ヒ」を書いて見せ消ち、下に「弥」。〈書〉「新弥」。13〈底・昭・書〉「住人界」は見せ消ち。前行の目移りによる。14〈書〉「候ヘ」。15〈書〉「地モ」。16〈底〉「玄装」の「装」を「奘」と訂正。〈昭・書〉「玄奘」。17〈書〉「亦」。

【注解】**○法皇仰せられけるは、「西国より帰り上らせたまひて後、偏へに御学文有る由承り候ふは、実にや**　この後の女院の言葉「少々尋ね集めて侍る」まで、〈四〉の独自異文。この後の女院の語りの中に見られる経文を引きながらの弁に如実に見られるように、〈四〉では、西海から戻った女院が自らの境遇に嘆きながらも、これまでの自分の境涯を見直す契機として仏教の学問を修め、それを目の前の後白河法皇に語ったとする。そうした内容に呼応した発問と言えよう。六道語りは、他本では、問わず語りの形で女院が語ることになるのだが、〈四〉の場合は、後白河法皇に慫慂され、その学を披瀝するような設定になっている。この後に展開される六道語りや恨み言の語りなどは女院の特異な人生体験を語るものだが、〈四〉では、その後に空観・持戒・念仏などに関する仏教知識を延々と語る。佐伯真一は、〈四〉の女院を「結果的に、女院は普通の唱導僧と同様の口をきく、平凡な尼になってしまっている」（一六六頁）と評する。阿部泰郎は、〈延〉に即して、建礼門院の語りを「王の導師と化した女院」（四二頁）の語りととらえるが、〈四〉は〈延〉とも異なる独自の女院像を形成しているといえよう。なお、「大原御幸（④女院の庵室）」には、「仏前には浄土三部経を置かれたり。中にも観無量寿経を読ばし懸けたりと覚しくて、半巻ばかり巻きて置かれけり。御仏の左には絵像の普賢を懸け、其の前には八軸の妙文に廿八品の尺を副へて置かれたり。又右の方には善導和尚の御影を懸け奉りたまひ、其の前には九帖の御書疏も置かれたり。御棚には往生要集・往生講式、其の外、御心响呼めばかりにや、浄土発心の双紙共、引き散らしてぞ置かれける」と記されていた。女院がこれらの書物を常に身の側に置き、目を通していたことが分かるのだが、当該本文は、他本にも似た形で見られる。当該の注解参照のこと。　**○今は加様に世を捨てさせたまひ、後生を欣はせ御在す日なれば、何事か思し食し連けさせたまふべきには非ねども、今生の事も後**

事ぞ候はん」とも読める。法皇の言葉の続きで、〈四〉の独自異文。前項で「学文」について問うたのに続き、「今生のことも後世のことも」語るように促す。これに応えて、女院が「今生」のことを語るのが六道語りにつながる展開。法皇による語りの催促は、六道語りの後、「女院の回想の語り（①恨み言の語り）」冒頭の、「抑も、昔を思し食し出だすに、何かばかりか恋しくも思し食され候はん。有るにも在らぬ御心地にて渡らせたるらむ。更に今は何事も憚り無く仰せらるべく候ふ。誠に六道の有様に違はずと覚え候ふ。加様に思し食し連けたる御心中、貴く覚え候へば、一事も残すべからず」なども見られる。他本に近似本文は少ないが、〈盛〉では、「恨み言の語り」の後、法皇が次のような言葉で六道語りを促している。「法皇申サセ給ケルハ、『何事ニ付テモ、イカニ昔モ恋シ無便御事ニテ候ラン。隔ナク仰ラレヨ。昔ノ好更ニ忘進セズ』」（6―四九一頁）。なお、法皇は「後生を欣はせ御在す日なれば」と述べているが、女院は、例えばこの後の「法皇還御」に、「今は西に向かひて『南無西方極楽教主善逝、天子聖霊一門一族成等正覚』と申させたまふも哀れなり」（三〇四右）などとあるように、自身の後生や往生ばかりではなく、むしろ平家一門一族の後生や往生を祈るものであったことが明らかとなる。**○女院且くは御返事も無かりけるが、遥かに在りて御涙を押さへつつ申させたまひけるは**　〈延・長・南・屋・覚・中〉〈国会〉は、前項の一文を欠き、「法皇モ女院モ供奉ノ人々モ、袂ヲシボリテゾ渡ラセ給ケル。女院御涙ヲ押テ申サセ給ケルハ」（〈延〉巻十二―六一ウ～六二オ）と、女院の言葉をさらに続ける。**○「学文と申せば片腹痛き事に侍れども、斯かる憂き目を見侍りし悲しさに、何かにも為て今度生死を離るる事や候はんと、少々尋ね集め侍る**　訓読に若干の不安はあるが、意味するところは、「学問をしたと申しますと気恥ずかしいことではありますが、このような憂き目を見ました悲しさにつけても、何とかしてこの度流転生死の世界を離脱して往生することがあろうかと、少しばかり仏道の書を探し集め、読んで見ました」の意か。なお、「何かにも為て…」以下の近似文は、〈延・長・盛・大〉〈国会・山崎・藤井〉では、六道語りの直前に見られる。〈延〉「其中ニモ此度生死ヲ可離一事、思定テコソ候へ。其故ハ、此身ハ下界ニ乍住一六道ヲ経歴タル身ニ侍レバ」（巻十二―六二ウ。〈長〉5―二三二頁、〈盛〉6―四九五頁、〈大〉一〇二二頁、〈国会〉九六頁、〈山崎〉一九〇頁、〈藤井〉三二五頁）。ところで、「学文《ケン》申セ侍ヘ片腹痛事見斯憂目侍シ悲サ為シ何モ今度離生死事ヤ候少々尋集侍」の傍線部の「侍」は、掲出釈文では「はべり」と読んでいるが、「さぶらふ」とも読める。初めの「侍ヘ」は、「侍《はべ》れども」とも「侍《さぶら》へども」とも読めるが、「へ」は、「侍《はべ》れ」の訓とするよりも、送り仮名「侍《さぶら》へ」として読む方が良いようにも思われる。ただその場合、同一文に丁寧語の「侍り」と「候ふ」とが混在する理由が分かりづらいことから、取り敢えず当該部の「侍」は、「侍れども」と読んだが、今後の課題として残ろう。以下の文も同様であり、「六道を経廻ると思ひ侍れば」は、【校異・訓読】校異9に見る〈昭〉「侍ヘ」を参考とすれば「さぶらへば」とも訓める。なお、「侍り」と「候ふ」の混在は〈四〉に限った問題ではなく、〈延〉にも、「此身ハ下界ニ乍住一六道ヲ経歴タル身ニ侍レバ、可歎一ニモ非ズ。其ニ付テモ弥穢土ヲ厭フ志ノミ日ニ随テ進候ニヤ』ト申サセ給へバ」（巻十二―六二ウ）とある。**○惜しかるべき命にても候はねば、朝夕之を歎く事も無し**　今は惜しい命ではありませんので、朝夕このことを歎くこともないの意。近似文は、〈南・屋・中〉に見られるが、〈四〉とは異なり、六道語りの終わりに記される。〈南〉「夢サメテ後、常ハ提婆品ヲ読テ人々ノ菩提ヲ吊《(弔)》ヒ候フ也。サテハ我身ノ命ヲシカラネバ、朝夕是ヲ祈ル事モ無シ」（一〇二六頁）、〈屋〉「二位ノ尼、此ノ様ハ龍畜経ニ見へテ候ゾ。其レヲ能々見給テ、後世訪ヒテタビ給へト申ト思ヒテ夢覚《サメ》ヌ。是ヲ以コソ六道ヲ見タリトハ申候へ。我身ハ命惜《ヲシ》カラネバ、朝夕《アサナユウナ》是ヲ歎《ナケ》ク事モナシ」（九五一頁）、〈中〉「其後は、つねにだいばぼんをよみて、人々のぼだいをとぶらひさぶらふなり。さては我身の命おしからねば、あさなゆふな是をなげく事もなし」（下―三四六頁）。**○寝ても寤めても忘れ難きは先帝の御面影、心の終はりの乱れぬ先に咲かはしきは、極楽浄土にて候ふ**　前項に続く形で、近似文は、〈南・屋・中〉に見られる。〈南〉「只何ノ世マデモ難《カタキハ》レ忘《スレ》ハ、先帝ノ御面影心ノ終リノミダレヌ前ニ急ガル、ハ、往生ノ望ミ計也」（一〇二六頁）、〈屋〉「何ナ覧《ン》世ニモ難レ忘安徳天皇ノ御面影、心ノ終《ヲハ》リ乱《ミタレ》ヌ前ニト悲《カナシ》キハ、只臨終正念計也」（九五一頁）、〈中〉「たゞいつの世までもわすれがたきは、あんとく天皇の御おもかげ、心のみだれぬさきにといそがるゝは、わうじやうののぞみばかりなりと」（下―三四六頁）。「心の終はりの乱れぬ先に」は、臨終正念を願う意。〈集成〉は、「心《しん》の終り乱れぬさきに」の意として、「臨終に意識ある間に安徳帝と一蓮の往生を一心に念じたい」（下―三七八頁）とする。なお、〈四〉は、「吠」に「ナケカハシキ」とルビを打つが、〈南・屋・中〉は、それぞれの波線部に見るように、〈南・中〉「急ガルルハ」、〈屋〉「悲キハ」とする。「吠」には、『天文本字鏡鈔』（六六八）、『寛元本字鏡集』（四九六）に「ナク」の訓がある。ここでは〈屋〉「悲キハ」の意に近いか。〈集成〉は「悲しきは」の意として、「切に願うことは」（下―三七八頁）とする。〇**此の人々に後れ侍りし事、歎きの中の喜びなり**　近似本文は、〈南・屋・中〉に見られる。〈南〉「女院又申させ給ヒケルハ、『昔ノ人々ニヲクレ候《サフラ》ヒヌル事ハ歎ノ中ノ悦也」（一〇二二頁。〈屋〉九四七頁、〈中〉三四三頁）。〈延・覚〉〈国会・山崎・藤井〉は、やや形が異なる。〈延〉「女院御涙ヲ押テ申サセ給ケルハ、『カヽル身ニ罷成事、一旦ノ歎ハ申ニ及ネドモ、一ニハ来生不退ノ悦アリ」（巻十二―六二オ。〈覚〉下―四〇一頁、〈国会〉九五～九六頁、〈山崎〉一八九頁、〈藤井〉三二四頁）。〈大〉「女院かさねて申させ給けるは、此人々におくれて候は、一たんはなげきたりといへども、しやうらいふたひのよろこびなり」（一〇二頁）。〈大〉は、前半部は〈四・南・屋・中〉に近似するが、波線部は、〈延〉の傍線部に近似するように、双方に近似する様相を呈する。〈盛〉「女院仰ノ有ケルハ、『何カハ無便候ベキ。朝夕事ハ、隆房北方訪申セバ煩ナシ。カヽル身ト成テ候、一旦ノ歎ニ任テコソ君ヲモ恨申シ候ツレ共、誠ハ将来不退ノ悦ト思取テコソ候ヘ」（6―四九一頁）。二重傍線部の法皇を恨み申したとは、この直前に展開した「恨み言の語り」を指すのだが、法皇を恨めしく思うような悲惨な体験が、波線部に見るように、悟りへの道が開けた喜びにつながったとする。こうした「恨み」は、〈盛〉の女院往生場面の「サレバ女院ノ今生ノ御恨ハ一旦ノ事、善知識ハ是莫太ノ因縁ナリ」（6―五一五頁）と呼応しているが、この末尾の一文は〈四・延・大〉の女院往生場面にも見られる。「女院往生」

の注解「今生の御恨みは一旦の御歎きなり」参照。　**○其の故は、五障三従の身を遁れ、忽ちに釈尊の遺弟に列なり**

平家一門の人々に先立たれたことによって出家に導かれたことが、女院にとって、「歎きの中の喜び」となったと言う。近似本文は、〈延・盛・大・南・屋・覚・中〉〈国会・山崎・藤井〉に見られる。〈延〉「其故ハ我五障三従ノ身ヲ乍受、已ニ釈迦之遺弟ニ列リ」（巻十二―六二オ）。法華経の提婆達多品に見える女人の五つの障害と、女人が守るべきとされる三つの道を遁れ、早くも釈迦の弟子に列なりの意。なお、「釈迦の弟子に列なる」とは、名波弘彰は、次に見る用例からして、「出家受戒の意」とする。「今女一施主ノ成如来ノ御弟子ト、是則其時ノ至レル也、永離悪趣ノ生ヲ、至菩提ノ彼岸ニ給コト不可疑」（永久年中書写『異本出家作法』）、「（建春門院）臨終の期近くして、花容を毀ちて、忽ちに摩訶波闍の旧跡を尋ね、雲鬢を剃《刺》りて、忝くも釈迦牟尼の遺弟に列なる」（『拾珠抄』高倉院御筆御八講表白）。　**○忝くも比丘尼の名を汚しつつ**　近似本文は、〈屋・南・中〉に見られる。〈屋〉「比丘ノ聖名ヲ穢《ケ》ガス」（九四七頁）。「出家して法名を名のり」（〈集成〉下―三七五頁）の意。尼僧の意の〈四〉「比丘尼」が正しいが、「比丘」（僧）に比丘尼の意をも含める（〈集成〉下―三七五頁）。〈南・中〉「比丘ノ制誡ヲ受ヌレバ」（〈南〉一〇二二頁）。「制誡」は「禁制。法度。仏の戒律」（〈日国大〉）の意。なお、以下、次項・次々項にわたって、仮名本『曽我物語』に近似本文がある。「われら、不思議に釈尊の遺弟につらなりて、比丘尼の名をけがす、かたじけなくも、本願の勝妙をたのみ、三時に六根をきよめ、一心に生死をはなれん事をねがひ候」（旧大系四一九頁）。黒田彰は、仮名本『曽我物語』巻十二と『平家物語』、とりわけ灌頂巻との関連を検討する中で、当該箇所については読み本系諸本の中においても、殊に〈長〉巻十七及び南都異本と密接な関連があることを指摘する。しかし、当該本文は〈長〉灌頂巻には見当たらず、「長門本を曽我の原拠と考えることには、不審が残る」（三九四頁）とする。恐らくはこの場合、〈四〉の巻四「南都返牒」本文に見るように、〈四〉と〈長〉とを遡る〈四・長〉共通祖本を想定すべきではないだろうか（早川厚一）。当該箇所については、〈四〉が〈四・長〉共通祖本の面影を残していると考えるべきだろう。　**○他力本願の称名を憑みて**　近似本文は、〈延・盛・大・覚〉〈国会・山崎・藤井〉にあり、「他力本願」の語は、〈盛〉「忝弥陀他力本願」（6―四九三頁）、〈大〉「他力本願の称名」（一〇二頁）、〈山崎〉「たりきのほんぐはんのせうみやう」（一九〇頁。〈藤井〉三二四頁も同）にも見られる。〈延・覚〉〈国会〉の該当語は、〈延〉「悲願証明」（巻十二―六二オ）、〈覚〉「弥陀の本願《ホングハン》」（下―四〇一頁）、〈国会〉「ひぐわんのしやうみやう」（九六頁）。〈盛〉では、この後、女院の六道語りの冒頭にも、「五障三従ノ身ヲ持ナガラ、早ク釈迦太師遺弟ニ列、龍女ガ成仏憑アリ、忝弥陀他力本願ヲ信ズ、韋提得悟無レ疑」（5―四九三頁）とある他、巻三十九「重衡請法然房事」の法然の説法にも、「末代末世ノ重罪ノ輩モ、唱ヘバ必可レ預二来迎一、是ヲ他力ノ本願ト名、又ハ頓教一乗ノ教ト云」（5―四八二頁）と見える。また、〈延〉には「他力本願」は見当たらないが、「他力（ノ）往生」の例が、「浄土宗ニハ他力ノ往生」（巻二―八三ウ）、「浄土真宗他力往生三部」（巻三―三オ）、「他力往生来迎引接ノ阿弥陀如来ヲ念ジ初メ奉リ」（巻九―一五ウ）の三例見える（巻三の「浄土真宗」は親鸞の開いた宗派をいうわけではない―〈延全注釈〉巻三―二二頁）。「他力本願」は、「自己の修行の功徳によって悟りを得るのでなく、阿弥陀仏の本願に救われることをいう」（『例文仏教語大辞典』）。『新纂浄土宗大辞典』「他力本願」項によれば、「他力と本願は同義で、いずれも阿弥陀仏の救済の力のこと」であり、「中国の祖師にその用例は見られず」、法然とその周辺の用例はあるが、「その用例は必ずしも多くない」。しかし、「浄土宗においても良忠以降はその用例が多くなる」という（項目執筆・石川琢道）。法然の用例としては、『十二問答』（『黒谷上人語灯録』巻十四＝『和語灯録』巻四）の、「たゞ極楽のねがはしくもなく、念仏の申されざらん事のみ（こ）そ、往生のさはりにては有べけれ。かるがゆへに他力本願ともいひ、超世の悲願ともいふ也」（『浄土宗聖典・四』四三八頁、『浄土宗全書・九』五七七頁）が挙げられている。なお、法然における「他力」の用語例については、藤堂恭俊の詳しい検討がある（一二〇～一四一頁）。

○三時に六根の一切を懺悔し、九品の浄刹を欣ふ　近似本文は、〈延・盛・大・南・屋・覚・中〉〈国会・山崎・藤井〉に見られる。〈延〉「三時ニ六根ヲ懺悔シ、一筋ニ今生ノ名利ヲ思捨テ、九品ノ台ヲ願ヒ、一門之菩提ヲ祈ル」（巻十二―六二オ）、〈覚〉「三時《ジ》に六根《コン》をきよめ、一すぢに九品《ホン》の浄刹《ジャウセツ》をねがふ」（下―四〇一頁）。傍線部は〈延〉の独自表現。「日に三度のお勤めで六根を清浄にし、一途に九品の浄土を願い」（〈全注釈〉下二―一九九頁）の意。　**○是偏へに一門別離の故に非ずや**　このように、仏道を修行し、往生を願うようになったのも、一門の人々と死に別れたためではないのかの意。近似本文は、〈延・盛〉〈山崎・藤井〉に見られる。〈延〉「是只一門別離ノ期ニ非ヤ」（巻十二―六二オ）。「期」は「故」の誤り（〈延全注釈〉巻十二―四五〇頁）。〈盛〉「コレ既ニ一旦別離ノ故ニ候」（6―四九三頁）、〈山崎〉「これあに一たんのべつりのゆへにあらずや」（一九〇頁。〈藤井〉三二四頁同）。　**○而れば是は然るべき善知識かなと覚え候ふ**　一門の人々との別離が、「これもまた仏道への結構なお導きと思います」（〈全注釈〉下二―一九九頁）の意。近似本文は、〈延・大・覚〉〈国会〉に見られる。〈延〉「是只一門別離ノ期ニ非ヤ。サレバ可然善縁善知識トコソ思侍レ」（巻十二―六二オ）、〈覚〉「されば彼菩提《カノボダイ》のために、あさゆふのつとめおこたる事さぶらはず。是もしかるべき善知識《ゼンチシキ》とこそ覚へさぶらへ」（下―四〇一～四〇二頁）。〈覚〉では、「彼菩提」、即ち安徳天皇の菩提のためにとあるように、安徳天皇との死別が善知識となったとする。『閑居友』では、二回に亘って「善知識」が強調されていることは、〈延全注釈〉（巻十二―四五〇～四五一頁）が指摘するとおりである。　**○今度生死を出離せん事に於ては思ひ定め候ひぬ**　輪廻転生をこの人生で終わらせ、菩提に至る意。近似本文は、〈延・長・盛・大〉〈国会・山崎・藤井〉に見られる。いずれも六道語りの直前に置く。〈延〉「其中ニモ此度生死ヲ可離事、思定テコソ候へ」（巻十二―六二ウ）、〈盛〉「サレバ今度離生死、菩提ニ到ラン事ハ、思定テ候」（6―四九三頁）。　**○此の身は人界に住みながら六道を経廻ると思ひ侍れば、弥厭離穢土・欣求浄土の志こそ、日に随ひて弥深く成り候へ」と申させたまへば**

　この身は、人間界に住みながら六道を廻ったと思いますので、穢土を嫌い浄土を願う志が、ますます深くなりましたの意。近似本文は、繁簡形は変わるが、〈覚〉を除き、多くの諸本では、次のように見られる。〈延〉「此身ハ下界ニ乍住六道ヲ経歴タル身ニ侍レバ、可歎ニモ非ズ。其ニ付テモ弥穢土ヲ厭フ志ノミ日ニ随テ進候ニヤ』ト申サセ給へバ」（巻十二―六二ウ）、〈長〉「人は生を隔てこそ六道をば経まわりさぶらふなるに、みづからこそ此身をかへずして、六道をめぐりて候ぞや。それにつけても弥穢土をいとひ、浄土をねがふ心ざしのみ日に随て候へば、此たび生死をはなれむことにをゐては、思さだめて候なり』と申させ給ければ」（5―二二二頁）、〈盛〉「ソレニ自コソ生ヲ替ズシテ、マノアタリ六道ノ苦楽ヲ経廻候へ。天上人中ノ快楽モ夢ノ中ノ戯、地獄鬼畜ノ愁歎モ迷ノ前ノ悲也。今ハ見タキ所モナク、住タキ境モ候ハズ、サレバ随日衆苦充満ノ穢土ノ厭シク、遂時快楽不退ノ極楽ハ欣ハレ候へバ、サリトモ今度ハ生死ヲバ離レ候ナント憑シク候へバ、世ノ事露不思、サレバ何事ニカハ、今更貪思モアリ、諂心モ候ベキ」（6―四九四～四九五頁）。これに対して、簡略に記すのが、〈屋〉「人ハ生《シヤウ》ヲ替《カヘ》テコソ六道ヲバ見候ナルニ、乍レラ生《イキ》六道ヲ見テ候」（九四七頁）や、全く触れない〈覚〉等である。池田敬子は、〈屋・覚〉のこうしたあり方に対し、「覚一本や屋代本は何も説明せず、ただ女院に六道を語らせただけであるが、おそらく延慶本や『盛衰記』のいうところは、当時の人々の共通理解として解説の要なしとの思いがあったのであろう。彼女が六道を見たことの意義は、やはり厭離穢土欣求浄土の意を強くさせ、彼女の往生を確実にすることにあったのである」（一八〇頁）とする。**○法皇仰せられけるは、「抑も穢土の衆生と為て、六道を一生の内に経廻りたりと仰せられ候ふこそ、最意得難く、不審く覚え候へ**　先の女院の言葉、「此の身は人界に住みながら六道を経廻ると思ひ侍れば」を受けて言う。これに対して、〈延・長・盛・大・南・屋・中〉〈国会・山崎・藤井〉も、この後、女院が六道を見たとすることに対して疑問を呈することについては同じだが、法皇の「是コソ不審ニ覚候へ」（巻十二―六二ウ）と簡略で、次に玄奘三蔵等の話を続ける。なお、「不審《おぼつかな》く」は、「不審《ふしん》に」とも読める。　**○昔天に登り地に入りしと云ひし四人の梵士も、未だ六道を見ず**　近似本文は、〈延・長〉に見られる（次々項の玄奘三蔵を先に記す）。〈延〉「又天ニ登リ海ニ入シ四梵十〔士歟〕一、年ヲ延、月ヲ返シケル魯連モ、此身ナガラ六道ヲ不見一トコソ申侍レ」（巻十二―六二ウ～六三オ）、〈長〉「天にのぼり海にいりし大梵天も、年を経月をかへしける魯連も、此身ながら六道をば見ずとこそ申伝たれ」（5―二二二頁）。〈盛・大・南・

屋・覚・中〉〈国会・山崎・藤井〉なし。四梵士は、『宝物集』吉川本巻二に次のように見える。「天にのぼり、海に入、市にまじはり、山にうづまれし四梵士、つゐに死苦をまぬかるゝ事なし」（新大系八九頁）。九冊本第二冊（一一四頁）、身延抜書本第二分（五三頁）、片仮名三巻本巻上（六二一〜六二三頁）ほぼ同。一巻本（一〇五頁）・二巻本巻上（四一頁）小異。小泉弘（一七四頁）、武久堅①（七三頁）、今井正之助（一八頁）は、『宝物集』依拠と指摘。原拠は、新大系脚注（八八〜八九頁）にも見るように、四人の梵士が無常の殺鬼に殺されないようにと、それぞれが山・海・空・市の一つに逃れたが、結局一人も死をまぬかれ得なかったという譬喩談で、『増壹阿含経』巻二三（大正二・六六八ｂ）、『仏説婆羅門避死経』（大正二・八五四ｂ）、『法句譬喩経』巻一（大正四―五七六ｃ〜五七七ａ）、『止観輔行伝弘決』巻七之三（大正四六―三七四ｃ）などに見える。なお、『摩訶止観』では七上に「山海空市無二逃避処一」（大正四六―九四ａ）とある。但し、本来は人間が死を免れ得ない例話であり、『宝物集』も死苦の条に引いていて、〈四・延・長〉が「六道を見ず」という例に引くのは不審。小泉弘は、「『死苦をまぬかるることなき』人として用いられていた用例を『未見六道』人の話に転換させている」（一七四頁）と指摘している。以下の六道を見た、見ないをいう先例話としては、この後の日蔵以外は今一つしっくりとこないが、あるいは、天に上り海中に入って身を隠す神通力を持っていた梵士も、その身のままでは六道を経巡ることはできなかったと解するのであろうか。　**〇入る日を帰す術を為し昌連と申す者も、六道を知り難しと申す**　近似本文は、前項に見るように、〈延・長〉に見られる。〈盛・大・南・屋・覚・中〉〈国会・山崎〉なし。〈延・長〉は「月を返す」話とするが、ここは〈四〉の記す「入る日を帰す」が良い。また、〈四〉「昌連」は〈延〉「魯連」が良い。原拠は、『淮南子』覧冥訓「魯陽公与レ韓搆難。戦酣日暮。援レ戈而撝レ之、日為レ之反三舎」（魯陽公、韓と難を搆ふ。戦酣にして日暮る。戈を援《ひ》きて之を撝《さしまね》けば、日之が為に反《かへ》ること三舎なり。新釈漢文大系・上―二九二頁）か。これが『史記』巻二八封禅書第六の注『史記索隠』に引かれ（中華書局版四―一三八三頁）、また、『論衡』巻五・感虚には「魯襄公」の名で見える（新釈漢文大系・上―三四四頁）。仏典では、「魯陽揮レ戈而返レ日」

(『仏祖歴代通載』巻二二。大正四九—七一六b)といった句が、『高僧伝』巻一三(大正五〇—四一三a)、『法苑珠林』巻三三(大正五三—五三七c)、『諸経要集』巻八(大正五四—七四b)などに見える。日本では、『源氏物語』「橋姫」の「入る日をかへす撥こそありけれ」(新編全集5—一三九頁)の注として、『源氏物語奥入』「史記　魯陽以レ戈廻二落日一事歟」(『源氏物語大成・七』三六一頁、四〇二頁)、『原中最秘抄』下(同前五九一頁)、『河海抄』巻十七(『紫明抄・河海抄』五四八頁)など、多くの『源氏物語』注釈書に記されること、また、舞楽「還城楽」に関わって、『教訓抄』巻一に「魯陽公与レ韓搆レ難。戦酣日暮。援レ戈而撝レ之。日反三舎」(思想大系『古代中世芸術論』二二頁)とあり、御伽草子『還城楽物語』や幸若舞曲「入鹿」に至る展開が見られることなど、麻原美子(四六四〜四七八頁)によって考察されている。その他、『高倉院厳島御幸記』「山陰暗う、日も暮れしかば、庭に篝をともして、もろこしの魯陽入日を返しけん程もかくやとぞ覚ゆる」(新大系一一頁)、『筆海要津』「昔、魯陽公之廻戈矛矣、斜日反三舎之輝」(山崎誠・三二頁)、『太平記』巻十「魯陽ガ日ヲ三舎ニ返シ闘シモ、是ニハ不過トゾ見ヘタリケル」(旧大系1—三五六頁。なお、『太平記』では他に巻二十六・巻三十一にも所見)などに見られる。また、『榻鴫暁筆』「魯連先生と云は魏の大将軍也。或時兵を起し、趙軍と戦事はなはだし。魏軍勝にのり、趙の兵を追に、日既に昏ぬれば、魯連跪て日を拝し、戈をもて日をかへすに、日すなはち還て日中なり。魏志に見へたり」(中世の文学二〇五頁)によれば、魯陽公を魯連とも呼んだことが確認できる。なお、「入る日を返す」話にも、蘇生という要素はあっても、「六道を見ようとした」といった要素はない。或いは「入る日を返す」ことができるような能力を持つ魯連も、六道をその身で体験することはできなかったとの意か。　**○但し、唐朝の玄弉三蔵こそ夢の内に六道を見たまへ**　近似本文はいずれの諸本にも見られるが、〈延〉「大唐ノ玄弉三蔵ハ覚ノ内ニ仏法ヲミ」(巻十二—六二ウ)、〈長〉「異国の玄弉三蔵はさとりのうちに仏経を尺し」(5—二二一頁)は、六道を見たとは言わない。一方、〈盛・大・南・屋・覚・中〉〈国会・山崎・藤井〉は、六道を見たと記すが、「夢の内に」とはしない。〈南〉は「異国ノ玄奘三蔵ハ悟《サトリ》ノ前ニ六道ヲ見」(一〇二二頁）とし、〈大・覚・中〉〈山崎・藤井〉は、〈南〉に同（なお、〈覚〉は、当該記事を六道語りの後に引く。下―四〇六頁）。〈盛〉「鮮前ニ六道ヲ見給キ」（6―四九五頁）も〈南〉と同様の意味か。〈屋〉は「玄奘《シヤウ》三蔵ハ悟《サト》リノ内ニ六道ヲ見」（九四七頁）とし、〈国会〉は〈屋〉に同。〈延・長〉は解釈しづらいが、〈延〉の場合、「覚」を「うつつ」と読めば、「現世の身で総てを悟り、知覚した」の意か、あるいは他本と同様に「覚」を「さとり」と読めば、「悟りを得ると同時に仏法を理解し」の意か、また〈長〉は、「悟りを得ると同時に経文を講釈し」の意か。だが、いずれにしても、このことが六道を見たと語る女院とどう対比されているのか、分かりづらい。一方、〈四・盛・大・南・屋・覚・中〉〈国会・山崎・藤井〉は六道を見たとするが、玄奘が六道を見たとは何によるのか不明。ただ、玄奘三蔵の取経の旅はさまざまな伝承を生み出しており、黒田彰（二四四～二四九頁）が紹介するように、七たび生まれかわったとする伝が文保本系『聖徳太子伝』太子六歳条など、多くの文献に見えている。また、牧野和夫が紹介する「捨児ノ三蔵譚」は中国と日本にまたがる伝承の展開に関わるが、とりわけ『実暁記』は蘇生譚を含む（一九五～一九六頁）。さらに、荒見泰史は敦煌文献から玄奘に関わる民間信仰を紹介しているし（三七一～三七六頁）、李銘敬は玄奘と深沙王をめぐる伝承が中国から日本の密教文献に伝来する様相を考察している（三八七～四〇九頁）。玄奘が六道をめぐったという所伝は知られないが、こうした伝承の展開の中に、六道を見たとする、あるいはそれに類似する伝承が派生していた可能性は考えられようか。なお、玄奘伝承の日本における展開の概略をまとめたものとして、近時、高陽の論がある。　**〇又、我が朝には、金峯山の日蔵上人は象王権現の御力にて六道を見たりと云ふ事を伝へ承る**　諸本基本的に同様。但し、細部（①～④）は次のように異なる。①「金峯山」は、〈長・盛〉同、〈国会〉「みたきの」、〈延・大・南・屋・覚・中〉〈山崎・藤井〉なし。②「象王」は〈屋〉同、〈延・長・盛・南・覚〉「蔵王」。〈大・中〉〈国会・山崎・藤井〉「ざわう」。③「御力」は〈屋・覚〉同、〈延〉「御教」、〈長・盛・大・南・中〉〈国会・山崎・藤井〉「御誓（ちかひ）」。④「六道を見たりと云ふ事を伝へ承る」、〈四・延・長・盛・大・屋・覚〉〈国会〉同、〈南・中〉「冥途ニ至リケルトコソ奉レ」

〈南〉一〇二二頁)、〈山崎・藤井〉「かみはひゝさうをきはめ、しもはくはうせんまできはめたまへるとうけたまはり候へしか」(〈山崎〉一九〇頁)。日蔵は道賢とも、日蔵が吉野の金峯山で修行するうちに絶入し、蔵王権現の方便によって六道を見回ったという冥界訪問譚は、『日蔵夢記』(『神道大系・北野』所収)、『道賢上人冥途記』(『扶桑略記』天慶四年(九四一)条所引)及び『北野天神縁起』に語られる。日蔵が六道を見たとするものは、他に『金玉要集』第五(『磯馴帖村雨篇』一七五頁)、『十訓抄』五ノ十七(新編全集二〇四頁)、『太平記』巻二十六(旧大系三―三〇頁)等がある。

〇女人の御身と為て六道を御覧じ御在す事、何かが有るべき」と仰せられければ　先に例として挙げられた異国の玄奘三蔵も、本朝の日蔵もいずれも男性であったように、女院が女人の身として六道を御覧になったとは信じがたいと言う。「女人の御身」云々は、〈延・長・盛・大・屋〉〈国会・山崎・藤井〉同様、〈南・覚・中〉なし(〈南〉「マノアタリ生ヲカヘズシテ六道ヲ御覧ゼラル、事イカヾ」トノ給ヘバ」(一〇二三頁)、〈覚〉「是程まのあたりに御覧ぜられける御事、誠にありがたふこそ候へ』とて御涙にむせばせ給へば」(下―四〇六頁))。一方、「女人の御身」の問題をより強調するのが、〈延〉「増テ穢悪五障ノ女人ノ御身トシテ六道ヲ御覧ゼラレケルコソ、マメヤカニ心得ヘズ覚候へ』ト被仰ケレバ」(巻十二―六三オ)。武久堅②は、〈延〉では法皇が女院に「その「六道語り」を挑発的に誘導している」(二四八頁)と読む。

【引用研究文献】

*麻原美子「舞楽楽曲の伝承話と『還城楽物語』の成立」(芸能一九巻七号、一九七七・7。『幸若舞曲考』新典社一九八〇・9再録。引用は後者による)

*阿部泰郎「慈円に発する六道語りの諸相とその系譜」(仏教文学四八号、二〇二三・3)

*荒見泰史「敦煌文献から見た玄奘三蔵」(『玄奘三蔵―新たなる玄奘像をもとめて―』勉誠社二〇二一・12)

*池田敬子「女院に課せられしもの―灌頂巻六道譚考―」(国語国文一九九四・3。『軍記と室町物語』清文堂出版二〇〇〇

一・10再録。引用は後者による）
＊今井正之助「平家物語と宝物集」（長崎大学教育学部人文科学研究報告三四号、一九八五・3）
＊黒田彰「都遷覚書―太子伝との関連―」（国語国文一九八八・5。『中世説話の文学史的環境・続』和泉書院一九九五・4再録。引用は後者による）
＊小泉弘『貴重古典籍叢刊　古鈔本宝物集・研究篇』（角川書店一九七三・3）
＊高陽「中世日本における玄奘像の展開」（日本文学研究ジャーナル二九号、二〇二四・3）
＊佐伯真一「四部本『平家物語』灌頂巻の改作―『宝物集』の引用などをめぐって―」（宝物集研究一号、一九九六・5。『平家物語遡源』若草書房一九九六・9再録。引用は後者による）
＊武久堅①「『宝物集』と延慶本『平家物語』―身延山久遠寺本系祖本依拠について―」（人文論究二五巻一号、一九七五・6）
＊武久堅②「壇ノ浦合戦後の女院物語の生成―『閑居友』と延慶本平家物語の関係・再検討―」（『軍記物語の窓　第一集』和泉書院一九九七・12。『平家物語発生考』おうふう一九九九・5再録。引用は後者による）
＊藤堂恭俊『法然上人研究・一（思想篇）』（山喜房仏書林一九八三・8）
＊名波弘彰「建礼門院説話群における龍畜成仏と灌頂をめぐって」（中世文学三八号、一九九三・6）
＊早川厚一「四部合戦状本平家物語真字表記論考」（国語と国文学一九八四・9）
＊牧野和夫「本邦残存の「捨児ノ三蔵」譚をめぐる一・二の問題」（『伝承の古層―歴史・軍記・神話―』桜楓社一九九一・5。『日本中世の説話・書物のネットワーク』和泉書院二〇〇九・12再録。引用は後者による）
＊山崎誠「安居院唱導資料纂輯（三）　国立歴史博物館蔵「筆海要津」翻刻並びに解題」（調査研究報告一四号、一九九三・3）
＊李銘敬「日本密教文献にみる『深沙神王記』論考」（『玄奘三蔵―新たなる玄奘像をもとめて―』勉誠社二〇二一・12）

六道語り（②天・人・修羅）

【原文】

女院申[1]セ下実仰而御事ナレ且准ヘ申[2]サ六道聞食セ我身親ミ進セシ龍顔故為始一門月卿雲客臣下殿上人[3]マ皆悉ク被仰国母龍楼鳳闕九重内並清涼紫震床珠[4]簾内被纏錦帳被下ツ、遵[5]カレ后妃采女上▽二七六左見目物花鳥風月色触耳物糸竹管絃声翫物和漢両[6]朝秘書明モ暮モ栄花無並ヒ世政執行セシ我任春夏秋冬折々四季評メ心候[7]シ申歎事不リキ知何事哉モ一[8]人四海把[9]レル掌中不叶心事無[10]キ一モ恐ク喜見城勝妙楽中間禅[11]高台閣六欲天上五[12]妙ノ快楽モ有[13]レ限然奉ッ、▽二七七右後高倉天王後父[14]大相国モ候シ後寿永秋始七月以[15]モ下ツ方被責木曽冠者義仲花都落行シ散々後顧[16]モ来シ方覚ヘ我栖哉煙頻立登モ行先暗涙何北南何山河不見[17]モ分夢道行心[18]地シ或棹シ船或鞭[19]ウ駒歎シ思々心々事是非五哀悲耶

▽二七七左天上欲退還　心生大苦悩　地獄衆苦毒　十六不及一

此文尤理耶次此身生[20]レ人間愛別離苦怨憎会苦五盛怨苦求不得苦生老病死苦随此八苦人道事悉被思知候[21]ヌ而経[22]モ

一人一日中　八億四千念　念念[23]中所作　皆従三途業

▽二七八右被説今度難値奉値弥陀如来善教離[24]レ生死事自モ何事喜候次迷出都内漂シ西海浪伝ッ、浦々島々[25]此構城郭彼誘ヘ楯昔見[26]シ引替直衣束帯怖気甲冑耶[27]隠シ身朝夕見[28]目物弓箭兵杖有様夜モ昼モ聞耳物軍呼時声被射被刎死セル人々交中候シ

▽二七八左事覚修羅闘諍苦患又一日有三時愁[29]ヘ名天鼓自然鳴苦[30]ミ常有[31]リキ腹立事此故経中
諸阿修羅等　居在大海辺　自共言語時[32]　[33]出于大音声
有モ経文覚理是又非修羅[34]道苦患耶

【釈文】

女院[1]申させたまふは、「実《げ》に仰せは而る御事なれども、且《しばら》くは六道に准《なぞら》へ申[2]さん。聞こし食せ。我が身は龍顔に親しみ進らせし故に、一門の月卿雲客を始めと為て、臣下の殿上人[3]にまでも、皆に悉く国母と仰がれ、龍楼鳳闕の九重の内、清涼紫宸（震）の床を並べ、[4]珠の簾の内に錦の帳に纏はれて、后妃采女に遵《カしづ》[5]かれつつ、▽二七六左目に見る物とては花鳥風月の色、耳に触る物とては糸竹管絃の声、翫ぶ物とては和漢両朝の秘書[6]なり。明けても暮れても栄花は並び無く、世の政を我が任に執行せしかば、春夏秋冬の折々、四季に心を評《なだ》め[7]候ひしかば、歎きと申す事は何かなる事やらんとも知らざりき。一[8]天（人）四海を掌の中に把《にぎ》[9]りしかば、心に叶はぬ事は一つも無かり[10]き。恐らくは喜見城の勝妙楽、中間禅[11]の高台の閣、六欲天上の五妙[12]の快楽も限りこそ有れ[13]。▽二七七右然るに高倉天王に後れ奉りつつ、父大相国[14]にも後れ候ひし後、寿永の秋の始め七月下方《しもツかた》[15]を以て、木曽冠者義仲に責められて、花の都を散々に落ち行きし後は、来し方を顧[16]みても我が栖《すみか》かなと覚え（へ）、煙の頻りに立ち登るにも行く先涙に暗《く》れて、何れか北南、何れか山河と見[17]えも分かず、夢に道行く心地[18]して、或は船に棹さし、或は駒に鞭[19]うちて、思ひ思ひ心々に歎きし事、是五衰の悲しみに非ずや。

▽二七七左天上欲退還　心生大苦悩　地獄衆苦毒　十六不及一

此の文、尤もの理にや。

次に、此の身は人間に生まれ[20]、愛別離苦・怨憎会苦・五盛怨苦・求不得苦・生老病死苦、此の八苦に随ひて、人道の事は悉く思ひ知られ候ひぬ[21]。而れば経にも[22]、

一人一日中　八億四千念　念念中所作[23]　皆従三途業

と説かれたり。▽二七八右 今度値ひ難き弥陀如来の善教に値ひ奉りて、生死を離れし事は[24]、何かなる事よりも喜しく候ふ。

次に都の内を迷ひ出でて、西海の浪に漂ひしかば、浦々島々を伝ひつつ[25]、此《ここ》に城郭を構へ、彼《かしこ》に楯を誘《こしら》へ、昔見し[26]直衣・束帯に引き替へて、怖し気なる甲冑とかや[27]に身を隠し、朝も夕も目に見る物とては[28]、弓箭・兵杖の有様、夜も昼も耳に聞く物とては、軍呼ばひの時の声なり。射られ劒ねられて死せる人々の中に交はり候ひし事は、▽二七八左 修羅闘諍の苦患とぞ覚えし。又、一日に三時の愁へ[29]有り、天鼓自然鳴[30]の苦しみと名づく。常に腹の立つ事有りき[31]。此の故に、経の中に、

諸阿修羅等　居在大海辺　自共言語時[32]　出于大音声[33]

と経文に有りしも理と覚ゆ。是又、修羅道[34]の苦患に非ずや。

【校異・訓読】 1〈底〉「申サ下」にも見える。〈昭・書〉「申セ下」。2〈底・昭〉「申サ」、〈書〉「申モ」。3〈書〉「人」。4〈書〉「朱」。5〈書〉「遵《カシ》」。6〈昭〉「両朝モ」、〈書〉「両朝シ」。7〈昭〉「候モ」。8〈昭・書〉「一天」。9〈昭〉「把ルシ」、〈書〉「把ル」。10〈昭・書〉「無リキ」。11〈書〉「楼」。12〈書〉「五妙」。13〈昭〉「有」。14〈書〉「文」。15〈書〉「以シ」。16〈書〉「碩シ」。17〈書〉「見レモ」。18〈書〉「心地」。19〈書〉「鞭シ」。20〈昭〉「生」。21〈書〉「候」。22〈書〉「経ス」。23〈書〉「々」。24〈書〉「離」。25〈書〉「々」なし。26〈書〉「見」。27〈書〉「邪」。28〈昭〉「見レ」。29〈昭・書〉「愁」。30〈書〉「鳴シ」。31〈書〉

「有リ」。32〈書〉「独」。33〈書〉「山」。34〈書〉「導」。

【注解】○女院申させたまふは　法皇の発問に対して、〈延〉は「女院打咲セ給テ」（巻十二―六三オ）、〈盛〉は「女院打咲セ給ケルハ」（6―四九五～四九六頁）とする。村上學は、院の発問を「挑発的言辞」と解し、「精神的に法皇とは別次元の高みにいる女院は法皇の挑発を愚問として憫笑したのである。あるいは苦笑したと言っていいのかもしれない」（一六頁）と解する。但し、次項に見るように、多くの諸本は法皇の言葉をもっともであると肯定しつつ六道語りに入ってゆく。〈延・盛〉の笑いは、「もちろん、本当に六道をめぐったというわけではありません」という意をこめたものだろう（次項注解参照）。なお、〈盛〉の場合、右の問答は、「恨み言の語り」を終えた後にある。

○実に仰せは而る御事なれども、且くは六道に准へ申さん。聞こし食せ　「准へ申」という表現が共通するのは、〈盛・南・屋・中〉〈国会・山崎・藤井〉。〈盛〉「勅定誠ニサル事ニ候へ共、自生ヲ替ズシテ、六道ノ苦楽ヲ経タル有様ヲ、此世ニ准テ申候ハン」（6―四九六頁）、〈屋〉「実《マコト》ニ理《コトハリ》ノ仰セニテ候ヘドモ、六道ノ様ヲ荒々《アラ、、》准《ナソナヘ》　申ベシ」（九四八頁）、〈国会〉「これは六だうをなぞらへ申べし」。〈大〉「此世にてへめぐり候を六道ニたとへ申にてこそ候へ」（一〇二頁）は、「実際に六道をめぐったわけではなく、譬えに過ぎない」という趣旨を、最も鮮明に示している。〈延〉「実ニ猿ル事ニテ候ヘドモ、暫ク身ニ当レル苦楽ノサマ〴〵ナルニ付テ、六道ノ様ヲ申侍ベシ」（巻十二―六三オ）も、基本的に同様に読めよう。〈長・覚〉は、こうした言葉なしに六道語りに入るので、女院が実際に六道をめぐったと語っているようにも読めてしまうが、やはり譬喩として読むべきだろう。**○我が身は龍顔に親しみ進らせし故に、一門の月卿雲客を始めと為て、臣下の殿上人にまでも、皆に悉く国母と仰がれ**　本項から六道語りが始まる。以下、「心に叶はぬ事は一つも無かりき」までが、六道の内の天上道に関わる記述。本項では、他本に〈四〉と同文は見られないが、清盛の娘として入内し、さらには国母と仰がれた時期を天上道とする点、またそれを六道語りの最初に置く点は、諸本共通。〈延〉「女院、『六道ト申候事ハ、昔社宮ニカシヅカレ、万機ノ政ヲ心ノマヽニ行テ、楽栄ハ有シカドモ愁歎ハナカリキ」(巻十二―六三オ)。「社宮」は不審。他本に見る「大宮人」に関わる誤写があるか。詳細に記すのが、〈長・盛・大〉。〈長・大〉は近似する。その本文を増補したものが〈盛〉か。〈長〉「入道の世に候し時は、何事に付てもともしからず。故院の御位の時、十五にして内へまいり、十六のとし后妃の位に備りて、君王の傍に侍ひ、朝夕には朝政り事をすゝめ奉り、もゝしきの大宮人にかしづかれ」(5―二三二頁)。傍線部は、〈延〉では大原御幸直前(巻十二―五一オ)にも置かれるが、〈延〉を含め諸本では、巻十一該当部の「女院出家」記事に見られる。本全釈注解「女院、御年十五にて内へ参らせたまふ…」(四九五～四九七頁)参照。〈南・屋・覚・中〉は近似するが、〈屋・中〉はほぼ一致する。〈屋〉「此身《ノ》ハ平大相国ノ娘《ムスメ》ニテ、女御宣《ノ》旨ヲ下サレ、后《キサキ》ノ位《ヒ》ニ備《ソナハ》テ天子ヲ持チ奉ル上ハ、大内山《ノ》春花、色々ノ更衣《コロモカヘ》、仏名ノ歳《ノ》暮《レ》、摂録《セウロク》以下ノ大臣公卿ニモテナサレシ有様ハ、四禅六欲ノ雲上《ノ》、八万ノ諸天ニ囲遶《ネウ》セラムンモ角《カク》ヤトコソ覚《ヘ》テ候シカ」(九四八頁)、〈覚〉「我平相国《ワレヘイシヤウコク》のむすめとして、天子の国母《コクモ》となりしかば、一天四海、みなたなごゝろのまゝなり。拝礼《ハイライ》の春の始《ハジメ》より、色々の衣《コロモ》がへ、仏名《ブツミヤウ》の年の暮、摂禄《セツロク》以下の大臣・公卿《クギヤウ》にもてなされしありさま、六欲《ヨク》・四禅《ゼン》の雲の上にて、八万の諸天《シヨテン》に囲繞《ヰネウ》せられさぶらふらむ様《ヤウ》に、百官悉《クハンコトゴトク》あふがぬものやさぶらひし」(下―四〇二頁)。なお、〈山崎・藤井〉は、次に見るように、〈四〉にその一部が一致する。〈山崎〉「そのむすめとして、十五にて内へ参り、やがて女御のせんじうけ給はりて、十六のとしかうゐのくらゐにそなはり、廿二にてわうじ御たんじやうあり、とうぐうにたち給ふべかりしが、いつしかてんしのくらゐそなはりたまひしかば、こくぼとあふがれて、一てん四かいをたなごゝろにして、一もんのげつけいうんかくをはじめとして、百くはんことぐゝくこくぼとあふがれて」(一九〇頁)。〈国会〉も近似するが、傍線部を欠く。　**○龍楼鳳闕の九重の内、清涼紫宸の床を並べ、珠の簾の内に錦の帳に纏はれて、后妃采女に遵かれつつ**　該当部の同文は、〈盛〉「龍楼鳳闕ノ九重ノ中ニ、清涼紫宸ノ床ヲ相並、玉簾内錦茵上ニシテ」(6―四九六～四九七頁)。他に、〈長〉「龍楼鳳闕の九重の内、綾羅綿《錦》繍に身をまつひ」(5―二三二頁)、〈大〉「玉のうてなの中、錦のちやうにまとはれて、こうひさいぢよとかしづかれし事」（一〇二頁）、〈覚〉「清涼《セイリヤウ》・紫震《シシン》の床《ユカ》の上、玉の簾《スダレ》のうちにてもてなされ」（下―四〇二頁）、〈山崎・藤井〉「れうろうほうけつの九重のうへ、せいりやうしゝいでんのゆかにならべ、玉のすだれをかけ、内にはきちやうにまとはれて、たのしみさかへかぎりなくして」（〈山崎〉一九〇頁）なども類似。〈延〉は、該当部には同文がないが、近似文が、大原御幸直前の章段である「建礼門院之事」に、「九重之裏、清涼紫震之床ヲ並べ、后妃采女ニカシヅカレ給キ」（巻十二―五一オ）と見られる。〈四〉では、「大原御幸（④女院の庵室）」で、女院の庵室内の様子と対比して、かつての宮中の生活を振り返った記述「昔は玉の台を研き、錦の帳の内に住して、綾羅錦繡に纏はれて明かし暮らさせたまひしかば」や、巻十一「建礼門院吉田入」の「昔は玉の台を磨き、錦の帳に纏はれてぞ明かし晩らさせ御在したまひしに」（本全釈巻十一―四四一頁）にも、やや類似。　**〇目に見る物とては花鳥風月の色、耳に触る物とては糸竹管絃の声、翫ぶ物とては和漢両朝の秘書なり**　類似する内容の文としては、〈長〉「南殿の春の花、清涼殿の秋の月をながめ、玄上、鈴鹿、河霧、鶴、牧馬のしらべ、常に耳を悦ばしめ」（5―二二二頁）や、より詳細に記す〈盛〉（6―四九七頁）等が見られるが、表現は大きく異なり、〈長〉のような楽器の名の列挙はあっても、「和漢両朝の秘書」にはふれない。前項注解に見た「大原御幸（④女院の庵室）」における回想では、「御目に御覧ずる物とては、源氏・小衣、狂言綺語の双紙共」とあった（〈四〉独自異文。該当部注解参照）。「和漢両朝の秘書」とは、この「源氏・小衣、狂言綺語の双紙共」に類する内容の秘蔵の書物などを指すか。但し、「和漢両朝」とあるので、漢詩などの類も考えられるし、あるいは豪華な絵巻などが想定されている可能性もあろうか。なお、〈四〉の当該本文は、この後の修羅道の本文「朝も夕も目に見る物とては、弓箭・兵杖の有様、夜も昼も耳に聞く物とては、軍呼ばひの時の声なり」（二七八右）に対照されていよう。　**〇明けても暮れても栄花は並び無く、世の政を我が任に執行せしかば、春夏秋冬の折々、四季に心を評め候ひしかば、歎きと申す事は何かなる事やらんとも知らざりき**　栄花を謳歌していた折は、総てを思いのままに過ごし、嘆きというものとは全く無縁に過ごしていたことを言う。ここも、前項に引いた修羅道の本文

「朝も夕も目に見る物とては、弓箭・兵杖の有様…」と対照されていよう。最も詳細に記すのが〈盛〉。〈盛〉「大内山ノ花ノ春ハ、南殿ノ桜ニ心ヲ澄シテ日ノ長事ヲ忘、清涼殿ノ秋ノ夜ハ、雲井ノ月ニ思ヲ懸テ夜ノ明ナン事ヲ歎、冬ハ右近馬場ニフル雪ヲ、先笑花カト悦、夏ハ木陰涼キ暁ニ、初郭公ノ音モウレシ、玄冬素雪ノ寒朝ナレ共、衣ヲ重テ嵐ヲ防、九夏三伏ノ熱夕ニハ、泉ニ向テ納涼ス。長生不老術ヲ求テ不衰事ヲ願、蓬莱不死ノ薬ヲ尋テ、久保ン事ヲ思キ。乳泉ノ滋味、朝夕ニ備タリ。綺羅ノ妙ナル色、夜モ昼モ荘トス。一門ノ栄花ハ堂上花ノ開ガ如ク、万人ノ群集ハ門前ニ市ヲ立ルニ不異。彼極楽世界ノ荘厳モ菩薩聖衆ノ快楽モ、争コレニハスギント覚候キ。貧キ事ナクホコリテ乏事ヲ不知、無醜事。ワスレテ善所ヲ不欣、明テモ暮テモ楽栄シ事ハ、大梵王宮ノ高台ノ閣、天帝釈城ノ勝妙ノ楽、衆車園ノ遊、歓喜園ノ戯、不楽フルナル忉利天ノ葡萄、不打鳴帝釈宮ノ楽ノ音、カクコソト思侍キ。是ハ暫ク天上ノ楽ト思候シニ」（6―四九七～四九八頁）。傍線部は、〈大〉（一〇二頁）、〈山崎〉（一九〇頁）、〈藤井〉（三二七頁）にも、類似文がある。 **〇一天四海を掌の中に把りしかば、心に叶はぬ事は一つも無かりき** 〈四〉の独自本文。「一天四海を掌の中に把りしかば」という表現は、清盛が権力を掌握したことの表現として、『平家物語』諸本にしばしば用いられる。例えば、〈四〉「今は平家の一天四海を守護し、掌に把る上は、随はざる者は无し」（巻四―一八ウ）、〈覚〉巻一「祇王」「入道相国、一天四海をたなごゝろのうちに握り給ひしあひだ」（上―一六頁）など。典拠としては、一般に『新楽府』「百錬鏡」の「四海安危照二掌内一、百王理乱懸二心中一」（『和漢朗詠集』帝王・六五五にも所引）が引かれる。このように平家の栄花を描くのに既出の表現を借りる手法は、当該箇所においても、〈延・盛・大〉〈国会・山崎・藤井〉にも見られる。例えば、〈延〉「一門ノ繁昌ハ堂上花ノ如シ、万民ノ群参ハ門前ニ市ヲナス」（巻十一―六三ウ）は、〈延〉「綺羅充満シテ堂上花ノ如シ。軒騎《ケンキ》群集シテ門前成市ヲ一」（巻一―三〇ウ）による。 **〇恐らくは喜見城の勝妙楽、中間禅の高台の閣、六欲天上の五妙の快楽も限りこそ有れ** 「限りこそ有れ」は舌足らずで、「限り有ればこれには過ぎじ」などとありたいところ。あるいは脱文があるか。〈延〉「只明テモ晩テモ楽栄比無リシ事ハ、善見城ノ勝妙楽、中間禅ノ高台ノ閣、六欲天上ノ五妙ノ快楽モ、争カ是ニハ過ムト覚キ」（巻十二―六三ウ）。〈長〉「是しかしながら、三十三天の雲の上、善現城の宮の内もかくやと思やられたり」（5―二二三頁）、〈盛〉「明テモ暮テモ楽栄シ事ハ、大梵王宮ノ高台ノ閣、天帝釈城ノ勝妙ノ楽、衆車園ノ遊、歓喜園ノ戯、不楽フルナル忉利天ノ葡萄、不打鳴帝釈宮ノ楽ノ音、カクコソト思侍キ」（6―四九八頁）、〈大〉「明ても暮てもたのしみさかへならびなかりし事、忉利天上億千歳のたのしみ、大梵王のしんせんちやうのさかへも、是にはすぎじと覚き」（一〇二二頁）、〈国会〉「あけてもくれてもたのしみ、さかへのみきはめなしとおもふことは、ただきけんじやうのせうめうのたのしみ、ちうげんぜんのかうだいのくも、これにはすぎじとぞおぼえし」（九六頁）。〈南・屋・覚・中〉「摂禄《セツロク》以下の大臣・公卿《クギヤウ》にもてなされしありさま、六欲《ヨク》・四禅《ゼン》の雲の上にて、八万の諸天《シヨテン》に囲繞《ヰネウ》せられさぶらふむ様《ヤウ》に、百官《クハン》悉《コトゴトク》あふがぬものやさぶらひし」（〈覚〉下―四〇二頁）と記す。なお、〈覚〉では、「六道之沙汰」冒頭、女院が庵室に入った折の法皇の言葉に、「非想《ヒサウ》の八万劫《ゴウ》、猶必滅《ナヲヒツメツ》の愁《ウレヘ》に逢《アヒ》、欲界《ヨツカイ》の六天、いまだ五衰《スイ》のかなしみをまぬかれず。善見城《ゼンケンジヤウ》の勝妙《セウメウ》の楽《ラク》、中間禅《ゲンゼン》の高台《カウダイ》の閣《カク》、又夢《ユメ》の裏《ウチ》の果報《クハホウ》、幻《マボロシ》の間《アヒダ》の楽《タノシ》み、既《スデ》に流《ル》転《テン》無窮《ムケウ》也」（下―四〇一頁）とあり、語句としてはむしろこちらに近い。喜見城は、「帝釈天の居城。須彌山の頂上にある忉利天の中央に位置し、城の四門に四大庭園があって諸天人が遊楽する。善見城」（〈日国大〉）、「勝妙楽」は、「忉利天では、寿命が長く楽しみが多いとされているので、「勝妙の楽」といった」（新大系四〇一頁）、「中間禅の高台の閣」は、「梵天王の高い宮殿」（〈日国大〉）の意。「六欲天」は、「欲界・色界・無色界の三界の諸天の中、欲界に属する六つの天」（〈日国大〉）の意、「五妙」は、「五官の対象である色、声、香、味、触の五つが美しく清らかで勝れていること」（〈日国大〉）の意。

〇然るに高倉天王に後れ奉りつつ、父大相国にも後れ候ひし後　ここで高倉天皇と清盛の死にふれる点、〈延〉のみ類似するが、〈延〉「猿程ニ寿永ノ秋始、七月ノ末ツカタニ、木曽ノ冠者義仲ト云者ニ都ヲ追落サレテ、高倉ノ上皇ニモ別レ奉リ、八条大相国来方ヲ顧レバ、空煙ノミ立昇リ…」（巻十二―六四オ）は、都落の記述の間に傍線部を挟み込んだ形。〈延全注釈〉（巻十二―四七〇頁）が指摘するように、錯誤を考えるべきで、「猿程ニ高倉ノ上皇ニモ別レ奉リ、八条大相国（にも別れし後）、寿永ノ秋始、七月ノ末ツカタニ、木曽ノ冠者義仲ト云者ニ都ヲ追落サレテ…」とする本文を想定すべきであろう。以下、天人五衰を経て人間道の記述に移ってゆく。　**〇寿永の秋の始め七月下方を以て、木曽冠者義仲に責められて、花の都を散々に落ち行きし後は、来し方を顧みても我が栖かなと覚え、煙の頻りに立ち登るにも行く先涙に暗れて、何れか北南、何れか山河と見えも分かず、夢に道行く心地して**　類似する本文は、〈延・盛・大・南・覚・中〉〈国会・山崎・藤井〉に見られる。〈延〉「来方ヲ顧レバ、空煙ノミ立昇リ、行末ヲ思遣レバ、悲ノ涙ノミクレテ、方角モ覚ヘズ。何カ南北、何カ海山トモ見ズ」（巻十二―六四オ）の傍線部は『閑居友』「花の都お出でしより、返見れば、我が住処とおぼしくて、煙立ち昇りて、行く先も涙にくれふたがり、いづれか山河ともわかれず」（新大系四三九頁）に近似する（武久堅①・二三五頁）。〈盛・大〉は、「去養和ノ秋ノ初七月末ニ、木曽義仲ニ都ヲ被落テ、行幸俄ニ成シカバ、九重ノ内ヲ迷出テ、八重立雲ノ外ヲサシ、故郷ヲ一片ノ煙ト打詠、旅衣万里ノ浪ニ片敷テ、浦伝島伝シテ明シ暮シ、折々ニ波間幽ニ千鳥ノ声ヲ聞、終夜友ナキ事ヲ悲」（〈盛〉6―四九八～四九九頁。〈大〉一〇二一～一〇三頁も近似）。『閑居友』の記事からは離れる。〈南・屋・覚・中〉の義仲による都落ちの回想場面は、さらに簡略となる。〈覚〉「それに寿《ジュ》永《エイ》の秋のはじめ、木曽義仲とかやにおそれて、一門の人々、住なれし都をば、雲井のよそに顧《カヘリミ》て」（下―四〇三頁。〈南〉一〇二三頁、〈屋〉九四八頁、〈中〉三四四頁）。〈国会〉は、冒頭に高倉天皇や清盛の死去記事を欠く以外は、〈四〉に近似する。〈国会〉「しかるに、じゆゑいぐわんねんの秋のはじめ、七月のすゑ、きそのくわんじやよしなかに、みやこをばせめをとされて、みなちり〴〵にまどひいでゝ、こしかたをかへり見れば、けぶりのみたちのぼりて」（九七頁。傍線は〈四〉に近似する本文）。〈山崎・藤井〉は、都落・福原落をさらに詳しく記すが、義仲の名を欠く。「しかるに、さんぬるじゆゑいの秋のはじめ七月のすゑに、木ずゑの嵐はげしきに、なみだと共にをちゆきし、たゞかりそめの御ゆきだにも、たびだつそらはうかるべし。…」（〈山崎〉一九一頁）。　**〇或は船に棹さし、或は駒に鞭うちて、**

思ひ思ひ心々に歎きし事、是五衰の悲しみに非ずや　近似本文を記すのは、〈延・盛〉。〈延〉「終夜ラ落行侍シ程ニ、四塚トカヤ申ス所ニテ、我モ〳〵ト志アル由ニテ行幸ニ供奉セラレシ月卿雲客モ、淀ノ津トカヤニテ船ニ乗侍シ時、只音計ニテ各立離シヲ、船底ニテ伝ニ聞侍シカバ、快楽無窮ノ天人ノ五衰、相現ノ悲トハ是ニヤト覚ヘテ」（巻十二―六四オ）。傍線部は〈延〉の独自本文だが、都を出る時には同行していた月卿雲客が、淀の津で乗船の際には早くも立ち去る様子を、女院は船底で聞いていたとする。「五衰」は〈延〉「天人ノ五衰」に同。他に〈長・盛・大・南・覚・中〉にも見られるが、〈屋〉〈国会・山崎・藤井〉なし。〈盛〉「是ヤ此天上ノ五衰退没ノ苦ナラント覚エキ」（6―四九九頁）の「五衰退没」は、「五衰の相が現われて、天人の果報が尽きること。五衰滅色」（〈日国大〉）。なお、女院の境遇を天人五衰とする認識は、〈延・長・盛・南・屋・中〉の「建礼門院吉田入」にも見られた。本全釈巻十一の注解「『天上の五衰の悲しみは、人間にも有りけるものを』とぞ見えし」（四四八～四四九）参照。**○天上欲退還　心生大苦悩　地獄衆苦毒　十六不及一　此の文、尤もの理にや**　〈延・盛〉にも見られる句（〈延〉巻十二―六四オ、〈盛〉6―四九九頁）。第一句「欲退還」は、〈延・盛〉「欲退時」、第三句「衆苦毒」は、〈延〉「衆苦患」、〈盛〉「衆苦痛」。この句は、『宝物集』吉川本巻三に、「飛行の天衆はあそびよかりしかども、阿防羅刹は情もなかりけり。こゝをもつて、正法念経には、天上欲退時　心生大苦悩　地獄衆苦毒　十六不レ及レ一　とは申たる也」（新大系一四三～一四四頁）と見える。九冊本第三冊（一八五頁）、本能寺本（一一一頁）、身延抜書本第三分（八三頁）、片仮名三巻本巻中（九〇頁）、二巻本巻上（五一頁）同。武久堅②（七三頁）、今井正之助（一八頁）は『宝物集』依拠と指摘。「欲退時」「衆苦毒」は『宝物集』諸本が一致し、典拠である『正法念処経』巻二三（大正一七―一三一b）や『往生要集』大文第一・第六天道（思想大系『源信』三三頁）も同。訓読は「天上より退かんと欲する時、心に大苦悩を生ず。地獄のもろもろの苦毒も、十六の一に及ばず」（思想大系『源信』四二頁）。なお、『観心略要集』（『大日本仏教全書』鈴木学術財団版三九巻―五〇頁）にも、「正法念処経曰」として引かれる。**○次に、此の身は人間に生まれ**　以下、「生死を離れし事は、何かなる事よりも喜しく候ふ」まで、人間道。諸本は、最初の天上道までは、基本的に同内容だったが、人間道以下は内容も順序も異なる。ここで、全体の内容と順序を対照しておく。数字は各々の異本における記述順序だが、配列の原理として、体験を時系列で語る順序と、天上道から地獄道へと降ってゆく六道の序列による順序があることには注意しておきたい。多くの諸本は、基本的に時系列で語るのだが、〈盛・大〉、特に〈大〉の場合、基本的に六道の序列によって配列されている。この二つの配列原理の存在に加えて、どの体験を何道にあてるかという問題、さらには「恨み言の語り」との関係など、いくつもの問題によって、諸本は複雑な異同を抱えているといえよう。配列が最も混乱しているのが〈延〉。人間道の問題は表の後で、また、餓鬼道前後の問題については次節「六道語り（③餓鬼道・地獄道）」の注解「是又、餓鬼道の苦患に非ずや」で扱う。

〈六道語り対照表〉

・〈山・藤〉は〈山崎・藤井〉
・①〜⑦は各々のテキストにおける叙述順序

	天上道	人間道	修羅道	畜生道	餓鬼道	地獄道
〈四〉	宮中生活①	人生自体②	西海流浪③	姦淫問題⑦	西海流浪④	壇浦⑤ 流浪全般⑥
〈延〉	宮中生活①	人生自体③ 屋島生活⑤	一谷屋島④	姦淫問題⑧	屋島落⑥	流浪全般② 壇浦⑦
〈長〉	宮中生活①	×	一谷壇浦②	龍宮の夢⑤	一谷壇浦③	流浪全般④
〈盛〉	宮中生活①	人生自体②	一谷以後③	姦淫問題⑥	大宰府落④	一谷以後⑤
〈大〉	宮中生活①	×	一谷以後②	姦淫問題③	大宰府落④	壇浦？⑤

〈南・中〉	宮中生活①	×	一谷以後③	龍宮の夢⑤	大宰府落②	壇浦④
〈屋〉	宮中生活①	×	一谷以後②	龍宮の夢⑤	一谷以後③	壇浦④
〈覚〉	宮中生活①	大宰府落②	一谷以後④	龍宮の夢⑥	大宰府落③	壇浦⑤
〈国会〉	宮中生活①	人生自体③	一谷以後④	姦淫問題⑥	大宰府落⑤	「今」②
〈山・藤〉	宮中生活①	都落②	一谷以後③	姦淫問題⑤	大宰府落④	流浪全般⑥ 壇浦⑦

この表に見るように、人間道を記すのは、〈四・延・盛・覚〉〈国会・山崎・藤井〉。〈長・大・南・屋・中〉は記さない。人間道の内容として、〈四〉は、特定の時期ではなく、人間の八苦などを挙げる（右表「人生自体」）。八苦を挙げる点は、〈延・盛・覚〉〈国会・藤井〉にも共通するが、特に類似するのは〈盛〉〈国会〉。〈盛〉「今度人界ニ生テ愛別怨増ノ苦ヲ受、盛者必衰ノ悲ヲ含メリ。人間ノ事ハ今更申ニ及バズ」（6—四九九頁）、〈国会〉「にんげんのことは、此たびにんがいにしやうをうけしより、あひべつりくとうのことは、たゞもとよりわが身にうけたりとおもひしかバ、八く一つものこるべしともおぼえず」（九七頁）。これらが、「人間に生まれたのだから、人間道のことは詳しく語るまでもない」という口ぶりで簡単にすませるのに比べれば、〈四〉はやや詳しいが、八苦を中心とする点は同様。また、〈延〉も「人間ノ事ハ、此度人界ニ生ヲ受タレバ、愛別離苦・怨増会苦、只我身一ニ思知レタリシカバ、四苦八苦一トシテ遁ル、所不可有ニ」（巻十二—六四ウ）という記述があり、〈四・盛〉〈国会〉と同様に見える。しかし、〈延〉には問題が多い。まず、天上道の後、都落ちの記事に入る前に「次ニ夏来レドモ装束ヲ代ル事ナケレバ、集熱大集熱ノ苦ノ如。又冬来ドモ衾ヲ重ヌル事ナケレバ、紅連大紅連ノ氷ニ閉ラレタルガ如シ」（巻十二—六三ウ）と、地獄道の記述が置かれ、その後、都落ちの記事を経て、右の「人間ノ事ハ…」の記述がある。これだけでも配列が乱れている感があ

るが、その後、西海流浪の記述を経て、修羅道を述べた後、「又十月ニ成シカバ、浦吹風モハゲシク、礒コス波モ高ケレバ、サスガ兵ノ責来ルモナク、行カウ船モ希也。空書曇リ雪打フリツヽ、日数フレバ、イトヾ消入心地シテ、常ハ涙ニ咽テ、忙然トシテ前後ヲ不知」。是ハ人間ノ八苦ニヤト思侍リキ」（六六ウ）と、屋島の生活を人間の八苦と位置づける。人間道の記述が離れた位置に二つ記されるわけである。佐伯真一は、こうした混乱を、「本来は恨み言の語りに含まれていた記事を中途半端に改編した、または改編し損ねた痕跡」（一一六頁）の一つと見た。一方、〈覚〉「人間の事は、愛別離苦《アイベツリク》・怨憎会苦《ヲンゾウエク》共《トモ》に我身に知られてさぶらふ。四苦《ク》・八苦《ハック》、一《ヒトツ》として残る所さぶらはず」（下―四〇三頁）は、一見、〈四・盛〉〈国会〉と同様に八苦全般を挙げているかのように見えるが、その後、大宰府落に話題を移し、緒方維義に九州を追い出されたことと清経の入水を語る。緒方維義は怨憎会苦、清経入水は愛別離苦と読めるので、具体的な苦しみの経験が、「愛別離苦《アイベツリク》・怨憎会苦《ヲンゾウエク》共《トモ》に我身に知られてさぶらふ」という言葉に対応しているわけである。しかも、現実の時系列を乱さずに次の西海流浪（餓鬼道）に続いてゆく点は、他諸本に見られないみごとな処理といえよう。なお、〈山崎・藤井〉は、都落の後に福原落を詳しく語り、「めに見、みゝにきく事の、ひとつとして、なみだをもよほし、心をいたましめずと、いふ事なし。しかれば、しく八く、一としてのがるゝ所なし。されば、いまさら申にをよばず」（〈藤井〉三二七頁。〈山崎〉一九一頁は傍線部を欠く）とするのだが、福原落の記述と四苦八苦の記述のつながりがわからない。何らかの脱落または編集の誤りがあるか。

〇愛別離苦・怨憎会苦・五盛怨苦・求不得苦・生老病死苦、此の八苦に随ひて、人道の事は悉く思ひ知られ候ひぬ　人間の八苦を挙げる。「五盛怨苦」は「五盛陰苦」が正しい。前項注解に見たように、八苦を挙げる点は、〈延・盛・覚〉〈国会・藤井〉にも共通するが、人間道の四苦八苦を総て記すのは〈四〉のみ。他本の記述については前項注解参照。『宝物集』吉川本巻二、人間道の記述では、「八苦と申は生と老と病と死と、是を四苦といふ。此外、怨憎・愛別・求不得・五盛陰なり。これを八苦と申也」（新大系七五頁）と述べた上で、以下、四苦八苦について詳述している。生苦（同七五頁以下）、老苦（七六頁）、病苦（同七六頁以下）、死苦（同八六頁以下）、怨憎会苦（同九一頁以下）、愛別離苦（同一〇七頁以下）、五盛陰苦（同一四〇頁以下）、求不得苦（同一三二頁以下）。但し、老苦については「はじめをかつ〳〵申侍りぬ」として、「子は宝」条（同一二三頁）の記述に譲っている。こうした構成は、『宝物集』諸本に基本的に共通する。**〇而れば経にも、一人一日中　八億四千念　念念中所作　皆従三途業　と説かれたり**　〈四〉の独自本文。『宝物集』吉川本巻六冒頭に、「第六に、業障を懺悔して仏道をなるべしと申は、禅林寺の永観が七段の往生講の私記に書しがごとし。『人、一日一夜をふるに、八億四千の思ひあり。念々になすところ、みな三途の業なり』といへり」（新大系二五五頁）とある。九冊本第七冊（三二八頁）、身延抜書本第六分（一三八頁）同様。二巻本巻下は、「だい六に、ごつしやうをざんげしてほとけになるべしと申は、にんがいにしやうをうくるたのしみは、ざんげのほうにあひしゆへなり。だうしやくぜんじのあんらくしうに、きやうをひきてのたまはく、『人の一日一やをふるあひだには、八おく四せんの思ひあり。いはんや、ねん〳〵におこすところのおもひのかず、むりやうむへんなり。これみな三づのごうなり』といへり」（七三頁）と、道綽の『安楽集』として引用する。片仮名三巻本の該当部には引用なし。一巻本は欠脱部分。小泉弘（一七五頁）、今井正之助（一九頁）は『宝物集』依拠と指摘する。但し、〈四〉が漢文体で引用しているのに対して、『宝物集』諸本が書き下しの形で引用しているのは問題であろう。『宝物集』は、典拠として、吉川本など第二種七巻本系は「永観が七段の往生講の私記」即ち『往生講式』、二巻本は道綽の『安楽集』を挙げている。『往生講式』は、第二業障懺悔の条で、「安楽集ニ引レ経云、人経二ルニ一日一夜一ヲ、有二八億四千万ノ念一。一念起レセバ悪ヲ、得二一生悪身一ヲ、十念発レバ悪、受二ク十生ノ悪身一。乃至千万億ノ念モ復爾也」（『浄土宗全書・一五』四六八頁）と、『安楽集』を引用する形で記す。『安楽集』巻下には、「彼経云、凡経二一日一夜一、有二八億四千万念一。一念起レ悪、受二一悪身一。十念念レ悪、得二十生悪身一。百念念レ悪、受二一百悪身一」（大正四七—二〇a）云々とあり、傍線部は『宝物集』と相違し、また波線部は、『往生講式』と『安楽集』とで相違する。いずれにせよ、『宝物集』の「念々になすところ、みな三途の業なり」は、〈四〉とは概ね一致するが、『往生講式』『安楽集』とは一致しないわけである。だが、『宝物集』新大系(一五五頁脚注三)は、『往生講式』の他に『真如観』「有所ニ云、若人一日ノ中ニ八億四千念アリ。念念中所作、皆是三途ノ業也」(思想大系『天台本覚論』一三一頁)を指摘すると共に、「これらはすべて観心略要集に「経云」として同文を引くところを典拠とするか」と指摘する。『真如観』の本文は後半も〈四〉とほぼ一致するし、『観心略要集』では、「経曰、一人一日中。八億四千念。念々中所作。皆是三途業」(『大日本仏教全書』鈴木学術財団版三九―四六頁)とあって、これは漢文体であることも含めて〈四〉とほぼ一致する。『観心略要集』や『真如観』のように源信作と伝えられて流布した仏教書の世界では、よく知られた句であったと見るべきか(なお、『観心略要集』については、『日本仏教史辞典』(項目執筆・大野達之助)のように、源信真作とする説が現在もあるが、『新纂浄土宗大辞典』(項目執筆・和田典善)のように、仮託で一一世紀頃までに成立したと見る説が強い)。『宝物集』も、実際には必ずしも『往生講式』や『安楽集』によったのではなく、そのように流布していた句を引用したのだろうし、〈四〉は『宝物集』を参照しつつ漢文体に改めたか、あるいは『観心略要集』のような書をも参照して引用した可能性が強いだろう(『平家物語』諸本の『宝物集』引用が、忠実な引用ばかりではなく、『宝物集』から題材を拾いながら別作品を参照するなどして書き変えている場合も少なくないことについては、「六道語り④畜生道」の注解参照)。ただ、『宝物集』においても他書においても、この句は人間道の苦を説いたものではなく、人間の多くの思念が悪業の因縁となることを説いたものである点は不審。〈四〉は、次項と合わせて、六道語りとは異質な要素を挟むか(次項注解参照)。なお、『安楽集』のいう「彼経」は、同書の文脈上は「浄度菩薩経」を指すが(『浄土宗全書・一』七〇六頁の『安楽集』本文では「浄土菩薩経」)、不明の経典。　**〇今度値ひ難き弥陀如来の善教に値ひ奉りて、生死を離れし事は、何かなる事よりも喜しく候ふ**　〈四〉の独自異文。この度値遇しがたき阿弥陀如来のすばらしい教えに導かれ、生死を離れた境地に達し得たことは、何よりも嬉しいことであるの意。前項と合わせて、六道語りの合間に女院の出離生死への願いを挟み込んだ形。〈四〉の六道語りが、一度の人生で六道をめぐるという特異な体験の告白という主題からやや離れて、一般的な仏教の説法に近づいている一例というべきだろう。　**〇次に都の内を迷ひ出でて、西海の浪に漂ひしかば、浦々島々を伝ひつつ、此に城郭を構へ、彼に楯を誘へ**　以下、修羅道の記述。〈四〉は簡略で、どの合戦場面を修羅道に充てているのか、曖昧。〈長〉は、「一の谷、壇の浦、こゝかしこの戦、修羅道もかくやとおもひやられたり」（5―二二二頁）と、より簡略。〈長〉は六道語り全体がごく簡略だが、これはその前の「恨み言の語り」（5―二一九～二二一頁）において、種々の体験を具体的に詳しく記すためであろう。〈四〉が修羅道の場面を簡略・曖昧に記すのも、この後の「恨み言の語り」で合戦を具体的に詳しく記すことと関わろう。「女院の回想の語り（①恨み言の語り）」参照。一方、〈盛・大・南・屋・覚〉〈国会・山崎・藤井〉は、水島・室山合戦にふれつつ、主に一谷合戦敗北以降の合戦を修羅道に充てる。〈盛〉「十月ノ比ニヤ、備中国水島、幡磨国室山、所々ノ合戦ニ打勝タリシカバ、人々色少シ直テ見エシ程ニ、摂津国一谷ト云所ニテ、一門多亡シ後ハ、直衣束帯ノ姿ヲ改テ、皆鉄ヲノベテ身ヲ裹、諸ノ獣ノ皮ヲ以テ足手ニマツヒツヽ、冑ノ袖ヲ片敷、甲ノ鉢ヲ枕トシ、明モ晩モ、目ニミユル物ハ弓箭兵杖ノ具、海ニモ陸ニモ、耳ニ聞ユル者ハ箭叫軍呼ノ声ノミ也」（6―四九九～五〇〇頁）。〈大〉（一〇三頁）、〈南〉（一〇二四～一〇二五頁）、〈屋〉（九四八～九四九頁）、〈覚〉（下―四〇四頁）、〈国会〉（九七頁）、〈山崎〉（一九一頁）、〈藤井〉（三二七頁）も同様。前掲一覧表では「一谷以後」とした。〈延〉は、先に一覧表の後で述べたように、都落ち後に人間道の記述を置いた後、右記の〈盛〉などに類する一谷合戦敗北以降の記述を置く（巻十二―六四ウ～六五オ）。しかし、その後、「サレバ淡路ノ瀬戸押渡テ鳴戸隠レユク船モ有、明石ノ奥ニ懸リテ四国へ趣ク船モアリ。又イヅクヲ指トモナク、波ニ漂フ船モアリ」（六五オ～六五ウ）とあるのは、一谷合戦に敗れて屋島に向かった際の描写のように見えるのだが、さらにその後、「讃岐ノ屋島トカヤニ付テ、此島ヲ吉城トテ暫ク此浦ニヤスラヒシカドモ、指ガアア《ママ》ヤシノ民ノ家ヲ皇居ト定ニ及バズトテ」（六五ウ）云々とあるのは、大宰府落の後、一谷合戦前に屋島を拠点に定めた時期（寿永二年冬頃）に時間が逆戻りしている。

「修羅道」の語を用いるのはさらにその後で、「ナニトカシタリケム、人ノ心忽ニ替ツヽ、心ニ叶ハヌ者ヲバ討ム殺ムトセシ有様、修羅ノ闘諍一日三時ノ愁アリ。天鼓自然鳴ノ声ノミ絶ズシテ、明モ晩モ腹ノミ立。是偏ニ修羅道モカクヤト覚へ侍キ」（六五ウ～六六オ）とあるのだが、結局、どの時期を修羅道に当てているのかはわからない（前掲の一覧表では、とりあえず「一谷屋島」とした）。これも、〈延〉の混乱の一つである。　**○昔見し直衣・束帯に引き替へて、怖し気なる甲冑とかやに身を隠し、朝も夕も目に見る物とては、弓箭・兵杖の有様、夜も昼も耳に聞く物とては、軍呼ばひの時の声なり**　前項注解に見たように、諸本に類似の記述がある。平家公達が甲冑をまとった姿が、女性の目から見て異様なものに映ったという描写としては、『平家公達草紙』の、都を落ちる時の重衡を描いた「常は、なをし、色々の狩衣、織物のさしぬき、又、公事のついでにて、こと〴〵しきそくたいなどなるおりもあり。さやうのすがたにてこそ見ならひたるに、ぎよれうにあきのゝぬいたるよろひびたゝれといふ物に、鎧きて、たちゑぼうしきて、まいられたりける」（櫻井・鈴木・渡邉『平家公達草紙』一二四頁）がある。　**○射られ刎ねられて死せる人々の中に交はり候ひし事は、修羅闘諍の苦患とぞ覚えし**　〈四〉の独自異文。他本は、前々項注解に引いた〈盛〉のように、甲冑をまとって戦う男たちの姿を修羅道として描くが、女院自身が「射られ刎ねられて死せる人々の中に」交わっていたとは記さない。重傷を負って戻ってきた兵が自陣で亡くなるなどといったことはあり得ようが、たとえば、屋島合戦直前に行われた首実検は、「内裏にて実見せられんは穏便ならず」（本全釈巻十一―八〇頁）という理由で、宗盛の御所で行われたという。死体が並ぶ中に女院自身が立ち交じるようなことがあったとは、少なくとも物語の中では描かれないし、死穢を忌む当時の社会においては考えにくいのではないか。後世、『おあん物語』の語り手となった老尼は、関ヶ原合戦前後の大垣城の中で、取った首にお歯黒を付けるなどの作業に携わり、「その首どもの血《ち》くさき中《なか》に寝《ね》たことでおじやつた」（『おあん物語・おきく物語・理慶尼の記　本文と総索引』一二頁）と語っているが、女院とは時代も身分も違いすぎるというべきだろう。　**○又、一日に三時の愁へ有り、天鼓自然鳴の苦しみと名づく。**

常に腹の立つ事有りき　近似文が〈延・盛〉に次のように見られる。〈延〉「心ニ叶ハヌ者ヲバ討ム殺ムトセシ有様、修羅ノ闘諍、一日三時ノ愁アリ。天鼓自然鳴ノ声ノミ絶ズシテ、明モ晩モ腹ノミ立」（巻十二―六六オ）、〈盛〉「是ヤ此須弥ノ半腹ニシテ、天帝修羅各権ヲ諍、三世ニタエズ戦、一日三時ノ闘諍、天鼓自然鳴ノ報ナラント思ヘバ、修羅道ノ苦患モ経タル心地シ候シ」（6―五〇〇頁）。『宝物集』吉川本巻二に、「修羅恚《いかり》さかりにして、悪心さむる事なし。しかのみならず、一日三時のうれへあり。天鼓自鳴のなげきあり」（新大系七四頁）とある。九冊本第二冊（九五頁）、身延抜書本第二分（四四頁）、片仮名三巻本巻上（五七頁）、一巻本（一〇〇頁）、二巻本巻上（三六頁）は基本的に同様。今井正之助（一八〜一九頁）は、『宝物集』依拠と見る。但し、『宝物集』諸本の右の範囲では、「一日に三時の愁へ」の傍線部は、二巻本のみ「たゝかひ」とあって異なり、「天鼓自然鳴」の傍線部は諸本「自鳴」に対して、二巻本のみ「自然鳴」で〈四・延・盛〉に一致する。また、片仮名三巻本は、右の該当部の後に、「常ニ物妬シク、腹立嗔リタル心ヲ宗トスル物也」（五七頁）とあって、〈四・延〉にやや類似する。〈四〉独自の『宝物集』依拠本文には、時に二巻本に類似する場合があり、注目されるが（「女院の回想の語り④悲しみと発心」の注解「而れば白居易の詞にも、『何づれの日、何づれの時…」参照）、本項では、依拠本文を云々するほどの異同ではない。「天鼓自（然）鳴」の典拠としては、一般に『妙法蓮華経』序品「天雨㆓曼陀華㆒　天鼓自然鳴」（大正九―四c）が挙げられるが、『法華経』には他にも分別功徳品「於㆓虚空中㆒天鼓自鳴妙聲」（同四四b）の例があり、同品に「天鼓虚空中　自然出㆓妙声㆒」（同四四c）ともある。これらの「天鼓」は仏を賛嘆する文脈で用いられ、必ずしも修羅を恐れさせるものではない。しかし、『法華義疏』第一に「天鼓鳴時諸天心勇、天鼓鳴時修羅懼怖」（大正三四―四五五c）とあり、『法華玄義』六下にも「阿修羅者…与㆓諸天㆒為㆑憾恒懐㆓怖畏㆒。雷鳴謂為㆓天鼓㆒。龍雨変成㆓刀剣㆒」（大正三三・七五九a）とあって、『法華経』注釈の中では、「天鼓」が仏の声やその賛嘆の声である一方で、阿修羅にとっては恐怖の対象であるという認識ができていたようである。　**○此の故に、経の中に、諸阿修羅等　居在大海辺　自共言語時　出于大音声　と経文に有**

りしも理と覚ゆ。是又、修羅道の苦患に非ずや　〈四〉の独自異文。法華経の当該句は、『宝物集』吉川本巻二では、前項に続いて、次のように記される。「諸阿修羅等　居在大海辺　自共言語時　出于大音声　と侍るは、つねに大海のそこに侍るなめり」（新大系七四頁）。九冊本第二冊（九五頁）、身延抜書本第二分（四四頁）、片仮名三巻本巻上（五七頁）、二巻本巻上（三六頁）は基本的に同様。一巻本なし。「大海のそこ」は九冊本・身延抜書本も同様だが、二巻本「大かいのほとり」がよい）。今井正之助（一九頁）は『宝物集』依拠と見る。『妙法蓮華経』の法師功徳品に見える句「諸阿修羅等　居在大海辺　自共語言時　出于大音声」（大正九―四八ａ）。前半二句は〈覚〉巻三の有王説話（上―一六二頁）にも見えるなど、著名なので、『宝物集』依拠とは即断できないが、前項からの文脈や、偈を各道に一つずつ配する形が〈四〉独自であること、〈四〉灌頂巻が全体として非常に多く『宝物集』によっていることを考えれば、やはり『宝物集』によると考えるのが穏当だろう。

【引用研究文献】

＊今井正之助「平家物語と宝物集」（長崎大学教育学部人文科学研究報告三四号、一九八五・3）

＊小泉弘『貴重古典籍叢刊　古鈔本宝物集・研究篇』（角川書店一九七三・3）

＊佐伯真一「女院の三つの語り―建礼門院説話論―」（『古文学の流域』新典社一九九六・4）

＊櫻井陽子・鈴木裕子・渡邉裕美子『平家公達草紙―『平家物語』読者が創った美しき貴公子たちの物語―』（笠間書院二〇一七・2）

＊武久堅①「壇ノ浦合戦後の女院物語の生成―『閑居友』と延慶本平家物語の関係・再検討―」（『軍記物語の窓　第一集』和泉書院一九九七・12。『平家物語発生考』おうふう一九九九・5再録。引用は後者による）

＊武久堅②「『宝物集』と延慶本『平家物語』―身延山久遠寺本系祖本依拠について―」（人文論究二五巻一号、一九七五・6）

＊村上學「「大原御幸」をめぐるひとつの読み―『閑居友』の視座から―」（大谷学報八二巻二号、二〇〇三・3。『中世宗教文学の構造と表現―佛と神の文学―』三弥井書店二〇〇六・4再録。引用は後者による）

六道語り（③餓鬼道・地獄道）

【原文】

又常白楽天[1]ナン様浮海無キ墓[2]朝夕営モ不シ任意願[3]ヘ无得事[4]モ歎無訪人モ陸敵多シ山野雖広欲休▽二七九右マン無所磯波高シ万水入海欲呑潮《ウシヲ》不奉御[5]調《ツキ》物営貢御無事モ昔名伝供[6]調ヘ備シ時百味事人々皆思出シ忍今無甲斐雖有無量苦患為先飢[7]《ケ》饉《ヲン》愁明シ雑宝蔵経[8]モ覚[9]現理徳尸羅城餓鬼物モ不シ食ラ喰[10]ヒ子執師子国餓鬼喰フ子悲[11]カリケン何計覚[12]ヘシ誠難忍事是候[13]▽二七九左

我夜生五子　随生皆自食　尽生五亦然　雖尽而無飽

見倶[14]舎論モ是又非餓鬼道苦患耶[15]又門司赤[16]間《マ》波上曝《ホ》風吹来欲行不被行煙[17]霞立隔思見不見ヘ処モ中有旅有様不過之覚東夷南蛮者[18]モ西戎北狄兵[19]モ是程無情可▽二八〇右レ有レ事ヤ其[20]聞[21]綴《トツ》後明君声云扶[22]タスケン　聞親君爪胡[23]国兵滅シ身申奮堀磨人欲シ奉殺[24]仏山[25]傾国欲[26]シ殺人不ル見事ナレ非シ是程覚然彼物封《フ》共乗乱入[27]ヌ海ヘ親人々只今ソ参ル御共名乗声々計又[28]不見ヘ自入残者共目前失ヒ命申シ縄耶付ルモ嗄気物有往生要集誡[29]▽二八〇左メ明十六地獄色々中モ只覚此有様各々彶フ様見[30]牛頭馬頭阿防羅刹申[31]モ神不叶申モ仏無験シ実加様苦難遁事戒[32]賢論師不[33]レ可レ申凡夫玄弉三蔵師阿闍世王非只人霊山聴衆雖然有[34]加

九百九十九王流涙[35]乞ケレ暇被[36]帰シ是無類班[37]様苦昔須[38]▽二八一右陀摩王后妃采女被取[39]班[40]足王置足王情是少無情モ無[41]ソキ珍[42]重キ事モ
九夏三伏熱日欣ヘ涼不シ結松風泉水モ不任意咽[43]フ〔焦〕[44]熱大焦熱炎思[45]ナ▽二八一左玄冬素雪寒夜求温衣薄神[46]狭タク[47]無二シ重妻[48]マモ無[49]リシ思
甲[50]斐モ被レ閉二紅蓮大紅蓮氷[51]一思キ是又非地獄道一耶経今一道覚候ヘ其[52]マ候ヘ片腹痛ク不及申[53]セ下ヘ侍申

【釈文】

又、常に白楽天[1]なんどの様に海に浮かべば、墓[2]無き朝夕の営みも意に任せずして、願[3]へども得る事[4]も无く、歎きても訪ふ人も無し。陸には敵多くして、山野広しと雖も休▽二七九右まんと欲《す》るに所無し。磯には波高くして、万水海に入れども、呑まんと欲《す》れば潮《ウシヲ》なり。御《み》[5]調物《ツキもの》奉らざれば、貢御を営む事も無し。昔伝供と名づけて調《ととの》[6]へ備へし時の百味の事、人々皆思ひ出だして忍ぶれども、今は甲斐無し。「無量の苦患有りと雖も、飢《ケ》[7]饉《ヲン》の愁へを先と為《す》」と雑宝蔵経[8]にも明かしたる、現《げ》[9]にも理と覚えたり。徳《とく》尸《し》羅《ら》城の餓鬼が物も食らはずして子を喰[10]らひ、執《しふ》師《し》子《し》国《こく》の餓鬼が子を喰らふことの悲[11]しかりけんも、何《い》かばかりかとぞ覚[12]え（へ）し。誠に忍び難き事なり。是[13]▽二七九左く候ふこと、

　我夜生五子　随生皆自食　尽生五亦然　雖尽而無飽

と、倶[14]舎論にも見えたり。是又、餓鬼道の苦患に非ずや[15]。

又、門司・赤間《マ》[16]の波の上にて、曝《ホウ》風吹き来りて、行かんと欲《す》れども行かれず、煙[17]霞立ち隔てて、見んと思ふに処も見え（へ）ず。中有の旅の有様も之には過ぎじとぞ覚えし。東夷南蛮の者[18]も、西戎北狄の兵[19]も、是程▽二八〇右情無き事や有るべき。其[20]も綴《トツ》[21]後と聞こゆる明君は声に扶《タス》[22]けんと云ひ、親君と聞こえしは胡[23]国の兵に爪して身を滅ぼし、鴦堀磨と申す人は仏を殺[24]し奉らんと欲《シ》、山[25]傾国は人を殺[26]さんと欲《シ》けるも、見ざる事なれば是程に

は非じとぞ覚ゆる。然るに、彼の物封《もののフ》共乗り乱れたれば、海へ[27]入りぬる親しき人々、「只今ぞ御共に参る」と名乗りの声々ばかりにて、[28]又も見え(へ)ず。▽二八〇左自《おのづか》ら入り残りたる者共は目の前に命を失ひ、縄とかや申し嘆気《うたてげ》なる物を付けらるるも、往生要集に誡[29]め有りて、十六地獄の色々なるを明らめし中にも、只此の有様と覚えたり。各々の扱《ふるま》ふ様は、牛頭・馬頭・阿防羅刹とも[30]見えたり。神に申[31]すとも叶はず、仏に申すとも験《しるシ》も無し。実に加様の苦の遁れ難き事、[32]戒賢論師は凡夫と申す▽二八一右べからず[33]、玄弉三蔵の師なり。阿闍世王は只人に非ず、霊山の聴衆なり。然りと雖も[34]加様の苦有り。昔、[38]須陀摩王と后妃采女は[40]斑(班)足王に取[39]られ、九百九十九王に置かれたれども、涙を流[35]して暇を乞ひければ[36]帰されけり。是は類無き[37]斑(班)足王の情けなれども、是は少しの情も無く、[42]珍重《やさし》き事も[41]無かり(そ)き。九夏三伏の熱き日は、涼を欣へども、松風泉水も結ばずして意に任せず。[44]焦熱・大焦熱の炎に[43]咽ぶ[45]思ひなり。玄冬素雪の寒き夜に温を求むれども、衣薄く袖[46](神)狭くして、重ぬる[48]妻《つマ》も[47]無し。思ふ[50]甲斐も[49]無かりしかば、▽二八一左紅蓮・大紅蓮の[51]氷に閉ざされたりと思ひき。是又地獄道に非ずや。今一つの道を経たりと覚え候へども、[52]其までは片腹痛く候へば、[53]申し侍ふに及ばず」と申させたまへば、

【校異・訓読】 1〈書〉「天」。2〈書〉「暮」。3〈書〉「願」。4〈書〉「事」。5〈書〉「御調ラヘ」。6〈昭・書〉「調」。7〈底・昭〉「飢《ケ》饉《ヲン》」、〈書〉「飢《ケ》饉《コン》」。8〈書〉「経」。9〈底〉「現」字を二つ続けて書き、二字目を見せ消ち。〈昭・書〉「理」通常表記。10〈昭〉「喰レ」。11〈書〉「悲《カナシ》」。12〈書〉「覚」。13〈書〉「是」（「候」なし）。14〈書〉「具」。15〈書〉「邪」。16〈昭〉「赤間彼《ナ》」、〈書〉「赤間ト彼ニ」。17〈書〉「煙」と「霞」の間で改行。理由不明。18〈書〉「者」。19〈書〉「兵」。20〈昭〉「者モ」。なお、以下「滅シ身」まで、試訓を掲げたが文意不明。注解参照。21〈書〉「綴後」。22〈書〉「投《タスレン》」。23

〈書〉「胡」は上欄外に補入。24〈書〉「敏」。25〈昭・書〉「仙傾国」。なお、〈底・昭〉は連辞符（あるいは音読符か）で三文字をつなぐ。26〈昭〉「欲《モ》殺」、〈書〉「欲《モ》敏」。27〈書〉「入《ス》」。28〈昭・書〉「又《モ》」。29〈書〉「誠《ス》」。30〈昭・書〉「見《ヘ》」。31〈書〉「申」。32〈書〉「或」。33〈書〉「不《レ》」。34以下〈底・昭・書〉混乱あり。「有加九百九十九王流涙乞《ケレ》暇被帰《シ》是無類班様苦昔須▽二八一右陀摩王后妃采女被取班足王置※足王情…」の傍線部を※の位置に移せば意味が通る。一行十六、七字の祖本の段階での錯行であろう。高山利弘に指摘あり。釈文では本来の形に正した。35〈昭〉「流《レ》」。36〈昭〉「被帰」、〈書〉「被還」。37〈昭・書〉「斑」。38「須陀摩王は后妃采女と」等とも訓める。注解参照。39〈書〉「采」。40〈昭・書〉「斑」。41〈昭〉「無《リキ》」、〈書〉「無《リ》」。42〈書〉「珍重」。43〈書〉「咽」。44〈底・昭〉「焦」傍書補入。〈書〉は本行の中に書くが、上の「咽」と共に小字。45〈昭〉「田」に「思」と傍書。〈書〉「思」。46〈底・昭・書〉「神狭《タク》」。47〈昭・書〉「無《シ》」。48〈昭〉「妻」、〈書〉「妻《モ》」。49〈昭〉「無《ナシ》」、〈書〉「無《シ》」。50〈書〉「甲斐《ヒ》」。51〈昭〉「采」。52〈書〉「其」。53〈底・昭・書〉送り仮名「セ下ヘ」は、〈高山釈文〉の指摘通り、二文字下の「申」に付されたのを誤ったもの。

【注解】〇又、常に白楽天なんどの様に海に浮かべば　本項に該当する文は、〈延〉「屋島ヲ出テ、イヅクヲ指トモナク塩ニ引レ風ニシタイテ、昔有ケム白居易ノ様ニ海上ニ浮テユラレ行シカバ、朝夕ノ物モ心ニ叶ズ、哀糸惜ト云シ人モナシ」（巻十二―六六ウ）。その他諸本なし。「海上ニ浮テユラレ行」くことを白楽天（白居易）になぞらえるのは、流謫の船中で琵琶を聞く『琵琶行』を連想したものであろう。〈覚〉巻三「大臣流罪」「彼唐《カノタウノ》太子賓客《ノヒンカク》白楽天《ハクラクテン》、潯陽江《シンヤウノエ》の辺《ホトリ》にやすらひ給けん、其古《イニシヘ》を思遣《ヲモヒヤリ》、鳴海《ナルミ》潟塩路《ガタシホヂ》遥《ハルカ》に遠見《エンケン》して、常《ツネ》は朗月《ラウゲツ》を望《ノゾ》み、浦風に嘯《ウソムキ》、琵琶《ビハ》を弾《タン》じ、和歌を詠《エイ》じて、なをざりがてらに月日を送らせ給ひけり」（上―一八五頁）。但し、『琵琶行』の舞台は潯陽江であって海ではない。この点、〈延全注釈〉は、謡曲「白楽天」に見られる白楽天渡来説（白楽天が日本の知恵を計ろうとして渡来したとする）に注意し、『琵琶行』から謡曲「白楽天」への展開に関連する可能性を指摘する（巻十二―四八六頁）。以下は餓鬼道の記述。〈延〉は右の引用部のように屋島落以降のこととし、「此島ニ行ムトスレバ兵共集リ来テ殺失ム事ヲハカル。彼岸ニ付ムトスレバ敵並居テ捕搦事ヲ悦ブ」(六六ウ～六七オ)と、壇浦合戦直前を意識したとみられる文に続く。〈四〉は「常に…海に浮かべば」とするので、福原落以降、屋島に落ち着いていた時期以外の全体を指すことになろう。〈屋〉「山野《ンヤ》雖トモレ広ロシト息《ヤスマ》ヌトスルニ無レ所。御年貢《ミツキ》物モ絶《タヘ》ニシカバ、旅ノ力《チカラ》モ不レ及。供御《クゴ》ハ適々《タマタマ》備《ソナフ》レドモ、水モ不レ奉ラ。雖モレ浮フトレ大海ニ其レ潮《ウシヲ》ナレバ不レ及ハレ飲《ノム》ニ。衆流ル海ヲ呑《ノマ》ントスレバ猛《ミヤウ》火ト成覧ン餓鬼道ノ衆生モ角ヤト覚ヘテ」(九四九頁)も、海上生活全般か。〈長〉は、「兵粮米もつき、供御もまいらせざりしは、餓鬼道の苦におなじ」(5―一二二頁)とあるのみで、どの時期ともわからない。一方、〈盛・大・南・覚・中〉〈山崎・藤井〉は、大宰府落ち直後を当てる。〈盛〉「(大宰府落の後)ヨルセモ不レ知船ノ中ニ漂シカバ、山野広トイヘイモ(ママ)休トスルニ無レ処。国々悉ク塞テ御調物モカマヘネバ、貢御ヲ備ル人モナシ」(6―五〇一頁)など。〈国会〉はこの前に叙述の混乱があり、「やしまをさりて」とした後に「おがたの三郎これよしとかや」に襲われたとして大宰府落の後と読める記述を続けた後、「さんやひろしといへども、五こくをそなふる人もなし」云々と餓鬼道の苦を述べる(九八頁)。要するに、餓鬼道の苦には海上・船中生活を当てる点は諸本概ね共通だが、それをいつのことと限定しないのが〈四・長・屋〉、大宰府落の後とするのが〈盛・大・南・覚・中〉、屋島落の後とするのが〈延〉、混乱があってわかりにくいが大宰府落か屋島落の後と見られるのが〈国会〉と整理できようか。　**○墓無き朝夕の営みも意に任せずして、願へども得る事も無く、歎きても訪ふ人も無し**　日々の食べ物が無かったことをやや抽象的に表現する。食事が思うに任せなかったという内容は諸本同様だが、類似文は、〈延〉「朝夕ノ物モ心ニ叶ズ、哀糸惜ト云シ人モナシ」(前項参照)ぐらいで、語句の一致する表現は、その他諸本には見られない。　**○陸には敵多くして、山野広しと雖も休まんと欲るに所無し**　類似文は〈延・盛・大・南・屋・覚・中〉〈国会・山崎・藤井〉にあり(〈盛・屋〉は前々項参照)、〈覚〉以外は餓鬼道に置く。〈覚〉は人間道の記述の中で、「山野《サンヤ》広《ヒロシ》といへ共、立よりやすむべき所もなし。同じ秋の末にもなりしかば…」(下―四〇三頁)と、十月に清経が入水したという記事に続ける。また、山野は広いのに、陸上には敵兵が多いため、上陸して休むことができなかったという文脈で用いる本がほとんどだが、〈国会〉は「さんやひろしといへども、五こくをそなふる人もなし」（九八頁）と、貢物を備える者がないとの文に続ける。本項から次項にかけて、源信作とされる『二十五三昧式』（『横川首楞厳院二十五三昧式』『二十五三昧講式』『六道講式』などの別名あり）に、「枯渇憔悴シテ。食チレ子ヨ息《ヤスメ》レ餓ヲ。飢《ケ》羸《ルイ》憧惶シテ。砕テレ脳《ナヅキヲ》助クレ命ヲ。百菓結ベドモレ林ニ。欲スレバレ取ント悉ク刀輪也。万水入レドモレ海ニ。欲スレバレ飲ト皆猛火也。山野雖ドモレ寛シト。擬スルニレ休ント無シレ処ロ」（山田昭全①翻刻『二十五三昧講式』三一三頁）とある。『平家物語』諸本はこれによるか。永観『三時念仏観門式』第二段にも同文あり（山田昭全②翻刻二〇一頁）。次項注解参照。なお、水原一に、この前後の〈四・延〉の記事が『六道講式』の影響を受けているという指摘がある（二四二頁）。『六道講式』は、ニールス・グュルベルクの整理によれば『二十五三昧式』の別名とされ（五五頁）、ここでは『二十五三昧式』の名で引用する。

○磯には波高くして、万水海に入れども、呑まんと欲れば潮なり　〈延・盛・大・南・屋・覚・中〉に類似文あり。〈延〉「大海広ト云トモ、潮ナレバタテマツラズ。衆流海ニ入ドモ、飲ムトスレバ猛火也ト立ル文モ理也」（六七オ）。〈盛〉「万水海ニ満タレ共、飲トスレバ潮水也。自陸ニアガリテ菓ヲモラントスレバ、敵已ニ寄トイヘバ捨テ去ヌ。百菓林ニ結取ントスレバ、人目シゲシ。餓鬼道ノ苦ニ不レ異」（6―五〇二頁）。〈大〉「万水海ニ入て、のまんとすればみな猛火也」（一〇五頁）。〈南・中〉「海ニ浮メドモ潮ナケ《ママ》レバ飲ニ及バズ、万水海ニ有リ、飲ントスレバ猛火ト成ル覧餓鬼道ノ…」（〈南〉一〇二四頁。傍線部〈中〉「なれば」下―三四四頁）。〈屋〉「雖モレ浮フトレ大海ニ其潮《レウシヲ》ナレバ不レ及ハレ飲《ノム》ニ。衆流ル海ヲ呑《ノマ》ントスレバ猛《ミヤウ》火ト成覧ン餓鬼道ノ衆生モ角ヤト覚ヘテ」（九四九頁）。〈覚〉「大海にうかぶといへども、うしほなればのむ事もなし」（下―四〇三～四〇四頁）。〈長〉〈国会・山崎・藤井〉なし。〈延〉及び〈南・屋・中〉は、眼前に水はあるが海水なので飲めなかったことを、水を飲もうとすると猛火に変ずるという餓鬼道の苦になぞらえる。〈盛〉もこれに近いが、「百菓」云々をはさむためにかえってわかりにくい。一方、「水は目の前にいくらでもあるが塩水なので飲めない」という現実のみを記すのが〈四・覚〉、「餓鬼道では水を飲もうとすると猛火に変ずる」という句のみを記すのが〈大〉の形と整理できるか。以上の句の原拠は前項にも見るように、『二十五三昧式』の「万水入《レドモ》レ海《ニ》。欲《スレバ》レ飲《ト》皆猛火也」であろう。『宝物集』吉川本巻二「菓物を見て、とらんとすれば刀葉となり、水にむかひて、のまんとすれば猛火となりてえず。はらは大海のごとくなれば、須弥山をくらふともあくべからず、（中略）百菓結レ林、欲レ取刀葉、万水入レ海、欲レ飲猛火と申はこれなり」（新大系七〇～七一頁）。身延抜書本第二分（四一頁）は吉川本に同。九冊本第二冊も同様だが、「果物をみてとらんとすれば、猛火となりてえず」（九〇頁）は、吉川本の傍線部を脱落したものか。片仮名三巻本上巻は、「菓ヲ見テ取ントスレドモ炎トナル。腹ハ大海ノゴトクシテ（中略）百菓結林、欲取刀葉、万水入海、欲飲猛火也トハ是ヲ申也」（五五頁）と、九冊本に近い。一巻本「百菓林《ニ》結《ムス》□、トラムトオモヘバ刀葉《ナリ》、万水海《ニ》入、飲《ト》オモヘバ猛火ナリト申《ハ》コレナリ」（九オ）。二巻本上巻「きのみをみてとらんとすれば、つるぎとなり、みづをみてのまんとすれば、ほのほとなる」（三四頁）。「百菓結レ林」以下の原拠も、『二十五三昧式』であろう（前項注解参照）。『平家物語』諸本にも『宝物集』諸本にも異同が多く、『平家物語』諸本は『宝物集』を経由してこの句を取り入れた可能性もあるが、『宝物集』は前項に見た「山野広しと雖も…」云々を欠くため、基本的には『二十五三昧式』依拠と見るべきだろう。

○御調物奉らざれば、貢御を営む事も無し　〈盛・覚〉ほぼ同。〈屋〉「御年貢《ミソキ》物モ絶《タヘ》ニシカバ、旅ノ力《チカラ》モ不レ及」（九四九頁）。〈延〉「奉膳水療ニ非レバ、供御ヲ備ル人モナシ。ミツギモノナカリシカバ、其比宮モ希也」（六七オ）、〈大〉「ほうぜんすいれうもなかりしかば、くごをもそなへず」（一〇五頁）、〈山崎・藤井〉「ほうぜんしゆすいのはうもなかりしかば、いまく〱をすゝむ事も《（ママ）》」（〈藤井〉三二八頁）の「奉膳」（ほうぜん）は食事をさしあげること、「奉膳」（ぶぜん）は、令制で内膳司の長官。〈延〉「水療」は未詳だが、〈山崎・藤井〉「しゆすい」によれば、「主水」（もひとり・もんど）か（〈延全注釈〉巻十二―四八七頁）。〈南・屋・中〉「民ノ力ナケレバ、ミツギ物モソナヘズ」（〈南〉一〇二四頁）。〈国会〉「さんやひろしといへども、五こくをそなふる人もなし」（九八頁）。なお、「御調物」の表記は〈盛〉同（6―五〇一頁）。易林本『節用集』に「御調物《ミツキモノ》」（『古本節用集六種研究並びに総合索引』二〇〇―6）。　**〇昔伝供と名づけて調へ備へし時の百味の事、人々皆思ひ出だして忍ぶれども、今は甲斐無し**　他本なし。かつての宮中での食事を言うのだろうが、「伝供」は、「仏語。供物を手から手へ伝えわたして仏前に供えること。また、その儀式」（〈日国大〉「伝供・奠供」）、「仏壇に供物を伝送する儀式をいう」（『広説仏教語大辞典』「傳供」）。『日葡辞書』「Tengu（伝供）神や仏に何かを供えるのに、人が大勢居るためにそばに近づくことができない時、それを人の手から手へと渡して供えること」（『邦訳日葡辞書』）。用例として、『教訓抄』巻六「蓮華楽」項「此曲、舞師尾張秋吉所作也。興福寺ノ金堂蓮花会ノ伝供ニ、奏二此楽一」（思想大系『古代中世音楽論』一二五頁）、『法然上人絵伝』（四十八巻伝）巻九「（後白河院仙洞御所の如法経供養）衆僧正面の左右に立ちて、伝供す。この間、十天楽を奏す。御導師澄憲法印なり。伝供の時は、制禁堅くして、参詣の道俗、遺水の北に臨まずと雖も、説法の時は、勅許ありて、聴聞の緇素、群を為す」（『続日本の絵巻』上―一八一頁）などがあるが、宮中の供御を言う語ではない。〈四〉が、なぜここでこの語を用いるのか不明。「百味」は、「さまざまの美味、珍味。多くの料理。また、そのような食物を仏前に供えること」（〈日国大〉）。　**〇無量の苦患有りと雖も、飢饉の愁へを先と為**　〈延〉「無量ノ苦有ト云ドモ飢饉ノ憂ヲ先トス」（巻十二―六七オ）はほぼ同文。〈盛〉「人天多トイヘ共、食ヲ願ニ不レ与トイヘルニ不レ異。諸ノ苦中ニコレ尤甚シ」（五〇一頁）、〈山崎・藤井〉「いま〳〵をすゝむ事も、これはひとへに、がきのくに、ことならず、もろ〳〵の、くのなかに、このく、もつともはなはだし」（〈藤井〉三二八頁。〈山崎〉一九二頁）は、異文。〈長・大・南・屋・覚・中〉〈国会〉なし。『宝物集』吉川本巻二「餓鬼道を申さば、無量の苦患隙なしといへども、すべて飢饉のうれへしのびがたし」（新大系七〇頁）に依拠したもの（武久堅七四頁、今井正之助一八頁指摘）。『宝物集』は、九冊本第二冊（八九頁）、身延抜書本第二分（四一頁）、片仮名三巻本巻上（五五頁）、二巻本巻上（三四頁）ほぼ同。一巻本なし。『宝物集』の原拠は不明だが、餓鬼道の苦として飢えの苦しみが最もつらいとしたもので、特に典拠が必要な文ではないだろう。　**〇雑宝蔵経にも明かしたる、現にも理と覚えたり**　右の句を『雑宝蔵経』によるものとする。〈延・盛〉〈山崎・藤井〉該当句なし。〈国会〉は、「さんやひろしといへども、五こくをそなふる人もなし。これひとへに、がきだうのくにあらずや」とした後、「ほけきやうにとかれたるもことはり也」（九八頁）と、『法華経』の名を挙げる点、独自。『宝物集』吉川本巻二では、後掲「我夜生五子…」の偈の後に、「くはしくは像《ママ》法蔵経にとけり」（新大系七〇頁）と記す。九冊本第二冊（九〇頁）同。身延抜書本第二分（四一頁）も同様だが、「雑宝蔵経」と表記。二巻本巻上三四頁も同様（「ざうほうざうきやう」）。片仮名三巻本巻上は、「我夜生五子…」の偈の後に「又雑宝蔵経ニ説ク」として、「菓ヲ見テ取ントスレドモ炎トナル…」云々（前掲注解「磯には波高くして…」参照）の出典とする（五五頁）。一巻本なし。「像宝蔵経」は「雑宝蔵経」が正しいが、『雑宝蔵経』全十巻の中には餓鬼の話も見られるものの（大正四―四四九ｃなど）、「無量の苦患…飢饉の愁へを先と為」の句も「我夜生五子…」の偈もなく、さらに「菓ヲ見テ取ントスレドモ炎トナル…」云々の原拠と見られる文もない（なお、『宝物集』新大系七〇頁脚注九は、「仏説雑宝蔵経一巻（大正蔵四）」について、「全編、餓鬼が目連にその苦報を告白する文で成り立っている」云々と注記するが、不審。あるいは大正一七・経集部四所収の『仏説雑蔵経』全一巻との混同があるか）。〈四〉のような形が生まれる理由は明確ではないが、『宝物集』が「我夜生五子…」の偈もしくは「菓ヲ見テ取ントスレドモ炎トナル…」云々の出典として、誤って『雑宝蔵経』の名を記し、〈四〉はその影響を受けつつ、さらに位置を誤ってここに記したと考えることになろうか。不審。　**○徳尸羅城の餓鬼が物も食らはずして子を喰らひ**　〈延〉「徳叉戸羅城ノ餓鬼ノ、大海ノ七度変ジテ山トナルマデ飲食ノ名字ヲ聞ズ」（巻十二―六七オ）。〈盛〉「得尸羅城ノ餓鬼ハ五百生ノ間、終ニ水ヲ得事ナク」（6―五〇一頁）。〈国会〉「くしじやうのがきは五百しやう、子をじきとすといへり」（九八頁）。〈山崎・藤井〉「とくしらじやうのがきは、五けんしやうのあひだ、はんすひをうる事なくして、しんちをたやし」（〈藤井〉三二八頁）。〈長・大・南・屋・覚・中〉なし。『宝物集』吉川本巻二「得尸羅城の餓鬼は、五百歳食を得ずして子をうやし」（新大系七〇頁）。九冊本第二冊（八九頁）、身延抜書本第二分（四一頁）、片仮名三巻本巻上（五五頁）、二巻本巻上（三四頁）ほぼ同。一巻本なし。〈四・延・盛〉〈国会・山崎・藤井〉は『宝物集』依拠か（武久堅・七四頁、今井正之助・一八頁指摘）。但し、「子をうやし」は「子を飢えさせる」意であり、〈四〉〈国会〉が子を食ったとするのは誤解か。『金玉要集』「母ノ、食ニ飢テ、物ヲ乞ケレハ、砂ヲモ食シ、水ヲモメセカシトテ、七日ノ間、食ヲ母ニ不与。ウヤシ殺セシ業因也」（『磯馴帖村雨篇』二二三頁）。〈山崎〉「しんしをたやし」（一九二頁）、〈藤井〉「しんちをたやし」は文意不明だが、同様の可能性あり。〈盛〉は『宝物集』に近い。〈延〉「大海ノ七度変ジテ…」は、次項の「師子国ノ餓鬼」に続くべき内容が入れ替わっている（武久堅・七四頁は〈延〉編者が入れ替えたと見る）。「徳戸羅城」（徳叉尸羅城）は古代インドの都市。徳叉尸羅城に餓鬼が住み、五百年間食料が得られずに子を飢えさせたという記事が『付法蔵因縁伝』巻六（大正五〇—三二一a）や、『法苑珠林』巻三一（大正五三—四四九c）などに見える。『付法蔵因縁伝』で示せば、次の通り。「時、闍夜多告二衆人一曰。「我初至レ城。於二其門下一見二餓鬼子一。飢急羸、前白レ我言。『母生レ吾已、入レ城求レ食。自二与別一来満二五百年一。飢虚窮乏、命不レ云レ遠。尊若入レ城見二我母一者。為レ吾具宣二辛苦之事一』。我始入レ城便見二彼母一。即為具説二其子飢乏一。爾時、鬼母前白レ我言。『吾入レ城来経二五百年一。未三曽能得二一人唟唾一（以下略）』」。

○執師子国の餓鬼が子を喰らふことの悲しかりけんも、何かばかりかとぞ覚えし　〈延〉「師子国ノ餓鬼ノ五百生ガ間食ヲ難得シテ子ヲウヤシ、或ハ自ガ脳ヲ摧テナヤミ、或ハ子ヲ生テ食トス」（巻十二—六七オ）。〈盛〉「師子国ノ餓鬼ハ、垣伽河ノ七度山ト成、海トナルマデ飲食ノ名ヲ聞カズ。去バニヤ、血肉ノ頭ヲ破テ脳ヲ食シ、恩愛ノ子ヲ生テ自食ス」（6—五〇一頁）。〈国会〉「しゆしこくのがきは、大かい七どまで山となり、うみとへんずるを見る。あるひは、一よに五人の子をうんで、これをじきとす、といへり」（九八頁）。〈山崎・藤井〉「しこくのがき、こうかかにの七どゝまでへんじて、山となり、かみとなるまで、ゐじきのみやうかくをきかず。あるひはをのれがかうべをわりて、なづきをくひ、あるひは一夜に五人の子をうみて、ゐじきとする」（〈山崎〉一九二頁）。〈長・大・南・屋・覚・中〉なし。『宝物集』吉川本巻二「獅子国の餓鬼は、七へん海の山に成を見るまで食にあはず。或はみづから脳をやぶりてくらひ、或は子をくらひて飢をたすく」（新大系七〇頁）。九冊本第二冊（八九～九〇頁）、身延抜書本第二分（四一頁）、片仮名三巻本巻上（五五頁）、二巻本巻上（三四頁）ほぼ同。一巻本「或餓鬼ハミヅカラナヅキヲクダキテイノチヲイキ、或餓鬼ハ子ヲクラヒテウヱヲヤスム」（九オ～九ウ）。但し、吉川本の傍線部「食にあはず」の部分は、片仮名三巻本「飲食ノ名ダニモ聞コトナシ」、二巻本「くひ物のなをきかず」」。〈四〉は、『宝物集』の「七へん海の山に成を見るまで食にあはず。或はみづから脳をやぶりてくらひ」の部分を省略したような形。〈盛〉〈国会・山崎・藤井〉は『宝物集』に比較的近い。但し、〈盛〉の「垣伽河」や〈山崎〉「こうかかに」、〈藤井〉「こうか川」は恒河（ガンジス川）の意だろうが、『宝物集』では海。〈延〉「五百生ガ間…」は、『宝物集』では前項に見た「得戸羅城の餓鬼」に関わる内容であり、前項と本項が入れ違っている（前項注解参照）。『宝物集』「獅子国の餓鬼は七へん海の山に成を見るまで食にあはず」の原拠は、『法華伝記』九―一六か。月支摩訶衍伝法菩薩が師子国の海岸を遊化した時に出会った五百の餓鬼は、飲食の名を聞かないまま、大海が七度変じて山になるのを見たという。「答我見二五百餓鬼一。飢虚窮乏不レ聞二飲食名一。見レ我前進。流レ涙請二救済一。即問『汝等住海渚幾時』。答曰『不レ識二幾時一。唯見二此海七返興敗一』」（大正五一―九一b）。波線部「不レ聞二飲食名一」は、微細な異同ながら〈盛〉や『宝物集』片仮名三巻本に一致する点が注目される。この説話は、他に、仏典では『撰集百縁経』巻五（大正四―二二六b）、日本では『法華百座聞書抄』（百座法談）に見られる（関連話として『三国伝記』巻一二―一九が挙げられる。筑土鈴寛一六〇頁、山内洋一郎①六六七頁参照）。『法華百座聞書抄』では、右の餓鬼の答えの部分は「コ、ニスミハベル事、イクラバカリト申スホドハ、エシリハベラヌ。タヾコノウミノナ、タビウミニナリ、山ニナリテハベルヲナムミハベリシ（中略）河ヲミテノマムトスレバ、ミナホムラニマカリナリヌ。マシテクヒモノハ名字ヲウケタマハラズ」（『法華百座聞書抄総索引』七一～七二頁。二八七～二九三行）とある。『宝物集』は、こうした説話を略述していると見られる。なお、「師子国」（獅子国）は現在のスリランカ。〈四〉の「執師子国」という名は、山内洋一郎②（五六～五八頁）が指摘するように、

『三宝感応要略録』上―一八（大正五一―八三一c～八三二a）、『今昔物語集』巻四―三七、『三国伝記』巻六―一二などのいわゆる「阿弥陀魚」説話に見え、「師子国」「僧伽羅国」などと同義とされる。また、〈延・盛〉〈国会・山崎・藤井〉や『宝物集』に見られる「自ガ脳ヲ摧テナヤミ、或ハ子ヲ生テ食トス」（〈延〉）の原拠は『往生要集』巻上、大文第一―二「或有レ鬼、昼夜各生二五子一、随レ生食レ之、猶常飢乏〈六波羅蜜経〉、復有レ鬼、一切之食、皆不レ能、唯自破レ頭、取レ脳而食（中略）〈大論〉」（思想大系『源信』三三〇頁）か。〈国会・山崎・藤井〉が一夜に五人の子を生むとするのはこの記事にも近いが、むしろ次項の『倶舎論』由来の偈によったものか。　**○我夜生五子　随生皆自食　尽生五亦然　雖尽而無飽**　〈延〉「サレバ、我夜生五子、随生皆自食、昼生五亦然、雖尽而無飽ト立ル文モ理也」（巻十二―六七オ）、〈盛〉「以レ之倶舎ニハ、我夜生五子、随生皆自食トイヘリ」（6―五〇一頁）。〈国会〉「さればもんにいはく、我夜《かや》生《しやう》 五子《し》、ずいしやうかいじじき、ちうかく五し、すひちうしきむよ、ととかれたり」（九八頁）。〈山崎・藤井〉は前項注解に見たように「一夜に五人の子をうみて、ゑじきとする」（〈山崎〉一九二頁）とあるが、偈の形では引かない。〈長・大・南・屋・覚・中〉なし。『宝物集』吉川本巻二「我夜生二五子一、随レ生皆自食、昼生レ五亦然、雖レ尽而不レ飽と申は是也。くはしくは像宝蔵経にとけり」（新大系七〇頁）。九冊本第二冊（九〇頁）ほぼ同。身延抜書本第二分（四一頁）、片仮名三巻本巻上（五五頁）、一巻本（九ウ）、二巻本巻上（三四頁）は、偈を前半二句（「我夜生二五子一、随レ生皆自食」）のみ載せる（小泉弘・一八二頁に、「四句を備えているのは第二種七巻本だけである」と指摘有り）。原拠の『阿毘達摩倶舎論』（倶舎論）巻八は、「如下餓鬼女白二目連一云上、我夜生二五子一、随レ生皆自食、昼生レ五亦然、雖レ尽而無レ飽」（大正二九―四四a）と、〈延〉と同文。〈四〉の「尽生五亦然」は「晝」（昼）と「盡」（尽）の字形の類似による誤りだろう。小泉弘（一八一～一八二頁）・武久堅（七四頁）・今井正之助（一八頁）が指摘するように、『宝物集』依拠と見られる（次項注解参照）。　**○倶舎論にも見えたり**　前項に見た「我夜生五子…」の出典。〈盛〉も「倶舎ニハ」と記すように『倶舎論』が正しい。〈国会〉「もんにいはく」（九八頁）。〈延〉は「…ト立ル文」とするのみ。『宝物集』

は、前掲注解「雑宝蔵経にも明かしたる…」項に見たように、「像宝蔵経」（吉川本・九冊本）、「雑宝蔵経」（身延抜書本）、「ざうほうざうきやう」（二巻本）とするものが多いが、片仮名三巻本巻上のみ、「倶舎論ニ云ク」（五五頁）と、偈の出典を正しく記す（但し偈の本文は前半二句のみしか記さない）。つまり、前項の偈の出典を正しく記すのは『平家物語』諸本では〈四・盛〉のみ、『宝物集』諸本では片仮名三巻本のみであるわけだが、このうち〈盛〉と『宝物集』片仮名三巻本は偈を前半二句しか記していない。偈を四句とも記すのは〈四・延〉のみで、〈延〉は細部まで正確に記すが、出典を記していない。どのような過程でこのような状況が生じたのかわからないが、大まかには『平家物語』諸本が『宝物集』に依拠していることは確実であり、何らかの段階で出典が訂正される、あるいは「文」などと曖昧な表現にされる、といった改訂がなされたものだろう。

○是又、餓鬼道の苦患に非ずや　ここまでの記事を餓鬼道としてまとめる。同様のまとめは、〈延・長・盛・大・南・屋・覚・中〉〈山崎・藤井〉にあり。〈国会〉は餓鬼道の途中で「これひとへに、がきだうのくにあらずや。ほけきやうにとかれたるもことはり也」（九八頁）とし、続けて「くしじやうのがきは…」（前掲「徳戸羅城の餓鬼が…」注解参照）と述べる。つまり、餓鬼道の記事の途中にまとめを挟んだ形。なお、〈延〉は「是ヲ思フニ餓鬼道モカクヤト覚ヘ侍キ」（巻十二―六七ウ）とまとめた後、六八オにかけて、寿永二年九月の大宰府落について述べる長大な記事があるが、六道の一つとしての明確な位置づけが与えられておらず、時系列的にもおかしい、不可解な記事となっている。なお、〈国会〉も餓鬼道直前に「ぶんごのくにのぢう人、おがたの三郎これよしとかや、大勢にて、むかふよしきこえしかば」云々と、やや類似する記事がある（九八頁）。佐伯真一①は、この奇妙さを指摘し、〈延〉は、本来恨み言の語りに含まれていた記事を六道語りの中に編入しようとして失敗したものと見た（一一五～一一六頁）。一方、村上學は、時系列の問題は〈盛・大〉〈国会・山崎〉も同様であるとしてこれを批判した（四九～五二頁）。しかし、佐伯真一②は、〈盛・大〉の配列は天上から地獄への順序によるもので混乱ではないし、〈延〉の主要な問題は長大な記事に意味が与えられていないことであると反論した（二〇八頁）。なお、

「女院の回想の語り（①恨み言の語り）」の注解「『一院の御定とて、豊後国より惟栄と申す兵…』」参照。**〇又、門司赤間の波の上にて**　以下、壇浦合戦関係の記事を地獄道にあてる。諸本の地獄道の記述には問題が多い。まず、壇浦合戦を地獄にあてると読めるのは、他に〈延・大・南・屋・覚・中〉。このうち、〈南・屋・覚・中〉は壇浦合戦における平家の人々の叫び声を叫喚・大叫喚地獄になぞらえる点で比較的わかりやすい。〈延〉は前項注解に見た太宰府落の長大な記事の後に〈四〉に近い壇浦合戦の記事を地獄道とするが、天上道の直後にも「次ニ夏来レドモ装束ヲ代ル事ナケレバ、集熱《ママ》大集熱《ママ》ノ苦ノ如。又冬来ドモ衾ヲ重ヌル事ナケレバ、紅連大紅連ノ氷ニ閉ラレタルガ如シ」（巻十二―六三ウ～六四オ）とあり（これは〈四〉本段末尾に類似する）、六八オ以下の壇浦合戦を地獄に当てる記事と二種類の地獄道記述があり、しかも両者がかけ離れた位置に置かれている。佐伯真一①は、これも〈延〉の構成上の誤りであるとする（一一六頁）。〈大〉は、餓鬼道の後に壇浦合戦を記述する（一〇五頁）点、〈四〉などと同様だが、これを地獄道と明記しない。地獄道に関する記述が他になく、文脈上は地獄道かと解されるものの不明瞭である。一方、寒さ・暑さを「八寒八熱」にたとえるのが〈長〉〈国会・山崎・藤井〉。〈長〉は寒暑を地獄とする点では〈延〉の天上道直後の記事と同様だが、本文は異なり、また、位置は餓鬼道の後、畜生道（龍宮の夢）の前（5―二二二頁）。壇浦合戦の記事は恨み言の語りにはあるが、六道語りにはない。〈国会〉は、天上道の後に「いまは、なつきたれども心をくつろぐることなければ、せうねつ大せうねつのごとし。冬きたれども、きぬをかさぬることなければ、こうれん大こうれんのこほりにとぢられたるがごとし。これをしばらく天上のたのしみにたとへておぼえ候なり」（九六～九七頁）とあり、〈延〉と同様に天上道との対比で地獄の比喩を記す。壇浦合戦の記事は畜生道（姦淫問題）の後に記すが、何道とも明記しない。〈山崎・藤井〉は、畜生道（姦淫問題）の後に西海流浪を記して、寒暑を紅蓮地獄・焦熱地獄になぞらえる（〈山崎〉一九三頁、〈藤井〉三二九～三三〇頁）。その後、壇浦での女院自身の入水で語りを一度区切った後、もう一度壇浦合戦を語り、これも地獄道にあてる（後掲注解「然るに、彼の物封共乗り乱れたれば、海へ入りぬる親しき人々…」項、「九夏三伏の熱き日は…」項参照）。寒暑と壇浦合戦の双方を地獄道にあてるという意味では、〈延〉に近い面がある。これらのいずれとも異なる独自の地獄道記述を見せるのが〈盛〉で、餓鬼道の後、一の谷以降の合戦を等活地獄になぞらえ、さらに寒暑を紅蓮地獄・焦熱地獄になぞらえる（6―五〇二～五〇三頁）。要するに、地獄道については、寒暑の苦しみをあてる形と壇浦合戦をあてる形、それに一ノ谷以降の合戦全般を当てる形とが見られるわけである。壇浦合戦にあてる形は、内容的な悲惨さからも、時系列的に最後にふさわしい点でも有力だっただろうが、必ずしも諸本の本来的な形とは言い切れず、寒暑を紅蓮地獄・焦熱地獄にあてるのも有力な形として存在したことが窺えよう（本節末尾「九夏三伏の熱き日は…」以下の注解参照）。なお、壇浦合戦の記述は、「六道語り」の他、「安徳天皇追憶の語り」（後出「女院の回想の語り②安徳帝との死別」」参照）にも見られる。　**○曝風吹き来りて、行かんと欲れども行かれず、煙霞立ち隔てて、見んと思ふ処も見えず**　〈延〉「寿永二年《元暦歟》三月廿四日長門国檀浦門司赤間ノ関トカヤ中ス所ニテ数万ノ軍襲来シニ、俄ニ悪風吹来テ浮雲厚ク聳シカバ、兵共弓箭ノ本末ヲ失ヘリキ」（巻十二―六八オ～六八ウ）に近い。他に、いずれも先帝の入水場面の前に、〈大〉「悪風にはかに吹て、浮雲あつくたなびきて、弓箭のもとするもみえわかず」（一〇五頁）、〈覚〉「風にはかに吹き、浮雲《ウキクモ》あつくたなびいて、兵《ツハモノ》こゝろをまどはし、天運《テンウン》尽きて、人の力に及びがたし」（下―四〇四頁）、〈山崎・藤井〉「あくふう、にわかにふき、くろくもあつくたなびき、つわものゝきうせんのもとすゑをうしなへり」（〈藤井〉三三〇頁）が類似する。いずれも壇浦合戦当日のこととするのであるが、諸本巻十一該当部の壇浦合戦の記述に、視界が遮られるような風雨・雲霧があったとの記述はない。何に基づく記事か、未詳。　**○中有の旅の有様も之には過ぎじとぞ覚えし**　前項に見たような状況を死後の中有の旅にたとえる。他本になし。中有の旅を、闇の中を行くと考えたものか。闇の中の旅を想像した例として、〈延〉巻六に、死後の旅を「摩訶止観ニハ、冥々トシテ独リ行、誰訪ハム是非ヲ（以下略）」（三九ウ）と描く記述がある。原拠は『摩訶止観』七上（大正四六・九三c）、直接的には『宝物集』吉川本巻二、死苦の条（新大系八七頁）によったと見られる。

○東夷南蛮の者も、西戎北狄の兵も、是程情無き事や有るべき　文意や前後の文との接続がわかりにくい。類似する文は、〈延〉「命運尽ニシカバ、人ノ力及難カリキ。サレバ、着ムト思フ方ヘモ着ズ。東夷南蛮ノ兵ノ如シ。鴦掘摩羅ト云シ外道ノ仏ヲ奉打《ムト》シケルモ…」（六八ウ）の傍線部があるが、これも前後との脈絡がわかりにくい。〈四〉は敵の軍兵の非情さを述べるようであり、〈延〉の場合も、鴦掘摩羅の例に続く文脈は、やはり敵の残酷さを言った可能性が強いが、このままでは意味がとれない。あるいは、〈四・延〉のいずれにも脱落があるか。**○其も綴後と聞こゆる明君は声に扶けんと云ひ、親君と聞えしは胡国の兵に爪して身を滅ぼし**　他本になし。不明。この後の文脈から見て、殺人に関わる中国故事を二例引いて、仏典の例と合わせて壇浦合戦に対比している可能性があるが、訓み難い。「明君」は王昭君の別名であり、「胡国」との戦いは蘇武説話など多いが、それらとの関わりも不明。**○鴦堀磨と申す人は仏を殺し奉らんと欲**　〈延〉「鴦掘摩羅ト云シ外道ノ仏《ヲ》奉打《ムト》シケルモ」（六八ウ）。その他諸本なし。『宝物集』吉川本巻七、善知識の条に、「央崛摩羅は、外道の説をもちひて、千人が指をきりて、編み集むべき願有て、すでに九百九十九人が指をきる事をえたり。仏、是をあはれみて、道にゆきあひて、神通をもて、刀のおよばぬさきにたちておはしましければ、人はおぢてあはぬに、うれしとおもひておひ奉りて云、『住々大沙門、浄飯王太子、我是央崛摩、我当税一指』といひて、仏をおひ奉る。仏にちかづき奉るをもて、善知識として、滅罪生善して、果をえたりといへり」（新大系三一六頁）とある。九冊本第八冊（四〇六頁）同。身延抜書本第七分（一七七頁）ほぼ同。片仮名三巻本巻下は、「千人ヲ殺セト云事、師ノ教ヘケレバ、九百九十九人ヲ殺シツ…今一人殺ントスル程ニ…」（一七三頁）と、指を切るのではなく、殺人としている点が異なる。一巻本・二巻本なし。〈四・延〉は『宝物集』によるか。武久堅（七四頁）・今井正之助（一八頁）は、『宝物集』依拠と見る。但し、〈四・延〉どちらも略述が著しく、本文的に一致するわけではない。〈四・延〉特に「仏を殺し奉らん」とする〈四〉は、「千人が指をきりて」とする吉川本などよりも「今一人殺ントスル」とする片仮名三巻本に近いといえなくもないが、原典の『鴦掘摩羅経』では、殺した人の指を切り取って首飾りにした話なので、大きな相違とはいえないだろう。『宝物集』の原拠は、『央掘魔羅経』巻一（大正二―五一二b以下）、『増壹阿含経』巻三一（大正二―五五八b以下）、『雑阿含経』巻三八（大正二―二八〇c～二八一c）、『経律異相』巻八（大正五三―四二a～b）、『翻訳名義集』巻二（大正五四・一〇八〇b）などの仏典だろうが、仏典に比べれば大幅に略述しているので、直接的な典拠は特定しにくい。日本では、『注好選』中―四、『今昔物語集』巻一―一六、『三国伝記』巻四―一六にも見える。『打聞集』一五話にも言及あり（『打聞集の研究と総索引』三六頁）。

○山傾国は人を殺さんと欲けるも、見ざる事なれば是程には非じとぞ覚ゆる　〈延〉「化影国王ノ人ヲ殺シケムモ、ミヌ事ナレバ是程ニハアラジト覚キ」（巻十二―六八ウ）。他本なし。『宝物集』吉川本巻六、不浄観の条に、「仙預国王の人をころし給ふは、仏法を信ぜぬものを殺し給ふ也」（新大系三〇二頁。傍線部、吉川本は「仙須国王」だが、新大系は九冊本・久遠寺本により改めたもの）。九冊本第八冊（三九一頁）ほぼ同。身延抜書本第六分「仙預国王ハ、仏法ヲ不レル用者ヲコロシ」（一七二頁）。片仮名三巻本巻下「仙預国王ハ仏説ヲ不用シ故ニ五百ノ婆羅門ヲ殺シ」（一七〇頁）。二巻本巻下「せんよこくわうはほとけをもちいぬ物をころし」（八五頁）。一巻本は怨憎会苦の条で、「仙預国王之法ヲ信ゼシ五百釈種ヲコロス」（一七ウ）とする。今井正之助（一八頁）は、『宝物集』依拠と指摘。〈四〉「山傾国」は、校異25〈昭・書〉「仙傾国」も考慮すれば、『宝物集』の表記に基づく誤写（仙預国王→仙傾国）と見てよいだろう。〈延〉「化影国王」は誤りの経路がわかりにくいがやはり誤写か。「仙預国王」（仙予王、仙誉国王）は、大乗経を誹謗した婆羅門を殺したが、地獄に堕ちなかった、あるいは地獄から脱したとされる。『大般涅槃経』巻一二（大正一二・四三四c）、『経律異相』巻二六（大正五三・一四三a）、『法苑珠林』巻七一（大正五三・八二四c）、『諸経要集』巻一一（大正五四・一〇六b）など。『法苑珠林』には「如二仙誉国王一殺二五百婆羅門一、生二地獄中一。発二生信心一生二甘露国一」（『諸経要集』も同様）とあり、『宝物集』片仮名三巻本に近い。なお、『太平記』巻三六に「仙輿国王ノ五百人ヲ殺シ」（旧大系三―三四四頁）とある。

○然るに、彼の物封共乗り乱れたれば、海へ入りぬる親しき人々、

「只今ぞ御共に参る」と名乗りの声々ばかりにて、又も見えず　「物封」（もののふ）は武士。源氏の武士たちが平家の船に乗り込んできたため、平家の人々が入水した様子を描く。〈延〉「既兵共御船ニ乱乗テ軍ハ今限トナリシカバ、一門月卿雲客以下可然人々貴賤上下ヲ嫌ワズ、手ヲ取組目ヲ見合テ、各底ノミクヅト成シカバ」（巻十一―六八ウ）。次項以下で、入水しなかった人々が殺され、あるいは捕らえられるさまを地獄になぞらえる点も同様だが、〈延〉の方がやや詳しい。類似する記述は、『平家物語』諸本にはないが、〈山崎・藤井〉に見られる。〈山崎・藤井〉は、女院が自らの入水で語りを一度区切った後、「そのゝち、一もんのげつけいうんかくの人々、きけむをきらはず、かずをつくして、をのく〳〵めとく〳〵見あはせ、たがひに手と手をとりあはせ、きうせんのもとするゐをとりちがへ、みなそこのもくづとなりたまひし」（〈山崎〉一九三頁）と、人々の入水を語る。本文は〈延〉にやや近い。前掲注解「又、門司赤間の波の上にて」で見たように、この記述は、〈山崎〉（一九三頁）では「けうくはん大けうくはんのこゑ」云々に続いており、叫喚・大叫喚地獄になぞらえる地獄道の語りであると見られる（〈藤井〉三三〇頁の該当部には脱文があるようで、「けうくはん大けうくはん」の部分を欠く）。しかし、右の本文は〈延〉にやや近いものの、壇浦合戦を叫喚・大叫喚地獄になぞらえる記述は〈延〉にはなく、その点では〈南・屋・覚・中〉に似る。つまり、壇浦合戦を地獄道になぞらえる形には、敵兵による殺戮や捕縛を地獄の獄卒にさいなまれる亡者になぞらえる〈四・延〉の形と、先帝入水などによる人々の叫び声を叫喚・大叫喚地獄になぞらえる〈南・屋・覚・中〉の二つの形があり、〈山崎・藤井〉はそのどちらにも似る面があるわけである。　**〇自ら入り残りたる者共は目の前に命を失ひ、縄とかや申し嗄気なる物を付けらるるも**　〈延〉「自ラ残留リシ人々モ、眼ノ前ニ命断レ捕縛ラル。是ヲ見テハ、高モ卑モヲメキ叫ビシ音、上ハ悲想天モ響キ、下ハ龍宮城モ驚ラムトオビタヽシ」（巻十一―六八ウ～六九オ）。入水せず残った人々が殺され、あるいは捕らえられる様子。次項以下で地獄道になぞらえられる。〈山崎・藤井〉はこの記述を欠き、前項注解で見たように叫喚・大叫喚地獄になぞらえる記述に続く。なお、「縄」に関する記述は〈四〉のみ。縄による拘束としては、「紀伊国阿弓河荘上村百姓等言上状」（鎌倉遺文一二〇七六）の「ナワホダシヲウチテ、サエナマント候テ」が有名だが、平安貴族などにとって縄を用いた捕縛が見慣れないものだったことは想像できよう。上杉和彦は、「縄に代表される拘束用具によって人の身体の自由を奪うことは、嫌悪すべきことであり、かつ武士の行動の特性であるとして理解されていた」（二九五頁）と指摘している。一類本『平治物語』「（常盤を匿う主人）行衛もしらぬ君の御ゆへに、老衰たる下臈が六波羅へ召出されて、縄をもつき恥をもみて、命をうしなふほどの目にあふとても、追出し奉るべきかは」（新大系二四五頁）。

○往生要集に誡め有りて、十六地獄の色々なるを明らめし中にも、只此の有様と覚えたり　他本なし。『往生要集』が地獄に関して詳しく述べていることはいうまでもないが、巻上大文第一の六道之記述では、過半を地獄の記述に費やし、八大地獄について詳述し、各々の地獄に十六の別処があるとされる。〈四〉が「十六地獄」として引くのは、『宝物集』に影響されている可能性も考えられようか。吉川本巻二「地獄、餓鬼、畜生のありさま、天台首楞厳院の沙門源信僧都の、一代聖教を引てかき給へる往生要集と中文に、こまかにしるされて侍るめり。（中略）地獄といふは、此閻浮提の下一千由旬に有。等活・黒縄・衆合・叫喚・大叫喚・焦熱・大焦熱・阿鼻城也。是をば大地獄といふ。をの〳〵十六の別処あり。すべて一百三十六の地獄なり」（新大系六六～六七頁）。九冊本第二冊（八五頁）、身延抜書本第二分（三七～三八頁）、片仮名三巻本巻上（五一～五二頁）、二巻本巻上（三二頁）、基本的に同様。一巻本は構成が異なり、八大地獄や十六の別所、総計百三十六であることについて述べた後、「恵心僧都ハ一代聖教ヲ撰シ給ヘル往生要集ニダニモ、コマカニハ侍ラザメリ」（七ウ）とする。

○各々の彶ふ様は、牛頭・馬頭・阿防羅刹とも見えたり　敵兵のふるまいを地獄の獄卒になぞらえる。〈延〉は「地獄ノ衆生ノ獄卒ニ向テ手ヲスリ降ヲコヒ、『暫ガ暇ヲ得サセヨ』ト悲ムナレバ、『非異人作悪、異人受苦報、自得果、衆生皆如是』ト答テ、弥ヨ情無呵嘖スラムモカクヤト覚キ。又牛頭馬頭ガ器杖ヲ取ヨリモ怖シカリキ」（巻十一―六九オ）と、より詳しく、命乞いをする平家の人々の側にも目を向けた記述。その他諸本無し。牛頭・馬頭・阿防羅刹は地獄の獄卒をいう。「阿防」は、「地獄の獄卒の一つ。頭と足は牛、手と胴体は人間、力は山を抜くほど強く、三つまたの鉄叉で人間をかまの中に投げ込んで責めるという。阿防羅刹」(〈日国大〉)。 **○神に申すとも叶はず、仏に申すとも験も無し** 〈延〉は前項所引の文に続いて、「カ丶リシカバ、神ニ祈モ験ナク、国ヲ語モ叶ハザリキ」(巻十二―六九オ)とあるが、「国ヲ語モ」は解し難い。〈四〉の「仏に申すとも」がよいか。 **○実に加様の苦の遁れ難き事** 「こうした地獄の苦しみを逃れがたいことは」として、次項・次々項の「戒賢論師」「阿闍世王」を導き、その後の「然りと雖も加様の苦有り」と重複気味に呼応する。〈延〉は本項該当句を欠く。 **○戒賢論師は凡夫と申すべからず、玄弉三蔵の師なり** 〈延〉「戒賢論師ハ凡夫ナリト云ドモ、玄弉三蔵ノ師也」(巻十二―六九オ)。その他諸本なし。『宝物集』吉川本巻二、病苦の条に、「戒賢論師はたゞ人にあらず、玄奘三蔵の御師なり」(新大系八四頁)。九冊本第二冊(一〇七頁)、身延抜書本(五〇頁)、片仮名三巻本巻上(六一頁)ほぼ同。一巻本・二巻本なし。今井正之助(一八頁)は、『宝物集』依拠と指摘。〈四〉の方が『宝物集』に近く、原意を伝えているだろう。戒賢は、インドのマカダ国、世無厭寺(那爛陀寺)の僧で、玄奘に仏法を伝えた。〈盛〉巻四十四「戒賢論師悪病」に、非常に立派な学僧だったが癩病になり、自殺しようとしたが天人に仏法流布に努めよと告げられ、玄奘に会って五相宗の教えを伝えてから自殺したと語られる(6―二二四~二二五頁)。この話は、仏典では、『大唐大慈恩寺三蔵法師伝』巻三(大正五〇―二三六c)、『続高僧伝』巻四(大正五〇―四五二a)、『三宝感応要略録』巻下―一七(大正五一―八五一)などに見え、日本でも、『今昔物語集』巻六―六、『沙石集』梵舜本巻八―二三(旧大系三六六頁)、同米沢本巻八―五(新編全集四三四~四三五頁)などに見える。 **○阿闍世王は只人に非ず、霊山の聴衆なり** 〈延〉「阿闍世王ハ直人ニアラズ、霊山ノ聴衆也」(巻十二―六九オ~六九ウ)。その他諸本なし。『宝物集』吉川本巻二は、前項所引の文に続けて、「阿闍世王は凡夫といふべからず。霊山聴衆につらなる」(新大系八四頁)とある。九冊本第二冊(一〇七頁)、身延抜書本第二分(五〇頁)、片仮名三巻本巻上(六一頁)同。一巻本・二巻本なし。今井正之助(一八頁)は、『宝物集』依拠と指摘。阿闍世王は、釈迦と同時代のマカダ国の王。

提婆達多にそそのかされて父頻婆娑羅王を幽閉し殺害したが、ついには釈迦に帰依し、仏教を守るようになったという。『大般涅槃経』巻十九（大正一二―四七四a以下）、『観無量寿経』（大正一二―三四一a以下）、『仏説未生寃経』（大正一四―七七四b以下）、『仏説阿闍世王経』（大正一五―三八九a以下）等々、多くの経典に語られる。霊山（霊鷲山）における『法華経』の聴衆となったことは、『妙法蓮華経』序品（大正九―二b）に見える。日本でも、『今昔物語集』巻三―二七、『私聚百因縁集』巻二―三、『三国伝記』巻七―七その他、多くの書に見えて、極めて著名。　**○然りと雖も加様の苦有り**　校異34に見たように、〈底・昭・書〉とも錯行があるが、釈文では訂正してある。高山利弘（四四～四五頁）が指摘するように、一行十六～十七字程度の行詰めで書写された祖本の段階で一行が入れ替わったものであろう。〈延〉「然ドモ加様ノ苦ヲバ遁レ給ハザリケルニヤ」（巻十二―六九ウ）。その他諸本なし。「加様の苦」は何を指すのかわかりにくいが、〈延〉も同様。『宝物集』吉川本巻二は、前々項・前項引用文に続いて、「あるは、三年重病をうけ、あるは、癩病やみてかなしむ」（新大系八四頁）とある。九冊本第二冊（一〇七頁）、身延抜書本第二分（五〇頁）同。片仮名三巻本巻上（六一頁）ほぼ同。一巻本・二巻本なし。『宝物集』の記事は、前々項・前項注解に見たような経典に見える説を受けたものと見てわかりやすいが、〈四・延〉がそれを略記して「加様の苦」としてしまった経緯はわかりにくい。　**○昔、須陀摩王と后妃采女は斑足王に取られ、九百九十王に置かれたれども、涙を流して暇を乞ひければ帰されけり**　〈延〉「昔ノ普明王ハ、班足王ニトラレテ、九百九十九王ヲ可被誅㆒数ニ入給タリケルニ、『吾々沙門供養ノ願アリ。扛テ暫ノ暇ヲエサセヨ』ト申テ八偈ノ文ヲ誦シケレバ、即ユルシテ帰ケルトカヤ」（巻十二―六九ウ）。その他諸本なし。『宝物集』吉川本巻五、不妄語戒の条に、「昔、須陀摩王、后妃妻女をぐして、園に出てあそびゆく時、一人の婆羅門来て物をこふに、『今、園よりかへりてとらすべし』といふて、須陀摩王、野に出てあそぶほどに、鹿足王来て、鷹の雉をとるがごとくに取て、ころすべき九百九十九王の中におきつ。須陀摩王、涙をながし声をあげていはく…（以下略―婆羅門との約束を果たさないと妄語の罪にあたると言い、一度帰ってから鹿足王のもとに戻ったとする)」(新大系二二五～二二六頁。「鹿足王」は底本の「遮足王」を訂したもの)とある。『宝物集』九冊本第六冊(二八九～二九一頁)ほぼ同。身延抜書本第五分は「昔、須陀摩王、妃后妻女ヲ具シテ苑ニ出ヅ。尸羅ノ満云々。略之」(一二四頁)と略記。片仮名三巻本巻下(一四一頁)基本的に同様(「鹿足王」は「斑足王」、王が帰りたいという理由を若干略述。また、出典を「仁王経ニ見ヘタリ」と記す)。一巻本・二巻本なし。今井正之助(一八、一九、二七～二八頁)は『宝物集』依拠と指摘する。但し、今井が注意するように、〈四〉の「須陀摩王」を〈延〉では「普明王」としていることなど、問題は多く、また、著名な説話で関連資料が多いので、『宝物集』以外の書が参照されている可能性も否定できない。仏典では、『仁王般若経』下・護国品(大正八―八三〇a。片仮名三巻本が記す「仁王経」)、『六度集経』巻四(大正三―二二b)、『賢愚経』巻一一(大正四―四二六a)、『大智度論』巻四(大正二五・八九a)、『経律異相』巻二六(大正五三・一四三b。出典は仁王般若経)、『法苑珠林』巻九三(大正五三・九七七a)などに見える。王の名は、『仁王般若経』『経律異相』「普明王／班足王」、『大智度論』「須陀須摩王／鹿足王」、『賢愚経』「須陀素弥王／駮足王」、『法苑珠林』「須陀須弥王／斑足王」など。『六度集経』は「普明王」に対して斑足王の名は不記。また、日本では、「須陀摩王／鹿足王」とするものに、『三宝絵』上―二(新大系一四頁以下)、『金沢文庫本仏教説話集』(山内洋一郎『金沢文庫本仏教説話集の研究』汲古書院一九九七・11。二四九頁)、『平家族伝抄』「十一・六巻分・経島事」(汲古版影印三六六左)など、「普明王／斑足王」とするものに、仮名本『曽我物語』巻七(旧大系二七九頁以下)、『三国伝記』二―七(三弥井中世の文学、上―一二〇頁以下)、『玉藻前物語』(文明写本。室町時代物語大成・九―二九頁)、『壒嚢抄』巻七(臨川書店版五七九頁以下)、『法華経直談抄』一末(臨川版影印1―八五頁以下)、『塵荊鈔』巻九(古典文庫・下―二九三～二九四頁)などがある。本話の仏典における展開や漢訳仏典における王の名の種々相については中村史の論に詳しいが、右に見た日本の文献の範囲では、今井正之助が指摘するように、「次第に普明王系が一般的になっていったという傾向」(二八頁)を見ることもできよう。以上をふまえて〈四・

延〉の本文について述べれば、今井正之助（二七頁）も注意するように、各々不審な点がある。まず〈四〉は「后妃采女」が王と共に捕らわれたように読める点で独自であり、「九百九十九王に置かれたれども」も舌足らずでわかりにくい。さらに、「涙を流して暇を乞ひければ帰されけり」では、この説話の本来の主題から外れている。『三宝絵』が持戒波羅蜜、『宝物集』が不妄語戒の説話としているように、須陀摩王は婆羅門への布施の約束を守るために一日帰り、その後、斑足王との約束を守って戻ってきたことが、斑足王の感動を呼び、許されたもの。また、〈延〉は、王の名を「普明王」とする点で『宝物集』と異なるし、「八偈ノ文」を誦したとする点も『宝物集』に見えない。おそらく、『宝物集』からヒントを得つつ、独自の知識を加えて書いているのだろう。「八偈ノ文」は、普明王が斑足王に説いたいわゆる「四非常偈」（四無常偈）。『仁王般若波羅蜜経』下（大正八―八三〇b）、『六度集経』巻四（大正三―二二b～二三a）、『賢愚経』巻十一（大正四―四二六b～c）などに見える。三十二句から成り、「盛者必衰、実者必虚」を含むことで知られる。　**○是は類無き斑足王の情けなれども、是は少しの情も無く、珍重き事も無かりき**　〈延〉「サシモノ悪王ソラ情有ト申伝タリ。是ハ少モ情ヲ不残ズ無キ哀ム事」（巻十二―六九ウ）。その他諸本なし。『宝物集』にも類似する記述は見られない。前項に見た斑足王と対比して、悪王であった斑足王もわずかな情けを持っていたが、それさえ持たない源氏の軍兵の非情さを語る。〈四〉の場合、斑足王が「類無き情け」を持っていたかのように読めてしまうが、例えば「類無き悪王たる斑足王」の傍線部を脱落させたと考えるか、あるいは誤解による表現とも考えられようか。ここまで、壇浦合戦の経験を語ったもの。　**○九夏三伏の熱き日は…**　「九夏三伏」は、「一年のうちで、もっとも暑い時節をいう」（〈日国大〉）。以下、唐突に寒暑を地獄にたとえる。前掲注解「又、門司赤間の波の上にて」項で見たように、類似の記述は〈延・長・盛〉〈国会・山崎・藤井〉にも見られるが、位置はさまざまである。〈延〉は天上道の直後（六三ウ～六四オ）に置いて、天上道のようだった宮中の生活と対比するが、右に見てきたように壇浦合戦も地獄道にあてるので（六八オ～六九ウ）、かけ離れた位置に二つの地獄道の記述がある、混乱した形になっている。〈長〉は、全体に簡略な六道語りの最後に寒暑を地獄に譬える文を置く（5—二二二頁）。〈盛〉は一の谷以降の合戦を等活地獄になぞらえ、さらに寒暑を紅蓮地獄・焦熱地獄になぞらえる（6—五〇二～五〇三頁）。〈国会〉は、天上道の直後に寒暑を地獄に譬える文を置き、その後さらに「これをしばらく天上のたのしみにたとへておぼえ候なり」（九六～九七頁）とする。従って、これも天上道の記述の一部であるようにも見えるが、その後は、壇浦合戦は地獄と類比する記述を欠き、地獄道にあたるのは寒暑の記事のみとなっている。〈山崎・藤井〉は、畜生道の後で寒暑を紅蓮地獄・焦熱地獄になぞらえる（〈山崎〉一九三頁、〈藤井〉三二九～三三〇頁）。その後、壇浦での女院自身の入水で語りを一度区切った後、もう一度壇浦合戦を語り、これも地獄道にあてる（〈山崎〉一九三頁には「けうくはん大けうくはんのこゑ」云々がある。〈藤井〉三三〇頁の該当部には脱文があるか。前掲注解「然るに、彼の物封共乗り乱れたれば、海へ入りぬる親しき人々…」項参照）。女院が体験した時期はいずれも不明で、都落以降の生活全般に関わるものと見られる。〈大・南・屋・覚・中〉には見られないものの、このように、都落後の寒暑の苦しみを地獄道にあてるのは有力な形だが、その文をどこに置くかは諸本まちまちで、安定していない。天上道の後に置く〈延〉〈国会〉も、語りを一度終えたように見える後に置く〈山崎・藤井〉も不審であり、〈四〉の場合も、壇浦合戦を地獄になぞらえた記述の後に付加的に語った形で、やや落ち着かない感がある。　**○涼を欣へども、松風泉水も結ばずして、意に任せず**　前項注解では寒暑の記述の有無・位置などを大まかに見たが、表現レベルでは、〈延〉〈国会〉は「次ニ夏来レドモ装束ヲ代ル事ナケレバ、集熱大集熱ノ苦ノ如。又冬来ドモ衾ヲ重ヌル事ナケレバ、紅連大紅連ノ氷ニ閉ラレタルガ如シ」（〈延〉巻十二—六三ウ～六四オ）のように比較的簡略で、「九夏三伏」などの語を用いない。〈長〉は「玄冬素雪の寒よも、ふすま袖みじかく、九夏三伏の炎天にも松風泉をむすばず。是又八寒八熱とかやも思やられたり」（5—二二二頁）と、「九夏三伏」云々はあるが簡略。一方、〈盛〉「玄冬素雪ノ冬ノ夜ハ、衾ハ袖狭クスソ短クシテ、霜ノ朝雪ノ夜モツマヲ重ヌル事ナケレバ、紅蓮・大紅蓮ノ氷ニ如レ被レ閉。九夏三伏ノ夏ノ天ナレ共、斑女ガ扇モ捨レツヽ、泉ノ水ヲモ結バネバ、木陰涼キ便モナシ。焦熱・大焦熱ノ炎ニ焦ル、心地也」（6—五〇三頁）と詳細で、〈四〉に近い。〈山崎・藤井〉は、「きうか三ぷくのあつき日は、まつかけにとうけん《（ママ）》し、いはねの水にもむかはねば、あつき事しのびがたし。げんとうそせつのさむきあしたには、ふすまの袖せばくして、風身にしみわたり、たゞぐれん大ぐれんのこほりにとぢられ、せうねつ大せうねつのほのほにむせぶがごとし」（〈山崎〉一九三頁）と、やはり〈四〉に近いが、「紅蓮・大紅蓮」「焦熱・大焦熱」の比喩をまとめて後置する点に特色がある。**○焦熱・大焦熱の炎に咽ぶ思ひなり**　「焦熱・大焦熱」は八大地獄の第六・第七の焦熱地獄・大焦熱地獄。前項注解に見たように、同様の表現は〈延〉〈国会〉や〈盛〉〈山崎・藤井〉に見られる。**○玄冬素雪の寒き夜に温を求むれども、衣薄く袖狭くして、重ぬる妻も無し**　「玄冬素雪」は、「雪の降る冬。また、冬のきわめて寒いこと」（〈日国大〉）。前々項注解に見たように、同様の表現は〈盛〉〈山崎・藤井〉に見られる。「妻」は「褄」に同。**○思ふ甲斐も無かりしかば、紅蓮・大紅蓮の氷に閉ざされたりと思ひき**　「紅蓮・大紅蓮」は、八寒地獄のうちの第七・第八に当たる。八寒地獄は八熱地獄（八大地獄）の各々の傍らにあるという（『広説仏教語大辞典』）。『往生要集』巻上では、地獄道の記述の末尾に「復有㆓頞部陀等八寒地獄㆒。具如㆓経論㆒」（思想大系『源信』三二九頁）と、一言触れられるのみ。**○是又地獄道に非ずや**　地獄道のまとめ。〈延〉「サレバ地獄ノ苦モカクヤト覚侍リキ」（巻十二—六九ウ）のように、諸本に類似の句あり。**○今一つの道を経たりと覚え候へども、其までは片腹痛く候へば、申し侍ふに及ばず」と申させたまへば**　女院が六道のうち五道を語った後、畜生道を語る前に口ごもったとする。〈延・盛〉〈国会〉も同様。〈延〉「今一ノ道、其マデハ不及申㆒、ト申サセ給ケレバ」（巻十二—六九ウ）。〈盛〉「今一ノ道モ経タル様ニ思候へ共、其マデハ申モ事長様ニ候へバ、ト申サセ給へバ」（6—五〇三頁）。〈国会〉「又いま一だうは、申べき事なし、とおほせありければ」（九八頁）。姦淫問題の畜生道（次節）を語るのにためらったとするもの。一方、〈大〉〈山崎・藤井〉は、〈四・延・盛〉と同内容の畜生道を有するにもかかわらず、他の五道と同様に語ってしまう（〈大〉一〇三頁、〈山崎〉一九二頁、〈藤井〉三二八頁）。位置は餓鬼道の後、地獄道の前に置かれており、壇浦合戦直前の船中生活のことと読めば、女院の人生の時系列としても、天上道から地獄道へと降ってゆく六道の順序としても、大きくは矛盾しないものではある。ただ、〈大〉〈山崎・藤井〉では、畜生道の話題に対する女院の恥じらいを描く意識がごく希薄であるといえよう。女院が近親相姦を噂されたという衝撃的な話題を自ら語るという深刻さを考えれば、〈四・延・盛〉〈国会〉のように、女院が一度は口ごもり、法皇に促されて語り出すという形をとるのが自然であり、本来的な形であったと見るべきだろう。

【引用研究文献】

＊今井正之助「平家物語と宝物集—四部合戦状本・延慶本を中心に—」（長崎大学教育学部人文科学研究報告三四号、一九八五・3）

＊上杉和彦「「中世成立期刑罰論ノート」（遥かなる中世一四号、一九九五・3。『日本中世法体系成立史論』校倉書房一九九六・5再録。引用は後者による）

＊小泉弘『貴重古典籍叢刊8　古鈔本宝物集　研究篇』（角川書店一九七三・3）

＊佐伯真一①「女院の三つの語り—建礼門院説話論—」（『古文学の流域』新典社一九九六・四）

＊佐伯真一②『建礼門院という悲劇』（角川選書二〇〇九・六）

＊高山利弘「四部本平家物語に関する試論—失われる「読み」をめぐって—」（語文論叢一二号、一九八四・9）

＊武久堅「『宝物集』と延慶本『平家物語』—身延山久遠寺本系祖本依拠について—」（人文論究二五巻一号、一九七五・6）

＊筑土鈴寛「唱導と本地文学と（一）」（国語と国文学一九三〇・8。『筑土鈴寛著作集・三』せりか書房一九七六・7再録。引用は後者による）

＊中村史「スタソーマ王本生譚と『三宝絵』」（『伝承文化の展望—日本の民俗・古典・芸能—』三弥井書店二〇〇三・1）、「スタソーマ王本生譚の原型と展開」（仏教文学二七号、二〇〇三・3）。いずれも『三宝絵本生譚の原型と展開』（汲古書

院二〇〇八・2再録）
＊ニールス・グュルベルク「翻刻・影印されている講式の部類別一覧―付・別名索引―」（大正大学綜合佛教研究所年報一八号、一九九六・3）
＊水原一『延慶本平家物語論考』（加藤中道館一九七九・6）
＊村上學「「大原御幸」をめぐるひとつの読み―『閑居友』から語り本への変質まで―」（『中世宗教学の構造と表現―佛と神の文学―』三弥井書店二〇〇六・4）
＊山内洋一郎①「法華百座聞書抄の説話」（『法華百座聞書抄総索引』武蔵野書院一九七五・3）
＊山内洋一郎②「阿弥陀魚説話考―和泉式部歌集と百座法談と―」（中世文芸四六号、一九七〇・3）
＊山田昭全①「共同研究二十五三昧講式」（大正大学綜合佛教研究所年報四号、一九八二・3。『山田昭全著作集・一　講会の文学』おうふう二〇一二・1再録。引用は後者による）
＊山田昭全②「永観作『三時念仏観門式』をめぐって―解説並びに翻刻―」（『仏教文化の展開　大久保良順先生傘寿記念論文集』山喜房一九九四・11。『山田昭全著作集・一　講会の文学』おうふう二〇一二・1再録。引用は後者による）

六道語り（④畜生道）

【原文】

法皇被仰誠承加様時コソ顕五道六道心モ覚候ヘ[1]是程承万ッ事今一道残[2]下事コソ懸心覚候ヘ同申[3]セ下ヘ承候ヤ女院申セ下成斯

身後奉隠何事可キ侍天竺術婆伽后宮結契[4]窟[5]〔恨キ〕[6]夢路[7]阿育大王后思懸継子蓮花夫人子倶那羅太子不聞[8]下恨ッ、▽二八二右事
取上歯印抜両眼依之大王亡下モ八万四千人后浅猿カリキ又皇女欲[9]シ近付海人皇后親[10]ミ下シ馬下[11]カ子御事而[12]レ震旦則天皇[13]
后逢張文成得遊仙窟我朝奈良帝御娘孝謙天皇被行[14]〔汀歟〕恵美大臣[15]又[16]徳天皇染殿后被死[17]金青鬼時[18]平臣御娘京極
御息所▽二八二左[19]参日吉[20]ヘ志賀寺上人奉懸心今生行業奉譲君[21]申ケレ誠道知辺詠耶[22]在原業平二条后只人シ盗[23]源氏女三宮合ヒツ、

柏木右衛門香ル源氏大将
誰[24]世ニカ種ヲ蒔シト人問ハ岩根ノ松ハ何答ン

源氏云恥シャ入灯ヒ夏虫由[25]笛秋鹿至山野獣▽二八三右江河鱗無墓契[26]失命承而涅槃経文

所有三千界　男子諸煩悩　合集為一人　女人之業障

如来説置[27]下シ理実加様事有モ無モ人申事ナレ不及力世人コソ多ケレ兄《アニ》立名候事是可ル申今一道〔但〕[28]倶那羅太子被ケレ抜眼

顕[29]シキ無実名為女人身不《ネ》候晴遣《ハレヤリ》方モ最度罪深覚ヘ候是経六▽二八三左道申候今恋[30]キ処只西方浄刹

地獄非地獄　我心有地獄　極楽非極楽　我心有極楽

云候ヘ文モ地獄[31]モ極楽モ備我身又弘法大師御筆極楽不[32]レ遠ラ眼前境界弥陀在近[33]キ我性心蓮申タレハ悟レ可コソ成仏覚候
申[34]セ下ヘ始進法皇供奉月卿雲客モ聞下之昔釈尊出世説法シ下モ身▽二八四右子目連等大羅漢十方衆会諸聖衆烈座[35]シ聴[36]聞玉モ争可倍
之又受経文天台妙楽等大師被ケモ釈是程澄[37]ミ心貴事耶可[38]有五百羅漢中聞下シ説法第一富楼那尊者弁舌モ有[39]レ限是
可[40]レシャソ過覚世亦御ハシ斯人覚哀貴各々最度揰ッ、袖心閑聞下程

【釈文】

法皇仰せられけるは、「誠に加様に承る時こそ、五道六道の心も顕れたりと覚え候へ。[1]是程に万づの事を承りたるに、今一道残[2]したまふ事こそ心に懸かりて覚え候へ。同じくは申させたまへ。[3]承り候はばや」。女院申させたまひけるは、「斯かる身と成りたる後は、何事をか隠し奉り侍るべき。天竺の術婆伽は后宮に契[4]りを結びて窟《うつつ》[5]に夢路[7]を恨[6]みき。阿育大王の后は思ひを継子に懸け、蓮花夫人の子倶那羅太子の[8]▽二八二右聞きたまはざる事を恨みつつ、歯印《しいん》を取り上げ、両眼を抜きたり。之に依りて、大王、八万四千人の后を亡ぼしたまふも浅猿《あさま》しかりき。又、皇女は海人に近付かんと欲《シ》[9]、皇后は馬下[11]が子に親[10]しみたまひし御事なり。而[12]れば震旦の則天皇后[13]は張文成に逢ひて遊仙窟を得、我が朝の奈良帝の御娘孝謙天皇は恵美の大臣[15]に汚(行)[14]され、文(又)[16]の徳天皇の染殿后は金青鬼に犯(死)[17]され、時平[18](朝)臣の御娘▽二八二左京極御息所は日吉へ[20]参り[19]しに、志賀寺上人、心を懸け奉りて、『今生の行業を君に譲り[21]奉る』と申しければ、『誠の道の知辺《しるべ》せよ』と詠《なが》めけるとかや。[22]在原業平は二条后の只人たりしを盗み、[23]源氏の女三宮は柏木の右衛門に合ひつつ、香《かをル》の源氏大将を、

誰[24]が世にか種を蒔きしと人問はば岩根の松は何《い》かが答へん

と源氏の云ひけるも恥かしや。灯《ヒ》に入る夏の虫、笛[25]に由る秋の鹿、山野の獣、▽二八三右江河の鱗に至るまで、墓無き契[26]りに命を失ふと承る。而れば涅槃経の文に、

所有三千界　男子諸煩悩　合集為一人　女人之業障

と如来の説き置き[27]たまひしも理なり。実に加様の事、有るも無きも人の申す事なれば、力及ばず。世に人こそ多けれ、兄《アニ》に名を立て候ひし事、是ぞ今一道と申すべかるらん。但[28]し倶那羅太子は眼を抜かれけれども無

実の名を顕しき[29]。女人の身と為《し》ては晴《ハ》れ遣《ヤ》りたる方も候はねば、最度《いとど》罪深く覚え(へ)候ふ。是ぞ▽二八三左六道を経たりと申し候ふ。

今は恋[30]しき処とては只西方浄刹なり。

地獄非地獄　我心有地獄　極楽非極楽　我心有極楽

と云ふ文も候へば、地獄[31]も極楽も我身に備はるなり。又、弘法大師の御筆にも、『極楽遠[32]からず、眼前の境界。弥陀近[33]きに在り、我性心蓮』と申したれば、悟れば成仏すべしとこそ覚え候へ」と申[34]させたまへば、法皇を始め進らせて、供奉の月卿雲客も之を聞きたまふ。昔、釈尊世に出でて説法したまふも、▽二八四右身子・目連等の大羅漢、十方衆会し、諸の聖衆列(烈)[35]座し聴聞[36]したまひしも、争《いか》でか之《これ》に倍《まさ》るべき。又、経文を受けて、天台・妙楽等の大師の釈せられけるも、是程には心澄[37]み貴き事や有るべき[38]。五百羅漢の中に説法第一と聞こえたまひし富楼那尊者の弁舌も、限り有[39]れば是に過[40]ぐべしやとぞ覚えし。世に亦斯かる人御《おハ》しますと覚ゆるにも、哀れに貴く、各々最度《いとど》袖を捶《しぼ》りつつ、心閑《しづ》かに聞きたまひける程に、

【校異・訓読】 1〈書〉「候」。2〈書〉「残」。3〈書〉「申セハ」。4〈底・昭・書〉「熱」にも見える字。5〈昭〉「寤メ」。6〈底〉「恨キ」傍書補入。〈昭〉「恨」傍書補入。〈書〉「恨」通常表記。7〈書〉「各」。8〈書〉「聞」。9〈書〉「欲」。10〈底〉「親ミ下シ」の「シ」は「モ」にも見える。〈昭〉「親ミ下モ」。11〈書〉「下」。12〈昭〉「而」。13〈書〉「后皇」。14〈底・昭・書〉「行」に「汀歟」と傍書。「汀」は「汚」の異体字の誤りか。15〈書〉「大人臣」。16〈書〉「文徳」。17〈底・昭・書〉「死」。18〈底〉「時平臣」(「臣」は「呂」にも見える)、〈昭〉「時平臣」、〈書〉「時平呂」。19〈書〉「三」に「参」と傍書。20〈昭〉「吉」。21〈書〉「居」。22〈昭〉「邪」。23〈書〉「盗賊」。24〈書〉「誰カ」。25〈昭・書〉「由レ笛」。26

〈底・昭・書〉「熱」にも見える字。27〈書〉「置シ」。28〈底・昭〉「但」を傍書補入。〈書〉は本行に「倶但那…」と順序を誤って記す。29〈書〉「顕シ」。30〈書〉「恋」。31〈昭・書〉「獄」。32〈書〉「不レ遠」。33〈書〉「近」。34〈書〉「中セハ」。35〈書〉「列坐シ」。36〈書〉「聴聞シ」。37〈書〉「澄モ」。38〈書〉「有可」。39〈書〉「有ヒ」。40〈書〉「可レ過シヤ」。

【注解】〇法皇仰せられけるは、「誠に加様に承る時こそ、五道六道の心も顕れたりと覚え候へ　前節までの女院の語りをふまえて、六道体験のうちの五道に共感しつつ、畜生道の語りを促す。〈延・盛〉同様。〈延〉「誠ニ加様ニ委ク被仰一之時コソ、六道ノ有様ゲニト思知レ侍レ」（巻十二―六九ウ）、〈盛〉「六道ノ有様、生ヲ替ズ御覧ジ廻由、誠ニ理ニ候」（6―五〇三頁）。〈四・延・盛〉と前後の記事が共通する〈国会〉は、本項該当文はなく、次項の語りの催促に移る。また、前節末尾の注解に見たように、〈大〉〈山崎・藤井〉は、姦淫問題の畜生道を、六道語りの中、餓鬼道と地獄道の間で語る。〈大〉〈山崎・藤井〉では、畜生道の話題に対する女院の恥じらいを描く意識がごく希薄であるといえよう。〈長・南・屋・覚・中〉は、畜生道を龍宮の夢とするので、法皇が畜生道の語りを促すような場面はない。なお、〈四〉の場合、法皇は、次段「女院の回想の語り（①恨み言の語り）」の冒頭でも、「更に今は何事も憚り無く仰せらるべく候ふ。誠に六道の有様に違はずと覚え候ふ。加様に思し食し連けたる御心中、貴く覚え候へば、一事も残すべからず」と、本項と類似の言葉を述べて、さらに「恨み言の語り」を促すことになる。一方、〈延・盛〉では、この後、法皇の女院に対する慰めの言葉などはあるが、女院の体験は確かに六道であったと納得する言葉はここのみ。〈覚〉では、女院の語りの後、法皇が玄奘・日蔵の例を引いて、「是程まのあたりに御覧ぜられける御事、誠にありがたふこそ候へ」（下―四〇六頁）と述べる。〈山崎・藤井〉では、女院の語りの後、法皇が「ゆめまぼろしよりもはかなき世のありさまに、六だうりんゑのくるしみ、をはしましつるが、いまは、一ぜうめうてんのみのりをたもちて」（〈藤井〉三三二頁）云々と述べる。〈長・大・南・屋・中〉〈国会〉では、法皇が涙を流すなどの描写はあっても、女院の体験を六道であると納得する言葉はない。　**〇是程に万づの事を承りたるに、今一道残したまふ事こそ心に懸かり**

て覚え候へ。同じくは申させたまへ。承り候はばや　畜生道の語りの催促。畜生道を姦淫問題として設定する〈延・盛・大〉〈国会・山崎・藤井〉（次項注解参照）のうち、〈延・盛〉〈国会〉に類似の言葉がある。〈延〉「今一ノ道ハ何事ニカ。是程承程ニテハ非可憚思召㆒、同ハ承バヤ」（巻十二―六九ウ～七〇オ）。〈盛〉〈国会〉は、〈盛〉「但今一ヲ残サセ給事、イト本意ナシ。仏道ニハ懺悔トテ罪ヲカクサズトコソ承候へ」（6―五〇三～五〇四頁）、〈国会〉「これまでおほせ候ほどにては、一じ《（事）》ものこさせ給ふべからず。ざいしやうざんげのためなるべし。うけたまはり候はんずる」（九八頁）と、懺悔の勧めを加える。その他諸本なし。**○斯かる身と成りたる後は、何事をか隠し奉り侍るべき**　女院の言葉。以下、畜生道の語り。〈延・盛・大〉〈国会・山崎・藤井〉も、同様に姦淫問題として畜生道を語る。一方、〈長・南・屋・覚・中〉は、龍宮の夢を畜生道にあてていると読める。両者の前後関係などに関する議論については、後掲「龍宮の夢の事」冒頭「爾ても何つぞや」注解参照。さて、本項は、〈延〉「家ヲ出、カヽル憂身ト成ヌル上ハ、何事ニカ慎侍ルベキ。今コソ申サズトモ、後生ニテ浄頗梨ノ鏡ニ移レ、倶生神ノ札ヲ糺ム時ハ、何ノ隠カ可侍㆓」（巻十二―七〇オ）。〈盛〉「家ヲ出テ懸身ト成候ヌレバ、何カハ苦ク候ベキ。又御伴ニ候ハル、人々モ、見ナレシ事ナレバ、恥シカルベキニ非」（6―五〇四頁）。〈国会〉「はづかしうおぼしめされけれども、いゐをいでゝかゝるうき身となりはんべるうへは、なに事をかつゝみはんべるべき。いまこそつゝみはんべるとも、じやうはりのかゞみにうつされて、くしやうじんのふだをたゞされんときは、かくれあるべからず」（九八頁）。〈延〉〈国会〉は、浄頗梨の鏡・倶生神の札に言及し、罪業の告白に近いものがある。〈大〉〈山崎・藤井〉は該当句なし。**○天竺の術婆伽は后宮に契りを結びて竊に夢路を恨みき**　以下、女院自身の体験の問題を語る前に、三国の故事先例を列挙する。〈延〉〈国会〉も同様の構成。一方、〈盛・大〉〈山崎・藤井〉は、女院自身の体験の問題を先に語ってから、先例を並べる。本項、〈延〉は「天竺ノ術婆迦ハ后ノ宮ニ契ヲナシテ、墓ナキ夢地ヲ恨」（巻十二―七〇オ）と〈四〉に類似。〈国会〉も、「てんぢくのじばか、きさきの宮におもひをかけ、ゆめのみちをうらみき」（九八頁）と近い。一方、〈盛・大〉は、〈盛〉「天竺ノ術婆訶ハ后宮ニ契ヲナシ、夢路ヲ恨テ炎ト昇」（6―五〇五頁）、〈大〉「天竺に術薄伽といひし物は、后の宮に参てさむる夢をうらみてほむらと上り」（一〇三頁）、〈山崎・藤井〉「天ぢくのしゆひ大わうはきさきのみやにちぎりて、さむるゆめぢをうらみ、ほむらとたちのぼる」（山崎一九二頁）と、「炎」云々が類似（なお、〈山崎〉の波線部「しゆひ大わう」は〈藤井〉三二九頁も同様だが、「しゆつはか」を誤ったものだろう）。『宝物集』吉川本巻五は、不邪淫戒の条で女人の愛欲を語る中で、「皇后はあみ人にあはんとちぎり…（中略）…后、網人にあはんとし給ふ事は、天竺に網人あり。名を術婆迦といふ。魚をもて王宮にいたるに、おもはざるに后をみたてまつる。術婆迦、后を見たてまつりて後、煩悩のおもひさむる時なく、なげきかなしみて、病の床をおきず。術婆迦が母、この事をあやしみて、ゆへをとふに、術婆迦かくすとすれども、つゐに母にかたる。子の病をなげきて、王宮にまうでて、后のかたにたゝずむ。后あやしみて、ゆへをとひ給ふ。網人が母、ことのありさまを申。后、あはれとおぼして、五百両の車をかざりて、社殿にまいりて、網人にあはんとちぎり給ふ事なり。大論に、『女は貴賤をきらはず、但欲是にしたがふ』と申たるもことはりにこそ侍るめれ」（新大系二一二～二一三頁）とする。九冊本第二冊（二七一～二七二頁）、身延抜書本第五分（一一九頁）、身延零本（三三ウ）、片仮名三巻本巻下（一三四～一三五頁）、基本的に同様。一巻本・二巻本なし。今井正之助（一八頁、二五～二七頁）は、『宝物集』依拠と指摘する。但し、『平家物語』諸本は、術婆伽が眠ってしまって后に会えなかったために「夢路を恨み」、さらには「炎ト昇」（〈盛〉。〈大〉〈山崎・藤井〉同様）と、『宝物集』にはない要素に言及している。この点、『宝物集』の場合、邪淫戒を説く文脈で女性の貴賤を問わぬ好色を述べるために后が術婆伽と「あはんとちぎる」ところまでしか語らないが、『大智度論』巻一四（大正二五―一六六ａ～ｂ）の原話では、王女（后ではない）が術婆伽に会おうと約束はするものの、術婆伽が神のさしがねで眠らされて契りには至らず、そのために術婆伽が自ら「婬火」を発して焼け死ぬという話である。島内景二（三〇一～三一八頁）が紹介したように、日本では、早く『三教指帰』巻上「寧莫㆓術婆伽之焼㆑胸」（旧大系九三頁）の例があり、その注釈である中山法華経寺本『三教指帰注』や、『源氏物語』「帚木」の「人やりならぬ胸こがるる夕もあらむとおぼえはべり」(新編全集・1―八四頁)に対する注として、『紫明抄』巻一(角川書店『紫明抄・河海抄』二六頁)、『異本紫明抄』(黒川本)巻一(『ノートルダム清心女子大学古典叢書・第二期1紫明抄一』四三オ~四四ウ)、『河海抄』巻二(『紫明抄・河海抄』二二五~二二六頁)、『仙源抄』(『源氏物語大成・七』六二三頁)に説話が引かれる。また、『和歌童蒙抄』第四(『歌学大系・四』―一九六~一九七頁)、『古今灌頂口伝』(『中世古今集注釈書解題・五』五一六~五一八頁)、『類題法文和歌集注解』巻一三(古典文庫四七九『類題法文和歌集注解(三)』一四四~一四六頁)などの歌学書にも説話が引かれる。その他、『三国伝記』巻六―一七、『太平記』巻十一、『浄瑠璃物語』等々、多くの書が指摘される。また、鈴木元(五九~六一頁)によれば、『庭訓往来』注(東洋文庫蔵『庭訓之抄』)、神道書(『神道関白流雑部』)にも説話が引かれ、「術婆伽」の名は見えないものの、『世諺問答』や『拾芥抄』歳時部第一などにも類話が見られる。さらに牧野淳司(三三~三六頁)は、『恋塚物語』『和漢朗詠集和談抄』『明文抄』の他、「術婆伽」の名は見えないものの、韓国で独自に発展した例として、『大唐韻府群玉』巻二十の「殊異伝」引用を紹介する(なお、この「殊異伝」は『新羅殊異伝』の逸文である。東洋文庫『新羅殊異伝』一〇七頁以下参照)。さて、島内景二は、『大智度論』の術婆伽説話は女性の好色を説いていたが、『三教指帰』巻上(旧大系九三頁)は「身分の低い男が恋ゆえに破滅するというふうに力点を置き換え」ており(三一〇頁)、日本では、以後もそうした例が多いと指摘する。そうした中で、『宝物集』の記述は視点の面では『大智度論』に近いが、術婆伽の破滅にふれない点ではやや異色ともいえよう。『平家物語』諸本は『宝物集』とは異なり、一般的な術婆伽説話に近い記述をしているわけだが、この後に列挙される話材の一致からは『宝物集』と無縁であると考えることもできない。佐伯真一①は、「平家諸本も女性の姦淫問題を扱う文脈なのだから、むしろ『宝物集』のように后が術婆伽に会うと約束したことを記しても良かったとも言えようが、右のような形になったのは、やはり術婆伽説話に関する通念を諸本の編者が共有していたからだろう」(一四五頁)とする。なお、術婆伽の恋の相手は前記のように本来は王女であり、日本でも『紫明抄』が「帝王のひめ宮」、中山法華経寺本『三教指帰注』が「ヒメ君」、『類題法文和歌集注解』が「王女」とするように正統的な記述もあるが、『宝物集』の他、『仙源抄』『和歌童蒙抄』『古今灌頂口伝』などが「后」とするように、后とする文献も多い。**○阿育大王の后は思ひを継子に懸け、蓮花夫人の子倶那羅太子の聞きたまはざる事を恨みつつ**　倶那羅太子説話。「阿育大王の后は継子蓮花夫人の子倶那羅太子に思ひを懸け」などとも訓めるが、文意から判断してこのように訓読した。〈延〉「阿育大王ノ子倶那羅太子ハ継母蓮花夫人ニ思ヲ被懸ウキ名ヲ流シ」（巻十二―七〇オ）。〈盛〉「阿育大王ノ鳩那羅太子ハ八万四千ノ后ヲ亡給ケリ」（6―五〇五頁）は、鳩那羅太子が后を滅ぼしたと読める。脱文があるかもしれないが、〈山崎・藤井〉も、「大わうのくなう《ママ》八まん四千のきさきをほろぼし」（〈山崎〉一九二頁）と、類似の形。〈大〉は本項該当記事なし（〈盛・大〉〈山崎・藤井〉については次々項参照）。〈国会〉は倶那羅太子説話なし。諸本の形は不安定だが、〈四〉はこの後、「但し倶那羅太子は眼を抜かれけれども無実の名を顕しき」（後掲注解参照）と、この説話にもう一度触れており、〈延〉では女院出家の条でも、「昔シ鳩那羅太子、十二因縁ノ聞法ノ涙良薬ト成テ盲目ノ眼ヲ開キ」（巻十一―六一ウ）と、同話を引いている。『宝物集』吉川本巻五は、「あるは倶那羅太子の眼をくじりき」（新大系二二二頁）と題目を提示した後、別の説話を挟んで、「倶那羅太子の眼をくじると云は、阿育王の后、継子の倶那羅太子をおもひかけ給ふを、太子かたく辞し申給ふによりて、ふたつの眼をくじり給ふ事也」（同二二四頁）と説明する。九冊本第五冊（二七一～二七三頁）、身延零本（三三ウ～三四オ）、片仮名三巻本巻下（一三四～一三六頁）は、小異があるが概ね同様（身延零本は「阿育王」を「悪王」に作る）。身延抜書本第五分は、題目提示は同様だが（一一九頁）、説話の説明は「倶那羅太子事。〈如二昔林抄一〉」と省略する（一一〇頁）。二巻本下巻（六六頁）は、題目提示の形をとらないが、説話の記述は同様。一巻本なし。武久堅（七六頁）・今井正之助（一八頁、一九頁、二七頁）は『宝物集』依拠と指摘する。倶那羅太子説話の文献として、仏典では、『六度集経』巻四（大正三―一七c～一八b。但し「法施太子」とする）、『阿育王伝』

巻三（大正五〇―一〇八 a以下）、『阿育王経』巻四（大正五〇―一四四 a以下）、『阿育王息壊目因縁経』（大正五〇―一七二 b以下）、『大唐西域記』巻三（大正五一―八八五 a以下）、『経律異相』巻三三（大正五三―一八〇 b以下）、『法苑珠林』巻九一（大正五三―九五九 a以下）などがある。また、日本では、『今昔物語集』巻四―四、『三国伝記』巻七―四、『法華経直談抄』巻五末―一五（臨川書店版2―三〇四頁以下）、『榻鴫暁筆』（中世の文学二一一～二一二頁）がある。これらによれば、阿育王の后が継子の倶那羅太子に恋慕したが、太子が聞き入れなかったために恨んで失明させるなどの挙に出たもの。まず、〈四・延〉の「蓮華夫人」が問題となる。〈延〉では「蓮華夫人」は継母の名だが、〈四〉の掲出の形では倶那羅太子の実母が「蓮華夫人」だったと解される。しかし、該当の名は『宝物集』には記されず、前掲の諸書でもこれを記すものは少ない。『阿育王伝』では実母の名を「蓮華」（一〇八 a）、第一夫人を「帝失羅叉」（一〇八 b）とする。『法苑珠林』も、実母「蓮華夫人」、大夫人を「帝失羅叉」（九五九 a）とする。但し、この「第一夫人」「大夫人」は継母と明記されるわけではないが、『大唐西域記』では、母の名を記さないものの、太子の母である「正后」が亡くなった後、「継室」が太子に恋慕したとする。一方、日本の文献では両者を実母・継母としており、『今昔物語集』は実母の名はなく、継母「帝尸羅叉」。『三国伝記』巻七―四も実母の名はないが、継母を「蓮華夫人」とする。『法華経直談抄』は、実母「普要婦人」、継母「微妙羅貴尼」。以上を整理すれば、「蓮華（夫人）」は、『阿育王伝』や『法苑珠林』及び〈四〉では倶那羅太子の実母の名だが、〈延〉や『三国伝記』では倶那羅太子に恋慕した第一夫人（継母）の名とされるわけである。『三国伝記』（三弥井書店中世の文学版下―三一八頁、補注巻七―四）は、これらの点により、同書の記す「蓮華夫人」の名が「どこからどうしてもたらされたものか、まったく不明という他ないが、あえて想像すれば、『法苑珠林』の実母の名がどこかで継母の名と誤解されて伝えられたのかもしれない」としている。〈延〉は『三国伝記』と同様の誤解を見せている（〈延〉編者の手元には『三国伝記』の依拠資料に近い資料が存在したことについては、牧野和夫・八五～九五頁などに指摘がある）。それに対して、〈四〉は、『宝物集』に見えない仏典本来の名を伝えていることになる。『平家物語』としては、〈四・延〉いずれの形が先行するかは判断の難しいところだが、いずれにせよ、両者の祖本が『宝物集』の本文そのままの引用でなかったと見られることには注意すべきか。　**○歯印を取り上げ、両眼を抜きたり**　他本になし。『宝物集』にもない部分。「歯印《しいん》」は「古くインドに見られた風習で、文書、証書などに粘土で封をし、その上に、封じる人の歯形をつけたもの」（〈日国大〉）。夫人は阿育王が眠っている間に、ひそかにその印をとって勅書とし、太子の両眼を奪うように命じた。『阿育王伝』に「王還睡眠。夫人以二王歯印一印レ書、遣レ使齎レ書。勅二得叉尸羅国人一挑二拘那羅眼一」（大正五〇―一〇九a）、『経律異相』「王復眠。夫人以二大王歯一齧印レ之。遣レ使送与二徳叉尸羅人一」（大正五三―一八一b）、『阿育王経』（大正五〇―一四五b）や『法苑珠林』（大正五三―九五九b）にも類似の記述がある。『大唐西域記』では、類似の記述の後、太子の言葉として、「父而賜レ死其可レ辞乎。歯印為レ封誠無レ謬矣。命二旃荼羅一抉二去其眼一。眼既失明」（大正五一―八八五a）ともある。『今昔物語集』「大王ニ酒ヲ善ク令呑テ極テ酔テ臥給ヘル間ニ、蜜ニ此ノ歯印ヲ指取ツ。其後、太子ノ住給フ徳叉尸羅国へ…（以下略）」（新大系1―三〇二頁）。『法華経直談抄』は「父ノ大王ノ仰ニハ、我奥歯ニ文字アリ。用ノ事アラバ、此歯印ヲ摺テ可レ遣ス（中略）大王ニ酒ヲ勧テ酔ヒ臥シ給フ時、歯印ヲ押テ…」（臨川書店版2―三〇六頁）。『三国伝記』は「手印」とする（下―三二頁）。今井正之助は、「四部本の表現は誤解を招くまでに簡略化されている」（二七頁）と指摘する。確かに、本来の話を知っていれば正しく理解できるとしても、知らなければ「歯印を取り上げ」は解し難い。〈四〉編者自身が説話を正確に理解していなかった可能性も考えられよう。だが、〈四〉編者は、『宝物集』にない要素を何らかの文献によって書き加えているようである。なお、『雑談集』巻四「六賊ノ事」には、死骸の無残さを譬えて「クナラ太子ノ御マナコモ、カクヤヲハシケム」（三弥井書店中世の文学版―一四四頁）とある。　**○之に依りて、大王、八万四千人の后を亡ぼしたまふも浅猿しかりき**　〈盛〉「阿育大王ノ鳩那羅太子ハ八万四千ノ后ヲ亡給ケリ」（6―五〇五頁）、〈山崎・藤井〉も類似の形（前々項注解参照）。〈大〉「あいく大王は八万四千の后をほろぼし」（一〇三頁)。〈延〉〈国会〉なし。今井正之助(二七頁)が指摘するように、倶那羅太子説話とは別の話。『宝物集』では、巻二・怨憎会苦の条「阿育王は八万四千の后をころし」(新大系一〇六頁)と、巻四・三宝を信ずべしの条「阿育王の八万四千の后をころししをもにくみ給はず」(同一六九頁)の二箇所に引かれる。九冊本第二冊(一三四頁)・第四冊(二一五頁)。身延抜書本第二分(六六頁)・第四分(一〇二頁)。片仮名三巻本巻上(七一頁)・巻中(一〇七頁)。身延零本は三宝を信ずべしの条のみあり(一二オ)。一巻本「阿育大王之僧ヲ拝セシ九百九十ノ后ヲコロシ」(一七ウ)は誤解があるか。二巻本なし。第二夫人の産んだ子を殺した第一夫人に腹を立てる余り、八万四千人の后を殺したという、阿育王の八万四千塔造立起源譚となっている。阿育王の八万四千塔については、望月『仏教大辞典』「阿育王」項に、「王が其の国内に八万四千の僧伽藍を建て、八万四千の仏塔を造れりと云へる伝説は、島史第六章、善見律毘婆沙第一、雑阿含経第二十三、阿育王伝第一等に悉く掲ぐる所なるも、王の法勅中には此等の事を記せず」(1—5頁)とある。八万四千塔の起源として右のように后を殺した話を語るのは、仏典では、『釈迦譜』第五(大正五〇—七八c～七九a)、『法苑珠林』巻三七敬塔篇三五(大正五三—五七八c～五七九a)がある(いずれも典拠を「大阿育王経」とするが、未詳)。日本では、『今昔物語集』巻四—三、『法華経直談抄』三末(臨川書店版1—四八三頁)、『大経直談要註記』巻二十(浄土宗全書13—二四五頁)、『壒嚢抄』巻九(臨川書店版六一六頁)などに見える(なお、阿育王伝承の日本における展開については、追塩千尋に詳しい考察があり、関連説話の一覧もなされている。一一八～一二二頁)。この説話における阿育王の怒りは、〈四〉の記述のように倶那羅太子の件が原因となったわけではない。だが、阿育王が盲目とされた倶那羅太子を発見してその継母を殺す話と、迫害された第二夫人を発見して他の后を殺す話とは筋書きが似ているため、〈四〉のような理解が生まれたものか。だとすれば、「倶那羅太子が八万四千人の后を殺した」と読める〈盛〉〈山崎・藤井〉の記述は、〈四〉のような形に基づいてさらに誤解を重ねたものとも考えられるが、〈盛〉には独自の修訂も見られるので、〈四〉的本文の誤解によるとは必ずしも言えない。倶那羅太子に言及せず、単に阿育王が八万四千の后を滅ぼしたという〈大〉は、右のような説話を略述したものと見れば正しい記述だが、女人の愛欲との関連がわかりにくい。今井正之助は、〈大〉を「四部本もしくは盛衰記のような先行本文の想定されるところである」（三二頁）と見る。

○又、皇女は海人に近付かんと欲　他本なし。今井正之助（二七頁）の指摘通り、『宝物集』が説話本体の前に説話の概要を簡単に述べた一文によるものだろう。即ち、『宝物集』吉川本巻五は、前掲注解「天竺の術婆伽は后宮に契りを結びて窘に夢路を恨みき」に引いたように、「皇后はあみ人にあはんとちぎり、皇女は馬下児に縁をむすび、あるは恒河川にて水をあみて懺悔し、あるは倶那羅太子の眼をくじりき」（二一二頁）と、四つの説話の概要を簡単に述べた後、一つ一つの説話を詳しく語る（九冊本第二冊二七一頁、身延抜書本第五分一一九頁、身延零本三三ウ、片仮名三巻本巻下一三四頁、基本的に同様。一巻本・二巻本なし）。傍線部「皇后はあみ人にあはんとちぎり」とは、まさに術婆伽譚そのものなのだが、〈四〉はそれを誤解して、既に術婆伽譚を引用しているのに、もう一度これを引いてしまったと見られる。〈四〉には、〈延〉などと共通する『宝物集』引用の他に、独自の『宝物集』引用があると見られるが、その独自の引用と見られる箇所である。なお、〈四〉「皇女」は『宝物集』諸本は「皇后」だが、前掲注解「天竺の術婆伽は后宮に契りを結びて…」に見たように、この説話の本来の形としては「皇女」が正しい。〈四〉は結果的にこの説話本来の形に近づいているわけだが、この箇所の記述そのものが誤解によるものと見られるので、説話の正しい理解による記述とは考えられまい。

○皇后は馬下が子に親しみたまひし御事なり　他本なし。前項注解に見たように、『宝物集』が説話の概略を示した「皇女は馬下児に縁をむすび」によるもの。『宝物集』では術婆伽説話に続いて詳述されるが、天竺の大臣が妻の密通に悩んでいたが、王宮に夙夜した時に、皇女が馬飼の奴婢に通じているのを見て、「すべて女人の心うたてき事」を悟って発心したというもの。『宝物集』では説話の後に「こまかには、諸経要集にしるせり」（新大系二一三頁。九冊本第二冊二七三頁、身延抜書本第五分一二〇頁、身延零本三四オ、片仮名三巻本巻下一三五頁同様。一巻本・二巻本なし）。『諸経要集』巻一四（大正五四―一三四ａ）に「雑譬喩経云」として見える話であり、『旧雑譬喩経』上（大正四―五一三c）に所見。**○而れば震旦の則天皇后は張文成に逢ひて遊仙窟を得**　震旦（中国）の例。〈四・延・大〉〈国会〉は則天皇后の例のみだが、〈盛〉は楊貴妃の例を加える。〈山崎・藤井〉なし。本項は、〈延・大〉同。〈盛〉はほぼ同文の後に「雪山ト申獣ニ会ケンモ口惜ヤ」（6―五〇五頁）と加える。〈国会〉「しんたんのそくたひくわうくは、せんさんといふけだ物に、をかされけんも、くちおしきことなり」（九八頁）。『宝物集』吉川本巻五「夏の太后は嫪毒をあひし、則天皇后は長文成にあひ…（中略）則天皇后と申は、高宗の后なり。長文成といふ色好みにあひて、遊仙窟といふ文を得給ふ事也」（新大系二一四頁）。九冊本第六冊（二七四頁）、身延抜書本第五分（一一〇頁）、身延零本（三四ウ）、片仮名三巻本巻下（一三六頁）ほぼ同（身延抜書本・片仮名三巻本は玄宗の后とする）。一巻本・二巻本なし。武久堅（七六頁）・今井正之助（一八頁）は、『宝物集』依拠と指摘する。張文成（張鷟）は『遊仙窟』の作者。則天皇后（則天武后）と張文成の恋を『遊仙窟』に結びつける説話は、『唐物語』第九話（『唐物語全釈』六二～六三頁）、『異本唐物語』第一一話（古典文庫五六〇『異本唐物語』一六三～一六五頁）、『和漢朗詠集』永済注（『和漢朗詠集古注釈集成・三』三〇六～三〇七頁）、『体源鈔』巻一（日本古典全集・1―五一～五二頁）などに見える。『教訓抄』巻三（思想大系『古代中世芸術論』六四頁）は『体源鈔』の類話だが、簡略で『遊仙窟』には触れない。吉田幸一（三一二頁）は、清水浜臣『唐物語提要』の指摘に基づき、『唐物語』の同話が『宝物集』に拠ったのではないかとして、『唐物語』の成立下限を考察する。なお、〈盛〉「雪山ト申獣ニ会ケンモ」や〈国会〉「せんさんといふけだ物に、をかされけんも」は、『唐物語』通行本第二七話（『唐物語全釈』二八七～二八九頁）、異本第六話（古典文庫一五二～一五六頁）に見える、「雪々」という名の犬との異類婚姻説話を指すか（原拠や同話は不明）。『唐物語』に「雪々」を「雪山」「雪やま」「せつせん」とする本があることは、池田利夫『唐物語校本と総索引』六九頁参照。〈盛〉〈国会〉が、この説話を『遊仙窟』説話と接合した理由は不明だが、類話の少ない両話が接合されているとすれば、〈盛〉〈国会〉の祖本段階で、『唐物語』の影響を受けている可能性が考えられようか。○

我が朝の奈良帝の御娘孝謙天皇は恵美の大臣に汚され　以下、本朝の例。諸本の掲げる例話とその順序は次の通り。

〈四〉	〈延・大〉〈国会〉	〈盛〉	〈山崎・藤井〉
孝謙天皇	孝謙天皇	孝謙天皇	孝謙天皇
染殿后	染殿后	五条后	染殿后
京極御息所	京極御息所	染殿后	京極御息所
二条后	二条后	二条后	女三宮
女三宮	女三宮	京極御息所	
	狭衣大将	女三宮	
		狭衣大将	

本項は、〈延〉ほぼ同。〈盛〉「我朝ニハ聖武天皇ノ御娘孝謙女帝ハ道鏡禅師ニ心ヲ移テ恵美大臣ヲ亡シ」（6―五〇五頁）。〈大〉「我朝のかうけん天皇は恵美《エミ》の大臣をほろぼし」（一〇三頁）。〈国会〉「わがてうのならの御むすめ、こうけん女たいは、きびの大じんになをたつ」（九八頁）。〈山崎・藤井〉「わがてうのみかどのむすめ、かうけんのきさき、せいわのはゝみやは、ゑみの大じんをほろぼす」（〈山崎〉一九二頁）。〈大〉〈山崎・藤井〉は、〈盛〉を縮約したような形だが、恵美大臣を滅ぼした理由が書かれないので、愛欲の問題であることがわからなくなっている。『宝物集』吉川本巻五「高野天皇は、弓削の道鏡におもひつきて、十善の位をさへにゆづらんとて、和気の清丸を勅使として、宇佐の宮へまでまいらせ」（新大系二一五頁）は、女人の愛欲を語る話の一つだが、同巻二「恵美押勝は高野の天皇にころされたてまつる」（新大系一〇四頁）は、怨憎会苦の一例とされる。巻五の記事は、九冊本第六冊（二七六頁）、身延抜書本第五分（一二一頁）、身延零本（三五オ）、片仮名三巻本巻下（一三七頁）ほぼ同。一巻本・二巻本なし。巻二の記事は、九冊本第二冊（一三三頁）、身延抜書本第二分（六五頁）同、片仮名三巻本・一巻本・二巻本なし。『宝物集』依拠とすれば、〈盛〉は『宝物集』巻五と巻二を接合したような形だが、〈大〉〈山崎・藤井〉は巻二のみを引くような形となっている。〈四・延〉も、『宝物集』と題材は共通するが、文章は一致しない。武久堅・今井正之助が『宝物集』引用記事に数えないのももっともだが、前後の記事は『宝物集』と題材が一致するものが多い。佐伯真一①は、そもそも畜生道語りにおける『平家物語』の

『宝物集』依拠が、本来、『宝物集』から素材を拾いつつ、自由に記述するという態度のものであったとすれば、この記事についても、「『宝物集』をヒントとして書かれたものと評価できるかもしれない」（一五〇頁）とする。なお、孝謙天皇（称徳天皇。聖武天皇の皇女。高野天皇とも）と藤原仲麻呂（恵美押勝）・道鏡について、〈四〉では巻七「恵美押勝の事」で述べていた（本全釈巻七―三一六頁以下）。該当部注解に見たように、その部分の記事は〈延・長・盛・南〉に共通しており、『平家物語』諸本編者がこの事件の顚末についてよく知っていたとしてもおかしくない。　**○文徳天皇の染殿后は金青鬼に犯され**　〈延〉「文徳天王ノ染殿ノ后ハ紺青鬼ニヲカサレ」（巻十二―七〇オ）。〈盛〉「文徳天皇ノ染殿后ハ、清和帝ノ御母儀、太政大臣忠仁公ノ御女也。柿本紀僧正、御修法ノ次ニ奉レ懸レ思、紺青鬼ト変ジテ、御身ニ近付タリケン」（6―五〇六頁）。〈大〉「文徳天皇の染殿の后はあをき鬼にたふから（ママ）かされ」（一〇三頁）。〈国会〉「ふんとく天わうのそめどのゝきさきは、こんさいきにをかされしなり」（九八頁）。〈山崎・藤井〉「もんとくせんわうの、めのとのきさきは、こつじきのしやもんにおかされ給ひて」（〈山崎〉一九二頁）。『宝物集』吉川本巻二、病苦の条では、文徳天皇の染殿の后が、紺青の鬼となった柿本紀僧正真済に悩まされた話として、詳細に語る（新大系七八～八一頁）。九冊本第二冊（一〇二～一〇四頁）、身延抜書本第二分（四六～四九頁）同様。片仮名三巻本巻上（五九頁）は簡略で、「紺青鬼」にはふれるが、文徳天皇や真済にはふれない。一巻本「染殿ノ后ハ、清和天皇ノ御母、一天下之国母ニテオハシマシヽカドモ、御病ニヨリテコソハ、ヨノヒトニモサガナクイワレタマヒケレ」（一一オ）。二巻本なし。武久堅（七六頁）・今井正之助（一八、二六頁）は、『宝物集』依拠と指摘する。染殿后・紺青鬼の説話は多くの書に見え、紺青鬼を金峯山の行者とする系統と紀僧正真済とする系統とがからみ合って複雑な展開を遂げた。神野志隆光、小峯和明などの論を参照。　**○時平朝臣の御娘京極御息所は日吉へ参りしに**　以下、京極御息所説話。〈延〉「亭子ノ院ノ女御京極御息所ハ、時平ノ大臣ノ女也。日吉詣給ケルニ」（巻十二―七〇オ）。〈盛〉「寛平法皇ノ京極御息所ハ、時平大臣ノ御娘、志賀寺詣ノ御時」（6―五〇六頁）。〈大〉「寛平法皇の京極の御やす所は」（一〇三頁）。

〈国会〉「いし《ママ》いれゐんのきやうごくのみやす所は」（九八頁）。〈山崎・藤井〉は「みやす所は」（〈山崎〉一九二頁）のみ。京極御息所は、藤原時平の女、褒子。宇多天皇の皇后。『宝物集』吉川本巻五は、不邪淫戒の条で、「滋賀の上人の行業をつみし、貴女にゆづる事ありき（中略）滋賀聖人の、貴女に行業をゆづると云は、京極の御息所、時平左大臣のむすめ、滋賀寺へまいり給へりけるを」（新大系二一〇頁）。九冊本第五冊（二六八〜二六九頁）、身延零本（三二オ〜三三オ）同様。身延抜書本第五分（一一八頁）は題目提示を省略、「時平左大臣のむすめ」もなし。片仮名三巻本巻下（一三三頁）は「時平左大臣のむすめ」なし。一巻本・二巻本なし。なお、『宝物集』吉川本・九冊本は、この話に続いて宇多法皇が彼女を醍醐天皇から奪った話を載せており（新大系二一一頁）、宇多法皇との関係がわかる。この説話は左記のように多くの書に見えるが、〈盛〉の「志賀寺詣」が『宝物集』諸本をはじめ多くの文献と一致するのに対して、〈四・延〉の「日吉詣」は、『三国伝記』巻六―二七話の「比叡参リ」（三弥井中世の文学・上―三四五頁）ぐらいしか、一致するものを見出せない（今井正之助・二六頁指摘）。志賀寺は大津市にあった崇福寺。日吉大社に参詣したついでに立ち寄ることは不自然ではない。以下の説話は諸書に見える。『俊頼髄脳』（新編古典文学全集『歌論集』一三七頁以下）、『和歌童蒙抄』二（歌学大系別巻一―一四七頁以下）、『袖中抄』巻十七（『袖中抄校本と研究』三九四頁）、『和歌色葉』中巻（歌学大系三―一九一頁以下）、『古来風躰抄』上（初撰本＝歌学大系二―三五〇頁以下、再撰本四六二頁以下）、『太平記』巻三七（旧大系3―三八三頁以下）、『三国伝記』巻六―二七話、『榻鴫暁筆』（中世の文学二六四〜二六五頁）、『玉虫の草紙』天正写本（室町時代物語大成八―五八八頁以下）、『浄瑠璃十二段草子』（古典集成『御伽草子集』四五頁以下）、狂言「枕物狂」（旧大系『狂言集・下』一九九頁以下）など（関連する歌学書、注釈書、お伽草子等については、柴田芳成の論に詳しい）。なお、『綺語抄』（歌学大系別巻一―一〇一頁）、『奥義抄』（歌学大系一―二九七頁）は、「初春の…」歌は載せるが、この説話にはふれない。**○志賀寺上人、心を懸け奉りて、『今生の行業を君に譲り奉る』と申しければ**　「行業を譲る」は本話の初出『俊頼髄脳』には見られない表現。唱導の場においては、志賀寺上人説話は、『宝物集』のように「邪淫」の例証として利用されていた（橋本正俊・六頁）。〈延〉「志賀寺聖人心ヲ奉テ懸㆒今生之行業ヲ奉譲シカバ」（巻十二―七〇オ）。〈盛〉「彼寺ノ上人、奉㆑懸㆑心、今生ノ行業ヲ譲奉ラント申セバ」（6―五〇六頁）。〈大〉「しが寺の上人に御手をたび」（一〇三頁）、〈国会〉「白川《しらかは》の上人に御てをたびてありし」（九八頁）、〈山崎・藤井〉「しがでらの上人に…（中略）御手をあたへ給候き」（〈山崎〉一九二頁）は、「今生の行業云々の言葉なし。『宝物集』吉川本巻五は、上人が「初春のはつ音のけふの玉はゝき…」の歌を詠んで「今生の行業をゆづりたてまつると云事なり」とする。傍線部、九冊本同。身延抜書本「トゾ申ケル」、身延零本「事ナリ」、片仮名三巻本「（…奉リシ）事也」（巻数・頁数は前項注解参照）。つまり、「今生の行業を君に譲り奉る」は、〈四・盛〉や『宝物集』身延抜書本では上人の言葉と読めるが、〈延〉や『宝物集』身延零本・片仮名三巻本では地の文、『宝物集』吉川本・九冊本ではどちらともとれるといえようか。この言葉は、『宝物集』では強調されるが、前項注解で見た諸書にはあまり見あたらない。最も近いのは、『袖中抄』の「七十年ハヒトヘニ後世菩提ノイトナミ也。キミニミナ廻向シタテマツルベシト云テ…」か。ただ、『袖中抄』では、上人が御息所の手をとってこう言ったもの。当初の上人譚では、上人が御息所の手を取るところにこの話の焦点があったのだが、〈四〉はこの話の重要な要素である「手を取る」を記さない。柴田芳成は、「歌学書の世界を離れた上人譚は、差し出した手とそれを受けるという小さな動作に込められた高潔さと思いやり、あるいは和歌を通じた恋の昇華を語るのではなく、仏教の立場から否定されるべき対象として『恋の断ちがたさ、恐ろしさ』、究極の姿としては妄執のために鬼と変ずる、と語る文脈に乗せられることが多いようである」（七頁）と解する。一方、〈延・盛〉は、「行業を譲ると言ったので御息所が手を握らせた」と読めるが、これも不審。行業を譲るとは、おそらく、『宝物集』新大系二一〇頁脚注二〇が言うように、「験力を積んだ僧が女人に接すると験力が女人に吸いとられるとされていた」ので、手を取ること自体が「行業を譲る」ことだったと見るべきではないか。ともあれ、本項では、諸書との比較において、〈四・延・盛〉と『宝物集』の関係が顕著である。

○『誠の道の知辺せよ』と詠めけるとかや　〈延〉「哀ヲ懸給テ御手ヲタビ、実ノ道ノ指南セヨトスサマセ給キ」（巻十二―七〇オ～七〇ウ）。〈盛〉「ヨシサラバ真ノ道ノシルベシテ我ヲイザナヘユラグ玉ノ緒、ト打詠給テ、御手ヲ授給ケリ」（6―五〇六～五〇七頁）。〈大〉は「御手をたび」（一〇三頁）のみ。〈国会〉「御てをたびてありし、さらばまことのみちのしるべせよとくちすさみ給ひけり」（九八頁）。〈山崎・藤井〉「まことのみちをしるべとせよとて、御手をあたへ給候き」（〈山崎〉一九二頁）。「誠の道の知辺せよ」は、京極御息所が志賀寺上人に対して詠んだとされる、「よしさらばまことの道の導《しるべ》して我を誘へゆらぐ玉の緒」（『俊頼髄脳』新編全集一四一頁）の第二・三句による。〈盛〉はこの歌全体を記すが、〈四・延〉〈国会・山崎・藤井〉は、上の句ないし第二・三句を記す形。この説話は、「初春の初子の今日の玉ははき手にとるからにゆらぐ玉の緒」の歌に関わって歌学書などに多く伝えられたもので、御息所の「よしさらば…」歌をも収載するものが多いが、『宝物集』は、上人の「初春の…」歌までで話題を変え、御息所の「よしさらば…」歌は載せていない。『宝物集』が「初春の」歌こそを邪淫の歌の例証として捉えているからであろう（橋本正俊・一〇頁）。従って、この点でも、〈四・延・盛〉〈国会・山崎・藤井〉は『宝物集』にない要素を取り入れている。それは、先に見た術婆伽と同様、『宝物集』が説話の一般的理解とはやや違った形を見せているのに対して、『平家物語』諸本がより通念的な理解によって書き変えた例といえよう。なお、歌句は、『俊頼髄脳』『和歌色葉』『袖中抄』『古来風躰抄』は概ね〈盛〉に同。但し「まことの道の」を「道に」とするなど、各作品の諸本に異同がある。

○在原業平は二条后の只人たりしを盗み　〈延〉「在原業平ハ五条亘ノアバラ屋ニ、『月ヤアラヌ』ト打ナガメ」（巻十二―七〇ウ）。〈盛〉「清和天皇ノ二条后ト申ハ贈太政大臣長良ノ御女也ケルガ、在原業平ガ忍ツヽ五条渡ノ西ノ対ノ亭ニ月ヤアラヌト詠ケリ」（6―五〇六頁）。但し〈盛〉はこの前に、「仁明天皇ノ五条后ト申ハ冬嗣大臣ノ御女也。業平中将ニ御心ヲ通シテ、我通路ノ関守ハト侘給ケレバ、中将モヨヒ〳〵毎ニ打モネナヽント詠ケリ」（6―五〇五～五〇六頁）の一節もあり。〈大〉「業平の中将は二条の后を忍びつゝ、五条わたりのあばら屋ニ月やや《（ママ）》らぬとうちながめ」（一〇三頁）。〈国会〉「あら《（ママ）》はらのなりひらは、五でうのわたりのせいたひにて、月やあらん春やむかしのなら《（ママ）》んとえいじ」（九八頁）。〈山崎・藤井〉なし。『宝物集』吉川本巻五「五条の后は、太政大臣冬嗣御むすめ、仁明天皇の女御也。業平中将にあひたまひて、やさしき事ども侍りけり。さりとてあひ給へる御としかは。后四十二にておはしけるに、中将は二十五とぞ申ためる。／月やあらぬ春や昔の春ならぬわが身ひとつはもとの身にして／二条の后は、贈太政大臣長良御むすめ、清和天皇の女御なり。それも業平中将にぬすまれ給ひて、御兄人の基経大臣・国経の大納言などにうばひとられて、かくぞよみたまひける。／白玉かなにぞと人のとひしとき露とこたへてけなまし物を」（新大系二一五〜二一六頁）。九冊本第六冊（二七六頁）、身延零本（三五ウ）同様。身延抜書本第五分（一二一〜一二二頁）も基本的に同様だが、「月ヤアラヌ」歌の後、「二条ノ后ハ」の前に、「此哥。伊勢物語ニハ東ノ五条ワタリトアレドモ。世継ニハ二条ノ后ノ御コトナメリトゾ申タメル。ヨク〳〵尋ヌベキ也」と注記を挿む（「世継」云々は『大鏡』陽成院条（新編全集二八頁）に、業平が二条后高子を盗み出したことが記されるのを指すか）。片仮名三巻本巻下は歌を載せず、「五条ノ后ハ太政大臣冬嗣ノ息女ニテ、仁明天皇ノ后也。業平ノ中将ニ値給テケリ。サモトテハ、ニアイタル御年ノ程カハ。后ハ四十二、中将ハ二十五トゾ申タルメル」（一三七頁）とする。一巻本・二巻本は記事なし。『伊勢物語』第四段は、「東五条」の「大后の宮」（冬嗣女順子）の西の対に住む女に恋した男が、「月やあらぬ…」歌を詠んだもの。西の対に住む人は、一般に二条后高子とされる。また、同第五段は、東五条に忍んで通った男が、「人知れぬ我が通ひ路の関守は…」と詠んだもの。さらに同第六段は、男が二条后高子と見られる女を盗み出し、「白玉か何ぞと人の問ひしとき…」歌を詠んだもの。〈四〉は六段、〈延・大〉〈国会〉は四段、〈盛〉は四段と五段に関わると読める。その中で、〈盛・大〉は四段相当記事の業平の恋の相手を二条后高子と明記する（但し〈盛〉は五段相当記事の相手は五条后順子であるとする）。一方、『宝物集』は、四段と六段に関わるが、四段を業平と五条后順子の恋と解している。四段を五条后との恋とする点は、一般的な解釈ではないが、書陵部本『和歌知顕集』四段に「おほきさいの宮とは、閑院の左大臣冬嗣のおとゞのむすめ、仁明天皇の后也。五条の后とはこの事也」（片桐洋一『伊勢物語の研究・資料篇』一三八頁）とあるのに一致する。山下哲郎は、『宝物集』の『伊勢物語』関連記事は、書陵部本『和歌知顕集』のごとき注釈書の類によったのではないかとする（二七頁）。「月やあらぬ」歌を収める『伊勢物語』四段の本文は、「東五条」の主である順子自身よりも、その邸の「西の対に住む人」即ち二条后高子と理解される女性との恋を描いた話と読め、古注・旧注でも、例えば、島原文庫本『和歌知顕集』（片桐洋一『伊勢物語の研究・資料篇』二三〇頁）、『冷泉家流伊勢物語抄』（同二九九頁）、『伊勢物語愚見抄』（同五一一～五一二頁）、『伊勢物語肖聞抄』（同五九四頁）、『伊勢物語宗長聞書』（同六五六頁）、『伊勢物語闕疑抄』（同七三九頁）など、いずれも二条后高子と解している。いずれにせよ、〈盛・大〉の四段に関する記述は『宝物集』とはっきり理解が異なるし、〈四〉の「只人たりし」、〈延・大〉の「アバラ屋」は、『宝物集』にない言葉である。佐伯真一①は、『平家物語』諸本は「『宝物集』から題材を拾いつつも、文章自体は必ずしも『宝物集』によりかからず、別途の取材源により、或は自前の知識によって書かれている」（一四九頁）と指摘する。　**○源氏の女三宮は柏木の右衛門に合ひつつ、香の源氏大将を**　〈延〉「源氏ノ女三宮ハ又柏木ノ右衛門督ニマヨヒテ、香ヲル大将ヲ産給ヘリ」（巻十二―七〇ウ）。〈盛・大〉〈国会・山崎・藤井〉も同様だが、傍線部、〈盛〉「通テ…産メリ」（6―五〇七頁）、〈大〉「かよひつゝ…うめり」（一〇三頁）、〈国会〉「あいて…うめり」（九八頁）、〈山崎・藤井〉「かよひつゝ…うみ給ふ」（〈山崎〉一九二頁）。〈四〉は、「産む」に当たる語を脱落したものか。『源氏物語』「若菜下」「柏木」に語られる、光源氏の妻、女三宮が柏木と密通して薫を生んだ件。『宝物集』にはない記事で、『平家物語』諸本は『宝物集』によらずに女人の愛欲の例を加えたものであろう。前項までに見た『伊勢物語』の例と併せ考えると、〈四・延・盛・大〉共通祖本の作者は、『宝物集』に拠らなくても『伊勢物語』や『源氏物語』の内容は知っていたと見るべきだろう。　**○誰が世にか種を蒔きしと人問はば岩根の松は何かが答へん**　〈延〉〈国会〉は「イカヾ岩根ノ松ハ答ム」（〈延〉巻十二―七〇ウ）のみ。〈盛〉「誰ガ世ニカ種ハ蒔シト人問バイカヾ岩根ノ松ハ答ン」（6―五〇七頁）。〈山崎・藤井〉「いよ〳〵いはねのまつはこたへん」（〈藤井〉三二九頁）。〈大〉なし。『源氏物語』「柏木」に、「誰が世にか種はまきしと人問はばいかが岩根の松はこたへむ」（新編全集4―三三五頁。いったい誰がこの世に種を蒔いたのかと、人が尋ねたなら、この岩根の松―若君（薫）はなんと答えることでしょうか）とあり、下句は〈延・盛〉〈国会〉に同。『源氏大鏡』（古典文庫二九八頁）、『伊勢源氏十二番女合』（片桐洋一『伊勢物語の研究・資料篇』八三頁）同。『猿源氏草紙』（旧大系『御伽草子』一六九頁）ほぼ同。一方、『浄瑠璃十二段草子』（古典集成『御伽草子集』四七頁）は、〈四〉と下句が一致する。**〇源氏の言ひけるも恥かしや**　〈延・盛〉〈国会・山崎・藤井〉ほぼ同。〈大〉なし。光源氏が前項の歌（薫の出生の秘密をたしなめる歌）を詠んだことを指す。なお、〈四〉はこれで女人の愛欲の例話列挙を終わるが、〈延・盛・大〉〈国会〉は、〈延〉「狭衣之大将ハ、『聞ツヽモ涙ニクモル』ト打ナガメ」（巻十二―七〇ウ）のように、『狭衣物語』の例を加える。〈延・盛〉は、「天竺・晨旦・我朝、高モ賤モ、女ノ有様程心憂事候ワズ」（〈延〉七〇ウ）として、次項以下の文に続ける。**〇灯に入る夏の虫、笛に由る秋の鹿、山野の獣、江河の鱗に至るまで、墓無き契りに命を失ふと承る**　〈延〉「灯ニ入夏ノ虫、ハカナキ契ニ命ヲ失、妻ヲ恋ル秋ノ鹿、山野ノ獣、江河ノ鱗、草村ニスダク虫マデモ、ハカナキ契ニ命ヲ失ト承ル」（巻十二―七〇ウ）。〈盛〉「貴モ賤モ、灯ニ入夏ノ虫、妻ヲ恋ル秋ノ鹿、山野ノ獣、江河ノ鱗ニ至マデ、此道ニ迷テ心ヲ尽シ、命ヲ失習也」（6―五〇七頁）。〈大〉「おほかた夏の虫、秋のをじか、かやうに草村にすむむしだにも身をうらみ、林にすむけだ物も此みちにまよひてすがたをやつし、命をうしなふ事はうき世の中のならひなり、いはんや人りんにおいてうや《ママ》」（一〇三頁）、〈国会〉「ともしびにいるなつのむしの、草むらにとぶたぐひ、秋のしかのめをしたひかぬる、みなそのみちのならひ」（九八～九九頁）、〈山崎・藤井〉「大かた夏むしや秋のをじか、草むらをうらみ、もりのけだものまでも、たゞこのみちにまよひて、いのちをうしなふならひ、つみふかくぞおぼゆる」（〈山崎〉一九二頁）。どれも基本的には同内容。『宝物集』吉川本巻五、不邪淫戒の前半に、「流転生死の業は大淫欲による也。春の駒の身をそこなひ、秋の鹿の命をうしなふ、淫欲のたぶらかすゆへ也」（二〇七頁）とあり、やや類似する。九冊本第五冊（二六五頁）、身延抜書本第五分（一一六頁）、身延零本（三〇ウ）、片仮名三巻本巻下（一三一頁）ほぼ同。一巻本（三五ウ）も類似。二巻本なし。「夏の虫」が火に入るという言葉は、仏典や漢籍でも、例えば『大智度論』巻二一「如二灯蛾投一レ火。但貪二明色一不レ知レ焼レ身」（大正二五―二一七ｂ）、『大乗本生心地観経』巻六「譬如下飛蛾見二火光一以愛レ火故而競入上」（大正三―三一八ａ）、『魏書』巻三五（列伝第二三）崔浩伝「同類帰レ之、若二夜蛾之赴一レ火」（中華書局版『魏書・三』八一〇頁）など例が多く、『童子教』にも「夏虫如レ入レ火」（続群三二下―七頁）とある（村上美登志八〇～八一頁指摘）。日本では、『万葉集』巻九「詠二勝鹿真間娘子一歌一首」（一八〇七）に「夏虫乃　入レ火之如」とあり、「夏虫の身をいたづらになすことも一つ思ひによりてなりけり」（『古今和歌集』恋一、五四四）などの歌に詠まれて例が多い。『能因歌枕広本』には、「夏虫とは、女によりて身をいたづらになすものにたとふ」（日本歌学大系一―七四頁）とある。「秋の鹿」は、「鹿笛の音を牡鹿の鳴き声と思って思い悩む。転じて、みずから危険な状態に身を投じる意にも用いられる」（〈日国大〉）。両者を恋によって身を亡ぼす譬えに対として用いた例として、天正本『太平記』巻二十一「火に入る夏の虫、笛による秋の鹿、鳥獣に至るまで、命を失ふ事、珍しからざる様なり」（新編全集3―六一頁）、仮名本『曽我物語』巻六「夏の虫飛んで火に入り、秋の鹿の笛に心をみだし…」（旧大系二七一頁）などがある。なお、〈延〉巻三「智者ハ秋ノ鹿鳴テ入二山一、愚人ハ夏ノ虫飛テ焼二火一」（六ウ）とある（〈盛〉巻八、1―五二一頁も同）。類似するが、鹿を智者に譬える点は相違。

○而れば涅槃経の文に　次項の「所有三千界…」の出典として、『涅槃経』を挙げる。〈延〉同。〈大〉「有経ニ云」（一〇三頁）。〈国会〉「もんにいはく」（九九頁）。〈盛〉不記。〈山崎・藤井〉は、「されば、しんちくわんきやうにも、この事ばかりぞとかれけり」（〈山崎〉一九二頁）とあるが、「この事」が指す内容が不明。〈山崎・藤井〉には次項の偈が記されず、「しんちくわんきやう」（心地観経）は、前項に見た「夏の虫」の出典と見る可能性もないとはいえないが、難しいだろう。『宝物集』吉川本巻五は、「まして、女人は、心うくうたてきものなれば、我ながらも、うとましくおぼゆべき也。所有三千界、男子諸煩悩、合集為二一人、女人之業障一。女人地獄使、能断二仏種子一、外面似二菩薩一、内心如二夜叉一。これは涅槃経の文なり。仏虚言をしたまはんや」（二一二頁）とする。九冊本第五冊（二七一頁）、身延抜書本第五分（一一八〜一一九頁）、身延零本（三三オ）同。片仮名三巻本巻下（一三四頁）は「華厳経」とする。二巻本下巻（六六頁）は「女人地獄使」の偈のみ引き、「ねはんきやう」とする。一巻本なし。武久堅（七六頁）・今井正之助（一八頁）は『宝物集』依拠と指摘する。なお、『宝物集』で併記される「女人地獄使…」偈は、〈四〉では後掲「女院の説法②法皇女院を賛嘆）」で引く。該当部注解参照。次項の「所有三千界…」は、「女人地獄使…」の偈と共に、「涅槃経」の句などとして諸書に見えるが、典拠不明。「女人地獄使…」偈は「「成唯識論」「大智度論」「華厳経」「大宝積経」「涅槃経」などとするいろいろの説があるが不明。おそらく平安時代末頃日本で作られた語と思われる」（〈日国大〉「外面＝げめん」項）とされるが、この「所有三千界…」偈も同様であろう。この句が経典に見えないことについては、黒木祥子（二三二頁）、淵江文也、田中貴子（四九頁以下）などによって指摘されており、とりわけ田中貴子は日本中世仏教の産物として詳しく考察している。田中が注目するように、この偈を『涅槃経』所見とする記述は、孝謙天皇がこの偈を見て立腹し、経を破るなどして仏罰が当たったという説話を伴うことがある。次項注解参照。

○所有三千界　男子諸煩悩　合集為一人　女人之業障　〈延・盛・大〉同。〈国会〉は仮名書だが同。『宝物集』については前項注解参照。前項注解に見たように、多くの書に見えるが、本来は仏典の句ではない。以下、前項注解に引いた黒木祥子・淵江文也・田中貴子らの指摘をふまえつつ増補して、中世の例を列挙しておく。前後に「女人地獄使偈」が引かれる場合は、その位置に《女人地獄使偈》と注記し、経典名を記す場合はそれも記す。また、孝謙天皇が仏罰を受けたという説話を伴う場合は、《仏罰話》と注する。

まず仏書。

・日蓮『法華題目鈔』「《女人地獄使偈》（大涅槃経「一切江河必有廻曲…」偈）所有三千界ノ男子ノ諸煩悩合集シテ為二ル一人ノ女人之業障一ト」（思想大系『日蓮』一一九頁）。

・日蓮（存疑）『主師親御書』「《女人地獄使偈》有ル経には、所有三千界ノ男子ノ諸ノ煩悩ヲ合セ集メテ為二スト一人ノ女人之業障一ト」（『原文対照口語訳日蓮聖人全集・七』日蓮聖人全集刊行会一九二五年・二九五頁）

・存覚『女人往生聞書』「涅槃経にいはく、所有三千界　男子諸煩悩　合集為一人　女人之業障《女人地獄使偈》」（『真宗聖教全書・三』一一〇頁）。

・『女人往生集』（伝法然、応永三十二年〈一四二五〉写）「涅槃経ニイハク、所有三千界　男子諸煩悩　合集為一人　女人之業障　女人ノ業障コノ文ノコヽロハ、アラユル三千界ノ男子ノモロ〳〵ノ煩悩ヲ合集シテ女人一人ノ業障トセリトイヘリ。《女人地獄使偈》」（龍谷大学貴重資料画像データベース・12コマ）。

・『渓嵐拾葉集』巻八六「経云。所有三千界。男子諸煩悩。合集。為二一人女人之業障一〈文〉」《仏罰話》（大正七六―七八〇c）

次に仏書以外。

・『河海抄』巻十三（若菜下）「所有三千界　男子諸煩悩　合集為一人　女人為業障《女人地獄使偈》涅槃経」（角川書店『紫明抄・河海抄』四八九頁）

・『毘沙門堂本古今集注』巻六「葦引の」歌注「経文云、所有三千界　男子諸煩悩　合集為一人　女人之業障」《仏罰話》（片桐洋一編・八木書店版影印―一七四頁）

・『他流切紙』「神通風伝集」「涅槃経云、所有三千界　男子諸煩悩　合集為一人　女人之業障云々」（『京都大学国語国文資料叢書四〇　古今切紙集』二〇七頁）

・『胡蝶物語』「ねはんきやうに見えたるは、三千大せんせかいのもろ〳〵のなんしの、ぼんなふを合せて、女人一人の、ごつしやうとすと、ときたまふ《女人地獄使偈》」（『室町時代物語大成・五』四七頁。異本『花づくし』『室町時代物語大成・一〇』四六一頁も同様）。

・『大仏供養物語』「《涅槃経・女人地獄使偈》同経の二十一巻に、のたまはく、諸有三千界、男子諸煩悩、合集以一人、女人為業障」（『室町時代物語大成・八』四一〇頁）。

・謡曲「款冬」「涅槃経に見えたるは、三千大千世界の、諸々の男子の煩悩を合せて、女人一人の業障とすと説き給ふ《女人地獄使偈》」（『新謡曲百番』博文館一九一二年、二四七頁）

・幸若舞曲「常盤問答」「ある経の中に、せう三千界男子諸煩悩合集、唯一人女人之業障と、説かれたり」（新大系『舞の本』二九一頁）

・『壒嚢抄』巻一四「涅槃経　所有三千界　男子諸煩悩　合集為一人　女之業障ノ文」《仏罰話》（一〇ウ。臨川書店『塵添壒嚢鈔・壒嚢鈔』七一二頁）

この他、田中貴子（五〇～五一頁）は、片桐洋一蔵『古今集注抜書』や、『簠簋抄』、天理図書館蔵『庭訓私記』を指摘する。このうち『簠簋抄』では中巻「神中吉日」条に見えるが、この偈を伴わない仏罰話（涅槃経とする）である。

○如来の説き置きたまひしも理なり　〈盛〉ほぼ同。〈大〉「とこそ仏もとき給へれ」（一〇三頁）。〈国会〉「とありけんもことはりなり」（九九頁）。〈延〉は単に「説給ヘリ」とした後、「大論ニハ不嫌貴賤但欲是堕ト説レタリ」（巻十二―七〇ウ）と加える。『宝物集』吉川本巻五では、前掲の術婆迦説話に続けて「大論に、女は貴賤をきらはず、但欲是にしたがふと申たるもことはりにこそ侍るめれ」（新大系二一三頁）とある。**○実に加様の事、有るも無きも人の申す事なれば、力及ばず**　全くの同文は他本になし。同位置にある文は、〈延〉「都ヲ出テ後ハ、イツトナク宗盛・知盛一船ヲ棲トシテ、日重月ヲ送シカバ、人ノ口ノサガナサハ何トヤラン聞ニクキ名ヲ立シカバ、畜生道ヲモ経ル様ニ侍リキ」（巻十二―七〇ウ～七一オ）。〈盛〉「今モ昔モ男女ノ習不ㇾ力及ㇾ事ナレバ、トテモ角テモ候ナン」（6―五〇七頁）。

〈大〉「さればむかしも今も、かゝるためしはとてもかくても力及候はず」（一〇三頁）。〈国会〉は「所有三千界…」偈の前に、「天ぢく、しんたむ、わがてうにいたるまで、むかしもいまも、たかきもいやしきも、男女のならひ」（九八頁）として、「ともしびにいるなつのむしの…」と、前掲注解「灯に入る夏の虫、笛に由る秋の鹿…」項に引いた文に続く。〈山崎・藤井〉なし。〈四〉は、「人の噂は有ることも無いことも言うものだからしかたがない」の意で、次項に見るように近親相姦の噂を立てられたことについて、人の噂を防ぐことはできない意。一方、〈盛〉の「男女ノ習不二力及一事ナレバ」や、〈大〉の「とてもかくても力及候はず」は、「男女の習いは今も昔も同様で、どうすることもできない」の意で、全く異なる。「人ノ口ノサガナサ」は、一見〈四〉に似ているが、「人ノ口ノサガナサ」を言う〈延〉や〈四〉は、女院がこれを事実ではないと否定している印象が強い（〈四〉では次々項注解も参照）。〈盛・大〉〈国会・山崎・藤井〉は、先例列挙の前に自分の経験を記すので、その中に〈盛〉「兄ノ宗盛ニ名ヲ立ト云、聞ニクキ事ヲ謂ヲモ、又九郎判官ニ虜レテ心ナラヌアダ名ヲ立候ヘバ、畜生道ニ云ナサレタリ」（6—五〇四頁）、〈大〉「あにむねもりにあらぬ名をたちし事、ひとへに畜生道になぞらふべし」（一〇三頁）、〈国会〉「みやこをいでてのち、ふねのうち、なみのうへのすまゐなりしかば、むねもり、とももりなんど、一つふねにのられしに、人々くちのわろさは、きゝにくきことをきゝしは、これ、ちくしやうだうとかや申べき」（九八頁）、〈山崎・藤井〉「のちはむねもりとおなじふねのすまひ、よしなきなをたつとかや」（〈山崎〉一九二頁）とあるが、噂を否定する姿勢がやや弱いように見える。後掲注解「女人の身と為ては晴れ遣りたる方も候はねば…」参照。

○世に人こそ多けれ、兄に名を立て候ひし事、是ぞ今一道と申すべかるらん　〈延〉「都ヲ出テ後ハ、イツトナク宗盛・知盛一船ヲ棲トシテ日重、月ヲ送シカバ、人ノ口ノサガナサハ、何トヤラン聞ニクキ名ヲ立シカバ、畜生道ヲモ経ル様ニ侍リキ」（巻十二—七〇ウ～七一オ）。〈盛・大〉〈国会・山崎・藤井〉は前項注解参照。まず、〈四〉は「兄」とするが、「兄」を宗盛とするのが〈盛・大〉〈山崎・藤井〉、知盛を加えるのが〈延〉〈国会〉。さらに、〈盛〉は義経との噂をも加える（なお、〈盛〉は巻四十四「癩人法師口説言」で、安徳天皇も宗盛が

「妹ノ建礼門院ニ親ヨリテ被レ儲ケル子」であったとする。６―二二二頁）。近親相姦以外の噂を挙げるのは〈盛〉のみだが、右に列挙されてきた三国の先例は近親相姦ではなく、姦淫問題（不倫関係）の話題であった。「畜生道」の苦は、中世では、「畜生残害」、つまり弱肉強食的な苦しみを言うことが多い。たとえば、『往生要集』巻上「第三、明畜生道者、…如是等類、強弱相害、若飲若食、未曽暫安」（畜生道を明さば、…かくの如き等の類、強弱相害す。もしは飲み、もしは食ひ、いまだ曽て暫くも安らかならず」（思想大系『源信』三三〇頁。書き下し三二～三三頁）。『平家物語』では、近親相姦や姦淫問題がなぜ畜生道に結びつけられるのかについては、儒教的価値観で礼に反する性的乱れを非難する言葉としての「禽獣」を、仏教語の「畜生」と置き換えたものとする佐伯真一②（二二二頁）の見解がある。佐伯真一②は、それに基づいて、ここでは「姦淫一般が問題ではあるのだが、その中でも最も禽獣・畜生的行為である近親相姦が中心に扱われている」（二二三頁）と読む（佐伯真一③・一七八頁も同様）。但し、〈延〉はこの後に、「大方ハ、一旦決《ママ》楽之栄花ニ誇テ、永劫無窮之苦報ヲモ不レ覚、出離生死之謀ヲモ不レ知、只明テモ晩テモ無レ墓思ニノミホダサレテ過シ侍キ。是豈愚癡闇鈍之畜生道ニ迷ルニ非ヤ」（巻十二―七一オ）と加える。「愚癡闇鈍」も畜生道の特色の一つであり、久保勇は、女院が「「愚癡」の者として「畜生道」を経た思いをしたということで「畜生道」の叙述を成したのではなかったか」（三五頁）とする。しかし、佐伯真一③は、「「仏道を志さなかったのは愚かで、畜生のようでした」という、誰にでもあてはまりそうな内容を主眼とするのでは、宗盛との近親相姦という衝撃的な話題を持ち出した意味があるまい。つまり、これは補足に過ぎない」（一六二頁）と批判する。なお、畜生道を龍宮の夢として設定する〈長・南・屋・覚・中〉との比較については、後掲章段「龍宮の夢の事」参照。

○但し倶那羅太子は眼を抜かれけれども無実の名を顕しき　他本なし。倶那羅太子説話については、前掲注解「阿育大王の后は継子に思ひを懸け…」参照。倶那羅太子は継母（あるいは父王の第一夫人）の恋慕を拒否して讒言され、眼をつぶされたが、ついには無実が判明したという説話。前掲部分は、注解に見たように『宝物集』依拠と見られる記事だが、『宝物集』は眼をつぶすところまでしか語っていない。これは〈四〉編者の知識による加筆か。〈延〉巻十一、女院出家の条の「昔《シ》鳩那羅太子、十二因縁ノ聞法ノ涙良薬ト成テ盲目ノ眼ヲ開キ」（六一ウ）も、倶那羅太子の無実が判明し、眼が再び開くことを語る。　**○女人の身と為ては晴れ遣りたる方も候はねば、最度罪深く覚え候ふ**　他本なし。前項に見たように、倶那羅太子は無実の嫌疑が晴れたが、自分は無実を晴らす方法もないという。前掲注解「実に加様の事、有るも無きも人の申す事なれば、力及ばず」に見たように、〈四〉はこの噂が無実であると語る傾向が比較的強い。　**○是ぞ六道を経たりと申し候ふ**　最後の畜生道を語って、以上が六道であるとまとめる。〈盛〉「是ヲコソ自ハ六道ヲ経タリトハ申ニ候ヘ」（6―五〇七頁）は〈四〉に近いが、〈盛〉ではこの後、女院が引き続き龍宮の夢を語る。〈山崎・藤井〉は壇浦合戦における人々の叫びを叫喚・大叫喚地獄になぞらえた後、「これをこそ、あまはこの世にて六道をえたりとはおもひ侍れ」（〈山崎〉一九三頁）と結ぶ。〈延・大〉〈国会〉は、こうしたまとめなし。畜生道を龍宮の夢に設定する〈長・南・屋・覚・中〉の中では、〈屋〉のみが「是ヲ以コソ六道ヲ見タリトハ申候ヘ」（九五一頁）とまとめる。　**○今は恋しき処とては只西方浄刹なり**　以下、本節末尾まで、該当部分では他本にない記事。該当部分でやや類似するのは、〈盛〉「但猶生死ノ境ニカヘルベキ恩愛ノ道ノ悲サハ、先帝ノ御事忘レントスレ共不レ忘、思消ドモケサレズ。是ヤ妄念ナラント思候ヘバ、仏ノ御名ヲ唱、経教ノ文ヲ習、花ヲ摘、水ヲ汲事怠ズ。ヨシ〳〵恩愛別離ノ歎ニヨラズハ、争厭離穢土ノ志モイデコント、打翻テ思ヘバ、ユ、シキ善知識トコソ覚テ候ヘ」（6―五〇七～五〇八頁）だが、これは安徳天皇追憶の語りにつながるもの（後掲「女院の回想の語り②安徳帝との死別」参照）。〈四〉では、以下、「現世で六道輪廻を経験した今となっては極楽浄土が恋しいが、地獄も極楽も自分の心にあるのだ」として、六道語りを結ぶ形をとる。　**○地獄非地獄　我心有地獄　極楽非極楽　我心有極楽　と云ふ文も候へば、地獄も極楽も我身に備はるなり**　〈延〉では六道語りの最初に、「暫ク身ニ当レル苦楽ノサマ〴〵ナルニ付テ、六道ノ様ヲ申侍ベシ。地獄非地獄、我心有地獄、極楽非極楽、我心有極楽ト申ス。只地獄モ極楽モ我心ノ内ニ備ル事トコソ承リ候ヘ」（巻十二―六三オ)とあった。〈国会〉も〈延〉と類似の位置に、「かんぢごくひぢごく、がしんうぢごく、ごくらくひごくらく、がしんうごくらくと申も心なり」(九六頁)とある。山添昌子(八七頁)が指摘するように、『万法甚深最頂仏心法要』薬王品に「経ニ云ク、極楽モ非ズ二極楽一モ、我心ニ有リ二極楽一云云。地獄モ非ズ二地獄一、我心ニ有リ二地獄一云云」(『大日本仏教全書』鈴木学術財団版二―三五〇中。但し、山添は同書を源信著とするが、現在一般に源信仮託とされる。『仏書解説大辞典』によれば鎌倉後期頃)。「経云」としての引用だが、典拠不明。猪瀬千尋が指摘するように、引用部分は『法華経』薬王菩薩品の経釈にあたり、薬王菩薩品に、「若如来滅後、後五百歳中、若有二女人一、聞二是経典一、如レ説修行、於二此命終一、即往二安楽世界阿弥陀仏大菩薩衆囲繞住処一、生二蓮華中宝座之上一」とあることから、女人の極楽往生を説く経文として『発心和歌集』以来、注目されている。このことからも〈延〉では六道語りの冒頭(〈四〉では結句)にこの言葉が置かれるのは納得がいこう(七三頁)。『秋月物語』「地獄、ぢごくにあらず、極楽、ごくらくにあらず、むねのうちに仏《ふつ》あり、物をさとれば、ほうにかなふ、物をなんずれば、ほうにかなはず、こゝをもつて、ぜんもあくも、くもらくも、みな、む也」(『室町時代物語大成』一―一七〇頁)。**〇又、弘法大師の御筆にも、『極楽遠からず、眼前の境界。弥陀近きに在り、我性心蓮』と申したれば** 他本になし。山添昌子(八八頁)は、空海『秘密曼荼羅十住心論』巻十「いかんぞ衆生は仏道を去ること甚だ近くして、自ら覚ること能わざると(以下略)」(『弘法大師著作全集・一』五六七頁によるか)を引用するが、該当本文は、〈四〉本項とはあまり似ていない。『秘密曼荼羅十住心論』の中では、むしろ巻一の「地獄在二何処一、執観二自心中一」(『定本弘法大師全集・二』一二三頁)の方が内容的に近いか。但し、「弘法大師の御筆」つまり空海の著作の中に、そのままの文言が見当たらないことは、山添の指摘するとおりだろう。一致する句は、永観『三時念仏観門式』に見られる。「極楽不レ遠、眼前ノ境界。弥陀在レ近ク、我性ノ心蓮」(山田昭全・二〇三頁)。その他、聖覚『大原談義聞書鈔』「極楽不レシテ遠、構ヘ二十万億刹之西一ニ。弥陀在テ二己心一ニ現ス二一座華台之形一ヲ」(『浄土宗全書・一四』七六二頁。大正八三―三一六a同文)も、内容的には近い。この句は、聖聡『大経直談要註記』序

（『浄土宗全書・一三』一頁）、同巻二四（同前二九九頁）などに繰り返し引かれる。また、類句として、謡曲「鵜飼」の「それ地獄遠きにあらず、眼前の境界、悪鬼外になし」（古典集成『謡曲集・上』一二三頁）も挙げられよう。鬼物の狂言で罪人を地獄へ責め落とすのに歌われる「地獄遠きにあらず、極楽遥かなり」の句は、この「鵜飼」の句に関わるとされる（池田広司・三七六頁）。　**○悟れば成仏すべしとこそ覚え候へ**　他本になし。右の句を、極楽も地獄も心の中にあるのだから、悟れば成仏するのだと言い換えたもの。　**○法皇を始め進らせて、供奉の月卿雲客も之を聞きたまふ**　以下、法皇一行の感想。六道語りの後、〈延〉は、法皇が女院の心中を思いやる言葉があり（巻十二―七一オ〜七一ウ）、安徳天皇追憶の語りや龍宮の夢を語った後、法皇一行の涙と賛嘆を描く（七五ウ）。〈国会〉もこれに近い構成だが、女院の語りへの賛嘆は見られない（九九〜一〇一頁）。〈盛・大〉〈山崎・藤井〉は、龍宮の夢を語った後、法皇一行の涙と賛嘆を描く（〈盛〉6―五一〇〜五一一頁、〈大〉一〇五〜一〇六頁、〈山崎〉一九四頁、〈藤井〉三三一頁）。〈長・南・屋・覚・中〉は、六道語りの後、法皇一行の涙と賛嘆を描いて語りを終結する。　**○昔、釈尊世に出でて説法したまふも、身子・目連等の大羅漢、十方衆会し、諸の聖衆列座し聴聞したまひしも、争でか之に倍るべき**　〈延〉「昔、釈迦如来ノ霊山浄土ニテ法ヲ説、伝教・智証ノ四明園城ニシテ被経尺㆒ケムモ是程ニヤハ哀ニ貴カリケム」（巻十二―七五ウ）。〈盛〉「昔釈尊ノ霊鷲山ニテ法ヲ説給ケンモ、争カ是ニハスギントゾ各袖ヲ絞ケル」（6―五一〇〜五一一頁）。〈大〉「かぎりあれば釈迦の御法も是にはすぎじとおぼえき」（一〇六頁）。〈藤井〉「せそんのみのりもこれにはすぎじと、をの〳〵袖をぞしぼられける」（〈藤井〉三三一頁。傍線部「みのり」は「御法」か。〈山崎〉「御いのり」）。〈覚〉「異国の玄奘《ゲンジヤウ》三蔵《ザウ》は、悟《サトリ》の前《マヘ》に六道《ダウ》を見《ミ》、吾朝《ワガテウ》の日蔵《ザウ》上人は、蔵王権現《ザワウゴンゲン》の御力にて、六道を見たりとこそうけ給はれ」（下―四〇六頁）は内容が異なる。〈長・南・屋・中〉〈国会〉該当文なし。「身子」は舎利弗。釈迦の十大弟子の筆頭としていう。〈四〉は、以下、女院の語りを、体験の内容よりも、みごとな説法として賛嘆する。　**○又、経文を受けて、天台・妙楽等の大師の釈せられけるも、是程には心澄み貴き事や有るべき**　他本になし。「天台」は智顗、「妙楽」は湛然をいう。智顗は、「中国、南北朝・隋初の僧。天台宗の開祖あるいは第三祖。天台大師・智者大師と称される」（〈日国大〉）。湛然は、「中国、唐代の僧。天台宗第六祖で、中興の祖とされる。尊称は荊渓尊者・妙楽大師」（〈日国大〉）。智顗が『法華経』を基に天台三大部（『法華玄義』『法華文句』『摩訶止観』）を作り、湛然がさらにその疏（『法華玄義釈籤玄義』『法華文句記』『止観輔行伝弘決』）を作ったことを指すか。それらは説法ではなく著作だが、人々にわかりやすく仏法を説くという点で女院と対比したものか。**〇五百羅漢の中に説法第一と聞こえたまひし富楼那尊者の弁舌も、限り有れば是に過ぐべしやとぞ覚えし**　他本になし。「五百羅漢」は、「仏典の第一結集に参加した釈迦の弟子五百人、または第四結集のおりの五百人の聖者をいう」（〈日国大〉）。「富楼那」は釈迦の十大弟子の一人で、弁舌第一とされる。『宝物集』吉川本巻二「舎利弗が智恵、富楼那の弁舌、猶しをよぶ所にあらず」（新大系五四頁）。**〇世に亦斯かる人御しますと覚ゆるにも、哀れに貴く、各々最度袖を捶りつつ、心閑かに聞きたまひける程に**　他本になし。女院を釈迦の弟子や仏教史上の偉人と並べた上で、次段以下の語りをさらなる説法と位置づける。次段以降の語りも、他本の該当記事では女院の痛切な体験を語るものだが、〈四〉の場合、むしろ仏道の巧みな説法と化してゆく。

【引用研究文献】

＊池田広司『狂言歌謡研究集成』（風間書房一九九二・2）
＊猪瀬千尋「文治二年大原御幸と平家物語」（中世文学六一号、二〇一六・6）
＊今井正之助「平家物語と宝物集」（長崎大学教育学部人文科学研究報告三四号、一九八五・3）
＊追塩千尋「中世日本における阿育王伝説の意義」（仏教史学研究二四巻二号、一九八二・3。『日本中世の説話と仏教』和泉書院一九九九・12再録。引用は後者による）
＊久保勇「『平家物語』の成立に関する一構図─「祇園精舎」を手がかりに「灌頂巻」相当部に及ぶ─」（栃木孝惟編『続・

平家物語の成立　千葉大学社会文化科学研究科研究プロジェクト報告書』一九九九・3）
＊黒木祥子「〈注釈〉常盤問答」（『幸若舞曲研究・二』三弥井書店一九七九・2）
＊神野志隆光「紺青鬼攷―特に真済をめぐって―」（国語と国文学一九七三・1）
＊小峯和明『説話の森』Ⅰ「怨霊から愛の亡者へ」（大修館書店一九九一・5）
＊佐伯真一①「「畜生道」語りと『宝物集』」（『延慶本平家物語考証・三』新典社一九九四・5）
＊佐伯真一②「建礼門院説話続論―中世の女性説話として―」（『軍記物語の窓　第一集』和泉書院一九九七・12）
＊佐伯真一③『建礼門院という悲劇』（角川選書二〇〇九・6）
＊柴田芳成「お伽草子における説話引用態度―志賀寺上人譚を通して―」（京都大学国文学論叢四号、二〇〇〇・6）
＊島内景二「『術婆伽』説話にみる受容と創造」（汲古一一号、一九八七・6。『源氏物語の影響史』笠間書院二〇〇〇・4再録。引用は後者による）
＊鈴木元「和歌と連歌―火伏の口伝をめぐって」（國文學　解釈と教材の研究二〇〇〇・4。『室町連環　中世日本の「知」と空間』勉誠出版二〇一四・10再録。引用は後者による）
＊武久堅「『宝物集』と延慶本『平家物語』―身延山久遠寺本系祖本依拠について―」（人文論究二五巻一号、一九七五・6）
＊田中貴子「〈悪女〉について―称徳天皇と「女人業障偈」―」（叙説一七号、一九九〇・10。『〈悪女〉論』紀伊國屋書店一九九二・6再録。引用は後者による）
＊橋本正俊「『宝物集』の和歌説話―「不邪淫戒」を中心に―」（国語国文八一三号、二〇〇二・5）
＊淵江文也「『河海抄』注「女人為業障」の句を中心に」（仏教文学一一号、一九八七・3）
＊牧野淳司「后のスキャンダルをめぐる日本文学史―古代・中世を中心に―」（明治大学人文科学研究所紀要七四冊、二〇一四・3）

＊牧野和夫「孔子の頭の凹み具合と五(六)調子等を素材とした二、三の問題」(東横国文学一五号、一九八三・3。『中世の説話と学問』和泉書院一九九一・11再録。引用は後者による)
＊村上美登志「仮名本『曽我物語』攷―太山寺本の故事成語引用をめぐって―」(立命館文学五一八号、一九九一・9。『中世文学の諸相とその時代』和泉書院一九九六・12再録。引用は後者による)
＊山下哲郎「『宝物集』の撰述資料に関する諸問題―古今注・伊勢注・大江匡房の著作のことなど―」(東と西(亜細亜大学言語文化研究所)一六号、一九九八・6)
＊山添昌子「『四部合戦状本平家物語』における建礼門院像―物語の特質を求めて―」(『女性と文化Ⅲ』ＪＣＡ出版一九八四・3)
＊山田昭全「永観作『三時念仏観門式』をめぐって―解説並びに翻刻―」(『仏教文化の展開』山喜房一九九四・11。『山田昭全著作集・一　講会の文学』おうふう二〇一二・1再録。引用は後者による)
＊吉田幸一「『唐物語』の成立年代考」(古典文庫五六〇『異本唐物語』一九九三・7)

女院の回想の語り(①恨み言の語り)

【原文】

法皇重被[1]▽二八四左被仰抑昔思食出何計恋《クモ》被思食候有[2]不在御心地渡更今何事《モ》無憚可被仰候誠六道有様[3]不違覚候加様

思食連御心中覚貴候一事《モ》不可残有女院申一事不可残候仰申候故宗盛君打憑進高山深海西国《ヘ》成進[4]御幸支度候夜▽二八五右半計不渡憑木本雨不手留心地而可成行幸取進《ッ》、主上計奉始神璽宝剣内侍所取具《ッ》、数御宝物人々家々懸火出《シ》都心内[5]被思食何許候《シ》[6]後《コフ》登《セ下》比叡山《ヘ》承御登[7]山候《シ》爾其日於故入道福原旧里明一夜次[8]日主上召御船出《セ下ヘ》昇分《ケ》八重塩▽二八五左路付《セ下ッ》、筑前国三笠郡太宰府耶随筑紫九国者共内裏已造出[9]侍《シ》安堵《シ》程一院御定自豊後国申惟栄兵超《ル》大勢申《セシ》取物《モ》不取敢落《シ》大宰府時無《シ》二加輿丁一《モ》振[10]捨《ヌ》王御輿《モ》主上奉腰輿公卿殿上人[11]挟《ミッ》、奴袴傍無《キ》[12]習《ヒ》女房達取袴傍我先申箱崎▽二八六右津[13]処《ヘ》落《シ》時雨《ル》々如《シ》車軸吹風挙砂落行《ヤ》新羅高麗百斉国《ニモ》申《セシ》波風荒不任心為先阿波民部成良何《ク》不知《ラ》[14]迷《シ》程入山鹿兵藤次[15]秀遠《ヤ》[16]成且是《モ》思《シ》程自長門国申《セシ》源氏渡山鹿城《モ》不レ可レ然又船込乗《ッ》、不知[17]其《ニ》漕出重盛三男左中将清経投身候《シコソ》目《モ》▽二八六左不被当[18]候《シ》泣々押渡四国漕付讃岐国屋島浦此《コソ》吉城《ナレ》成良計申《セシ》息踉《ッ》、彼浦討靡《ケシ》山陽道南海道十四ケ国時備中国水島戸播磨国室山討勝処々軍責上《ッ》、摂津国一[19]谷《マ》已都《ヘ》可帰入申候《シ》人々皆喜合候《シ》源氏義経責来合戦《セシ》時一門▽二八七右太多[20]被《ヌ》討取可然侍共数多[21]被レ亡後被追落一谷《モ》親後《レ》子々失親夫別妻々離夫喚叫声[22]申中々愚雖有扶船不知数[23]籠《ミ》乗《シ》目前入《ヌ》海《ヘ》[24]自遁《レ》落船《モ》[25]不《セ》レ任レ心波路《ナレ》或漕渡淡路瀬戸懸屋島有船《モ》或漕過阿波鳴戸[26]趣紀路一《ヘ》[27]有レ船《モ》落行思々心々▽二八七左四国九国構《ッ》、城兵共引分二所[28]送《ヲクリツ》、月日思《シ》[29]且《シャ》猶義経責来《シ》被落屋島館《モ》終長門国壇浦門司赤間関耶且《シ》矢合《セシ》被破御方軍兵可《クモ》叶[30]無《リシ》今限二位尼上懐進先帝入[31]海《ヘ》候《シコソ》目《モ》不レ被レ当[32]候《シ》此身《モ》[33]不《シ》奉後《レ》連入候《シ》兵共懸二熊手一取挙候《シ》[34]生《キ》生不[35]心地《モセ》▽二八八右候《シ》心憂悲《ク》思《シ》我身一《コソ》宗盛親子被生執時忠父子《モ》被生執其外生執承《シ》卅八人《コソ》又為始教盛知盛一門悉成二底[36]蒲埃一自残留人々《モ》声々喚叫有様申中々愚宗盛父子被渡大路[37]被取二下《シ》鎌倉一《ヘ》後又都聞《ヘシ》帰上無甲斐思命計[38]候《シ》間近云二近江国▽二八八左篠原一処終被

切其首被渡大路被懸獄門木[39]承又重衡被渡南都云木津河処[40]被キ斬ラ

【釈文】

法皇重ねて[1]▽二八四左仰せられけるは、「抑《そもそ》も、昔を思し食し出だすに、何《い》かばかりか恋しくも思し食され候はん。[2]有るにも在らぬ御心地にて渡らせたるらむ。更に今は何事も憚り無く仰せらるべく候ふ。誠に六道の有様に[3]違はずと覚え候ふ。加様に思し食し連けたる御心中、貴く覚え候へば、一事も残すべからず」と有りければ、女院申しけるは、「一事も残すべからずと仰せ候へば、申し候ふ。故宗盛は、君をば高き山深き海とこそ打ち憑み進らせて、西国へ[4]御幸成し進らせんと支度候ひしが、夜半▽二八五右ばかりに渡らせざりければ、憑む木の本に雨の手留《たま》らぬ心地して、而りとては行幸成るべく、主上ばかりを取り進らせつつ、神璽・宝剣・内侍所を始め奉り、数《あまた》の御宝物を取り具しつつ、人々の家々に火を懸け、都を出でし心の内、何《い》かばかりとや[5]思し食され候ひし。[6]後にこそ比叡山へ登らせたまひて、御登山[7]と承り候ひしか。

爾て其の日は故入道の福原の旧里に於て一夜を明かし、次の日、[8]主上は御船に召して出でさせたまへば、八重の▽二八五左塩路を舁き分け、筑前国三笠郡太宰府とかやに付かせたまひつつ、随ひける筑紫九国の者共、内裏已《すで》に造り出だしければ、安堵し侍[9]ひし程に、『一院の御定とて、豊後国より惟栄と申す兵、大勢にて超ゆる』[10]と申せしかば、取る物も取り敢へず大宰府を落ちし時に、加輿丁も無かりしかば、玉(王)の御輿も振り捨てぬ。主上を腰輿に奉り、公卿殿上人、奴袴の傍《そば》を[11]挟みつつ、[12]習ひも無き女房達も袴の傍《そば》を取り、我先にと箱崎の▽二八六右津と申す処[13]へ落ちし時、雨《ふ》る雨は車軸のごとくして、吹く風は砂を挙ぐ。『新羅・高麗・百済(斉)国にも落ち行かばや』と申せしかども、波風荒くして心に任せず。阿波民部成良を先と為《し》て、何《い》づくとも知らず

[14]迷ひし程に、山鹿兵藤次[15]秀遠が（や）[16]城（成）に入りて、且《しばら》くは是にもと思ひし程に、『長門国より源氏渡る』と申せしかば、『山鹿の城も然るべからず』とて、又船に込み乗りつつ、[17]其とも（に）知らず漕ぎ出だす。重盛の三男左中将清経が身を投げ候ひしこそ、▽二八六左目も当てられず[18]候ひしか。

泣く泣く四国に押し渡り、讃岐国屋島の浦に漕ぎ付けて、『此こそ古き城なれ』と成良が計らひ申せしかば、彼の浦に息踉《やすら》ひつつ、山陽道・南海道の十四ヶ国を討ち靡けし時に、備中国水島の戸、播磨国室山なんど、処々の軍に討ち勝ちて、摂津国[19]一谷まで責め上りつつ、『已に都へ帰り入るべし』と申し候ひしかば、人々皆喜び合ひ候ひしに、源氏の義経責め来たりて合戦せし時に、一門の▽二八七右太多討ち取[20]られぬ。然るべき侍共数多[21]亡ぼされし後、一谷をも追ひ落とさる。親は子に後れ、子は親を失ひ、夫は妻に別れ、妻は夫に離れて、喚き叫ぶ声は、[22]申せば中々愚かなり。扶《たす》け船は有りと雖も、数を知らず[23]籠み乗りしかば目の前にて海へ入りぬ。[24]自《おのづか》ら遁れ落ちたる船も、[25]心に任せぬ波路なれば、或は淡路の瀬戸を漕ぎ渡り、屋島に懸かる船も有り、或は阿波の鳴戸を漕ぎ過ぎて[27]紀路へ[26]趣く船も有り、思ひ思ひ心々に落ち行きけり。

▽二八七左四国九国に城を構へつつ、兵共二所に引き分かれて月日を[28]送《ヲク》りつつ、[29]且しやと思ひしに、猶も義経責め来たりしかば、屋島の館をも落とされて、終に長門国壇の浦、門司赤間の関とかやにて且し矢合はせせしかども、御方の軍兵破られて、叶ふべくも[30]無かりしかば、今は限りとて、二位の尼上、先帝を懐《いだ》き進らせて[31]海へ入り候ひしこそ、目も当てられず[32]候ひしか。此の身も[33]後れ奉らじと、連《つづ》きて入り候ひしかども、兵共熊手に懸けて取り挙げ候ひしかば、[34]生きて生くる[35]心地もせず候▽二八八右ひし。心憂く悲しく、我身一つにこそと思ひしに、宗盛親子生け執られ、時忠父子も生け執られけり。其の外、生け執りは卅八人とこそ承りしか。又教盛・知

盛を始めと為《し》て、一門悉く底の[36]蒲埃《もくづ》と成りぬ。自づから残り留まる人々**も**、声々に喚き叫ぶ有様、申すも中々愚かなり。宗盛父子大路を渡され、鎌倉**へ**[37]取り下され**し**後、又都に帰り上ると聞こえ(**へ**)**し**かば、甲斐無く思ふ命**ばかり**は[38]候ひ**し**に、間近き近江国▽二八八左篠原と云ふ処にて終《つひ》に切られ、其の首は大路を渡されて獄門の[39]木に懸け**ら**れたりと承る。又重衡は南都に渡され、木津河と云ふ処にて[40]斬**られ**に**き**。

【校異・訓読】 1〈底・昭〉「被被仰」、〈書〉「被《ル》被仰」。「被」は重複。〈底・昭〉では「被被」の間で丁が替わることによる誤りか。2或いは「有るに在られぬ」と読むか。3〈書〉「不」(「違」脱か)。4〈昭〉「御幸《ヘ》」。5〈昭〉「思」字補入。〈底・書〉通常表記。6〈書〉「後《コソ》」。7〈書〉「山《ヘ》」。「山へ御登りと」とも訓めるか。8〈書〉「至上」。9〈書〉は「次《シ》」を訂して上欄外に「侍」と注記。10〈昭〉「捨《ス》」。11〈書〉「校《ミツ、》」。12〈書〉「習《モ》」。13〈書〉「所《ヘ》」。14〈書〉「迷」。15〈底・昭・書〉「秀遠《ヤ》」。16〈昭・書〉「城」。17〈底・昭・書〉「其《ニ》」。18〈昭・書〉「候《モ》」。19〈書〉「一谷」。20〈書〉「被」。21〈底・昭〉「被レ亡」だが、「レ」は「シ」の誤りの可能性もあるか。〈書〉「被已」。22〈昭〉「申《セ》」。23〈書〉「籠《シ》」。24〈底〉「自」の右下に字があるようにも見えるが存疑。〈昭・書〉「自」。25〈底・昭・書〉「不《セ》レ任」。「セ」は「任」の下にあるべきか、あるいは「ヌ」の誤りか。26〈昭〉「趣《ニ》」。27〈書〉「路《一》」。28〈昭〉「逆」に類似する字を書き、左下側に「送」と訂正。29〈昭〉「且」。30〈書〉「無《クシ》」。31〈書〉「海」。32〈書〉「候《シンカ》」。33〈昭〉「不《シ》奉後《モ》」、〈書〉「不《シ》奉後進」。34〈昭〉「生生」、〈書〉「生《キ》々」。35〈書〉「心地《シセ》」。36〈昭〉「蒲埃」。37〈底・昭・書〉「被取二下《シ》」。38〈書〉「候」。39〈書〉「木」なし。40〈書〉「被斬」。

【注解】 **○法皇重ねて仰せられけるは…** 本節では、後白河法皇が建礼門院に回想の語りを促し、女院はそれに答えて都落以降の過程を振り返り、語る。これは六道語りにおける女院の回想と似ているが、それとは別の語りである。これが六道語りと別の語りであると指摘したのは、今井正之助であった。今井は「六道語りに収まりきらない意識・感情」(七頁)が諸本に語られていることや、〈四〉や〈盛〉などの読み本系諸本では、女院が「法皇に対する恨み言を口にする」（八頁）ことなどを指摘した。その後、佐伯真一①は、六道語りとは別に女院が人生を回想し、法皇に恨みを述べる語りを、「恨み言の語り」と呼んだ（一一一頁）。「恨み言の語り」は〈四・長・盛・大〉に見られるが（但し〈大〉は都落の回想のみで簡略）、〈延〉や語り本系にはない。その上で、佐伯真一①は、諸本全体の女院の語りを「六道語り」「恨み言の語り」「安徳帝追憶の語り」の三つに分け、「恨み言の語り」は、本来「安徳帝追憶から懺悔・鎮魂に至る語りを導き出すためのバネとして」、「物語本体から抽出・構成された」（一一四頁）ものと見た。一方、村上學は、〈盛〉が「佐伯氏のいわゆる女院の恨み語りを有することで構想の分裂をきたしている」（村上學①一六頁）とし、「「恨み言の語り」は当初から存したのではなく、原延慶本が成立した後、大島本・長門本や四部合戦状本・源平盛衰記が成立する段階で作られたのではないか」（村上學②五三頁）とした。それに対して、佐伯真一②は、〈四・長・盛・大〉各本文の読解を提示する村上學②の方法では、〈四・長・盛・大〉が揃って「恨み言の語り」を持つ理由を説明できないと反論した（二〇八頁）。「恨み言の語り」から「安徳帝追憶の語り」への流れが『平家物語』として本来的なものと見る佐伯に対して、六道語りが先にあり、「恨み言の語り」は後に付加されたと見る村上という相違があるわけだが、佐伯真一②も指摘するように、「恨み言の語り」を、ある段階の『平家物語』作者によって『平家物語』本体から抽出して作られたものと見る点では、佐伯も村上も一致している。

○抑も、昔を思し食し出だすに、何かばかりか恋しくも思し食され候はん　〈四〉では、六道語りが終わった後、法皇がさらに女院の回想を促して「恨み言の語り」を導き出す、独自の展開。「恨み言の語り」のある〈四・長・盛・大〉では記事構成が異なる。法皇と女院が対面して以降の問答と六道語り・恨み言の語りについて、〈四・長・盛・大〉の記事の大まかな対照表を掲げる。〈四〉では「大原御幸（⑤女院登場）」以降の記述となる。

〈四〉	〈長〉	〈盛〉	〈大〉
縁者の音信問答	縁者の音信問答	**恨み言の語り**	**恨み言の語り**
法皇女院の思いを問う	閑院大将の朗詠	縁者の音信問答	縁者の音信問答
六道語り	**恨み言の語り**	実定の朗詠・歌	**六道語り**
法皇さらに語りを促す	法皇六道への不審	法皇さらに語りを促す	
恨み言の語り	**六道語り**	**六道語り**	

このように、〈長・盛・大〉では恨み言の語りが先で、六道語りは後に配置されている。〈盛・大〉では法皇と女院が対面した後の沈黙を破るのは法皇ではなく女院であり、〈盛〉では「女院御涙ノ隙ヨリ年比日比ウラメシク思召ケル御事共ヲ崩シ立テ申サセ給ケルハ…」（6―四八四頁）と、女院が都落における裏切りをはじめとする積年の恨みを述べ立てたとして、法皇への恨み言であることが鮮明である。一方、〈大〉は、構成は〈盛〉と同様だが、ただ「やゝひさしくありて女院申させ給けるは」（一〇一頁）とあるのみで、「日比ウラメシク思召ケル事共ヲ」云々という描写もなく、都落ちの際の裏切りを述べるのみで、恨み言という印象は薄い。また、〈長〉は、縁者の誰から音信があるかという問答によって女院の落魄ぶりを描き、閑院大将が「昔為京洛磬花客…」の朗詠をした後、女院が口を開いたとする。女院の方から口を開いて、「さても君をば高山深海とも宗盛は憑まいらせて…」（5―二一九頁）と、都落における裏切りを責める点は〈盛・大〉と同様だが、「年比日比ウラメシク思召ケル事共」云々といった文言はない。また、〈長〉の場合、恨み言の語りの中で壇ノ浦合戦を回想した後、「人は生を隔てこそ六道をば経まわりさぶらふなるに…」（5―二二一頁）と、話題が六道語りに接続するので、恨み言の語りと六道語りの区別が付けにくいが、自分の人生を六道に譬えた語りは、その後、平家の栄華の時代に戻って、「入道の世に候し時は、何事に付てもともしからず…」（5―二二二頁）以下、展開されるので、やはり恨み言の語りと六道語りは別の語りとして併置されているわけである。但

し、〈長〉では六道語りが「恨み言の語り」よりもずっと簡略である。〈四〉は、六道語りの後に法皇に促されて女院が回想を語るという形なので、やはり六道語りと恨み言の語りは別の語りであることが明らかである。「年比日比ウラメシク思召ケル事共」云々の文言はなく、〈盛〉のように恨みを噴出させたとする記述ではないが、「一事も残すべからずと仰せ候へば、申し候ふ」は、法皇に促されたために言いにくいことを敢えて言うと読めるし、「都を出でし心の内、何かばかりとや思し食され候ひし」は、他本にない詰問調と言えよう。その内容は途中から恨みというよりは嘆き悲しみに傾き、さらに仏法談義に続いてゆくが、〈四〉本節の女院の語りは、やはり「恨み言の語り」と呼ぶべきものであろう。

○有るにも在らぬ御心地にて渡らせたるらむ。更に今は何事も憚り無く仰せらるべく候ふ　前項注解に見たように、「恨み言の語り」を有する〈長・盛・大〉は〈四〉と記事構成が異なるので、六道語りと「恨み言の語り」の間の法皇の言葉は存在しない。ただ、語りの催促という点で類似の言葉を挙げれば、〈盛〉では「恨み言の語り」の後、女院にさらなる語りを促し、六道語りを導く「何事ニ付テモ、イカニ昔モ恋シ無レ便御事ニテ候ラン。隔ナク仰ラレヨ」（6―四九一頁）がある。また、〈四・延・盛〉では、畜生道以外の五道を語った後、畜生道を語るまいとする女院に語りを促す言葉がある。〈四〉では「六道語り（④畜生道）」に、「是程に万づの事を承りたるに、今一道残したまふ事こそ心に懸かりて覚え候へ。同じくは申させたまへ。承り候はばや」とあった。〈延〉「誠ニ加様ニ委ク被二仰一之時コソ、六道ノ有様ゲニト思知レ侍レ。今一ノ道ハ何事ニカ。是程承程ニテハ非可憚思召一。同ハ承バヤ」（巻十二―六九ウ～七〇オ）、〈盛〉「今一ヲ残サセ給事、イト本意ナシ。仏道ニハ懺悔トテ、罪ヲカクサズトコソ承候へ、御憚有マジキニコソ」（6―五〇三～五〇四頁）。畜生道の場面の文脈は、本節のこの部分とは全く異なるが、〈四〉の次項・次々項も含めて、語句はやや似る。〈四〉の場合、六道めぐりという希有な体験（〈覚〉では玄奘や日蔵に対比される）に対する感想として「有るにも在らぬ御心地にて渡らせたるらむ」と、女院個人の苦労を思いやるかのような言葉はやや不似合いな感もあろうか。〈延〉では、畜生道の語りを終えた女院に対して、法皇は、「昔ヲ思出サセ給ニモ、御歎ノ色ノ深ノ程モ思召知ラレケリ。同御歎ト申ナガラ一方ナラズ、イカバカリノ御事ヲノミ思召ラムト御心中思遣マヒラスルコソ心苦ク侍レ」（巻十二―七一オ～七一ウ）と、女院の心を思いやる言葉をかけるが、これは男女問題を扱った畜生道の特殊性によるものだろう。〈四〉では、六道語りを終えた女院にさらに語りを促した後、次項の六道語りへの感想を述べる文脈もわかりにくく、六道語りから恨み言の語りへの接続が、ややぎこちない形でなされているといえようが、それは、あるいは畜生道語りの前後の場面を意識して作られたものである可能性もあろうか。

○誠に六道の有様に違はずと覚え候ふ　六道語りへの法皇の感想。他本での類似の文言として、〈延〉では前項注解に見たように、畜生道の語りを促して「六道ノ有様ゲニト思知レ侍レ」（巻十二―六九ウ）などとあり、〈盛〉も同様の位置に「六道ノ有様、生ヲ替ズ御覧ジ廻由、誠ニ理ニ候」（6―五〇三頁）とある。また、〈覚〉では、六道語りの後、玄奘・日蔵が六道を見たという故事を引いて「是程まのあたりに御覧ぜられける御事、誠にありがたふこそ候へ」（下―四〇六頁）とある。しかし、〈長・大・南・屋・中〉ではこうした感想は見られない。　**○加様に思し食し連けたる御心中、貴く覚え候へば、一事も残すべからず**　六道語りを終えた女院に対して、さらに思いを打ち明けよと法皇が述べる点は〈四〉独自。「一事も残すべからず」打ち明けよという催促は、前々項注解に見た〈四・延・盛〉の畜生道の語りの催促にやや似ると言えよう。　**○一事も残すべからずと仰せ候へば、申し候ふ**　「法皇が『一事も残すべからず』とおっしゃったので申します」と、女院は言う。「それなら、言いにくかった恨み言を申します」といった意味であろう。以下、法皇の催促に応えて、女院が都落以降の回想を語る。その内容は、『平家物語』が巻七から巻十二で語ってきた内容を要約したものと見られる。その点は、〈長・盛・大〉の「恨み言の語り」も同様である。〈四〉の「恨み言の語り」本文は、〈長・盛〉と若干異なり、〈四〉自身の本巻（灌頂巻以外の部分）の本文と一致する例が見られる一方で、本巻の内容と一致しない例もある。〈四〉自身の本巻によりつつ、新たに作り直されたものと考えられよう。ここでは、〈長・盛・大〉の「恨み言の語り」及び諸本の六道語りと比較しつつ、本巻との対応を考慮して注解を進める。初めに、諸本の六道語りと〈四・長・盛・大〉「恨み言の語り」の取り上げる題材を一括して対照しておく（佐伯真一②九六頁掲載の対照表に、〈国会・山崎・藤井〉を加えるなどの修訂を施した（但し、〈山崎・藤井〉は基本的に一致するので〈山・藤〉と略記）。「六」は六道語り、「恨」は「恨み言の語り」。「畜」は畜生道。◎は詳細、○は簡略、△は曖昧、×は記事無し）。

〈六道語り・恨み言の語り一括対照表〉

		都落	法皇逃亡	太宰府落	清経入水	水島室山	一谷合戦	屋島落	壇浦合戦	安徳入水
〈四〉	六	◎	×	△	×	×	×	△	◎	×
	恨	◎	◎	◎	○	○	◎	○	◎	○
〈長〉	六	×	×	×	×	×	○	×	○	×
	恨	◎	◎	◎	◎	×	×	○	◎	◎
〈盛〉	六	◎	×	◎	×	○	◎	畜	×	×
	恨	◎	◎	◎	◎	×	×	○	◎	◎
〈大〉	六	○	×	◎	×	○	◎	×	◎	◎
	恨	○	○	×	×	×	×	×	×	×
〈延〉	六道	◎	×	◎	×	○	◎	◎	◎	後出
〈南・中〉	六道	○	×	○	×	○	◎	×	◎	○
〈屋〉	六道	○	×	×	×	○	◎	×	◎	○
〈覚〉	六道	○	×	○	◎	○	◎	×	◎	◎
〈国会〉	六道	◎	×	◎	×	○	◎	○	×	×
〈山・藤〉	六道	◎	×	◎	×	○	◎	○	○	◎

○故宗盛は、君をば高き山深き海とこそ打ち憑み進らせて…　以下、都落の際、法皇は同行してくれると思っていたのに、平家を裏切って比叡山に脱出したことを恨む。「恨み言の語り」をこの問題から始める点は〈長・盛・大〉も同様で、本文的にも近似する。一方、諸本の六道語りでは、天道からの転落（天人五衰）として都落を話題にすることは多いが、法皇の裏切りには触れていない。〈四〉の六道語りも同様であった（「六道語り②天・人・修羅」参照）。なお、

〈長〉は六道語りでは都落にふれていない。 **○西国へ御幸成し進らせんと支度候ひしが、夜半ばかりに渡らせざりければ** 〈長・盛・大〉も基本的には同様だが、「夜半ばかりに」を欠く。法皇が都落直前の夜半にひそかに御所を脱出したことは、諸本の巻七に描かれていた。本全釈巻七「法皇忍びて御幸の事」（二三一頁以下）参照。該当部の注解「同じき廿五日」（同二三二〜二三三頁）に見たように、〈延・長〉や〈盛・屋・覚〉では法皇の御所脱出を法皇側から描くが、〈四・南〉ではそれに気づいた季康などの視点から描いていた。 **○憑む木の本に雨の手留らぬ心地して** 雨宿りしようと立ち寄った樹木から雨が漏れてきて、頼りにならない意の比喩。〈長・盛〉もここで同様の語句あり。〈大〉なし。巻七「主上都落」に、「日来は法皇の御幸をも成し進らせんと支度しけるに、是く先立ちて渡らせたまはねば、憑む木の下に雨の手留らぬ心地して、「而りとては行幸成るべし」とて…」（本全釈巻七—二三九頁）とあり、諸本に同様の表現があった。本項前後の行文も含め、巻七とほぼ一致するものといえよう。 **○而りとては行幸成るべく、主上ばかりを取り進らせつつ** 〈長・盛〉「寿永の秋の空に、主上ばかりをとりまいらせて」（〈長〉5—一一九頁）。〈大〉なし。〈四〉巻七では、「「而りとては行幸成るべし」とて、御輿を寄す。神璽・宝剣も取り具し進らせ、建礼門院をも奉りぬ。内侍所も渡し奉る」（本全釈巻七—二三九頁）とあり、次項も含めて本文が一致する。〈四〉巻七本文を踏まえた表現と言えよう。 **○神璽・宝剣・内侍所を始め奉り、数の御宝物を取り具しつつ** 〈長・盛〉「主上をいだき奉、神璽宝剣ばかりとり具して、みづからも心ならず御輿に乗候ぬ」（〈長〉5—一一九頁）。〈大〉なし。〈四〉巻七「主上都落」では、「内侍所も渡し奉る。印鎰・時簡・玄上・鈴鹿まで取り具し進らすべき由、平大納言下知せられけれども、人皆嗌《あは》てければ、取り落とす物も多かり(を)けり」（本全釈巻七—二三九頁）。平家が三種の神器以外の宝物もできるだけ持ち出そうとしたことは、該当部で他本も描いていた（「主上都落」注解「印鎰・時簡・玄上・鈴鹿まで取り具し進らすべき由…」参照。本全釈巻七—二四二頁）。「神璽宝剣ばかり」と描く〈長・盛〉よりは、〈四〉の方が巻七の記述に忠実といえよう。 **○人々の家々に火を懸け、都を出でし心の内、何かばかりとや思し食され候ひし**

〈長・大〉該当文なし。〈盛〉は、「ユク先モ涙ニシホレテ道ミエズ。都ヲバ一片ノ煙ト焼上テ、西海ノ浪ノ上ニ漂…」（6―四八五頁）と、傍線部で都の邸宅を焼いたことに触れる。〈四〉の場合、都落の悲嘆だけではなく、「…都を出でし心の内、何かばかりとや思し食され候ひし」と、法皇に問いかける点が注目されよう。佐伯真一①は、「他本以上に厳しい詰問調を見せている」（一一〇頁）と評する。なお、諸本の六道語りでも、邸宅に火をかけたことは簡単に触れている。〈四〉「煙の頻に立ち登るにも行く先涙に暗れて」（「六道語り②天・人・修羅」）。平家が六波羅や西八条などの邸宅に火をかけて都を落ちたことは、諸本の巻七に描かれていた。〈四〉では「主上都落」（本全釈巻七―二三九頁）。　**〇後にこそ比叡山へ登らせたまひて、御登山と承り候ひしか**　「比叡山へ登らせたまひて」と「御登山」が重複するのは不審。〈長・盛〉は、前掲「憑む木の本に雨の手留らぬ心地して」の前の位置に、〈長〉「山へ御幸なりて候も、後にこそ承て候しか」（5―二一九頁）、〈盛〉「後ニコソ比叡山ニトモ承候シカ」（6―四八四頁）とある。〈大〉は「御幸をも西国へなしまいらせんと候しかども、わたらせ給で、叡山御上とは後にこそうけ給候しか」（一〇一頁）として、恨み言の語りを終える。御所を脱出した法皇が比叡山に登ったことは、〈四〉巻七では、一門都落や頼盛の離脱などを語った後に記されていた。本全釈巻七「法皇天台山へ登り御座す事」（三〇三頁以下）参照。　**〇爾て其の日は故入道の福原の旧里に於て一夜を明かし**　都落の後、福原で一泊したことは、〈長・盛〉の「恨み言の語り」では触れない。六道語りでも特に触れられない。巻七では、諸本が「福原落」で描いていた。〈四〉「爾て福原の旧里に於ても一夜をぞ明かしける」（本全釈巻七―三四五頁）。　**〇次の日、主上は御船に召して出でさせたまへば、八重の塩路を舁き分け**　〈長・盛〉では、〈長〉「西海の浪上に御栖居にてあかし暮」（5―二一九頁）、〈盛〉「西海ノ浪ノ上ニ漂…」（6―四八五頁）といった句はあるが、「主上は」云々は記さない。ここまで「福原落」の記述。〈四〉巻七「福原落」では、「抑も昨日は東山の関の東に踏喰《くつばみ》を並べ、今日は西海の八重の塩路に纜を解く」（本全釈巻七―三四六頁）とあった。　**〇筑前国三笠郡太宰府とかやに付かせたまひつつ**　〈長・盛〉は、〈長〉「筑前国大宰府とかやに落着て候しかば、ちかき夷ども皆まいり、遠は使をまいらせて、いまだまいらず」（五―二一九頁）のように記す。六道語りでも、〈覚〉「さても筑前《ノ》国太宰府《ダザイフ》といふ所にて、維義《コレヨシ》とかやに…」（下―四〇三頁）などと、簡単に触れられる場合がある。〈大〉は、畜生道の後に都落から安楽寺参詣を詳しく語る中で「筑前国三笠のこほり太宰符とかや《ニ》つきて候しかば」（一〇四頁）とあるが、安楽寺参詣をこれほど詳しく語る理由は不明。〈四〉の場合、平家が都落の後、筑紫に着いたとする記事は、巻七末尾に「日数も経れば、心筑紫に着きにけり」（本全釈巻七―三四六頁）とあったが、大宰府到着から水島・室山合戦までは、十二巻本では巻八の記事。〈四〉は巻八が欠巻なので、本巻でどのように語られていたかを確認することができない。諸本は寿永二年八月十七日のこととして太宰府着を記す。〈延〉「十七日、平家ハ待露命…（中略）…明ケ晩レ日数ツモリユケバ、心尽ノ筑前国御笠郡大宰府ニ着給ヘリ」（巻八―七ウ）。　**○随ひける筑紫九国の者共、内裏已に造り出だしければ、安堵し侍ひし程に**　〈長・盛〉は内裏造営に触れず、緒方による攻撃に話を進める。諸本の六道語りも同様のものが多いが、〈延〉は餓鬼道の後、「筑前国大宰府トカヤニテ菊地原田松浦党ナムド云者共靡奉テ、『内裏造ルベシ』ナムド云シカバ、心少シ落居シテ、人々モ身ヲイコノヘ心ヲ延ベテ侍ル程ニ」（巻十二―六七ウ）と、内裏造営を語る。しかし、この記事に問題があることは次項注解参照。巻八該当部では、〈延〉「随奉処ノ兵、菊地ノ二郎高直・石戸少卿種直・臼木・戸次・松浦党ヲ始トシテ、各里内裏造進ス。彼内裏ハ山中ナレバ、木ノ丸殿モカクヤトゾ覚シ」（巻八―七ウ～八オ）など、諸本が内裏造営を描く。　**○『一院の御定とて、豊後国より惟栄と申す兵…**　後白河院の指令によって緒方惟栄が押し寄せたとする点、〈長・盛〉も同様。緒方惟栄の攻撃によって大宰府を落ちたことは、六道語りでも触れられる。〈四〉は修羅道の中で「都の内を迷ひ出でて、西海の浪に漂ひしかば、浦々島々を伝ひつつ、此に城郭を構へ、彼に楯を誘へ」云々（「六道語り②天・人・修羅」）と抽象的に述べる中に大宰府落も含まれていると読み得るという程度だが、〈盛〉は修羅道と餓鬼道の間で、「豊後国ニテ少心ヲ休ムルヤラント思候シ程ニ、尾形三郎ニ追出サレテ」（6―五〇〇頁）とする（「豊後国」で心を休めたとするのは疑問）。

〈覚〉は、「さても筑前国《ノ》太《ダ》宰府《ザイフ》といふ所にて、維義《コレヨシ》とかやに九国のうちをも追出《ヲイイダ》され」（下―四〇三頁）以下、緒方維義との遭遇・清経の入水を怨憎会苦・愛別離苦として人間道に位置づける。他に〈国会・山崎・藤井〉にも記事がある。〈延〉には問題があり、餓鬼道の後、前項注解に見た内裏造営記事に続いて、「宣旨トカヤトテ、刑部卿三位頼輔ニ仰テ、豊後国住人緒方三郎惟栄トカヤ中者承リトテ、三千余騎ノ勢ニテ向ベキ由聞ヘシカバ…」（巻十二―六七ウ）と、大宰府落を詳細に描いている。また、〈大〉も、畜生道の後に、都落から安楽寺参詣を詳しく語った後、「豊後国の住人緒方《ヲガタ》の三郎と申者、院宣給て仰にてよすると申せしかば」（一〇四頁）として大宰府落を詳述した後、餓鬼道に移る。しかし、〈延〉や〈大〉の記事は、六道の中で何道を語っているのか、明らかではない。また、これらの六道語りでは〈延・大〉だけが「一院の御定」（「宣旨」「院宣」）に触れる。後白河院の院宣については、たとえば〈延〉では頼輔の言葉の中に「是ハ全非私下知、併一院之宣也」（巻八―二〇オ～二〇ウ）、伊栄の言葉の中に「此事一院ノ御宣旨ニテ候ヘバ」（同二三ウ）などとあるが、六道語りの中では、緒方の攻撃が院の命令によるものだったと語る必要はない。しかし、「恨み言の語り」では、その点が重要である。佐伯真一①は、そのように考えて、〈延・大〉六道語りの大宰府落記事は、「本来は恨み言の語りに含まれていた記事を中途半端に改編した、または改編し損ねた痕跡をとどめている」（一一六頁）と見た。村上學②はその論を批判したが、佐伯真一②に反批判があることは、「六道語り（③餓鬼道・地獄道）」の注解「是又、餓鬼道の苦患に非ずや」参照。なお、大宰府落は諸本の巻八該当部に記されるが、平家の大宰府退去を緒方勢の攻撃によるとする点、佐々木紀一は史実性を疑問視する（五～六頁）。　**〇大勢にて超ゆる』と申せしかば**　〈延〉「…三千余騎ノ勢ニテ向ベキ由、聞ヘシカバ」（巻十二―六七ウ）、〈長〉「大勢にて寄と申しかば」（5―二一九頁）、〈盛〉「大勢ニテヨスルト申シカバ」（6―四八六頁）。〈四〉には、「申せしかば」のように、「申せし」型の用法がいくつか見られ、東国由来の語法である可能性が高いことについては、「大原御幸（③阿波の内侍）」の注解「是は一年平治の逆乱の時、悪右衛門督信頼に失はれ候ひし少納言入道貞憲が娘…」参照。　**〇取る物も取り**

敢へず大宰府を落ちし時に、加輿丁も無かりしかば、玉の御輿も振り捨てぬ　〈長・盛〉の「恨み言の語り」も同内容。六道語りでは、前項注解に見た〈延・大〉の不審な大宰府落記事に、〈延〉「主上ノ玉ノ御輿ヲ捨置」（巻十二―六七ウ）、〈大〉「主上は、かよちやうも候はざりしかば、玉のこしをばすてをきて」（一〇五頁）とある。巻八該当部では、〈延〉「葱花鳳輦ハ名ヲノミ聞ク」（巻八―二六オ）、〈長〉「主上は荷輿丁《カヨチヤウ》もなければ、荒花鳳輦《クワウクハホウレン》玉の御輿にもめされず」（4―一三五頁）、〈盛〉「主上ハ舁輿丁ナケレバ、玉ノ御輿ニモ不奉」（5―一九頁）などとある。〈延〉巻八本文では、天皇の乗る鳳輦そのものが失われていたように読めるが、諸本の本文から見て、鳳輦はあってもかつぐ者がいなかったとするのが本来であろう。「加輿丁」は、駕輿丁が正しい。　**〇主上を腰輿に奉り**　〈長・盛〉「主上を次の輿にのせ参らせて、あやしの者共御輿まいらせつゝ」（〈長〉5―二一九頁）。六道語りでは、〈大〉「つぎの御こしに奉り」（一〇五頁）、〈延〉なし。本巻では、〈南・屋・覚・中〉が、〈屋〉「主上腰輿ニ被レ召ケリ」（五九七頁）などと、「腰輿」に該当する語を用いる。〈延〉「アカシ《ママ》ノ女房輿ニ奉リテ、女院計ゾ御同輿ニ被召一ケル」（巻八―二六オ）。　**〇公卿殿上人、奴袴の傍を挟みつつ、習ひも無き女房達も袴の傍を取り**　〈盛〉「公卿殿上人指貫ノソバヲトリ、女房北方ハ裳唐衣ヲ泥ニフミ」（6―四八六頁）。六道語りでは、〈延〉「公卿殿上人ヨリ女房達ニ至マデ、袴ノソバヲハサミテ」（巻十二―六七ウ）、〈盛〉「公卿モ殿上人モカチハダシニテ迷出ツヽ」（6―五〇一頁）。〈長〉の「恨み言の語り」や〈大〉の六道語りでは、「公卿殿上人」のみで女性達には触れない。本巻では、〈長〉「公卿殿上人さしぬきのそばをとり、女房たちは裳唐衣泥にひたし」（4―一三五頁）、〈盛〉「公卿殿上人ハ奴袴ノ傍ヲ取、女房北方ハ裳唐衣ヲ泥ニ引」（5―一九頁）、〈覚〉「国母をはじめ奉て、やゝごとなき女房達《タチ》、袴《ハカマ》のそばをとり、大臣殿以下の卿相《ケイシヤウ》・雲客《ウンカク》、指《サシ》貫《ヌキ》のそばをはさみ」（下―八三頁）など。〈延〉巻八には該当文なし。「奴袴」は、「指貫に「袴奴（袴帑）」の字を用いたのを、「袴」「奴」を逆にし誤読したもの。指貫のこと」（〈日国大〉「ぬばかま」項）とされる。『和名類聚抄』「奴袴左師奴岐乃波賀万」（巻十二―二一ウ。臨川書店『諸本集成倭名類聚抄　本文篇』）。なお、女房装束では、「長袴を糊張りした張袴《はりばかま》とし、重ね袿の上に打衣《うちぎぬ》と表着《うわぎ》を着用してから裳と唐衣を着用した姿を晴の女房装束、女房の物具《もののぐ》といった」（近藤好和・二〇一頁）。〈盛〉の「恨み言の語り」や〈長・盛〉の本巻では「裳唐衣」を描くが、それでは晴の装束を着用して逃げたことになろう。　**○我先にと箱崎の津と申す処へ落ちし時、雨る雨は車軸のごとくして、吹く風は砂を挙ぐ**　〈盛〉の「恨み言の語り」「箱崎ト申所へ我先ニト諍行ドモ、猶道遠ク覚テ、一日ニ行帰ナル道ヲユキモヤラズ。日モ暮、夜モ深ヌ。折節雨風冽テ沙ヲ天ニアグ」（6―四八六頁）、〈延〉の六道語り「陸ヨリ夜中ニ筥崎津トカヤニ行シ程ニ、折節降雨イトハゲシク、吹風モ砂ヲ上ル計也」（巻十二―六八オ）、〈大〉の六道語り「おりしも雨風はけはしく吹て候へば、心うしともいふばかりなし」（一〇五頁）などが近い。また、本巻の該当部では、〈延〉巻八「折節秋時雨コソ所セケレ。吹風ハ砂ヲアゲ、降雨ハ車軸ノ如シ」（二五ウ）、〈長〉巻十三「おりふし降雨は車軸のごとく、吹風いさごをあぐ」（4―一三六頁）、〈盛〉巻三十三「我先ニ〳〵ト箱崎ノ津ニ逃給ケルゾ無慙ナル。折節フル雨ハ車軸ヲ下、吹風ハ砂ヲ上」（5―一九頁）など、類似の本文が多い（風雨の描写は〈南・屋・覚・中〉も同様）。激しい風雨の中、公卿・殿上人も女房達も徒歩で落ちていった体験は、都落後の苦難の中でも特に悲惨なものだったようである。それが法皇のさしがねによるものであったとすれば、「恨み言の語り」にはふさわしい題材だろうが、六道語りでは何道にあてるか、さほど鮮明にはならない。本巻から抽出して「恨み言の語り」に取り入れられたものであろう。
○『新羅・高麗・百済国にも落ち行かばや』と申せしかども、波風荒くして心に任せず　〈長・盛〉の「恨み言の語り」に「人々は、鬼海、高麗とかやへも渡らんと申しかども、浪風むかえてかなはねば」（〈長〉5―二二〇頁）とある。本巻では、〈延〉「鬼海・高麗へモ渡ナバヤト覚セドモ、浪風向テ叶ネバ」（巻八―二六オ。〈長〉4―一三六頁ほぼ同文）、〈盛〉「新羅・百済へモ渡ラバヤトハ被思ケレ共、波風荒シテ夫モ心ニ任セネバ」（5―二〇頁）などとあった。「新羅・高麗…」は、たとえば〈四〉巻七「福原落」に「日本国の外なる新羅・高麗なりとも、雲の了て海の了てまでも…」（本全釈巻七―三四六頁）とあるように、国外を指す常套的表現。　**○阿波民部成良を先と為て、何づくとも知**

らず迷ひし程に、山鹿兵藤次秀遠が城に入りて　〈長・盛〉の「恨み言の語り」に「山鹿兵藤次秀遠に具られて、山鹿の城にこもりて候しに」(〈長〉5—二二〇頁)とある。本巻でも、〈延〉「山鹿ノ兵藤次秀遠ニ伴テ、山鹿城ニゾ籠給フ」(巻八—二六オ)などとある。山鹿城は福岡県遠賀郡芦屋町山鹿にあったとされる。山鹿城に導いたのは山鹿秀遠であるとするのが自然で、九州の中での移動を阿波民部成良が先導したとは考えられない。〈四〉本文には何らかの誤解または誤記があろう。　**○且くは是にもと思ひし程に、『長門国より源氏渡る』と申せしかば、『山鹿の城も然るべからず』とて…**　〈長・盛〉の「恨み言の語り」に「猶惟能がよすると申候しかば」(〈長〉5—二二〇頁)とある。『平家物語』によれば、山鹿城を落ちた理由は、豊後の緒方勢がさらに追って来たことであって、長門国から源氏が攻めて来たわけではない。但し、〈覚〉巻八では、平家が山鹿城を去って豊前国の柳が浦に移った後、「又長門《ナガト》より源氏《ゲンジ》よすと聞えしかば、海士《アマ》小舟にとりのりて…」(下—八四頁)云々と述べ、その後に清経入水を語る。〈屋〉巻八は山鹿落↓柳浦へ↓清経入水↓宇佐行幸の順で語った後、「又長門ヨリ敵寄ルト聞シカバ」(六〇一頁)とする。しかし、〈延・長・盛・南〉の巻八該当部では、柳を落ちた理由としても緒方の来襲を記しており、長門国からの来襲は記されない。この時期に長門国に有力な源氏方勢力がいたとは考えにくく、〈延〉に「長門国ハ新中納言国務シ給ケレバ、目代紀伊民部大夫通助、平家小船共ニ乗給ヘルト聞テ、安芸・周防・長門三ケ国ノヒ物カ正木ツミタル船三十余艘点定シテ、平家献リタリケレバ…」(巻八—二八オ〜二八ウ)とあるように、むしろ平家の拠点であった。〈四〉巻八が欠巻のため、確実なことはわからないが、〈屋・覚〉巻八に「長門国からの源氏の来襲」という史実性の疑わしい記述があり、本項の〈四〉の記述がそうした記述の影響を受けている可能性がある点は注意すべきだろう。　**○重盛の三男左中将清経が身を投げ候ひしこそ、目も当てられず候ひしか**　〈長・盛〉の「恨み言の語り」では、山鹿城から豊前国の柳に移ったが、そこをも追い落とされて船でさまよった時期に清経の入水があったとする。〈長〉「豊前国柳と申所に着て、其にも七日ぞ候し。是へも敵よすると申しかば、又船に取乗て、塩にひかれ風に任てたゞよひ行候しに、小松内大臣の子息清経中将は…」（5―二二〇頁）。これは、巻八該当部の諸本の記述と符合する（但し、〈屋〉巻八では柳を追われたことは不明確）。〈四〉は柳滞在を省略したものか。一方、六道語りで清経入水を取り上げるのは〈覚〉。〈覚〉は人間道を「人間の事は、愛別離苦《アイベツリク》・怨憎会苦《ヲンゾウエク》共《トモ》に我身に知られてさぶらふ」（下―四〇三頁）として、緒方維義に九州を追い出されたことと清経の入水を語る。緒方の件が怨憎会苦、清経の件が愛別離苦であるとするのだろう。清経入水を愛別離苦に位置づけるのは〈覚〉の独自の工夫と見られるが、これを「心うき事のはじめにてさぶらひし」（下―四〇三頁）とする点は、〈長〉「これぞうきことの始にて候し」（5―二二〇頁）、〈盛〉「是ゾ憂事ノ始ニテ候シ」（6―四八七頁）と共通する。〈覚〉の六道語りと〈長・盛〉の「恨み言の語り」の間に、何らかの影響関係があることを示すものだろう。独創的な工夫のある〈覚〉の影響を〈長・盛〉が各々受けたと見るよりは、〈長・盛〉的な本文が先行し、〈覚〉がその影響を受けたと見るべきか。　**○泣く泣く四国に押し渡り、讃岐国屋島の浦に漕ぎ付けて、『此こそ古き城なれ』と成良が計らひ申せしかば、彼の浦に息踉ひつつ**　〈長・盛〉の「恨み言の語り」では、「其後さぬきのやしまに渡て、阿波の民部大夫成良もてなし奉る。内裏作べしなど聞えしかば、少安堵したる心地して候し程に」（〈長〉5―二二〇頁）とする。六道語りでは記されない。本巻巻八該当部における平家の屋島到着は、〈延・長・南・覚・中〉では清経入水の直後に記される。清経入水と平家屋島到着の間に、〈盛〉では九月十三夜の詠歌、〈屋〉では宇佐参詣が記される。「息踉」の訓「やすらふ」については、本全釈巻十の注解「踉蹡ひたまふ程に」（二六～二七頁）参照。　**○山陽道・南海道の十四ヶ国を討ち靡けし時に**　〈長・盛〉の「恨み言の語り」では不記。六道語りでもとりあげられない。「十四ヶ国」とは、〈四〉巻九「平家一谷に城郭を構ふる事」に見える、「福原・取麻《すま》・板宿・駒の林に籠るは、山陽道八ヶ国、南海道六ヶ国、已上十四ヶ国の勢十万余騎とぞ申しける」（本全釈巻九―一二三頁）であろう。但し、これは寿永三年年頭、木曽最後の後の情勢を描いたものであり、寿永二年閏十月から十一月頃と見られる水島合戦や室山合戦よりは後のことである。〈四〉本項は次項の水島・室山合戦よりも先に書かれている点に問題があろう（文の入る位置に問題があるという意味では、後掲の「扶け船は有りと雖も、数を知らず籠み乗りしかば…」の一文も同様。また、巻九該当部の記事では、「十四ヶ国」は〈南・覚〉同、〈闘・延・長・盛〉「十三ヶ国」（本全釈巻九―一二八頁、注解「山陽道八ヶ国、南海道六ヶ国、以上十四ヶ国」参照）。 **〇備中国水島の戸、播磨国室山なんど、処々の軍に討ち勝ちて** 水島合戦・室山合戦については、〈長・盛〉の「恨み言の語り」では触れられないが、〈延・盛・大・南・屋・覚・中〉の六道語りでは、〈延〉「十月ノ比備中国水島幡磨国室山ナムドノ軍ニ勝シカバ、人ノ色少シナヲリテ見シ程ニ…」（巻十二―六四ウ。以下、一谷合戦に続く）のように、修羅道に入る直前で語られる。 **〇摂津国一谷まで責め上りつつ、『已に都へ帰り入るべし』と申し候ひしかば、人々皆喜び合ひ候ひしに** 前々項に見た寿永三年年頭の情勢。〈四〉巻九「平家、一谷に城郭を構ふる事」では、「木曽討たれぬと聞こえ（へ）しかば、平家は讃岐国屋島の磯を出でて、摂州難波潟へぞ渡しける」とあった（本全釈巻九―一二三頁）。この時期に平家の優勢がささやかれたことは、『平家物語』ではあまり描かれないが、実際には都で平家の入洛が予想されていたようである（本全釈巻九―一二三～一二五頁、注解「木曽討たれぬと聞こえしかば、平家は讃岐国屋島の磯を出でて」参照）。なお、「一谷まで責め上りつつ」とあるが、巻九では「福原の旧都に返りて、西は一谷を木戸口と為《シ》て、東は生田の森・湊《ミナト》河を木戸口と為《シ》けり」（本全釈巻九―一二三頁）とあった。福原に帰ったととらえるのが、当時の自然な表現であろう。これを「一谷」まで攻め上ったとするのは、『平家物語』の中で形成された「一谷合戦」という把握によるものといえよう。本全釈巻九「平家、一谷に城郭を構ふる事」注解「西は一谷を木戸口と為て…」（一二六～一二七頁）参照。 **〇源氏の義経責め来たりて合戦せし時に、一門の太多討ち取られぬ** 一谷合戦を指す。〈長・盛〉の「恨み言の語り」は屋島到着後すぐに屋島合戦に話題が移り、一谷合戦には触れないが、六道語りではしばしば語られる。六道語りの場合、〈四〉では触れられないが、修羅道で触れられることが多い。〈長〉では「一の谷、壇の浦、こゝかしこの戦…」（5―二二二頁）と一言だけだが、〈延・盛・大・南・屋・覚・中〉の六道語りでは、〈延〉「摂津一谷トカヤ云所ニテ一門多ク滅シ後ハ、月卿雲客各冠直衣ヲバ甲冑ニキカへ、笏扇ヲバ弓箭ニ持カへ…」（巻十一―六四ウ）のように、一谷合戦以降の戦いを修羅道に当てる。但し、〈四〉の「恨み言の語り」は、次項以下に見るように一谷合戦による悲嘆を詳述するが、これは六道語りにも類を見ない。なお、大手の大将軍範頼には触れずに、搦手の大将軍義経が攻め来たったと義経を中心に描くのは、『平家物語』に共通する一谷合戦観。　**○親は子に後れ、子は親を失ひ、夫は妻に別れ、妻は夫に離れて、喚き叫ぶ声は、申せば中々愚かなり**　本項と次々項は、他本の「恨み言の語り」や六道語りでは類を見ないが、〈四〉巻九「小宰相身投②小宰相歎き」にあった、一谷合戦後の様子を描く次のような記事によるものか。「皆人々は一谷を落とされて、或いは取麻《すま》の関屋より淡路へ渡る船も有り。或いは阿波の鳴戸を漕ぎ過ぎて、四国へ趣く船も有り。或いは何《いづ》くとも定め無く、洋《おき》を漂ふ(す)船も有り。思ひ思ひ心々の事なれば、親の行く末を子も知らず、子の行く末を親も知らず。主従・夫婦の情けは、互ひに四鳥の別れに異ならず」（本全釈巻九―四三九頁）。但し、この本文は〈四〉本項及び次々項と厳密には一致しない。また、巻九該当部の注解「皆人々は一谷を落とされて…」（本全釈巻九―四四三頁）に見たように、巻九の該当記事は、〈延・長・盛・南・覚〉及び右田本では、小宰相記事よりも前にあるが（〈延〉巻九―七九ウ～八〇オ、〈長〉4―二四五頁、〈盛〉5―四一一～四一二頁、〈南〉六九八頁、〈覚〉下―一八二頁）、これも〈四〉本文とは必ずしも一致しない。本項に該当する本文は、〈延・長・盛〉では、〈延〉「父ハ船ニアリテ子ハ礒ニ被打、婦ハ船ニ有レバ夫ハ渚ニ臥ス。友ヲステ、主ヲステヽモ、片時ノ命ヲ惜ム。兄ヲステ弟ヲ忘テモ、シバシノ身ヲタバウ」（巻九―七九ウ）などとある。〈南・覚〉及び右田本（弓削繁・一〇七頁）にはなし。　**○扶け船は有りと雖も、数を知らず籠み乗りしかば目の前にて海へ入りぬ**　これは一谷合戦の際、平家の軍兵が義経の坂落によって敗走し、助け船に乗ろうとしたが、軍兵が多すぎて船が沈んだという記述によるものだろう。〈四〉巻九「坂落②平家逃亡」に、「渚々には儲船共多かりければ、思ひ思ひに乗るべきに、乗らんと欲《シ》て、我先に船に取り付きける程に、物具したる者共、船一艘に一二千人込みて乗りければ、何《イ》かでか沈まざるべき。目の前《まへ》に大船二艘沈みて、一人も助からず」（本全釈巻九―三三二頁）とあった（この後、船に乗ろうとする「次様の者共」を斬る描写が続く）。該当の記事は諸本の巻九にある。但し、〈四〉本段の場合、本項は巻九では坂落直後に置かれていた内容だが、それが合戦終了後に置かれた一連の文章であった前項と次項の間に割り込む形となっているのが問題か。　**〇自ら遁れ落ちたる船も、心に任せぬ波路なれば、或は淡路の瀬戸を漕ぎ渡り、屋島に懸かる船も有り、或は阿波の鳴戸を漕ぎ過ぎて紀路へ趣く船も有り、思ひ思ひ心々に落ち行きけり**　前々項注解に見たように、〈四〉巻九「小宰相身投②小宰相歎き」の記事によるか。巻九該当部の注解「皆人々は一谷を落とされて…」（本全釈巻九―四四三頁）に見たように、巻九の該当記事は、〈延・長・盛・南・覚〉及び右田本では、小宰相記事よりも前にある（〈延〉巻九―七九ウ～八〇オ、〈長〉4―二四五頁、〈盛〉5―四一二頁、〈南〉六九八頁、〈覚〉下―一八二頁）。本項に該当する本文は、〈延〉「主上ヲ始奉、ムネトノ人々ハ御船ニ召テ、思々心々ニ出給。船路ノ習ノ哀サハ、塩ニ引レテ行ホドニ、葦屋ノ里ヲ馳スギテ、紀伊地へ趣ク船モアリ、便ノ風ヲ待得ズシテ、浪ニ漂フ舟モアリ。光ル源氏ニアラネドモ、阪磨ヨリ明石ヲ尋ツヽ、浦伝行舟モアリ。スグニ四国へ渡ル舟モアリ。鳴戸ノヲキヲ漕渡リ、未一谷ノヲキニ漂フ舟モアリ。カヽリシカバ、島々浦々ハ多ケレドモ、互ニ死生ヲ知ガタシ」（巻九―七九ウ～八〇オ）など、諸本によってさまざまだが、〈四〉本項とぴったり一致するものはない。　**〇四国九国に城を構へつつ、兵共二所に引き分かれて月日を送りつつ、且しやと思ひしに**　〈長・盛〉の「恨み言の語り」にも諸本の六道語りにも該当の記事なし。一谷合戦後の状況を言うはずだが、「四国九国に城を構へつつ」はやや不審。「四国」は屋島を言うのだろうが、「九国」はどこか。一つの候補は前出の山鹿城など、九州の在地の武士の拠点だろうが、それを屋島と並べて「四国九国に城を構へつつ」と表現するかどうか、やや疑問。より有力な候補としては、彦島（引島）が挙げられよう。〈延〉巻十に、「屋島ニハ大臣殿ヲ大将軍トシテ、城墎ヲ構テ待懸タリ。新中納言知盛ハ、長門国彦島ニ城ヲ構テ御坐。コヽヲバ地体ハ引島トゾ申ケル」（巻十―六三ウ）とある。〈盛〉巻四十一（6―四三～四四頁）も同様。彦島を「九国」というかどうかに問題はあるが、宗盛と知盛が平家勢を二つに分けて拠点を構えていたという認識は窺えよう。　**〇猶も義経責め来たりしかば、屋島の館をも落とされて**　屋島を落とされたことを簡単に述べるのは、〈長・盛〉の「恨み言の語り」も同様。〈長〉「こゝをも九郎判官に責落されて八島を漕出て」（5―一二〇頁。〈盛〉同文）。　**〇終に長門国壇の浦、門司赤間の関とかやにて且し矢合はせせしかども、御方の軍兵破られて、叶ふべくも無かりしかば**　壇ノ浦合戦。「且し矢合はせせしかども、御方の軍兵破られて」は、戦闘は激しくなく、すぐに敗れたとの認識を示すか。〈長・盛〉の「恨み言の語り」では、「長門の国門司関、壇浦にていまはかうとて人々海へ入候き」（〈長〉5―一二〇頁。〈盛〉6―四八八頁もほぼ同）のように合戦の様子は抜きに人々の入水を語り、続く先帝入水場面が詳細。一方、〈延・大・南・屋・覚・中〉は六道語りの地獄道で語る。〈延〉は、「寿永《元暦歟》二年三月廿四日、長門国檀浦門司赤間ノ関トカヤ申ス所ニテ、数万ノ軍襲来シニ、俄ニ悪風吹来テ浮雲厚ク聳シカバ、兵共弓箭ノ本末ヲ失ヘリキ。命運尽ニシカバ、人ノ力及難カリキ」（巻十二―六八オ～六八ウ）云々と戦いのさまを語った後、人々の入水や殺害・捕縛を詳細に語るが、先帝入水場面は「安徳帝追憶の語り」にある。〈大〉は「又元暦二年三月廿五日、文使《モシ》あかまの関にて、いくさは今日ぞかぎりと見えしほどに、悪風にはかに吹て、浮雲あつくたなびきて、弓箭のもとすゑも見えわかず、天運つきにしかば」（一〇五頁）と、〈延〉の右記引用部分に似るが、その後に続いて先帝入水場面から龍宮の夢へと展開する。〈南・屋・中〉は、戦いは語らず、先帝入水を簡単に語る。〈覚〉は「さても門司《モジ》・赤間《アカマ》の関《セキ》にて、いくさはけふを限《カギリ》と見えしかば」（下―四〇四頁）と簡単に述べた後、先帝入水を詳細に語る。次項注解参照。　**〇今は限りとて、二位の尼上、先帝を懐き進らせて海へ入り候ひしこそ、目も当てられず候ひしか**　壇浦合戦における二位殿時子と安徳天皇の入水場面は、諸本で「恨み言の語り」・六道語り及び「安徳帝追憶の語り」（佐伯真一①②参照）の三者で、さまざまに語られる。（A）「恨み言の語り」、（B）六道語り、（C）「安徳帝追憶の語り」の三つに分けて概観する。次項注解参照。

（A）「恨み言の語り」で語る…〈四・長・盛〉。〈四〉は簡略（「六道語り③餓鬼道・地獄道」の地獄道に「然るに、彼の物封共乗り乱れたれば、海へ入りぬ。親しき人々、「只今ぞ御共に参る」と名乗りの声々ばかりにて、又も見え（へ）ず」とあったが、先帝入水記事は本段のみ）。

一方、〈長・盛〉は詳細。〈長〉によって本文を示す。〈盛〉（6—四八八頁）もこれに近い。〈長〉「二位局《殿》も先帝をいだき奉り、ねり袴のそばたかくはさみて、宝剣は君の御まぼりなればとて、二位殿の腰にさし、神璽をば脇にはさみて、にぶ色の二衣の衣うちかづきて、船ばたにのぞみ候しかば、先帝あきれさせ給て、「是はいづくへゆかむずるぞ」と仰られ候しかば、「夷兵ども御船に矢をまいらせ候へ共、御船ごとに行幸なしまいらせ候」と申もはてねば、浪の底へいり候き」（5—二二〇～二二一頁。以下、女房達の悲嘆を描く）

（B）六道語りで語る…〈大〉〈南・屋・中〉〈覚〉の三種がある。

〈大〉（前項注解で見た「…天運つきにしかば」に続いて）二位殿はせん帝をいだき奉り、舟ばたにのぞまれしかば、あきれたる御けいきにて、「あまぜはいづくへゆくぞ」と御かき事せられしかば、「西方浄土へまいるぞ」とて、海に入給ぬ（一〇五頁。以下、「あらき風、花の御すがたを…」云々の文辞が続く）

〈南・屋・中〉「又長門国壇浦トカヤニテ、先帝ヲ始マイラセテ、今ハカクコソトテ海ニ沈ミ候《サフライ》シカバ、残リトヾマル者皆船底ニ射臥セラレ切臥ラレテ、ヲメキサケビ候ヒシ在様」（〈南〉一〇二五頁。以下、「叫喚大叫喚ノ悲ミモ是ニハ過ジト…」と続く）

〈覚〉（前項注解で見た文に続いて、時子が建礼門院に生き残るよう命じた後）「既《スデ》に今はかうと見えしかば、二位の尼《アマ》、先帝をいだき奉て、ふなばたへ出し時、あきれたる御様にて、「尼《アマ》ぜ、われをばいづちへ具してゆかむとするぞ」と、仰さぶらひしかば、いとけなき君にむかひ奉り、涙をおさへて申さぶらひしは…」（下—四〇四～四〇五頁。以下、長大なので省略）

（C）「安徳帝追憶の語り」で語る…〈延〉「兵共御船ニ乗移リ、夷共乱懸リ、今ハ限ト成シカバ、二位殿「昔ヨリ賢人ハ骨ヲバ埋トモ名ヲバ流セト云ヘリ。此天子ヲバ、我奉懐テ海ニ入ム」トテ、先帝ヲ帯ニテ我身ニユイ合進テ、鈍色ノ二衣引マトヒ、神璽ヲ脇ニハサミ、宝剣ヲバ腰ニ指テ、既ニ船バタニ被望シニ、先帝何心モナク、ホレ〴〵トアキレ給ヘル気色ニテ、御グシノ肩ノ渡リニユラ〳〵房々ト懸テ、行末遥ノ緑ノ御スガタ、花ノ皃バセ譬ム方ナク…」（巻十二―七二オ～七二ウ。以下、極めて長大なので省略）

〇此の身も後れ奉らじと、連きて入り候ひしかども、兵共熊手に懸けて取り挙げ候ひしかば、生きて生くる心地もせず候ひし　建礼門院自身の入水についての記事。〈四〉巻十一「壇浦合戦④先帝入水」には、「女院も後れ奉らじと連きて入らせ御在しけるを、渡辺源次馬允と云ふ者、熊手を以て引き上げ奉り、己（巳）の小袖を着せ進らせて取り留め奉る」（本全釈巻十一―二六三頁）とあった（他本の該当部も同様で、捕らえた者の人名表記の異同程度）。本項と内容的に合致する。女院の壇浦における入水について、〈長・盛〉は〈四〉と同様に「恨み言の語り」で語り、〈四〉より詳しいが、やはり巻十一該当部の記事と基本的に一致する。〈長〉「みづからもおなじく底のみくづとなり候しを、渡辺党長馬尉番とかや中者とりあげられて、あらけなきものゝふの手にかゝりて…」（5―二二一頁。〈盛〉6―四八九頁もほぼ同）。〈大〉は六道語りで語るが、〈長・盛〉と同内容（一〇五頁）。〈南・屋・中〉はこれを語らない。〈四・長・盛・大〉が巻十一の記事と内容的に合致するのに対して、〈延・覚〉は女院が入水しなかったように読める点、異質である。〈延〉では、前項注解（C）に引いた入水場面の中で、「共ニ底ノミクヅト成ムト取付奉シヲ、二位殿、「人ノ罪ヲバ、親ノ留リ、子ノ残リテ訪ワヌカギリハ、苦患遁レザムナル物ヲ。サレバ我身コソ今ハ空ク成ルトモ、残留テ、ナドカ先帝ノ御菩提ヲモ我等ガ苦患ヲモ訪給ハザルベキ」トテ、引放テ出給シカバ…」（巻十二―七二ウ）とあり、その後、「（時子と安徳帝が）海ニ飛入リ給シ音計ゾ、カク《ママ》カニ船底ニ聞ヘシカドモ、消ハテ絶入ニシ心ノ内ナレバ、夢ニ夢ミル心地シテ、貞ニモ覚ヘ不侍キ」（巻十二―七三オ）とあって、生き延びて菩提を弔うよう時子に命じられたため、女院は入水しなかったと読めるのである。この点、〈覚〉は六道語りの記事においても、前項注解（B）に引いた記事の前に、合戦の前に時子が「昔より、女は殺さぬならひなれば、いかにもしてながらへて、主上《シュシャウ》の後世をもとぶらひまいらせ、我等《ワレラ》が後世《ゴシヤウ》をもたすけ給へ」（下―四〇四頁）と命じたとあって、やはり入水しなかったように読める。〈延・覚〉も巻十一では女院の入水を描いていたので、この部分と矛盾しているわけだが、生き延びて菩提を弔うよう時子に命じられたという記述は、『閑居友』にも見られる。『閑居友』では、女院も入水しようとしたが、「女人をば昔より殺す事なし。構えて残り留まりて、いかなるさまにても後の世を弔ひ給べし。親子のする弔ひは、必ず叶ふ事也。誰かは今上の後世をも、我後世をも弔はん」（新大系『宝物集・閑居友・比良山古人霊託』四四〇頁）と、時子に命じられたとある。佐伯真一①は、「鎮魂供養の視点から安徳帝入水の場面に焦点をしぼった「安徳帝追憶の語り」は、本来、物語本体からは独立した形で存在したのではないか」（一二〇頁）と想定し、それを六道語りから独立した形で存在させている点で、〈延〉が本来の形をとどめていると想定した。**〇心憂く悲しく、我身一つにこそと思ひしに、宗盛親子生け執られ、時忠父子も生け執られけり**　つらく悲しくて、私一人のことだけかと思っていたがの意。宗盛・清宗父子が捕らえられたことは、〈四〉巻十一「壇浦合戦⑥宗盛生捕）」（本全釈巻十一―二八二～二八三頁）に描かれていた。また、時忠が内侍所の唐櫃を開けようとした武士たちを制したことは、「壇浦合戦④先帝入水）」（同二六三頁）に描かれていた（但し、時忠は「壇浦合戦⑤人々入水）」同二七八頁では入水したとも描かれる点は不可解）。両者が生け捕りとされたことは、「平家生捕名寄」（同三一一～三一三頁）にも見られる。他本では、〈長・盛〉の「恨み言の語り」にも見られる。前項注解に見た、女院自身の入水を語る直前に、「宗盛・清宗父子、生ながらとりあげられて候しを、目のあたり見候し事は、いつか忘候べき」（〈長〉5―二二一頁。〈盛〉6―四八九頁もほぼ同）とある。六道語りでは見られない。**〇其の外、生け執りは卅八人とこそ承りしか**　〈四〉巻十一「平家生捕名寄」では、平家の生け捕りを「有官無官の者共三十八人とぞ聞こえ（へ）し」（本全釈巻十一―三一三頁）とあった（他本の該当部も同様）。灌頂巻該当部では、〈長・盛〉の「恨み言の語り」も含めて、該当記事は見られない。**〇又教盛・知盛を始め**

と為て、一門悉く底の蒲埃と成りぬ　教盛の入水は「壇浦合戦（⑤人々入水）」（本全釈巻十一―二七八頁）、知盛の入水は「壇浦合戦（⑦教経・知盛最期）」（本全釈巻十一―二九一頁）で描かれていた。しかし、他本の「恨み言の語り」や六道語りでは語られていない。なぜ一門の代表として教盛と知盛を挙げるのかも未詳。　**○自づから残り留まる人々も、声々に喚き叫ぶ有様、申すも中々愚かなり**　先帝入水に際して女房等がおめき叫んだことは、〈盛〉の「恨み言の語り」でも、「偖先帝ノ御乳母帥典侍、アノ大納言典侍已下ノ女房達、是ヲ見テ声ヲ調テオメキ叫事夥。軍ヨバヒニモ劣候ハズ」（6―四八八～四八九頁）と見える。〈長〉なし。六道語りでは、〈屋・覚〉は地獄道としてこの叫びを記す。〈覚〉「残《ノコリ》とゞまる人々のおめきさけびし声《コヱ》、叫喚《ケウクワン》・大叫喚《ケウクハン》のほのほの底《ソコ》の罪《ザイ》人も、これには過じとこそおぼえさぶらひしか」（下―四〇五頁）。〈南・中〉もこれに類似するが、やや異なる。〈南〉「残リトゞマル者ハ皆船底ニ射臥セラレ切臥ラレテ、ヲメキサケビ候ヒシ在様、叫喚・大叫喚ノ悲ミモ是ニハ過ジトコソ覚ヘ候ヒシカ」（一〇二五頁）。〈大〉なし。　**○宗盛父子大路を渡され、鎌倉へ取り下されし後、又都に帰り上ると聞こえしかば、甲斐無く思ふ命ばかりは候ひしに**　以下、宗盛・重衡の最期を語る。他本の「恨み言の語り」や六道語りには見えない。宗盛父子が都大路を渡されたことは諸本に見える。〈四〉では巻十一「一門大路渡（①生捕入京・②宗盛の悲哀）」に見えていた（本全釈巻十一―四一九頁・四二九～四三〇頁）。その後、鎌倉に渡されたことも、同「副将」に「而る程に、翌日鎌倉へとぞ聞こえ（へ）ける」（同五二〇頁）とあるが、その後にあるべき鎌倉下向の記事は〈四〉では欠けている。他諸本にはあり、〈四〉の欠脱と見られるが、欠脱の理由はいまだ不明とせざるを得ない（「副将」の注解「日来の恋しさは物の数ならず」参照。本全釈巻十一―五二七～五二九頁）。ただ、本段にこのようにあることは、〈四〉本文にも本来は宗盛・重衡最期の記事が存在したことを示すと言えよう。　**○間近き近江国篠原と云ふ処にて終に切られ、其の首は大路を渡されて獄門の木に懸けられたりと承る**　宗盛父子が篠原で斬られたことや、首が大路渡の後で獄門にさらされたことは、前項注解に見たように〈四〉では記事がないが、諸本に見える。たとえば〈延〉では、巻十一―卅四「大臣殿父子并重衡卿京へ帰上事付宗盛等被切事」、同卅八「宗盛父子ノ首被渡ラ被懸事」。『平家族伝抄』は、宗盛父子の首が大路を渡され獄門の木に懸けられたことは記すが、斬られた地を、宗盛は野路、清宗は篠原とする。**○又重衡は南都に渡され、木津河と云ふ処にて斬られにき**　重衡被斬の記事も、前々項注解に見たように〈四〉では欠く。他諸本にはあり、たとえば〈延〉では巻十一―卅六「重衡卿被切事」。これに対して、『平家族伝抄』では、重衡が斬られた地を奈良坂とする。

【引用研究文献】

＊今井正之助「平家物語灌頂巻試論―本巻との関わりをめぐって―」（日本文学一九八三・1）
＊近藤好和『装束の日本史―平安貴族は何を着ていたのか―』（平凡社新書二〇〇七・1）
＊佐伯真一①「女院の三つの語り―建礼門院説話論―」（『古文学の流域』新典社一九九六・4）
＊佐伯真一②『建礼門院という悲劇』（角川学芸出版二〇〇九・6）
＊佐々木紀一「宇佐八幡宮の劫掠と「平家物語」の緒方惟栄」（米沢史学二一号、二〇〇五・6）
＊村上學①「「大原御幸」をめぐるひとつの読み―『閑居友』の視座から―」（大谷学報八二巻二号、二〇〇三・3。『中世宗教文学の構造と表現―佛と神の文学―』三弥井書店・二〇〇六・4再録。引用は後者による）
＊村上學②「「大原御幸」をめぐるひとつの読み　続―『閑居友』から語り本への変質まで―」（『中世宗教文学の構造と表現―佛と神の文学―』三弥井書店・二〇〇六・4）
＊弓削繁「右田毛利家本平家物語の一考察―「小宰相身投」の抜書をめぐって―」（『山口国文』一五号、一九九二・3）

女院の回想の語り（②安徳帝との死別）

【原文】

思ヒ父思フ子道禽獣[1]ソラ不[2]ヌ浅ラ事候シ[3]ソ倍シ[4]人界歎後父子自別ル、妻子外可キ[5]候何事釈尊入滅時為レ始[6]ニ身子目連迦葉阿難[7]等ニ五百羅漢歎悲下声上天響シ地中モ迦葉尊者喚下▽二八九右声聞三千世界有生者必滅乍云愛別離苦理昔モ今モ難コソ有候シ就中先帝自ニ神武天王八十一代帝並此朝人[8]ヤ候シ漢国用賢貴智恵不ラ在帝職無嫌事我朝自天照大神御末外無践《フ》祚《ソ》[9]シ下事モ是其一[10]ニ御在昔允《イン》[11]恭天皇御子〔安〕[12]康天皇被失眉輪王▽二八九左欽明天王[13]御子崇俊天皇被[14]下シ討馬児宿禰骸此留是成御年高御佐様モ是痛ク幼ク御在又此地不見ヘ下其跡[15]モ何計心憂ク悲候而レ不[16]ヌ殺サ命有[17]レ限手[18]今長得キ只独奉訪後世諸仏菩薩モ何許納受シ下

【釈文】

父を思**ひ**子を思**ふ**道、禽獣[1]**そら**浅か**らぬ**事に候**ふぞ**か**し**。倍[4]**し**て人界《にんがい》の歎き、父の子に後れ妻子に別**る**る**より**外、何事か候ふ**べき**[5]。釈尊入滅の時、身子《しんじ》・目連・迦葉《かせふ》・阿難[7]等を始め[6]と為《し》て、五百羅漢の歎き悲しみ**たま**ふ声、天に上り、地を響か**し**き。中に**も**迦葉尊者の▽二八九右喚き**たま**ふ声は三千世界に聞こえき。生有る者は必ず滅すと云ひ**なが**ら、愛別離苦の理、昔**も**今**も**有り難く**こそ**候ひ**し**か。

就中《なかんづく》、先帝は神武天王より八十一代の帝にして、此の朝[8]に並ぶ人や候ひし。漢の国には賢を用ひ智恵を貴びて、帝職に在らざらんをも嫌ふ事無けれども、我が朝には天照大神の御末より外は[9]践祚《せんソ》したまふ事も無し。是其の一[10]にて御在す。昔、[11]允恭《インぎやう》天皇の御子安康天皇[12]は眉輪王に、▽二八九左 欽明天王[13]の御子崇俊天皇は馬児宿禰に討たれ[14]たまひしかども、骸は此に留まり、是く御年も高く成りて、佐様にも御《おはしま》す。是は痛く幼く御在し、又此の地に其の跡[15]も見え(へ)たまはず。何《い》かばかりかは心憂く悲しく候ひし。而れど、殺[16]さぬ命、限り有れ[17]ども、今[18]に長ら得き。只独り後世を訪ひ奉れば、諸仏菩薩も何《い》かばかりか納受したまはん。

【校異・訓読】 1〈書〉「禽獣」。2〈書〉「不浅」。3〈書〉「候シ」。4〈昭・書〉「倍モ」。5〈書〉「可」。6〈書〉「為始ニ」。7〈書〉「等」。8〈書〉「朝ャ」。9〈底・昭・書〉「践祚《フソ》シ下」。「フ」は「セ」の誤りか。あるいは「ふむ」の訓か。10〈書〉「一」。11〈書〉「允恭」。12「安」字、〈底・昭〉補入。〈書〉通常表記。13〈書〉「天皇」。14〈昭・書〉「被下モ」。15〈底〉「跡モ」の「モ」は「シ」にも見える。〈昭〉「跡モ」、〈書〉「跡シ」。16〈底・昭〉「不ヌ殺サ」の「殺」は異体字「敍」、〈書〉「不ヌ敏ヒ」。17〈書〉「有レ限」。18〈昭・書〉「于今」が良い。

【注解】 **〇父を思ひ子を思ふ道、禽獣そら浅からぬ事に候ふぞかし** 以下、親子の恩愛の深さを述べる。〈延・盛〉及び〈国会〉に類似文あり。本項は、例えば、〈盛〉「倩事ノ有様ヲ案ズルニ、愚ナル禽獣鳥類マデモ、子ヲ思道ハ志深シ」(5—四一三頁)に見るような成語の一種かと思われるが、「父を思ふ道」とするものは見当たらない。〈四〉「父を思ひ」の「父」は〈延・盛〉「親」。〈国会〉は異文だが「おやこのなさけ」(九九頁)とする。〈四〉も文脈的には特に「父」とする根拠はない。「父」は直前(前段末尾)の宗盛父子に引かれたものとも考えられるが、あるいは仮名書き「オヤ」に漢字を当て損ねたものか。次項注解参照。〈延〉では、六道語りの最後に畜生道の語りを終えて、法皇に「御心中思遣マヒラスルコソ心苦ク侍レ」(巻十二—七一オ～七一ウ)と言われた後、女院が「何事モ先世ノ宿業ニテ候ヘバ、強ニ不可歎レ候。ウセヌベカリシ檀浦トカヤニテ、母ニモオクレ、天子ニモ奉別レキ。親ヲ思ヒ子ヲ哀事、アヤシノ山野ノ獣、江河ノ鱗ニ至マデ、不浅事ニコソ」（巻十二―七一ウ）と答え、壇浦合戦における時子・安徳天皇との死別の回想から親子の恩愛の強さを語る仏教説話の列挙に移り、その後、「此天子ヲバ我奉懐テ海ニ入ムトテ…」（巻十二―七二オ）と、壇浦における先帝入水場面の詳細な回想から安徳天皇論（〈四〉本段後半に該当）に続いてゆく。

一方、〈盛〉では、恨み言の語りを終えた後、法皇にさらなる語りを促された女院が、夫の高倉天皇、父の清盛、母の時子、子の安徳天皇に死別した自分の人生を改めて振り返り、「親キ人々ヲ始テ、有ト有シ者共、唯一時ニ亡ニキ。親ヲ思、子ヲ悲心ハ、獣スラ猶深シト申」（6―四九二頁）云々と述べて、その後、親子の恩愛の強さと釈尊入滅の悲嘆を語り、成仏への望みを述べて六道語りに移る。その他、〈国会〉では、女院が畜生道を語った後、壇浦合戦を語り、「おやこのなさけ、あやしのきんじゆ、とりけだ物にいたるまで、身にかへておもひはんべりければ」（九九頁）と述べた後に先帝入水を語り、その後、釈尊入滅の悲嘆を述べる。親子の恩愛を述べるのは、いずれも、母の二位尼や子の安徳天皇、あるいは父清盛や夫高倉天皇に先立たれた女院の悲しみを言うものである。〈四〉の場合、「六道語り」「恨み言の語り」の後にこの記事があり、その後は安徳天皇追憶に移るので、位置としては〈延〉にやや近いといえよう。これらの記事の位置を対照表の形にまとめておく。なお、「禽獣そら」に関して、〈日国大〉によれば、院政鎌倉期から一時期「すら」に代わり「そら」という語形が出現するが、中世末には使用されなくなるという。

〈四〉	〈延〉	〈盛〉	〈国会〉
六道語り（前々段）	六道語り	恨み言の語り	六道語り
恨み言の語り（前段）	親子の恩愛	家族との死別	壇浦合戦の回想
父子の恩愛	釈尊入滅の悲嘆	釈尊入滅の悲嘆	親子の恩愛
釈尊入滅の悲嘆	先帝入水の回想	成仏への望み	先帝入水の回想
安徳天皇論	安徳天皇論	六道語り	釈尊入滅の悲嘆
道心を発す例（次段）			

○倍して人界の歎き、父の子に後れ妻子に別るるより外、

何事か候ふべき　「父の子に後れ妻子に別るる」は、「子」と「妻子」が重複気味で解しにくい。父や夫の立場から子や妻に先立たれる悲しみを言うようだが、女院の悲しみの文脈に合わず、また、この後の文脈にも合わない。「父の子に後れ、妻の子に別るる」とも訓めるが、その場合は「妻の子に…」ではなく「母の子に…」とあるべきだろう。「父」が「オヤ」の誤りと見られる点は前項注解参照。〈延〉は前項注解引用部に続き、「サレバ、イヤシキシヅノオナレドモ、老タル母ヲ思故ニ、土ヲ堀テ子ヲ埋ム類モ有ケルニヤ。又心ナキ野辺ノ雉ソラ、子ヲ思故ニ野火ノ為ニ身ヲホロボストカヤ。増テ人間界ノ歎、親ニ後レ子ニ別ルヽ程ノ悲歎ヤハ侍ルベキ」（巻十二―七一ウ）。傍線部が〈四〉本項に対応する。〈国会〉は、前項注解引用部に続けて先帝入水場面を語った後、「されば、にんがいのなげきは、おやにをくれ、こにをくるゝほどのことやはんべる」（九九頁）として、迦葉・阿難の例を挙げる。〈延〉や〈国会〉に見るように、「親に後れ子に別る」あるいは「親に後れ子に後る」などとあったものを誤ったのが〈四〉本文か。〈盛〉は前項引用部に続けて、「マシテ人界ノ類ニハ、何事カ是ニスギン」（6―四九二頁）とする。「是」は前項傍線部、獣の「親ヲ思、子ヲ悲心」を指す。

○釈尊入滅の時…　以下、「愛別離苦の理、昔も今も有り難くこそ候ひしか」まで、『宝物集』依拠。〈延・盛〉及び〈国会〉に類似文あり。〈延〉は前項引用部の後、それでも人は悲嘆では死なないので自分は生き延びていると述べて、「サレバ釈尊入滅之時、迦葉尊者一鉢ヲ捨テ叫ビ給シ声、三千世界ニ響キ、橋梵《ママ》波提ハ思ニ絶ズシテ、水トナリテ消ニキ。智恵勇猛ナル羅漢ソラ非滅還滅之理ヲ乍知当座ニ別シニ不絶リキ」（巻十二―七二オ）と続ける。〈盛〉は前項引用部に続けて、「釈尊入滅之時ハ、身子ノ羅漢、五百ノ弟子ノ悲ノ音、天ニノボリ地ヲヒヾカス。迦葉尊者ノ叫ケル音ハ三千世界ニ聞エケリ」（6―四九二頁）。〈国会〉は前項引用部に続けて、「しやくそんにうめつの時、かせうそんじやは、一はつをなげておめきなきしこゑは、三千せかいにひゞき、あなんそんじやは、たましゐをうしなひて、ちにふし給ふ」（九九頁）とする（なお、ここで阿難の悲歎を具体的に記すのは〈国会〉のみ。岡田三津子は、「延慶本にきわめて近く、しかも延慶本そのものではないあるテキスト」を、〈国会〉以前に想定する

—六二頁）。『宝物集』巻三は、愛別離苦の例の中で「師にわかるゝは、今ひとしほまさりてぞきこえ侍るめる」として、「釈尊入滅の期いたりて…（中略）十六羅漢・五百の大弟子をはじめて、十六の大国の王、九万二千の衆生、一心にかなしみ、非情草木みな悲哀の色ありし時、憍梵婆提は、『大師入滅、我随入滅』といひて水になりてながれ、迦葉尊者は、滅期にあはずしておめきし声、三千世界にきこえ、目連尊者は、七日さきだちて死すると申ためれば、まことにあさからずきこえ侍るめる」（新大系一三〇〜一三一頁）とする。九冊本（一六九頁）、本能寺本（九二〜九三頁）も同様。片仮名三巻本（八一頁）は「師にわかるゝ」云々を欠くが、「十六羅漢…」以下は同様。二巻本は「憍梵婆提」云々の前に「五十二るいもあしをあげ」云々の独自文があるが、概ね同様（四七頁）。身延抜書本は「迦葉尊者」以下を欠く（七五頁）。一巻本は「憍梵婆提」「迦葉尊者」に触れる（一七オ。但し「釈尊」を「浄飯輪王」と表記）。身延零本欠巻。『宝物集』のこの箇所は、〈四〉では次段「女院の回想の語り③道心を発す例」にもう一度引用がある（次段「釈尊入滅の期至りて…」以下の注解参照。『宝物集』と〈四〉本段との関係については、渥美かをる（八九頁）、〈延・四〉との関係については今井正之助①（一八〜一九頁）に指摘がある（今井は〈延〉の引用を「[34]」、〈四〉本段の引用を「[34][1]」、〈四〉次段の引用を「[34][2]」としている）。

○身子・目連・迦葉・阿難等を始めと為て、五百羅漢の歎き悲しみたまふ声、天に上り、地を響かしき　「身子」は舎利弗の訳名（織田得能『仏教大辞典』）。舎利弗・目連・迦葉・阿難は釈迦の十大弟子。「五百羅漢」は『宝物集』（前項注解参照）に「十六羅漢・五百の大弟子」。「羅漢」は「小乗仏教の最高のさとりに達した聖者」（〈日国大〉）。「十六羅漢」は賓頭盧尊者をはじめとする十六人の羅漢。「五百羅漢」は「仏典の第一結集に参加した釈迦の弟子五百人、または第四結集のおりの五百人の聖者をいう」（〈日国大〉）。〈延〉「智恵勇猛ナル羅漢ソラ…」（巻十二—七二オ）の「羅漢」は、前項注解に見たように、摩訶迦葉と憍梵波提を指すが、〈四〉は前項注解に引いた『宝物集』の「十六羅漢・五百の大弟子」によるか。釈迦涅槃の際に弟子達をはじめとして多くの人々が悲しんだことは諸書に見える。たとえば、『大般涅槃経後分』巻下「爾時、拘尸城内一切士女、

無数菩薩・声聞・天人・大衆、地及虚空悉皆遍満。随二従如来大聖霊棺一、互相執レ手号声大哭。搥レ胸叫喚、暗咽流涙。各持二無数香花・宝幢・幡蓋一、地及虚空悉皆遍満」（大正一二―九〇七b）、同「是時天人大衆、将欲三挙レ棺置二香楼上一、復大悲哀搥レ胸大叫声震二大千一」（同―九〇八a）など。

○中にも迦葉尊者の喚きたまふ声は三千世界に聞こえき

〈延〉「迦葉尊者一鉢ヲ捨テ叫ビ給シ声、三千世界ニ響キ」（巻十二―七二オ）、〈盛〉「迦葉尊者ノ叫ケル音ハ三千世界ニ聞エケリ」（6―四九二頁）、〈国会〉「かせうそんじやは、一はつをなげておめきなきしこゑは、三千せかいにひゞき」（九九頁）。『宝物集』「迦葉尊者は、滅期にあはずしておめきし声、三千世界にきこえ」（新大系一三一頁）。「迦葉尊者」は、釈迦の十大弟子の一人で、頭陀第一と呼ばれた摩訶迦葉。新大系脚注が指摘するように、迦葉が釈迦入滅に会えなかったことは、『経律異相』巻四（大正五三―一九a）等に見え、日本でも『今昔物語集』三―三二話や『梁塵秘抄』一七三「釈迦牟尼仏の滅期には、迦葉尊者も値はざりき」などに見えて著名。迦葉の声が三千世界に聞こえたという記述は、仏典では、『大智度論』や『大唐西域記』に、迦葉が揵稚（時を報ずる器具）を打ち鳴らしながら人々に経典結集を呼びかけたという話として見える（悲嘆の叫びという記述とはやや異なる）。『大智度論』巻一「是揵稚音、大迦葉語声、遍至二三千大千世界一、皆悉聞知」（大正二五・六七c）、『大唐西域記』巻九「揵稚声中伝二迦葉教一、遍至二三千大千世界一。得二神通一者聞皆集会」（大正五一・九二二c）。『宝物集』では釈迦入滅への悲嘆の声を語る話とするが、空をめぐる議論で二乗を悲しむ声、あるいは弾呵（叱責）されて嘆く声とする例も多く見られる。聖聡『註記見聞』（無量寿経論註記見聞）巻九に、「号振三千ト者、挙二迦葉啼泣ヲ一、毀二二乗心ヲ一也。御抄ニ云、天台ノ云ク、迦葉啼泣シテ響キ二声三千ニ一、善吉亡然トシテ手ノ投二一鉢ヲ一矣」（『浄土宗全書』一―四二八頁）、聖冏『伝通記糅鈔』巻九「被ル二弾呵一時、迦葉啼泣シテ音振二三千ニ一、善吉忙然トシテ手擲中一鉢ヲ上」（『浄土宗全書』三―二二三頁）、『法華経直談鈔』巻一・三「其後聴テ方等ノ弾呵ト云事起ル也。是則諸法実相ト云ハ実ニハ但空ニハ非ル故也。而ルニ此時、蒙リ二弾呵一迦葉涕泣セシ声動二三千界一、善吉ハ茫然トシテ手ノ一鉢ヲ捨ト見タリ」（臨川書店影印一―一三頁）など。あるいは、『宝物集』及び〈四・延・盛〉などの理解は特殊なものというべきなのかもしれない。　**○生有る者は必ず滅すと云ひながら、愛別離苦の理、昔も今も有り難くこそ候ひしか**　〈盛〉「生者必滅ノ道、愛別離苦ノ理ナレ共、此身ノ有様ハ、昔モ今モタメシ少コソ候ヌレ」（6―四九二頁）が類似する。『宝物集』巻三は、前掲引用部の後に「生あるものは滅あり、はじめあるものはをはりあり、あひあふものは別れあり。これを愛別離苦といふ。釈尊まぬかれ給ず。あだなるわれら、いかゞこの苦をまぬかれんや」（新大系一三一頁）として、長々と述べてきた愛別離苦記事の締めくくりに入る。〈延〉〈国会〉は、ここで「愛別離苦」の語を記さない。なお、「有り難く」は珍しい、めったに無い意。女院の家族との死別がめったにないものであるということは次々段冒頭にも語られる。　**○就中、先帝は神武天王より八十一代の帝にして、此の朝に並ぶ人や候ひし**　以下、安徳天皇の正統性を述べてから、正統な天皇であるにもかかわらず、屍も残さずに亡くなった幼帝は日本史上唯一であるとして、女院自身の悲しみに回帰する。本項から「是は痛く幼く御在し、又此の地に其の跡も見えたまはず」まで、類似の内容は〈延〉及び〈国会〉にも見られる。〈盛〉なし。〈四〉の場合、愛別離苦の悲しみの後、直ちに安徳天皇の正統性に関わる議論に続くので、やや唐突な感があり、本項冒頭の「就中」はわかりにくい。だが、安徳天皇の死の特殊性を説いて自らの別離の苦しみの深さを述べる点は、〈延〉と同様といえよう。〈延〉では、「智恵勇猛ナル羅漢ソラ非滅還滅之理ヲ乍知、当座ニ別シニ不絶リキ。況是ハ凡夫也、愚癡也、無智也。別モ世ノ常ナル別ニ似ズ、歎モ一品ナル歎ニ非ズ」（巻十二―七二オ）と、安徳天皇との死別の特殊さを述べてから先帝入水の詳細な回想をはさんで安徳天皇論に展開するので、接続は自然である。また、〈国会〉では、先帝入水の回想の中で、時子が入水直前に述べた内容とする。〈延〉の場合、七二オから七四ウにかけて、安徳天皇入水場面の回想からその正統性と無罪、平家一門の悪業による不条理な死、母の悲しみと鎮魂の祈りを長々と述べる。先帝入水回想記事は『閑居友』との類似性が強い。佐伯真一は、これを「安徳帝追憶の語り」と呼び、「天皇を神器と共に海に沈めてしまったことへの恐れに発する、鎮魂供養の語り」（一二一頁）ととらえる。前段冒頭注解参照。また、〈四〉については、諸本の中で唯一

〈延〉に近い記事を残す本文ではあるが、「愛児を失った一人の母として、世間一般の無常へと話題を展開させてゆく」（一二二頁）もので、女院の「国家的な鎮魂の課題を背負った苦悩」（同前）を描く〈延〉とは異なるとする。　**○漢の国には賢を用ひ智恵を貴びて、帝職に在らざらんをも嫌ふ事無けれども**　〈延〉「誠ニ振旦高麗ニハ、賢ヲエラビ智ヲ尊ビテ、其氏ナラネドモ天子ノ位ヲ践トカヤ」（巻十二―七三オ）。〈国会〉なし。〈四〉の「帝職」は未詳。何らかの誤りがあるか。文脈としては皇統、王の血統をいうはずであり、「帝族」「帝属」あるいは「帝胤」「帝統」などの語を誤った可能性が考えられようか。中国では、賢く智恵のある者を選び、血統にかかわらず天子の座に即けることがある意。類似の内容は、巻十一「安徳天皇の事」に、次のように見えていた（本全釈巻十一―三二八頁。該当記事は〈延・長・盛〉にもあり）。

「秦の始皇は荘襄《シャクシャウ》王が子には非ず、呂不《テウ》（子々）韋《イ》が子なりしかども、天下を治めつつ三十七年有りき」と云ひければ、有る人亦申しけるは、「異国には是くのごとき例多し。重花と申しし帝は、民間《カン》より出でたりとこそ申ししか。漢の高祖も大公が子なりけれども位に付きにけり。我が朝には人臣の子と為《シ》て位を践《ふ》む事、未だ聞かず」とぞ申しける。

該当部注解（本全釈巻十一―三三七〜三三八頁）参照。　**○我が朝には天照大神の御末より外は践祚したまふ事も無し**　〈延〉「我朝ニハ、御裳濯川ノ御流之外ハ、此国ヲ治メ給ワズ」（巻十二―七三オ）。〈国会〉「わがてうは、みもすそ川のながれよりほかは、よの国をしらせ給ふことなし」（九九頁）。日本では、中国とは異なり、天照大神の末裔である天皇家の血を引く者以外は天皇にならない意。　**○是其の一にて御在す**　〈延〉〈国会〉に同文はないが、〈延〉「然ニ先帝ハ、神武八十代之正流ヲ受テ、十善万機ノ位ヲ践給ナガラ」（巻十二―七三オ〜七三ウ）、〈国会〉「しかるにせんていはじんむ八十代のしやうとくをうけ」（九九頁）は、安徳天皇が皇室の正統な血統を受けている意。〈四〉も「安徳天皇は天照大神の末裔として皇位についた一人でいらっしゃる」の意だろう。　**○昔、允恭天皇の御子安康天皇は**

眉輪王に、欽明天王の御子崇俊天皇は馬児宿禰に討たれたまひしかども　〈延〉「加之古事ヲ訪候ニ、安康天皇ハ允恭天皇ノ御子也、眉輪王ニ御身ヲ滅サレ、崇峻天皇ハ欽明ノ太子也、馬子大臣ノ為ニ誅セラレ給キ」（七三ウ）、〈国会〉なし。安康天皇は大草香皇子を殺し、その妻を皇后としたため、皇后が大草香皇子との間に生んだ眉輪王に殺されたという（『日本書紀』安康天皇元年二月、同三年八月条）。『平家打聞』（巻五）は、殺人を好む悪王とする。また、崇峻天皇は在位五年で、蘇我馬子の遣わした東漢直駒に殺された（『日本書紀』崇峻天皇五年十一月条）。〈延〉「近ク吾朝ヲ尋レバ、安孝天皇ハ継子ニ殺レ、崇峻天皇ハ逆臣ニ犯レ給キ。十善ノ君、万乗ノ主ジ、先世ノ宿業ハ力及バヌ事ゾカシト思食ナゾラヘケルコソ、責テノ事トハ覚シカ」（巻二一―一〇八オ）。〈四〉の「馬児宿禰」は蘇我馬子を指す。崇峻天皇については、『宝物集』巻二・怨憎会苦に「上宮太子の御時、崇峻天皇、曽我大臣におかされ給ふ」（新大系一〇四頁）とあり、今井正之助①は『宝物集』依拠と見る（一八頁）。しかし、安康天皇の件は『宝物集』には見えないので、依拠関係は微妙なところである。　**○骸は此に留まり、是く御年も高く成りて、佐様にも御す**　在位中に殺害された天皇の先例。「佐様にも御す」は文意不明瞭だが、成人として天皇らしく振る舞っていた意か。〈延〉「サレドモ、御骨ヲバ皆此土ニコソ留メ給シカ。其上御年モ闌テコソオワシケメ」（巻十二―七三ウ）。〈国会〉なし。安康天皇の生没年は不明だが、父允恭天皇（治世四十二年）の第二子とされ、安康天皇自身の治世は三年とされる。前項注解に見たように皇后があった。享年を『扶桑略記』は五十六歳、『帝王編年記』は五十四歳とする。崇峻天皇は欽明天皇（治世三十二年）の第十二子とされ、異母兄に敏達天皇（治世十四年）・用明天皇（治世二年）があったとされる（いずれも『日本書紀』）。享年を『扶桑略記』『帝王編年記』は七十二歳とする。　**○是は痛く幼く御在し、又此の地に其の跡も見えたまはず**　〈延〉「是ハ御歳モ未幼ク、僅ニ八歳也。此国ニ跡ヲモ骨ヲモ留給ワズ。悲哉」（巻十二―七三ウ）。〈国会〉なし。殺害された天皇の先例である安康天皇や崇峻天皇に比べても、安徳天皇は年少で、遺骨をも残さなかった点、悲惨さが際立っているとする。この点は〈四・延〉とも同様だが、〈延〉はこの前に、「先帝ハ神武八十代之正流ヲ受テ、十善万機ノ位ヲ践給ナガラ、齢未幼少ニマシ〳〵シカバ、天下ヲ自治ル事モナシ。何ノ罪ニ依テカ、忽ニ百皇鎮護ノ御誓ニ漏レ給ヌルニヤ」（巻十二―七三オ～七三ウ）ともあり、この文は、〈国会〉「せんていはじんむ八十代のしやうとくをうけ、いまいとけなくましませども、十ぜん万ぜうのくらゐをふみ給ふ、まつりごとのぜんあくを、おこたらせ給はず、なにの御とがによりて、百わうちんごのちかひにもれさせ給ふべき」（九九頁）に共通する。〈延〉と〈国会〉に見られるこの問いは、〈延〉「是即我等ガ一門、只官位俸禄身ニ余リ、国家ヲ煩スノミニアラズ、天子ヲ蔑如シ奉リ、神明仏陀ヲ滅シ、悪業所感之故也」（七三ウ）という答えを導く（〈国会〉九九頁、ほぼ同様）。前掲注解「就中、先帝は神武天王より八十一代の帝にして…」に見たように、安徳天皇の類いまれな死を平家一門の悪業の結果と位置づける、「鎮魂供養の語り」（佐伯真一・一二二頁）と捉えられよう。〈四〉はそうした記述を欠き、一人の母としての女院の悲しみに叙述を集約してゆく。

○何かばかりかは心憂く悲しく候ひし　〈盛〉「生者必滅ノ道、愛別離苦ノ理ナレ共、此身ノ有様ハ、昔モ今モタメシ少コソ候ヌレ。イカバカリカハ惜モ悲モ候シ」（6―四九二頁）。以下、本段末まで〈盛〉に近い。〈盛〉は、夫・父・母・子を相次いで失った悲しみを、類いまれな悲しみとして語る。〈国会〉は、前項注解に見た安徳天皇の悲運を平家一門の罪業と位置づける記述を入水直前の時子の言葉とし、それとは切り離して、「にんがいのなげきは、おやにをくれ、こにをくるゝほどのことやはんべる」（九九頁）云々と、女院の悲しみを語る。〈四・盛〉や〈国会〉では、一般的な愛別離苦、無常の悲しみである。一方、〈延〉では、この前後の女院の語りの中で、女院の悲しみが何度も語られる。「人間界ノ歎、親ニ後レ子ニ別ル、程ノ悲歎ヤハ侍ルベキ」（巻十二―七一ウ）、「此国ニ跡ヲモ骨ヲモ留給ワズ、悲哉」（同―七三ウ）、「トテモカクテモ不絶身ニソウ物トテハ、只悲ノ涙計」（同―七四オ）など。それらは、「其中ニモ道心サメガタク侍ルハ、国母ノ衰ヘタルニマサレルハ候ハザリケルニヤ」（同―七四オ～七四ウ）と総括される。浅い悲しみによる発心はさめやすいが、落ちぶれた国母という類いまれな存在ほど悲しみが深く、道心のさめない者は無いというわけで、〈延〉では、女院の悲しみがこのように国母としての苦悩に集約される。　**○而れど、殺さぬ命、限り有れども、今に長ら得き**　安徳天皇に先立たれた女院の悲しみは深かったが、わざと命を絶たない以上は、短い命とはいえ、今まで生き延びている意。〈盛〉「去共不殺命限アレバ、一人残留テ」（6―四九二頁）が近い。〈延〉では、この前、釈尊入滅の悲嘆を語る直前に「サレドモ思歎ニハ露ノ命モ消ザリケルニヤ、今日マデナガラヘ侍ルニ付テモ身ナガラモツレナカリケル有様哉」（巻十二―七一ウ）とあるのが該当するか。なお、校異18に見るように、底本の「手今」は、〈昭・書〉「于今」が良い。「手」は「于」の誤写ないしは誤読と考えられる。今井正之助②によれば、「于」は現存する〈四〉の総ての巻にあるが、『平家族伝抄』には見られず、同様なことは例えば「乱《す》レ世《を》之事」（巻五―一四三右）、「可レ住《セ》下之様」（巻十二―二一左）といった用法の「之」が〈四〉の巻四と灌頂巻（他の巻との隔たりに注目する）、さらに『平家族伝抄』にも見られないことから、この点からも『平家族伝抄』は〈四〉とは別の編著者の手にかかる可能性が強いと想定する（五〇～五一頁）。**○只独り後世を訪ひ奉れば、諸仏菩薩も何かばかりか納受したまはん**　〈盛〉は前項引用部に続き、「カノ後生菩提ヲ吊《ママ》（弔）候ヘバ、賢ゾ残留ニケル。貧女ガ一灯トカヤモカクコソト覚ヘ候。諸仏薩埵、争納受シ給ハザラン」（6―四九二～四九三頁）。〈延〉では、該当の記述が長大で、「只無甲斐一女ノ身ニ後世ノ苦ヲ思遣リ奉リ、六道四生三途八難ノ業ヲダニ祓ヒ奉ラムト、夜ル昼怠時ナク訪候ヘドモ…（中略）…貧女ガ一灯ヲ捧テ仏ヲ奉供養一ケムモ、今コソ思知ラレ侍レ。サリトモ三世諸仏モナドカ納受シ給ハザルベキトコソ憑ク覚ヘ侍レ」（巻十二―七三ウ～七四オ）などとある。

【引用研究文献】

＊渥美かをる「四部合戦状本平家物語灌頂巻「六道」の原拠考―宝物集との関係を中心に―」（愛知県立大学文学部論集（語学・文学）二〇号、一九六九・12。『軍記物語と説話』笠間書院一九七九・5再録。引用は後者による）

＊今井正之助①「平家物語と宝物集―四部合戦状本・延慶本を中心に―」（長崎大学教育学部人文科学研究報告三四号、一九八五・3）

＊今井正之助②「平家族伝抄と四部合戦状本平家物語」（中世文学二九号、一九八四・5）
＊岡田三津子「建礼門院六道巡りの物語―国会本『大原御幸』の草子と延慶本『平家物語』との比較を通じて―」（軍記と語り物二七号、一九九一・3）
＊佐伯真一「女院の三つの語り―建礼門院説話論―」（『古文学の流域』新典社一九九六・4）

女院の回想の語り（③道心を発す例）

【原文】

世中発道心多シ為師申セ宗貞少将後進深草帝▽二九〇右忠臣不仕二君則仕ッ[1]、出家御了日

皆人ハ花ノ袂ニ成ニケリ苔衫《タモト》[2]ハ乾タニセヨ

読失又藤原相如後粟田関白

夢奈良テ又モ可キ相君ナラハネラレヌ伊於母歎カサラマシ

読深歎悲[3]終死侍リケル相如娘泣々

夢不見[4]ト歎キシ君ハ無程又我夢ニ看《ミル》ッ[5]悲

▽二九〇左又一条摂政子侍ヘリ前少将後少将一日乍二人煩疣瘡矢[6]至釈尊入滅期八十年機縁尽菩提樹木葉落失沙羅林木葉物

[7]孤独シク抜提河波閑シ時有情[8]モ非情モ有[9]有悲歎色悲哀声上天森〔林〕[10]悉枯[11]シ時憍[12]梵波提云ツ、入滅我随滅入水失漢明帝

▽二九一右王後李夫人玄宗皇帝別楊貴妃非[13]ネ可及之和泉式部後小式部内侍

諸共ニ苔ノ下ニハ朽スシテ被レ埋名ヲ聞ソ悲キ

読モ何許思悲候ケ

【釈文】

世の中に道心を発《おこ》す為師《ためし》多し。宗貞少将と申せしは、深草の帝に後れ進らせて、『▽二九〇右忠臣は二君に仕へず』とて、則《やが》て出家仕り[1]つつ、御了《は》ての日、

皆人は花の袂に成りにけり苔の袂[2]《タモト》（衫）は乾きだにせよ

と読みて失せにけり。

又、藤原相如《すけゆき》は粟田関白に後れて、

夢奈良《なら》で又も相ふべき君ならばねられぬ伊於母《いおも》歎かざらまし

と読みて、深く歎き悲しみ[3]てぞ、終《つひ》に死に侍りける。相如の娘、泣く泣く

[4]夢見ずと歎きし君は程も無く又我が夢に看る[5]《ミ》ぞ悲しき

又、▽二九〇左一条摂政の子に前少将・後少将とて侍《はへ》りき。一日にして二人ながら疣瘡《もがさ》を煩ひて失（矢）[6]せにけり。

釈尊入滅の期至りて、八十年の機縁尽きて、菩提樹の木の葉も落ち失せ、沙羅林の木の葉物孤独[7]《さび》しく、抜提河の波閑《しづ》かなりし時に、[8]有情も非情も悲歎[9]の色有りて、悲哀の声天に上り、森林[10]悉く[11]枯れし時に、憍梵波[12]提は、『入滅我随滅』と云ひつつ、水に入りて失せぬ。

漢の明帝王は▽二九一右李夫人に後れ、玄宗皇帝は楊貴妃に別れけり。之《これ》に及ぶべくは非[13]ねども、和泉式部の小式部内侍に後れて、

諸共に苔の下には朽ちずして埋《うづ》もれし名を聞くぞ悲しき

と読みけるも、何《い》かばかり悲しく思ひ候ひけん。

【校異・訓読】 1〈昭〉「仕ッヘ」。2〈書〉「袂《タモト》」。3〈昭〉は「悉」を訂して「悲」と傍記。4〈昭〉「不レ見ト」。5〈書〉「看メ《ミル》」。6〈昭・書〉「失」。7〈書〉「孤独シケ」。8〈底・昭〉「有情モ」の「モ」は「シ」にも見える。〈書〉「有情シ」。9〈底・昭・書〉「有有」。行替わりによる重複か。10〈底・昭〉「林」字補入。〈書〉「森々」。11〈書〉「枋シ」。12〈書〉「憍梵波提レ」。13〈書〉「非メ」。

【注解】○世の中に道心を発す為師多し　本段以下、女院が仏法に関する知識を述べたとする長大な記事が続く。ほぼ『宝物集』に依拠した独自異文である。この部分の『宝物集』依拠は至って顕著なもので、早くから指摘が多い。小泉弘・渥美かをるに概括的な指摘があり、武久堅はこれを「現存本の編者が宝物集を再参照して加筆した部分」（一六九頁）と見た。その後、今井正之助①は、〈四・延〉全体の『宝物集』依拠の徹底的な調査により、〈四〉独自の『宝物集』依拠箇所を身延抜書本（久遠寺本）系の本文に拠ったものと見た（二五頁。なお、今井は〈延〉独自の『宝物集』依拠箇所も身延抜書本系と見る）。さらに、佐伯真一は、〈四〉のこの部分の『宝物集』依拠を「最終的改作」ととらえ、依拠した『宝物集』は一巻本・二巻本との類似性も見られ、『平家族伝抄』の依拠した『宝物集』に近いと見られることや、「『宝物集』に全面的に依拠し、むしろ『宝物集』に引きずられるような様相が見える」（一六五頁）こと、その点では『宝物集』の引用方法においても『平家族伝抄』に類似することを指摘した。前段に見たように、安徳天皇への回想は、〈延〉では平家の「悪業所感」の論理へと集約されるのに対して、〈四〉では世間一般の愛別離苦や無常の問題に展開し、女院は一般的な説法を展開する。『宝物集』の章句を引くというよりも、内容的・主題的に

『宝物集』をそのまま持ち込んだものとなっている。それは、〈四〉が最終的に成立した場の性格を反映するものだろう。以下は、『宝物集』巻三の愛別離苦、主との別れの記事による。本項該当記事は、『宝物集』吉川本「主にわかるゝは、ことにかなしき事にてぞ侍りける。されば、賢人は二君につかへずとて、ながく世をそむく人おほく侍るめり」（新大系一一七頁）。九冊本第三冊（一六三～一六四頁）、本能寺本（八七頁）同。二巻本（四六頁）ほぼ同様。身延抜書本第三分は「主ノ別ニ付テ、代々ノ御門・后ノ別ニ付テ、公卿・天上人《ママ》、多ノ歌有之共、無□□故ニ略之也」（七五頁）として、記事の多くを省略する。片仮名三巻本は以下の該当記事なし。一巻本は本項該当文なし。身延零本は以下の該当部分全体が欠巻。なお、〈四〉は、『宝物集』に見る傍線部によってか、死に別れによって「道心を発す為師多し」と記すが、その事例に合うのはこの後の宗貞の例のみであり、他の事例ではその後死んだとか、死に別れの事実を記すのみで、道心を起こした事例として十分に機能しているとは言えない。　**○宗貞少将と申せしは、深草の帝に後れ進らせて、『忠臣は二君に仕へず』とて、則て出家仕りつつ**　次節冒頭では「君に後れ」た例と概括されるものの一つ。『宝物集』吉川本「深草の帝かくれさせ給ひにければ、良峯の宗貞とて蔵人頭なりける人、やがて法師になりて」（新大系一一七頁）。深草の帝は仁明天皇。嘉祥三年（八五〇）崩御。『宝物集』では、「主にわかるゝは、ことにかなしき事にてぞ侍りける。されば、賢人は二君につかへずとて、ながく世をそむく人おほく侍るめり」として、前掲の本文に続ける。このように、愛別離苦の中の主との別れとして記される。「忠臣は二君に仕へず」の該当句は前項引用部では「賢人は二君に仕へず」。九冊本第三冊（一六三～一六四頁）、本能寺本（八七頁）、二巻本（四六頁）同、一巻本（一四ウ）は欠く。小泉弘（一七六頁）、渥美かをる（九〇頁）、今井正之助①（一九頁）に指摘があり、今井は〈四〉の独自依拠記事Fとする。「宗貞少将」は『宝物集』に見るように良峯宗貞、即ち僧正遍昭（八一六～八九〇）。宗貞は、『宝物集』諸本はいずれも蔵人頭とする。天皇に近仕する臣としては、蔵人頭がよりふさわしい。その出家は有名で、『古今集』哀傷八四七、『遍昭集』（新編大観・一六）、『大和物語』一六八段、『今昔物語集』一九―一、『十訓抄』六ノ八、『沙石集』(米沢本)巻五末ノ六など、多くの書に類話が見える。『続本朝往生伝』六や『今鏡』藤波の中・第五も出家を語るが、『続本朝往生伝』は別伝、『今鏡』は簡略。なお、『宝物集』前掲諸本は、出家した遍昭が笠置寺に籠もっていると、妻子が夫に会いたいという祈願をしに来たが、名乗らずに終わったという説話を記す。これは、笠置寺と長谷寺などの異同はあるものの、『遍昭集』・『大和物語』・『今昔物語集』一九―一にも見えるものだが、〈四〉はこれに触れない。後掲「と読みて失せにけり」注解参照。 **○御了ての日** 服喪の期間(一年間の諒闇)が明けた日。『宝物集』吉川本「さて、御果とて、のゝしりあひけるを聞て、よみたまひける」(新大系一一七頁)。九冊本第三冊(一六四頁)、本能寺本(八八頁)同。二巻本「さて、のこりのくぎやうてん上人は、御はてとて、すみぞめなどぬぎすてゝ、いろめきわたるよしをきゝてよめる」(四六頁)。一巻本「サテ御ハテスギテ、ヒト〳〵服ナムドヌギツトキヽテ」(一五オ)。同趣の記述は『古今集』『遍昭集』『大和物語』『今昔物語集』『十訓抄』などにも見える。

○皆人は花の袂に成りにけり苔の袂は乾きだにせよ 『遍昭集』では、喪が明けた後に、これまで仁明天皇に仕えていた者達が、新たに仕官したということを聞いて詠んだ歌とする。きわめて著名な歌で、前々項注解に見た説話的記述を伴う諸書の他、『讃岐典侍日記』『俊成三十六人歌合』『時代不同歌合』『近代秀歌』『詠歌大概』、真名本『曽我物語』巻十などに歌が見える。『宝物集』吉川本「皆人は花の袂に成ぬなり苔の衣よかはきだにせよ」(新大系一一七頁)、『古今和歌集』「皆人は花の衣になりぬなり苔のたもとよかはきだにせよ」の波線部が〈四〉と相違するなど、第二〜五句に、諸書で異同が見られる。重要なものを一覧すると、次のようになる。

	第二句	第三句	第四句	第五句	備考
〈四〉	花の袂に	成りにけり	こけの袂は	かはきだにせよ	
宝・吉川本	花の袂に	成ぬなり	苔の衣よ	かはきだにせよ	本能寺本・一巻本同
宝・九冊本	花の衣に	なりぬなり	こけの袂よ	かはきだにせよ	

宝・二巻本	花のたもと《ころも》に	なりにけり《ぬ也》	こけのころも《たもと》よ	かわきだにせよ	傍書上野本
古今和歌集	花の衣に	なりぬなり	苔のたもとよ	かはきだにせよ	
今昔物語集	花ノ衣ニ	ナリヌラム	コケノタモトハ	カハキダニセズ	
讃岐典侍日記	花の袂に	なりぬなり	苔の衣よ	かはきだにせよ	
沙石集	花の袂に	なりにけり	苔の衣よ	かはきだにせよ	
真名本曽我	花の袂に	成にけり	為（セ）ヨレ乾（キ）タに	墨染の袖	

『遍昭集』『大和物語』『俊成三十六人歌合』『時代不同歌合』『近代秀歌』『詠歌大概』『十訓抄』は『古今集』と同じ。異同から依拠資料を考える可能性は種々あるが、『古今和歌集』自体にも伝後鳥羽天皇宸筆本のように「にけり」とする本もあるなど（西下経一・滝沢貞夫『古今集校本』）、さまざまな異同があるので、これを根拠に依拠関係を考えるには慎重さが必要だろう。　**〇と読みて失せにけり**　良峯宗貞（遍昭）は、出家してこの歌を詠み、間もなく亡くなったとするか。しかし、『宝物集』では、右の「皆人は…」歌の後、「さて、おこなひあがりて、僧正までなり給ひにけり」（新大系一二八頁）とある（九冊本・本能寺本同、二巻本・一巻本なし）。前掲諸書にも遍昭がこの歌を詠んですぐ亡くなったと記すものはなく、遍昭は「僧正遍昭」として著名なので、出家してすぐに亡くなったという所伝が流布していたとは考えにくい。あるいは「失せにけり」は、失踪ないし出奔した意とも読めようか。『遍昭集』では、歌の後に「かくていづこともなくてありきしほどに、はせのみてらにさぶらふほどに…」として、前掲「宗貞少将と申せしは…」項に見た妻子との逸話を記す。こうした逸話を意識して、姿をくらました意で「失せにけり」とした可能性もあろう。しかし、〈四〉では次に続く記事が藤原道兼を失った藤原相如の嘆き死にであり、その後も釈迦涅槃の際に憍梵波提が亡くなった記事などがあるので、「失せにけり」は、遍昭が出家後間もなく亡くなったという特異な所伝のようにも読めよう。　**〇又、藤原相如は粟田関白に後れて**　次節冒頭では「君に後れ」た例と概括されるもの

の一つ。『宝物集』巻三・愛別離苦「藤原相如が、『夢ならで又もあふべき君ならばねられぬいをもなげかざらまし』とよみて、なげき死に侍りにければ」(新大系一二二頁)による。一巻本は「□《(出カ)》雲守大江相如アワ田之関白ニヲクレタテマツリテ」(一三ウ)とするが、吉川本及び九冊本第三冊(一五六頁)、本能寺本(七九~八〇頁)、片仮名三巻本中巻(七八頁)は「粟田関白」の名を記さない。身延抜書本は省略部分(本段冒頭注解参照)。二巻本なし。一巻本のみが「粟田関白」の名を記すわけだが、「藤原相如」を「□《(出カ)》雲守大江相如」としており、現存一巻本に依拠しているとは考えにくい。小泉弘(一七六~一七七頁)、今井正之助①(一九頁)に指摘があり、今井は〈四〉の独自依拠記事Gとする。藤原相如は、助信の男。次項の歌が粟田関白即ち藤原道兼の死にまつわる歌であることは、『栄花物語』巻四「みはてぬゆめ」所見。『栄花物語』では、粟田関白道兼が関白就任の直前に方違えで「出雲前司相如」の家を訪ねたことを記し、その後、道兼の突然の死により、粟田殿に宿直していた「かの家主」即ち相如がひどく嘆き、「いも寝られで独りごちける」として、次項の「夢ならで…」歌を詠み、「同じ月の二十九日にうせにけり」とする。その後、さらに相如女が「夢見ずと…」歌を詠んだことも記す(新編全集1―二一三~二二一頁)。また、『後拾遺集』哀傷・五六五歌は相如女の「夢見ずと…」歌だが、その左注に、「此歌は、粟田右大臣みまかりてのち、かの家に父の相如宿直して侍りけるに…」として「夢ならで…」歌を記す。さらに、『詞花集』雑下・三九四歌は相如の「夢ならで…」歌で、詞書には「粟田の右大臣みまかりけるころよめる」とある。『玄玄集』五〇(新編国歌大観二)では、「出雲守相如一首、あはたのおとどうせ給ひける比」として「夢ならで…」歌を記す。その他、『十訓抄』六ノ一三も、簡略ながら「粟田殿」の死を嘆いた相如が「夢ならで…」歌を詠み、「ほどなく失せにけり」とする。また、片仮名本『増鏡』「秋ノミ山」末尾に、「粟田関白道兼公失給ケレバ、相如」として「夢ナラデ…」歌を記し、続けて女の「夢ミズト…」歌を記す(『片仮名本増鏡の研究本文資料篇』三九一頁)。　**○夢奈良で又も相ふべき君ならばねられぬ伊於母歎かざらまし**　和歌の表記に真名を用いるのは、静嘉堂本・京大本巻一には見られるが、〈底・昭・書〉では比較的珍しい。これまで和歌表記の場合、活用語尾・助詞・助動詞以外は概ね真名表記されていた。「ねられぬ伊於母」を含めて、特徴的な表記法がいくつか見られる事例と言えよう。歌句は、『宝物集』吉川本・九冊本・本能寺本・一巻本同。片仮名三巻本第四句「ネラレヌベクモ」（七八頁）。『栄花物語』『後拾遺集』『詞花集』『十訓抄』同。『玄玄集』第四句「ねられぬまをも」。片仮名本『増鏡』第四句「ネラレヌ庵モ」。「ねられぬいをも」は、「寝られぬ寝《い》をも」。眠れないことを嘆いたりしない意。また妙本寺本『曽我物語』巻二でも、伊東助親が河津助通の死を悲しむ場面で、古歌の引用として「夢ナラデ又モアウベキ身ならねバネラレヌイヲモナゲカザラマシ」（貴重古典籍叢刊二九頁）と記す。第三句が異なる。この歌は、唱導の世界でも使用されたのであろう。　**〇と読みて、深く歎き悲しみてぞ、終に死に侍りける**　前項「夢ならで…」歌を載せる諸書は、この歌のみ記す『詞花集』を除き、相如の死を同様に記す。なお、この後にもいくつか「侍り」「候ふ」の用例が見られるが、いずれも建礼門院から聞き手後白河法皇への待遇表現とみて良いか。　**〇相如の娘、泣く泣く**　「夢ならで…」歌に続いて相如女の歌を載せる点、『詞花集』『玄玄集』を除き同様。　**〇夢見ずと歎きし君は程も無く又我が夢に看るぞ悲しき**　『宝物集』吉川本は第二句「なげきし君を」、第五句「みぬぞかなしき」。九冊本（一五六頁）、本能寺本（八〇頁）同。片仮名三巻本は第二句「歎キシ君モ」、第五句「見ヌゾ悲シキ」（七八頁）。一巻本は第二句「ナゲキシキミヲ」、第五句「ミヌゾカナシキ」（一三ウ）。『栄花物語』は第二句「嘆きし君を」、第五句「見ぬぞ悲しき」（二二一頁）。『後拾遺集』『十訓抄』、片仮名本『増鏡』同様。ほとんどの書に見るように、「なげきし君を」「見ぬぞ悲しき」が良い。「看るぞ」と誤るのは、「不レ看」とする漢文表記からの誤りではなく、仮名表記「ミルゾ」を真名表記化する際に生じた誤りと考えられよう。「父は粟田関白を夢にでも見られないと嘆いたが、間もなく、その父を私が夢にも見られなくなってしまったことが悲しい」意。　**〇又、一条摂政の子に前少将・後少将とて侍りき**　次節で「子に後れ」た事例と概括される事例。『宝物集』巻三・愛別離苦「一条殿摂政伊尹御子前少将挙賢・後少将義孝とて、時めき給ふ公達おはしき」（新大系一二三頁）。『宝物集』では、「子にをくるゝ人おほく侍るめり」（一一三頁）の例として引く。挙賢・義孝については『宝物集』巻二（新大系九九頁）にも記事があるが、巻二では朝成が伊尹の子孫を滅ぼしたという怨憎会苦の例話。〈四〉本項が依拠するのは巻三の記事であろう。本項については、九冊本第三冊（一五九頁）、本能寺本（八二頁）、片仮名三巻本中巻（七九頁）、二巻本上巻（四五頁）同様。一巻本「一条摂政伊尹御子アニヲバ先少将挙賢、ヲト、ヲバ後少将義孝申二人君達」（一四オ）。身延抜書本は省略部分（本段冒頭注解参照）。小泉弘（一七七頁）、渥美かをる（九〇頁）、今井正之助①（一九頁）に指摘があり、今井は〈四〉の独自依拠記事Hとする。「一条摂政」は藤原伊尹（九二四～九七二）。右大臣師輔の長男で、天禄元年（九七〇）摂政右大臣。前少将挙賢・後少将義孝はその子で、天延二年（九七四）九月十六日同日に没、挙賢は二十二歳、義孝は二十一歳〈尊卑〉1―三八〇頁）。巻九「小宰相身投（③入水）」の注解「義孝少将の心を澄まして過ごしける藤〔登ィ〕花殿の西の廊」（四五三～四五四頁）、また、後出「女院の説法（④念仏）」の注解「義孝少将は世尊寺に詣でて…」参照。 **○一日にして二人ながら疣瘡を煩ひて失せにけり**　『宝物集』吉川本「疱瘡をわずらひて、同じ日にうせたまひにけり」（新大系一一三頁）。九冊本第三冊（一五九頁）、本能寺本（八二頁）、片仮名三巻本中巻（七九頁）、一巻本（一四オ）同様。二巻本上巻（四五頁）は「同じ日に」の要素を欠く。義孝の死（往生）を語る文献は多く、『後拾遺集』哀傷・五九八歌左注、『日本往生極楽記』三四、『法華験記』下―一〇三、『大鏡』伊尹伝、『今昔物語集』巻一五―四二、同巻二四―三九、『扶桑略記』天延二年秋月条、『袋草紙』一一二（希代歌）、『江談抄』類聚本系・四、『元亨釈書』巻一七などに見える。〈四〉巻九「小宰相身投（③入水）」（四五三～四五四頁）に、義孝は「義孝少将の心を澄まして過ごしける藤〔登ィ〕花殿の西の廊」として記される。兄弟が同日に亡くなったことについては、『平家打聞』の当該記事にも詳細に記される。また、〈四〉自身も、この後、「女院の説法（④念仏）」の段で、「義孝少将は世尊寺に詣でて『臨終正念、往生極楽』と唱へしかば…」云々と、往生や夢告で示された詩歌について語る。しかし、これらには義孝の詩歌に関する記事が多く、このうち、兄弟同日の死にふれるのは『大鏡』や『今昔物語集』

巻一五―四二に限られる。　**○釈尊入滅の期至りて**　次節の「師に後れ」た事例として記す。以下、『宝物集』依拠。当該話は、『宝物集』では、愛別離苦の内、師別の例として引く。吉川本巻三の該当部を引いておく。傍線部が〈四〉本段に近似する。

釈尊入滅の期いたりて、八十の化縁つきて、二月十五日の夜半に、摩竭陀国より拘尸那城へおもむきたまひしとき、梅檀こと〴〵くかれかはき、菩提樹は木の子《み》おちちり、沙羅林の風さびしく、抜提河の波すさまじくして、十六羅漢・五百の大弟子をはじめて、十六の大国の王、九万二千の衆生、一心にかなしみ、非情草木みな悲哀の色ありし時、憍梵婆提は、「大師入滅、我随入滅」といひて、水になりてながれ（以下略。新大系一三〇～一三一頁）

前段にも引かれていた釈尊入滅（釈迦涅槃）の話題。前段注解「釈尊入滅の時…」以下参照。小泉弘（一七七頁）、渥美かをる（九〇頁）、今井正之助①（一九頁）に指摘があり、今井は前段の〈延〉と共通の依拠箇所第34項に関連して「34 2）として捉える。依拠した『宝物集』の部分は重なるが、前段の該当部が〈延・盛〉及び〈国会〉にも類似し、また、『宝物集』との類似がそれほど長文ではないのに対して、本段では、右に見るように、『宝物集』から一続きに近い長文を引用する。しかも前段と重複し、『平家物語』としては独自異文である。前段の引用が〈四・延・盛〉共通祖本段階のものであるのに対して、本段の引用は〈四〉の最終的改作であると見て良いだろう。『宝物集』諸本との異同などについては、以下の注解参照。　**○八十年の機縁尽きて、菩提樹の木の葉も落ち失せ、沙羅林の木の葉物孤独しく、抜提河の波閑かなりし時に**　『宝物集』吉川本「八十の化縁つきて（中略）菩提樹は木の子《み》おちちり、沙羅林の風さびしく、抜提河の波すさまじくして」（新大系一三〇～一三一頁。波線部は〈四〉との相違）。九冊本第三冊（一六九頁）、本能寺本（九三頁）、片仮名三巻本中巻（八一頁）、二巻本上巻（四七頁）同。身延抜書本第三分（七五頁）は一部を省略するため「八十の化縁」なし。一巻本「八十年之縁尽テ」「沙羅林之風久跋提河之浪シヅカナリシニ」（三四ウ）。「シヅカナリシニ」は〈四〉に近い。「八十年の機縁（化縁）」は、釈迦が八十歳まで人々を教化した縁。『宝物集』の前項注解引用部分のうち、「梅檀…菩提樹…」について、新大系脚注は未詳とする。「梅檀」については、『大般涅槃経後分』巻下「仏初成道恒河北岸。一樹梅檀随レ仏而生。大如二車輪一高七多羅樹。香気普薫供二養如来一。其香樹神与レ樹倶生。常取二此香一供二養於仏一。仏入二涅槃一、此一檀樹、即随レ仏滅。皮葉倶落、神亦随死。」（大正一二―九〇七c）によるか。「菩提樹」については、『大唐西域記』巻八に、「金剛座上菩提樹者。即畢鉢羅之樹也。昔仏在世高数百尺。屢経二残伐一。猶高四五丈。仏坐二其下一成等正覚。因而謂二之菩提樹一焉。茎幹黄白枝葉青翠。冬夏不レ凋光鮮無レ変。毎レ至二如来涅槃之日一、葉皆凋落頃之復レ故」（大正五一―九一五b～c）とある。但し、毎年釈迦涅槃の日に葉が落ち、その後は又回復するという記述なので、問題の記事とは異なる可能性もある。なお、山田・大庭・森編『宝物集』（片仮名三巻本・おうふう）八一頁注五は、「涅槃講式に『経云、取意枝葉華果瀑裂堕落』（大正蔵八十四）とある」と指摘するが、これはその前に「大覚世尊入二涅槃一已。其娑羅林東西二双合為二一樹一。南北二双合為二一樹一。垂二下宝床一覆二陰如来一。其樹惨然変レ白猶如二白鶴一」とあるように、沙羅双樹に関する記述か（『四座講式』大正八四―九〇〇a）。**〇有情も非情も悲歎の色有りて、悲哀の声天に上り、森林悉く枯れし時に** 『宝物集』吉川本「非情草木みな悲哀の色ありし時」（新大系一三一頁）。「森林悉く枯れし」は、前々項注解引用文の「梅檀こと〲くかれかはき」に関わるか。九冊本第三冊（一六九頁）、本能寺本（九三頁）、身延抜書本第三分（七五頁）、片仮名三巻本中巻（八一頁）同。二巻本上巻「くさきもうなだれ、ひあひのいろみえ」（四七頁）。一巻本該当句なし。**〇憍梵波提は、『入滅我随滅』と云ひつつ、水に入りて失せぬ** 〈延〉「橋《ママ》梵波提ハ思ニ絶ズシテ水トナリテ消ニキ」（巻十二―七二オ）は、前段該当部の記事。前段注解「釈尊入滅の時…」参照。『宝物集』吉川本「憍梵婆提は『大師入滅、我随入滅』といひて水になりてながれ」（新大系一三一頁）。なお、吉川本では、憍梵波提は巻五・二〇〇頁にもう一度登場するが、別話。九冊本第三冊（一六九頁）、本能寺本（九三頁）同。以下、吉川本との相違点を点線で示す。身延抜書本「水ニ成テウセタリ」（七五頁）。

片仮名三巻本「本師入滅、我随入滅」（八一頁）。二巻本上巻「みづになりてうせたまひぬ」（四七頁）。一巻本は、「尺尊入滅之時憍梵婆提之大師入滅我随入滅トイヒ水ニナリテナガレ給」（一七オ）と、本文は吉川本と同様だが、別の箇所にある。〈四〉の「失せぬ」は、身延抜書本と二巻本に近い。憍梵波提は舎利弗の弟子。『大智度論』巻二に、釈迦滅度を知った憍梵波提が「我和上大師皆已滅度。我今不レ能三復下二閻浮提一。住二此般涅槃一」と述べたとあり、また、「自レ心出レ火焼レ身、身中出レ水四道流下、至二大迦葉所一、水中有レ声、説二此偈一言、憍梵鉢提稽首礼、妙衆第一大徳僧、聞二仏滅度一我随去、如二大象去象子随一」（大正二五―六八c～六九a）とある。また、『栄花物語』巻三「さまざまのよろこび」には、円融院の崩御に際し、「かの釈尊入滅の心地して、『大師入滅、我随入滅』と憍梵波提が言ひて、水になりて流れけん心地する人いと多かり」（新編全集1―一七七～一七八頁）とあり、比較的よく知られた逸話であったと見られる。

〇漢の明帝王は李夫人に後れ、玄宗皇帝は楊貴妃に別れけり　次節の「妻に別れ」た事例として記す。〈延〉では女院が龍宮の夢を語った後に類似文あり。「先帝之面影、片時モ立離ル丶事ノ無ニ付テモ、唐帝之陽貴妃ヲ尋、漢王ノ李夫人ノ形ヲ甘泉殿ニ写シ置ケムモ理ト覚テ侍キ」（巻十二―七五オ～七五ウ）。『宝物集』では、やはり愛別離苦の条で、吉川本巻三「唐帝の幻をして楊貴妃をたづね、漢王の李夫人のかたちを甘泉殿にうつせしためし、あながちにかなしき事にてぞ侍るなる」（新大系一二五頁）とある。九冊本第三冊（一六一～一六二頁）、本能寺本（八五頁）、ほぼ同。一巻本「唐帝之陽貴妃ニワカレ、漢王吏《ママ》夫人ニハナレ給ヒケム、ミナコノコ丶ロニアラズヤ」（一六ウ）。身延抜書本は省略部分。片仮名三巻本・二巻本なし。小泉弘（一七七頁）、渥美かをる（九〇頁）、今井正之助①（一九頁）に指摘があり、今井は〈延〉と共通の引用[39]項とする。楊貴妃・李夫人は常識的な話柄であり、必ずしも『宝物集』依拠と言わなくてもよい箇所だが、〈延〉の形は『宝物集』吉川本などにごく近く、やはり依拠を考えるべきだろう。一方、〈四〉は〈延〉や吉川本などとは異なり、むしろ一巻本に近い点、注意を要する（今井正之助②四八頁）。〈四・延〉共通祖本の段階で取り入れられたものが二型に分かれたのか、各々別途に別種の『宝物集』に依拠したのか、判断しにくいというべきか。なお、李夫人の逸話であるとすれば、「漢の明帝王」ではなく、前漢の「武帝」が正しい。「漢の明帝」は、後漢の光武帝の子・劉荘（在位五八〜七六）。明帝については、『宝物集』巻一に「漢明帝は母の忌日をば、一年にふたゝびこそし給ひけれ」（新大系三〇頁）とあり、また、『金玉要集』第三「悲母之事」には、「丁蘭刻木母切友、漢明帝恋先妣影」（『磯馴帖村雨篇』一五六頁）とある（「先妣」は亡母の意）。明帝は、母の陰氏が永平七年（六四）に没した際、正式の皇后である光烈皇后として葬った（『後漢書』巻二・明帝紀同年条）。『宝物集』や『金玉要集』に見える逸話については未詳だが、これらの記事から見て、明帝が亡母を慕った話があったと見られる。『金玉要集』の「恋先妣影」という表現からは、武帝・李夫人の反魂香の逸話と紛れやすいものであった可能性がある。〈四〉は、そうした逸話と混同して、先行本文の「漢王」を「明帝」と誤ったものであろう。

○之に及ぶべくは非ねども、和泉式部の小式部内侍に後れて　次節冒頭では「子に後れ」た例として概括されるものの一つ。『宝物集』吉川本巻一（子は宝ならずの条）では、「上東門院の女房に和泉式部と云者あり」と語り出して、小式部の死後、上東門院から賜った衣服に小式部内侍という札がついているのを見て「諸共に苺《こけ》の下には…」歌を詠んだとする詳細な記事あり（新大系三三〜三四頁）。九冊本第一冊（四五〜四六頁）、光長寺本（四〇〜四一頁）、身延抜書本一八頁、片仮名三巻本上巻（三一〜三二頁）、一巻本（三ウ〜四オ）、基本的に同様。二巻本なし。小泉弘（一七八頁）、渥美かをる（九〇頁）今井正之助①（一九頁）に指摘があり、今井は〈四〉独自依拠記事のIとする。『宝物集』記事の類話は、『和泉式部集』五三六歌、『金葉集』雑下・六二〇歌などの詞書や、『無名草子』八六歌、『沙石集』五末ノ六、仮名本『曽我物語』巻十一、『雑々集』上─三などに見える。また、真名本『曽我物語』巻六には、和泉式部が小式部に先立たれて無常を悟ったとの記述がある。　**○諸共に苔の下には朽ちずして埋もれし名を聞くぞ悲しき**　『宝物集』吉川本「諸共に苺《こけ》の下には朽ずして埋ぬ名をみるぞ悲しき」（三四頁）。九冊本第一冊（四五頁）、身延抜書本第一分（一八頁）同。光長寺本第三句「フサズシテ」（四一頁）、片仮名三巻本上巻第五句「聞ゾカナシキ」（三二頁）。一巻本「聞ゾカナシキ」（四オ）。この歌は諸書に多く見えるもので、『和泉式部集』は下句「うづまれぬ名をみるぞ悲しき」、『金葉集』「もろともに苔の下にも朽ちもせで埋まれぬ名を見るぞ悲しき」。その他、『時代不同歌合』二九七、『近代秀歌』五九、『詠歌大概』六八は『宝物集』吉川本に同。『古来風体抄』五二六は第二句「苔の下にも」、『後六々撰』九は第五句「きくぞ悲しき」、仮名本『曽我物語』巻十一は第二句「苔の下にも」、第五句「きくぞかなしき」（旧大系三九二頁）。『雑々集』上―三は、第三句「うづもれぬ」、第五句「見るぞかなしき」（古典文庫二八八―二一一頁）。歌意と説話の文脈から見て、第四句は「埋もれし」ではなく『宝物集』諸本や『和泉式部集』『金葉集』のように「埋もれぬ」でなければなるまい。また、第五句「聞くぞ悲しき」は、『宝物集』や『和泉式部集』『金葉集』等々に見える詠歌事情（前項注解参照）からすれば、「聞くぞ」ではなく「見るぞ」が良い。しかし、『宝物集』片仮名三巻本や一巻本、『後六々撰』、『仮名本曽我物語』にも「聞くぞかなしき」が見える。〈四〉の依拠した『宝物集』本文が必ずしも吉川本などと一致しないことも気になるところだろう。

【引用研究文献】

＊渥美かをる「四部合戦状本平家物語灌頂巻「六道」の原拠考―宝物集との関係を中心に―」（愛知県立大学文学部論集（語学・文学）二〇号、一九六九・12。『軍記物語と説話』笠間書院一九七九・5再録。引用は後者による）

＊今井正之助①「平家物語と宝物集―四部合戦状本・延慶本を中心に―」（長崎大学教育学部人文科学研究報告三四号、一九八五・3）

＊今井正之助②「平家族伝抄と四部合戦状本平家物語」（中世文学二九号、一九八四・5）

＊小泉弘『貴重古典籍叢刊8　古鈔本宝物集　研究篇』（角川書店一九七三・3）

＊佐伯真一「四部本『平家物語』灌頂巻の改作―『宝物集』の引用などをめぐって―」（宝物集研究一号、一九九六・5。『平家物語遡源』若草書房一九九六・9再録。引用は後者による）

＊武久堅「読み本系諸本の成立と展開」（解釈と鑑賞別冊『講座日本文学・平家物語・上』至文堂一九七八・3）

女院の回想の語り（④悲しみと発心）

【原文】

乍モ而是皆[1]或君後進[2]或後師或別妻後シ子人々歎是後進[3]セ高倉院別入道大相国モ我身奉始メ先帝母二位尼▽二九一左上沈海底候ヌ〔後〕[4]親[5]キ人々モ後一度候シ事倩思連候ヘ不伝聞古物語モ[6]又[7]不リキ承[8]聖教中モ昔申妙尼々者コソ有事立誓状父母モ一度焼死《コロ》シ三人子共モ被喰虎狼流河後レ夫子[9]畢我身乍生具シ死夫被[10]レン埋マ乍[11]生誓[12]ヒシ故現乍生具死夫被[13]レヌ埋父母堕シ地獄子共[14]▽二九二右喰レ虎狼見ト心憂目承シ我先世依何罪業是程見ヤ心憂目悲コソ侍[15]ヘ但悲想天八万劫楽シミモ終入ナレ奈梨底倍況ヤ人間界習夢内楽幼間喜思解成シ月鼠心凝《コラ》シ羊歩念出息不待入気蝸牛角上有幾楽官モ位[16]モ不何ナラ万財[17]モ不副身死時只為友涙計[18]一迷暗道▽二九二左此故釈尊被説妻子珍宝及王位[19]臨命終時不随身而[20]レ白居易詞何レ日何時不[21]シ待出入息再会永隔被[22]奇何レ野辺何山麓身躰散在シ処々申欲交泥魂大方流転生死不知出離方法鳥如居林車似廻庭自無始以来至今日今時値ヒ憂事モ▽二九三右値フ悲事モ或世付大梵王宮位モ或世雖得人界生適生貧窮下賤家不知仏法僧名字此故法華経被説墜堕[23]三悪道輪廻六趣中為テモ何可説菩提種[24]无便モ菩提種者慈悲心是慈悲心者怨[25]モ不思怨モ至蟻歼《カイ》子可深ル哀育心申シ一念発起菩提心▽二九三左勝於造立百千塔文候モ是耶雖一念起シ菩提心可凝[26]テ空観無生信心被ケレ仰

【釈文】

而り**ながらも**、是は皆、[1]或は君に後れ進らせ、[2]或は師に後れ、或は妻に別れ、子に後れ**し**人々の歎きなり。[3]是は高倉院に後れ進ら**せ**、入道大相国に**も**別れし我が身の、先帝、母の二位尼上▽二九一左を始**め**奉りて海底に沈み候ひ**ぬ**る[4]後は、[5]親し**き**人々に**も**一度に後れ候ひ**し**事、倩《つらつ》ら思ひ連け候**へ**ども、古物語に**も**伝へ聞かず。[6]又、[8]聖教の中に**も**承ら[7]**ざりき**。

昔、妙尼《めうに》と申す尼の者**こそ**、事有りて誓状を立て、『父母を**も**一度に焼き死《コロ》**し**、三人の子共**も**虎狼に喰はれ、河に流れ、夫・子に後**れ**[9]畢りて、我身は生き**ながら**死せる夫に具**し**て[11]生き**ながら**[10]埋**まれん**』と誓[12]**ひし**故に、現に生き**ながら**死せる夫に具して[13]埋ま**れぬ**。父母は地獄に堕**し**、子共▽二九二右は虎狼に[14]喰は**れ**、心憂き目を見る**とぞ**承り**し**。我は先世の何かなる罪業に依りてか、是程に心憂き目を見る**や**らんと、悲しく**こそ**[15]侍へ。

但し、非（悲）想天の八万刧の楽**しみも**終には奈梨の底へ**こそ**入る**なれ**。倍して況ん**や**人間界の習ひ、夢の内の楽しみ、幻（幼）の間の喜びなりと思ひ解けば、月の鼠の心を成**し**、羊の歩みの念を凝《コ》**らし**、出づる息入る気を待たず、蝸牛の角の上に幾《いくば》くの楽しみ有らん。官**も**[16]位**も**何**なら**ず。万の[17]財**も**身に副《そ》はず。死ぬる時は只涙[18]**ばかり**を友と為《し》て、暗き道に▽二九二左迷ふ。此の故に釈尊は、『妻子珍宝及王位、[19]臨命終時不随身』と説かれたり。[20]而**れ**ば白居易の詞にも、『何づ**れ**の日、何づれの時、出入の息再会を[21]待た**ずし**て永く隔て、何づ**れ**の野辺、何づれの山の麓に[22]棄（奇）て**ら**れ、身躰は処々に散在**し**て、泥塊（魂）に交らんと欲《す》らん』と申しけり。大方は生死に流転して、出離の方法を知らず。鳥の林に居る**がごとく**、車の庭を廻るに似たり。無始**より**以来今日今時に至るまで、憂き事に▽二九三右**も**値**ひ**、悲しき事に**も**値《あ》**ふ**。或る世には大梵王宮の位に**も**付き、或る世には人界に生を得と雖も、適《たまた》ま貧窮下賤の家に生まれて、仏法僧の名字をだに知らず。此の故に法華経には『墜堕[23]三悪道、輪廻六趣中』と説かれたり。

何かに為《し》ても菩提の種を説くべけれども便りも无《な》[24]し。菩提の種とは慈悲の心、是なり。慈悲の心とは怨[25]みをも怨みとも思はざるなり。蟻の殕子《カイご》に至るまで、哀れみ育む心深かるべしと申したり。『一念発起菩提心、▽二九 三左 勝於造立百千塔』の文の候ふも是なりや。一念と雖も菩提心を起こし、空観無生の信心を凝[26]らすべきなり」と仰せられければ、

【校異・訓読】 1〈書〉「惑」。2〈書〉「惑」。3〈書〉「是レ」。4〈底〉「後」字補入。〈昭・書〉通常表記。5〈昭・書〉「親」。6〈書〉「不」。7〈書〉「不リテ」。8〈書〉「霊教」。9〈書〉「早」。10〈書〉「被ラレ埋マ」。11〈書〉「乍ハ生」。12〈書〉「誓セン」。13〈昭〉「被ヒス埋」、〈書〉「被ヒヌ埋」。14〈書〉「喰」。15〈書〉「侍ヘ」なし。16〈書〉「位シ」。17〈書〉「賊」。18〈書〉「計」。19〈書〉「臨シ」。20〈書〉「而」。21〈書〉「不レ侍」。22〈書〉「被ラレ奇」。なお、「奇」は「棄」の異体字「弃」と字形が類似する。23〈書〉「堕地」。24〈書〉「元」。25〈昭・書〉「怨」。26〈昭・書〉「凝ラ」。

【注解】 **○而りながらも、是は皆、或は君に後れ進らせ、或は師に後れ、或は妻に別れ、子に後れし人々の歎きなり** 「是は皆」は、前節「女院の回想の語り③道心を発す例）」に見た、宗貞少将・藤原相如以下の諸例を指す。それらも皆、主君や師、妻子などを失って悲嘆を極めた人々であったが、それらと比べてもなお、自分の悲しみは特別なものであったと述べる。『宝物集』「老少不定の境なれば、親にをくれ、子にをくれ、妻にさき立、〔夫ニサキダチ、〕主にわかれ、師にわかるゝ人、おほく侍るめり」（新大系一二一頁）と関わるか。九冊本（一五五頁。「夫ニサキダチ」欠く）、本能寺本（七九頁。「子にをくれ」欠く）、一巻本（一三オ）・身延抜書本（七四～七五頁）同。〈延・盛〉及び〈国会〉にも近似の文があるが、〈延〉では、釈尊入滅の悲嘆などと対比して、自分の悲しみは「別モ世ノ常ナル別ニ似ズ、

歎モ一品ナル歎ニ非ズ」（巻十二―七二オ）と述べて先帝入水の回想に移り、安徳天皇は幼い身で遺骨も残さず亡くなったと述べ、「道心サメガタク侍ルハ、国母ノ衰ヘタルニマサレルハ候ハザリケルニヤ」（同七四オ～七四ウ）と語る。〈延〉における女院の不幸の特殊性は安徳天皇の死に重点があり、国母としての悲嘆である。『平家物語』の主題に関わる、建礼門院ならではの悲嘆であるといえよう。また、〈盛〉では、「生者必滅ノ道、愛別離苦ノ理ナレ共、此身ノ有様ハ昔モ今モタメシ少コソ候ヌレ。イカバカリカハ惜モ悲モ候シ」（6―四九二頁）と、自らの悲運を嘆くが、「去共不レ殺命限アレバ、一人残留テ、カノ後生菩提ヲ吊《ママ》（「弔」）候ヘバ、賢ゾ残留ニケル。貧女ガ一灯トカヤモカクコソト覚ヘ候。諸仏薩埵、争納受シ給ハザラン」（6―四九二～四九三頁）と、悲しみに耐えて生き延び、安徳天皇の菩提を弔っていることに話題が展開する。〈盛〉の場合、その後、自分がつらい体験によって仏道を志したことを述べる点は〈四〉に類似する面もあるが、韋提希夫人が現世に地獄・餓鬼・畜生を見たようであると嘆いたという話を転機として、自分は一度の人生で六道を見たという話に展開してゆく。さらに〈国会〉では、「わかれもたゞのわかれにあらず、なげきもつねのなげきにあらず」（一〇〇頁）と、自らの悲嘆の特殊性に言及し、「いよ〳〵きえいる心ちして、二ゐどのゝゆいごんもことはりなりとおもひ、人々のごしやうをもとはゞやとおもひ、いかならんしづかならんところもがなとこもりゐて…」（同前）と、自らの仏道への志と平家一門の人々への供養に集約されてゆく。〈四〉の場合、女院が自らの運命の悲惨さを強調し、それ故に道心を得たと述べる点は、〈延・盛〉や〈国会〉と類似する面もあるわけだが、〈四〉はこの後、次段以降の空観問答など、仏教知識の開陳に向かって行く。安徳天皇や平家一門の鎮魂供養よりも一般的な仏教理論に話題が向かい、女院自身が仏法の高みに至ったという面が強調されている点は独自というべきだろう。

○是は高倉院に後れ進らせ、入道大相国にも別れし我が身の、先帝、母の二位尼上を始め奉りて海底に沈み候ひぬる後は　類似の記事として、〈盛〉「今更不レ及レ申事ナレ共、階老同穴ノ昵ヲ成テ千秋万歳ト祝シ龍顔ニワカレ奉テ、幾程モナク父相国ニ後候ニキ。都ノ外ニ漂テ後ハ、又八条ノ尼公ニモ別、天津御子ニモオクレ奉ヌ。親キ人々ヲ始テ、有ト有シ者共唯一時ニ亡ニキ」（6―四九一～四九二頁）がある。夫・父との死別は巻六の新院崩御・入道死去、子・母との死別は、巻十一の先帝入水（壇浦合戦）をいう。次項注解参照。**〇親しき人々にも一度に後れ候ひし事**　壇浦における平家一門の人々の入水や、その後の重衡や宗盛の処刑を言うのだろう。前項注解に見た〈盛〉の記事は、重衡・宗盛には触れないようである。このような、親族との相次ぐ死別を女院の不幸の特殊性であるとする。もちろん事実に基づくわけだが、親族の相次ぐ死を語る物語としては、『玉造小町壮衰書』の主人公が、十七歳で母を、十九歳で父を、二十一歳で兄を、二十三歳で弟を失ったと語っていることが想起される（岩波文庫四七頁）。〈四〉及び〈盛〉は、そうした類型において女院を語ろうとしている面があるといえようか。**〇倩ら思ひ連け候へども、古物語にも伝へ聞かず。又、聖教の中にも承らざりき**　『平家物語』他諸本なし。女院の不幸の特殊性を、親族を次々と失ったという点で強調する。「聖教の中にも承らざりき」と言いつつ、次項以下では仏典に見える妙尼（微妙尼）に我が身をなぞらえる。**〇昔、妙尼と申す尼の者こそ、事有りて誓状を立て**　以下の「妙尼」の説話は『平家物語』他諸本なし。『宝物集』所載の微妙尼説話に関わるか。吉川本巻五に、次のようにある。

過去に、微妙尼と申者ありけり。宿命通を得て、昔のことを語て云、「我、昔長者の妻とありし時、一人の子をむまざりき。長者、子なき事をなげきて、又めをまうけたりき。彼つまのはらに、ほどなく一人の子をまうけたりき。この子にくゝ遺恨なりしかば、ひそかに、針をもつて頭をさしたり。その母、おどろきさはぎて、我をうたがひしかば、おほくのちか事をたてき。そのちか事、一もたがふ事なくて、生生世々におひき。今、宿命通をえたりといへども、頭より足の爪まで、針をつらぬく苦患有」とこそ語侍りけれ。（二五〇～二五一頁）

九冊本第六冊（三二三頁）同。身延抜書本第五分（一三五頁）・片仮名三巻本下巻（一五五～一五六頁）・一巻本下巻（七二頁）も同様だが、波線部「宿命通をえたりといへども」を、「羅漢ニ至レリトイヘドモ」（身延抜書本）とする。また、二巻本は「微妙尼」を「みみやうのあま」と仮名書き。一巻本なし。いずれも傍線部「おほくのちか事をたてき。そのちか事、一もたがふ事なくて、生生世々におひき」等とあるのみで、誓いの内容を具体的には記さないので、〈四〉次項以下の具体的な応報を記していない。渥美かをる・小泉弘・今井正之助が『宝物集』依拠箇所に数えていないのももっともだが、武久堅は、「その編入の契機は、これも宝物集の同類説話にあるように思われる」（一六九頁）と指摘する。〈四〉の「妙尼」は「微妙尼」の転化と見られ、この前後の記事が非常に多く『宝物集』に依拠していることを考えれば、これも『宝物集』を参照した記事である可能性は否定できない。『宝物集』新大系が指摘するように、微妙尼説話の原拠は『賢愚経』第三（大正四―三六七a～三六八c）。仏典類では、『法苑珠林』第五八（大正五三―七二五a～c）、『諸経要集』第九（大正五四―八〇c～八一b）、『衆経要集金蔵論』一・殺害縁第二（『金蔵論本文と研究』所収大谷大学本二一オ～二四オ。校訂本文四〇三～四〇五頁）など、日本では、『今昔物語集』巻二―三一、『三国伝記』巻一―一六、『金沢文庫本仏教説話集』（山内洋一郎『金沢文庫本仏教説話集の研究』汲古書院一九九七・11。二二二～二二七頁）、『説経才学抄』三十二「発心」（真福寺善本叢刊3。五五〇～五五三頁）に見える。阿羅漢果を得て過去を見通せるようになった微妙比丘尼が、自己の過去世を振り返る。過去、ある長者の妻が子を得ず、妾に子ができたのを妬んで頭に針を刺して殺す。自分に嫌疑がかかったために、「もし私が殺したなら、未来の世々にわたって、夫が毒蛇に噛まれ、子が水に流され、狼に食われ、自ら子の肉を食い、生きながら埋められ、父母が火事で死ぬなどの不幸があってもよい」と誓ったために、来世で地獄に生まれた後、人間の世でその通りの運命をたどったという話。〈四〉の本文が、内容的にこの説話を受けていることは疑いないが、『宝物集』と同じ説話を指していながら、要約のしかたがあまりにも違う。〈四〉本文は、『宝物集』以外の書を参照しなければ書けないものである。ただ、佐伯真一が指摘したように、『平家物語』諸本の『宝物集』依拠は、特にこの灌頂巻部分において、「『宝物集』から題材を拾いつつも、文章自体は必ずしも『宝物集』によりかからず、別途の取材源により、或は自前の知識によって書かれている」（一四九頁）と見られる例も少なくない。『宝物集』の記述は簡略なので、「あるテーマについて列挙すべき説話の題材を得るために『宝物集』を参考とする」（同一五〇頁）といった形で利用されやすいわけである。その意味では、ここも広い意味で『宝物集』依拠記事といえるのではないだろうか。　**〇父母をも一度に焼き死し**　前項注解に引いた諸書では、子を失った後で父母の焼死を知る。『今昔物語集』『説経才学抄』は、「失火」のためとし、『仏教説話集』は、「盗賊火難」のためとする。四本の中で、父母の焼死を誓言の中に記すのは、『仏教説話集』（但し、「世々ニ父母ニ一度ニ後レム」とする）と『説経才学抄』。『三国伝記』は父母の焼死を記さない。〈四〉がこれを先に記す理由は不明。　**〇三人の子共も虎狼に喰はれ、河に流れ、夫・子に後れ畢りて**　前々項注解に引いた諸書によれば、女は夫を毒蛇に噛まれて失った後、二児と連れて川を渡ろうとして、一児は川に流され、一児は狼に喰われる。ただ、『説経才学抄』は、二児を失った後「只乳飲子残《レリ》」（五五二頁）とするが、この乳飲子がどうなったのか記さない。〈四〉の「三人」は未詳だが、或いは、その後に別の梵志に嫁いで産み、喰わされた子を数えるのか、または『説経才学抄』が不明瞭ながら記す三人目の子に関わるか。なお、夫の死が毒蛇に噛まれたものであったことは諸書が一致するが、〈四〉がそれを欠くのは不審。誤脱の可能性があるか。　**〇我身は生きながら死せる夫に具して生きながら埋まれん』と誓ひし故に、現に生きながら死せる夫に具して埋まれぬ**　前掲の諸書によれば、子を失うなどの不幸の後、女はまた新たな夫に嫁いだが、その夫が亡くなるとその国の法で、共に埋められたという。『賢愚経』ではそれが繰り返されたとする。但し、『金沢文庫本仏教説話集』はこの件を欠く。なお、〈四〉では、四つの誓言（①父母焼死・②子の虎狼に食われ河に流される・③夫に先立たれる・④夫が死に、生きたまま埋められる）を約束するが、『今昔物語集』は③・②、『三国伝記』は③・②・④、『仏教説話集』は③・②・①、『説経才学抄』は③・②・⑤（殺された子の肉を食う）・④・①の五つの誓言を記す。〈四〉は⑤を欠く。　**〇父母は地獄に堕し、子共は虎狼に喰はれ、心憂き目を見るとぞ承りし**　前掲の諸書によれば、父母が焼け死んだことと微妙尼自身の堕地獄は記されるが（微妙尼は誓いを立てて死んでから一旦地獄に落ち、その後人間に生まれて苦難に会う）、父母の堕地獄については不明。また、「子共は虎狼に喰はれ」は、正しくは「子共は虎狼に喰はれ、川に流され」とあるのが良い。**〇我は先世の何かなる罪業に依りてか、是程に心憂き目を見るやらんと、悲しくこそ侍へ**　前世の悪業により苦しみを重ねた微妙尼と比べて、自分にはどのような悪因があったのかと問う。〈延〉では女院が安徳天皇の例の無い死の原因を問い詰め、平家一門の悪行に原因を求めるが、〈四〉では女院自身の運命に焦点が合わされるといえよう。**〇但し、非想天の八万劫の楽しみも終には奈梨の底へこそ入るなれ**　「奈梨《なり》」は「泥梨《ないり》」に同。奈落。以下、〈四〉独自異文が続く。但し、仏教的・類型的な語句が多く、他本の別の箇所に類例があることも多い。本項の類句は、〈覚〉では法皇・女院対面の最初の法皇の言葉「非《ヒ》想《サウ》の八万劫《ゴウ》、猶《ナヲ》必滅《ヒツメツ》の愁《ウレヘ》に逢《アヒ》、欲界《ヨツカイ》の六天、いまだ五衰《スイ》のかなしみをまぬかれず」(下―四〇一頁)。しかし、これは〈四・延・長・盛・南・屋・中〉にはない。湛睿説草「慈父旨趣初〈通用〉」の、「非想天人(「八」の誤りか)万劫之楽ヒ還テ催二スレ悲ヲ於無間之底一ニ」(『金沢文庫蔵国宝〈称名寺聖教〉湛睿説草』納冨常天、勉誠出版二〇一八・6。四五八頁)は〈四〉に近く、『二十五三昧式』「非想ノ八万、尚遭二ヒ必滅之憂一ニ、欲界ノ六天、未レタ免二レ五衰之悲一ヲ」(山田昭全①翻刻・二三五頁)は、〈覚〉に近いといえようか(なお、『二十五三昧式』は『六道講式』などとも呼ばれる。「六道語り③(餓鬼道・地獄道)」の注解「陸には敵多くして、山野広しと雖も休まんと欲るに所無し」参照)。いずれにせよ、『宝物集』依拠ではないようである。〈四〉と〈覚〉の関係は不明だが、特に直接関係を想定せずとも、著名な言葉として各々が引いたと考えてよいか。前項までは、悲劇的運命が発心の基となった話を連ね、それにしても自分の不幸は特別だったと嘆いていたのに対して、本項以下は、「いや、もし仮に現世で幸運に恵まれたとしても、それは意味の無いことなのだ」と思い返す文脈であり、次第に自己の体験の特殊性とは関係のない、仏教の一般論に傾斜してゆく。

〇倍して況んや人間界の習ひ、夢の内の楽しみ、幻の間の喜びなりと思ひ解けば　『宝物集』吉川本巻四「夢のうちの栄花なり。まぼろしのあいだの快楽なり」(一五九頁)に関わるか。『宝物集』では、今生の名利を捨てて、後世の準備をすべきという文脈中に引かれる。九冊本第四冊(二一〇二頁)、最明寺本(一三四頁)、身延抜書本第四分(九六頁）、身延零本（六ウ）、片仮名三巻本中巻（一〇一頁）同。二巻本なし。但し、現世を夢・幻に譬えるのは常套的な修辞なので、『宝物集』と関連づけなくともよいかもしれない。渥美かをる・小泉弘・今井正之助は『宝物集』依拠と指摘しない。以下、『宝物集』にも見える著名な句が続く。いずれも、『宝物集』に拠った可能性はあるが、断定しにくい。　**〇月の鼠の心を成し、羊の歩みの念を凝らし**　「月の鼠」「羊の歩み」は、極めて著名な句。『宝物集』にも吉川本巻三に「月の鼠、羊の歩みおもひしられて」（一〇九頁）とあるが、常識的な語句なので『宝物集』依拠と限定するのは難しい。渥美かをる・小泉弘・今井正之助も、『宝物集』依拠と指摘しない。「月の鼠」は、象や虎に追われて穴に落ち、かろうじて草の根をつかんだ男の、その草の根を鼠がかじっているという比喩。鼠は刻一刻と過ぎて行く時間の比喩。『衆経撰雑譬喩経』上・八（大正四―五三三a～b）等の仏典、『俊頼髄脳』（新編日本古典文学全集一〇四～一〇五頁）など、非常に多くの文献に見られる句。次段「女院の説法（①空観問答）」の注解「露の命草葉にこそは懸かれるを…」参照。「羊の歩み」は、「屠所の羊」に同じ。「屠所にひかれてゆく羊のような、力ない歩み。刻々、死に近づくことのたとえ」（〈日国大〉）。『大般涅槃経』（北本）巻三八「如二囚趣レ市歩歩近レ死。如下牽二牛羊一詣中於屠所上」（大正一二―五八九c。南本・一二―八三七bも同文）。〈延〉巻十二「羊ノ歩ミ近付テ親ニ先立子々ニ先立親…」（五五ウ）、〈盛〉巻三十八「小水ノ魚ノ沫ニ喩ガ如ク、客舎ノ羊ノ屠所ニ歩ニ似タリ」（5―四一二頁）など、『平家物語』諸本でも例は多い。なお、日本における羊の飼育は、江戸時代に少しずつ広まるが、中世まではまれに輸入された羊があった程度と見られる（小林祥次郎・六六～六七頁）。経典類の中には「羊」ではなく「牛」とする例も少なくないが、和文の中では「羊の歩み」が一般化してゆく。経典類に基づいて、日本人が実見することのなかった羊を言う観念的な語としての「羊の歩み」が成立してゆくことについては、寺尾美子（五六～五七頁）、斎藤真麻理（一五五～一五六頁）などの指摘がある。　**〇出づる息入る気を待たず**　『宝物集』吉川本巻二「出る息入息をまたず」（五六頁）。九冊本第二冊（七二頁）、身延抜書本第二分（三〇頁）、片仮名三巻本上巻四六頁、二巻本上巻（二七頁）、一巻本

(六ウ)同。小泉弘一七八頁、今井正之助(一九頁)は、『宝物集』依拠と指摘する。但し、これも極めて著名な句で、例えば〈覚〉巻一「祇王」にも、出家した仏御前の言葉として「出るいきの入るをもまつべからず」(上―二七頁)とある。特に『宝物集』依拠と限定はできない。なお、この句の原拠としては、諸注が記すように『往生要集』巻上・大文第二・五、思想大系『源信』六二頁(原文三三八頁)に「経言、出息不レ待二入息一、入息不レ待二出息一」と引くのが古いようだが、「経言」とはあるものの、同書頭注が言うように、この語そのものを引く経典等は不明。なお、『白氏文集』巻十「寄元九」(〇四四九)に「昼夜往復来。疾如二出入息一」とあり、速いことの比喩として「出入息」が用いられているが、生死の比喩ではない。　**○蝸牛の角の上に幾くの楽しみ有らん**　『宝物集』吉川本巻六(三〇〇頁)「蝸牛の角の上の争ひ、よそにおもふ事なく、石火の光の間の楽、着する事なかれ」。九冊本第八冊三八八頁同。原拠は『白氏文集』巻五十六「対酒五首」の二(二六七七)「蝸牛角上争二何事一、石火光中寄二此身一」。『和漢朗詠集』巻下・無常にも引かれて著名。これも諸書に頻出するため、『宝物集』依拠かどうかは定め難いが、強いて言えば、「蝸牛の角の上の争ひ」とするのが本来なので、〈四〉の「蝸牛の角の上…楽しみ」は、『宝物集』の「蝸牛の角の上の争ひ…石火の光の間の楽しみ」の傍線部をつなげたもののようにも見える。　**○官も位も何ならず。万の財も身に副はず。死ぬる時は只涙ばかりを友と為て、暗き道に迷ふ**　次項に見る偈や、『宝物集』がそれに続いて引く「摩訶止観には、冥々独行、誰訪二是非一、所有財産、徒為二他有一」(八七頁。この句は〈延〉巻六―三九ウにも引かれる)などにより、作られた文か。　**○此の故に釈尊は、『妻子珍宝及王位、臨命終時不随身』と説かれたり**　『宝物集』吉川本巻二、死苦の条に、「大集経に云、妻子珍宝及王位、臨二命終時一不レ随レ身、唯戒及施不放逸、今世後世為二伴侶一」(八七頁)とあり、この偈の前半を引いたものか。九冊本第二冊(一一一頁)、身延抜書本第二分(五三頁)同。二巻本上巻(四〇～四一頁)も仮名書ながら同様。片仮名三巻本・一巻本なし。また、吉川本巻二、仏法こそ宝の条に、「妻子珍宝及び王位、後世まで身につく事にあらず」(五三頁)とあり、この該当部は片仮名三巻本上巻(四二～四三頁)にもあり。「不随身」

〈二巻本「ふずいじん」〉は、原拠とされる『大集経』一六〈大正一三・一〇九a〉には「無随者」とあり、『往生要集』巻上・大文一・七、思想大系四三頁〈原文三三三頁下段〉には「大集経偈云」として「不随者」とある〈『宝物集』新大系八六頁脚注二〇指摘〉。この句、『古事談』巻一—二〇、『十訓抄』六ノ一〇、『古今著聞集』巻一三—四七二話の花山院出家説話や、『太平記』巻二一「先帝崩御事」〈旧大系二—三四二頁〉、『万法甚深最頂法要』巻中〈大日本仏教全書新版二一—三四三上〉にも「不随者」。『榻鴫暁筆』にも「誠に妻子珍宝及王位、臨命終時不随身」〈五〇頁〉の例があるが、〈四〉と『宝物集』諸本の「不随身」は、微細ながらやや特徴的な一致なのかもしれない。**〇而れば白居易の詞にも、『何づれの日、何づれの時、出入の息再会を待たずして永く隔て、何づれの野辺、何づれの山の麓に棄てられ、身躰は処々に散在して、泥塊に交らんと欲らん』**『宝物集』依拠か。吉川本巻二の次の傍線部と重なる〈六三頁〉。

太子賓客白楽天は、「人生の一百年、かぞふれば三万日、その百年をたもつものは百にひとつもなし」となげき、首楞厳院の明賢阿闍梨は、「たとひ八十の齢をたもつ、連日をかぞふれば、二万八千余日。いはんや、なかばすぎぬるもの、いつをまつとかせん。いづれの日いづれの時、出入の息、再会を待事なく、ながくへだてて、いづれの野のあいだいづれの山の麓に捨られ、身分所々に散在して、泥塊にまじはらんとすらん」と申ところぞかし。

この引用部分は、九冊本第二冊〈八〇～八一頁〉、身延抜書本第二分〈三五～三六頁〉、片仮名三巻本上巻〈四九頁〉同様。〈四〉は「何づれの日、何づれの時…」以下を「白居易の詞」とするが、右記『宝物集』諸本では、「いづれの日いづれの時…」以下は白楽天の言葉とは区別され、波線部「首楞厳院の明賢阿闍梨」の言葉である。しかし、二巻本上巻〈三〇頁〉は、〈四〉と同様、「明賢阿闍梨」の名を欠き、白楽天の言葉として「いづれの野べ…」以下を記す。

たうのたいしのひんかくはくらくてんは、人むまれて百ねんをたもつといへども、日のかずをかぞふれば三まん六千日なり。その百ねんをたもつものは、百人のなかに一人もかたし。らうせうふぢゃうのさかひなれば、いのちつきていづれの野べいづれの山のふもとにかすてられて、五たいところぐ〳〵にさんざいして、つちあくたとならんずらん。
一巻本なし。小泉弘（一七八頁）・今井正之助（一九頁）は『宝物集』依拠と指摘。右の引用のうち、「白楽天」云々は『白氏文集』巻十・対酒「人生一百歳、通計三万日。何況百歳人。人間百無レ一」（〇四七〇）によると見られる（新大系など指摘）。一方、「明賢阿闍梨」云々は、明賢作『誓願講式』によるものであることを、山田昭全②が指摘している（一六二頁）。『誓願講式』該当本文は、「設ヒ有《アレ》レトモ持二コト八十ノ算《サン》一ヲ者、連持ノ日ヲ算《カソフ》レハ纔《ワツカ》ニ二万八千八百七十余日也。況ヤ過二ナン年シ半一ハ者ノ残ノ命無レシ幾ハク。（中略）何ノ日何ノ時ニカ於出入ノ息キ無レキ待コト再会永ク隔テン哉。何ノ野ノ間山ノ麓ニカ被レテ奇身《ス》ハ分処々ニ散在シテ交二テ泥塊《クキ》ニ一為《ナラン》レスラン塵ト」（山田昭全②翻刻・一七七頁）。大島薫は、それを踏まえて第二種七巻本的な形態が先行であり、「明賢阿闍梨」云々を消してしまった二巻本の形はその簡略化であるとする（四七頁）。従うべきであろう。問題は、二巻本系と同様に「明賢阿闍梨」云々の無い〈四〉の形が、如何にして生じたかということである。〈四〉は「明賢阿闍梨」云々を欠くという意味では、一見、二巻本系によったようにも見られるが、二巻本系の本文では「何づれの日、何づれの時…再会は永く隔てたり」を欠き、〈四〉本文と十分に重ならないので、現存二巻本への依拠と見ることはできない。吉川本など主流の本文を〈四〉作者の側が誤解したと考えておくのが穏当ではあろうが、想像をたくましくすれば、二巻本系統の祖本に〈四〉本文の典拠としてふさわしい本文があったと考えることも全く不可能ではない（なお、平仮名三巻本上巻・古典文庫六〇～六一頁は二巻本と同じ）。　**〇大方は生死に流転して、出離の方法を知らず**　以下、「…『墜堕三悪道、輪廻六趣中』と説かれたり」まで、『宝物集』依拠。吉川本巻二の本文は、次のとおり（仏法を宝として六道を説く部分。六六頁）。

無始の生死より、諸仏の出世の利益にもれて、車の庭にめぐり、鳥の樹に居るがごとくに、六趣に輪廻するは、仏法の宝をまうけざりしゆへなり。法華経に、墜堕三悪道、輪廻六趣中と侍るは、この心に侍るべし。

九冊本第二冊（八四～八五頁）、身延抜書本第二分（三七頁）同。片仮名三巻本上巻（五一頁）・二巻本上巻（三二頁）は異

同あり〈次項注解参照〉。一巻本は「無始生死ヨリコノカタ、諸仏之出世ノ利益ニモレテ、空ク六道ニ輪廻スルコトハ、一度モコノ道心ヲヲコシテ出家入道セザリシユヘナリ」（二五ウ）とあり、前半が、『宝物集』引用部と重なるが、〈四〉とは重ならない。小泉弘（一七八〜一七九頁）・今井正之助（一九頁）は『宝物集』依拠と指摘。〈四〉の場合、本節前半までは自己の不幸の特殊性について述べていたが、このあたりではすっかり仏教の一般論を述べている。**○鳥の林に居るがごとく、車の庭を廻るに似たり** 前項注解に引いた吉川本では、「車の庭にめぐり、鳥の樹に居るがごとく」の順序で（九冊本・身延抜書本も同様）、〈四〉とは逆であった。しかし、片仮名三巻本上巻では「鳥ノ木ニ居、車ノ庭ニ回ルガゴトクニシテ」（五一頁）、二巻本上巻では「鳥のはやしをはなれず、くるまのにはにめぐるがごとくにして」（三二頁）とあり、この点の順序が〈四〉と同じである。〈四〉の依拠した『宝物集』の本文系統を考える上で、注意すべき材料の一つだろう。**○無始より以来今日今時に至るまで、憂き事にも値ひ、悲しき事にも値ふ** 前後が『宝物集』と一致する記事の中で、本項は『宝物集』本文とぴったり一致はしない。しかし、前々項注解に引いた『宝物集』の「無始の生死より」や、輪廻を説く前後の文章の趣旨から作られた文か。「無始」は「はじめがないこと。無限に遠い昔。転じて、遠い過去。大昔」（〈日国大〉）。**○或る世には大梵王宮の位にも付き、或る世には人界に生を得と雖も、適ま貧窮下賤の家に生まれて、仏法僧の名字をだに知らず** 前項同様、『宝物集』の前掲引用部にはない文。但し、『宝物集』前掲引用部の少し前に、吉川本巻二では、「大梵王宮の深禅定のたのしみも、仏法を修行せずは、なににかはし侍るべき」（六四頁）とある。九冊本第二冊（八二頁）、身延抜書本第二分（三六頁）、片仮名三巻本上巻（五〇頁）同。二巻本・一巻本なし。今井正之助（一九頁）は『宝物集』依拠とする〈四〉の独自依拠Mの中に含める）。「大梵王宮」の語以外は一致しないが、このあたりの文章や「たま〳〵うけがたき人身をうけ、あひがたき仏法にあひ奉り」（吉川本巻二。六〇頁）といった文の趣旨を汲んで書かれている可能性はあろう。「大梵王宮」は梵天王の住む宮殿。〈名義抄〉「適　タマ〳〵」（仏上五〇）。**○此の故に法華経には『墜堕三悪道、輪廻六趣中』と説かれたり**

前掲注解「大方は生死に流転して…」項に見たように、『宝物集』依拠。前掲引用部の吉川本「法華経に、墜堕三悪道、輪廻六趣中と侍るは、この心に侍るべし」（六六頁）は、九冊本第二冊（八五頁）、身延抜書本第二分（三七頁）、片仮名三巻本上巻（五一頁）、二巻本上巻（三二頁）同様。一巻本なし。小泉弘（一七八〜一七九頁）・今井正之助（一九頁）は『宝物集』依拠と指摘（今井は〈四〉の独自依拠記事Mに含める）。「墜堕三悪道、輪廻六趣中」は、『妙法蓮華経』巻一方便品「以二諸欲因縁一、墜二堕三悪道一、輪二廻六趣中一、備受二諸苦毒一」（大正九―八b）。衆生が欲望に執着することにより、餓鬼・畜生・地獄の三悪道に落ち、あるいは六道を輪廻して苦しむ意。

〇何かに為ても菩提の種を説くべけれども便りも无し　文意がわかりにくい。前項までの文脈は、女院自身の不幸→現世の幸・不幸の無意味→仏法無しには輪廻を出離できない→出離のためには菩提心が必要。といったことになろうか。その延長で考えれば、本項の文意は「何としても菩提心の種を説くべきだが、その方法も難しい」といったところか。こう言いつつ、次項からは「菩提心とは何か」を説明してゆく。

〇菩提の種とは慈悲の心、是なり　『宝物集』依拠か。吉川本巻四「道心といふは菩提心なり。菩提心と云は大悲の心なり」（一四九頁）。九冊本第四冊（一九〇〜一九一頁）、最明寺本（一二一頁）、身延抜書本第四分（九〇頁）、身延零本（一オ）、片仮名三巻本中巻（九四頁）ほぼ同。二巻本・一巻本なし。渥美かをる・小泉弘・今井正之助は『宝物集』依拠と指摘しない。『宝物集』に依拠せずとも書ける文だろうが、この前後の〈四〉本文の『宝物集』との関わりの深さから見て、『宝物集』に拠っている可能性は否定できない。以下、菩提心を説く。仏法に志すとは菩提心を持つことだというわけで、さらに本段末尾から次段にかけて「空観」の話題へと移ってゆく。内容は一般的な仏教理論であり、語り手が女院である必要は無い。女院は特異な人生経験故に深く仏道を志し、深い悟りと知識を得たのだという造型ではあろうが、『平家物語』諸本で女院が語る「六道語り」「恨み言の語り」「安徳天皇追憶の語り」が、いずれも自分自身の痛切な体験に基づく語りとして展開されているのに比べると、特異な印象は否めない。また、典拠としている『宝物集』が、仏教の説明を体系的に組み立てているのに比べても、〈四〉がこの後、「菩提心」から「空観」へと話を進めて行くのは、話題のつながりがわかりにくい。おそらく、〈四〉の最終的改作を行った編者にとって、これらの話題が重要な意義を持っていたものと思われるが、どのような理由で重要だったのかは未詳。　**〇慈悲の心とは怨みをも怨みとも思はざるなり**　「菩提心とは慈悲の心である」という前項に続いて、「慈悲の心とは怨みを怨みとも思わないことである」とする。ただ、この後に引き続いて「怨み」に関わる事例が提示されるわけではないので、文脈をたどりにくい。『宝物集』では、前項引用部で「道心」即ち「菩提心」とは「大悲の心」であると説明した後、「心は野馬のごとし、しづめて道心をおこせ」（一四九頁）云々と、悪い方向に傾きがちな自分の心をいかに修めて道心を起こす方向に向けるべきかが語られてゆくが、「怨み」は特に問題とされない。　**〇蟻の殍子に至るまで、哀れみ育む心深かるべしと申したり**　『宝物集』依拠か。吉川本巻五「不殺生と申は、物の命をたゝぬ事、蟻のかひ子そらころすべからず」（一九四頁）。五戒のうち、殺生戒を説く文脈。九冊本第五冊（二四七頁）、身延抜書本第五分（一〇九頁）、身延零本（二四ウ）、片仮名三巻本下巻（一二四頁）同。二巻本・一巻本なし。渥美かをる・小泉弘・今井正之助は『宝物集』依拠と指摘しない。原拠は『大方広仏華厳経』巻四十九「善男子、当レ知。我身口意、乃至二蟻子一不レ生二害心一。何況人耶」（大正九―七〇八c）か。「善男子よ、知るべきだ。私の体と口と心は、蟻の子に対してすら害を加えようとする心を生じない、まして人に対しては言うまでも無い」の意。「かいご」は「殻子《かい》」の意（〈日国大〉）で、卵のこと。〈名義抄〉「卵　カヒゴ」（僧下―七三）。『箋注倭名類聚抄』「陸詞曰、卵〈音嬾加比古（以下割注略）〉鳥胎也」（巻七―四二ウ）。蟻の卵はごく小さなものの例示であろう。

〇『一念発起菩提心、勝於造立百千塔』の文の候ふも是なりや　『宝物集』依拠か。但し、吉川本巻四は、「一念菩提心をおこす功徳、百千の堂をつくるにすぐれたり」（一五〇頁）と、書き下しの形で記す。九冊本第四冊（一九一頁）・身延零本（一ウ）同。最明寺本（一二二頁）・身延抜書本第四分（九〇頁）・片仮名三巻本中巻（九五頁）も同様だが波線部「塔」。二巻本（下巻五四頁）は仮名書。一方、一巻本が「一念発起菩提心、勝於造立百千塔ト申テ侍メレバ」

（二五ウ）と、〈四〉と同文の偈の形を保つ点は注目すべきだろう。小泉弘（一七九頁）・今井正之助（一九頁）は『宝物集』依拠と指摘。『宝物集』新大系脚注は典拠として『往生要集』巻上・大文四の三が『出生菩提心経』（大正一七─八九三a）の引用として記す「皆悉造レ寺求レ福故、復造二諸塔一如二須弥一、不レ及二道心十六分一」（思想大系『源信』一〇七頁、原文三五〇頁）を挙げるが、詞章としては大きく異なる。「一念発起菩提心」の句は、例えば謡曲「卒都婆小町」に「一念発起菩提心、それもいかでか劣るべき」（旧大系『謡曲集』上─八四頁）とあり、旧大系補注四一が指摘するように、『万法甚深最頂仏心法要』巻下に『菩提心論』の句として「菩提心論ニ云《ク》、一念ニ発起《スル》菩提心。勝《レタリ》レ於《ヨリ》レ造二立《スル》百千塔一《ヲ》云々」（大日本仏教全書新版二─三五一上）とある。また、『謡曲拾葉抄』巻九「卒都婆小町」条に「華厳経曰、一念発起二菩提心一、勝三於造二立百千塔一、宝塔破壊成二微塵一、菩提心熟即成二仏道一矣」（日本文学古註釈大成─三五〇～三五一頁）、『説経才学抄』三十二「発心」にも、「花厳経云、一念発起菩提心、勝於造立百千塔」（真福寺善本叢刊3、五四六頁）と同様に見える。しかし、織田得能『仏教大辞典』「一念」項が、この句は『華厳経』にはなく「必ず我朝古徳の作たるべし」（八〇頁）と指摘するように、和製の句か。こうした句が中世には流布していたのだとすれば、『宝物集』の典拠を『往生要集』に求める必要はない。また、〈四〉の成立期にはこの句が既に流布していたと考えるならば、〈四〉の依拠した『宝物集』についても、一巻本的本文によったと考える他に、他諸本のような書き下しの形によりつつ、世間流布の常識によって漢文体で記したと考えることもできるかもしれない。とはいえ、一巻本との一致はやはり留意すべきだろう。　**○一念と雖も菩提心を起こし、空観無生の信心を凝らすべきなり」と仰せられければ**　「菩提心」に続いて「空観無生の信心」が提起される。次段「女院の説法（①空観問答）」で見るように、実定の「空観無生の法門とは何か」という問いにつながり、「空観」について長々とした語りを引き出すものだが、これまでの語りとのつながりはわかりにくい。「空観」は、「一切の存在はそれ自体の本性がなく、固定的に実在するものでないという真理を観想する方法。一切の存在を空（実体がない）と観ずる立場（以下略）」（中村元『広説仏教語大辞典』)。「無生」は、「生ずることがないこと。物事の本質が空であるから、生滅変化することのないのをいう(以下略)」(同前)。どちらも一般的な仏教語であり、仏典の用例は非常に多いが、「空観無生」と連続した形では、「SAT大正新修大蔵経テキストデータベース」でヒットしない。『宝物集』では、「空観」は吉川本巻六(二八九頁)に、「次に空観と申は、色即是空の思ひをなして、諸法を空とし、無大無小の観をいたして、一切有と思はぬなり」云々と説かれるし、巻二の「仏法こそ宝」論の冒頭に、「田舎山寺にしばし侍りしに、諸法を空なりと観ずるこそ、仏法の大意とは申とぞ承りしか」(五四頁)と述べ、さらに「諸行を空と観じて、仏法を宝とおぼすべき也」(同五五頁)とあるように、「諸法」(諸行)を「空」と観ずることを仏法の基礎としている。このあたりが〈四〉に影響を与えている可能性は考えられよう。しかし、「無生」はこのままの語形では見当たらず、「空観無生」という言葉もない。また、真理を観想する方法としての「空観」も、『宝物集』全体としては特に重視されているようには見えない。本段末尾から次段にかけて、〈四〉は女院の口を借りつつ、『宝物集』に依拠して独自の仏教論を展開するが、その志向するところについては未解明の面が多い。なお、山添昌子は、「四部本に見える「空観無生法門」の論理は、空海のたてた六大(又は真言)無礙論を、天台浄土教々理へ転注すれば成立するものである」(七五頁)とするが、「空観」の論理自体は仏教一般に共通するものであり、このように特定の宗派や理論によって説明するのは無理だろう。

【引用研究文献】

＊渥美かをる「四部合戦状本平家物語灌頂巻「六道」の原拠考―宝物集との関係を中心に―」(愛知県立大学文学部論集(語学・文学)二〇号、一九六九・12。『軍記物語と説話』笠間書院一九七九・5再録。引用は後者による)

＊今井正之助「平家物語と宝物集―四部合戦状本・延慶本を中心に―」(長崎大学教育学部人文科学研究報告三四号、一九八五・3)

＊大島薫「宝物集諸本の検討―二巻本系本文の位置をめぐって―」(関西大学国文学六七号、一九九四・11)

＊小泉弘『貴重古典籍叢刊8　古鈔本宝物集　研究篇』（角川書店一九七三・3）
＊小林祥次郎『日本古典博物事典　動物篇』（勉誠出版二〇〇九・8）
＊斎藤真麻理『異類の歌合　室町の機智と学芸』（吉川弘文館二〇一四・4）
＊佐伯真一「「畜生道」語りと『宝物集』」（『延慶本平家物語考証・三』新典社一九九四・5）
＊武久堅「読み本系諸本の成立と展開」（解釈と鑑賞別冊『講座日本文学・平家物語・上』至文堂一九七八・3）
＊寺尾美子「羊のあゆみ出典考―『中務内侍日記』から遡る―」（駒沢大学大学院国文学会・論輯一七号、一九八九・2）
＊山添昌子「『四部合戦状本平家物語』灌頂巻における建礼門院像とその形成過程」（『女性と文化Ⅱ―新しい視点から考える―』人間文化研究会、ＪＣＡ出版一九八一・12）
＊山田昭全①「共同研究二十五三昧講式」（大正大学綜合佛教研究所年報四号、一九八二・3。『山田昭全著作集・一　講会の文学』おうふう二〇一二・1再録。引用は後者による）
＊山田昭全②「明賢作『誓願講式』をめぐって―報告並びに翻刻―」（日本仏教史学一五号、一九七九・12。『山田昭全著作集・一　講会の文学』おうふう二〇一二・1再録。引用は後者による）

女院の説法（①空観問答）

【原文】

[1]被申後徳大寺左大将実定卿可然今度参御友候承菩提心謂候ヌ[2]抑申空観無生法門候何様事哉具申下ヘ承候乎実被

仰加[3]様候時コソ[4]中々申シ無由事悔思候ヘ▽二九四右昔奉シ見馴昵《ムツヒ》只世中無基事無[5]ナ何候ヘ申事自本業障重ケレ受女身然[6]闇[7]ク瑜珈唯識天台花厳モ不シ[8]曝モ眼空観次第争可知候乍去リ問セ下事ナレ無ケレ伝承処可申片[9]物端計先ツ諸法観空事一切諸法皆悉〔空〕[10]寂シ無生無滅無大無小被説法華経可此心而レ[11]生モ生▽二九四左不可思無[12]生久人故[13]死[14]モ々不可思雖死シ流転生死故思[15]之無貴モ無賤モ無貧モ無富[16]不可誇[17]不可悲而延喜帝モ聞[18]ヘ下シ賢王迷途値下シ日蔵上人時上人奉下ケレ敬之冥途無羅以為主上人勿[19]敬下我被仰不[20]シ持菩提種国王大臣[21]モ貧人而法華方便品被ケ説見▽二九五右六道衆生貧窮[22]無福恵コソ而大論大誇大咲可大悲大歎故申[23]シ実我身上少シモ無違事心御在サン人皆不申[24]サ目前事ナレ此身[25]有様空観次第不可思寄事也

　思知人モ在ナリ世ノ中ニイツヲイツトテ急サルラン

公任大納言被シ読理也

▽二九五左帰日ヲイツマテ草ノイツマテカイツマテ家ノアラントハセン

実離[26]根草且[27]シモ不留自石中出火[28]〔光〕[29]間モ難知而[30]レ金剛般若経

　一切有為法　如夢幻泡影　如露亦如電　応作如是観〈被説〉

　世[31]中[32]ヲ何譬エン秋ノ田ノホノカニ照ス宵ノ電ト

云ヘル可此心而[33]レ無言太子八十歳[34]マ不物[35]モ言不[36]シ▽二九六右預十善位析[37]殿昌太子七度マ辞位観[38]諸行無常故昔阿難至舎[39]利弗〔衛城〕乞食シ返[40]下ヘ或咽涙云フ只今死有処[41]或有只今葬送処[42]如是乍七所有思浅猿阿難白仏言我今至舎衛城七処乞食乍七処其家者或別親或別妻生死習見浅猿事候被▽二九六左申仏告阿難言我[43]ラ自モ其見ツレ浅猿事七処乞食シ返見[44]ル乍七処無ク何事モ有不思議被仰以此等謂レ可[45]レ知レ食生死無常付モ飛花落葉観シ我身無常見[46]モ草葉露[47]浮《アタ》観シ世中不定事可思有為無

常斯為師[48]モ多侍[49]リ
此世社思知ヌレ桜花サクカトスレハ[50]根ニ返宛
▽二九七右
花蔵院法印被読理也
露ノ命草葉ニ社ハ被[51]懸[52]月ノ鼠ノ騒哉
憂世中為師先出来候事ナレ加様不ヌ珍ラ申セ事憚多ク候[53]ヘ聞空観由被仰空観付宗々不同一篇非可申定先打任付世間無常観大方可シ如此被ケレ仰

【釈文】

[1]後徳大寺左大将実定卿申されけるは、「然る**べし**。今度、御供（友）に参り候ひて、菩提心と謂ふことを承り候ひ**ぬ**。[2]抑《そもそ》も、空観無生の法門と申すは何様《いかやう》なる事にて候はん**や**。具《つぶ》さに申し**たまへ**。承り候はん**や**」。「実に、[3]加様に仰せ**ら**れ候ふ時**こそ**、[4]中々申**し**ても由無き事なれども、悔しくこそ思ひ候**へ**。▽二九四右 昔見馴れ昵《ムツ》**び**奉り**し**も、只世の中の墓（基）無き事なり。[5]何《なに》と無き申し事にて候**へ**ども、本**より**業障重**ければ**、女身を受けたり。[6]然れば瑜伽（珈）・唯識にも闇《くら》[7]**く**、天台・花厳に**も**眼[8]を曝《さら》さざり**し**かば、空観の次第、争か知り候ふ**べ**き。去**りながら**、問は**せたま**ふ事**なれ**ば、伝へ承る処とては無**けれ**ども、片端[9]**ばか**りを申す**べ**し。先**づ**諸法観空の事は、『一切諸法は皆悉く空寂[10]に**し**て、生も無く滅も無く、大も無く小も無し』と、法華経には説かれたり。此を心とす**べ**し。[11]而**れ**ば生を**も**生と思ふ**べから**ず。▽二九四左 生久しき人無き[12]が故なり[13]。死[14]を**も**死と思ふ**べからず**、死**し**たりと雖も生死に流転せるが故なり。之を思へ[15]ば、貴**も**無く賤**も**無し、貧**も**無く富[16]も無し。誇る**べから**ず、悲しむ**べ**[17]**から**ず。

而れば、延喜の帝も賢王と聞[18]こえ(へ)たまひしかども、迷途にて日蔵上人に値ひたまひし時には、上人之を敬ひ奉りたまひけれども、『冥途には罪(羅)無きを以て主と為《す》。上人我を敬[19]ひたまふ勿《なか》れ』と仰せられけり。菩提の種を持[20]たずしては、国王大[21]臣も貧人なり。而れば法華方便品には『▽二九五右見六道衆生、貧[22]窮無福恵』とこそ説かれけれ。而れば大論には『大誇大咲、可大悲大歎故』と申[23]しけり。実に我が身の上に少しも違ふ事無し。心御在さん人には皆申[24]さずとも目前の事なれども、此の身の有[25]様には、空観の次第、思ひ寄るべからざる事なり。

思ひ知る人も在るなり世の中にいつをいつとて急がざるらん

と、公任大納言の読まれしも理なり。

▽二九五左帰る日をいつまで草のいつまでかいつまで家のあらんとはせん

実に、離[26]根草の且[27]しも留まらず、石中より出づる火[28]の光[29]の間も知り難し。而[30]れば金剛般若経には、

一切有為法　如夢幻泡影　如露亦如電　応作如是観

と説かれたり。

世[31]の中[32]を何に譬へ(え)ん秋の田のほのかに照らす宵の電《いなづま》

と云へるも、此の心なるべし。而[33]れば、無言太子の八十歳[34]まで物[35]も言はず、▽二九六右十善の位に預[36]からじが料[37]、殿昌太子の七度まで位を辞せしも、諸行を無常と観[38]ぜし故なり。

昔阿難、舎[39]衛城に至りて乞食して返[40]りたまへば、或は涙に咽びて『只今死せり』と云ふ処[41]も有り、或は只今葬送せる処[42]も有り。是くのごとく七所ながら浅猿《あさま》しき思ひ有り。阿難、仏に白して言はく、『我今舎衛城

に至りて、七処にて乞食せしに、七処ながら、其の家の者、或は親に別れ、或は妻に別る。生死の習ひ、浅猿しき事と見えて候ふ』と▽二九六左申されければ、仏阿難に告げて言はく、[43]『我自らも其の浅《あさま》猿しき事を見つれども、七処乞食して返りて見[44]るに、七処ながら何事も無く、不思議有り』と仰せられけり。

此等の謂れを以て、生死の無常を知[45]し食すべし。飛花落葉に付けても我身の無常を観じ、草葉の露の[47]浮《アタ》なるを見[46]ても世の中の不定なる事を観じ、有為無常を思ふべし。斯かる為[48]師《ためし》も多く侍り[49]。

此の世こそ思ひ知りぬれ桜花[50]さくかとすれば根に返りつつ

と、▽二九七右花蔵院法印の読まれけるも理なり。

露の命草葉にこそは懸[51]かれるを月[52]の鼠の騒ぐなるかな

憂き世の中の為師《ためし》、先づ出で来候ひし事なれど、加様に珍《ラ》しからぬ事を申せば憚り多くこそ候[53]へ。空観を聞きたまはん由仰せられけれども、空観は宗々に付きて不同なり。一篇に申し定むべきに非ず。先づ打ち任せては、世間の無常を観ずるに付けても、大方此くのごとくなるべし」と仰せられければ、

【校異・訓読】 1〈底・昭・書〉「被中後徳大寺左大将実定卿」。語順からは、「後徳大寺左大将実定卿」が目的語に見えるが、文意から主語と見た。2〈書〉「候」。3〈昭・書〉「加レ様」。4〈書〉「時ッ」。5〈書〉「何」。6〈書〉「然ク」。7〈書〉「暗ク」。8〈底・昭〉「不シ曝モ眼」の「モ」は「眼」の下にあるべきか。〈書〉「不レ曝シ眼」。9〈底〉「片」の下に「物」を書いて見せ消ち、下に「端」。〈昭〉「片」の下に「物」を書きかけてやめ、下に「端」。〈書〉「行物端」。10「空」は〈底・昭〉右傍に書いて補入。〈書〉通常表記。11〈書〉「而シ生シ」。12〈昭〉「無キ」。13〈書〉「故故」。14〈書〉「死」。15〈昭・書〉「思ヘ」。16〈昭・書〉「富モ」。17〈書〉「可不」。18〈書〉「聞下ヘ」。19〈書〉「勿下敬」。20〈昭・書〉「不持」。21

〈書〉「大人モ臣」。22〈書〉「貧賤窮」。23〈昭〉「申」。24〈書〉「申セ」。25〈底・昭〉「有有様」として、「有」一字見せ消ち。〈書〉「有様」。26〈書〉「離根」。「草」を欠く。27〈書〉「旦シモ」。28〈書〉「谷」。29〈底・昭〉「光」補入。〈書〉通常表記。〈書〉「而」。31〈底・昭〉は「世中ヲ…」歌を改行して記すが、〈書〉は「応作如是観〈被説〉」の下に追い込んで記す。30〈昭・書〉「而」。32〈昭〉「中ラ」。33〈書〉「而シ」。34〈書〉「歳」。35〈書〉「物」。36〈底・昭〉「不シ預」か「不モ預」か微妙。〈書〉「不シ預」。37〈底・昭〉「析」は「料」の異体字。〈書〉「断」。38〈書〉「観下ヘ」。39〈底〉「舎利弗」の「利弗」を見せ消ち、傍書「衛城」。〈昭〉「舎」の下二字空白、傍書「衛城」。〈書〉「舎衛城」。40〈書〉「返」。41〈昭・書〉「処モ」。42〈昭・書〉「処モ」。43〈底・昭・書〉「我ラ自モ」。44〈書〉「見シ」。45〈底・昭・書〉「可レ知レ食」。46〈書〉「見シ」。47〈書〉「浮《アク》」。48〈書〉「為師シ」。49〈書〉「侍ッ」。50〈書〉「サクラ」と書いて「ラ」を見せ消ち、「カ」と傍書。51〈昭〉「被《フ》懸」。52〈書〉「月ハ」。53〈昭〉「候」、〈書〉「候フ」。

【注解】〇後徳大寺左大将実定卿申されけるは　実定が御幸に随行していたことは、〈四〉では「大原御幸(①出発)」に見えていた。また、大原到着後、「大原御幸(②寂光院へ)」では、北面下﨟に命じて女院の庵室を探させたことが、「大原御幸(④女院の庵室)」では、庵室の柱の傍らに「古は月に喩へし…」歌を書きつけたことが記されていた。他本では、庵室を探させたことは見えないが、「古は月に喩へし…」歌のことは、位置が異なるものの諸本に見える(「大原御幸(④女院の庵室)」該当部注解参照)。しかし、女院の対話の相手は、他本ではもっぱら後白河法皇であり、それ以外の人物が会話することはない。〈四〉がここで法皇以外の人物を登場させる理由はさだかではないが、話が仏法の一般論の方向へ展開したので、法皇以外の知識人も含めた会話の形で、女院の学識の基準が高いことを証するといった狙いがあるのかもしれない。その際に実定が選ばれたのは、特に仏道に熱心な人物と意識されているわけではないだろうが、「大原御幸(④女院の庵室)」に見たように、「古は月に喩へし君なれば其の光無き深山辺の里」の古歌を書き付けたなどとあり、御幸の随行者の中で目立つ存在だったためか。なお、実定が諸本の巻一「鹿谷」や巻五

「月見」などで穏健な知識人として称揚されていることは言うまでもなく、水原一は、特に大原御幸記事に注目しつつ、『難太平記』に記される『後徳記』の問題なども含めて、『平家物語』の成立に実定が何らかの役割を果たした可能性を想定する（一三五～一四三頁）。　**○然るべし。今度、御供に参り候ひて、菩提心と謂ふことを承り候ひぬ**　「菩提心」については、前段「女院の回想の語り（④悲しみと発心）」末尾で、女院の言葉が「一念と雖も菩提心を起こし、空観無生の信心を凝らすべきなり」と結ばれていた。これを受けて、「菩提心」から「空観無生」へと問いが展開される。　**○抑も、空観無生の法門と申すは何様なる事にて候はんや。具さに申したまへ。承り候はんや**　前段末尾で話題になった「空観無生の信心」に対応する。「空観無生」については前段末尾の注解参照。　**○実に、加様に仰せられ候ふ時こそ、中々申しても由無き事なれども、悔しくこそ思ひ候へ**　女院の言葉。何を「悔しく」思うのか判然としないが、自分が女性に生まれ、仏法を学ばずに過ごしてきたため、知識に乏しく、仏法を巧みに解説できないことを残念に思う意か。　**○昔見馴れ昵び奉りしも、只世の中の墓無き事なり**　実定とはよく見知った仲ではあるが、昔（平家の栄華の中で過ごした頃）に話し合ったことは、仏法の有意義な知識ではなく、現世のとりとめのないことを話していた意だろう。　**○何と無き申し事にて候へども、本より業障重ければ、女身を受けたり**　取り立てて言うまでもないが、自分（女院）は本来、前世の業障が重いために女性として生まれた。従って、仏法の深い学問などできたわけがない意。　**○然れば瑜伽・唯識にも闇く、天台・花厳にも眼を曝さざりしかば**　『宝物集』依拠。『宝物集』では「仏法こそ宝」論の語り手が謙遜して言う言葉。吉川本巻二「南都の修学眼をさらさざりしかば瑜伽唯識にもくらく、北嶺の聖教に臂をくたさざりしかば、止観玄義にもまどへり」（五四頁）。九冊本第二冊（六九頁）、身延抜書本（第二分）二九頁同、片仮名三巻本上巻（四四頁）同。一巻本（五ウ）は波線部「眼を…」と「臂を…」の順序が逆。二巻本なし。小泉弘（一七九頁）、今井正之助（一九頁）は『宝物集』依拠と指摘する。『宝物集』は仏法こそ宝であると説く語り手が、自分は仏教をきちんと学んだわけでは無いと述べたもので、「瑜伽・唯識」は南都仏教、止観（『摩訶止観』）と玄義（『法華玄義』）は天台仏教を表したもの。一方、〈四〉の場合、華厳はむしろ南都仏教を意味するはずなので、「瑜伽・唯識」と「天台・花厳」を対置するのは対になっておらず、『宝物集』の文意をつかみ損ねている。また、『宝物集』の語り手は、自分は田舎の山寺で学んだだけなので南都北嶺の正統的な学問を積んでいないと述べたものだが、〈四〉では前項に見たように、女院が自分は女であるために無学だとする。〈四〉灌頂巻は、この前後、ほとんど『宝物集』からの引用によって成り立っているが、説話や経文、和歌などを引くだけではなく、語り手に設定した女院の造型に関わる記事まで、『宝物集』によりかかっているわけである。〈名義抄〉「闇　クラシ」（法下八一）、「曝　サラス」（仏中九四）。　**○空観の次第、争か知り候ふべき。去りながら、問はせたまふ事なれば、伝へ承る処とては無けれども、片端ばかりを申すべし**　『宝物集』では前項注解引用部の後、「諸法を空なりと観ずるこそ、仏法の大意とは申とぞ承りしか」（五四頁）とした後、「勧学院の雀の蒙求をさへづり、七金山の鳥の黄成翼のおひ侍るなるやうに、山寺にて承し文どもを少々申侍るべし」（同前）と、謙遜しつつ、諸法が空であること、仏法が宝であることを述べてゆく。〈四〉の次項以下の語りも、こうした『宝物集』の記述にもとづくものであろう。　**○先づ諸法観空の事は、『一切諸法は皆悉く空寂にして、生も無く滅も無く、大も無く小も無し』と、法華経には説かれたり。此を心とすべし**　『宝物集』依拠。前項注解に引いた語り手の言葉のすぐ後に引かれる経文の一つ。吉川本巻二「一切諸法皆悉空寂、無レ生無レ滅無レ大無レ少」（五五頁）。九冊本第二冊（七〇頁）、身延抜書本第二分（二九頁）、片仮名三巻本上巻（四四頁）、一巻本（六オ）、二巻本なし。身延抜書本は「法花経」と注記、一巻本は句の上下に「法華経」「信解品」と注記。今井正之助（一九頁）は『宝物集』依拠と指摘する。原拠は身延抜書本や一巻本が注記するように、『妙法蓮華経』信解品「一切諸法、皆悉空寂、無生無滅、無大無小」（大正九―一八b）。「われわれを取り巻くすべての状況は平静であり汚れがなく、死と生とを離脱している」（岩波文庫『法華経』上―二五七頁）の意。〈四〉が「法華経には説かれたり」とするのは、身延抜書本や一巻本のように注記の付いた本文によったとも考えられるが、著名な句なので編者が知っていた可能性もあり、これによって依拠本文を考えるのは難しいか。**〇而れば生をも生と思ふべからず。生久しき人無きが故なり。死をも死と思ふべからず、死したりと雖も生死に流転せるが故なり**　『宝物集』には同文なく、典拠未詳。但し、『宝物集』は、前項までに見てきた「仏法こそ宝」論を展開させ、人生ははかないものであり、輪廻を脱することを考えるべきであるという趣旨を長々と述べる。それはまた、この時代の知識人の常識でもある。前後で依拠している『宝物集』の論旨を汲んで、編者が記した文と考えるべきか。**〇之を思へば、貴も無く賤も無し、貧も無く富も無し。誇るべからず、悲しむべからず**　『宝物集』には同文なし。仏典では、『仏説無量寿経』巻下「然世人薄俗、共諍㆓不急之事㆒、於㆓此劇悪極苦之中㆒、勤㆓身営務㆒以自給済。無㆑尊無㆑卑。無㆑貧無㆑富。少長男女共憂㆓銭財㆒」（大正一二―二七四b）の傍線部が、語句としてはほぼ一致する。但し、これは世間の人々が身分の別なく富を求める意であり、人間存在には本質的に貴も賤も無いという〈四〉の該当部分の論旨とは異なる。その意味では、『大智度論』第十三の「復次仏法等観㆓衆生㆒。無㆑貴無㆑賤、無㆑軽無㆑重」（大正二五―一〇九c）などの方が〈四〉の文意に近いと言えよう。**〇延喜の帝も賢王と聞こえたまひしかども、迷途にて日蔵上人に値ひたまひし時には…**　以下の醍醐天皇・日蔵の話は『宝物集』依拠か。吉川本巻二（六道のうち地獄の条。六九頁）に、次のように見える（波線部については次項注解参照）。

　金峯山の日蔵上人は、無言断食にて行じけるほどに、秘密瑜伽の鈴をにぎりながら死いり侍りける。地獄にして延喜の聖主にあひ奉る。御門、上人を見給ひてのたまはく、「地獄に来るもの、ふたゝび人間に帰る事なし。汝はよみがへるべきものなり。我、父寛平法皇のために不孝なりき。また、無実をもつて菅原右大臣を流罪したりき。この罪科によりて、今地獄に落て苦患をうく。かならず皇子にかたりて苦患をとぶらふべし」と仰事ありければ、かしこまりてうけ給ければ、「冥途には罪なきをもつてあるじとす。上人われをうやまふ事なかれ」と仰られけるこそかなしく侍りつれ。

九冊本第二冊（八八頁）、身延抜書本第二分（三九～四〇頁）同、片仮名三巻本上巻（五三～五四頁）、二巻本上巻（三三～三四頁）、一巻本（八ウ～九オ）ほぼ同。今井正之助（一九頁）は『宝物集』依拠と指摘する。日蔵上人（道賢）が入定して六道をめぐり、地獄で醍醐天皇に会ったというのは『扶桑略記』天慶四年三月条所引『道賢上人冥途記』や『日蔵夢記』にはじまり、『北野天神縁起』として広く知られた話である。『平家物語』では、そもそも女院の六道めぐりの話自体の先蹤として、日蔵が意識されていた。「六道語り（①語りの発端）」に、「我が朝には、金峯山の日蔵上人は象王権現の御力にて六道を見たりと云ふ事を伝へ承る」とあったとおりである（該当部注解参照）。他にも、〈延〉では後白河院が大原へ御幸する途中、補陀落寺に参詣した際に「イフナラク…」歌と共に本話を想起している（巻十二―五二ウ）。また、〈盛〉巻八では、讃岐院追悼記事（西行の白峯訪問）の中で「イフナラク…」歌が想起されている（1―五〇三～五〇四頁）。類話を載せる文献も多く、典拠は『宝物集』に限定しにくいが、この前後の部分の『宝物集』依拠や、次項に見る本文の一致などから見て、やはり『宝物集』依拠と見るべきだろう。 **○上人之を敬ひ奉りたまひけれども、『冥途には罪無きを以て主と為。上人我を敬ひたまふ勿れ』と仰せられけり** 延喜帝（醍醐天皇）の言葉は、前項注解に見た『宝物集』と同文。『宝物集』諸本では、前項注解に見た九冊本・身延抜書本・片仮名三巻本は同様、一巻本（九オ）は波線部「もつて」なし、二巻本は波線部「冥途には」を「ぢごくにては」とする。該当句、『日蔵夢記』「冥途無レ罪為レ王、不レ論二貴賤一」（『神道大系・北野』六八頁）、『北野天神縁起』建久本「冥途には罪なきを主とする、貴賤を論ぜず」（思想大系『寺社縁起』一六〇頁）、『十訓抄』五ノ十七「冥途には貴賤を論ぜず。罪なきを主とす」（新編全集二〇五頁）。『沙石集』梵舜本巻八（旧大系三六一頁）は『十訓抄』に同。『北野天神縁起』承久本「冥途には罪無きを主とす。上人、我に敬ふ事なかれ」（『続日本の絵巻15北野天神縁起』一一五頁）は、『宝物集』と〈四〉に近い。なお、『扶桑略記』所引『道賢上人冥途記』や『太平記』には該当句なし。大きな異同とは言えないが、〈四〉と『宝物集』諸本の一致はやはり目立つといえよう。 **○菩提の種を持たずしては、国王大臣も貧人な**

り。而れば法華方便品には『見六道衆生、貧窮無福恵』とこそ説かれけれ　『宝物集』依拠。吉川本巻二（六四頁）に、次のようにある。

　法華経の方便品に、見六道衆生、貧窮無福恵と申文は、「六道の衆生を見るに貧窮にして福なし、国王大臣も貧窮なる人なり。たゞ仏法を修行せんもののみぞ、宝をまうくる人」と申ためれ。

九冊本第二冊（八二頁）、身延抜書本第二分（三六頁）、片仮名三巻本上巻（五〇頁）、二巻本上巻（三一頁）同。一巻本（六ウ）もほぼ同じだが、波線部は「宝モチタルヒト」。今井正之助（一九頁）は『宝物集』依拠と指摘する。仏法を修行することは、菩提の種を持つことだとする。「菩提の種」とは、「さとりを開く機縁。仏果を得るに至る動機」（〈日国大〉）の意。『妙法蓮華経』方便品「我以二仏眼一観、見二六道衆生一、貧窮無二福慧一、入二生死嶮道一　相続苦不レ断」（大正九―九b）。　**○而れば大論には『大誇大咲、可大悲大歎故』と申しけり**　「大誇大咲、可大悲大歎故」は、訓読すれば、「大いに誇り大いに咲《わら》ふは、大いに悲しみ大いに歎くべき故ならん」となろう。『宝物集』依拠。五盛陰苦の条、吉川本巻三（一四〇頁）「弘法大師の三教指帰には、『大にたのしみ、大に笑ふは、大にをとろへ、大にかなしむべき相なり』との給ひしぞかし」。但し、波線部「笑ふは」は、吉川本・瑞光寺本に「変じ」とあるところを本能寺本などにより改めたものという（新大系一四〇頁脚注一二）。九冊本第三冊（一八一頁）、本能寺本（一〇七頁）、身延抜書本第三分（八一頁）、片仮名三巻本中巻（八八頁）基本的に同様。二巻本上巻（二八頁）は、五盛陰苦の条ではなく、無常を観ずる文脈で引く。身延零本・一巻本なし。「大にたのしみ、大に笑ふは」の部分、本能寺本同。身延抜書本「大ニ楽ミ。大ニ□ミ。大ニ笑ハ」。片仮名三巻本は「大ニ楽ミ、大ニ笑ヒ」、二巻本「おほきにたのしみ、おほきにわらふは」。小泉弘（一八〇頁）は『宝物集』依拠と指摘する。今井正之助は『宝物集』依拠箇所に数えない。新大系一四一頁脚注一二が指摘するように、『宝物集』の文は、『三教指帰』中巻「大笑大喜。極忿極哀。如此之類。各多所損」（大きに笑ひ大きに喜び、極めて忿り極めて哀しぶ、此の如きの類、各損ずる所多し）（旧大系一一〇～一一一頁）に関わるだろう。そして、これに類する文として、『三教指帰』旧大系一一〇頁頭注九が指摘するように、『呂氏春秋』巻三「季春紀」二「尽数」に、「大喜・大怒・大憂・大恐・大哀、五者接レ神、則生害矣」（『新編漢文選　呂氏春秋・上』六六頁）がある。但し、『三教指帰』や『呂氏春秋』は、養生の観点から精神を害することを防ごうとするもので、人間道の苦を説く『宝物集』や菩提心を説く〈四〉とは大きく異なる。なお、〈四〉は「『大論』には」とするが、「大論」は一般的には『大智度論』を指す（〈日国大〉）。しかし、『大智度論』に類句は見当たらず、『宝物集』諸本の中に『大智度論』を典拠とするものもない。「大論」は、「大師」を誤った可能性や、『宝物集』にあった「大に変じ」などの本文を「大に論じ」と誤った可能性などが考えられよう。　**〇実に我が身の上に少しも違ふ事無し**　一旦は栄華を誇ったが、その後に悲惨な運命をたどった女院自身の人生が、この言葉にぴったりあてはまる意。　**〇心御在さん人には皆申さずとも目前の事なれども、此の身の有様には、空観の次第、思ひ寄るべからざる事なり**　『宝物集』に類句は見当たらない。「心御在す人」即ち「心ある人」とは、教養のある人、つまり、ある程度以上の知識を共有し、その結果、知識人の間で一定の感情を共有できる人であろう。「一定の知識がある人にとっては、『空観』など自明のことだが、私のような知識が無い者には、うまく説明できないことである」といった意。内容的には、前出の謙辞「本より業障重ければ、女身を受けたり。然れば瑜伽（珈）・唯識にも闇く、天台・花厳にも眼も曝さざりしかば、空観の次第、争か知り候ふべき」の繰り返し。　**〇思ひ知る人も在るなり世の中にいつをいつとて急がざるらん**　『宝物集』依拠。吉川本巻二（六二頁）「大納言公任　思ひ知《しる》人もありける世中をいつをいつとていそがざるらん」（八八番歌）。文脈としては、直ちに仏法を修行すべき事を説き、「されば、心ある人みなかくぞよみて侍るめれ」として掲げる五首のうちの一つ。九冊本第二冊（七九頁）、身延抜書本第二分（三五頁）同。片仮名三巻本上巻（四八頁）は第三句「世ノ中ニ」。二巻本・一巻本なし。今井正之助（一九頁）は『宝物集』依拠と指摘する。『拾遺集』哀傷・一三三五「右衛門督公任」として、第二・三句「…有りける世の中を」、第五句「すぐすなるらん」（なお、『拾遺抄』にはなし）。『後拾遺集』雑三・一〇三二「前大納言公任」として、歌句は『拾遺集』に同。『公任集』二二六、第二・三句「…有りける世の中に」、第五句「過ぐるなるらん」。『今昔物語集』巻二四―三四「大納言」として第二・三句「…アリケル世中ニ」、第五句「スゴスナルラム」（新大系四―四四九頁）。第五句を「急がざるらん」とする〈四〉と『宝物集』の一致は特徴的といえよう。

○公任大納言の読まれしも理なり　前項の歌で、『拾遺集』には「右衛門督公任」、『後拾遺集』には「前大納言公任」とある。藤原公任は、長徳二年（九九六）右衛門督、寛弘六年（一〇〇九）権大納言となり、これを極官として治安四年（一〇二四）致仕（〈補任〉）。『拾遺集』の詞書には「成信、重家ら出家し侍りける頃、左大弁行成がもとに言ひ遣はしける」、『公任集』の詞書には「成信の中将出家してのつとめて、左大弁行成の世のはかなき事聞え給りけるに」とあり、成信、重家らが出家した長保三年（一〇〇一）の詠歌と見られる。当時は右衛門督で、「大納言」は極官の表記。また、〈四〉の「理なり」は、何が「理」なのか。『宝物集』では仏法を修行すべきであることを証する歌の一つだが、〈四〉では、「思ひ知る人も在るなり」の部分への共感、即ち「心ある人は現世の無常あるいは空観を知っているが、自分のような凡人は中々それがわからない」といった意の共感と読むべきか。

○帰る日をいつまで草のいつまでかいつまで家のあらんとはせん　典拠未詳。『宝物集』にもない歌。「いつまで草」は「きづた（木蔦）」（〈日国大〉）、「常春藤（キズタ）」（『角川古語大辞典』）の異名。「『いつまでも』の序詞として、また、『いつまでも』の意で用いられることが多い」（『角川古語大辞典』）。「かべに生ふるいつまで草のいつまでかかれず問ふべきしの原の里」（『堀河百首』異伝歌。『新編国歌大観』4―解説七〇一頁、五二）。『能因歌枕』（広本）に「かべにおふるをば、いつまで草といふなり」（『歌学大系』一―七四頁）とあり、「夢ばかりおもはぬ人はかべにおふるいつまで草のいつまでかみむ」（『久安百首』恋・一〇七五）などの歌もある。〈四〉の場合、歌意がわかりにくいが、「家に帰る日をいつと考えているのか、家そのものがいつまであるともわからないのに」といった意となろうか。しかし、「いつまで草」が「かべに生ふる」ものとされることを考えれば、「かへる日を」を「かへにおふる」の誤りと見る可能性もあろうか。「壁に生ふるいつまで草の」であれば、全体として「いつまで」を導く序詞となり、右の『堀河百首』異伝歌と同様の形。なお、『角川古語大辞典』が指摘するように、「いつまで草のいつまで」は、和歌や歌謡に成句として用いられる。『太平記』巻二十七「月ノ鼠ノ根ヲカブル、壁草《イツマデグサ》ノイツマデカ、露ノ命ノ懸ルベキ」（旧大系3―七八頁）は、無常をいう例の一つ。また、『枕草子』「草は」に、「あやふ草は、岸の額に生ふらむも、げにたのもしからず。いつまで草は、またはかなくあはれなり。岸の額よりも、これはくづれやすからむかし」（新編全集一一九頁）とあるのは、次項の離根草との連想があるのが注目される。　**○実に、離根草の且しも留まらず**　「離根草」は無常をいう常套句。『宝物集』では吉川本巻六、空観の条の冒頭に「観レ身岸額離レ根草、論レ命江頭不レ繋船」（二九〇頁）とあり、九冊本第八冊（三七四頁）、身延抜書本第六分（一六二頁）ほぼ同。片仮名三巻本下巻（一六八頁）・二巻本下巻（八三頁）は書き下した形。一巻本なし。原拠は『和漢朗詠集』下・無常の同句。前項注解に引いた『枕草子』の「岸の額」云々もこの句を意識したものだろうし、『三宝絵』序の冒頭に「古ノ人ノ云ル事有」として引かれ、また、『和泉式部集』二六八「みる程は夢もたのまるはかなきはあるをあるとてすぐすなりけり」の詞書など、諸書に引かれる著名な言葉。『平家物語』諸本でも、〈盛〉巻四十六「義経行家出レ都」（6―三六六頁）、〈南〉巻十一の維盛出家の条（下―七八〇～七八一頁）などに所見。必ずしも『宝物集』依拠とは断定できないだろう。「且　シバラク、シハ〳〵」（〈名義抄〉仏上七八）。　**○石中より出づる火の光の間も知り難し**　これも常套句。前段「女院の回想の語り（④悲しみと発心）」の注解「蝸牛の角の上に幾くの楽しみ有らん」に見たように、『宝物集』では吉川本巻六（三〇〇頁）「蝸牛の角の上の争ひ、よそにおもふ事なく、石火の光の間の楽、着する事なかれ」と見える。原拠は『白氏文集』巻五十六「対酒五首」の二（二六七七）「蝸牛角上争二何事一、石火光中寄二此身一」。『和漢朗詠集』巻下・無常にも引かれて著名であり、諸書に頻出する。〈覚〉巻十「横笛」にも、「老少不定の世の中は、石火の光にことならず」（下―二二五頁）と見える。これも『宝物集』依拠とは断定できない。　**○而れば金剛般若経には、一切有為法　如**

夢幻泡影　如露亦如電　応作如是観　と説かれたり　『宝物集』依拠。先に見たように、「瑜伽唯識にもくらく」云々と謙遜して語り始めた「仏法こそ宝」論の冒頭に引かれる偈の一つ。吉川本巻二「一切有為法　如二夢幻泡影一　如レ露亦如レ電　応レ作二如レ是観一」（五五頁）。九冊本第二冊（七〇頁）、身延抜書本第二分（二九頁）、片仮名三巻本上巻（四四頁）、一巻本（五ウ）同。二巻本上巻（二五頁）も同様だが、「一さいうゐほうによむげんはうやう…」と仮名書きで、「このきやうもんのこゝろは、一さいのあるところの物は、みなゆめまぼろし、あわかげのごとし…」と解説あり。また、身延抜書本及び二巻本の上野本は「金剛般若経」、一巻本は「金般経」と注記あり。小泉弘（一八二一～一八三頁）・今井正之助（一九頁）は『宝物集』依拠と指摘する。原拠は『金剛般若波羅蜜経』「一切有為法　如二夢幻泡影一　如レ露亦如レ電　応レ作二如レ是観一」（大正八―七五二b）。著名な偈であり、『宝物集』新大系五五頁脚注一六が指摘する『往生要集』大文一の七（思想大系『源信』四八頁、原文三三四頁）や、『法門百首』「いなづまのひかりのほどか秋の田のなびくほずゑの露の命は」詞書（群書類従二四―七一二頁）の他、『言泉集』（『安居院唱導集　上巻』一四七頁）、『太平記』巻三十五「北野通夜物語事付青砥左衛門事」（旧大系三―三六頁）、狂言「花子」（旧大系『狂言集』下―四四三頁）等々、しばしば引かれる。従って『宝物集』に限定できないが、前後の文脈から見て、『宝物集』依拠と考えられよう。経典名注記は一巻本や身延抜書本などによったと考えることもできるが、これもしばしば記されるものである。

○世の中を何に譬へん秋の田のほのかに照らす宵の電　『宝物集』依拠。前項の経文引用に続き、維摩の十喩の歌として引く五首のうち。吉川本巻二「源順　世中を何にたとへん秋の田のほのかにてらす宵のいなづま」（五五頁、七七番歌）。九冊本第二冊（七一頁）第四句「ほのうへてらす」、身延抜書本第二分（三〇頁）同（集付「後拾遺」あり）、片仮名三巻本上巻「穂ノ上照スヨハ（ノ）稲妻」（四五頁）、二巻本・一巻本なし。小泉弘（一八二一～一八三頁）・今井正之助（一九頁）は『宝物集』依拠と指摘、小泉は「宵の」と「ヨハノ」の異同から、第二種七巻本依拠と指摘する。但し、同じ歌句で引く文献は多い。身延抜書本の集付の通り、『後拾遺集』雑三・一〇一三・源順、歌句は〈四〉

や『宝物集』吉川本に同。『順集』同上一二五も歌句同。『和歌初学抄』は第四・五句「ほのうへてらすよひのいなづま」(歌学大系二―二〇四頁)、『撰集抄』巻一―六「越後上村見」に「世中を何にたとへん(中略)秋の田をほのかに照す宵の稲妻」(『撰集抄校本編』二八三～二八五行)。有名な歌ではあるが、〈四〉は前項の偈と共に『宝物集』から引いたと見てよかろう。

○而れば、無言太子の八十歳まで物も言はず、十善の位に預からじが料 『宝物集』依拠。

前項の歌群の少し後に、次項の「別成太子」と共に見える。吉川本巻二「無言太子の十歳までものをいはず、十善の主とならじがため。別成王子、七ど位を辞せし、みな諸行を無常なりとくはんぜしなり」(五七頁)。九冊本第二冊(七三頁)、身延抜書本第二分(三一頁)同。片仮名三巻本上巻(四六頁)・二巻本上巻(二七頁)は「無言太子ノ十年迄物ヲイハズ」(片仮名三巻本)のみ。一巻本なし。〈四〉の「八十歳」は、『宝物集』諸本「十歳」。小泉弘(一八二頁)・今井正之助(一九頁)は『宝物集』依拠と指摘、今井は独自依拠記事「V」とするが、「U」の誤植か。なお、「…預からじが料」は、『宝物集』の「ならじがため」と対応するように訓読したもの。『古鈔本宝物集研究篇』一八二頁は「十善の位に預からざるも、粁殿昌太子の七度位を辞すも…」と、「料」字を下の「殿昌太子」に付けて読んでいるが、〈日国大〉「りょう(料)」〔二〕①意志を持って行なう動作の目的を表わす。ため」などを参考とすれば、掲出のように訓めよう。類例として、『竹取物語』「燕の持たる子安貝を取らむ料《れう》なり」(新編全集五〇頁)、『大鏡』師尹条「人などのまゐるにも、かくなむとみせ給ふ料なめり」(新編全集一二〇頁)などがある。「無言太子」は、『宝物集』新大系五七頁脚注一六が指摘するように、『太子慕魄経』(大正三―四〇八b～四一〇a、異訳・同四一〇a～四一一a)が原拠。類話は『六度集経』巻四(大正三―二〇b～二一a)にもあり、『法華玄義釈籤』巻三(大正三三―八三二c～八三三a)でも簡単に触れられる。なお、新大系脚注は『無言童子経』(大正一三―五二二c～五三六b)や『大方等大集経』無言菩薩品(大正一三―七四c～八三c)も指摘するが、『無言童子経』『大集経』は、『太子慕魄経』とは内容が異なる。『太子慕魄経』は「無言太子」(慕魄、別名沐魄)が、前世で王として善政に努めたにも関わらず、政治の責任上の罪で地獄に落ちたため、この世では王とならないように無言でいたというもの。十三歳まで無言であったために生き埋めにされそうになってわけを話したという。一方、『無言童子経』『大集経』は「無言童子」であり、『慕魄経』のような物語性はなく、母が童子を身ごもった時に天からの声で「世之言談」をしないようにと命じたために無言であったが、八歳の時父母と共に仏所に詣で、仏がわけを明かしたとして、以下は仏や舎利弗と教理問答を展開する。『宝物集』が引くのは明らかに『慕魄経』系統の話であり、年齢が「十歳」とある点のみ、『慕魄経』と異なる。その他、これも新大系が指摘するように、『源氏物語』夕霧に紫の上の言葉として「心にのみ籠めて、無言太子とか、小法師ばらの悲しきことにする昔のたとひのやうに、あしき事よき事を思ひ知りながら埋もれなんも、言ふかひなし」（新編全集4—四五七頁）云々とあり、これをめぐって諸注にいろいろな記事がある。藤原定家『奥入』（第二次）定家自筆本（『源氏物語大成』七—三九七頁）は、『太子慕魄経』の話を引くが、無言の期間を「十三年」とする。『原中最秘鈔』下（『源氏物語大成』七—五八三頁）は、『太子慕魄経』や『法華玄義釈籤』『大集経』を引きながら無言の期間を「三十年」とする。他に「涅槃経」として蛤を食べようとしていた烏に余計な助言をした罪で悪道に落ち、後に太子に生まれたとする説話を記す。『紫明抄』は無言の期間を「十三年」として簡略（玉上琢弥編『紫明抄・河海抄』一三七頁）。『河海抄』は『奥入』を引く他、「或経」として『原中最秘鈔』と同じ烏と蛤の説話を記す（同前）五一五頁）。『紹巴抄』は烏と蛤の説話（源氏物語古註釈叢刊三—四六四頁）。『岷江入楚』は『河海抄』と同様（同前八—四九四頁）。その他、『金沢文庫本仏教説話集』（山内洋一郎『金澤文庫本仏教説話集の研究』汲古書院一九九七・10、二三五〜二三九頁）には、『慕魄経』系の話ながら前世の因縁は『原中最秘鈔』と同様の烏と蛤の話、年齢は七歳とする記述が見える。他に、『八幡愚童訓』甲本に、「無言太子ハ十歳儘《まで》不㆓シテ物謂イハ㆒十善ノ位ヲ遁レ、別成太子ハ七度マデ譲ヲ辞シテ七宝ノ主ヲ徧《サミシ》」（日本思想大系『寺社縁起』二〇一頁）とある。無言を破る年齢や期間が、諸書で「八十歳」「十歳」「十三歳」「七歳」あるいは「三十年」と種々分かれる理由は不明。『慕魄経』を原拠とする話が『宝物集』に引かれ、それに依拠して〈四〉が書かれていることは確実だろうが、〈四〉の「八十歳」は他に例が無く、「太子」の話としてはあまりにも高齢に過ぎる。「無言太子八十歳…」等とある本文を誤ったものか。　**○殿昌太子の七度まで位を辞せしも、諸行を無常と観ぜし故なり**　『宝物集』依拠。前項の「無言太子」との対句であり、前項注解に引いたように、吉川本巻二「別成王子、七ど位を辞せし、みな諸行を無常なりとくはんぜしなり」（五七頁）とある。九冊本第二冊（七三頁）同。身延抜書本第二分（三一頁）「…七度聖教主ヲ辞セシ…」、片仮名三巻本上巻（四六頁）「別成太子七歳ニテ位ヲ辞セシ、是生滅法ヲ悟レル也」、二巻本上巻（二七頁）「べつじやうたいしの…ぜしやうめつぽうを…」。一巻本なし。小泉弘（一八二頁）・今井正之助（一九頁）は『宝物集』依拠と指摘、今井は前項と併せて一項目とする。前項とのつながりから、〈四〉が『宝物集』に依拠していることは明らかである。「別成王子」を「殿昌太子」と誤った理由は不明。あるいは仮名書きを経由したためか。「諸行無常」と「是生滅法」の異同においては第二種七巻本系統に近いが、微細ながら、「王子」「太子」の異同においては片仮名三本・二巻本に近い。別成王子の話は、『宝物集』新大系五七頁脚注一八の指摘するとおり、『仏本行集経』巻五（大正三―六七四c～六七六b）や、『釈氏要覧』巻上・姓氏（大正五四―二五八b）に所見、また、『仏本行集経』の話が『法苑珠林』巻八（大正五三―三三八b～三三九b）に引かれる。甘蔗王には第二妃との間に四人の王子があり、その第四子が別成（尼拘羅）。一子を儲けた第一妃の望みにより、王は四人の王子を追放するが、国民は四人の王子に従って国を出、強国を作ったとする（なお、その別成王の子孫が釈迦の父浄飯王であるという）。しかし、「七度位を辞した」ことは、それらには見えないことも新大系の指摘通りであり、不審。　**○昔阿難、舎衛城に至りて乞食して返りたまへば、或は涙に咽びて『只今死せり』と云ふ処も有り…**　以下の説話は典拠不明。内容もわかりにくい。「阿難が舎衛城で乞食したところ、七箇所で死者が出、あるいは葬送をすませたところだった。それを仏に報告すると、仏は、自分もそれを見たが、乞食から帰ると、七箇所とも何事もなかった」といったことであるようだが、意味不明。あるいは、人が死ぬ悲しみもすぐに忘れられてしまうといった話だろうか。類例未詳。**〇此等の謂れを以て、生死の無常を知し食すべし**　ここまでの記述を「生死の無常」を知るためのものとして位置づけ、次項以下でもさらに無常を説く。**〇飛花落葉に付けても我身の無常を観じ、草葉の露の浮なるを見ても世の中の不定なる事を観じ、有為無常を思ふべし**　『宝物集』依拠。吉川本巻二「縄を結び、木を刻みし昔だにすら、心ある人は、花のちり、木の葉のちるを見て、飛花落葉の観とて、生死の無常をさとり侍りけり」（新大系六四頁）云々からの取意であろう。九冊本第二冊（八二頁）、片仮名三巻本上巻（五〇頁）、二巻本上巻（三一頁）ほぼ同。身延抜書本第二分「縄ヲ結ビ、木ノ葉ノヲツルヲ見テ。飛花落葉ノ観トテ、生死ノ無常ヲバサトリ侍リケレ」（三六頁）は、傍線部「木」の目移りによる脱落・誤解か。一巻本「仏法東流セザリシ昔ダニモ、物ノ心アルヒトハ花ノチリコノハノヲツルヲミテコソ、ハカナキヨノ中ヲバオモヒシリ侍リケレ」（六ウ〜七オ）。吉川本などでは、前掲の「見六道衆生、貧窮無福恵」云々の経文と、次項の歌を含む歌群の間の記事であり、この前後の記事は〈四〉に引かれたものが多い。小泉弘（一八三頁）・今井正之助（一九頁）は『宝物集』依拠と指摘する。文章の細部まで一致するわけではないが、文脈的に『宝物集』依拠と認めてよいだろう。なお、飛花落葉を見て無常を観ずるという例は、『言泉集』「飛花落葉旡常観念既旧《フリムタリ》」（『安居院唱導集・上』一八四頁）、『枝葉抄』「見飛花落葉之色一観世上之無常ヲ一」（『醍醐寺叢書・研究篇』三八九頁）等、多く見られる。また、「草葉の露の浮なるを」云々は、『宝物集』吉川本などでこの前に並ぶ歌の中で、例えば九五番歌「消はてん露のわが身のをき所いづれの野べの草葉なるらん」などを意識したか。**〇斯かる為師も多く侍り**　花や草葉につけて無常を悟った例も多いとして、その例証に以下の歌二首を挙げる。**〇此の世こそ思ひ知りぬれ桜花さくかとすれば根に返りつつ**　『宝物集』依拠。前々項注解に引いた文に引き続き、「飛花落葉の歌」五首を挙げるうちの第三首。吉川本巻二「法印元性　此世をぞ思ひしりぬる桜花さくかとすればねにかへりつゝ」（六五頁。九八番歌）。九冊本第二冊（八三頁）同、身延抜書本第二分（三七頁）も同様だが、作者名に割注「花山院宮」あり。片仮名三巻本・二巻本・一巻本なし。小泉弘（一八三頁）・今井正之助（一九頁）は『宝物集』依拠と指摘する。小泉が指摘するように、『宝物集』諸本でも第二種七巻本系にしか見られない歌であり、また、その他の書にも見えない。次項注解にも見るように、元性が歌を詠んだことは事実だろう。

〇花蔵院法印の読まれけるも理なり　「花蔵院法印」は元性。前項注解に引いたように、吉川本に「法印元性」とある。身延抜書本の割注「花山院宮」は「花蔵院宮」の誤りであろう。吉川本では巻三で「うきながらその松山のかたみには…」歌（二五四番）も収載しており、そこでは「花蔵院法印」とする。元性は仁和寺入寺当初は覚恵と名乗り、ついで元性と改めたのだろう。具体的な改名時期は史料に辿れない（千種聡・六頁）。この「うきながら…」歌は、『山家集』や『今鏡』みこたち第八「腹々のみこ」に元性の歌として見える。〈延〉巻二—一一二ウや『保元物語』宝徳本（新編全集四〇二頁）及び金刀比羅本・鎌倉本下巻には兄の重仁親王の歌とするが、元性との混同だろう。元性は崇徳院第二皇子。母は源師経女。崇徳院失脚後、仁和寺に入り、覚性や上西門院、実定ら閑院藤家の経済的支援や保護を得ていた。また元性の法印への昇任時期や花蔵院止住時期などははっきりしない（千種聡・四〜五頁）。『本朝皇胤紹運録』「僧元性　〈法印花蔵院／母参河権守師経女〉」（群書類従五—六九頁）。『仁和寺諸院家記』華蔵院「五宮元性〈改二覚恵一。号二宮法印一。讃岐院御子。紫金台寺御室御付法〉」（群書類従四—七二八頁）。『今鏡』は、「うきながら…」歌を含めて、元性の伝を記す（『今鏡全釈』下—三七一〜三七二頁）。『僧綱補任残闕』寿永三年条の法印の項に見える「覚　〈仁　宮〉〈卅四　廿三〉〈卅二イ十月十七日御入〉」（大日本仏教全書六四—一三七頁）が覚恵則ち元性か。その他、『養和元年記』に「験者〈実仁僧都、宮法印、讃岐院〉」とある「宮法印」も元性を指すか。

〇露の命草葉にこそは懸かれるを月の鼠の騒ぐなるかな　『宝物集』依拠ではないが、諸書に類似の歌は多い。最も近似するのは、二つの形を併記する『俊頼髄脳』「露のいのち草のはにこそかかれるを月のねずみのあわたたしきかな　草のねに露のいのちのかかるまを月のねずみのさわぐなるかな」（新編全集『歌論集』一〇四頁）や、『綺語抄』上（二・三句「草のねにこそやどれるを」歌学大系別巻・一—三一頁）。『奥義抄』（歌学大系・一—三一二頁。高光少将歌とする)も類同。〈四〉の歌は『俊頼髄脳』の前者の形に近いが、第五句は後者の「騒ぐなるかな」に一致。『俊頼髄脳』の両歌は新編全集『歌論集』一〇四頁頭注三が「二首ともに伝承の古歌か」とするように、本来は一つの歌だったものの異伝としてできた伝承歌ととらえられようか。その他の類歌として、「たのむよかつきのねずみのさわぐまのくさばにかかるつゆのいのちは」(『高光集』新編国歌大観三―三四、『奥義抄』歌学大系・一―三二二頁、『和歌童蒙抄』巻九・鼠・歌学大系別巻一―二九四頁、『和歌色葉』中・百十・歌学大系三―二一四頁などにも所見)、「かたらばや草葉にやどる露ばかり月のねずみのさわぐまにまに」(『基俊集』新編大観3・108・91)等が挙げられよう。「月の鼠」の譬喩談そのものは、本来は『衆経撰雑譬喩経』(大正四―五三三)等々、多くの仏典に見えるものであり、日本では『万葉集』巻五(山上憶良・七九四「日本挽歌」に添えられた詩文)以来の例がある。関連文献については小峯和明などの論がある。また、杉山和也は登場する動物の分類の視点から、この説話を収載する文献を網羅的に列挙している。なお、前段「女院の回想の語り(④悲しみと発心)」の注解「月の鼠の心を成し」参照。**○憂き世の中の為師、先づ出で来候ひし事なれど、加様に珍しからぬ事を申せば憚り多くこそ候へ**「先づ出で来候ひし事なれど」はわかりにくいが、「まず念頭に浮かんだ程度のことですが」といった意か。「現世があてにならない(無常の)ものであることを示す事例として、まず念頭に浮かんだ程度の、このように常識的なことを改めて申し上げることになって、申し訳ない気持ちである」というような謙辞か。**○空観を聞きたまはん由仰せられけれども、空観は宗々に付きて不同なり。一篇に申し定むべきに非ず**　本段冒頭に見たように、実定が「空観」について質問したので、女院はここまで答えてきた。だが、「空観」の内容は、仏教の宗派によってさまざまの違いがある意か。具体的にどのような違いを意識しているのかは未詳。「一篇」は「一偏」に同じか。単純に、一律には言えない意だろう。『太平記』「『中ニヤ及候』ト領状シテ討死ヲ一篇ニ思儲テケレバ、中々心中涼クゾ覚ヘケル」(旧大系二―一四三頁)。**○先づ打ち任せては、世間の無常を観ずるに付けても、大方此くのごとくなるべし**「(細かく言えばさまざまな問題があるものの）とりあえず概括すれば、この世の無常を観ずるということは、おおよそこのようなことでしょう」。空観や無常について、だいたいのことを述べたとして、一区切りとする。

【引用研究文献】

＊今井正之助「平家物語と宝物集—四部合戦状本・延慶本を中心に—」（長崎大学教育学部人文科学研究報告三四号、一九八五・3）
＊小泉弘『貴重古典籍叢刊8　古鈔本宝物集　研究篇』（角川書店一九七三・3）
＊小峯和明「『俊頼髄脳』月のねずみ考—仏典受容史の一齣—」（中世文学研究6号、一九八〇・8。『説話の声—中世世界の語り・うた・笑い—』（新曜社二〇〇〇・6再録）
＊杉山和也「〈月の鼠〉説話に於ける虎と鰐（ワニ）の描写表現対照表」（緑岡詞林三七号、二〇一三・3）
＊千種聡「元性法印の和歌活動について」（筑波大学平家部会論集九集、二〇〇二・6）
＊水原一「六道の形成」（『平家物語の形成』加藤中道館一九七一・5）

女院の説法（②法皇女院を賛嘆）

【原文】

法王実以諸行無常伝承▽二九七左1レ空観心具サ事今始承候ヌ而今日参人々昔霊山説教法華聴衆一念随喜涙争不成[2]ラ安養浄刹九品因只偏抛[3]名利値遇[4]セ菩提心事心弱[5]ク不《マシキ》叶フ事縦枯草木生ヒ出入シ盛燃[6]ル火中須弥擲置他方以足指動シ大地虚空

把掌行[7]キ如是事案▽二九八右値如来教法難シ而[8]レ

　無量無数劫　聞是法亦難[9]　能聴是法有[10]　此人亦復難

説法華経[11]モ心任尋ヌル大乗真実法事返々不可申尽取其為[12]シ何不シ捨名利可成三途努[13]《ツフネ》　須臾聞之即得究竟阿耨多羅王[14]

藐三菩提故侍シ法華経実憑シキ事コソ申女人地獄▽二九八左使能断仏種子外面示菩薩内心如夜叉文候何可得意不覚候申サセ下ヘ

法皇被仰誠承レ喜(事)[15]打掃ヒ生死忘[16]念候[17]ヌ喜ハセ下ヘ

【釈文】

法王、「実に諸行▽二九七左無常を以て空観の心を伝へ承[1]れども、具《つぶ》さなる事は今始めて承り候ひぬ。而れば、今日参りたる人々は、昔の霊山の説教、法華の聴衆なり。一念随喜の涙は、争《いかで》か安養浄刹《あんやうじやうせつ》の九品の因と成[2]らざらん」。「只偏《ひと》へに名利を抛《なげう》[3]ちて、菩提心に値遇[4]せん事も、心弱[5]くては叶ふまじき事なり。縦《たと》ひ、枯れたる草木の生ひ、盛んに燃[6]ゆる火の中に出入し、須弥を他方に擲《な》げ置き、足の指を以て大地を動かし、虚空を掌に把《にぎ》る、是くのごとき事を行[7]ふ(き)とも、▽二九八右案ずるに、如来の教法には値《あ》ひ難し。[8]而れば、

　無量無数劫　聞是法亦難[9]　能聴是法者[10](有)　此人亦復難

と、法華経[11]にも説きたり。心の任《まま》に大乗真実の法を尋ぬる事、返す返すも申し尽くすべからず。其に取りて、何かに為《シ》[12]ても名利を捨てざりしかば、三途《さんづ》の奴(努《ツフネ》)[13]と成るべし。須臾《しゆゆ》にして之を聞かば、即ち究竟の阿耨多《あのくた》羅《ら》三(王)[14]藐三菩提を得ん。故に法華経は実に憑もしき事にこそ侍りしかども、『女人地獄使、▽二九八左能断仏種子、外面示菩薩、内心如夜叉』と申す文も候へば、何かに意《こころ》得べしとも覚え候はず」と申させたまへば、法皇仰せられけるは、「誠に喜ばしき事[15]をこそ承れ。生死の妄(忘)[16]念を打ち掃ひ候[17]ひぬ」と喜ばせたまへば、

【校異・訓読】 1〈昭・書〉「承《シ》」。或は「承りしかども」と訓むか。2〈書〉「不成」。3〈書〉「拖」。4〈書〉「遇」。5〈書〉「弱」。6〈昭〉「燃」。7〈底・昭・書〉「行《キ》」。8「而」の送り仮名は〈底・昭〉「レ」か「シ」か微妙。〈書〉「シ」。9〈書〉「難《シ》」。10〈昭・書〉「者」。11〈書〉「経《シ》」。12〈書〉「為」。13〈書〉「努《ツラネ》」。14〈昭・書〉「三藐」。15〈底〉「喜」の下に「事」補入。〈昭〉「喜事」の間に「半」補入。〈書〉「喜半事」。16〈底・昭・書〉「忘念」。17〈書〉「候《ヒヌ》」。

【注解】○法王、「実に諸行無常を以て空観の心を伝へ承れども、具さなる事は今始めて承り候ひぬ　前節に見た女院の説法に対する後白河法皇の感想。「空観とは諸行無常ということであると、大まかには伝え承っておりましたが、詳しいことは今初めて伺いました」の意。前節の「此等の謂れを以て、生死の無常を知し食すべし」以下の注解参照。**○而れば、今日参りたる人々は、昔の霊山の説教、法華の聴衆なり**　女院の話を聞いた人々は、『法華経』序品に見える、釈迦が霊鷲山で説法した際の聴衆と同じである意。「霊山の聴衆」はしばしば用いられる語句であり、『宝物集』では「阿闍世王は凡夫といふべからず。霊山聴衆につらなる」(吉川本巻二―新大系八四頁)などと繰り返し用いられる。〈延〉でも、女院の語りが終わった後、法皇一行の思いとして、「昔釈迦如来ノ霊山浄土ニテ法ヲ説、伝教智証ノ四明園城ニシテ被経尺㆒ケムモ、是程ニヤハ哀ニ貴カリケム」(巻十二―七五ウ)とある。だが、詞章は異なるし、霊山云々は常套的な表現なので、〈四〉と〈延〉、あるいは『宝物集』の間に、特に依拠関係を考える必要はないだろう。以下、本節では『法華経』の称揚が目立つ。　**○一念随喜の涙は、争か安養浄刹の九品の因と成らざらん**　「一念随喜」は、『法華経』法師品に見える句で、『法華経』の一偈一句を聞いて随喜した者には、皆授記を与える(悟りを得ると予言する)という。「聞㆓妙法華経一偈一句㆒。乃至一念随喜者。我皆与㆓授記㆒」(大正九―三〇c)。「安養浄刹」は極楽浄土をいい、「九品」はその中の上品上生から下品下生までの九階級。つまり、霊山における釈迦の説法と同様に、女院の説法を聞いて随喜した者の涙は、極楽往生の因となる意。ここまでが法皇の感想か。　**○只偏へに名利を抛ちて、菩提心に値遇せん事も、心弱くては叶ふまじき事なり**　ここから再び女院の説法であろう。前段「女院の回想の語り」末尾で菩提心に触れたことを受け、仏法に出会うことの難しさや名利を捨てて仏教に帰依することの難しさを述べ、さらには『法華経』は有り難いものだが、女人の身として仏法を深く理解することは難しい、と話が続く。論理としての筋道は見えにくい。　**○縦ひ、枯れたる草木の生ひ、盛んに燃ゆる火の中に出入りし、須弥を他方に擲げ置き、足の指を以て大地を動かし、虚空を掌に把る**　『法華経』見宝塔品第十一にある、仏の滅後に『法華経』を受持し弘通することの難しさを譬えた句、「①若接二須弥一、擲二置他方無数仏土一、亦未レ為レ難。②若以二足指一動二大千界一、遠擲二他国一、亦未レ為レ難。若立二有頂一、為レ衆演二説無量余経一、亦未レ為レ難。若仏滅後、於二悪世中一、能説二此経一、是則為レ難。仮使有レ人、③手把二虚空一、而以遊行、亦未レ為レ難。於二我滅後一、若自書持、若使二人書一、是則為レ難。若以二大地一置二足甲上一、昇二於梵天一、亦未レ為レ難。仏滅度後、於二悪世中一、暫読二此経一、是則為レ難。④仮使劫焼担二負乾草一、入レ中不レ焼、亦未レ為レ難。我滅度後、若持二此経一為二一人一説、是則為レ難」（大正九―三四a～b）による。傍線部①～④を、〈四〉では④①②③の順に並べており（①は須弥山を投げ捨てること、②は足の指で三千大千界を動かすこと、③は手に虚空を取って遊行すること）、語句にも多少の異同がある。④では、「乾きたる草を担負《にな》いて」（岩波文庫『法華経・中』一九八頁）のように読むべきところを「枯れたる草木の生ひ」としてしまったため、「乾いた草を背負って猛火の中に入っても焼けない」という本来の意味が読み取れなくなっている。これは、仮名書きを経由することによって、「おひ」（負ひ）を「生ひ」と解してしまったものだろう（『平家物語』諸本にもしばしば引かれる『梁塵秘抄』巻二・法文歌三九「枯れたる草木も忽ちに、花咲き実生ると説いたまふ」（新大系一六頁）が影響したかもしれない）。また、本来は、仏滅後に『法華経』を説く困難さを説いた句だが、〈四〉では、仏法と出会うことの困難さの意に変えている（次項注解参照）。『宝物集』には見えない部分。〈四〉現存本は仮名書き本文を経由して『法華経』本来の意味を失ってしまっている面があるが、本来は『法華経』をある程度知っている作者によって書かれた本文だったと考えられようか。次節「女院の説法（③持戒）」の注解「我深敬汝等、不敢軽慢…」参照。　**○是くのごとき事を行ふとも、案ず**

るに、如来の教法には値ひ難し　前項注解に見たような『法華経』本来の句とは異なり、〈四〉では、『法華経』を受持し弘通することの困難を説いた句を、「如来の教法」即ち仏法全般と出会うことの困難さの意としている。仏法と出会うことの困難はしばしば説かれるが、『宝物集』では、「舎衛の九億の衆、三億はほとけの名字をきかず」（吉川本巻二―新大系五四頁）、「仏法にあひ奉る事は、一眼の亀の浮木にあへるにたり」（同六〇頁）などと繰り返し述べており、次項の経文は、この「舎衛の九億の衆」云々の直前にあるものである。　**〇無量無数劫　聞是法亦難　能聴是法者　此人亦復難　と、法華経にも説きたり**　『法華経』方便品の句「無量無数劫、聞㆓是法㆒亦難。能聴㆓是法㆒者、斯人亦復難」（大正九―一〇ａ）による（傍線部は〈四〉と異なる）。『宝物集』吉川本巻二では、「法花経にも、一百八十劫、空過無有仏といひ、無量無数劫、聞是法亦難ととく」（新大系五三～五四頁）のように、前半二句のみ引く。九冊本第二冊（六九頁）、身延抜書本第二分（二八頁）同。一方、片仮名三巻本上巻「無量無数劫　聞是法亦難　能聴是法者　此人亦復難」（四三頁）は、傍線部も含めて〈四〉に一致。二巻本上巻（二五頁）も四句あり。一巻本なし。片仮名三巻本・二巻本との一致が注目される。今井正之助は〈四〉の独自依拠記事Ｗとする。　**〇心の任に大乗真実の法を尋ぬる事、返す返すも申し尽くすべからず**　文意がわかりにくいが、「思うままに大乗仏教の真理を探ってゆけば、言葉で言い尽くせないほど深いものである」といった意か。あるいは、「思いのままに大乗仏教の真理を探ることの困難さは言い尽くせない程である」の意か。典拠不明。『宝物集』によったものではないだろう。　**〇其に取りて、何かに為ても名利を捨てざりしかば、三途の奴と成るべし**　「奴」は〈底・昭・書〉「努」。〈底・昭〉は「ツフネ」、〈書〉は「ツラネ」の訓を付すが、「つぶね」であろう。「つぶね」は「召使。下仕えの者。しもべ。下男」（〈日国大〉）の意。『発心集』巻一・七「世々生々に、煩悩のつぶね・やつことなりける習ひの悲しさは知りながら、我も人もえ思ひ捨てぬなるべし」（古典集成七〇頁）、梵舜本『沙石集』巻四・九「恩愛ノツブネトナリテ、欲ノ為ニツカハレテ、父母師長ノ恩田ヲモ報ゼズ、三宝勝妙ノ敬田ヲモ供ゼズ」（旧大系一九九頁）などは、煩悩や恩愛にとらわれて、往生を果たせず、あるいは功徳を積めないなどの意。〈四〉の「三途（三悪道）のつぶね」は意味を取りにくいが、欲望にとらわれて悪道を輪廻する意だろうか。往生には名利（名誉と利益）を捨てることが肝要であるという認識は、『発心集』などに見られるが、〈四〉では仏法と出会い、無上の悟り（阿耨多羅三藐三菩提）を得るという前後の文脈の中に、名利を捨てる事をどう位置づけているのか、読み取りにくい。**○須臾にして之を聞かば、即ち究竟の阿耨多羅三藐三菩提を得ん**　「之を聞かば」の「之」は何を指すか不明瞭。前後の文章から見て、『法華経』を意識するようにも見えるが、「須臾にして之を聞かば」（僅かな時間これを聞いたならば）とは、『法華経』をしばらく聴聞する意だろうか。わかりにくい。「阿耨多羅三藐三菩提」は、「このうえなく正しい完全なる悟りの智慧のこと」（〈日国大〉）。『法華経』には頻出の語彙であり、「阿耨多羅三藐三菩提を得る」という表現も多い。例えば、如来寿量品「諸善男子。如来。見二諸衆生楽於小法徳薄垢重者一。為二是人一説下我少出家得中阿耨多羅三藐三菩提上」（大正九―四二c）。但し、「阿耨多羅」に「無上の」の意味が含まれており、「究竟の阿耨多羅三藐三菩提」という例は『法華経』にはない。『宝物集』では、吉川本巻四に「法花経の六の巻のはじめにも、我少出家、得阿耨多羅と仰られたれば、無上菩提をねがはんもの、かならず、若くて出家遁世すべき也」（新大系一六五頁）との引用がある。これは右の如来寿量品を引いたものだが、〈四〉がこの部分の『宝物集』によったわけではないだろう。**○故に法華経は実に憑もしき事にこそ侍りしかども**　『法華経』を頼もしいとするのは、本節冒頭から前項までに見たような『法華経』称揚の姿勢によるものだろう。だが、次項以下では自分が女人であるため、仏法を理解し得ているかどうか不安であるといった方向に向かう。**○女人地獄使、能断仏種子、外面示菩薩、内心如夜叉**　『宝物集』の不邪淫戒の部分に依拠するか。吉川本巻五「まして、女人は、心うくうたてきものなれば、我ながらも、うとましくおぼゆべき也。所有三千界、男子諸煩悩、合集為二一人、女人之業障一。女人地獄使、能断二仏種子一、外面似二菩薩一、内心如二夜叉一。これは涅槃経の文なり。仏虚言をしたまはんや」（新大系二一二頁）。傍線部は、二重線とした「似」以外は〈四〉に同、「涅槃経」の文とする。九冊本第五冊

(二七一頁)同、身延零本(三三オ)同。二巻本下巻(六六頁)も仮名書ながら本文同(第三句は「げめんにぼさつ」)、典拠は「ねはんきやう」とする。片仮名三巻本下巻(一三四頁)は、経文は同じだが「華厳経」とする。身延抜書本では省略部分(第五分一一九頁該当)。一巻本なし。今井正之助(一九頁)は『宝物集』依拠とする。〈四〉の「外面示菩薩」は、以下に見る諸書との対照から見ても、『宝物集』諸本の「外面似菩薩」が良いだろう。なお、『宝物集』が傍線部の前に引く「所有三千界…」の句は、〈四〉及び〈延・盛・大・国会〉では畜生道を語る場面に引用していたもの(典拠は〈四・延〉では「涅槃経」、〈盛・大・国会〉不記。「六道語り④畜生道」参照)。畜生道場面も本段も『宝物集』の同一箇所を参照したのだろうが、畜生道場面は他本とも共通の『宝物集』依拠、本段は〈四〉の独自依拠と判断できるわけである。「女人地獄使…」の句は、「涅槃経」の句などとして諸書に見えるが、典拠不明であり、「おそらく平安時代末頃日本で作られた語と思われる」(〈日国大〉)とするのが現在の通説といえよう。この句の所見と、それが経典に見える句ではないことについては、黒木祥子(二二三頁)、淵江文也、田中貴子(五二頁以下)などによって指摘されており、とりわけ田中貴子は日本中世仏教の産物として詳しく考察している。「六道語り④畜生道」の注解「所有三千界、男子諸煩悩…」参照。それらの指摘をふまえつつ増補して、中世の例を列挙しておく(近世の例は極めて多いが省略)。まず仏書。

・日蓮『法花題目鈔』「花厳経には、女人ハ地獄ノ使ナリ。能ク断ズ二仏ノ種子ヲ一、外面ハ似テ二菩薩ニ一、内心ハ如シト二夜叉ノ一」(思想大系『日蓮』一一九頁)。

・日蓮(存疑)『主師親御書』「華厳経には、女人ハ地獄ノ使ナリ。能ク断ズ二仏ノ種子ヲ一、外面ハ似テ二菩薩ニ一、内心ハ如シト二夜叉ノ一と」(『原文対照口語訳日蓮聖人全集・七』日蓮聖人全集刊行会一九二五年・二九四頁)

・日蓮(存疑)『女人成仏鈔』「華厳経ニ云ク、女人ハ地獄ノ使ナリ。能ク断ズ二仏ノ種子ヲ一、外面ハ似テ二菩薩ニ一、内心ハ如シト二夜叉ノ一云云」(同前三一七頁)。

・存覚『女人往生聞書』「唯識論にいはく、女人地獄使、永断仏種子、外面似菩薩、内心如夜叉」（『真宗聖教全書・三』一一一頁）。

・『女人往生集』（伝法然、応永三十二年〈一四二五〉写）「宝積経ニイハク、女人地獄使、永断仏種子、外面似菩薩、内心如夜叉」（龍谷大学貴重資料画像データベース・12〜13コマ）。

・了誉聖冏『釈浄土二蔵義』巻二十五「宝積経ニ云ク、女人ハ地獄ノ使ナリ、能ク断ズ二仏種子ヲ一、外面ハ似テ二菩薩ニ一、内心ハ如シ二夜叉一ノ」（『浄土宗全書・一二』二八三頁）。

・酉誉聖聰『大経直談要註記』巻十四「経ニ云、女人ハ地獄ノ使ヒ、能ク断ズ二仏ノ種子ヲ一、外面ハ似テ二菩薩ニ一、内心ハ如シ二夜叉一ノ云々」（『浄土宗全書・一三』一八四頁）。

・酉誉聖聰『当麻曼荼羅疏』巻七「女人地獄使、能断仏種子、外面似菩薩、内心如夜叉」（同前四六六頁）。

・『法華鷲林拾葉鈔』巻十二・五百弟子品第八「唯識論云、女人ハ地獄ノ使、永断二仏種子一、外面雖レ似二菩薩一、内心如二夜叉一矣」（『日本大蔵経』四〇〇頁）。

・融舜『観経厭欣鈔』巻下・下品上生事「終南山の道宣律師引レ経〈大集経〉云、十方世界に女人あるところには地獄あり。女人は地獄の使ヒなり。よく仏種絶と云へり」（『大日本仏教全書』鈴木学術財団版一二一—一二五〇頁）。

・『法華経直談鈔』巻六本・五百弟子品・十一女人誡事「唯識論云、女人ハ地獄ノ使、永断二仏種子ヲ一、外面ハ雖レ似二菩薩一、内心ハ如二夜叉一」矣」（寛永版・臨川書店影印・二一—三六四頁）。

次に仏書以外。

・『神道集』巻二「熊野権現事」「花厳経ニハ、女人地獄使、能断仏種子、現《外》面似菩薩、内心ハ如夜叉トイヘリ」（『神道大系・文学篇』三三一〜三四頁）

・『神道集』巻十「諏方縁起」「花厳経ニハ、女人地獄ノ使、能断仏種子ト、仏ハ説玉テ、女ヲバ罪深キ者ゾト恥シメサセ給テ侍ゾカシ」

(『神道大系・文学篇』二八七頁)

・『河海抄』巻十三(若菜下)「(女人業障偈)女人地獄使、能断仏種子、外面似菩薩、内心如夜叉　涅槃経」(『紫明抄・河海抄』角川書店・四八九頁)

・『伊勢物語闕疑抄』五十八段「竜猛大士曰(大師御自筆東寺に在之―傍記)、女人地獄使、能断仏種子、外面似菩薩、内心如羅刹。然則於我門徒者眼不見女人」(片桐洋一『伊勢物語の研究・資料篇』七九二～七九三頁)。

・『道成寺縁起』「経の中にも女人地獄使　能断仏種子　外面似菩薩　内心如夜叉と説かるる心は(以下略)」(『続日本絵巻大成』詞書・一四〇頁)

・『胡蝶物語』「女人はぢごくのつかひなり、ながく仏のたねをたつ、おもては、ぼさつにゝて、なひしんは、やしゃのごとし」(『室町時代物語大成・五』四七頁。異本『花づくし』『室町時代物語大成・一〇』四六一頁も同様)。

・『大仏供養物語』「涅槃経には、女人地獄使、永断仏種子、外面似菩薩、内心如夜叉」(『室町時代物語大成・八』四一〇頁)。

・謡曲「現在七面」「女人は外面は菩薩に似て、内心は夜叉の如しと嫌はれし」(『謡曲大観・二』一〇一七頁)。

・謡曲「款冬」「(涅槃経・女人業障偈)或は又、女人は地獄の使なり。長く仏の種をたつ。面は菩薩に似て、内心は夜叉の如しとも説かれたり」(『新謡曲百番』博文館一九一二年、二四七頁)

これらの他、完全な形ではないが、『十訓抄』八ノ八「女人をば仏も内心如二夜叉一と仰せられたれば」(新編全集三六四頁)は、この句の引用と見られよう。『冷泉家流伊勢物語抄』五十八段「経云、女人、面似菩薩、心似夜叉といへり」(片桐洋一『伊勢物語の研究・資料篇』三五三頁)も、この偈に近い。また、幸若舞曲「常盤問答」の「女人一人生れなば、地獄の使ひ来るとて、三世の諸仏は舌を巻き、怖ぢさせ給ふとこそ聞け」(新大系『舞の本』一九一頁)も、この偈に関わるか。この種の類似句を探せば、例はさらに増えるだろう。〈四〉は『宝物集』依拠と見られようが、最終的改作の成立圏に近いと見られる『神道集』に、引用が二例あるのは気になる点ではある。**○何かに意得べしとも覚え候はず」と申させたまへば**　前項で見たように罪深い女人の身である自分には、頼もしい『法華経』の教えも、ほんとうに理解できているかどうかわからない、といった意か。前項に見たように、「女人地獄使…」の句は、『法華鷲林拾葉鈔』や『法華経直談鈔』のような『法華経』関連書にも見えていた。**○法皇仰せられけるは、「誠に喜ばしき事をこそ承れ。生死の妄念を打ち掃ひ候ひぬ」と喜ばせたまへば**　女院は謙遜したが、法皇は、「実に喜ばしい教えを承りました。おかげで、生死に関わる妄念を打ち払うことができました」と、女院の説法を賞讃したとする。

【引用研究文献】

＊今井正之助「平家物語と宝物集―四部合戦状本・延慶本を中心に―」（長崎大学教育学部人文科学研究報告三四号、一九八五・3）

＊黒木祥子「〈注釈〉常盤問答」（『幸若舞曲研究・一』三弥井書店一九七九・2）

＊田中貴子「〈悪女〉について―称徳天皇と「女人業障偈」―」（叙説一七号、一九九〇・10）。『〈悪女〉論』（紀伊國屋書店一九九二・6再録。一九九二・6。引用は後者による）

＊淵江文也「『河海抄』注「女人為業障」の句を中心に」（仏教文学一一号、一九八七・3）

女院の説法（③持戒）

【原文】

女院誡〔成〕[1]御物咲種候《ハンスレ》乍而成加様身何苦可候[2]下讃《モ》[3]毀《ソ》《モ》共莫不在仏因不軽大士被仰《セ》我深敬汝等〔不〕[4]敢軽慢所以者何汝等皆▽二九九右行菩薩道当得作仏候《ケレ》跋陀婆羅等四人比丘奉《リシ》加杖木瓦石忽成宿縁《コソ》候《ナレ》忍辱衣上結《フ》[5]遠《キ》縁申此心抑殖菩提種事候[6]難《キ》事禅林睡眠不如聚落持戒申[7]《セ》心仏及《ヒ》衆生是三無差別文候《ヘ》[8]必《シ》不可依比丘俗形候只五濁住不住替目申欲心▽二九九左科《クハ》重相受苦患応堕無間文候《ヘ》縦在家弁《ヘ》因果道理持三聚浄戒弥陀因位悲願懸心念仏功積《ラ》[9]同躰一心事《ナレ》得《ル》阿耨菩提事無疑事申三帰謂レ帰仏法僧三宝先申仏[10]法是雖有同躰別躰以法報応如来為根源次申法宝釈迦一代▽三〇〇右教化文世々[11]《レン》番々諸仏所説十二部経等是以申僧宝地前地上諸大菩薩身子目連等諸賢聖持戒破戒有戒無戒剃首着三衣皆是僧宝随正像末三時共皆重宝唱《ル》一[12]仏名唱一切仏名等《シ》奉レ[13]読一巻経奉開八万法蔵同《シ》奉念一▽三〇〇左菩薩名十方世界大菩薩来守護《シ》下不成相隔心是則大乗至極三帰浄戒形申[14]《モ》三帰申[15]《モ》持戒聊雖有其品大方一揆物▽三〇一右[16]凡持戒人天魔外道《モ》不レ得レ便四大天王四方張[17]レ《リ》陣五智如来五方垂影向薬師十二神将昼夜結[18]番千手廿[19]八部衆守宿擁[20]護《シ》下而八万四千塵労兵誰可レ伺[21]レ《フ》短[22]貪瞋癡慢四種軍《サ》争可侵其人持戒功〔如此〕[23]

【釈文】

女院、「誠に御物咲《わら》ひの種にこそ[1]成り候はんずれ。而りながら、加様《かやう》の身と成りては、何かは苦しく[2]候ふべき。[3]讃《ほ》むるも毀《ソシ》るも共に仏因に在らざるは莫《な》し。不軽大士の仰せられけるは、『我深敬汝等、[4]不敢軽慢、所以者何、▽二九九右汝等皆行菩薩道、当得作仏』とこそ候ひければ、跋陀婆羅等の四人の比丘、杖木瓦石を加へ奉りしが、忽ちに宿縁にこそ成り候ひけるなれ。忍辱《にんにく》の衣の上に[5]遠き縁を結ぶと申すは此の心なり。抑《そもそも》、菩提の種を殖うる事は、[6]難き事にて候ふ。『禅林の睡眠は聚落の持戒に如かず』とこそ[7]申せ。『心仏及び衆生、是三無差別』との文も候へば、[8]必ずしも比丘と俗形とに依るべからず候ふなり。只五濁に住すと住せざるとの替り目は、▽二九九左『欲心科《クハ》重、相受苦患、応堕無間』と申す文も候へば、縦ひ在家なりとも因果の道理を弁へ、三聚の浄戒を持《たも》ち、弥陀因位の悲願を心に懸けて、念仏の功[9]積もらば、同躰一心の事なれば、阿耨菩提を得る事は、疑ひ無き事なり。

三帰《さんき》と申す謂はれは、仏法僧の三宝に帰すればなり。先づ[10]仏宝（法）と申すは、是に同躰と別躰と有りと雖も、法・報・応の如来を以て根源と為《す》。次に法宝と申すは、釈迦一▽三〇〇右代の教化の文なり。世々《せぜ》[11]番々、諸仏の説く所なり。十二部経等、是を以てす。僧宝と申すは、地前地上の諸大菩薩、身子・目連等、諸賢聖なり。戒を持《たも》つも戒を破るも、戒有るも戒無きも、剃首し三衣を着するは皆是僧宝なり。正・像・末の三時に随へば、共に皆重宝なり。[12]一つの仏名を唱ふるは、一切の仏名を唱ふるに等し。一巻の経を読み奉[13]れば、八万の法蔵を開き奉るに同じ。▽三〇〇左一菩薩の名を念じ奉れば、十方世界の大菩薩来たりて守護したまふ。不成相は隔心なり。是則ち大乗至極の三帰浄戒の形なり。三帰と申[14]すも持戒と申[15]すも、聊《いささ》か其の品有りと雖も、大方一揆の物なり。凡[16]そ持戒の人には天魔・外道も便りを得ず。四大天王は四方に陣を張り[17]、五智如来は五方に影向を垂る。薬師十二神将は昼夜に結番[18]し、千手の廿[19]八部衆は守宿擁護[20]▽三〇一右したまふ。而れば、八万四千の塵労の兵、誰か短[22]を伺[21]ふべき。貪・瞋・癡・慢の四種の軍《いくさ》、争《いかで》か其の人を侵すべき。持戒の功は此[23]くのごとし。

【校異・訓読】 1「成」、〈底・昭〉補入、〈書〉通常表記。2〈昭・書〉「可候」。〈底〉の「候」に付された「下」は、「讃」の振仮名「ホ」の誤りか。次項参照。3〈昭〉「讃《ホ》モ毀《ソ》モ」、〈書〉「讃毀《ホシアモ》」。4「不」、〈底・昭〉補入、〈書〉通常表記。5〈書〉「遠」。6〈昭〉「難」。7〈昭〉「申」。8〈昭〉「必」、〈書〉「必モ」。9〈書〉「積テ」。10〈底・昭・書〉「仏法」。11〈昭・書〉「番《シン》々」。12〈書〉「物名」。13〈書〉「奉ヒ」。14〈書〉「申シ」。15〈書〉「申シ」。16〈昭・書〉「凡ツ」。17〈書〉「張レ」。18〈書〉「詰番」。19〈書〉「二十」。20〈書〉「擁護シ」。21〈昭〉「伺レ」、〈書〉「伺」。22〈書〉「陣」と書いて見せ消ち、上欄外に「短」と書いて訂正する。23「如此」、〈底・昭〉行末補入、〈書〉通常表記。

【注解】 **○女院、「誠に御物咲ひの種にこそ成り候はんずれ**　以下、前節に続き、女院の説法を語る〈四〉の独自記事。内容的には持戒の功徳を説いたもの。まず、自分の説法の内容を「物笑いの種」と謙遜する。謙遜は、女人の身で仏法を理解できているとは思えないと述べた前節末尾から続くもの。　**○而りながら、加様の身と成りては、何かは苦しく候ふべき**　このように出家遁世を遂げた身となっては、人に笑われても気にするべきではない意。　**○讃むるも毀るも共に仏因に在らざるは莫し**　褒めることもそしることも、いずれも仏につながる縁となる意。次項に見る不軽大士を意識した表現であろう。　**○不軽大士の仰せられけるは**　「不軽大士」は、『法華経』常不軽菩薩品（大正九―五〇b～五一c）に見える常不軽菩薩をいう。『梁塵秘抄』巻二「法華経廿八品歌」に「不軽大士の構へには、逃るゝ人こそ無かりけれ、謗る縁をも縁として、終には仏に成し給ふ」（一四〇。新大系四四頁）とあるように、自分をののしる相手をも常に軽んずることなく敬い、ついには成仏させたという。以下、『宝物集』吉川本巻六「不軽菩薩の

「不敢軽慢」と拝み給ひし、一切衆生に仏性ありと観ずるなり。是を打ちし人、千劫阿鼻地獄に落といへども、つゐに跋陀婆羅等の菩薩となりき」（新大系二八四頁）によるか。九冊本（三六六頁）同文。身延抜書本「不軽菩薩ハ我深敬汝等○仏ト云リ。廿四字ヲ口ニ唱テ。一切衆生ヲ拝ミ給シ。即。一切衆生仏性ヲ具シタリト観ズル也。是ヲ打シ人。千劫於阿ビ地獄ニ落ト云ヘドモ。遂ニ逆縁ノ故ニ。跋陀婆羅等ノ菩薩ト成リキ」（一五八頁）。片仮名三巻本下巻「一切衆生モ仏ケ也ト思フベキ也。此故ニ、不軽大士ハ「我深敬汝等、不敢軽慢、所以者何、汝等皆行菩薩道当得作仏」ト云二十四字ヲ唱ヘテ、一切衆生ヲ、ガミタマヘルゾカシ」（一六七頁）。二巻本下巻「ふぎやうぼさつのふかんきやうまんとおがみたまひしも、一さいしゆじやうぶつしやうをぐしたりとくはんじ給ひしなり」（八一頁）。身延零本欠巻。一巻本なし。今井正之助（一九頁）は『宝物集』依拠と指摘する。　**〇我深敬汝等、不敢軽慢、所以者何、汝等皆行菩薩道、当得作仏**　原拠は『法華経』常不軽菩薩品「而作是言。我深敬汝等不敢軽慢。所以者何。汝等皆行菩薩道当得作仏」（大正九—五〇c。我は深く汝等を敬ひ、敢へて軽慢せず。所以は何んとなれば、汝等は皆菩薩の道を行じて、当に作仏することを得べし）。前項注解に見たように、『宝物集』では、吉川本などでは「不敢軽慢」のみを引くが、片仮名三巻本では「我深敬汝等」から「当得作仏」までを引く。身延抜書本は「我深敬汝等○仏」とあり、○は省略を示すので、祖本にはこの句全体が引かれていたものと見られる。また、次項の「跋陀婆羅」の名は片仮名三巻本にはなく、身延抜書本のみに見えるが、同本も「杖木瓦石」云々の要素はなく、〈四〉と完全に一致するわけではない。〈四〉の依拠した『宝物集』を、身延抜書本や片仮名三巻本などの祖本と想定することもできよう。しかし、前節「女院の説法（②法皇女院を賛嘆）」の注解「縦ひ、枯れたる草木の生ひ…」にも見たように、この前後の記述は必ずしも『宝物集』によらず、むしろ『法華経』に対するある程度の知識によって書かれた面もあるようで、前項から次項にかけての記述も、必ずしも『宝物集』の引用と考えなくてもよいか。　**〇跋陀婆羅等の四人の比丘、杖木瓦石を加へ奉りしが、忽ちに宿縁にこそ成り候ひけるなれ**　「跋陀婆羅」は、『法華経』常不軽菩薩品に見える菩薩の名。

「彼時、四衆比丘・比丘尼・優婆塞・優婆夷、以二瞋恚意一軽二賤我一故。二百億劫常不レ値レ仏、不レ聞レ法、不レ見レ僧。千劫於二阿鼻地獄一受二大苦悩一。畢二是罪一已、復遇三常不軽菩薩教二化阿耨多羅三藐三菩提一。得大勢。於二汝意一云何。爾時四衆常軽二是菩薩一者。豈異人乎。今此会中跋陀婆羅等五百菩薩。師子月等五百比丘尼。思仏等五百優婆塞。皆於二阿耨多羅三藐三菩提一不二退転一者是」（大正九―五一a～b）。前世で、常不軽菩薩を常に軽んじ賤しめていた比丘・比丘尼・優婆塞・優婆夷は、阿鼻地獄で長い間ひどい苦しみを受けたが、その後、再び常不軽菩薩に会い、教化されて悟りを得たという。それが、跋陀婆羅・師子月・思仏などであったという。前掲注解「不軽大士の仰せられけるは」に引いた『宝物集』身延抜書本は、そうした内容を要約して説明していたし、同項に引いた『梁塵秘抄』「謗る縁をも縁として、終には仏に成したまふ」も、こうした内容をふまえたもの。ただ、『法華経』や『宝物集』などによる限り、「跋陀婆羅等の四人の比丘」の句は解し難い。『法華経』の「四衆比丘・比丘尼・優婆塞・優婆夷」は、四人の比丘の名ではなく、「比丘・比丘尼・優婆塞・優婆夷」の四種の人間をいったものであり、人名としては、「跋陀婆羅等の五百の菩薩、師子月等の五百の比丘尼、思仏等の五百の優婆塞」として示されるわけである。従って、「跋陀婆羅等の四人の比丘」は、『法華経』の本文を誤解したものである可能性が強いか。「杖木瓦石を加へ奉りしが」は、同じく『法華経』常不軽菩薩品に見える「衆人或以二杖木瓦石一而打二擲之一」（大正九―五〇c）による。

○忍辱の衣の上に遠き縁を結ぶと申すは此の心なり　「忍辱」は「耐えしのび、怒りの気持を起こさないこと」（〈日国大〉）。六波羅蜜の第三。「忍辱の衣」は、「忍辱の心はいっさいの害難を防ぐというところから、忍辱の心を身を護る衣にたとえていう語」（〈日国大〉）。『法華経』法師品「如来衣者、柔和忍辱心是」（大正九―三一c）。〈延〉巻七の義仲山門牒状「忍辱之衣ノ上ニ鎮二着シ甲冑一ヲ」（四八オ）など、用例は多い。前項注解に見たように、常不軽菩薩が、跋陀婆羅等に軽んじられても耐えて、ついにはその縁を彼らの救済につなげたという意。ここでは、本節冒頭の「誠に御物咲ひの種にこそ成り候はんずれ」からの文脈で、たとえ笑われ、馬鹿にされても耐えるのが出家者の道であるというものか。

ただ、実際はこの場に女院の説法を嘲笑する者などおらず、そうした意味では女院は特に何かを耐えているわけではないので、この場にふさわしい言葉といえるかどうか、疑問もある。だが、女院の弁舌は、この忍辱の話題から持戒の徳に展開する。　**○抑、菩提の種を殖うる事は、難き事にて候ふ**　「菩提の種」は、「さとりを開く機縁。仏果を得るに至る動機」（〈日国大〉）。『一言芳談』下「貧は菩提のたね、日々に仏道にすゝむ」（旧大系『仮名法語集』二〇二頁）のように、意図せずに人を仏道に進ませる縁やきっかけとなることをいう例が多いが、それを「殖（植）える」という例としては、『和漢朗詠集』下・仏事「この世にて菩提の種を植ゑつれば君が引くべき身とぞなりぬる」（六〇三。旧大系二〇四頁）がある（作者は「左相府」即ち藤原道長とする本が多いが、藤原師輔がよいか—柿村重松『和漢朗詠集考証』一八九頁）。ここでは、持戒によって仏道に進む道を開くことをいうか。以下、持戒の徳を述べる。　**○『禅林の睡眠は聚落の持戒に如かず』とこそ申せ**　寺院で怠惰に睡眠しているよりは、在家で戒を保っている方が良い意。睡眠が仏道修行の大敵とされることは諸書に見える。たとえば、『法華経』序品には、「又見下仏子　未二嘗睡眠一
経二行林中一　懃中求仏道上　又見下具レ戒　威儀無レ欠　浄如二宝珠一　以求中仏道上　又見下仏子　住二忍辱力一　増上慢人
悪罵捶打　皆悉能忍　以求中仏道上」（大正九—三b）と、仏道修行者が睡眠せずに林の中をめぐるさまを、持戒・忍辱と共に語る。ただ、「禅林の睡眠は聚落の持戒に如かず」の典拠は不明。以下、在家のままでも戒を保つことの意義を説く。女院自身は出家して大原に住んでおり、後白河院も俗世に交わる生活とはいえ、出家はしているわけなので、在家の持戒の意義を強調するのは誰に向けての説法なのか、わかりにくい。一般的な説法というべきか。「女院の説法（①空観問答）」注解「然れば瑜伽・唯識にも闇く…」に見たように、〈四〉灌頂巻の女院の語りは、『宝物集』によりかかった結果、「女院は普通の唱導僧と同様の口をきく、平凡な尼になってしまっている」（佐伯真一・一六六頁）と見られるが、それは『宝物集』依拠記事に限らないようである。本節などでは、必ずしも『宝物集』によらない記述においても、女院と法皇の問答という枠組に関わらない一般的な説法が展開されているといえよう。　**○『心**

仏及び衆生、是三無差別』との文も候へば　「心仏及衆生、是三無差別」は、『大方広仏華厳経』（六十華厳）巻十・夜摩天宮菩薩説偈品（大正九―四六五c）など、多くの仏典に見える句。たとえば『摩訶止観』第一下にも、「華厳云。心仏及衆生是三無差別。当レ知三己心具二一切仏法一矣」（大正四六―九a）と見える。しかし、ここで意識されているのは、「三界唯一心　心外無別法　心仏及衆生　是三無差別」という、いわゆる「三界唯心」偈（如心偈）かもしれない。これは日本で作られたかと見られる句である。『宝物集』では、吉川本巻四に「万法は心の所作にして、心の外に別に法なし。心仏及衆生、差別なきが故に」（新大系一四九頁）、また、同巻六に「はじめに、真如実相を観ずと云は、心仏及衆生の思ひをなして、是三無差別と観ずるなり」（同二八四頁）ともある。巻四については、最明寺本一二一頁、九冊本一九一頁、身延抜書本九〇頁、身延零本一オ、片仮名三巻本中巻九四頁は、ほぼ同様。二巻本下巻五四頁は「万法はこゝろのなすところにて、さらに別の法なし」のみ。一巻本なし。巻六については、九冊本三六五頁、身延抜書本一五七頁、二巻本下巻八一頁ほぼ同。片仮名三巻本巻下は、「三界唯一心　心外無別法　心仏及衆生　是三無差別ト説」（一六六頁）と、「三界唯心」偈をそのまま引く。身延零本欠巻。一巻本なし。今井正之助は、『宝物集』依拠記事に数えていない。「三界唯心」偈は、『修善寺決』（修善寺相伝私記。思想大系『天台本覚論』四三頁）や、『本理大綱集』（同前二〇頁。前半二句のみ）等、最澄仮託と見られる著作や、『観心略要集』（『大日本仏教全書』鈴木学術財団版三九―四七頁）、『自行略記』（恵心僧都全集巻五―五九七頁）等、源信作とされる著作に所見。但し、『観心略要集』は源信仮託としても十一世紀頃までには成立していたとされる（『新纂浄土宗大辞典』項目執筆・和田典善。六道語り（②天・人・修羅）」の注解「而れば経にも、　一人一日中　八億四千念…」参照）。また、『修善寺決』『本理大綱集』は最澄仮託だろうが、『本理大綱集』は「安然滅後一世紀にして生れた恵心流の作品であろうが、門流成立以後それほど降った時期の作品ではあるまい」（思想大系解説五五三頁。なお安然は九〇三年入滅か）とされる。また、覚鑁『阿字月輪観』（『興教大師撰述集』上巻二八七頁）にも見え、さらに『後拾遺和歌集』雑六「三界唯一心

伊世中将　ちるはなをしまばとまれよのなかは心のほかの物とやはきく」（一一九一）の歌もあるので、平安中後期にこの句が流布していたことは確実である。他に、『方丈記』「夫、三界ハ只心ヒトツナリ」（新大系一七頁）も著名であり、長明の追善供養に供したという禅寂『月講式』にも「三界ハ唯一心ナリ　々ノ外無別法ニ」（『鴨長明全集』鴨長明伝記資料・五二一頁）とある。西行『聞書集』にも、「三界唯一心　心外無別法　心仏及衆生　是三無差別　ひとつねに心のたねのおひいでて花さきみをばむすぶなりけり」（四〇）とある。〈延・盛〉では巻二該当部の俊寛康頼問答に、〈延〉「三界唯一心ト悟レバ、欲界モ色界モ外ニハナク」（八一オ）、〈盛〉巻九「三界一心ト知ヌレバ、地獄天宮外ニナシ、心仏衆生一躰ト悟ヌレバ、始覚本覚身ヲ離レズ」（2―四〇頁）とある。以上、要するに、ここでは『宝物集』に依拠した可能性もあるが、中世初頭には既に十分有名な句であり、特に『宝物集』依拠と限定できない。　**○必ずしも比丘と俗形とに依るべからず候ふなり**　前項の句で、仏も衆生も差別はないとあったので、出家も在家も区別する必要はないという。前々項で「寺院で怠惰に睡眠しているよりは、在家で戒を保っている方が良い」と述べていたのと同様、在家でも持戒の徳は変わらないという論旨が続く。次項以下も同様だが、在家の持戒の徳を強調する必要がどこにあるのか、わかりにくい点は前々項注解に見たとおり。　**○只五濁に住すと住せざるとの替り目は、『欲心科重、相受苦患、応堕無間』と申す文も候へば**　「五濁《ごじよく》」は、「世の中の五つの汚濁。劫濁《こうじよく》（天災、地変の起こること）、見濁（衆生が悪い見解を起こすこと）、命濁（衆生が短命になること）、煩悩濁《ぼんのうじよく》（衆生の煩悩が盛んなこと）、衆生濁《しゆじようじよく》（衆生の果報が衰えること）の五種」（〈日国大〉）。そうした末代の劣悪な現象に満ちた穢土に住み続けるのか、それを脱出して浄土に往生するかの境目は、「欲心科重…」の句もあるように、持戒にかかっているという。しかし、「欲心科重、相受苦患、応堕無間」（欲心は科《とが》重く、苦患を相ひ受く。応《まさ》に無間に堕つべし）の句は不明。『宝物集』にも見られない。　**○縦ひ在家なりとも因果の道理を弁へ、三聚の浄戒を持ち**　「三聚浄戒」は、「菩薩戒の性格を三種に分類したもの。仏のさだめたいましめを守り、いっさいの悪を防ぐ摂律儀戒、進んで善を行なう摂善法戒、いっさいの衆生を教化し利益をほどこすようつとめる摂衆生戒の三つ」(〈日国大〉)。『三宝絵』下巻・四月「比叡受戒」には、「菩薩戒トイフハ三聚浄戒也。一ニハ接律儀戒、モロ〳〵ノアシキコトヲタツナリ。二ニハ接善法戒、モロ〳〵ノヨキ事ヲ行フナリ。三ニハ饒益有情戒、モロ〳〵ノ衆生ヲワタス也」(新大系一八七頁)云々とある。『角川古語大辞典』「三聚浄戒」項は、「いっさいの戒法はこの三つに摂せられ、この戒法は清浄なものであるため、浄法というとされる」とし、「天台宗の円頓戒は、三聚浄戒の作法によって授与された」と指摘する。『浄土宗大辞典』「円頓戒」項によれば、三聚浄戒を規範とする円頓戒は、天台智顗によって説かれ、最澄によって日本に伝えられた。最澄・円仁から法然を経て浄土宗に継承されてゆく「慈覚大師正流の戒系」では、「三聚浄戒をもって、すべての持戒行為の規範を統括するものであって(中略)三聚浄戒をもって、普遍妥当的な道徳的行為の規範とするのである」という。叡山文庫真如蔵本『円頓菩薩戒儀』には、「於テ二此戒法ニ一有リ二三聚浄戒一、所謂ル、一ニハ摂律儀戒、不レ作ラ二一切ノ業障ヲ一、二摂善法戒、行ズベシ二一切ノ善根ヲ一、三饒益有情戒、利二益スベシ一切衆生ヲ一」(京大国語国文資料叢書『出家作法 曼殊院蔵』一一〇~一一一頁)とある。『宝物集』吉川本巻五「戒をたもち仏になるべし」の項にも、「戒のさま、ひろく申さば、菩薩戒より沙弥戒にいたるまで、八万の律儀、三千の威儀、四十八軽戒、三衆《ママ》浄戒、十種得戒、八斎戒なんども侍れども…」(新大系一九三~一九四頁)とあるが、〈四〉本項との関連を考える必要はあるまい。用例は多く、たとえば〈延〉の文覚発心説話も、刑部左衛門尉の出家を「年来ノ師匠請ジテ、髪ウルハシクソリ、三聚浄戒タモチテ」と描く(巻五―一九オ。〈長・盛〉ほぼ同文あり、〈四・南〉なし)。その他、『澄憲作文集』第三十「得戒功徳」「就中ニ於菩提ノ三聚浄戒ニ一 志一ヒ得レハ永不失二」(『中世文学の研究』四一六頁)、『転法輪鈔』「中宮御産御祈受戒表白」「千仏各誦持、万億同相承、合則三聚浄戒也」(貴重古典籍叢刊『安居院唱導集』三二五頁下)など。「三聚浄戒」について、平川彰はインド大乗仏教における在り方を詳しく論じ、石田瑞麿は、中国仏教における語誌と教義の変化を簡潔にまとめている。『浄土宗大辞典』「円頓戒」項によれば、前述の「慈覚大師正流の戒系」は、「法然以後、多くの流派が分かれて大きく発展していった」。特に証空は「念仏と戒の一致を説いて」（玉山成元・四八頁）おり、法然の念戒一致的な側面をよく受け継いだものといわれる。その系譜は佐藤哲英（六四一～六四三頁）にまとめられており、西山義証空からの三鈷寺流など四流、信空からの二尊院流など三流と共に、鎮西派も鎌倉光明寺系・芝増上寺系（了誉聖冏や西誉聖聡を含む）・瓜連常福寺系の三つの系統で戒脈に連なっているという。だが、〈四〉のこの前後の記述は一般的な内容で、宗派的な特色を見いだすことは難しそうである。　**〇弥陀因位の悲願を心に懸けて、念仏の功積もらば**　「因位」は、「仏道の修行中で、まだ悟りを開くに至らない位。菩薩の地位」（〈日国大〉）。「悲願」は、阿弥陀仏が法蔵比丘と称した修行時代に、衆生を救うために立てた四十八願を指す。その悲願にすがって念仏をする、その功徳が積もるならば、の意。　**〇同躰一心の事なれば、阿耨菩提を得る事は、疑ひ無き事なり**　〈日国大〉では「同体一心」の語は見えず、また、「一心同体」の古典の用例は挙げられない。中村元『広説仏教語大辞典』「同体大悲」項①「仏・菩薩の大慈悲。衆生と自己とは同一体であると見たうえに起こすから、こうよぶ」、同「一心」項①「究極の根底としての心。万有の実体真如をいう」を参考とすれば、「（在家でも修行さえすれば）、もともと仏菩薩も衆生も根元的には同一の存在から発しているのだから、ついには完全な悟りに至り得るはずだ」の意と見るべきか。「阿耨菩提」（阿耨多羅三藐三菩提）は、正しい完全なる悟りをいう。前節の注解「須臾にして之を聞かば、即ち究竟の阿耨多羅三藐三菩提を得ん」参照。　**〇三帰と申す謂はれは、仏法僧の三宝に帰すればなり**　やや唐突に「三帰」が説かれる。「三帰」（三帰依・三自帰とも）は、以下の本文にあるとおり、仏・法・僧に帰依すること。『往生要集』巻下・大文第九「明㆓往生修行㆒」の末尾に「今私云」として、往生に必要な諸行を十三種挙げる記述には、「一者財法等施、二者三帰・五戒・八戒・十戒等、多少戒行、三者忍辱、四精進、五禅定…（以下略）」（思想大系三八九頁。書き下し二五九頁）などとあり、「三帰」を戒行の筆頭に記す。伝源信『出家授戒作法』によれば、出家の際、法名を与えた次に「授三帰」があり、「帰依仏不可壊、帰依法不可壊、帰依僧不可壊」（恵心僧都全集五―五四八頁）と三返唱える。『言泉集』断簡・出家帖

（貴重古典籍叢刊『安居院唱導集』一〇七頁）も、ごく簡略ながら同様の作法の存在を伝える。曼殊院蔵『出家作法』（京大国語国文資料叢書『出家作法　曼殊院蔵』一六頁）は、「三帰」の項を「帰依仏ニ、帰依法ニ、帰依僧ニ也」として仏法僧への帰依を説くが、その本文は〈四〉とは重ならない。『宝物集』吉川本巻四では、「ふかく三宝を信じたてまつりて仏になるべし（中略）三世の諸仏は、みな仏法僧の力によるがゆへに、道をえたまへり」（一六八頁）などといった記述が見られるが、〈四〉に一致する詞章はない。妙本寺本『曽我物語』巻四「三帰五戒の輩は為《たり》二初二の聴衆一、一称南無の類は必す期す二第三の得脱を一」（貴重古典籍叢刊七四頁）。後掲注解「是則ち大乗至極の三帰浄戒の形なり」参照。**〇先づ仏宝と申すは、是に同躰と別躰と有りと雖も、法・報・応の如来を以て根源と為**　「仏宝」は、底本「仏法」を文脈によって改めた（【校異・訓読】10参照）。三宝の一つとしての仏をいう。「同躰と別躰と有りと雖も」は、仏が衆生の前に姿を現す際の姿が、同じように見えることも違って見えることもあるが、本質的には同じであることをいうか。その根源は、「法・報・応」即ち「法身」「報身」「応身」の三身であるという。「法身《ほっしん》」は「真理そのもの、永遠の理法としての仏」、「報身《ほうじん》」は「菩薩であったとき願を立て、修行の成就によって、その報いとして得た仏身をいう。たとえば阿弥陀仏」、「応身」は「衆生を救うためにその機根に応じた種々の姿をとって現われた仏のこと」（以上〈日国大〉）。『書陵部本和歌知顕集』「歌に三の心あり。一ニハ、題を心に思ひてことばにはいはず。二ニハ、題をことばにあらはして心にふかくおもはず。三ニハ、題を心にもことばにもたしかにあらはし、ふかくおもへる也。これすなはち法・報・応の三身如来なり」（片桐洋一『伊勢物語の研究〔資料篇〕』・九八頁）。**〇次に法宝と申すは、釈迦一代の教化の文なり**　「法宝」は、経典など、仏の説いた教えをいう。それは釈迦が一生かけて教えたものであるという。

〇世々番々、諸仏の説く所なり　前項に続き、釈迦のみならず、多くの仏が説いたところでもある意。「世々番々《せぜばんばん》」「親・子・孫と幾世も続くこと。代々続くこと。世々代々」（〈日国大〉）。『色葉字類抄』「番々ハンハン」（前田本・上一三一オ）。梵舜本『沙石集』六─一四「十方ノ浄土ニ擯棄セラレタル我等ヲ、世々番々ニ出世シテ、調伏シ教化シテ」（旧大系二八一頁）のように、諸仏が次々と世に現れる形容に用いられる。**〇十二部経等、是を以てす**「十二部経」は、「経文を、その性質・形式で十二部類に分けたもの」（『角川古語大辞典』）。つまり、経典全体を指す。『今昔物語集』巻六―三二話「王ノ宮ノ内ニハ、華厳・摩訶般若・大集・法花等ノ経十二部幷ニ十万偈有テ、王自カラ此レヲ受持ス」（新大系二―六七頁）。以上は法宝に関する記述。**〇僧宝と申すは、地前地上の諸大菩薩、身子・目連等、諸賢聖なり**「僧宝」は僧をいう。「菩薩」は、ここでは「修行を経た未来に仏になる者」〈日国大〉「ぼさつ①」より）の意で、僧を未来に仏になる者としていうのだろう。「身子」は釈迦の十大弟子の一人、舎利弗。目連も十大弟子の一人。「女院の回想の語り（②安徳帝との死別）」にも、「身子・目連・迦葉・阿難等を始めと為て、五百羅漢の歎き悲しみたまふ声」云々とあった。**〇戒を持つも戒を破るも、戒有るも戒無きも、剃首し三衣を着するは皆是僧宝なり**　出家して僧の姿をとっている者は、持戒・破戒、有戒・無戒を問わず、僧宝として尊重されるべきであるという。類似の例として、曇鸞『無量寿経優婆提舎願生偈註』（往生論註、浄土論註などとも）巻下に「譬如下出家聖人以レ殺二煩悩賊一故名為二比丘一、凡夫出家者、持戒破戒皆名中比丘上」（大正四〇―八四一c）があるが、これは必ずしも破戒僧の肯定ではあるまい。『黒谷上人語灯録』（漢語灯録）巻七「蓋於《ハ》二近来《ノ》僧尼一《ニ》、凡《テ》不レ可レ論《ズ》二持戒・破戒《ヲ》一。何者《レバ》論《ズルコトハ》二持戒・破戒《ヲ》一者、是在二正法像法之時《ニ》一。至《テハ》二今末法《ニ》一但是名字《ノ》比丘而已《ノミ》」（『浄土宗全書』九―三九四～三九五頁）は、末代では持戒・破戒を論じてもしかたがないというものだろう。類似の言い回しとしては、僧の持戒・破戒を問わないというよりも、『黒谷上人語灯録』（和語灯録）巻十二「阿弥陀ほとけ、五劫に思惟してたて給ひし深重の本願と申すは、善悪をへだてず、持戒・破戒をきらはず、在家・出家をもえらばず、有智・無智をも論ぜず、平等の大悲をおこしてほとけになり給ひたれば…」（『浄土宗全書』九―四九九頁）のように、阿弥陀仏の救済対象は持戒・破戒を問わないという例の方が多いか。**〇正・像・末の三時に随へば、共に皆重宝なり**「正・像・末」は、正法・像法・末法。仏滅後、その教えがよく保たれていた正法、形だけが守られていた像法、教えが廃れてしまう末法の時代区分。本項はやや解しにくいが、前項注解に引いた『黒谷上人語灯録』（漢語灯録）巻七を参考にすれば、末法の時代にあっては、破戒や無戒の僧も貴重な宝である意か。ここまで僧宝に関する記述。　**〇一つの仏名を唱ふるは、一切の仏名を唱ふるに等し**　以下、仏・法・僧の各々について述べる。まず、一つの仏の名を唱えれば、すべての仏の名を唱えたのと同じであるという。次節注解「縦ひ人有りて百千万那由他阿僧祇の舌を以て…」参照。　**〇一巻の経を読み奉れば、八万の法蔵を開き奉るに同じ**　法宝について、一巻の経を読めば、八万の経典を開いたのと同じであるという。〈日国大〉によれば、「八万」は「八万四千」の略であり、非常に数多くの釈迦所説の教法または経典をいう。『妙法蓮華経玄義』（法華玄義）巻一下「釈論云、四悉檀摂二八万法蔵・十二部経一、法華何得レ不レ預耶」（大正三三―六八六b）。『三代実録』仁和三年三月十四日条「夫毘盧遮那経者、八万法蔵之肝心、陀羅尼教之梁棟也」。　**〇一菩薩の名を念じ奉れば、十方世界の大菩薩来たりて守護したまふ**　僧宝について、一人の菩薩の名を念ずれば、世界中の偉大な菩薩が来て守護してくれるという。「菩薩」は、前掲注解「僧宝と申すは、地前地上の諸大菩薩…」参照。　**〇不成相は隔心なり**　文意未詳。「成相《じょうそう》」は、『広説仏教語大辞典』に、「華厳宗の教学でいう六相の一つ。万有の一々に包含されている他の一切は、おのおの自らの作用をなして同一目的を成立させることをいう」とあるが、この「不成相」がその否定形であるとも断定できない。「隔心」は、「心にへだてがあること。うちとけないこと」（〈日国大〉）。文脈から判断すれば、「右に述べたように経を読み、仏名を唱えても仏果が得られないならば、それは仏に対して心を隔て、十分に帰依していないためである」といった意味になろうか。　**〇是則ち大乗至極の三帰浄戒の形なり**　「大乗至極」は、大乗仏教の究極の意であろう。浄土宗関係の用例としては、聖覚『大原談義聞書鈔』「以二テ浄土ノ教法念仏三昧一ヲ為二スト大乗至極速疾解脱ノ之最要一ト聞ヘタリ矣」（『浄土宗全書』一四―七六〇頁）のように、念仏の教えを以て「大乗至極」とする例が多いように見えるが、ここでは「三帰浄戒」を「大乗至極」とする。「三帰浄戒」は未詳だが、先に「三帰と申す謂はれは、仏法僧の三宝に帰すればなり」とあった「三帰」と「三聚浄戒」を合わせた言葉で、仏法僧に帰依して戒を清く保つ意だろうか。「三帰」が持戒と同義語として扱われているわけではない（次項参照）。**○三帰と申すも持戒と申すも、聊か其の品有りと雖も、大方一揆の物なり**　「聊か其の品有りと雖も」は、やや曖昧で解しにくいが、「多少の差異はあるが」といった程度の意か。「品」は、「種類。また、等級やその違い。差異」（〈日国大〉「しな」②）。「一揆」は「法則を同じくすること。同一の原理」（『角川古語大辞典』）。「三帰と持戒は、多少の差異はあるが、おおよそ同じ仏法の原理に基づくものである」といった意か。**○凡そ持戒の人には天魔・外道も便りを得ず**　以下、持戒の人は諸仏・諸天に守られ、天魔などがとりつこうとしても隙を与えないという。『宝物集』吉川本巻五「如来の禁戒の城にいりぬれば、見思・塵沙・三毒・五蓋・十使・九十八煩悩・八万四千の悪業のいくさ、若干の勢をおこしてせめ来るといへども、またくおとさるゝ事なし（中略）十律には、戒をたもつ人、二十五善神囲遶すとは申たる也」（新大系一九三頁）。九冊本巻五（二四六頁）、身延抜書本巻五（一〇九頁）、身延零本（二四オ〜二四ウ）、片仮名三巻本下巻（一二三頁）ほぼ同。二巻本は、「見思・塵沙・三毒・五蓋・十使・九十八煩悩」の句を欠くなど、やや簡略（六三頁）。一巻本なし。趣旨は似ているし、表現も多少は似ているが、文言はあまり重ならず、『宝物集』依拠とはいえまい。今井正之助も『宝物集』依拠箇所とはしない。善導『観念法門』に、「依ルニ二灌頂経ニ第三巻一説テ云ク、若シ人受二持スレバ三帰五戒ヲ一者、仏勅スラク二天帝ニ一汝チ差シテ二天神六十一人ヲ一日夜年月ニ随二逐シ守三護シテ受戒ノ之人ヲ一勿レレ令ルコトレ獲二諸ノ悪鬼神横ニ相ヒ悩害スルコトヲ一」（『浄土宗全書』四―二二九頁）とあり、この「灌頂経」とは、『仏説灌頂七万二千神王護比丘呪経』であろう。同経巻三に「世尊説言、若持二五戒一者、有二二十五善神一衛二護人身一在二人左右一。守二於宮宅門戸之上一。使二万事吉祥一。惟願世尊為レ我説レ之。仏言梵志我今略演。勅二天帝釈一使二四天王一。遣二諸善神一営二護汝身一」（大正二一―五〇二c）とある。明恵（高弁）『摧邪輪』にも、『観念法門』と同様の引用が見られる（『浄土宗全書』八―七四四頁）。類似の例として、『栄花物語』巻十五うたがひ「三帰五戒を受くる人すら、三十六天の神祇、十億恒河沙の鬼神護るものなり」（新編全集2―一七八頁）、叡山文庫真如蔵本『円頓菩薩戒儀』「若シ専シテ二一心ヲ一、受ル二三帰ヲ一者《ヒトハ》、現ニハ則三十六部之ノ鬼神日々ニ成シ二擁護ヲ一、当ニハ亦タ五十二重之ノ癡惑念々ニ得ヘシ二解脱スルコトヲ一」(『出家作法　曼殊院蔵』八四頁)などが挙げられる。広く知られた内容と見てよかろうが、本文が〈四〉とぴったり一致する例は見当たらない。　**〇四大天王は四方に陣を張り、五智如来は五方に影向を垂る**　「四大天王」は「四天王」に同。持国天・広目天・増長天・多聞天(毘沙門天)。「五智如来」は、「密教で五智のおのおのを成就した五如来。すなわち大日(法界体性智)・阿閦(大円鏡智)・宝生(平等性智)・無量寿(妙観察智)・不空成就(成所作智)をいう」(〈日国大〉)。〇**薬師十二神将は昼夜に結番し、千手の廿八部衆は守宿擁護したまふ**　「十二神将」は、「薬師如来の名号を聞いて仏教に帰依し、薬師経を受持する者や読誦する者を守護し、願いを遂げさせるという一二の大将」。「廿八部衆」は、「千手観音の眷属で、真言陀羅尼の誦持者を守護する二八人の善神の総称」(以上〈日国大〉)。前項と共に、仏やその守護神・眷属が、持戒の人を守ってくれると述べたもの。　**〇而れば、八万四千の塵労の兵、誰か短を伺ふべき**　「八万四千」は、「仏教で多数の意を表わす常用語」(〈日国大〉)。「塵労」は煩悩の異名。無住『聖財集』下巻二十二「就二薬師一三重守護事一」に「日光月光ハ日夜ノ守護、十二神将ハ時々ノ守護、十二神将ニ各七千ノ夜叉アリ、合テ八万四千也。衆生一日一夜ニ八万四千ノ念アリ、又八万四千塵労門有リ。此ヲ守護シテ八万四千ノ法聚門ト成ス。此ヲ念念ノ守護ト云ヘリ、以上口伝ヲ受タリ」(下―二六ウ~二七オ。国文研・国書データベース、国文研蔵寛永二十年版本第95コマ)とあるのは、〈四〉のこの部分にやや類似する。「短を伺ふべき」について、〈高山釈文〉は「「短」=不詳「壇」の誤りか」(四八〇頁)とする。しかし、「壇」とした場合はどのような意味になるか、不明。「壇」は仏壇・祭壇を意味する例が多いが、ここはそれでは通じない。「短」のままで、「つたない部分。また、そのさま。短所。欠点」(〈日国大〉「短」(2))の意と見て、「(持戒の人に弱点があったとしても)多くの煩悩は、どうしてそれを狙うことができよう」などと解釈すればよいのではないか。　**〇貪・瞋・癡・慢の四種の軍、争か其の人を侵すべき**　「貪」は貪欲、「瞋」は瞋恚(怒り)、「癡」は愚かさ、「慢」は思い上がり。「貪瞋癡」は「三毒」として煩悩の代表とされることが多いが、「貪瞋癡慢」も、『大般若経』巻五百八十三「如レ是無漏無量無辺阿羅漢心及所化者尽二其神力一。不レ能レ令三一二具貪瞋癡慢等煩悩一不退菩薩心転変故」（大正七―一〇一五b）のように、「貪瞋癡慢」を以て煩悩とする例もある。了誉聖冏『釈浄土二蔵義』巻三「貪ト瞋ト癡ト慢ト之四煩悩ハ通ズレドモ二於見ト思トニ一今ハ取ルニ見ノ辺ヲ一」（『浄土宗全書』一二―四一頁）は「四煩悩」と呼ぶ。

〇持戒の功は此くのごとし　持戒の重要性を説いた本節は、注解「『禅林の睡眠は聚落の持戒に如かず』とこそ申せ」などでも見たように、女院の体験や境遇には関わらない一般的な内容で、話者が女院でなければならない必然性に乏しい。しかし、〈四〉における女院の説法の中でも比較的詳細であると同時に、『宝物集』などをそのまま引用したような記述ではなく、〈四〉編者（最終的改作者）が力を入れて著述した部分であるようにも見える。だが、編者が力を入れた理由は不明。あるいは編者の思想的傾向や宗派的な環境に関わるかもしれないが、注解「縦ひ在家なりとも因果の道理を弁へ…」にも見たように、〈四〉の記述から際だった宗派的特色などを見出すのは難しそうである。

【引用研究文献】

＊石田瑞麿「三聚浄戒について」（印度学仏教学研究一巻二号、一九五三・3。『日本仏教思想研究2　戒律の研究・下』法蔵館一九八六・12）

＊今井正之助「平家物語と宝物集―四部合戦状本・延慶本を中心に―」（長崎大学教育学部人文科学研究報告三四号、一九八五・3）

＊佐伯真一「四部本『平家物語』灌頂巻の改作―『宝物集』の引用などをめぐって―」（宝物集研究一号、一九九六・5。『平家物語遡源』若草書房一九九六・9再録。引用は後者による）

＊佐藤哲英『叡山浄土教の研究』（百華苑一九七九・3）

＊玉山成元『中世浄土教団史の研究』（山喜房仏書林一九八〇・11）

＊平川彰「初期大乗仏教の戒学としての十善道」（芳村修基編『仏教教団の研究』百華苑一九六八・3。『平川彰著作集・七』春秋社一九九〇・11再録）

女院の説法④念仏

【原文】

1次念弥陀申阿弥陀三字如次過現当三千仏明源衆徳具足名号縦有人以百千万那由他阿僧祇吉2一々舌上讃嘆3八万聖教自功徳唱弥陀一仏名号▽三〇一左功徳尚勝被説候其彼徳正等シ4無異被説上以モ凡夫心量争可キ授5 6〔校歟〕量耶五刧思惟本願四重五逆多罪悪人滅罪得生方便抜苦御誓也

　若人造多罪　応堕地獄中　纔聞弥陀名　猛火為清涼

被説候ヘ憑コソ在家人只偏取ラ7 8信往生事其証多ク▽三〇二右聞ヘ候多田満仲務ム悪不造罪人ナレ依恵心僧都教訓翻シ悪心忽往生義孝少将詣世尊寺唱ヘシ臨終正念往生極楽終遂往生素懐其後賀縁阿闍梨年来契僧夢

　昔契蓬莱宮裏月　今遊極楽界中風　則

▽三〇二左時雨ニソ千草ノ花ハ散リ9マカウ何古ニ袖濡スラン

告耶実不審キ事コソ

【釈文】

次[1]に弥陀を念ずと申すは、阿弥陀の三字は次の**ごとし**。過現当《くわげんだう》の三千の仏の明源衆徳は名号に具足す。『縦ひ人有りて百千万那由他阿僧祇の舌(吉)[2]を以て一々に舌上に八万の聖教を讃嘆する[3]功徳**より**も、弥陀一仏の▽三〇一左名号を唱ふる功徳は尚勝れたり』と説かれて候ふ。『其彼《それかれ》の徳、正等[4]に**し**て異なること無し』と説かれたる上は、凡夫の心量りを以てして**も**、争か校量[6]す**べき**[5]**や**。五劫思惟《ごこふしゆい》の本願は、四重五逆の罪多き悪人をも、滅罪得生せさせんとの方便抜苦の御誓ひ**なり**。

若人造多罪　応堕地獄中　纔聞弥陀名　猛火為清涼

と説かれたれば、憑もしく**こそ**候**へ**。在家の人の只偏へ[7]に信を取**ら**[8]ば往生する事、其の証▽三〇二右多**く**聞こえ(へ)候ふ。多田満仲は務《ム》悪不造の罪人**なれ**ども、恵心僧都の教訓に依りて悪心を翻**し**、忽ちに往生しけり。義孝少将は世尊寺に詣でて『臨終正念、往生極楽』と唱**へし**かば、終に往生の素懐を遂げたりけり。其の後、賀縁阿闍梨とて年来契りたる僧の夢に、

昔契蓬莱宮裏月　今遊極楽界中風

と告げたりけるとか**や**。実に不審《おぼつかな》**き**事に**こそ**。

則《やが》て、

▽三〇二左時雨**にぞ**千草**の**花**は**散**りまが**ふ**(う)**[9]何古《なにいにしへ》**に**袖濡**らすらん**

【校異・訓読】　1〈底・昭〉「次」の前に「三千」と書いて見せ消ち、〈書〉なし。次行の目移りか。2〈昭・書〉「舌」。3〈書〉「歎」。4〈書〉「等モ」。5〈書〉「可」。6〈底・昭〉「授」に「校歟」と傍書、〈書〉「校」。7〈書〉「偏ニ」。8

〈書〉「取テ」。9〈書〉「マカフ」。

【注解】○次に弥陀を念ずと申すは、阿弥陀の三字は次のごとし　本節は念仏の徳を説くもので、女院の説法の最後の部分にあたる。「阿弥陀の三字」は、「阿・弥・陀」の三文字が「空・仮・中」「法・報・応」「仏・法・僧」などの三つの概念を象徴するといった意味で用いられることがある。たとえば、『観心略要集』の「空仮中ノ三諦、法報応ノ三身、仏法僧ノ三宝、三徳、三般若、如レ此等一切法門、悉摂二阿弥陀三字一。故唱二其名号一。即誦二八万法蔵一。持二三世仏身一也。纔称二念弥陀仏一。冥備二此諸功徳一」（『大日本仏教全書』鈴木学術財団版三九―五七頁）があり、田村芳朗は、源信作とされる書には他にも『妙行心要集』『自行念仏問答』などにも類似の記述が見られると指摘する（四二一頁。なお、『観心略要集』が源信仮託かと見られることについては、「六道語り（②天・人・修羅）」の注解「而れば経にも、一人一日中　八億四千念…」参照）。また、例えば『鴉鷺物語』に、「阿弥陀の三字は法報応の三身、空仮中の三諦、衆生本来の仏性、百界千如、森羅万象、此三字にこもれり」（新大系一七四頁）として、以下「阿弥陀の三字」について詳細に記されるように、特殊な捉え方ではなかった。『宝物集』吉川本巻七「阿弥陀の三字は、是、三身如来なり。三因仏性也。三部の諸尊なり。三世の諸仏也。空仮中の三諦也。三界を出るしるべなり。三途の絆をきる剣なり」（新大系三三八頁。九冊本第九冊四三五～四三六頁同。片仮名三巻本下巻一八二頁簡略。身延抜書本・二巻本・一巻本なし）。『渓嵐拾葉集』巻十五「又次天台ノ念仏ハ者、阿弥陀ノ三字ハ空仮中之三諦也。故ニ釈云。心観為宗実相ヲ為体云云。唯心ノ浄土己身ノ弥陀ノ意也」（大正七六―五五二a）などもある。〈四〉では、次項の「過・現・当」の三つを当てる。以下の文につき、山添昌子は、『観心略要集』の右の部分を引き、源信の著作では阿弥陀の名号を唱えることは八万法蔵を唱えることと同等とされているのに対して、〈四〉の建礼門院は阿弥陀の名号を唱えることは八万の聖教を讃嘆する功徳よりも勝れていると主張しているので、天台浄土教以上に阿弥陀仏を重視していると見て、それは証空をはじめとする浄土宗西山派の論理であるとする（九二～九四頁）。しかし、女院の説法を西山派に結びつけることには無理があろう。以下の注解、とりわけ「縦ひ人有りて百千万那由他阿僧祇の舌を以て…」参照。

○過現当の三千の仏の明源衆徳は名号に具足す　「過現当」は「過現未」に同じで、過去・現在・未来の三世をいう。「名号」は仏菩薩の名だが、ここでは阿弥陀仏の名を唱えること。名号が「衆徳」を具足しているという表現は、永観『往生拾因』第一因「称讃浄土経云《ク》、得《ルト》聞《コトヲ》如《ノ》是《ノ》無量寿仏《ノ》無量無辺不可思議《ノ》功徳名号《ヲ》等已上。西方要決《ニ》云、諸仏《ノ》願行《ヲ以》成《ス》此《ノ》果名《ヲ》。但《ダ》能《ク》念《ズレバ》号《ヲ》具包《ス》衆徳《ヲ》。故《ニ》成《テ》大善《ト》不廃《セ》往生《ヲ》已上。故《ニ》知《ヌ》、弥陀《ノ》名号《ノ》中《ニ》、即《チ》彼《ノ》如来《ノ》従《リ》初発心乃至仏果《マデ》、所有《ル》一切《ノ》万行万徳皆悉《ク》具足《シテ》無《シ》有《ルコト》欠減。非《ズ》唯弥陀一仏《ノ》功徳《ノミニ》、亦摂《ス》十方諸仏《ノ》功徳《ヲ》。以《ノ》一切如来《ハ》不《ヲ》離《レ》阿字《ヲ》、故《ニ》因《テ》此《ニ》念仏《ノ》者《ハ》諸仏《ニ》所《ル》護念《セ》。今此《ノ》仏号《ハ》文字雖少《シト》具足《ス》衆徳《ヲ》。如《シ》如意珠《ノ》形体雖少《サシト》雨《フラスガ》無量《ノ》財《ヲ》」(『浄土宗全書』一五―三七二頁)に類似する。また、法然『選択本願念仏集』の「一者勝劣義、二者難易義。初勝劣者、念仏是勝、余行是劣。所以者何。名号者是万徳之所帰也。然則弥陀一仏所有四智・三身・十力・四無畏等一切内証功徳、相好・光明・説法・利生等、一切用功徳、皆悉摂在阿弥陀仏名号之中。故名号功徳最為勝也」(思想大系『法然・一遍』二六三頁。書き下し一〇五頁)は念仏の功徳を説いたものとして著名。名号は「万徳之所帰」であるとして、余行に勝ると説いている点は、内容的に〈四〉に近い。源信・永観・法然などの名号観の展開については、普賢晃寿(二〇五〜二二九頁)、佐藤哲英(三八五〜三八六頁)など、そうした中における法然の名号観の位置づけや万徳所帰論などについては、深貝慈孝、曽根宣雄、『新纂浄土宗大辞典』「みょうごう」項など参照。

○縦ひ人有りて百千万那由他阿僧祇の舌を以て一々に舌上に八万の聖教を讃嘆する功徳よりも、弥陀一仏の名号を唱ふる功徳は尚勝れたり　「百千万那由他阿僧祇」は、極めて大きい数。一般に「那由他」は一千億、「阿僧祇」は十の六十四乗などといわれる。本項は典拠未詳だが、表現が類似する記事として、『往生要集』巻上・大文第二「観世音菩薩言(中略)若有称念百千倶胝那庾他諸仏名号。復有暫時於我名号至心称念。彼二功徳平等平等」(思想大系『源信』三四〇頁。書き下し六八頁)が挙げられる。これは観音に関する記述で、典拠を「十一面経」とするが、思想大系六八頁頭注が指摘するように、『十一面観自在菩薩心密言念誦儀軌』巻上「一切有情纔称二念我名一。超レ称二百千倶胝那庾多如来名号一」（大正二〇・一四〇b）と『十一面観世音神呪経』「若復有人称十万億諸仏名字。或復有人称観世音菩薩名字者。彼二人福正等無異」（大正二〇・一四九c）を継ぎ合わせたもののようである（次項注解参照）。阿弥陀ではなく観音の名号ではあるが、表現としては〈四〉の行文に類似するといえよう（次項注解も参照）。〈四〉が「…弥陀一仏の名号を唱ふる功徳は尚勝れたり」とするのに対して、『往生要集』は「彼二功徳平等平等」とする点は相違だが、〈四〉も次項では「其彼の徳、正等にして異なること無し」としている。両者に大きな差はないというべきだろう。また、『選択本願念仏集』が念仏の功徳が他の行よりも勝れていると述べていることは、前項注解に見たとおり。なお、『宝物集』吉川本巻七には「称讃浄土経には、『百千倶胝那由他の舌をもて、一々の舌上に無量のこゑを出して、ほむともく〵尽くる事あたはじ』と侍るめれば、中々あやしの舌をもて申侍らじ」（新大系三四八頁）とあり、阿弥陀の称賛の描写としては類似する（九冊本第九冊―四五〇頁同、平仮名二巻本下巻九六頁ほぼ同。一巻本・身延抜書本・片仮名三巻本なし。原拠は『宝物集』自身が記す通り『称讃浄土仏摂受経』大正一二―三四九b）。しかし、功徳を比較して名号の功徳を言う文脈ではなく、〈四〉本項の典拠といえるようなものではない。　**〇『其彼の徳、正等にして異なること無し』と説かれたる上は**　前項注解に見た『往生要集』の典拠『十一面観世音神呪経』の句「若復有人称十万億諸仏名字。或復有人称観世音菩薩名字者。彼二人福正等無異」（大正二〇・一四九c）は、表現として〈四〉本項に類似する。　**〇凡夫の心量りを以てしても、争か校量すべきや**　「授量」は「校量」の誤りだろう（校異・訓読6参照）。「校量」（きょう‐りょう）は「くらべて、はかること。くらべ合わせて考えること。おしはかること。推察。推量。こうりょう」〈日国大〉。『色葉字類抄』「校量ケウリヤウ」（黒川本・中―一〇〇オ）。功徳について校（挍）量をいう例として、『金玉要集』「校量功徳者、菩薩供養一万三千造寺人者、請一万僧一、令読一切経一人、功徳正等〈文〉」（『磯馴帖　村雨篇』一七四頁）、西誉聖聰『当麻曼陀羅疏』巻四十八「能聞能信能行能願ハン者ハ、其功徳亦不レ可二挍量一也」(『浄土宗全書・一三』六九七頁)などがある。**〇五刧思惟の本願は、四重五逆の罪多き悪人をも、滅罪得生せさせんとの方便抜苦の御誓ひなり**　「五刧思惟」は、「阿弥陀如来が一切の衆生を済度するための願を起こし、五劫の間思惟したことをいう」(〈日国大〉)。「四重五逆」は、四重罪(殺生・偸盗・邪淫・妄語)と五逆罪(殺父・殺母・殺阿羅漢・破和合僧・出仏身血)。妙本寺本『曽我物語』巻二「亡二シて四重五逆の罪一を改二メヨ闡提謗法の心一を、遊二て一仏浄土の月一に可レシ開二ク三因開発の蕚一を」(貴重古典籍叢刊三〇頁)。**〇若人造多罪　応堕地獄中　纔聞弥陀名　猛火為清涼**　この句は『浄土本縁経』に「若人造多罪　応堕地獄中　纔聞弥陀名　猛火為清涼」(『新纂卍大日本続蔵経』一—三六三頁)と見える。また、『三宝感応要略録』巻上—一九「信帰言称阿弥陀仏名感応」にも、「若人造多罪　応堕地獄中　纔聞弥陀名　猛火為清冷」(大正五一—八三二a～b)と、ほぼ同じ形で所見。だが、日本では『浄土本縁経』の引用が多いか。「若人造多罪…」の句は、『当麻曼荼羅疏』巻三十五においては、早離・速離譚の引用の後に記され、「此因縁ハ浄土本縁経ノ説也」と注記されている(『浄土宗全書』一三—六三二頁)。また、同じ西誉聖聡の『大経直談要註記』巻九にも、「浄土本縁経云」として所見(『浄土宗全書』一三—一二一頁)。融舜『観経厭欣鈔』巻上之本にも、「他力本願の名号を与フれば。獄火変シテ清涼風と成ると云事を表るなり。浄土本縁経ニ云…」として、同句の引用が見られる(『大日本仏教全書』鈴木学術財団版一二—二一〇頁)。これは、『観無量寿経』において下品中生の救済について述べた句である「地獄猛火化為二(清)涼風一」(大正一二・三四六a)に基づいて記されたものであり、同書の巻下・下品中生事には「浄土本願経《ママ》ニ云…」として、同句を書き下して引用している(同前一二五二頁)。その他、『浄土本縁経』とは断わらないが、「若人造多罪」以下の同文は『私聚百因縁集』巻三・一八「阿輪沙国婆羅門事」にも見出せる(すみや書房版古典資料1—一七〇頁。なお、『私聚百因縁集』が『浄土本縁経』を参照していることは、巻四第九話からもわかる)。『浄土本縁経』が広く読まれたことについては、「大原御幸(④女院の庵室)」の注解「若有重業障　無生浄土因…」参照。なお、山添昌子(九五頁)は、右記の『観経厭欣鈔』巻上之本を引用し、同書を著した融舜が証空の曽孫にあたることから、〈四〉の建礼門院の弁舌が西山派に関わることを示すと考えたが、『観経厭欣鈔』は、中世日本で広く読まれた『浄土本縁経』を引用した文献の一つに過ぎず、そこから西山派との関係を考えることはできない。 **○在家の人の只偏へに信を取らば往生する事、其の証多く聞こえ候ふ** 在家でも熱心に信仰さえすれば往生できるとする。次項以下で述べる満仲と義孝の話は、その例証となっている。念仏の功徳は出家・在家に関わらないというのは一般的な教えだろうが、〈四〉における女院の説法が、在家で往生が可能だと強調する理由は不明。前節「女院の説法(③持戒)」の注解「『禅林の睡眠は聚落の持戒に如かず』とこそ申せ」参照。 **○多田満仲は務悪不造の罪人なれども、恵心僧都の教訓に依りて悪心を翻し、忽ちに往生しけり** 「務悪不造」は「無悪不造」の誤り。「無悪不造」は、「悪造《いた》らざるなし」、即ち「悪事をほしいままにしてはばからないこと。あらゆる悪事をはたらくこと」(〈日国大〉)。『発心集』八―一二「無悪不造のともがら、何につけてか、露ばかりの縁を結び奉らましと思ひとけば」(古典集成三八四頁)。多田(源)満仲の発心は著名な説話で、『今昔物語集』巻一九―四、『宝物集』、『古事談』四―一二(三〇五話)などに見え、一四世紀以降、説教台本『多田満中』(岡見正雄紹介)や謡曲「仲光」、絵本『ただのまんぢうのものがたり』(小林健二紹介)などにも展開する。〈四〉の記事は簡略で、特にどれに拠ったともいえない。なお、『宝物集』は、吉川本では巻七(新大系三二〇頁)、九冊本第八冊(四一二頁)、身延抜書本巻七(一八〇頁)、片仮名三巻本下巻(一七三〜一七四頁)、二巻本下巻(八八頁)、一巻本なし。 **○義孝少将は世尊寺に詣でて…** 「義孝少将」は前出。「女院の回想の語り(③道心を発す例)」の注解「又、一条摂政の子に前少将・後少将…」及び「一日にして二人ながら…」参照。該当箇所も『宝物集』依拠だったが、本項以下も『宝物集』の一連の記事によるか。『宝物集』では、前少将挙賢・後少将義孝の同日の死去という話題に続けて、次のように語る。

弟の君は、もとより道心おはせし人にて、世尊寺の桜の木のしたにて、命終決定、往生極楽といふぬかをぞつき給ひける。あはせて、賀縁阿闍梨とてたのみ給ひたりける僧の夢に、こゝろよげにて、かくぞよみ給ひける。

　時雨とぞ千種の花はふりまがふなにふるさとに袖ぬらすらん

　昔契蓬莱宮裏月　今遊極楽界中風（吉川本巻三。新大系一二三～一二四頁）。

本能寺本（八二頁）、九冊本第三冊（一五九頁）、片仮名三巻本中巻（七九～八〇頁）ほぼ同。二巻本上巻（四五頁）は漢詩無し。一巻本一四オ～一四ウは異文あり、漢詩と歌の順序が逆（〈四〉と同順序）。身延抜書本省略。今井正之助①は『宝物集』依拠と指摘する（一九頁）。有名な話で、類話や関連記事は多い。

＊『義孝集』（『新編国歌大観』三―五二―七九・八〇）

＊『後拾遺集』巻十哀傷（五九九）

＊類聚本系『江談抄』四―一〇一（二七四）（『類聚本系江談抄注解』二一六頁、『江談證注』八六〇頁）

＊『大鏡』巻三伊尹条（新編全集一七六～一七九頁）

＊『日本往生極楽記』三四話（思想大系『往生伝　法華験記』五〇八頁。書き下し三七～三八頁）

＊『法華験記』下―一〇三（思想大系『往生伝　法華験記』五五七頁。書き下し一八四頁）

＊『今昔物語集』巻一五―四二話（新大系3―四四四～四四七頁）

＊同　右　巻二四―三九話（同4―四六〇～四六一頁）

＊『袋草紙』希代歌（歌学大系二―八二頁、新大系一六〇頁）

＊『扶桑略記』天延二年条（国史大系二四八頁。「出二慶氏記一」とあり）

＊『世尊寺縁起』（図書寮叢刊『伏見宮九条家旧蔵諸寺縁起集』二〇頁）

＊『古来風体抄』下巻・後拾遺条（歌学大系二―三九一、四九八頁）

＊『万物部類倭歌抄』後拾遺条（歌学大系別巻三―一六四頁）

＊『別本和漢兼作集』（未刊国文資料六九頁）
＊『元亨釈書』巻十七（国史大系二四六頁）
＊『帝王編年記』巻十七天延二年条（国史大系二五六頁）
＊『雲玉和歌抄』（古典文庫五五五番歌）
（なお、『清慎公集』にも見られるが、『義孝集』の混入か）。

以下、右記の諸書を比較して注解を進めるが、「世尊寺」にふれるのは、これらのうち、『大鏡』、『今昔物語集』巻一五—四二、『宝物集』のみ。「世尊寺」は、一条の北、大宮の西に位置した。代明《よしあきら》親王から源保光などを経て藤原伊尹—義孝—行成と相伝、行成が邸内に一宇を建立して寺としたもの（〈平凡社地名・京都市〉六二二頁）。従って、義孝在世時にはまだ寺ではない。しかし、『大鏡』は、義孝が「大宮のぼりにおはして、世尊寺へおはしましつきぬ」（新編全集一七九頁）として、「東の対の端なる紅梅のいみじく盛りに咲きたる下に立たせたまひて」（同）祈る義孝の姿を描く。これは、新編全集一七九頁頭注一〇が「万寿二年現在は世尊寺だが、かつての伊尹邸で、義孝が伝領した」と指摘するように、『大鏡』における語りの現在の視点から「世尊寺」と呼んでいるもの。『今昔物語集』巻一五—四二が「大宮登リ行テ、世尊寺ノ東ノ門ヨリ入テ、東ノ台ノ前ニ紅梅ノ木ノ有ル下ニ立テ」（新大系3—四四五頁）と描くのも、『宝物集』が前掲のように「世尊寺の桜の木のしたにて」祈る義孝を描くのも、『大鏡』の影響を受けている可能性があろう。　**○『臨終正念、往生極楽』と唱へしかば、終に往生の素懐を遂げたりけり**　この部分は前項に記した『大鏡』、『今昔物語集』巻一五—四二、『宝物集』にあり。『臨終正念、往生極楽』の該当句は、『大鏡』「滅罪生善、往生極楽」、『今昔物語集』一五—四二・『宝物集』「命終決定、往生極楽」（新大系一一三頁）。『宝物集』巻七「善知識」の項では、「人常の言種には、『臨終正念、往生極楽』をいのるべきなり。これは善知識にあふべき相なり」（新大系三一二〜三一三頁）とあり。　**○其の後、賀縁阿闍梨とて年来契りたる僧の夢に**　以下、詩と歌が記される。これについて、右記の諸文献を、「昔契…」詩と「しぐれ…」歌について、A群＝詩歌両方を有する、B群＝詩のみ、C群＝歌のみの三つに分類し、各々が誰の夢で詠まれたか、また、A群については詩歌の記載順序について対照してみる（小沢正夫・他『袋草紙注釈』、田坂憲二・田坂順子『藤原義孝集本文・索引と研究』等を参考とした）。

群	文献名	「昔契…」詩	「時雨…」歌	順序
A	〈四〉	賀縁阿闍梨	賀縁阿闍梨	詩が先
A	『義孝集』	せいえむそうづ[1]	せいえむそうづ	歌が先
A	『袋草紙』	賀縁阿闍梨	賀縁阿闍梨	歌が先
A	『江談抄』	賀縁阿闍梨	賀縁阿闍梨	歌が先（「詠之後又詠此詩」）
A	『大鏡』	小野宮実資	賀縁阿闍梨	歌が先（別の機会の詠）
A	『宝物集』七巻本	賀縁阿闍梨	賀縁阿闍梨	歌が先
A	同　一巻本	賀縁阿闍梨	賀縁阿闍梨	詩が先
A	『雲玉和歌抄』	賀円上人	賀円上人	詩が先
B	『日本往生極楽記』	藤原高遠	×（不記）[2]	—
B	『法華験記』	藤原高遠	×（不記）	—
B	『今昔』巻一五	藤原高遠	×（不記）	—
B	『扶桑略記』	藤原高遠	×（不記）	—
B	『世尊寺縁起』	母堂大夫人	×（不記）	—
B	『別本和漢兼作集』	藤原高遠	×（不記）	—
B	『元亨釈書』	藤原高遠	×（不記）	—
B	『帝王編年記』	藤原高遠	×（不記）	—
C	『後拾遺集』	×（不記）	賀縁法師	—

C	『今昔』巻二四	×(不記)	賀縁ト云僧	―
C	『古来風体抄』	×(不記)	人	―
C	『万物部類倭歌抄』	×(不記)	×(名不記)	―

注(1) 細川文庫本には「かえいあざりイ」との異本注記あり。また、諸本に「清因僧都」「せいそうづ」などの異同あり。本来は「せいえん」または「せいいん」で、大江朝綱の息、清胤を指すか―田坂憲二・田坂順子(一〇五～一〇九頁)。

注(2) 『日本往生極楽記』には「しかばかりちぎりしものをわたりがはかへるほどにはかへすべしやは」の歌があるが、後補か―思想大系補注三七頁15行。

この説話は、BとCの両話は本来別途に伝えられ、Aは両者の合体としてやや混乱を含みつつ伝えられたように見える。田坂憲二・田坂順子(一〇八頁)は現存『義孝集』『後拾遺』『大鏡』三者の共通材料として、逸書『義孝日記』(『本朝書籍目録』所載)を想定するが、そのように早くA群に属する資料があったとしても、B・C両話が別々に伝えられた場合が多いことは、例えば、『今昔物語集』が巻一五でB話を、巻二四ではC話を各々伝えていることを見ても明らかである。〈四〉と関連し得るのは、両者を統合したA群、とりわけ詩歌をどちらも「賀縁阿闍梨」の夢とする点で、『袋草紙』『江談抄』『宝物集』及び『雲玉和歌抄』にしぼられる(『今昔物語集』は、仮に両話を合体させたとしても、詩は「高遠」の夢とする)。さらに詩歌の順序と、前項に見た「世尊寺」の件に着目すれば、『宝物集』一巻本が最も有力な関連文献といえそうである。次々項注解「時雨にぞ…」参照。　**○昔契蓬萊宮裏月　今遊極楽界中風**　右のAB両群が比較対象となる。詩句に異同はあまりなく、『袋草紙』・『江談抄』・『大鏡』・『宝物集』・『日本往生極楽記』・『法華験記』・『今昔』巻一五・『扶桑略記』・『世尊寺縁起』・『和漢兼作集』は同文。『義孝集』は後半「…中の月」、『帝王編年記』は「間月」。『元亨釈書』「昔約蓬萊…今居極楽界中花」。『雲玉和歌抄』は「昔翫蓬萊洞月今遊極楽界風」と崩れる。　**○時雨にぞ千草の花は散りまがふ何古に袖濡らすらん**　「極楽浄土で苦患から解放され心楽しく過ごす義孝の様子が詠まれている」（呉羽長・一〇頁）。右のＡＣ両群が比較対象となる。歌句には細かい異同あり。もっともオーソドックスなのは、「時雨とはちくさの花ぞ散りまがふなにふるさとに袖濡らすらむ」とする、『袋草紙』『古来風体抄』『雲玉集』、または同様ながら「ふるさとの」とする『義孝集』『後拾遺集』であろう（但し『後拾遺』にも「…ふるさとに」とする本が少なくない＝『後拾遺集総索引』）。『万物部類和歌抄』も同様）。『今昔物語集』巻二四も「時雨ニハ…ナニフルサトノ」と小異。もう少し異同が多いのが『江談抄』「時雨とはちゞの木の葉ぞ…なにふるさとの…」、『大鏡』「時雨とはちすの花ぞ…なにふるさとに袂ぬるらん（袖濡らすらむ＝異本）」。いずれも仮名の誤りによる訛伝か。注目すべきは、『宝物集』一巻本が「シクレトゾチクサノ花ハチリマガウナニフルサトニソデヌラスラム」と、〈四〉にほぼ一致すること。波線部、吉川本・本能寺本・九冊本・片仮名三巻本・元禄七巻本には「ふりまがふ」とあり、一巻本に一致するのは先に挙げた中では二巻本のみなのである。微細な問題であり、また一巻本・二巻本にしても「時雨ニゾ」とする〈四〉と完全に一致するわけではないが、これだけ多くの資料の中で最も強く一致することは注意すべきか。宝物集一巻本・二巻本の祖本、及びそれと『平家族伝抄』との関係などをめぐっては、今井正之助②・大島薫などに論があるが、そうした考察において注目すべき箇所の一つといえよう。○**実に不審き事にこそ**　確実に往生を遂げた話として著名な義孝の説話が、「おぼつかなき事」と結ばれるのはわかりにくい。あるいは、義孝の説話などを「おぼつかなき事」というわけではなく、「女院の説法（②法皇女院を賛嘆）」で、「故に法華経は実に憑もしき事にこそ侍りしかども、『女人地獄使、能断仏種子、外面示菩薩、内心如夜叉』と申す文も候へば、何かに意得べしとも覚え候はず」と、女人であるために、女院の仏法談義全体が「おぼつかなき事」であると謙遜して、ここまでの説法を結んだと読むべきか。

【引用研究文献】

＊今井正之助①「平家物語と宝物集—四部合戦状本・延慶本を中心に—」（長崎大学教育学部人文科学研究報告三四号、一

九八五・3）
＊今井正之助②「「宝物集第二種七巻本系」考―他系統本文との関わり―」（名古屋大学国語国文学五四号、一九八四・7）
＊大島薫「宝物集諸本の検討―二巻本系本文の位置をめぐって―」（関西大学国文学六七号、一九九四・11）
＊岡見正雄「説教と説話―多田満仲・鹿野苑物語・有信卿女事―」（仏教芸術五四号、一九六四・5）。
＊小沢正夫・後藤重郎・島津忠夫・樋口芳麻呂『袋草紙注釈　上』（塙書房一九七四・3）
＊呉羽長「藤原義孝集注釈（五）」（富山大学教育学部紀要五八号、二〇〇四・2）
＊小林健二「幸若舞曲とお伽草子」（徳田和夫編『お伽草子百花繚乱』笠間書院二〇〇八・11）。
＊佐藤哲英『叡山浄土教の研究』（百華苑一九七九・3）
＊曽根宣雄「法然上人の万徳所帰論について」（仏教論叢五四号、二〇一〇・3）
＊田坂憲二・田坂順子『藤原義孝集本文・索引と研究』（和泉書院一九八七・12）
＊田村芳朗『鎌倉新仏教思想の研究』（平楽寺書店一九六五・3）
＊深貝慈孝「法然上人の名号観―名号万徳所帰説に関して―」（『阿川文正教授古稀記念論集　法然浄土教の思想と伝歴』山喜房仏書林二〇〇一・2）
＊普賢晃寿『日本浄土教思想史研究』（永田文昌堂一九七二・4）
＊山添昌子「『四部合戦状本平家物語』における建礼門院像―物語の特質を求めて―」（『女性と文化Ⅲ』ＪＣＡ出版一九八四・3）

龍宮の夢の事

【原文】

爾《モ》何《ソ》耶寂光院御堂候《シ》通夜時見夢候《シ》様自昔内裏遥超過《シ》罷眦《キ》処《ヘ》候《シ》[1]御在《セシ》先帝《モ》被《レキ》侍二位[2]殿《モ》為始教盛知盛一門月卿雲客候《シ》勇気威儀間是尋何《ソ》候《ヘ》[3]覚《ク》知盛是申龍宮城処[4]答[5]候《シ》眦《キ》▽三〇三右処哉此無苦申《セシ》争無苦可候見《ヘ》龍畜経中能々御[6]讚《シ》[7]訪《セ下》後生覚申夢覚《ヌ》此人々生《コソ》龍宮城思候《ヘ》雪朝寒《モ》登峯取花嵐劇夕《モ》下谷《ヘ》結《ヒツ》、水備《ヘ》仏御前訪彼人々後生候《ヘ》[8]而《リ》成《コソ》仏道[9]思〔候《ヘ》〕食連事共自《レ》始[10]終《ニ》打話有《ケレ》御物語法皇《モ》咽御涙御在障子隔▽三〇三左承公卿殿上[11]人《モ》捶袖或冠付地世中可有左《モ》右《モ》[12]口遒或出門外宮《モ》藁屋《モ》無《ケレ》了《シ》打詠捶袖有人《モ》

【釈文】

爾ても何つぞや、寂光院の御堂にて通夜し候ひし時、夢に見候ひし様は、昔の内裏より遥かに超過して眦《めでた》き処へ罷りて候ひしかば、先帝も[1]御在し、二位[2]殿も侍はれき。教盛・知盛を始めと為《し》て、一門の月卿雲客も候ひしかば、勇《ゆゆ》し気に威儀《きらめ》く間、『是は何《い》づくぞ』と尋ね候へば、知盛と[3]覚しくて、『是は龍宮城と申す処なり』と[4]答へ[5]候ひしかば、▽三〇三右『眦き処かな。此には苦は無きか』と申せしかば、『争《いかで》か苦無くて候ふべき。龍畜経の中に見え（へ）たり。能々《よくよく》御[6]讚じて後生を[7]訪はせたまへ』と申すと覚えて夢覚めぬ。此の人々は龍宮城に生

まれたりとこそ思ひ候へ。雪の朝の寒きにも峯に登りて花を取り、嵐劇しき夕にも谷へ下りて水を結びつつ、仏の御前に備へ、彼の人々の後生を訪ひ候へば、[8]而りとも仏道を成ぜんとこそ思ひ〔[9]候〕へ」と、《思し》食し連けし事共を始めより[10]終はりまで打ち話《くど》きて御物語有りければ、法皇も御涙に咽び御在し、障子を隔てて▽三〇三左承りし公卿殿上[11]人も袖を搾《しほ》りけり。或は冠を地に付け、「世の中は左《と》ても右《か》くても有りぬべし」と口[12]遊《ずさ》み、或は門の外に出でて、「宮も藁屋も了《は》てし無ければ」と打ち詠《なが》め、袖を搾《しほ》れる人も有り。

【校異・訓読】 1〈底・昭〉「御在セシ」、〈書〉「御在サン」。2〈書〉「殿」。3〈書〉「覚ッ」。4〈書〉「答シ」。5〈書〉「候」。6〈昭・書〉「讃」。7〈昭〉「訪」、〈書〉「訪セ」。8〈書〉「而」。9〈底〉「思食連」の「思」の下に「候ヘ」補入。〈昭〉「思食連」の「思」の右下に「候ヘ」、左下に「思」補入。〈書〉「思候ヘ思入連」。本来は「思候ヘ思食連」だったものと見た。10〈底・昭・書〉「終ニ」。「終マ」の誤りか。11〈昭・書〉「人」。12〈書〉「道」。上欄外に「逍」と記す。

【注解】○爾ても何つぞや、寂光院の御堂にて通夜し候ひし時、夢に見候ひし様は　本段は、平家一門が龍宮に生まれているさまを女院が夢に見たという、いわゆる「龍宮の夢」について述べる。前段まで女院の説法を扱う〈四〉独自記事が続いてきたが、ここで諸本に共通する記事に戻る。龍宮の夢は、〈四・延・盛・大〉及び〈国会・山崎・藤井〉では、六道語りの終了後に置かれた回想である。一方、〈長・南・屋・覚・中〉では、これを六道語りの畜生道の位置に記す。但し、〈長〉は「畜生道」（5―二二二頁）、〈南・中〉は「畜生」（〈南〉一〇二六頁）の語があるが、〈屋・覚〉ではこの記述に「畜生」の語はない。しかし、〈屋・覚〉は、〈覚〉「是皆六道にたがはじとこそおぼえ侍へ」（下―四〇六頁）のように、「六道」を確認して本話を終わるので、六道の中に位置づけられているのは確かであり、また、龍宮の夢以外に畜生道の記述があるわけではない。流布本を底本とした高橋貞一『講談社文庫・平家物語・下』三六六頁脚注四は、同本では畜生道を述べていないとするが、六道の中で畜生道のみ語らない理由は考えにくく、〈長・南・中〉

と同様、〈屋・覚〉でも龍宮の夢を畜生道にあてていると読むのが一般的である。一方、〈四・延・盛・大〉〈国会・山崎・藤井〉では、この夢は六道語りの終了後に置かれた回想であり、女院が一門供養を志した理由とされている。この異同について、水原一は、「龍宮であるから畜生道だというのは、他の五道の経験的切実さに比してはいかにも牽強付会と言わざるを得ない」（三八七頁）として、畜生道の内容を姦淫問題とする〈延〉などの形を本来とし、畜生道を龍宮の夢とする諸本の形はそれを改めたものと見た。一方、池田敬子①は、「龍を畜生道の衆生と考えることは、全く当然」であり、また、「中世の人々にとって「夢」がどれほど事実以上の価値を持ちえたか、あるいは事実であったか」を考えれば、これを畜生道として語ることも無理ではないとした（一七七頁）。しかし、佐伯真一は、「龍宮の夢を畜生道とする形の問題点は、それが夢中の体験であることではなく、夢中においても女院自身が苦を体験していないことである」として、〈覚〉などの形に改めて疑問を呈した（二章注8。二〇六頁）。畜生道に当てる形との先後は別として、龍宮の夢を畜生道に当てない〈四・延・盛・大〉及び〈国会・山崎・藤井〉では、これは六道語りからは独立した記事であり、この夢を見た女院がいよいよ熱心に一門の菩提を弔ったという形で、大原御幸全体を締めくくるものとなっている。次に、この夢を見た時期と場所について。〈四〉は「何つぞや」、寂光院での夢とする〈時期は特定しないものの、大原入りの後のことではある〉。この点、近似するのは〈盛・大〉及び〈国会・藤井〉。〈盛〉は、寂光院で「御堂ニ参テ終夜香ノ煙ト燃焦、朝ノ露ト泣シホレテ、静ニ念仏申、経ヲ読テ、人々ノ後世ヲ祈申候シ験ニヤ、或夜、聊マドロミ入テ候シ夢ニ」（6―五〇九頁）とする。〈大〉「この本尊の御前にて人々の後生菩提をいのり申て、ちとまどろみたりしに」（一〇五頁）。〈国会〉も寂光院で「ほんぞんの御まへにて、念仏きやうだらにをよみ、らひはひをまいらせたりし、あるあかつき、すこしまどろみしゆめに」（一〇〇頁）とする。〈山崎〉「身づからなくは、この人〴〵のごしやうをいのり侍。すこしまどろみしに」（一九三頁）は、文意が通らないが、おそらく、〈藤井〉「みづからなくは、この人々の、ごしやうぼだひを、たれかとぶらひたてまつるべきとおもひ、御だうへまいり、つや申、この人々の、ごしやうを、いのりはんべり。すこしまどろみしに」（三三一頁）の傍線部を目移りによって脱落させたものと見るべきだろう。だとすれば、〈山崎・藤井〉も、寂光院の御堂で通夜した時の夢と読める。〈延〉「過ニシ比」（巻十二—七四ウ）、〈長〉「ある夜の夢に」（5—二二二頁）は、時期も場所も特定しない。一方、この夢を畜生道に当てる諸本のうち〈南・屋・覚・中〉は、壇浦から都に帰る途中、明石で見た夢とする。〈南〉「都ヱ帰リ上リ候シ時、幡磨明石ノ浦ニ着テ候ヒシ夜ノ夢ニ」（一〇二五頁）、〈屋〉「武士《フシ》共ニ被レ捕《トラ》テ上リシ時、幡磨ノ国明石ノ浦トカヤニ着タリシ夜、夢幻《マホロシ》トモ別《ワカ》ザリシニ」（九五〇頁）、〈覚〉「武士共《モノヽフ》にとらはれて、のぼりさぶらひし時、播磨国《ノ》明石浦について、ちッとうちまどろみてさぶらひし夢に」（下—四〇五頁）、〈中〉「都へかへりのぼりさぶらひし時、はりまのあかしの浦に、つきてさぶらひし夜の夢に」（下—三四五頁）。〈南・屋〉は「渚《ナキサ》へ出テ、西《シ》ヲ差《サシ》テ、歩《アユミ》行《ケ》バ」（〈屋〉九五〇頁）のように、夢の中ながら明石の浜から西の方向に「龍宮城」があったとする。この点、〈国会〉が、「ゆめに、あかしのうらなんどおぼえしはまのしほひに、あしにまかせてゆくほどに」（一〇〇頁）とするのも注目される。この場合、女院がいた場所は寂光院だが、夢の中で明石と覚しき海岸に行き、そこから龍宮城に行ったとするわけである。これらのように、明石近くに龍宮があるとする記述、あるいは龍宮と明石を関連づける記述について、山本ひろ子は、「当時明石の沖には龍宮が存在すると信じられていたことに関係しよう」（二八二頁）とする。明石沖に龍宮が存在すると直接的に述べた文献は見当たらないが、『源氏物語』の須磨・明石巻などの叙述をめぐっては、明石という地の龍宮ないし龍との関わりについて、多様な視点からの議論がなされている（東原伸明・名波弘彰①・郭潔梅・松岡智之など参照）。ただ、『源氏物語』研究に〈覚〉などの該当部が資料として援用されることは多いが、明石近くに龍宮が存在すると『源氏物語』に直接述べられているわけではないので、『平家物語』研究の側から龍宮と明石を関連づける根拠として『源氏物語』を利用することは困難であろう。なお、『岩屋の草子』には「明石の浦にて人間に相応せぬ者とて竜宮城へ取られてこそ」（新大系二五七頁）とある。ちなみに、明石については、近くに龍宮があったとする観念とは別に、明石が畿内・畿外の境界であったという視点から、琵琶法師の拠点としての性格を考える兵藤裕己（六六～六八頁）の見解もある（『源氏物語』に関連する論として、須磨と明石の間が畿内と畿外の境界であると指摘したのは藤井貞和一〇二～一〇七頁である）。**〇昔の内裏より遥かに超過して耻き処へ罷りて候ひしかば**　龍宮の描写。〈盛・大・覚〉も同様に、〈盛〉「昔ノ大内ニハ超過シテ、ユ、シキ所」（6―五〇九頁）、〈大〉「昔の内裏よりまさりたる所」（一〇五頁）、〈覚〉「昔の内裏《ダイリ》には、はるかにまさりたる所」（下―四〇五頁）とする。〈山崎・藤井〉「むかしのだいりにはてうくわたるところ」（〈山崎〉一九三頁）も同様で「てうくわ」は〈四・盛〉の「超過」に近い。〈長〉「ゆい《ゆカ》しげなる御所」（5―二二二頁）、〈南・中〉「瑠璃ヲ荘《カサリ》タル高キ楼」（〈南〉一〇二五頁）、〈屋〉「金銀七宝ヲチリバメテ瑠璃ヲ荘《カサ》リタル宮」（九五〇頁）、〈国会〉「きん〲七ほうをちりばめて、しゆぎよくをかざりたりしみやからろうにまいりて」（一〇〇頁）。〈延〉該当描写なし。〈南・屋・中〉〈国会〉の龍宮描写は、〈盛〉巻四十四「老松若松尋剣」の、「龍宮城ト覚所へ入。金銀砂ヲ敷、玉ノ刻階ヲ渡シ、二階楼門ヲ構へ、種々ノ殿ヲ並タリ」（6―二一二頁）と、財宝に富む世界を想像する点で類似する。「龍宮城」が、こうした世界と想像されたことについては、後掲注解「『是は龍宮城と申す処なり』と答へ候ひしかば」参照。**〇先帝も御在し、二位殿も侍はれき**　龍宮にいた人々として最初に挙げられる名は、〈延〉「宗盛・知盛ヲ始トシテ」（巻十二―七四ウ）、〈長〉「先帝・二位殿を始として、宗盛以下の公卿殿上人」（5―二二二頁）、〈盛・大・南・屋・覚・中〉〈山崎・藤井〉「先帝ヲ始進セテ」（〈盛〉6―五〇九頁）、〈国会〉「せんていをはじめまいらせて、二ゐ殿、そのほかの一もんの」（一〇〇頁）。次項注解参照。**〇教盛・知盛を始めと為て、一門の月卿雲客も候ひしかば、勇し気に威儀く間**　筆頭に挙げられる人名は前項注解に見たとおりだが、その後、〈盛・大〉〈山崎・藤井〉では知盛、〈南・屋・覚・中〉では二位尼（時子）、〈国会〉では維盛の名も記される。〈四〉が先帝（安徳天皇）・二位殿時子に続いて教盛・知盛を挙げるのは、龍宮にいる人々を壇浦で海に沈んだ者達と意識するためだろう。この点、〈盛・大・南・屋・覚・中〉も同様に理解できるが、〈延・長〉〈山崎・藤井〉が宗盛、〈国会〉が維盛の名を挙げるのは不審。〈延〉の場合、「サレバ海ニ入ヌル者ハ必ズ龍王ノ眷属トナルト心得テ候」（巻十二―七四ウ）とあるので、宗盛を挙げるのは矛盾しているともいえよう。但し、「海ニ入ヌル者」云々の該当句は、〈長〉〈山崎・藤井〉では欠く。〈国会〉にはこれとほぼ同文があるが、同時に、二位殿の言葉として「一のたにをいでゝ、やしま、だんのうら、もじのせきまでせめられし、いくさにいのちをうしなひ、じがいせしともがらも、みな〳〵うみのみくづとなりしかば、りうぐうじやうにうまれて、しやしんのくるしみをうけたり」（一〇〇頁）とある。〈国会〉の場合、次項に見るように女院の問いに答えて、ここが龍宮城であると明かす人物を「これもり」（維盛）とするが、維盛は右の文の「じがいせしともがら」に属し、また、海に身を投げたということで、龍宮の一員に数えられるわけだろうか。なお、〈南・屋・中〉では、龍宮城の人々が〈屋〉「同音ニ提婆品ヲ奉《リ》レ読《ヨミ》」（〈屋〉九五〇頁）という記述がある。『法華経』提婆品を読むのは、龍女成仏が説かれているためであろう。後掲注解「龍畜経の中に見えたり」及び「雪の朝の寒きにも峯に登りて花を取り…」参照。　○**『是は何づくぞ』と尋ね候へば、知盛と覚しくて**　夢中での女院の問いに答える役を知盛とする点、〈盛・大〉〈山崎・藤井〉同（〈山崎〉「もともり」は誤りと見た）。〈延〉は龍宮城であると答えた人物を記さないが、「苦患ハ無カ」との問いには知盛が答えたとする。〈南・屋・覚〉は二位殿時子、〈国会〉「これもりとおぼしき人」（一〇〇頁）。〈長〉不記。清盛でも重盛や宗盛でもなく知盛とするのは、前項注解に見たように、龍宮にいる人々を壇浦で海に沈んだ者達としているためであろう。壇浦合戦で指導者の役割を果たしたのが知盛であることは明らかだろう。本全釈巻十一「壇浦合戦①知盛下知」の注解「新中納言、船の艫に進み出でて仰せられけるは」「何の料に命を惜しむべきぞ。何かにも為て九郎冠者を取りて海へ入れよ」（二二一～二二三頁）参照。一方、二位の尼とする語り本は、やはり安徳帝を抱いて壇ノ浦に沈んだ、一門の最高位者としての位置によるものだろう。つまり、龍宮城の平家の叙述は、歴史的な平家一門全体に向けた視点というよりも、壇浦合戦で海に沈んだ平家を見つめる視点から生み出されたものといえるだろう。　○**『是は龍宮城と申す処なり』**

と答へ候ひしかば　「龍宮城」の語は諸本同様。但し、〈国会〉では、ここはどこかという問に二位殿が「しんくう」（一〇〇頁）と答え（「しんくう」未詳）、「しんくう」はどこかという問に、維盛が龍宮城であると答え、さらに二位殿が龍宮に生まれたわけや蛇身の苦について述べる。「龍宮」の語は、仏典に見える用例が古いものだろう。たとえば、『三宝絵』上巻四「精進波羅蜜」などに見える大施太子説話（釈迦の本生譚）は、太子が貧者に施しをしようと、如意珠を求めて海の彼方の「竜王の宮」に赴く話だが、その典拠の一つである『賢愚経』巻八では、「大施具答。『欲二求如意宝珠一』。羅刹歓喜、而自念言『此福徳人。去二於龍宮一。其道猶遠。云何使三此経二渉辛苦一。我当二接過一』。於二諸嶮難一。即時接去、度二四百由旬一、乃還放レ地。於レ是大施。転自前行、見二一銀城一。白浄皦然。知二是龍城一。歓喜往趣」（大正四―四〇七b）と、その宮を「龍宮」「龍城」と呼んでいる。このような豊かな財宝の世界というイメージを持った「龍宮」「龍城」から、「龍宮城」が生まれてくるのだろう。『長阿含経』巻十九龍鳥品第五には、卵生・胎生・湿生・化生の四種の龍の王宮即ち龍宮が繰り返し描かれるが、それらは「大海水底有二娑竭龍王宮一。縦広八万由旬。宮墻七重七重欄楯七重羅網七重行樹。周匝厳飾皆七宝成。乃至無数衆鳥相和而鳴。亦復如レ是」（大正一―一二七b）などと、豪華に飾られた巨大な王宮であると繰り返し描かれる。「龍宮城」は、そうした仏典の「龍宮」「龍城」のイメージに基づいて、日本で作られた言葉か。『宝物集』巻一では、大施太子の話が「命を捨て竜宮城へ行て、如意宝珠をえて帰給ふ事」（新大系二一頁）と紹介されており、他にも「龍宮城」の用例が見られる。龍宮城が金などの財宝に富む世界であったことは、諸本に見える善光寺本尊の由来譚、「月蓋長者ガ祈請ニヨリテ、龍宮城ヨリ閻浮檀金ヲ得テ、釈尊阿難長者心ヲ一ニシテ模《ウツ》シ顕シ給ヘリシ」（〈延〉巻三―三一オ）からも窺える。前掲注解「昔の内裏より遥かに超過して…」に見たように、〈南・屋・中〉〈国会〉の該当部や〈盛〉巻四十四に見える財宝に満ちた壮麗な龍宮描写は、こうした基盤の上に作られたものであろう。なお、〈延〉では、知盛の答えの前に、誰の言葉ともわからない形で、「是ハ龍宮城ト申テ、此所ニ入ヌル者ハ二度無帰事一」（巻十一―七四ウ）という言葉を記す（独自記事）。龍宮から現実世界に帰ってくる物語は多いが、池田敬子②は、〈盛〉巻十一では難波経俊が帰還後雷に蹴殺されることなどから、龍宮とは「迎えられて行けば引出物を貰って帰ることができるが、そうでない場合は結果として死に至ることもある場所」(三二一頁)であるとする。　**○『耻き処かな。此には苦は無きか』と申せしかば、『争か苦無くて候ふべき**　龍宮あるいは龍の苦しみとして、〈延〉では知盛が「一日三時ノ患アリ助テタベ」(巻十二―七四ウ)と答え、〈国会〉では二位殿が「りうぐうじやうにうまれて、じやしんのくるしみをうけたり」(一〇〇頁)と述べる。〈長・南・中〉は、「争かくるしみなかるべき」(〈長〉5―二二二頁)のように、苦しみについて具体的に述べない。〈四・盛・大・屋・覚〉〈山崎・藤井〉は「龍畜経」などの名を挙げる(次項注解参照)。〈延〉の「一日三時ノ患」は、龍の三熱の苦、あるいは『今昔物語集』巻四―一三に、龍王が「一日ニ三度剣ヲ以テ被切ル、事ヲ得タリ」(新大系・一―三二六頁)という場面があるなどの類例があろう(〈延全注釈〉巻十二―五五〇頁)。　**○龍畜経の中に見えたり**　「龍畜経」は、〈屋・覚〉同様。〈盛〉「龍軸経」(6―五〇九頁)、〈大〉「竜つう経」(一〇五頁)、〈山崎・藤井〉「りうちくきやう」(〈山崎〉一九四頁)。〈延・長・南・中〉〈国会〉不記。従来、〈略解〉〈評講〉〈全注釈〉など多くの注釈書が不明としている。架空・仮託の経典かとするもの(新大系下―四〇六頁脚注二、『新定源平盛衰記』六―二一八頁脚注)もあり、「海竜王経四に金翅鳥が海中の竜を食うとあることを竜宮の苦と見たものか」(旧大系下―四三九頁頭注一六)との推測もあった。山本ひろ子(一二三〇～一二三五頁)が、『法華経』提婆品との関係を説いたのは重要な指摘といえようが(前掲注解「教盛・知盛を始めと為て…」に見たように、〈南・屋・中〉には『法華経』提婆品を読む記事もある)、現在、最も重要な手がかりは、阪口光太郎(一三頁)及び小番達(二一四～二一五頁)が指摘した、『万法甚深最頂仏心法要』提婆達多品が、「龍女ト者幼小女人也。(中略)心愚ニシテ曲ナリ。是鬼畜也。併煩悩業苦ノ至極也。委ハ可レ見ニ龍畜経ニ」(『大日本仏教全書』鈴木学術財団版・二―三四三頁)と記すことであろう。これによれば、『平家物語』が創作した経典名ではないわけである。但し、同書においても「龍畜経」について詳しく記されるわけではなく、直ちに実在した経典と見られるわけでもない。『法華経』提婆品の講釈などに関連して、このような経典の存在が説かれていたということは確かだが、内容的には、龍女の劣性を詳しく説いたものとされている程度で、詳しいことはわからない。『平家物語』においても、〈四・屋・覚〉及び〈盛・大〉、また〈山崎・藤井〉に、その名が（類似の名も含めて）見えるとはいえ、龍の苦しみが記されているという以上に言及されるわけではない。山本ひろ子は、「龍畜経」を『法華経』提婆品のことであろうと見て、「龍種となり変った平家一門の人々と龍女を演ずる建礼門院が頼るべき絶対の聖典」（二五七頁）とするが、『平家物語』あるいは『万法甚深最頂仏心法要』の文脈では、「龍畜経」にそれほど重要な位置づけがなされているわけではない。猪瀬千尋（七三〜七四頁）は、「『仏心法要』は『大日経疏』などに見える密教の理論を展開させており、『平家物語』とは距離を置いている」と指摘すると共に、「『仏心法要』より遡源する、より素朴な法華経釈の存在」を想定し、「女院は法華経釈の論理のもとに、歎きを喜びに翻し往生した」と考える。なお、名波弘彰②は、このあたりの記述を、〈四〉では灌頂巻末尾「女院往生」の段に見える妙音菩薩化身説と結びつけ、「女院の霊魂が文殊すなわち妙音菩薩として入海して海底（龍宮城）の龍畜を教化した」（八七頁）という読解を導く。「女院往生」の注解「抑も女院は妙音菩薩の垂迹と申し伝へたり」参照。　**○能々御讃じて後生を訪はせたまへ』と申すと覚えて夢覚めぬ**　〈盛・大〉〈山崎・藤井〉同様。〈屋〉「其レヲ能々見給テ後世訪テタビ給へ」（九五一頁）。〈南・覚・中〉は「能々御讃じて」がなく、〈南・中〉「相構テ後世訪ヒテ給ワセ給へ」（〈南〉一〇二六頁）、〈覚〉「よく〳〵後世をとぶらひ給へ」」（下—四〇六頁）。「能々御讃じて」は、龍畜経を読むことであろうが、〈屋〉「能々見給テ」なども考慮すれば、この経の読誦によって供養するというよりも、その経を熟読することで龍の苦しみを理解し、弔ってほしいとの意と解し得ようか。〈延〉は知盛が「助ケテタベ」と言ったとし、また、女院が「訪レムトテコソ夢ニモミヘ侍ラメ」と思ったと述べるが、該当句はなし（巻十二—七四ウ）。〈長〉なし。　**○此の人々は龍宮城に生まれたりとこそ思ひ候へ**　平家一門が龍に転生したことを確認する。〈盛〉〈山崎・藤井〉にも同様の一文あり。〈長・大・覚・中〉なし。

〈延〉は、「サレバ、海ニ入ヌル者ハ、必ズ龍王ノ眷属トナルト心得テ候」（巻十二—七四ウ）とあり、〈国会〉にもこれとほぼ同文がある（一〇〇頁）。平家一門と龍の関係について、〈延・長・南・覚〉の巻十一「剣」該当部の末尾では、ヤマタノヲロチが宝剣を取り返すために安徳天皇となって現れたのだとしていた。『愚管抄』巻五では、龍王の娘である厳島明神が、清盛の志に応えて自ら安徳天皇の形をとって生まれ、海に帰ったのだとする。本話は、そうした説と重なる面もあるが、安徳天皇には特にふれず、平家一門が海に入ったために龍王の眷属となったのだとする点、異なるといえよう。なお、海に沈んだ者が龍の眷属となるという認識は、〈延〉巻十一で、那須与一が扇の的を射外したならば、「此海ニ入テ毒龍ノ眷属ト成ベシ」（二〇オ）と述べる場面にも示されている。なお、『愚管抄』巻五は、元暦二年（一一八五）七月の大地震に関して、「事モナノメナラズ龍王動トゾ申シ。平相国龍ニナリテフリタルト世ニハ申キ」（旧大系二六八頁）と記す。このように清盛が龍になったという世上の噂について、渡辺貞麿は、「こうした世上の噂と、女院が今は龍の身を受けて龍宮城に住んでいる一門の人人のために祈るという「六道之沙汰」における設定とは、密接に関連していたはずである」（二二〇頁）とする。児島啓祐は、『愚管抄』は、天文道由来の所説「龍王動」と、「世」の怨霊説「平相国龍」を併記したものと読む（六五頁）。　**○雪の朝の寒きにも峯に登りて花を取り、嵐劇しき夕にも谷へ下りて水を結びつつ、仏の御前に備へ、彼の人々の後生を訪ひ候へば**　大原での女院の一門供養を語る。〈長・盛・大〉〈山崎・藤井〉も、花摘み・水汲みなどを語り、類似。〈延〉「法花経ヲヨミ弥陀ノ宝号ヲ唱テ訪候ヘバ、サリトモ一業ハナドカ免ザラム」（巻十二—七四ウ）、〈覚〉「いよ〳〵経をよみ、念仏して、彼御菩提《ゴボダイ》をとぶらひ奉る」（下—四〇六頁）、〈国会〉「いよ〳〵ほとけの御まへを、へんしもはなれず、おこなひすましたる」（一〇〇頁）。〈南・中〉は、『法華経』提婆品を読んで供養しているとする（前掲注解「教盛・知盛を始めと為て…」参照）。〈屋〉なし。　**○而りとも仏道を成ぜんとこそ思ひ候へ**　〈延〉は「サリトモ一業ハナドカ免ザラムト憑シクコソ侍レ」（巻十二—七四ウ）と類似。〈長・盛・大〉〈山崎・藤井〉及び〈国会〉は、自らの往生への期待をも語る。〈長〉「罪業もかつ《ろカ》み、吾後生菩提もなどかたすかり候はざらん」（5―二二二頁）。〈盛〉「サリ共今ハ此人々、龍畜ノ依身ヲ改テ、浄土菩提ニ至ヌラントコソ覚テ候へ。化功帰レ己ノ道理アレバ、自モコノ尼女房達モ憑シクコソ候へ」（6―五一〇頁）。〈大〉「此功つもりて、さだめて浄土へまいるらん。されば我身もたのもしくこそ覚候へ」（一〇五頁）。〈山崎・藤井〉「かせき《（ママ）》のこうもつもれば、いまは人〳〵もじやうどへまいり給ふらん。されば、わが身もたのもしくこそおもひはんべれ」（〈山崎〉一九四頁）。〈国会〉は、女院が仏の前を離れず供養したので、「二月のひがん第三日のよの夢」（二〇〇頁）に、平家の一門は皆西方浄土に生まれたという告げがあったと語り、「さきにわうじやうする人ハ、さだめてわれをまち給ふらん」（二〇一頁）と自らの往生への期待をも語る、独自の形。村上學は、「平安時代の極楽往生の方法としてはこちらの方が普通だったのではないだろうか」（五九頁）とする。〈南・覚・中〉なし。　**〇思し食し連けし事共を始めより終はりまで打ち話きて御物語有りければ**　女院の語りの締めくくり。〈延〉は、菅原道真・王昭君・弓削以言・浦島の故事や物語をも引き、「先帝之面影片時モ立離ル、事ノ無ニ付テモ、唐帝之陽《（ママ）》貴妃ヲ尋、漢王ノ李夫人ノ形ヲ甘泉殿ニ写シ置ケムモ理ト覚テ侍キナムド、来方行末ノ事共サマ〴〵ニカキクドカセ給」（巻十二―七五オ～七五ウ）と、最後は安徳天皇への思いで締めくくる。〈南・中〉が、「只何ノ世マデモ難レ忘ハ先帝ノ御面影、心ノ終リノミダレヌ前ニ急ガル、ハ往生ノ望ミ計也」（〈南〉一〇二六頁）と、安徳天皇への思いを強調しつつ往生を願って結ぶのは、〈延〉に似る面もあろうか。〈長・盛〉「さてもありがたき御幸に、なにとも口がましき事こそ」（〈長〉五―二二二頁）、〈大〉「御幸のあまりにありがたさに、これまで申され候ぬるよ」（一〇五頁）は、法皇の御幸に感謝しつつ、自らの弁舌への謙辞で結ぶもの。〈屋・覚〉は「是皆六道にたがはじとこそおぼえ侍へ」（〈覚〉下―四〇六頁）と、六道語りの終了によって結ぶ。〈国会〉は、前項注解に見たように先に浄土へ赴いた人々が自分を待っていると述べて、「ほどなくむかへたまはん事、なにのうたがひあるべき、とおぼえて、又よねんもなしや」（一〇一頁）と、自らの往生への確信を述べて結ぶ。〈山崎・藤井〉も、「されば、わが身もたのもしくこそおもひはんべれ」（〈山崎〉一九四頁）と、自らの往生への期待で結ぶ。諸本によりさまざまな結び方があるわけだが、〈四〉は前項注解に見たように一門の人々の仏道成就を述べて終わる独自の形といえようか。　**○法皇も御涙に咽び御在し、障子を隔てて承りし公卿殿上人も袖を捶りけり**　法皇や随行の人々の涙を描く点は諸本同様だが、「障子を隔てて承りし」は〈四〉独自。類似表現として、〈盛〉「公卿殿上人ノ、籬ノハザマ、杉ノ御庵ノ隙ヨリ承見進セテ」（6―五一〇頁）が挙げられる。　**○世の中は左ても右くても有りぬべし**　次項と併せて、蟬丸の歌として知られる「世の中は左ても右くても有りぬべし宮も藁屋も了てし無ければ」の上の句。この場面でこの歌を記すのは〈四〉独自だが、〈延・長・盛〉及び〈厳島断簡〉では法皇が女院の庵に着いた辺りに記される（〈延〉巻十二―五四ウ、〈長〉5―二一七頁、〈盛〉6―四八〇頁、〈厳島断簡〉二〇六～二〇七頁）。〈盛〉では巻四十五・内大臣関東下向（6―二六〇頁）でも引く（歌句は同じ）。次項注解参照。この歌は多くの書に見える。歌の一部を引用した例も多いが、中世までの文献で歌を完全な形で引くものを一覧しておく。

＊『和漢朗詠集』下・述懐七六四（旧大系二四八頁）

＊古本系『江談抄』（神田本〈41〉一一ウ。『古本系江談抄注解』三二五頁。水原鈔・前田家本なし）

＊類聚本系『江談抄』三―六三（一五九）（『類聚本系江談抄注解』一〇七頁、『江談證注』五六二頁）

＊『俊頼髄脳』（新編国歌大観五―二九一―八五、新編全集『歌論集』五三頁）

＊『和歌童蒙抄』五・居処部（新編国歌大観五―二九三―三七一、歌学大系別巻一―二〇二頁）

＊『古本説話集』上―二四（新大系四二九頁）

＊『今昔物語集』巻二四―二三話（新大系四―四二八頁）

＊『新古今和歌集』巻一八雑下・一八五一

＊『時代不同歌合』七十五番左（新編国歌大観五―二二三―一四九）

＊『三国伝記』巻七—六話（三弥井中世の文学・下—三七頁）歌句で異同が目立つのは第三句である。それによって分類してみると、
○第三句を「おなじこと」とするもの…『和漢朗詠集』、『新古今和歌集』（但し東大本は「ありぬべし」—『新古今和歌集全評釈』八—三〇三頁による）
○第三句を「すぐ（ご）してむ」とするもの…『江談抄』、『和歌童蒙抄』（但し「おなじこと」と傍記あり—『新編国歌大観』、『和歌童蒙抄注解』三八二頁による）、『今昔物語集』
○第三句を「ありぬべし」とするもの〈四・延・長・盛〉及び〈厳島断簡〉と同じ）…『俊頼髄脳』、『古本説話集』、『時代不同歌合』、『三国伝記』
どちらかと言えば「おなじこと」「すぐしてむ」とする文献の方が古く、「ありぬべし」は正統的ではなさそうだが、『拾玉集』一・百首述懐「よの中はとてもかくてもありぬべしといひし人の心をぞしる」（一一八）や『治承三十六人歌合』十三番左・盛方朝臣「山の端に思ひもいらじ世間はとてもかくても在明の月」（新編国歌大観五—一六五—二四八）などを参照すれば、平安末期には「…とてもかくてもあり（ぬべし）」の形が一般に定着していたものと見える。
○或は門の外に出でて、「宮も藁屋も了てし無ければ」と打ち詠め、袖を捶れる人も有り　法皇に随行してきた人々が、前項に見た歌の「宮も藁屋も…」の句を口ずさみ、涙を流したという。前項注解に見たように、〈延・長・盛・厳島断簡〉のように大原に着いた法皇が庵を眺めた時の感想であれば、女院の落魄を慨嘆したという文脈となろうが、〈四〉のように六道語りや仏法に関する長大な談義を聞き終わった場面に置く場合は、むしろ、「宮中に住んでも藁屋に住んでも結局は同じことだ」という境地、つまり女院が現世の落魄などどうでもよいと考える高い境地に至ったことに感動して涙を流したというような文脈になろうか。諸本で法皇還御前後に置かれた歌としては、次のようなものがある。〈延〉では女院が「末ノ露本ノシヅクヤ世中ノ後レ前立タメシナルラム」を想起（巻十二—七六オ）、

また、還御後、庵室の柱に「古ヘハクマナキ月ト思シニ光リヲトロフミ山辺ノサト」とあるのを見つけたという（七七オ）。〈南・屋・中〉は、法皇を見送ったときの女院の思いとして、「イザヽラバ涙クラベン時鳥我モ浮世ニ音ヲノミゾ鳴」（〈南〉一〇二七頁）を記す。〈覚〉は、女院が障子に「このごろはいつならひてかわがこゝろ大みや人のこひしかるらん」「いにしへも夢になりにし事なれば柴のあみ戸もひさしからじな」、実定が柱に「いにしへは月にたとへし君なれどそのひかりなき深山辺の里」と書きつけたとし、さらに女院の思いとして「いざさらばなみだくらべん時鳥われもうき世にねをのみぞ鳴」を記す（いずれも下―四〇七頁）。〈長・盛・大〉〈国会・山崎・藤井〉なし。

【引用研究文献】

＊池田敬子①「女院に課せられしもの―灌頂巻六道譚考―」（国語国文一九九四・3。『軍記と室町物語』清文堂出版二〇〇一・10再録。引用は後者による）
＊池田敬子②「浦島の「はこ」のなか」（『軍記物語の窓　第二集』和泉書院二〇〇二・12）
＊猪瀬千尋「文治二年大原御幸と平家物語」（中世文学六一号、二〇一六・6）
＊郭潔梅「『源氏物語』須磨・明石の巻と唐代龍女伝・水神説話を巡って」（甲南国文四二号、一九九五・3）
＊児島啓祐「元暦地震と龍の口伝―『愚管抄』を中心に―」（軍記と語り物五四号、二〇一八・3）
＊小番達「建礼門院関連記事の考察―『万法甚深最頂仏心法要』との関わりから―」（『古代中世文学論考・六』新典社二〇〇一・10）
＊佐伯真一「『建礼門院という悲劇』」（角川学芸出版二〇〇九・6）
＊阪口光太郎「『龍畜経』のことなど」（解釈三九巻二号、一九九三・2）
＊名波弘彰①「『源氏物語』と住吉・八幡信仰の伝承―明石一族の物語をめぐって―」（文芸言語研究（文芸篇）二二号、一九九二・9）
＊名波弘彰②「建礼門院説話群における龍畜成仏と灌頂をめぐって」（中世文学三八号、一九九三・6）

＊東原伸明「源氏物語と〈明石〉の力　外部・龍宮・六条院」（『物語研究』第二集、新時代社一九八八・8）
＊兵藤裕己『王権と物語』（青弓社一九八九・9）
＊藤井貞和「うたの挫折―明石の君試論―」（紫式部学会編『源氏物語及び以後の物語　研究と資料―古代文学論叢・七―』武蔵野書院一九七九・12。『源氏物語入門』講談社学術文庫一九九六・1再録。引用は後者による）
＊松岡智之「『源氏物語』明石の「竜王」」（鈴木健一編『鳥獣虫魚の文学史・4　魚の巻』三弥井書店二〇一一・7）
＊水原一「平家物語六道の形成－特に日蔵説話との交渉について－」（解釈一九六〇・6。『平家物語の形成』加藤中道館一九七一・5、『延慶本平家物語論考』加藤中道館一九七九・6再録。引用は『延慶本平家物語論考』による）
＊村上學「「大原御幸」をめぐるひとつの読み　続―『閑居友』から語り本への変質まで―」（『中世宗教学の構造と表現―佛と神の文学―』三弥井書店二〇〇六・4）
＊山本ひろ子「成仏のラディカリズム―『法華経』龍女成仏の中世的展開―」（『岩波講座東洋思想一六日本思想2』一九八九・3。『変成譜―中世神仏習合の世界―』春秋社一九九三・7再録。引用は後者による）
＊渡辺貞麿「平家物語と融通念仏―建礼門院の場合を中心に―」（仏教文学研究一一号、一九七二・6。『平家物語の思想』法蔵館一九八九・3再録。引用は後者による）

法皇還御

【原文】

是御物語モ了程夕陽傾西入相鐘声聞ヘケレ今日モ暮ヌ法皇成還御女院隠[1]サセ下マ御後遥々見送進セ下ツ、差賀惜ク御名残ヤ被[2]思食昔御在大内山御住居モ付思食出[3]一セ下▽三〇四右[4]御涙ミ[5]不搆敢セ下奉[6]セ下ツ、向本尊十念唱高声訪[7]セ下無人後生御有様被思合哀昔向東南无天照大神[8]正八幡宮奉セ下シレ祈君御宝算コソ今向西南無[9]〔西歟〕方極楽教主善逝申[10]セ下フ天子聖霊一門一族成等正覚哀承之程人々莫不流涙

【釈文】

是くて御物語**も**了てぬる程に、夕陽西に傾き、入相《いりあひ》の鐘の声、今日**も**暮れ**ぬ**と聞こえ（へ）**けれ**ば、法皇還御成りぬ。女院は、御後ろの隠[1]れ**させたまふ**まで、遥々見送り進ら**せたまひつつ**、差賀《さすが》に御名残**や**惜し**く**思し食さ**れ**[2]けん、昔御在しし大内山の御住居を**も**思し食し出[3]ださ**せたまふ**に付けても、▽三〇四右[4]御涙ミ[5]搆き敢へさ**せたま**はず。本尊に向かひ奉[6]ら**せたまひつつ**、十念を高声に唱へ、無き人の後生を訪[7]は**せたまふ**御有様、思し合せられて哀れなり。昔は東に向かひて「南无天照大神[8]・正八幡宮」と、君の御宝算を**こそ**祈り奉ら**せたまひし**に、今は西に向かひて「南無[9]〔西歟〕方極楽教主善逝、天子聖霊一門一族成等正覚」と申[10]さ**せたまふ**も哀れ

なり。之《これ》を承る程に、人々涙を流さざるは莫《な》し。

【校異・訓読】 1〈書〉「隠サセ下ヘ」。2〈書〉「被二」。3〈昭〉「出セ下」。4〈昭〉「御涙」、〈書〉「御涙モ」。5〈昭・書〉「不レ搆」。6〈書〉「奉セ下フ」。7〈昭〉「■」(不明)の右に「訪セ下」。8〈書〉「太」。9〈底・昭〉「方」の上に「西歟」と傍書補入。〈書〉「西方」通常表記。10〈書〉「申セ下ク」。

【注解】 **〇是くて御物語も了てぬる程に、夕陽西に傾き、入相の鐘の声、今日も暮れぬと聞こえければ**　女院の語りが終わって法皇が還御に向かうところで入合(夕暮時)の鐘を記す点、〈延・長・盛・大・南・屋・覚・中〉〈国会・山崎・藤井〉同様。そのうち〈延・大・南・屋・覚・中〉〈国会・山崎・藤井〉は、〈延〉「寂光院ノ入合ノ鐘今日モ晩ヌト打シラレ」(巻十二―七六オ)のように、寂光院の鐘と記すが、〈四・長・盛〉はそれを記さない。志立正知は、〈覚〉の「女院死去」の章段は、「さる程に寂光《ジャックハウヰン》院の鐘《カネ》のこゑ、けふも暮れぬとうち知られ、夕陽《セキヤウ》西にかたぶけば、御名残おしうはおぼしけれども、御涙をおさへて還御《クハンギョ》ならせ給ひけり」(下―四〇六頁)で始まるが、〈覚〉の「本編を受けて始まった灌頂巻の終結部に置かれたこの表現によって、再び冒頭を喚起し、「祇園精舎」と呼応するものとして女院の往生を位置づけようとする」と読む。一方、〈屋〉のように巻十二のなかばに置かれた章段中の詞章の場合、「寂光院ノ入合ノ鐘」を「祇園精舎ノ鐘ノ声」と呼応させる必然性が薄くなるとする(一三八頁)。なお、当該部は、『拾遺和歌集』を典拠としている。「題知らず　よみ人知らず　山寺の入相の鐘の声ごとに今日も暮れぬと聞くぞ悲しき」(一三二九)。『平家物語』諸本の中で最も近似するのは、傍線部が一致する〈四〉である。**〇法皇還御成りぬ**　〈延・長・盛・大〉〈国会・山崎・藤井〉、特に〈延〉は法皇の心理描写が詳しく、「法皇御余波ハ尽セズ被思食一ケレドモ、御涙ヲ押ヘテ還御成ニケリ。露ヲカネドモ袂ヲヌラシ、時雨セネドモ打シホレ、泣々還御成ケリ。来迎院ノサビシサ、瀬料里ノ細路難忘一、哀ニ心細ゾ思食サレケル」(巻十二―七六オ)と、去り難く悲しい気持ちを描く。該当の描写は〈南・屋・覚・中〉なし。水原一は、後徳大寺実定の歌「世を背く門出はしたり大原や芹生の里の草の庵に」(『夫木集』一四八一八）は「あるいは大原御幸供奉を契機に詠まれたものではなかろうか」とし、〈延〉の傍線部は、「法皇の感慨の形で実は供奉者の立場に立つ筆者の感慨のはずであり、実定の歌境とも同調するのである」（四〇五頁）とする。これに対して、〈四・南・屋・覚・中〉では、むしろ法皇を見送る女院の姿が主に描かれているといえよう。もっとも、〈延〉も、右記の法皇の姿に続いて、女院の姿を「女院ハ庭上マデ出サセマシ〱テ、遥ニ奉送見ラル。昔ヲ思食出ケル御涙ノ色深ゾ見ヘサセ給ケル」（巻十二―七六オ）と描く。水原一は、大原御幸を法皇の女院への情愛に基づくと読む視点から、〈延〉のこの記述を「情念断ち難い女人の哀艶の姿」（三九〇頁）と読む。なお、多くの諸本は、法皇の御幸はこの一度だけだったと読めるが、〈南・屋・中〉及び百二十句本などは、「法皇モ、其後《ノ》ヨリハ常《ネ》ニ御訪《ヒ》有《リ》ケルトカヤ」（〈屋〉九五二頁）とする。水原一は、これについて「八坂系で、その後もなお折々法皇の御訪いがあったとするのもこれに通じよう」（三九〇頁）と、前記のような読解に関連づけるが、原田敦史は、この「御訪」は、女院に妹たちからの援助と同様、「法皇も支援の手をさしのべるようになった」（二二六頁）と読むべきだとする。史実の問題として、角田文衛は、「法皇が建礼門院の許に御幸されたのは、必ずしも文治二年四月一回だけであるとは断定されない」とし、「例えば、建久二年（一一九一）七月の三日と七日に法皇は法勝寺に御幸されているが、こうした折に駕を枉げ、女院を訪ねられるようなことは、間々あったであろう」（一九九頁）とする（角田の記述は、右の〈南・屋・中〉などの記事に関連づけたものではない。後に女院が大原から洛中に戻って以降のことを意識した記述とも読める）。一方、大原への御幸について、猪瀬千尋は、「遁世地であり、無縁の者たちが住する大原は、当時の天皇家がまず訪れる場所ではない」とし、「屋代本のように複数回の御幸を示す記述もあるが、史実とは遠く隔たったものであ」るとする（七五～七六頁）。

〇女院は御後ろの隠れさせたまふまで、遥々見送り進らせたまひつつ　訓読は、〈長〉「女院は法皇の還御のゝち、御うしろのかくれさせ給ふまで、はるかに見をくりまいらせさせ給て」（5―二二三頁）を参考とした。【校異・訓読】（1）参照。「御後ろの隠れさせたまふまで」は、「法皇一行の後ろ姿が見えなくなるまで」

の意であろう。〈大〉〈山崎・藤井〉が「御車のかくるゝほどまで」（〈大〉一〇六頁）とするのも同様の意味だろうが、法皇は寂光院近くでは車ではなく輿に乗っていたはずである。「大原御幸②寂光院へ」の注解「法皇御輿より出御有りて、御入堂有り」参照。〈国会〉「女ゐむをはじめまいらせて、はつかに三人のこりとゞまりて、ほうわうの御うしろかげを、はるかに見をくりまいらせ給ふ」（一〇一頁）。女院が法皇を見送ったとする記述は諸本にあるが、〈南・屋・覚・中〉は、〈南〉「女院ハル〴〵ト見送リマイラセ給ヒテ御庵室エ入セ給ヒケル（以下ホトトギス詠歌）」（一〇二七頁）、〈屋〉「女院ハ法王ノ還御ヲ御覧ジ送リ進セ給テ、御涙ニ咽ビ立セ給フ処ニ…（以下ホトトギス詠歌）」（九五二頁）、〈覚〉「はるかに御覧じをくらせ給ひて、還御もやう〳〵のびさせ給ひければ、御本尊《ゴホゾン》にむかひ奉り…」（下—四〇七頁）のように簡略。

〇差賀に御名残や惜しく思し食されけん、昔御在しし大内山の御住居をも思し食し出ださせたまふに付けても、御涙搆き敢へさせたまはず　〈長・盛〉も同様に「さすがに御名残おしくおぼしめして、ありし昔の大内山の御栖家おぼしめし出させ給ふにつけても、御心ところせばくぞおぼしめされける」（〈長〉5—二二三頁）と、女院が内裏での暮らしを思い出して懐旧の念に浸ったとする。〈延〉「昔ヲ思食出ケル御涙ノ色深ゾ見ヘサセ給ケル」（巻十二—七六オ）、〈大〉「御心の中をしはかられて哀也」（一〇六頁）は簡略で、内裏への懐旧にふれない。〈南・屋・覚・中〉は、前項注解に見たように、より簡略。なお、この後に、〈延〉では「末ノ露本ノシヅクヤ世中ノ後レ前立タメシナルラム」歌（巻十二—七六オ）、〈南・屋・中〉は「イザヽラバ涙クラベン時鳥我モ浮世ニ音ヲノミゾ鳴」（〈南〉一〇二七頁）の歌を記す。また、〈覚〉では、還御の後の女院の祈りを記した後に、右の「いざさらば…」歌を含む四首の歌を記す（後掲注解「之を承る程に、人々涙を流さざるは莫し」参照）。〈長・盛・大〉〈国会・山崎・藤井〉歌なし。「末ノ露…」は遍昭歌、『和漢朗詠集』無常・七九八、『新古今和歌集』哀傷・七五七などに見える。草木の葉末の露と幹あるいは根元の滴が、多少の遅速はあれ間もなく消えるさまを、人の世の無常にたとえる。『平家物語』諸本では〈延〉にのみ見えるが、「末の露もとのしづく」の語は、〈覚〉巻十「内裏女房」（下—二〇三頁）などにも見られる。「いざさらば…」歌は、〈延〉では法皇と女院の対面場面（巻十二―六〇オ）、〈長〉では出家後の悲しみを描く中（5―二〇五頁）に引かれる。〈四・盛・大〉〈国会・山崎・藤井〉なし。『続古今和歌集』巻十八雑、雅成親王「いざさらばなみだくらべんほととぎすわれもうきよになかぬ日はなし」（一五五〇）の改作とされる（〈全注釈・下―二〉二一八～二一九頁）。　**○本尊に向かひ奉らせたまひつつ、十念を高声に唱へ、無き人の後生を訪はせたまふ御有様、思し合せられて哀れなり**　法皇一行を見送った後、女院が持仏堂または庵室に入り、経文・念仏などを唱えたとする記述は、〈延・盛・大〉〈山崎・藤井〉にもあり。〈延〉「女院ハ持仏堂ニ入セ給テ念仏高声ニ申サセ給テ」（巻十二―七六ウ）、〈盛〉「泣々立入セ給ツヽ、御本尊ニ向進セテ高声ニ念仏申サセ給テ」（6―五一二頁）など。〈覚〉は「御本尊にむかひ奉り」（下―四〇七頁）のみ。この後、〈延・盛・大・覚〉〈山崎・藤井〉では、女院が唱えた句として、〈延〉「聖霊決定生極楽、上品蓮台成正覚、菩提行願不退転、引導三有及法界、天子聖霊成等正覚、一門尊霊出離生死悲願、必ズアヤマチ給ワズ、日来ノ念仏読経ノ功力ニ依テ、一々ニ成仏得道ノ縁ト導キ給ヘ」（巻十二―七六ウ）、〈覚〉「先帝聖霊《センテイシヤウリヤウ》、一門亡魂《バウコン》、成等正覚《ジヤウトウシヤウガク》、頓証菩《トンセウボ》提《ダイ》」（下―四〇七頁）などを記す。〈山崎・藤井〉では「天子聖霊…」の句の前に「にやくう女人もんぜきやうでん…」（〈山崎〉一九五頁）云々の句もある。これら諸本では、次項・次々項は、この記述を受けたものとなる。〈長・南・屋・中〉〈国会〉なし。　**○昔は東に向かひて「南无天照大神・正八幡宮」と、君の御宝算をこそ祈り奉らせたまひしに**　〈延・盛・大・覚〉〈山崎・藤井〉、基本的に同様。但し〈盛〉〈藤井〉は「昔ハ南ニ向ハセ給テ、天照太神・八幡大菩薩ヲ拝マセ給テ」（〈盛〉6―五一二～五一三頁）と、「東」ではなく「南」に向かって祈ったとする。〈長・南・屋・中〉〈国会〉なし。伊勢（天照大神）及び八幡への祈りと、次項の阿弥陀仏への祈りを対照させる形に類似する記述は、〈延・覚〉において、巻十一壇ノ浦合戦の安徳入水場面と、女院の語りの中の該当場面の回想（〈延〉では安徳帝追憶の語り、〈覚〉では地獄道）とに見られる。〈延〉は、壇ノ浦合戦場面（巻十一―三六ウ）では、二位尼時子の天照大神・正八幡宮への祈りを記すが、阿弥陀への祈りは明記せず、大日に祈るとして、東西対比の形は見られない。女院の語り(巻十二―七二ウ～七三オ)では、伊勢と阿弥陀への祈りを対比的に記すが、八幡への祈りはない。一方、〈覚〉は壇ノ浦合戦場面(下―二九四頁)でも、女院の語り(下―四〇五頁)でも、同じように伊勢と阿弥陀への祈りを対比的に記すが、八幡は記していなかった。また、『閑居友』は、女院の回想の中で「まづは伊勢大神宮を拝ませ参らせ、次に西方を拝みて入らせ給しに」(新大系四四〇頁)と、伊勢と西方浄土を対比的に記す。要するに、東に向かって伊勢・八幡、西に向かって阿弥陀に祈るという形は、厳密には〈四・延・大・覚〉〈山崎〉のこの場面にのみ見られるものであり、やや似た形が〈延・覚〉の壇ノ浦合戦と女院の語り、及び『閑居友』の女院の語りに見られるということになる。しかし、壇ノ浦で拝めば伊勢も石清水八幡も東にあたるだろうが、この場面の「昔」とは内裏にいた頃をいうものであろう。伊勢大神宮遥拝の神事が清涼殿石灰の壇で行われていたことは、諸本の巻三(たとえば〈覚〉上―一九二頁、〈延〉巻三―一〇三オ)にも見えていた。それをいうのだとすれば、内裏から石清水八幡は「東」にあたらず、東を向いた拝礼に八幡を含めるのはおかしい。この点、〈盛〉〈藤井〉が「南」としているのは、八幡の方角としてはよいが、伊勢をも「南」とする点に問題がある上、「東・南」の対比は「東・西」に比べて落ち着かないし、〈四・延・大・覚〉〈山崎・藤井〉が東西の対比としている点を考えても、〈盛〉〈藤井〉の形が本来であるとは考え難い。内裏での拝礼とする限りは、対象を〈東＝伊勢〉と〈西＝阿弥陀〉に限定するのが最もすっきりするといえよう。もっとも、方角の問題は別として、伊勢(天照大神)と八幡の二つを拝礼の対象とすること自体は、平安後期に定着した二所宗廟観の表現として不自然ではない。吉原浩人は、八幡に対して「宗廟」の語を用いる確実な例で、まとまりをもった作品として現存する最古のものは、康和二年(一一〇〇)頃に撰述された大江匡房撰『筥崎宮記』であると指摘する(四二三頁)。しかし、東西を対比する文脈としては不整合を生じているというわけである。なお、名波弘彰は、「延慶本の終局部の構想にあっては、その背景に少なくとも石清水八幡大菩薩百王鎮護思想がいまだ天照大神のそれに比べて優位にあるというイデオロギー状況」(五五頁)を見るが、ここで見たような微細な異同から、重要な思想的問題を引き出せるかどうかについては、慎重な検討が必要だろう。**○今は西に向かひて「南無〈西歟〉方極楽教主善逝、天子聖霊一門一族成等正覚」と申させたまふも哀れなり** 〈延〉「西ニ向ワセ給テ、南無西方極楽教主阿弥陀仏、観音・勢至、願ハ狂言綺語ノ誤ヲ飜而、六道四生三途八難之苦患ヲ抜テ九品之台ニ迎へ給へ」（巻十二―七七オ～七七ウ）。〈盛〉「西ニ向ハセ給ツヽ、弥陀如来・観音・勢至ト唱テ、過去聖霊往生極楽ト、タムケサセ給フ」（6―五一三頁）。〈大〉「過去尊霊成等正覚と申させ給」（一〇六頁）は、仏の名を記さないが、直前の文脈からは「御本尊」に祈ったと読める。〈覚〉「西にむかひ手をあはせ、『過去《クハコ》聖霊《シヤウリヤウ》、一仏浄土《ブツジヤウド》へ』といのらせ給ふ」（下―四〇七頁）も仏の名を記さないが、「西に向かひ」とあるので阿弥陀仏に祈ったと読める。〈山崎・藤井〉「過去聖霊、平等一門一類、一仏浄土へ」（原文平仮名）。いずれも、平家一門の往生を祈る点では同様。**○之を承る程に、人々涙を流さざるは莫し** 該当位置にある句は、〈延〉「…ト申サセ給フ御祈念之程コソ返々モ哀ナレ」（巻十二―七七ウ）。〈盛〉「…ト、タムケサセ給フモ哀也」（6―五一三頁）。〈大〉「…と申させ給ぞ哀なる」（一〇六頁）。〈覚〉「…と、いのらせ給ふこそ悲《カナ》しけれ」（下―四〇七頁）。〈山崎・藤井〉「…と、いのらせたまふぞあはれなる」（〈山崎〉一九五頁）。いずれも、語り手の立場から「哀れ」「悲し」と評するのみ。〈四〉の場合、「之を承る」「人々」が設定されている点が独自。女院の祈りを承った人々とは、共に大原に籠もっていた阿波内侍や大納言佐などの尼たち、あるいはそれに仕える人々なのだろうか。ただ、尼たちは女院と共に祈っているとも考えられ、承って涙を流すという立場でもないように思われる。やや不審な表現。なお、この位置に、〈延・覚〉には和歌が記される。〈延〉では、法皇還御の翌朝に、庵室の柱に「古へハクマナキ月ト思シニ光リヲトロフミ山辺ノサト」の歌が書きつけられているのを女院が見つけたとする（巻十二―七七オ）。この歌は、〈四〉では前出。「大原御幸（④女院の庵室）」参照。また、〈覚〉（下―四〇七頁）は、女院の祈りの後、女院が御寝所の障子に書きつけた歌として、「このごろはいつならひてかわがこゝろ大みや人のこひしかるらん」「いにしへも夢になりにし事なれば柴のあみ戸もひさしからじな」を記した後、右の〈延〉と同様の形で「いにしへは月にたとへし君なれどそのひかりなき深山辺の里」を記し、さらに山郭公の声を聞いた女院が、「いざさらばなみだくらべん…」歌（前掲注解「差賀に御名残や惜しく思し食されけん、昔御在し大内山の…」参照）を詠じたとする。

【引用研究文献】

＊猪瀬千尋「文治二年大原御幸と平家物語」（中世文学六一号、二〇一六・6）
＊志立正知「『平家物語』の〈終わり〉を読む―盛衰記における断絶平家記事の欠落」（国文学解釈と鑑賞七五巻三号、二〇一〇・3）
＊角田文衛『平家後抄―落日後の平家―』（朝日新聞社一九七八・9）
＊名波弘彰「延慶本平家物語の終局部の構想における壇浦合戦譚の位置と意味」（文藝言語研究四五巻、二〇〇四・3）
＊原田敦史「屋代本『平家物語』〈大原御幸〉の生成」（千明守編『平家物語の多角的研究―屋代本を拠点として―』ひつじ書房二〇一一・11。『平家物語の表現世界―諸本の生成と流動―』花鳥社二〇二二・12。引用は後者による）
＊水原一「平家物語六道の形成―特に日蔵説話との交渉について―」（解釈一九六〇・6。『平家物語の形成』加藤中道館一九七一・5、『延慶本平家物語論考』加藤中道館一九七九・6加筆再録。引用は『延慶本平家物語論考』による）
＊吉原浩人「八幡神に対する「宗廟」の呼称をめぐって―大江匡房の活動を中心に―」（東洋の思想と宗教一〇号、一九九三・6。『八幡信仰事典』戎光祥出版二〇〇〇・2再録。引用は後者による）

女院往生

【原文】

【抑】[1]▽三〇四左女院申伝妙音菩薩垂迹而レ[2]此寂光院弥行澄《セ》下送下年月適奉付副尼女房達《モ》或死或堪《ヘ》兼出申此寂光院自本无[3]住持僧《モ》御庵室塵《ミ》[4]積《リ》庭草《ミ》[5]滋《シ》荒レ朝路原了野[6]干常[7]音信天狗頻荒《ケレ》堪《ヘ》兼《サセ》下《ツ》、都《ヘ》[8]忍出御在《シ》法勝寺処幽御有様[9]住《マセ》御在程承久三年▽三〇五右後鳥羽院御合戦都《モ》不レ[10]閑《ナラ》始進一院御子達院々宮々《モ》悉為東夷被《セ》下流国々《ヘ》付《モ》聞食平家落都漂《ヒッ》[11]、西海波上終沈下《シ》西海波底安徳天王御事今様付《モ》思食合弥御歎《ミ》[12]不《ネ》[13]尽《セ》何罪報生値斯憂世見【聞】[14]憂事《ミ》[15]在《マシ》寂光院聞《マシ》外《コソ》目前〔不《マシ》〕[16]見聞被《シ》思【食】[17]▽三〇五左覚責事哀付《モ》之朝夕行業不《シ》怠《セ》下申御【年】[18]六十七貞応二年春暮レ東山云鷲尾【処】[19]有御往生臨終正念御[20]在《ケル》紫雲汯《キ》空異香薫《シ》室《コ》[21]音楽聞《ヘ》西聖衆来《ケレ》東終遂《セ》下[22]往生素懐今生御恨一旦御歎後生成仏御喜《ヒ》無類御事《ソシ》是大因縁善知識者在経▽三〇六右文理哉形容如《シ》咲端坐《シ》息絶下《ヌ》則是女人往生規[23]模《ホ》末代成仏手本也云々

平家灌頂巻一通

文安四年　卯月五日

【釈文】

▽三〇四左《抑》[1]も女院は妙音菩薩の垂迹と申し伝へたり。而[2]れば、此の寂光院にて弥《いよい》よ行ひ澄ませたまひて年月を送らせたまふに、適《たまた》ま付き副ひ奉る尼の女房達も、或は死に、或は堪へ兼ねて出でにけり。

此の寂光院と申すは、本より住持の僧も无[3]ければ、御庵室には塵[4]も(み)積もり、庭草[5]も(み)滋し。朝路《あさじ》が原と荒れ了てぬ。野干[6]常に音信《おとづ》[7]れて、天狗頻りに荒れければ、堪へ兼ねさせたまひつつ、都[8]へ忍び出で御在し、法勝寺なる処に幽かなる御有様にて住[9]ませ御在す程に、▽三〇五右承久三年、後鳥羽院の御合戦に都も閑かならず[10]、一院を始め進らせて、御子達の院々宮々も悉く東夷の為に国々へ流されさせたまひけるを聞こし食すに付けても、平家都を落ちて西海の波の上に漂[11]ひつつ、終に西海の波の底に沈みたまひし安徳天王の御事を、今の様に思し食し合はすに付けても、弥《いよい》よ御歎[12]きも尽[13]きせねば、「何かなる罪の報ひにて、斯かる憂き世に生まれ値ひて、憂き事[15]のみを見《聞》[14]くらん。寂光院に在らましかば、外《よそ》にこそ聞かまし。目の前にては見聞かざ[16]らまし」と思し《食》[17]▽三〇五左されしも、責めての事と覚えて哀れなり。

之に付けても朝夕の行業怠らせたまはざりしに、御《年》[18]六十七と申しける貞応二年の春の暮《くれ》、東山の鷲尾と云ふ《処》[19]にて御往生有り。臨終正念にてぞ御在[20]しける。紫雲空に迖《たなび》き、異香室[21]に薫じ、音楽西に聞こえ(へ)、聖衆東に来たりければ、終に往生の素懐を遂[22]げさせたまひけり。今生の御恨みは一旦の御歎きなり。後生の成仏の御喜びは類無き御事ぞかし。「是大因縁善知識者」と▽三〇六右経文に在りしも理なるかな。形容は咲《わら》ふがごとくして、端坐して息絶えたまひぬ。則ち是、女人往生の規[23]《き》模《ホ》にして末代の成仏の手本なりと云々。

平家灌頂巻一通

文安四年　卯月五日

【校異・訓読】1〈底〉「抑」字見えず(破損)。〈昭・書〉「抑」。2〈書〉「而シ」。3〈書〉「元」。4〈底・書〉「塵ミ」。〈昭〉「塵ミ」か「塵モ」か微妙。5〈底・昭〉「草ミ」、〈書〉「草シ」。いずれも「草モ」の誤りか。6〈書〉「于」。7〈昭・書〉「音信レ」。8〈書〉「都」。9〈昭・書〉「住」。10〈昭〉「不」。11〈書〉「漂ッ、」。12〈昭・書〉「歎モ」。13〈書〉「不ス尽」。14〈底〉「聞」字見えず(破損)。〈昭・書〉「聞」。15〈書〉「事」。16〈底・昭〉「不マシ」傍書補入。〈書〉通常表記。17〈底〉「食」字見えず(破損)。〈昭・書〉「食」。18〈底〉「年」字見えず(破損)。〈昭・書〉「年」。19〈底〉「処」字見えず(破損)。〈昭・書〉「処」。20〈書〉「御在ケレ」。21〈書〉「室ス」。22〈書〉「遂」。23〈書〉「規模」。

【注解】**〇抑も女院は妙音菩薩の垂迹と申し伝へたり**　〈長〉は、建礼門院の往生を描いた後、全巻の末尾に追記するかのように、「ある人の云、妙音菩薩の化身におはしますと云々」(5—二二四頁)と記す。他諸本には類似本文は見られない。〈長〉の問題として論じられることも多いが、関連する論は多い。榊泰純は、〈長〉の問題として、『法華経』妙音菩薩品との関連を指摘、女院を妙音菩薩になぞらえた記述として、「この部分が増補されたとするならば、その増補者は法花経の信仰者、または法花経の知識を持っていた者ではなかろうか」(二五頁)とした。山田弘子も〈長〉の問題として、巻一の清盛栄達の由来を語る「貴狐天皇」説話に「今の貴狐天皇は妙音の其一なり」(1—三九頁)とあることなどを根拠に、「清盛の栄華も一門の滅びも、女院の鎮魂や往生も既に妙音天との約束によって、予め運命づけられていたとする論理」(三七頁)を〈長〉に読もうとした。但し、本段の「妙音」云々は〈四〉と共通、「貴狐天皇」話は〈盛〉巻一(1—三五頁)と共通するので、〈長〉独自の問題として考えるのは無理がある。兵藤裕己①は、〈長〉の記述に注目し、妙音菩薩は弁才天と同体であることから、「建礼門院の物語が(中略)琵琶法師の職能神伝承として語られていた」(七七頁)と考えたが、兵藤裕己②は、むしろ〈四〉に注目し、「建礼門院を「平家」語りの職能神、妙音菩薩の垂迹と「申し伝」へたのは、ほかならぬ当道の盲人だったろう」(一八五頁)とする。野沢(現姓鶴巻)由美は、女院の六道めぐりは如意輪観音の化身としての性格に関わるという仮説を展開するが、注記の中で「『瞽女縁起』に如意輪観音は妙音菩薩とする一文がある」（七三頁注20）とする。名波弘彰は、〈四・長〉の妙音への言及は、〈四〉では建礼門院が妙音菩薩の化身であったという風聞が本文のなかに組み込まれていることから、〈長〉が先行形態と判断すると共に、『阿娑縛抄』に「文殊有二妙音名一事勿論也」などとあることから、中世叡山の密家に妙音・文殊同身説があったとし、「妙音化身説の信奉者は女院の霊魂が文殊すなわち妙音菩薩として入海して海底（龍宮城）の龍畜を教化したと解釈した」（八六～八七頁）と考えた。嘉成薫は、右の名波説に加えて『渓嵐拾葉集』巻二十八の「文殊不動一体習在レ之〈三井流〉不動ハ又提婆ト一体也」という一文から、「〔妙音菩薩＝文殊菩薩＝提婆達多〕の図式」を考え、〈四〉の建礼門院妙音菩薩説は清盛の提婆達多権者説とつながるとする（一〇五～一〇八頁）。山下宏明は、『法華経』の妙音菩薩品に説く「妙音菩薩に託して解釈した」（一五二頁）とする。濱中修は、妙音＝文殊同体説によって解釈するのが妥当であるとして、「法華経における妙音菩薩が、六道の苦しみにある衆生を救済し、王の後宮に女身として身を変じることを認識したうえで、建礼門院の《ママ》妙音菩薩としたのであろう」（六八頁）とする。以上、論の方向は多様だが、『法華経』妙音菩薩品に、妙音が化身し、特に王の後宮の女身に変ずることがあるとされていることは、最も重要な点であろう。その上で、弁才天や文殊などとの同体説などをふまえ、さらに、琵琶法師の問題に結びつけるか否か、灌頂巻の内容から龍女成仏の問題に関連させるかどうか、といった論点により、諸説は種々に分岐しているわけである。ただ、中世には神仏の同体説が多様に唱えられている上、肝腎の〈四・長〉の記述がごく簡略であるため、その解釈を一つに定めるのは難しいかもしれない。

〇而れば、此の寂光院にて　弥よ行ひ澄ませたまひて年月を送らせたまふに　類似本文は、〈大〉「其後女院は、寂光院にいよ〳〵をこなひすましてわたらせ給けるほどに」（一〇六頁）にも見られる。しかし、〈四〉ではこの後、女院は寂光院の庵室を出て都に帰ったと記すが、〈大〉はそれを記さない。一方、〈延〉は女院が都に帰ったことを記すが、「女院ハ法皇還御之後サスガ都ノミ恋ク被思食一テ、日来思食入サセ給タリツル寂光院ノ御スマヒモカレ〴〵ニ思食ナリテ」（巻十二―七七ウ）と、しばらくは寂光院で修行を続けたことを記さない。〈山崎・藤井〉は、「そのゝち女院は、をはらのじやつくはうゐんに、いよ〳〵おこなひすましてわたらせ給ひけるが、時〳〵みやこへも出させ給ひけり」（〈山崎〉一九五頁）と、寂光院で修行を続けた後に都に出たと記す。つまり、「しばらくは寂光院の庵室で過ごしたが、やがて都に帰った」と記すのは、〈四〉の他には〈山崎・藤井〉のみということになる。だが、〈延〉や〈大〉との部分的な一致を考えると、ある程度古い段階の『平家物語』が〈四〉のような記述をしていた可能性は低くないだろう。ただ、〈四〉の場合、女院がしばらく寂光院で修行を続けたことを、前項の妙音菩薩の垂迹という記述から「而れば」で接続する。これは、その後の「尼の女房達も、或は死に、或は堪へ兼ねて出でにけり」と対比して、女院は妙音菩薩の化身なので厳しい生活にもめげなかったが、お付きの女房達は堪えられなかったというように読めるが、そうした内容は〈四〉独自のものである。もっとも、菩薩の垂迹であったにもかかわらず、お付きの女房達は散り散りになり、女院自身も結局堪えかねて都に忍び出てしまったという展開は、妙音菩薩垂迹説を物語にとりこんだ記述として問題を残すといえようか。あるいは、名波弘彰が指摘するように、物語の外側にあった妙音菩薩化身（垂迹）説を、〈長〉のように末尾に付記する形ではなく、物語の中に取り込んだ際の不手際と見るべきだろうか。なお、岡田三津子は、文治二年春に後白河法皇が大原寂光院の女院のもとを訪れたという記事は、〈延〉をはじめとして諸本に大きな違いはないのに対し、当該話の「女院往生事」は、諸本間で異同が大きく、これは「女院往生事」が他の章段とは成立事情を異にすることを示唆しているとする（六四頁）。　**○適ま付き副ひ奉る尼の女房達も、或は死に、或は堪へ兼ねて出でにけり**　〈四〉独自記事。前項注解に見たように、〈四〉は、以下、女院が大原から都に帰ったことを記す。本項や次項以下に記される寂光院の荒廃は、その理由の説明として記されるものと読める。女院が大原を出たことを記すのは、〈四〉の他に〈延〉〈山崎・藤井〉のみだが、そのいずれも、尼達の離散などを記さない。〈長・南・屋・中〉は、女院が大原で往生を遂げたと読めるが、尼達については触れない。〈盛・

覚〉は、女院の大原における往生を描いた後、〈盛〉「二人ノ尼女房モ遅速コソ有ケレ共、皆如ニ本意一臨終正念ニ終ケリ」（6―五一五頁）、〈覚〉「此女房達は、むかしの草のゆかりもかれはてて、よるかたもなき身なれ共、おり〳〵の御仏事営《イトナミ》給ふぞあはれなる。遂《ツキ》に彼人々は竜女《リウニヨ》が正覚《ガク》の跡《アト》を追ひ、韋提希《イダイケ》夫人《ブニン》の如に、みな往生《ワウジヤウ》の素懐《ソクワイ》をとげけるとぞ聞えし」（下―四〇九頁）と、尼達も女院の跡を追って往生したと描くが、これらは美化であるようにも見える。後掲注解「都へ忍び出で御在し、法勝寺なる処に幽かなる御有様にて住ませ御在す程に」に見るように、女院が大原から都に帰ったことは史実である可能性が低くない。大原を出た状況として、寂光院の荒廃、女房達との別れを記すのは、〈四〉独自ながら、『平家物語』の比較的古い形である可能性もあろう。　**○此の寂光院と申すは、本より住持の僧も无ければ、御庵室には塵も積もり、庭草も滋し**　寂光院がかなりさびれた寺であったことは諸本に記されるが、無住であったと明記するのは〈四〉本項～次々項の記事だけか。角田文衛①（五一四頁）・同②（一八六頁）は、寂光院は貞憲の住坊であり、阿波内侍が貞憲の娘であるためにここを世話したという仮説の下、貞憲が高野に籠もった後の寂光院は無住であったが、貞憲の子・貞覚が管理していただろうと推測する。村上學①は、大原を離れた理由が〈四〉では寂光院の荒廃とされるのに対して、そうした荒廃が描かれない〈延〉では、女院の心が「法皇御幸によって傷ついた」（二一〇頁）ことが原因となっていると読む。　**○朝路が原と荒れ了てぬ**　他本なし。「朝路が原」は「浅茅が原」の当て字。　**○野干常に音信れて、天狗頻りに荒れければ、堪へ兼ねさせたまひつつ**　他本なし。「野干」は仏典でジャッカルを言った言葉だが、日本では狐の意。「天狗頻りに荒れければ」は、人を欺くような怪異が何度も起こることをいうか。〈四〉における類例として、巻四「高倉宮都を落ち御在す事」で、山門大衆下向の噂が僻事であったと記した後、「天狗吉く荒れにけりとぞ覚ゆる」（野村本一一ウ。〈延・長・盛〉同様）、巻六「様々の怪異有る事」に、入道死去後の怪異を総括して「是く天狗も荒れ、悪霊も強くて、平家の運尽きぬるにやとぞ見えし」（本全釈巻六―一〇九頁。〈延・長・盛〉同様）などがある。本全釈巻六―一一五～一一八頁参照。本段では、巻四のようなデマの類ではなく、入道死去後の怪異のような、不思議な事件が起きたというものか。なお、女院が都に帰ったことを記す〈四・延〉〈山崎・藤井〉は、いつまで大原にいたのか明記しないが、角田文衛①（五一六頁）・同②（一九八頁）は、全真「今日かくてめぐり逢ふにも恋しきは…」（『玉葉和歌集』雑四。二四一五）歌の詞書（世の中にことありてつくしのかたにながされて侍りけるが、後にめしかへされ侍りて建礼門院大原におはしましけるにまゐりて物申しけるにつけても、さまざまおもひ出づることおほくていみじうかなしくおぼえ侍りければ）から、文治五年（一一八九）には、女院がいまだ大原にいたと推定し、「善勝寺に遷御されたのは、恐らく建久の初年のことであろう」（②・三一八頁）と考える。一方、大原を離れたと記さず、女院の没年を承久の乱以降に設定する〈長・盛・大〉では、女院は大原で六十余歳までの命を保ったことになる。　**○都へ忍び出で御在し、法勝寺なる処に幽かなる御有様にて住ませ御在す程に**　該当文は〈延〉〈山崎・藤井〉にあるが、〈延〉「法性寺ナル所ニカスカナル御有様ニテ住マセ給ケル」（巻十二―七七ウ）、〈山崎・藤井〉「ほうしやうじほとりに、あるにもあらぬ御ありさまにてわたらせたまひける」（〈山崎〉一九五頁）と、「法勝寺」「法性寺」の異同がある。「法勝寺」は現左京区岡崎にあった寺で、六勝寺の一つ。「法性寺」は、現東山区本町にある寺で、藤原忠平が創建、藤原忠通・九条兼実が出家後寺内に住み法性寺入道と称した。建礼門院が大原で最期を迎えたわけではなく、〈四・延〉の記すように都に戻ったとするのが史実である可能性が強いことは、冨倉徳次郎（四八六頁）や、角田文衛①②によって指摘されている。とりわけ角田文衛①（五一五～五二三頁）・同②（三一五～三一九頁）は、〈四〉の「法勝寺」に注目し、法勝寺の西南に接して存在した善勝寺が四条家に管理されていたことから、女院は妹の隆房北の方の嫁ぎ先である四条家を頼って善勝寺に身を寄せたのだと推測した。そして、善勝寺なら〈四〉の「法勝寺」に近いが、一方、〈延〉「法性寺」は反平家的な九条家の管理下にあったので建礼門院を受け入れることは考えられないとして、「法勝寺」をよしとする。後掲注解「東山の鷲尾と云ふ処にて御往生有り」参照。　**○承久三年、後鳥羽院の御合戦に都も閑かならず**　承久の乱。承久三年（一二二一）五月、後鳥羽院が兵を挙げたが、六月には幕府軍に京都を占領され、後鳥羽院は七月に隠岐に流された。建礼門院が承久の乱を見聞したと記すのは、〈四〉の他に〈延・盛・大〉。但し、〈大〉は「じようきうのみだれに、いま一きは世の中もをとろへはてゝしかば、いろはぬ御あたりまでも、よろづたど〳〵しくてすごさせ給けるが」（一〇六頁）と簡略。〈長〉〈山崎・藤井〉は没年を貞応二年とするにも関わらず承久の乱に触れないが、〈長〉の場合、後白河院の崩御に際して「平家都を落て、西海の浪の上にたゞよひて、先帝海中にしづませ給ひ、百官悉浪底にいりしこと、只今の様におぼしめしけり」（二二三頁）と、〈四〉次々項と同様の回想をしたと述べるのは文脈が不自然である。おそらく、本来〈四・延・盛〉と同様に承久の乱に際しての回想だったが、承久の乱の記述を脱落させたものか。いずれにせよ、〈四・延・盛・大〉の祖本の成立が承久の乱以降であることを示す記事の一つだろう。　**○一院を始め進らせて、御子達の院々宮々も悉く東夷の為に国々へ流されさせたまひけるを聞こし食すに付けても**　〈延・盛〉に類似文あり。〈延〉「院ヲ始奉テ御子ノ院々宮々モ東夷ノ手ニ懸テ国々へ流サレサセ給ヲ聞食ニ付テモ」（巻十二—七七ウ）。〈盛〉は「院ハ隠岐国へ被流マシ〳〵、宮々ハ国々ニ被遷給ヌ。雲客卿相、或浮島ガ草ノ原ニテ露ノ命ヲ消、或菊河ノ早流ニ憂名ヲ流スナド披露有ケレバ、女院聞召テ、今更又悲クゾ思召ケル」（6—五一三頁）と詳しく述べた後、さらに、「此院ハ高倉院御子ニテ…」と、後鳥羽院について述べ、次項に続く。　**○平家都を落ちて西海の波の上に漂ひつつ、終に西海の波の底に沈みたまひし安徳天王の御事を、今の様に思し食し合はすに付けても、弥よ御歎きも尽きせねば**　〈延・長・盛〉に類似文あり。〈延〉「先帝ヲ奉始《テ》メ、一門一々都ヲ落テ西海ノ浪上ニ漂テ、終ニ海底ニ沈給シ事共、只今ノ様ニ思食出サレテ、弥御歎ツキセズ」（巻十二—七七ウ〜七八オ）。〈盛〉「平家都ヲ落テ、西海ノ浪ニ漂、先帝海中ニ沈給ヒ、百官悉ク亡シ事、只今ノ様ニ覚エテ、其愁イマダヤスマラセ給ハズ」（6—五一四頁）。〈長〉は前々項注解参照。また、〈山崎・藤井〉は、「世の中一きわをとろへはてしかば、御あたりまでも万たえ〴〵にてすぎさせ給ひけり」（〈山崎〉一九五頁）とする。「世の中」の「をとろへ」とは、承久の乱を意識する可能性があろう。　**○何かなる罪の報ひにて、斯かる憂き世に**

生まれ値ひて、憂き事のみを見聞くらん　承久の乱に関する生々しい情報を聞いたことへの悲しみ。次項の内容まで含めて、〈延〉に同様の記事あり。〈延〉「何ナル罪ノ報ニテ、カヽル憂世ニ生合テ、ウキ事ヲノミ見聞覧。寂光院ニアラマシカバ、ヨソ聞マシカ。指ガ是程目ノ当リハ見聞ザラマシ」（巻十二—七八オ）。一方、〈長〉は、「いかなりける罪報にて、うき事をのみ見聞らむ」と思ったとしつつ、「されども山林の御すまひ、寂莫の境なれば、おぼしめしなぐさまるゝ事おほかりけり」（5—二二三頁）と、大原にいたために直接に耳にすることなく気持ちが休まったとする。〈盛〉は、「如何ナル罪ノ報ニテ、露ノ命ノ消ヤラデ、又懸事ヲ聞召ラント、不㆑尽御歎打継セ給ケルニ付テモ、朝夕ノ行業懈ラセ給ハザリケルガ」（6—五一四頁）と、嘆きつつも修行を続けたとする。〈山崎・藤井〉該当文なし。**○寂光院に在らましかば、外にこそ聞かまし。目の前にては見聞かざらまし」と思し食されしも、責めての事と覚えて哀れなり**　〈延〉のみ類似文あり。前項注解参照。大原にいれば、遠い伝聞として聞くだけだったものを、都に戻ったことによって、承久の乱に関する生々しい情報、あるいは被害に遭った人々の生々しい悲嘆を見聞きしたことの感懐。**○之に付けても朝夕の行業怠らせたまはざりしに**　〈延〉も同様に「是ニ付テモ朝夕ノ御行法不怠㆓」（巻十二—七八オ）とする。〈盛〉も前々項注解に見たようにほぼ同文があるが、大原での行法と読める。女院が行法や念仏を怠らなかったとの記述は、表現に異同はあるが、諸本に見られる。**○御年六十七と申しける貞応二年の春の暮**　女院の没年・享年については、諸本や諸史料に異同が極めて多い。まず、没年を貞応二年（一二二三）とする点、〈延・長〉同。〈山崎・藤井〉「ていわう二ねんの春のころ」（〈山崎〉一九五頁）も同じだろう（なお、〈国会〉は「三月のすゑ」（一〇一頁）とするが年を記さない）。〈盛〉は貞応三年。〈大〉は、承久の乱（一二二一）を記して「其後中二年ありて」（一〇六頁）とするので、貞応三年か。一方、〈屋〉は「建久始《ハジメ》ノ比」（九五二頁）、〈覚〉は「建久《ケンキウ》二年きさらぎの中旬《ジユン》」（下—四〇八頁）に往生を遂げたとする。〈南・中〉は、没年は記さず、往生を遂げたとのみ記す。他に、百二十句本「建久ノ比」。東寺執行本・文禄本は文治四年（一一八八）とするが、角田文衛①（五二四頁）が指摘するように誤伝か。前掲注解「野干常に音信れて、天狗頻りに荒れければ…」に見たように、全真「今日かくてめぐり逢ふにも恋しきは…」（『玉葉和歌集』雑四。二四一五）歌により、文治五年頃までは女院が大原にいたことが確認できる。また、角田文衛①（五一五頁）、同②（一九六～一九七頁）が指摘するように、『皇帝紀抄』第七の後鳥羽院条・土御門院条には、「建礼門院」の記載がある（群書類従三―三八一頁、三八六頁）。これらによれば、少なくとも土御門天皇の即位した建久九年（一一九八）までは、建礼門院が在世したことになろう。一方、『歴代皇記』『華頂要略』『女院小伝』『女院記』は、没年を建保元年（建暦三年。一二一三）とする（『女院小伝』の異本注記には「建暦元年」ともある）。次に、享年を六十七歳とする点は独自。〈延・盛〉〈山崎・藤井〉「六十八歳」。〈長〉「六十一」。〈南・屋・覚・中〉は享年を記さないが、〈覚〉が巻一「鹿谷」で、嘉応三年（一一七一）に入内した徳子を「十五歳」と記していたのによれば、建久二年には三十五歳となる（入内の記事は〈屋・中〉なし、〈南〉は年齢不記）。その他、両足院本は建久三年没、六十六歳とするが、それでは大治二年（一一二七）生まれとなり、不適（没年・享年を別系統の本文に拠った混態か）。奥村家本は没年を記さず三十九歳。『歴代皇記』は五十七歳、『華頂要略』『女院小伝』『女院記』は五十九歳とする。以上を、年齢記載から逆算される生年も含めて簡単に表示すると、次のようになる。×は記載なし。（　）内は文脈による推定。

〈四・延・長・盛・大・南・屋・覚〉〈山崎・藤井〉以外の底本は、以下の通り。

＊百二十句本…斯道文庫本影印―七七〇頁
＊東寺執行本…うもれ木文庫国史国文資料叢書・二―一一一頁
＊奥村家本…『八坂本平家物語』（大学堂）影印本―四五九頁
＊両足院本…臨川書店刊影印本・下―五六五頁
＊『歴代皇紀』…改定史籍集覧一八―二四五頁
＊『女院小伝』…群書類従五―三六三頁

＊『華頂要略』…大日本史料・建保元年十二月十三日条（四―一二―九一五頁）
＊『女院記』…大日本史料・建保元年十二月十三日条（四―一二―九一四～九一五頁）

	没年	享年	生年逆算
〈四〉	貞応二年（一二二三）	六十七	保元二年（一一五七）
〈延〉〈山崎・藤井〉	貞応二年（一二二三）	六十八	保元元年（一一五六）
〈長〉	貞応二年（一二二三）	六十一	長寛元年（一一六三）
〈盛〉	貞応三年（一二二四）	六十八	保元二年（一一五七）
〈大〉	×〔貞応三年カ〕	×	不明
〈南・中〉	×	×	不明
〈屋〉	建久始ノ比（一一九〇～一二?・）	×	不明
〈覚〉	建久二年（一一九一）	×〔三十五カ〕	（保元二年（一一五七））
百二十句本	建久ノ比（一一九〇～九）	×	不明
東寺執行本	文治四年（一一八八）	×	不明
両足院本	建久三年（一一九二）	六十六	大治二年（一一二七）
奥村家本	×	三十九	不明
歴代皇紀	建保元年（一二一三）	五十七	保元二年（一一五七）
華頂要略	建暦三年（一二一三）＊	五十九	久寿二年（一一五五）
女院小伝	建保元年（イ建暦元年）	五十九	久寿二年（一一五五）
女院記	建保元年（一二一三）	五十九	久寿二年（一一五五）

＊角田文衛①（五二四頁）の対照表では、『華頂要略』を貞応二年没とする資料に分類するが、表作成上の錯誤か。

＊没年を建保元年（建暦三年。一二一三）とする資料のうち、『歴代皇紀』『女院小伝』は十二月、『華頂要略』『女院記』は二月。

没年をめぐる諸説について、〈全注釈〉は、貞応二、三年とする説が古態であると見た（下二―二二五頁）。一方、上横手雅敬は、「法性寺といえば摂関家の居所であり、一つの政治中心でもあり、とうてい女院が静かに余生を送るような場所ではないし、こんな所で、大原御幸から数えると四十年近くも住んでいて、女院のことが全く記録に載っていないのは不思議であり、あり得ないことである」（三八九頁）として、貞応二、三年説は承久の乱に関連づけた虚構と考え、建保元年説を有力と考えた。しかし、その後、角田文衛①（五二三～五二六頁）は、『女院小伝』等の建保元年説を殷富門院関係記事の誤読と判断するなど、詳細な考証をふまえて、貞応二年説を史実と考えた。〈集成〉（下―三八〇～三八一頁）頭注は、没年を建久頃とする語り本などの形について、「女院を若く美しい尼僧として終えさせる虚構」と見る。佐伯真一①も、貞応二年説を有力とする（一九七～一九八頁）。なお、逆算される生年にも異同がある。現在では、久寿二年（一一五五）生とするのが通説だが、『平家物語』諸本は概ね保元二年（一一五七）としていることについては、本全釈巻十一「女院出家」の注解「女院、御年十五にて内へ参らせたまふ…」（四九五～四九七頁）参照。

〇東山の鷲尾と云ふ処にて御往生有り　類似文は、〈延〉「御骨ヲバ東山鷲尾ト云所ニ奉納ケルトゾ聞ヘシ」（巻十二―七八オ）のみ。〈長・盛・大・南・屋・覚・中〉〈国会・山崎・藤井〉は往生を遂げた場所、あるいは納骨の場所を特に記さないが、〈長・盛・大・南・屋・覚・中〉〈国会〉は寂光院で死を迎えたと読めよう。特に〈大〉は、「其後女院は、寂光院にいよ〳〵をこなひすましてわたらせ給けるほどに…」（一〇六頁）という文に続けて往生を記すので、明確に寂光院でのことと読める。一方、〈山崎・藤井〉は「ほうしやうじほとり」（〈山崎〉一九五頁）でのことと読めよう（前掲注解「都へ忍び出で御在し、法勝寺なる処に幽かなる御有様にて住ませ御在す程に」参照）。「鷲尾」は、現京都市東山区鷲尾町あたり（下河原町通八坂北門前）。角田文衛①（五二九～五三六頁）・同②（四五六～四六一頁）は、鷲尾には女院が晩年に頼った四条家の鷲尾山荘〈金仙院〉があり、隆房は「鷲尾大納言」（『とはずがたり』巻三）とも呼ばれていたことを指摘、女院の終焉の地とされるのも自然であるとした。『百練抄』寿永元年十二月十日条に、「入道大納言隆季卿雲居寺堂供養〈号金山院〉」と見えるのも、この金仙院（金山院）であろう。また、金仙院（金山院）については、田中貴子が、『渓嵐拾葉集』の作者として知られる光宗がここに本拠地を置き、天台戒家にとって重要な地であったと指摘した（九～一七頁）。さらに、牧野和夫は、凝然撰『東大寺円照上人行状』に「鷲尾」「金山院」が「洛東金山院〈俗号鷲尾〉」などといった形でしばしば見えることを指摘、その記述によって、金仙院（金山院）は、正元元年（一二五九）に隆親から東大寺戒壇院円照上人へ施入されたこと、東大寺戒壇院系律の京洛における最大の拠点であったと見られることを明らかにした。とりわけ、〈四・延〉に見える「建礼門院の、鷲尾の地における臨終（或いは、葬送納骨）の伝承は、円照周辺の聖守・聖然、彼らと相互に相承関係にあった頼瑜、彼ら三人の真言の師、醍醐寺憲深に顕著な形で保持されていたのであろう」（一三八頁）とする点は、物語の生成に関わる点で興味深い。鷲尾での往生は〈四・延〉共通の記事であり、現存本を相当に遡る段階の問題として考察されねばなるまい。　**〇臨終正念にてぞ御在しける**　女院について「臨終正念」の語を用いる点、〈延・大〉〈山崎・藤井〉同。〈盛〉〈国会〉は女院について直接「臨終正念」の語は用いないが、臨終の行儀を描き、〈盛〉は二人の尼女房について「臨終正念」の語を用いる。〈長・南・屋・覚・中〉も往生を描く点は同様。「臨終正念」とは、「臨終の際に心静かに乱れないこと。特に、一心に阿弥陀仏を念じて極楽往生を願うこと」（〈日国大〉）の意。　**〇紫雲空に汰き、異香室に薫じ、音楽西に聞こえ、聖衆東に来たりければ、終に往生の素懐を遂げさせたまひけり**　〈延・盛〉は、〈延〉「紫雲空ニタナビキ、音楽雲ニ聞ヘテ、臨終正念ニシテ往生ノ素懐ヲ遂サセ給ニケリ」（巻十二―七八オ）、〈盛〉「紫雲空ニ聳キ、異香室ニ薫ジツヽ、音楽雲ニ聞ユ。光明窓ヲ照シテ、往生ノ素懐ヲ遂サセ給ケルコソ貴ケレ」（6―五一四～五一五頁）と類似。〈国会〉「しうんそらにたなびき、廿五のぼさつの、ぎがくかやうし給ふかといほりのうへに、やうがうし給ふと見えしかば、わうじやうとげさせ給ひけり」（一〇一頁）。〈長〉は簡略ながら「むらさきの雲のむかひを待えつゝ、御往生の素懐を遂させ給けり」（5―二二四頁）と奇瑞を描く。紫雲たなびき異香薫じ、音楽が雲に聞こえる様は、いずれも聖衆来迎の奇瑞を指す。〈大・南・屋・覚・中〉〈山崎・藤井〉なし。なお、「达」の訓「たなびく」は中世古辞書には見られないが、〈四〉には他に一箇所（本全釈巻十「維盛熊野参詣②」の注解「熊野山の峯に达き」参照）、妙本字本『曽我物語』に三例見られる。

○今生の御恨みは一旦の御歎きなり　〈延・盛・大〉に類似文あり。〈延〉「今生ノ御恨ハ一旦ノ事也」（巻十二―七八オ）、〈盛〉「今生ノ御恨ハ一旦ノ事、善知識ハ是莫太ノ因縁ナリ」（6―五一五頁）。〈大〉「うき世のうらみ一たんといへども」（一〇六頁）。〈山崎〉「ふだんの御いのりは一たんの御事なり」（一九五頁）、〈藤井〉「ふせいの御いか《(ママ)》は、一たんの御事なり」（三三四頁）は崩れた形か。いずれも次項引用本文に続く。〈長・南・屋・覚・中〉なし。小林美和は、〈延〉の記述について、「一族の「恨」を「一旦ノ事」として封じ込めることにより、怨霊の発動を抑止している」（一九三頁）と読む。佐伯真一②は、「恨み言の語り」を有する〈四・盛・大〉におけるこの記述は、「「御恨」の表現として、恨み言の語りが想起されることは否定できない」（一一七頁）として、〈延〉のこの記述も、祖本に「恨み言の語り」があったことに関わると見た。但し、次項に見るように、この「御恨み」は後白河院に対するものというよりは、女院の人生体験全体に関わるものと見るべきか。

○後生の成仏の御喜びは類無き御事ぞかし。「是大因縁善知識者」と経文に在りしも理なるかな　〈延〉「善知識ハ是莫大之因縁ト覚テ目出ゾ聞ヘシ」（巻十二―七八オ）、〈盛〉「善知識ハ是莫太ノ因縁ナリ」（6―五一五頁）、〈大〉「かゝる御事はしかるべき善知識とぞ覚たる」（一〇六頁）。〈山崎〉「かゝる御事こそ、しかるべきぜんぢしきかなと、おぼしめされける」（一九五頁。〈藤井〉三三四頁は傍線部欠字）。〈長・南・屋・覚〉〈国会〉なし。〈四〉以外の諸本は「経文」とは言わないが、『法華経』妙荘厳王本事品に「善知識者。是大因縁」（大正九―六〇c）とあるのによったものか（『往生要集』も同句を引く。思想大系四〇四頁。書き下し三一六頁）。だとすれば、〈延・盛〉の方が本来の形に近い。なお、前項の句は二種七巻本系『宝物集』

にも見られる。「こゝをもて、法花経にも、「善知識者是大因縁」とはとかれて侍るなり。……是みな、今生は一旦の歎きといへども、善知識と申べきなり」（新大系三二一〜三二二頁）。このことを指摘した猪瀬千尋は、〈延〉にみえる「善知識ハ是莫大之因縁」の結句は、後白河院に抱く恨みをも菩提に帰そうとするものであり、『宝物集』と同様の文脈を持つものであるとする。さらに、「『宝物集』が法華経釈としての側面を持つことはすでに指摘されていることであるが、『平家物語』における法華経の論理は、『仏心法要』よりも『宝物集』に近いものがある」「女院は法華経釈の論理のもとに、歎きを悦びに翻し往生したのである」（七四頁）と解する。また前項と併せ、女院の生涯の不幸、恨めしさは今生限りのものであり、それを善知識として仏道に向かうことができたならば、それは善知識と言える意となる。その意味では、〈長〉「悪縁を善縁として遂に御本意を成就せられけり」（5―二二四頁）は、近似する内容ともいえようか。なお、〈延〉は続けて「昔ノ如后妃ノ位ニテ渡セ給ハマシカバ、女性ノ御身トシテ争カハ彼法性ノ常楽ヲ証セサセ給ベキト哀也」（七八オ〜七八ウ）と記し、〈盛〉も同様。〈長〉「昔の后妃の位におはしまさば、栄耀御心にそむ《(ママ)》て、御執心もおはしま□べし」（5―二二四頁）。后妃の地位からの転落という体験があったからこそ、往生が可能となったのだという。

○形容は咲ふがごとくして、端坐して息絶えたまひぬ　他本なし。「形容」は容姿、容貌。『長恨歌琵琶行カナ抄』「貴妃ノ形容ノ美ナルコトハ、只漢ノ先武后ノ李婦《ママ》人ノ如クゾト云フ」（『磯馴帖　村雨篇』四九頁）。「端座」は正しい姿勢ですわること。往生の様子を、笑うようであったと描く例や、端座して息絶えたと描く例は多い。『後拾遺往生伝』巻上・一六（永暹）「弟子相近見レ之。手結二定印一、身亦結跏。容顔不レ変、威儀不レ乱。端坐而終」（思想大系『往生伝・法華験記』六四九頁）。同二一（源親元）「行而見レ之。合掌低レ頭。顔色如レ笑。定知二決定往生相一也」（同前六五二頁）。『聖光上人伝』（聖光の往生）「合掌不レ乱。念仏相続。唱二光明遍照一。未レ至二次句一頃。如レ眠息絶。身体柔輭。容貌如レ笑」（『続群書類従』九上―三五頁）。『当麻曼荼羅疏』巻七（中将姫の往生）「端坐シテ正レ面《フシ》ヲ、寂然気絶テ、面色鮮白ニシテ形貌如レ笑ガ、凡ソ厥レ平生之霊徳臨終之寄《ママ》瑞、連綿トシテ不レ遑二羅縷一ニ」（『浄土宗全書』一三―四七二頁）など。**〇則ち是、女人往生の規模にして末代の成仏の手本なりと云々**　他本なし。〈高山釈文〉は、「女人往生の規模は…」と訓むが、「規模」は「正しい例。模範。手本。法則。規範」（〈日国大〉「きぼ」（2））の意であり、「…規模にして…」と訓むべきである。「建礼門院の往生は、女人往生の模範であり、末代の成仏の手本である」意。『当麻曼荼羅疏』巻八「此観経ノ中ニ、定善十三観ノ中ニハ、以二女人往生ヲ一為二規模ト一、散善九品ノ内ニハ、以二悪人往生ヲ一為二本意ト一。女人往生ス、何ニ況ヤ男子ヲ耶」（『浄土宗全書』一三—四七七頁）は、「女人であっても、男子を含む人々の往生の手本となる、それは悪人の往生が善人を含む人々の手本となるのと同じだ」というもので、女人往生が可能であることを前提に「女人往生の規模」を言う〈四〉とは文脈が異なるが、「規模」の用法としては類似しているだろう。また、妙本寺本『曽我物語』巻十は、虎と十二人の尼達の往生を描いて、「雖二ども末代一なりと、女人往生の手本在レ之に、誠に貴カリシ事共なり」（貴重古典籍叢刊一二〇頁）と、全巻を結ぶ。さらに、『平家族伝抄』の義王話は、末尾で義王ら四人の尼の往生を描いて、「為二末代女人一難レ有先規」（三五九左）とする（なお、この後、「三条大講堂過去帳」にふれて、義王らが「至二今代一被ルレ、ゾ訪申伝ヘ」と物語を結ぶ）。この「手本」や「先規」は、「規模」と類義語であり、こうした末代の女人往生の模範（「規模」「手本」「先規」）を説いて物語を結ぶ形が、これらの作品に共通していることがわかる。佐伯真一③はこの点を指摘して、灌頂巻末尾が、真名本『曽我物語』『平家族伝抄』や『神道集』などと共通する文化圏で行われた、〈四〉の最終的改作の特色を示す部分であると指摘した（一六八頁）。佐伯真一③はさらに、『室町時代物語大成』全十五巻の中で、物語の末尾またはその近くに類似の文があるのは『為盛発心因縁集』「惜《オシム》マジキ身命ノ手《テ》品《ホン》、チカゴロ角戸ノ三郎ニトヾメタリ」（9—一二三頁）と『松虫鈴虫讃嘆文』赤木文庫本「念仏往生ヲトゲント、思ハン人ハ、住連ヲ、手本トスベキモノナリ」（12—六三二頁）のみであるとして、『為盛発心因縁集』（為盛発心集）が村上學②によって真名本『曽我物語』や『神道集』と縁の深い関東浄土宗鎮西流名越派に関わる作品と指摘されていることも考慮して、最終的改作記事という判断を補強する（一六八〜一六九頁）。『松虫鈴虫讃嘆文』については、浄土宗圏内の作品である可能性を補強する可能性もあるが、該当部分が住連自身の言葉を受けた文脈であるため、この作品の趣向とは必ずしも言えないとする。なお、「往生の手本」の語は、他に佐伯真一③が指摘する隆寛『法然上人秘伝』（『浄土宗全書』一七―四六頁）や『隆寛律師略伝』（同一七―五九一頁）の他、『法然上人伝記』（九巻伝）巻九上（同―二二九頁）、『法然上人伝』（十巻本）巻十（同―三七七頁）、『円光大師行状画図翼賛』（四十八巻伝）巻四四（同一六―六二八頁）にも、隆寛の往生に際しての言葉として見える。　**○平家灌頂巻一通**　尾題。巻首題と同じ。本巻冒頭「大原入」の注解「平家灌頂巻一通」参照。

【引用研究文献】

＊猪瀬千尋「文治二年大原御幸と平家物語」（中世文学六一号、二〇一六・6）
＊上横手雅敬『平家物語の虚構と真実』（講談社一九七三・六）
＊岡田三津子「建礼門院六道巡りの物語―国会本『大原御幸』の草子と延慶本『平家物語』との比較を通じて―」（軍記と語り物二七号、一九九一・3）
＊嘉成薫「建礼門院関係記事に関する考察―妙音菩薩化身説をめぐって―」（『続・平家物語の成立』一九九九・3）
＊小林美和「『平家物語』の建礼門院説話―延慶本出家説話考―」（伝承文学研究二四号、一九八〇・6。『平家物語生成論』三弥井書店一九八六・5再録。引用は後者による）
＊佐伯真一①『建礼門院という悲劇』（角川学芸出版二〇〇九・6）
＊佐伯真一②「女院の三つの語り―建礼門院説話論―」（『古文学の流域』新典社一九九六・4）
＊佐伯真一③「四部本『平家物語』灌頂巻の改作―『宝物集』の引用などをめぐって―」（宝物集研究一号、一九九六・5。『平家物語遡源』若草書房一九九六・9再録。引用は後者による）
＊榊泰純「建礼門院と妙音菩薩―『長門本平家物語』灌頂巻を手懸りとして―」（仏教文学五号、一九八一・3）
＊田中貴子「金山院長老光宗」（『春秋』三一五号、一九八九・12。『渓嵐拾葉集』の世界』名古屋大学出版会二〇〇三・11

再録。引用は後者による）
＊角田文衛①「建礼門院の後半生」（『王朝の明暗』東京堂出版一九七七・3）
＊角田文衛②『平家後抄』（朝日新聞社一九七八・9）
＊冨倉徳次郎『平家物語研究』三五六頁・四八六頁（角川書店一九六四・11）
＊名波弘彰「建礼門院説話群における龍畜成仏と灌頂をめぐって」（中世文学三八号、一九九三・6）
＊野沢（現姓鶴巻）由美「建礼門院の六道巡りについて—如意輪菩薩を媒介としての考察—」（日本文学論究五一冊、一九九二・3）
＊濱中修「建礼門院妙音菩薩考」（国士舘人文学五号、二〇一五・3）
＊兵藤裕己①「『平家物語』における芸能神—建礼門院物語・試論—」（国文学解釈と鑑賞一九八八・9）
＊兵藤裕己②『平家物語の歴史と芸能』第二部四章「平家物語の芸能神」（吉川弘文館二〇〇〇・1。なお、同書第二部四章の初出稿は「鎮魂と供犠—琵琶語りのトポロジー—」『仏教文学講座・五』勉誠社一九九六・4だが、ここで引用した部分の論旨は初出稿とは異なる）
＊牧野和夫「延慶本『平家物語』における「東山鷲尾」の注釈的研究」（『説話論集・一二』清文堂出版二〇〇二・8）
＊村上學①「「大原御幸」をめぐるひとつの読み—『閑居友』の視座から—」（大谷学報八二巻二号、二〇〇三・3。『中世宗教文学の構造と表現—佛と神の文学—』三弥井書店二〇〇六・4再録。引用は後者による）
＊村上學②「真字本曽我物語・為盛発心因縁・往生講式」（軍記と語り物一八号、一九八二・3。『曽我物語の基礎的研究』風間書房一九八四・2再録）
＊山下宏明「妙音菩薩の化身、建礼門院の物語」（『長門本平家物語の総合研究3』二〇〇〇・2。『いくさ物語と源氏将軍』三弥井書店二〇〇三・5再録。引用は後者による）
＊山田弘子「『長門本平家物語』の建礼門院—妙音菩薩をめぐる物語の論理を求めて—」（山口国文一〇号、一九八七・3）

〈校注者略歴〉

早川　厚一（はやかわ・こういち）
昭和二十三年（一九四八）生
名古屋学院大学名誉教授

佐伯　真一（さえき・しんいち）
昭和二十八年（一九五三）生
青山学院大学名誉教授

生形　貴重（うぶかた・たかしげ）
昭和二十四年（一九四九）生
千里金蘭大学名誉教授

四部合戦状本平家物語全釈　灌頂巻

二〇二五年四月一五日　初版第一刷発行

校注者　早川　厚一
　　　　佐伯　真一
　　　　生形　貴重
発行者　廣橋　研三
発行所　和泉書院

〒543-0037　大阪市天王寺区上之宮町七-六
電話　〇六-六七七一-一四六七
振替　〇〇九七〇-八-一五〇四三

印刷　亜細亜印刷／製本　渋谷文泉閣
装訂　濱崎実幸

ISBN 978-4-7576-1119-1　C3395

❖四部合戦状本平家物語全釈　全12巻

巻一	第8回配本	続刊
巻三	第9回配本	
巻四	第10回配本	
巻五	第11回配本	
巻六	第1回配本	八八〇〇円
巻七	第2回配本	一三一〇〇円
巻九	第3回配本	一六五〇〇円
巻十	第4回配本	一四〇〇〇円
巻十一	第5回配本	一六五〇〇円
巻十二	第6回配本	一三一〇〇円
灌頂巻	第7回配本	一三二〇〇円
索引・解説	第12回配本	

早川厚一
佐伯真一　校注
生形貴重

（価格は10％税込）

新訂吾妻鏡

全十冊予定

髙橋秀樹 編

一	頼朝将軍記1	治承四年（一一八〇）～元暦元年（一一八四）	四二九〇円
二	頼朝将軍記2	文治元年（一一八五）～文治三年（一一八七）	四二九〇円
三	頼朝将軍記3	文治四年（一一八八）～建久二年（一一九一）	四七三〇円
四	頼朝将軍記4 頼家将軍記	建久三年（一一九二）～建仁三年（一二〇三）	四七三〇円
五	実朝将軍記	建仁三年（一二〇三）～承久元年（一二一九）	四九五〇円
六	頼経将軍記1	承久元年（一二一九）～貞永元年（一二三二）	続刊
七	頼経将軍記2	天福元年（一二三三）～寛元二年（一二四四）	
八	頼嗣将軍記	寛元二年（一二四四）～建長四年（一二五二）	
九	宗尊将軍記1	建長四年（一二五二）～正嘉元年（一二五七）	
十	宗尊将軍記2	正嘉二年（一二五八）～文永三年（一二六六）	

（価格は10%税込）